Barbara Goldstein arbeitete nach dem Abitur zunächst in der Verwaltung bei japanischen und deutschen Banken, nahm dann ein Studium der Philosophie und der Sozialen Verhaltenswissenschaften auf, war als Managerin in der Personalabteilung einer Bank tätig und verfasste zwei Sachbücher. *Der Ring des Salomo*, ein neues Abenteuer der Buchhändlerin Alessandra d'Ascoli, ist ihr siebter Roman in der Verlagsgruppe Lübbe. Wenn sie nicht für Recherchen auf Reisen ist, lebt und arbeitet sie in der Nähe von München.

Besuchen Sie auch die Homepage der Autorin:

www.barbara-goldstein.de

Weitere Titel der Autorin:

Der Maler der Liebe
Die Kardinälin
Der Herrscher des Himmels
Die Evangelistin
Der vergessene Papst
Der Gottesschrein

Barbara Goldstein

Der Ring des Salomo

Historischer Roman

BASTEI
LÜBBE
TASCHENBUCH

BASTEI LÜBBE TASCHENBUCH
Band 16523

1. Auflage: Januar 2011

Bastei Lübbe Taschenbuch in der Bastei Lübbe GmbH & Co. KG

Originalausgabe

Lektorat: Dr. Stefanie Heinen
Textredaktion: Dr. Lutz Steinhoff
Titelillustration: © akg-images / © akg-images / Erich Lessing
Umschlaggestaltung: Atelier Versen, Bad Aibling
Autorenfoto: Barbara Goldstein
Karte im Innenteil: Illustration aus der Schedel'schen Weltchronik, Blatt 57v/58r, 1493
Satz: hanseatenSatz-bremen, Bremen
Gesetzt aus der Adobe Garamond
Druck und Verarbeitung: GGP Media GmbH, Pößneck
Printed in Germany
ISBN 978-3-404-16523-0

Leg mich wie ein Siegel an dein Herz!
Denn stark wie der Tod ist die Liebe,
wie die Feuergluten der Hölle ihre Leidenschaft.
Nichts vermag ihr Lodern auszulöschen.

Das Lied der Lieder
König Salomo

ROMA

Castellu s. ãgeli

Prolog

Im Kreuzgang von San Giovanni in Laterano
Dienstag, 21. Februar 1447
Kurz nach der Mitternachtsmesse

Frierend zerrt der Mönch den flatternden Habit enger um sich, während er nach dem Nachtoffizium durch die Schneeverwehungen im Kreuzgang stapft.

Die Nacht ist kalt. Und stürmisch. Der Schneesturm, der während der letzten Tage von Norden über Rom hereingebrochen ist und die Stadt knietief im Schnee versinken ließ, scheint sich gelegt zu haben. Nun fegen die Böen von Süden heran. Über dem Kreuzgang des Benediktinerklosters brodeln majestätische Gewitterwolken in flammendem Purpur und düsterem Violett. Flackernde Blitze lassen ihr Inneres unheilvoll lodern.

Als ob die Pforten der Hölle sich öffnen …

Schaudernd wendet Fra Giordano Savelli den Blick vom sturmdurchtosten Himmel und umklammert sein Brustkreuz. Das gleißende Licht der Blitze scheint die Adler und Löwen, Sphingen und Dämonen auf den Säulenkapitellen des Kreuzgangs zum Leben zu erwecken. Mit hochgezogenen Schultern hastet der ehrwürdige Benediktiner durch die Säulenarkaden. Gerade als er das Portal aufschieben und die Lateranbasilika betreten will, lässt ihn ein greller Blitz jäh zusammenzucken. Zwei, drei rasende Herzschläge später folgt ein ohrenbetäubender Donner. Der Gewittersturm hat Rom erreicht.

Fra Giordano schlüpft in die Basilika, schließt das Portal hinter sich und lehnt sich einen tiefen Atemzug lang dagegen. Die allerheiligste Kathedrale des Papstes als Bischof von Rom liegt in tiefer Finsternis. Die Glut der Kohlenbecken neben dem Altar, an dem schon der heilige Petrus die Messe zelebrierte, lässt nur die Apsis mit dem goldglitzernden Mosaik über dem Papstthron aus Marmor düster aufleuchten.

Der Frater tastet sich durch das Seitenschiff, wo sich die zerlegten Holzgerüste, die Kisten mit Marmorsplittern für die Bodenmosaiken und die Werkzeuge der Arbeiter stapeln, die in den letzten Monaten die Basilika des Kaisers Konstantin restauriert haben. In wenigen Tagen wird Papst Eugenius in San Giovanni in Laterano sein Thronjubiläum feiern. Bis dahin muss alles fertig sein.

Der Benediktiner geht zum Hochaltar. Vor der Confessio mit dem Grab von Papst Martin kniet er nieder und bekreuzigt sich demütig. Der Amtsvorgänger von Papst Eugenius, auf dessen Grabplatte die Römer immer wieder Münzen werfen, hatte das jahrzehntelange Schisma von drei Gegenpäpsten beendet und war im Triumph nach Rom zurückgekehrt. Ächzend erhebt der Frater sich wieder. Steifbeinig quält er sich die Altarstufen empor, facht mit dem Schürhaken die Glut der Kohlenbecken neben dem Altar an und legt einige Handvoll Kohlen nach.

Mit geschlossenen Augen genießt er einen Moment die brennende Hitze auf seinem kalten Gesicht. Welch eine Wohltat nach dem Stundengebet in der Kapelle, wo der eisige Luftzug die Altarkerzen auszulöschen drohte! Fra Giordano reibt seine steifen Hände über der knisternden Glut. Ob Seine Heiligkeit die Wärme ebenso genießen wird, wenn er, durchgefroren vom langen Ritt vom Vatikan zum Lateran, in wenigen Stunden seine Kathedrale betreten wird? Eugenius ist vierundsechzig. Sein jahrelanges Ringen um die Vereinigung der römischen, griechischen, syrischen, armenischen und koptischen Gläubigen zu *einer* Kirche mit *einem*

Glauben und *einem* Papst haben ihn erschöpft. Seine Hände zittern so stark, dass er nur noch seinen engsten Vertrauten den Fischerring zum Kuss darbietet.

Seufzend wendet sich Fra Giordano ab und geht weiter zu den Kohlenbecken neben dem Marmorthron des Papstes, um auch dort die Glut zu schüren. Von hier aus regiert Eugenius seine Kirche, die von der Küste Portugals bis zu den Dschungeln Indiens und von den schottischen Highlands bis zur ägyptischen Wüste reicht. Doch wie lange noch? Was wird sein, wenn er trotz seines eisernen Willens nicht mehr in der Lage ist, die vereinigte Kirche zusammenzuhalten? Wenn Eugenius eines Tages stirbt …

Erschrocken zuckt Fra Giordano zusammen, als zwischen dem bedrohlichen Donnergrollen des Gewittersturms ein metallisches Sirren durch die Basilika hallt.

Die Portale sind doch längst verschlossen!, denkt er entsetzt. Einsam und verlassen liegt die Basilika zwischen antiken Ruinen, verfallenen Kirchen und dichtem Dornengestrüpp, das den schmalen Pilgerpfad vom Forum Romanum bis hierher säumt. Die Pilger wagen sich nie allein in diese Einsamkeit, weil sie fürchten, dass sie beraubt oder gar ermordet werden.

Schaudernd erinnert sich Fra Giordano an die Gesetzlosen, die es gewagt hatten, Kardinal Scarampo und dessen bewaffnetes Gefolge aus dem Hinterhalt zu überfallen. Seit mehreren Tagen hängen sie steif gefroren am ausgestreckten Arm der antiken Reiterstatue vor der Basilika. Der Regent von Rom, der durch den Mordanschlag nur leicht verletzt wurde, weil er den Vatikan niemals ohne Helm, Harnisch und Schwert verlässt, hat die Assassini ohne Prozess hinrichten lassen.

Mit pochendem Herzen umklammert der Benediktiner den Schürhaken, hält die glühende Spitze wie eine Waffe vor sich und starrt mit aufgerissenen Augen in die Finsternis jenseits des Hochaltars. Um Gottes willen! Wer ist dort?

Fra Giordano lauscht mit geneigtem Kopf.

Vom anderen Ende der Kathedrale dringt ein Rascheln zu ihm, gefolgt von einem Stöhnen. Jemand keucht leise.

Dem Frater gefriert das Blut in den Adern. Eine furchtbare Vorahnung beschleicht ihn. Er weiß, was diese grauenhaften Geräusche zu bedeuten haben. Der Teufelspapst! Die Gebeine von Papst Silvester II. rumoren in ihrem Grab – der Legende nach ein düsteres Omen für den nahenden Tod des Pontifex! Allmächtiger Gott, liegt Eugenius im Sterben?

Fra Giordano umklammert den Schürhaken und steigt langsam die Altarstufen hinab. Nein, er bebt nicht vor Angst, aber eine gewisse Unruhe kann er nicht leugnen. Er muss Gewissheit haben. Vor vielen Jahren hat er das Klappern der Knochen schon einmal gehört.

»Alessandra?«, flüstert er in die Finsternis.

Keine Antwort.

Fra Giordano bleibt stehen.

»Alessandra!« Seine Stimme hallt durch die stille Kathedrale.

Als Kind hatte Alessandra die Benediktiner mit den rasselnden Gebeinen des Teufelspapstes in Angst und Schrecken versetzt. Doch der Gedanke, Alessandra könnte ihm erneut einen Streich spielen, ist unsinnig. Die Tochter des ehemaligen Inquisitors von Rom ist eine angesehene Gelehrte, die in den letzten Jahren aufsehenerregende Forschungsreisen nach Alexandria und Jerusalem unternommen hat. In den nächsten Tagen will sie zu einem geheimnisumwitterten Ort in der Wüste aufbrechen, um die verschollenen Handschriften der Bibliothek von Alexandria zu suchen. Nein, die Vertraute des Papstes wird wohl kaum nach Mitternacht in die Lateranbasilika schleichen, um wie damals, als ihr Cousin, Papst Martin, Pontifex war, die Mönche zu erschreck…

Da ist es wieder.

Mit angehaltenem Atem lauscht er den leisen Geräuschen, die

aus dem dunklen Seitenschiff dringen – vom Grab des Teufelspapstes, das durch das unablässige Flackern der Blitze immer wieder in helles Licht getaucht wird.

Fra Giordano bekreuzigt sich, eilt zurück zum Altar und entzündet eine Kerze. Dann hastet er durch das Mittelschiff zum Portal der Kathedrale.

Es ist verriegelt. Fra Giordano ist allein in der Basilika.

Zu Tode erschrocken wirbelt er herum, als erneut ein leises Rascheln aus dem Seitenschiff dringt – ein Flüstern, ein sardonisches Kichern?

Der Teufelspapst!

Fra Giordano erschauert.

Die Legende berichtet, dass der Benediktiner Gerbert d'Aurillac, der größte Magier des Abendlandes, mit Satan einen Pakt geschlossen hatte, damit er als Papst Silvester II. den Thron Petri besteigen konnte. Sein mysteriöser Tod während eines Pontifikalamtes soll das Ende dieses Teufelspaktes gewesen sein.

Fra Giordano fasst sich ein Herz und schleicht hinüber zum Grab von Papst Silvester II., dem Papst des apokalyptischen Jahres 999. Im Schein der Kerze liest er die ominöse lateinische Grabinschrift.

Dann erst bemerkt er das Rinnsal, das aus dem Grab zu fließen scheint. Er kniet nieder, um es zu untersuchen. Blut!

Unruhig tastet der Frater nach der schwarzen Perlenkette an seinem Gürtel. Mit schweißnassen Fingern betet er ein paar Perlen des Rosenkranzes und redet sich beherzt ein, dass er gegen jeden Angriff durch das Böse gewappnet ist. Er bekreuzigt sich hastig.

Jesus Christus steh ihm bei!

Fra Giordano atmet tief durch. Ein merkwürdiger süßlicher Duft wabert um das Grab des Teufelspapstes. Wie von einer verwesenden Leiche. Er tritt ganz nah heran und schnuppert. Nein, der Geruch nach Tod und Verwesung entströmt nicht der Gruft.

Eine Spur aus Blutstropfen und schmelzendem Schnee führt Fra Giordano im unablässigen Flackern der Blitze zum Portal des Lateranpalastes in der rechten Seitenwand.

Lautlos schiebt der Frater einen Torflügel auf und späht in die Finsternis. Nachdem Eugenius vor Jahren, als Mönch verkleidet, ins florentinische Exil fliehen musste, ist der Palast geplündert und verlassen. Seit seiner Rückkehr nach Rom residiert Seine Heiligkeit im Vatikan.

Im nächsten Augenblick zuckt Fra Giordano erschrocken zurück. Ein gotteslästerlicher Fluch, übertönt von einem ohrenbetäubenden Donnerschlag!

Betend umklammert er die Altarkerze und hastet den Gang entlang zur Marmortreppe, die zum Thronsaal der Päpste emporführt. Er bleibt stehen, hält den Atem an und lauscht.

Totenstille.

Kein Blut auf den Stufen.

Er schleicht weiter zu dem Portal, hinter dem sich die Treppe befindet, die in die Gewölbe des Lateranpalastes hinabführt. Es steht offen. Gestern haben Bauarbeiter dort unten eine Geheimkammer aufgebrochen, die sich direkt unter dem Grab des Teufelspapstes befinden soll. Wieso ist der Franziskanerinquisitor, der die Kammer untersuchte, so überstürzt in den Vatikan zurückgekehrt? Welch schreckliches Mysterium hat er entdeckt?

Fra Giordano wagt kaum zu atmen. Doch dann fasst er sich ein Herz, huscht durch das Portal und steigt die Stufen hinab. Ein eisiger Lufthauch weht ihm entgegen – und der Geruch nach Blut und … ja, wonach riecht es noch? Großer Gott, es ist Schwefel!

Die Pforten der Hölle stehen weit offen …

Nach wenigen Stufen wendet sich die Treppe nach links, wenig später noch einmal. Ein diffuser Lichtschein schimmert an den Wänden. Jemand ist in den Gewölben.

Mit angespannten Schultern steigt er weiter die Treppe hinab und folgt dem Gang in ein Labyrinth von Kammern, von denen einige in den letzten Jahrzehnten bereits zusammengebrochen sind. Nach zwei Feuersbrünsten ist der Lateranpalast nur noch eine einsturzgefährdete Ruine.

Eine düstere Vorahnung beschleicht den Benediktiner – der Gedanke an den Tod in einem dieser Gewölbe tief unter der Erde. In dieser finsteren Gruft. Unwillkürlich huscht sein Blick hinauf zu den Gewölbesteinen des Ganges – irgendwo dort oben muss das Grab des Teufelspapstes liegen!

Er hält die Kerze vor sich und starrt nach vorn, wo sich die Blutspur in der Finsternis verliert. Die Kälte kriecht ihm den Rücken hoch. Aber er geht weiter. Er glaubt sich in einem düsteren Albtraum – als ob er von einer unsichtbaren Macht, die viel stärker ist als er, gegen seinen Willen gezwungen wird, ihr zu folgen und sich ihr zu unterwerfen. Doch kein panischer Schrei und kein schweißgebadetes Erwachen wird ihn aus diesem Horror erlösen.

Ein leises Flüstern lässt ihn kurz innehalten. Oder ist es der Gewittersturm? Der Frater lauscht mit angehaltenem Atem in die Grabesstille.

Am ganzen Körper bebend tastet sich Fra Giordano weiter durch das Labyrinth. Die Adern an seinen Schläfen pochen und verursachen einen bohrenden Kopfschmerz.

Das Flüstern wird lauter. Zwei Stimmen, die sich zu einem zischenden Getuschel erheben – als würde jeden Augenblick ein Streit losbrechen. Doch die Worte bleiben dem Frater unverständlich. Dann ein sardonisches Kichern, gefolgt von einem heiseren, gequälten Schrei, der in ein schrilles, panisches Kreischen übergeht. Wie von einem Menschen in extremis!

Ein satanisches Kichern durchbricht das Schweigen nach den Todesqualen.

Dem Frater läuft ein eisiger Schauer über den Rücken. »Allmächtiger Gott, steh mir bei!« Er bekreuzigt sich mit zitternden

Fingern, ohne den Blick vom düsteren Glimmen am Ende des Korridors zu wenden. Plötzlich verlischt es. Dann hört er Schritte. Sie werden immer leiser. Schließlich ist es still.

Die Grabesstille, in der sein keuchender Atem viel zu laut widerhallt, ist entnervend.

Der Benediktiner verharrt noch einen Herzschlag lang, dann wagt er sich langsam weiter vor. Der Geruch nach Blut wird mit jedem Schritt stärker. Übelkeit steigt in ihm auf, und er muss sich zusammenreißen, sich nicht zu übergeben.

Nach wenigen Schritten biegt er um die Ecke und erreicht den Durchbruch zur Geheimkammer, die bis vor wenigen Stunden zugemauert war. Die herausgebrochenen Quadersteine liegen noch im Gang, dessen Decke über eine Länge von zehn Schritten durch Holzgerüste, die mit straff gespannten Seilen untereinander verbunden sind, abgestützt wird.

Fra Giordano späht in die Kammer. Sie ist schmal wie ein Korridor, der nach zehn Schritten vor einer massiven Wand aus Steinquadern endet. Die Truhen sind durchwühlt worden. Etliche Seiten der Papyrusfolianten sind zerrissen oder zerknickt. Daneben liegen zertrümmerte Astrolabien, ein seltsam geformter Abakus mit merkwürdigen Zahlen und Zeichen darauf, die Fra Giordano noch nie zuvor gesehen hat, und irgendwelche mechanischen Geräte. Wozu man sie gebrauchen könnte, erschließt sich ihm nicht. Vor einem umgestürzten Thronsessel liegen prächtige Pontifikalgewänder und eine mit Rubinen und Saphiren bestickte Mitra im aufgewühlten Staub.

Großer Gott, wer hat in der Geheimkammer mit dem Nachlass des Teufelspapstes gewütet?

Fra Giordano erstarrt, als er am anderen Ende der Kammer eine Gestalt entdeckt, die auf dem Boden ausgestreckt liegt. Ein Mönch in schwarz-weißem Habit.

Die aufsteigende Panik raubt Fra Giordano den Atem. Doch

schließlich kniet er neben dem Dominikaner nieder. Mühsam dreht er die Gestalt auf den Rücken …

… und erstarrt, als der abgetrennte Kopf vor seine Füße rollt.

»Allmächtiger!« Fra Giordano bekreuzigt sich.

Der Dominikaner hat kein Gesicht mehr! Wie mit eisernen Zangen ist ihm die Haut weggerissen worden. Bleich schimmern die Wangenknochen zwischen den zerrissenen Muskeln hervor. Die Augenhöhlen sind leer. Der lippenlose Mund ist zu einem satanischen Grinsen erstarrt. Ganz langsam streckt Fra Giordano die Hand aus, um das rohe Fleisch zu berühren. Es ist noch warm …

Die Hände des Mönchs sind abgerissen. Sie liegen neben ihm im Staub und umklammern einen aufgeschlagenen Pergamentcodex.

Fra Giordano zieht den Codex zu sich heran. Die Seiten sind mit arabischen, hebräischen und griechischen Schriftzeichen bedeckt. Auf einer Seite starrt ihm eine satanische Schreckgestalt entgegen. Darunter, mit Blut geschrieben, der Name Beelzebul.

Der Herr der Dämonen.

»Credo in unum Deum, patrem omnipotentem«, flüstert Fra Giordano. »Ich glaube an den einen Gott, den allmächtigen Vater, den Schöpfer von Himmel und Erde, von allem Sichtbarem und Unsichtbarem. Und ich glaube an unseren Herrn Jesus Christus …«

Während er das Credo betet, schlägt er den Buchdeckel auf und entziffert den goldgeprägten Titel der uralten Handschrift.

DAS TESTAMENT DES SALOMO

Von panischem Schrecken ergriffen starrt Fra Giordano das Grimoire, das magische Buch, an.

Hat der Dominikaner mithilfe der legendären Weisheit von König Salomo den Fürsten der Finsternis beschworen? Hat Satan dem Frater seine Aufwartung gemacht, wie er es einst auch mit Papst Silvester getan hat?

Dröhnend grollt der Donner des Gewittersturms, der sich mit ungebändigtem Toben über Rom entlädt.

Ein scharfes Knirschen – hinter ihm!

Fra Giordano wirbelt herum und hält die Kerze hoch.

Wieder dieses Knirschen!

Der Frater springt auf und stolpert zum Durchbruch, um in den finsteren Gang zu spähen.

Ein dunkler Schatten, der sich aus dem Labyrinth bedrohlich nähert. Ein weiter Mantel verhüllt die hochgewachsene Gestalt, eine schwarze Kapuze verbirgt das Gesicht.

Ein verzweifeltes Schluchzen entringt sich seiner Kehle, als Fra Giordano dem Fürsten der Finsternis den Codex entgegenschleudert und über den Saum seines langen Habits stolpernd und beinahe stürzend zu entkommen versucht.

Als er endlich die Treppe erreicht …

Alessandra

Kapitel 1

In der geheimen Kammer im Gewölbe des Lateranpalastes
Dienstag, 21. Februar 1447
Gegen acht Uhr abends

»Einen Augenblick!«, unterbrach ich Fra Giordano in seinem atemlosen Bericht. Was er beschrieben hatte, war unvorstellbar.

Mit aufgerissenen Augen starrte mich der Benediktiner an, noch ganz gefangen in den schrecklichen Erinnerungen an die letzte Nacht. Seine bebenden Finger hatte er wie zum Gebet gefaltet und unter dem Skapulier seines Habits verborgen. »Euer Gnaden?«

Ich winkte lässig ab. »Bitte nennt mich Alessandra. So wie früher.«

»Wie Ihr wünscht.«

Du lieber Himmel, wie er zitterte! Und dieser gehetzte Blick, in dem noch immer der Horror schimmerte! Der Frater stand unter Schock. Jeden Augenblick konnte er mit einem hysterischen Schluchzen zusammenbrechen.

»Ihr habt also Satan das *Testament des Salomo* ins Gesicht geschleudert?«, fragte ich mit sanfter Stimme und ergriff seine Hand. Sie war eiskalt. Wie die eines Toten.

Fra Giordano warf dem Papst im Nachtgewand, der ihn von seinem Bett aus aufmerksam beobachtete, einen scheuen Blick zu und nickte beklommen.

Seit er eine Stunde zuvor das Schlafzimmer Seiner Heiligkeit betreten hatte, hatte er es nicht gewagt, sich umzusehen und dem breiten Bett mit einem Baldachin aus Purpursamt, den Wandfresken, dem Marmorfußboden und dem Crucifixus von Giotto an der Wand gegenüber mehr als einen verstohlenen Blick zuzuwerfen. Kardinal Ludovico Scarampo, den engsten Vertrauten des Papstes, der an einem der Fenster zur Piazza San Pietro lehnte und ihn schweigend musterte, beachtete er nicht.

Mich ließ Fra Giordano dagegen kaum aus den Augen. Ich war sein fester Halt – er umklammerte meine Hand. Er hatte meinen Vater gekannt, der als päpstlicher Legat Rom regiert hatte. Und er kennt mich, seit ich als Kind die Benediktiner im Lateran in Angst und Schrecken versetzte, weil es in Rom heißt, die rasselnden Gebeine des Teufelspapstes kündigen wie eine Totenglocke an, dass der amtierende Papst im Sterben liege. Mein Vater hatte sich über meinen Streich furchtbar aufgeregt. Mein Cousin, Papst Martin, hatte schallend gelacht, als er davon erfuhr, und Gnade vor Recht ergehen lassen …

»Habt Ihr Satan ins Gesicht gesehen?«, fragte ich nach.

Fra Giordano schüttelte den Kopf und tastete nach dem dampfenden Glühwein neben sich auf dem Tisch. Seine Hand zitterte. Die Erinnerungen machten ihm zu schaffen. Er war zutiefst erschüttert.

Als er den Becher zurückstellte, mied er geflissentlich den Blick zu Fra Giovanni da Capestrano. Offenbar fürchtete er den Generalinquisitor der Franziskaner, der mit verschränkten Armen und hochgezogenen Schultern neben dem Bett des Papstes stand. Seine trotzige Haltung drückte sein ganzes Missfallen aus, dass ich die Fragen stellte und er zum Schweigen verdammt war.

Wieso ist er eigentlich in Rom?, fragte ich mich. Sollte er nicht eigentlich in Aquila sein, um dort die Fastenpredigten zu halten? Vor einigen Jahren hatte der Papst Fra Giovanni da Capestrano zum Bischof von Aquila machen wollen, doch der hatte abgelehnt –

er wolle sich in seinen Aufgaben nicht auf ein Bistum beschränken lassen.

Und *mich* nennt er stolz und überheblich? Er, der sich in seinen Bußpredigten selbst als ›verschlagener als ein Dämon und hochmütiger als Satan‹ bezeichnet?

»Gott im Himmel!«, verlor der Inquisitor die Beherrschung. »Was habt Ihr denn nun gesehen, Frater?«

Ich beugte mich vor und legte dem verstörten Benediktiner, den Fra Giovannis hitziges Temperament erschreckt hatte, beruhigend die Hand auf den Arm. »Fra Giordano, seid Ihr sicher, dass Ihr Satan gegenübergestanden habt?«

Er vertraute mir und blickte mir in die Augen. »Ich weiß nicht … Die Gestalt war ganz in Schwarz gekleidet. Eine Kapuze verdeckte das Gesicht, das im Schatten lag. Ich konnte nicht …« Er stockte, starrte ins Leere, als er erneut den schrecklichen Augenblick durchlebte.

Ich wartete geduldig. Er war vollständig in dem Moment gefangen, und ich wollte ihn nicht mit Gewalt herausreißen.

Aus dem Augenwinkel nahm ich wahr, wie Fra Giovanni da Capestrano erneut Funken des Zorns sprühte. Eine gebieterische Geste des Papstes hielt ihn zurück. Mit einem missbilligenden Stirnrunzeln beobachtete Eugenius seinen Generalinquisitor, der mit verkniffenen Lippen den Blick senkte.

Fra Giordano sah mich an. »Wisst Ihr, was merkwürdig war?«

»Was denn?«

»Da war kein Blut, obwohl die Leiche noch warm war.« Seine Stimme schien von ganz weit her zu kommen. »Der Dominikaner sah aus, als sei ihm bei lebendigem Leib die Haut abgezogen worden. Der Kopf und die Hände waren abgerissen, die Augen …« Er schluckte trocken. »Aber da war kein Blut.«

Kardinal Ludovico Scarampo, der Leibarzt des Papstes, hob die Augenbrauen. »Kein Blut?«

Scheu wandte sich Fra Giordano zu ihm um. »Nein, Euer Eminenz. Kein Spritzer Blut.«

Ludovico nickte ernst, erwiderte meinen Blick und verfiel wieder in sein Schweigen.

Trotz meiner Anspannung spürte ich, wie sich in mir etwas zu regen begann. Mein ›unheilbares Leiden‹, wie Papst Eugenius mein aufgeregtes Herzklopfen und meine Entschlossenheit, mich von nichts und niemandem aufhalten zu lassen, mit einem nachsichtigen Lächeln nennt – mein Schatzsucherfieber. Ein vergessenes Evangelium in einer versunkenen Synagoge in Alexandria, ein goldener Gottesschrein im Labyrinth des Tempelbergs von Jerusalem, die verschollenen Handschriften der antiken Bibliothek von Alexandria, die ich in Timbuktu zu finden hoffe – jedes Geheimnis zieht mich magisch an.

Ich gebe es zu, ich war verärgert gewesen, als mein Sekretär mich kurz vor fünf Uhr morgens mit der Nachricht des Papstes aus dem Bett gezerrt hatte, ich solle meine Abreise nach Timbuktu verschieben und sofort in den Vatikan kommen. Meine Reisetruhen sind seit Tagen gepackt. Seit neun Jahren plane ich diese Expedition. Am nächsten Morgen wollte ich endlich aufbrechen. Nach meinem Streit mit meinem Cousin wollte ich so schnell wie möglich aus Rom verschwinden. Enttäuschung war noch das laueste meiner Gefühle, als ich zum Vatikan geritten bin. Eugenius, der das zornige Funkeln in meinen Augen bemerkte, hatte mir von dem Fund in den Gewölben des Lateranpalastes berichtet.

Ein geheimes Kellergewölbe voller Spinnweben und Staub, das seit Jahrhunderten kein Mensch mehr betreten hat, Truhen voller Bücher wie das rätselhafte *Testament des Salomo*, ein gelehrter Papst, dem man einen Teufelspakt nachsagt, ein toter Dominikaner und Satan höchstselbst – Seine Heiligkeit musste nicht lange auf mich einreden, bis ich schließlich nachgab.

»Kein Blut«, wiederholte ich. »Was schließt Ihr daraus?«

Fra Giordano hob beide Hände. »Ich weiß nicht …«

»Das ist doch offensichtlich!«, erregte sich Fra Giovanni da Capestrano. »Der Dominikaner hatte mithilfe des Grimoire den Teufel beschwo…«

»Fra Giovanni! Ihr stellt meine Geduld auf eine harte Probe!«, donnerte der Papst und richtete sich mühsam in den Kissen auf. Monsignor Fantìn, der kupferrot getigerte Kater Seiner Heiligkeit, der sich neben ihm auf der Bettdecke geräkelt hatte, sprang auf und flüchtete zu mir herüber. »Die Feindschaft zwischen Franziskanern und Dominikanern billige ich ebenso wenig wie Eure unversöhnliche Haltung gegenüber Alessandra. Als Generalinquisitor solltet Ihr kein Urteil fällen, bevor die Untersuchungen abgeschlossen sind. Alessandra ist seit nicht einmal einer Stunde mit dem Fall betraut. Ihre Befragung von Fra Giordano Savelli ist noch nicht beendet. Weder hat sie bisher die Geheimkammer gesehen, noch hat sie den Toten untersucht oder das *Testament des Salomo* gelesen.«

Monsignor Fantìn strich mit erhobenem Schwanz um meine Beine, blickte erwartungsvoll zu mir empor und maunzte. Als ich mit der Papiertüte mit Florentiner Marzipankonfekt in meiner Tasche raschelte, sprang der Kater auf meinen Schoß und haschte ungeduldig nach dem Konfekt. Genüsslich schmatzend rollte er sich auf meinem Schoß zusammen und schmiegte sich in die Falten meines Rocks. Ich streichelte ihn.

»Vostra Santità!«, begehrte Fra Giovanni auf, nachdem er tief durchgeatmet hatte. »Alessandra ist eine Frau …«

»Oh ja! Und was für eine!«

»… die illegitime Tochter eines Dominikanermönchs und Inquisitors, der vor Jahren beinahe zum Gegenpapst gewählt worden wäre. Die allein das große Unternehmen in Florenz führt, mit einer der größten Bibliotheken Italiens und einem Scriptorium mit mehr Kopisten, Kalligrafen und Buchmalern als in einem bedeutenden Kloster. Die nach Timbuktu reisen will, um arabische Handschriften zu entdecken, häretische Werke der Ungläubigen, die sie übersetzen und an Gelehrte in aller Welt verkaufen will«, fuhr er in seiner Hetzpredigt fort. »Ihr resolutes Auftreten und ihre humanistische Bildung ist selbstüberhebliche Anmaßung, die ihr als Frau, die nach dem Gesetz Gottes dem Mann unterworfen ist, nicht zusteht!«

Mit anderen Worten: Ich verkörpere alles, was Fra Giovanni in seinem heiligen Zorn auf dem Scheiterhaufen verbrennen will. Gott bewahre die Christenheit vor mir!

Papst Eugenius hieb mit der Faust auf die Bettdecke – was sein Intimus Ludovico Scarampo angesichts des Besorgnis erregenden Gesundheitszustandes Seiner Heiligkeit mit verkniffenen Lippen zur Kenntnis nahm. »Fra Giovanni! Ihr predigt wie jemand, dessen Rat der allmächtige Gott und ich als sein Stellvertreter auf Erden unbedingt beherzigen sollten.« Sein venezianisches Temperament ging wieder einmal mit ihm durch. Dabei hatte ihm sein Leibarzt nach seinem gestrigen Zusammenbruch während der Messe in San Pietro strengste Bettruhe verordnet. »Doch Ihr seid nicht allmächtig, allwissend und unfehlbar, Fra Giovanni, sondern genau das, was zu sein Ihr Alessandra beschuldigt: Ihr seid selbstgerecht. Und stolz.«

»Beatissimo é Santissimo Padre!«, beschwor ihn der Inquisitor mit erhobenen Armen. »Diese Frau ist eine Häretikerin, die Handschriften antiker Philosophen und Werke jüdischer und muslimischer Ungläubiger studiert, um ihre Irrlehren zu rechtfertigen.«

»Die Contessa Colonna genießt Unser uneingeschränktes Vertrauen!«, herrschte ihn der Papst im Pluralis Majestatis an – für Eingeweihte eine deutliche Warnung, Seine Heiligkeit auf keinen Fall weiter zu provozieren. Selbst seine Kardinäle zogen die Köpfe ein, wenn er in dieser Stimmung war. »Wir dulden keine derartigen Verleumdungen gegen Ihre Gnaden durch Unseren Generalinquisitor, der sich selbst schon als Ketzer vor meinem Amtsvorgänger Martin V. zu verantworten hatte!«

»... eine Häretikerin ...«, wiederholte Fra Giovanni stur, als habe ihm der Stellvertreter Gottes auf Erden nicht eben gerade seinen goldglänzenden Heiligenschein heruntergerissen. »... die sehr unorthodoxe Ansichten ver...«

»Wegen eben dieser unorthodoxen Ansichten und ihrem Mut, sie zu vertreten, schätzen Wir Alessandra über alle Maßen!«, übertönte ihn der Papst gebieterisch – Ludovico beobachtete ihn besorgt. »Wir wissen, was die römische Kirche ihr zu verdanken hat. In Florenz hat sie daran mitgewirkt, dass der byzantinische Kaiser das Unionsdekret unterzeichnete und die römische und die griechische Kirche nach vierhundert Jahren der Kirchenspaltung wieder vereinigt sind. Was also, glaubt Ihr, ist Uns ihr ›unorthodoxes Verhalten‹ wert?«

Fra Giovanni da Capestrano faltete seine Hände wie zum Gebet, starrte den Crucifixus gegenüber dem Bett des Papstes an und schwieg verbissen.

»Alessandra!«

»Heiliger Vater?«

»Im Geheimarchiv des Vatikans werdet Ihr das Liber Pontificalis, die Chronik der Päpste, mit der Biografie meines illustren Amtsvorgängers Silvester II. studieren. Ihr werdet Fra Giordano in den Lateran begleiten. Der Frater wird Euch den Leichnam zeigen und Euch in die Kammer führen, wo ihm Satan erschienen ist.«

»Wie Ihr wünscht«, nickte ich.

»Lest das *Testament des Salomo*. Ein Dominikanerinquisitor wird Euch bei Euren Nachforschungen unterstützen. Er beherrscht das Griechische, Hebräische und Arabische vermutlich nicht so vollendet wie Ihr, aber ich werde dafür sorgen, dass Euch ein erfahrener Exorzist zur Seite stehen wird.«

»Heiliger Vater, das ist nicht ...«

»Doch, Alessandra, ich bestehe darauf ... Lasst mich doch bitte ausreden, mein Kind! ... Ich verspreche Euch, dass der Inquisitor Euch nicht dieselben Schwierigkeiten bereitet wie die Fratres, die Euch vor zwei Jahren bei der Aufklärung des Mordes im Geheimarchiv des Vatikans unterstützt haben. Keine Strafpredigt über Anstand und Moral, keine fromme Vorlesung über Demut und Gehorsam und die weibliche Tugend des geduldigen Schweigens. Der Frater wird es hinnehmen, dass Ihr, nicht er, die Untersuchung leitet.«

Ich atmete tief durch.

»Und Ihr, Alessandra«, fügte er mit einem feinen Lächeln an, denn er kannte mich genau, »werdet Euch damit abfinden, dass er, nicht Ihr, mit Satan ...«

Erschrocken fahre ich aus meinen Erinnerungen an das Gespräch am frühen Morgen hoch und sehe mich beunruhigt in der Geheimkammer um. Ich bebe am ganzen Körper. Ein seltsam verstörendes Gefühl beschleicht mich wie eine düstere Vorahnung.

Was hat mich so zusammenzucken lassen? Das Knistern und Knacken der Glut im Kohlenbecken neben mir? Oder der Sturm, der noch immer durch die verlassenen Säle des Lateranpalastes fegt?

Ich schiebe den vergoldeten Papstthron zurück, den ich vor eine der großen Büchertruhen gezogen habe, und husche zum aufgebrochenen Eingang der Kammer.

Mit angehaltenem Atem lausche ich in die Grabesstille im Labyrinth der Korridore und Kellergewölbe des Lateranpalastes. Doch alles ist ruhig. Die starken Windböen, die von Süden her purpurfarbene Wolken über den düsteren römischen Himmel treiben, sind hier unten in der Kammer nicht zu hören.

Ich bin allein – meine bewaffnete Leibwache wartet seit Stunden im benachbarten Benediktinerkloster, um mich später in den Palazzo Colonna zurückzueskortieren.

Minutenlang widerstehe ich dem Drang, tiefer in das finstere Labyrinth einzudringen und nach der Ursache meines Erschreckens zu suchen. Doch schließlich wende ich mich um und setze mich wieder auf den Thron des Teufelspapstes.

Todmüde berge ich mein Gesicht in beiden Händen und stütze meine Arme auf das aufgeschlagene *Testament des Salomo* auf dem Deckel der Truhe. Während der letzten Tage und Nächte habe ich meine Abreise nach Timbuktu vorbereitet. Es war so vieles zu bedenken gewesen – ich wäre fast drei Jahre lang fort aus Florenz und Rom.

Seufzend blättere ich erneut durch die vergilbten Pergamentseiten des Grimoire, das ich während der letzten Stunden eingehend studiert habe.

Der griechische Text, da bin ich ziemlich sicher, stammt aus dem ersten Jahrhundert. Die hebräischen und arabischen Kommentare sind Hinzufügungen aus späteren Jahrhunderten, das Buch selbst ist vermutlich im dritten oder vierten Jahrhundert hergestellt worden. Die Darstellung Beelzebuls, die Fra Giordano so sehr erschreckt hat, gehört ebenso wenig zum ursprünglichen Text wie der mit Blut gemalte Judenstern auf der Titelseite des Folianten.

Mein Blick fällt auf die ersten Worte des Textes: ›Testament des Salomo, des Sohnes Davids, des Königs von Jerusalem, des Herrschers über alle Dämonen zwischen Himmel und Erde, mit deren Hilfe er den Tempel von Jerusalem errichtete …‹

Es heißt, das uralte Grimoire sei von Salomo, dem weisen Herrscher, selbst verfasst worden – dabei ist der griechische Text erst ein Jahrtausend nach Salomo aufgeschrieben worden. Der König berichtet, dass ein Engel Gottes ihm einen Ring schenkte. Er trug ein Siegel in Form des magischen Hexagramms, des Judensterns. Das Siegel enthielt den unaussprechlichen Namen Gottes.

Nachdenklich ziehe ich das Amulett hervor, das ich seit meiner

Rückkehr aus Jerusalem vor zwei Jahren um den Hals trage, und betrachte es. Die hebräischen Schriftzeichen auf dem silbernen Anhänger lauten: ›Niemand muss sich fürchten, der Gott an seiner Seite weiß.‹ Darunter prangt der sechsstrahlige Stern, das Siegel Salomos. Auf der anderen Seite steht der geheimnisumwitterte Name des Allerhöchsten.

Ich denke daran zurück, wie Yared und ich vor zwei Jahren in Jerusalem mithilfe dieses Gottesnamens die Schatzkarte der Templer entschlüsselten. Der Papyrus hatte uns durch das Labyrinth im Tempelberg geführt und uns geholfen, das Rätsel um die verschollene Bundeslade zu lösen …

Ich versuche, mich wieder auf das *Testament des Salomo* zu konzentrieren, doch es fällt mir schwer, Yared aus meinen Gedanken zu verbannen.

Seit seiner Abreise nach Granada fehlt er mir so sehr, dass es mich quält. In seinem letzten Brief, den er mir vor Weihnachten aus Valencia geschickt hat, schimmerte zwischen seinen sehnsüchtigen Worten die Hoffnung durch, ich könnte mich doch noch entschließen, Rom für immer zu verlassen, um mit ihm in Granada zu leben. Ihn zu lieben und mit ihm glücklich zu sein. Zu einer meiner Expeditionen bis ans Ende der Welt aufzubrechen, um bei meiner Rückkehr in Granada den größten aller Schätze zu finden: unsere Liebe.

Nur mühsam besinne ich mich auf das Grimoire vor mir auf der Truhe.

Das Siegel auf dem Ring des Salomo enthält also denselben hebräischen Gottesnamen wie mein Amulett. Mit diesem magischen Ring unterwarf Salomo Beelzebul, den Fürsten der Dämonen, und zwang ihn und sein dämonisches Gefolge, den Tempel zu errichten. Der König schreibt, dass er die Dämonen mit seinem Ring siegelte. Schaudernd erinnere ich mich, dass auch der tote Dominikaner, den ich vor wenigen Stunden gemeinsam mit Kardinal

Scarampo untersucht habe, gesiegelt war: In seine Brust war ein Judenstern geritzt worden. Und wieder war kein Blut geflossen.

Ich schließe das *Testament des Salomo* und sehe mich in der Kammer um. Was ist letzte Nacht hier geschehen? Woher stammte der Dominikaner? In Santa Maria sopra Minerva, dem Hauptquartier des Ordens in Rom, wird kein Mönch vermisst. Wer war der Frater, der wegen der schrecklichen Verstümmelungen nicht mehr identifiziert werden kann? Hat er mithilfe des *Testaments des Salomo*, einem jahrhundertealten Handbuch für Magier, den Fürsten der Finsternis beschworen? War sein Tod das Ende eines Satanspaktes? Warum lag der zerfetzte Leichnam ausgerechnet in dieser geheimen Kammer unterhalb vom Grab des Teufelspapstes, der sich – so das grausige Gerücht – nach einem Pontifikalamt von Satan bei lebendigem Leib zerstückeln ließ?

Und woher stammt das *Testament des Salomo*? Hat Gerbert d'Aurillac, der später zum Papst gewählt wurde, den Folianten aus Córdoba mitgebracht? Die Legende berichtet, dass der Benediktinermönch Gerbert sein Kloster im französischen Aurillac verließ, um bei den ›Ungläubigen‹ in Córdoba zu studieren. Ein arabischer Weiser lehrte ihn die Kunst der Magie, stellte ihm großzügig seine umfangreiche Bibliothek zur Verfügung, weigerte sich jedoch, ihm ein bestimmtes magisches Buch zu überlassen. Gerbert stahl das Grimoire und floh, verfolgt von seinem zornigen Lehrmeister. Mithilfe dieses Folianten rief er den Teufel, damit der ihn vor seinem Verfolger beschützte. Das war der Beginn des Paktes mit Satan, an dessen Ende er als Silvester II. den Thron Petri bestieg.

Ist das *Testament des Salomo* jenes geheimnisvolle Grimoire aus Córdoba? Die hebräischen und arabischen Kommentare am Seitenrand sprechen dafür. Die französischen Notizen jedoch stammen, der Handschrift nach zu urteilen, nicht von Gerbert …

Erschrocken zucke ich zusammen, als ich erneut das Schlurfen vernehme.

Leise Schritte, die sich aus dem Labyrinth nähern!

Ich nehme die Kerze von der Büchertruhe, husche zum Mauerdurchbruch und spähe in den dunklen Gang, der zu beiden Seiten in der Finsternis verschwindet.

Ein eisiger Lufthauch weht mir den Geruch nach kalter, feuchter Erde in die Nase. Es riecht wie … wie in einer Gruft. Ich erschauere.

Einen atemlosen Moment verharre ich und beobachte die flackernde Flamme, die ich mit der offenen Hand schützen muss, damit sie nicht verlischt. Es war der Sturm. Es muss der Sturm gewesen sein. Vielleicht zieht wieder ein Gewitter herauf, so wie letzte Nacht. Und doch …

»Wer ist da?«, rufe ich mit bebender Stimme.

Das leise Rascheln entfernt sich.

Unentschlossen bleibe ich stehen. Und wenn es nun doch nicht die Windböen waren?

Langsam schleiche ich den Gang entlang. Er führt tiefer ins Labyrinth. Die Türen zu den Kellergewölben auf beiden Seiten stehen offen. Dahinter ist es finster wie in Dantes Inferno. Und totenstill.

Ich leuchte in die Kammer, in der der tote Dominikaner aufgebahrt liegt. Niemand hat es bisher gewagt, den von Satan zerfetzten Mönch hinauf in die Lateranbasilika zu bringen, in die allerheiligste Kirche der Christenheit. Zögernd trete ich ein und betrachte den Leichnam, den Ludovico Scarampo und ich vorhin untersucht haben. Der Raum ist verlassen. Ich bin allein.

Offenbar leide ich an Sinnestäuschungen. Kein Wunder, nach Fra Giordanos Begegnung mit Satan …

Ich will schon umkehren, da steigt mir plötzlich der Geruch nach Blut in die Nase. Als ich die Kammer verlasse und den Gang weiter hinuntergehe, wird er so stark, dass ich den metallischen Geschmack auf der Zunge spüren kann.

Im Lichtkreis der Kerze taucht vor mir eine große Blutlache auf. Auch von den Wänden rinnt Blut und sammelt sich in den Fugen zwischen den Bodenfliesen.

Meine Nackenhaare stellen sich fast schmerzhaft auf, und mein Atem geht stoßweise. Ich bin sicher, das Blut war noch nicht da, als ich heute Nachmittag mit Ludovico Scarampo das Labyrinth besichtigt habe. Es ist nicht das Blut des Dominikaners. Gibt es noch einen Toten in diesen Kammern?

Plötzlich spüre ich, dass ich nicht mehr allein bin. Dass ich beobachtet werde. Mein Mund ist auf einmal ganz trocken, und ich muss schlucken. Irgendetwas Unheimliches, Gewalttätiges und Blutgieriges wartet in diesem Gang. Es belauert mich.

Vor mir taucht ein Schatten auf.

Ist es die schwarze Gestalt, von der Fra Giordano berichtet hat? Mit eiskalten Händen hebe ich die flackernde Kerze, um besser sehen zu können. Sofort verschwindet der Schatten. Dabei stößt er ein Kichern aus, das mir das Blut in den Adern gefrieren lässt.

Fluchend folge ich ihm durch das Labyrinth.

Etliche Schritte weiter bleibe ich abrupt stehen. Das kalte Entsetzen presst mir die Luft aus den Lungen, als mich aus der Dunkelheit plötzlich zwei bernsteingelbe Augen anfunkeln. Mein Herz rast, und das Atmen fällt mir schwer.

Entsetzt taumele ich. Ich strecke eine Hand aus, um mich gegen die Wand zu stützen, damit ich nicht zu Boden sinke.

Was, zum Teufel, verbirgt sich am Ende des Korridors?

Yared

Kapitel 2

An der Porta San Paolo im Süden von Rom
Dienstag, 21. Februar 1447
Viertel nach acht Uhr abends

Sobald wir das Stadttor an der Via Ostiense erreicht haben, drängt Elija sein Pferd ganz nah neben meins, zupft mich am Ärmel und deutet nach links. »Guck mal, Yared. Die Römer haben Pyramiden. Wie die Ägypter.«

Während die Karawane meines Gefolges die von Fackeln beleuchtete Porta San Paolo passiert, lasse ich meinen Blick an der Grabpyramide des Gaius Cestius emporgleiten. »Die Pyramiden von Gizeh sind viel größer, Krümelchen.«

»Ich will sie mir ansehen«, entscheidet mein achtjähriger Sohn mit der Entschlossenheit eines kleinen Abenteurers, der mit mir in den letzten Monaten die halbe Welt bereist hat und sich auch von so großartigen Bauwerken wie der Alhambra von Gharnata und der Mezquita von Córdoba nicht mehr beeindrucken lässt. Wie auch? Er ist in Jerusalem aufgewachsen, zwischen Felsendom und Grabeskirche. »Wenn wir Alessandra besucht haben, fahren wir dann nach Ägypten?«

»Nein, ich denke nicht.«

»Och …«, schmollt er. »Glaubst du, der Mameluckensultan ist immer noch wütend auf dich?«

»Und wie. Er tobt vor Zorn.«

Benyamin, der sein Pferd neben mir gezügelt hat, wirft mir einen ernsten Blick zu. Mein Sohn weiß nicht, dass der Sultan erst vor wenigen Tagen einen seiner Mamelucken nach Neapel entsandt hatte, um mich zu ermorden. Und um die Ehre seiner Tochter wiederherzustellen, die in Kairo meine Geliebte gewesen ist. Sobald ich nach meiner Hadj nach Mekka und Jerusalem zum Islam konvertiert wäre, hätte ich Jadiya heiraten sollen, die im fünften Monat schwanger war. Von mir, wie ihr Vater behauptete. Aber dann bin ich vor zwei Jahren mit Alessandra und Elija aus Jerusalem geflohen ...

»Aber du warst sein Wesir. Und der Vizekönig von Jerusalem«, erinnert sich Elija.

»Eben deshalb ist der Sultan so wütend«, antwortet Benyamin. Um der vorbeiziehenden Karawane Platz zu machen, drängt er seinen Hengst neben meinen. Meine Leibwächter umringen uns, sie blicken aufmerksam um sich, die Hand am Schwert. Ihre Helme und Harnische gleißen im Licht der Fackeln, die im eisigen Sturmwind knattern.

»Aber Yared hat sich auf Malta mit dem Sohn des Sultans getroffen, um sich mit ihm zu versöhnen. Sie haben sich die Hand gereicht. Wie früher, als sie Freunde waren.«

»Uthman wollte Yared nach Ägypten zurückholen«, erklärt Benyamin. »Er sollte wieder Wesir des mächtigsten Reiches des Islam sein.«

»Und Jadiya hat ihm einen Sohn geboren«, wirft Elija keck ein. »Er heißt Karim.«

»Hast du gelauscht?«, frage ich.

»Nö, war nicht nötig«, grinst er ganz ungeniert. »Euren Streit konnte man im ganzen Palast hören. Ich dachte schon, ihr geht aufeinander los. So wie in Jerusalem. Aber dann habt ihr euch die Hand gereicht. Und ich dachte, ihr wärt wieder Freunde.«

»Sind wir nicht.«

»Aber wieso denn nicht? Akiva und ich prügeln uns auch. Aber wir sind trotzdem Freunde.«

Auf meinen Wunsch hin hat Benyamins jüngster Sohn uns während unserer Reise durch Portugal, Kastilien und Aragón begleitet. Als Spielkamerad für Elija, für den ich oft viel zu wenig Zeit habe. Akiva ist jedoch in Valencia krank geworden. Die Seereise nach Malta und weiter nach Neapel und Rom wäre zu anstrengend für ihn gewesen. Elija hätte seinen Freund nach Hause begleiten können, aber er wollte mit mir kommen, um Alessandra wiederzusehen. Er vermisst sie so wie ich.

»Akiva und du – das ist etwas anderes«, winkt mein Schwager ab. »Dein Vater und Prinz Uthman waren eng befreun…«

»Und du streitest dich auch mit Yared, bis die Funken fliegen«, stellt mein Sohn fest.

Benyamin hebt die Augenbrauen. »Wir streiten uns nicht.«

»Doch, und wie!«

»Wann haben wir gestritten?«

»In Valencia. Nachdem Yared mit dem Vizekönig von Aragón gesprochen hatte. Er wollte nach Neapel und weiter nach Rom segeln, um mit dem Papst zu reden. Du warst dagegen. In Sevilla habt ihr auch gestritten. Da ging es, glaube ich, um die Inquisition. Und in Córdoba. Wegen der Reconquista der kastilischen Ritter. Und …«

»Elija!«, ermahne ich meinen Sohn.

»… und auf Malta, kurz vor Uthmans Audienz bei Yared«, redet er unbeeindruckt weiter. »Du lieber Himmel, da seid ihr aneinandergeraten! Ihr streitet euch ziemlich oft. Aber ihr vertragt euch immer wieder. Warum können Yared und Uthman denn keine Freunde mehr sein?«

»Uthmans Vater, der Sultan von Ägypten, kann Yared nicht verzeihen, dass er nun der Wesir des Sultans von Gharnata ist und dass er sich weigert, nach Ägypten zurückzukehren«, erklärt mein Schwager. »Und Yared ist enttäuscht von Uthman, weil der ihn in Jerusalem verraten hat. Du weißt doch noch, was er mit Alessandra und dir vorhatte, als ihr im Kerker gesessen habt?«

Elija nickt zögernd.

»Alessandra kann niemals nach Ägypten zurückkehren. Und Yared auch nicht. Nicht nach allem, was damals in Jerusalem geschehen ist.«

»Ich dachte nur …«

»Was dachtest du, Elija?«, ermuntere ich ihn.

Er sieht auf. »Ich dachte, der Mameluckensultan könnte uns helfen, die Alhambra zurückzuerobern und deinen Freund Muhammad wieder auf den Thron zu bringen. Deshalb redest du doch mit den Königen von Portugal, Kastilien und Aragón. Und mit dem Papst.«

Diego Alvarez, der Befehlshaber meiner Leibwache, lenkt sein Pferd zu uns herüber. »Es ist schon spät. Wir sollten zum Palazzo Colonna reiten. Es sind noch drei Meilen, und wir sind in frühestens einer Stunde dort.«

Ich nicke. »Du hast recht.«

»Ich habe mich bei den Stadtwachen nach dem Weg erkundigt. Wir sollten an den Caracalla-Thermen vorbei zur Lateranbasilika reiten«, schlägt Diego vor, während wir das Stadttor durchqueren. »Dann schlagen wir uns durch das Dornengestrüpp zum Colosseum durch. Dahinter liegt das Forum Romanum. Die Gegend ist nachts zwar lebensgefährlich, aber von dort aus ist es dann nicht mehr weit.«

»Warum reiten wir nicht am Tiber entlang zum Pantheon und weiter nach Osten? Der Weg ist kürzer, und er führt nicht durch die Wildnis rund um den Lateran.«

Diego schüttelt den Kopf. »Dort drüben liegt der Monte Testaccio.« Er weist in Richtung Tiber. »Die Römer feiern dort ihren Karneval. Und ein Inquisitor hetzt mit seiner Predigt die Massen auf – Fra Giovanni da Capestrano.« Diego spricht den Namen aus wie einen Fluch.

»Nicht dieser Judenhasser!«, stöhnt Benyamin.

Diego wirft ihm einen kurzen Blick zu – er weiß, dass Benyamin vor Jahren vor der Inquisition geflohen war. Dann wendet er sich wieder mir zu. »Sidi, ich halte es für besser, wenn wir die Menschenmassen meiden, die dieser Fanatiker gegen uns Juden und Muslime aufhetzt. Es wäre zu gefährlich. Mit der Karawane kommen wir nicht schnell genug voran. Ich kann dein Leben nicht schützen, wenn …«

»Schon gut, Diego. Wir reiten zum Lateran.«

Er nimmt die Zügel, um sein Pferd zu wenden. »Wenn du dich einen Augenblick geduldest, suche ich einen Führer für uns. Unsere Packtiere sind so schwer beladen wie die Karawane der Heiligen Drei Könige.«

Ich winke ab. »Nicht nötig, ich kenne den Weg. Du führst die Karawane zu den Caracalla-Thermen. Das ist eine halbe Meile von hier. Im Schutz der Ruinen wartet ihr auf mich.«

Er runzelt die Stirn. »Und du?«

»Ich will mir die Predigt anhören.«

»In einer Djellabiya aus indischer Seide und einem Brokatmantel mit Hermelinbesatz? Bitte verzeih, Sidi! Du siehst aus wie einer der Weisen aus dem Morgenland, der auf dem Weg nach Betlehem aus Versehen die Straße nach Rom genommen hat. Wenn da Capestrano dich erkennt, dann gnade dir Gott der Allmächtige!«

»Gib mir deinen Mantel, Diego. Du kannst meinen haben.« Ich schlüpfe aus den Ärmeln und reiche ihm die Robe.

»Der macht auch keinen Christen aus dir«, brummt er und gibt mir widerwillig seinen im Wind flatternden Mantel.

»Aber einen Kastilier namens Diego Alvarez.«

»Ich war nie ein Kastilier!«, verwahrt er sich fast beleidigt. »Ich habe nicht König Juan die Treue geschworen, sondern Sultan Muhammad! Und dir als seinem Wesir. Der Sultan reißt mir den Kopf ab, wenn dir etwas geschieht!«

»Mach dir keine Sorgen, Diego.« Ich wende mich an Benyamin. »Begleitest du mich?«

»Fanatikern wie da Capestrano, die das Volk gegen uns Juden aufhetzen, habe ich es zu verdanken, dass ich aus Sevilla fliehen musste.« Er senkt den Blick. »Damals habe ich alles verloren.«

»Dann reite ich allein.«

»Darf ich mitkommen?«, fragt Elija.

»Nein. Benyamin wird dich …«

»Ich will aber!«, trotzt er mir.

Mein Schwager schüttelt den Kopf. »Habe ich dir schon mal gesagt, dass du diese vorlaute Rotznase völlig verziehst?«

»Hast du, mein Lieber«, erkläre ich trocken. »Erst heute Morgen hast du mir die letzte Strafpredigt gehalten. Aber ich weiß beim besten Willen nicht mehr, worum es dabei ging.«

»Ich sag's dir! Es ging darum, ob Elija auf einem Esel reitet oder auf einem Pferd. Der Bengel will ein Pferd haben, also lässt der Wesir des Sultans alles stehen und liegen und …«

»Ich hatte das Gefühl, dass meinem Gefolge, allen voran meinem geschätzten Sekretär Benyamin ben Yoel Halevi, nach der stürmischen Überfahrt von Neapel eine Ruhepause ganz recht wäre, bevor wir sofort wieder in die Sättel steigen, um nach Rom weiterzureiten. Ich kann mich erinnern, dass du mich die ganze Nacht wachgehalten hast, weil du ständig über mich rübergekletttert bist, um an Deck die Fische zu füttern. Und dass du mir jedes Mal, wenn du in unsere Koje zurückgekrochen kamst, vorgejammert hast, wie sterbenselend du dich fühlst. Ich dachte, ich lass dich in Ruhe und hab ein bisschen Spaß mit meinem Sohn.«

»Als Wesir bist du brillant, Yared. Aber als allein erziehender Vater …« Benyamin verdreht entnervt die Augen. »Ach, was red ich denn!«, stöhnt mein Schwager in gespielter Resignation. »Du hörst mir sowieso nie zu. Und der kleine Prinz bekommt ja doch immer seinen Willen!«

Elija grinst siegesgewiss von einem Ohr zum anderen.

Ich reiche ihm die Hand. »Du reitest vor mir im Sattel.«

»Ich kann allein reiten«, protestiert er.

»Ich weiß, dass du's kannst. Aber ich will es nicht. Wenn wir fliehen müssen, will ich dich nicht in der Menge verlieren.«

»Oh, bitte, Papa ...« Der Bengel weiß genau, wie er mich um den Finger wickeln kann. Große, glänzende Kinderaugen und ein bebender Schmollmund – so, als ob der arme Kleine gleich schluchzend in Tränen ausbricht, weil sein Vater, dieser unerbittliche Patriarch, alle seine Wünsche missachtet und ihn kein bisschen lieb hat. Nur, dass Elija nie Kullertränen vergießt. Er ist mit allen Wassern gewaschen.

Ich schüttele den Kopf. »Das ist mein letztes Wort, Elija. Vor mir im Sattel. Oder gar nicht. Entscheide dich.«

»Ist gut«, schmollt er.

Ich halte ihn fest, während er auf mein Pferd herüberklettert und sich umständlich vor mir in den Sattel setzt. »Lehn dich gegen mich, Elija.« Ich drücke ihm einen Kuss ins lockige Haar. Während er sich zur Seite fallen lässt und die Schulter hochzieht, weil ihn mein Bart im Nacken kitzelt, nehme ich ihm die Zügel weg, die er sofort an sich gerissen hat. »Die Zügel nehme ich. Nein, Elija, vergiss es! Lass los!«

»Kannst du mir mal sagen, was das soll?«, fragt Benyamin genervt. »Reicht es nicht, wenn du dein Leben riskierst? Wozu nimmst du den Jungen mit?«

»So kann er sich die Hasstiraden des Inquisitors anhören.«

»Hat Elija in Kastilien nicht schon genug davon gehört?«

»Ich will, dass er da Capestrano kennenlernt, der predigt, man solle alle Juden als Feinde Gottes auf Schiffe laden und auf dem offenen Meer ertränken. Ich will, dass er diesem Stellvertreter Satans auf Erden ins hassverzerrte Gesicht sieht. Ich will, dass er weiß, welchen Eiferern wir es zu verdanken haben, dass Gharnata dem

Untergang geweiht ist. Was ›Taufe oder Tod!‹ bedeutet, solltest du doch wohl am besten wissen.«

Benyamin nickt traurig, als er sich vermutlich erinnert, wie er mit seiner Schwester, meiner verstorbenen Gemahlin Rebekka, vor der Inquisition geflohen war. Er legt mir die Hand auf die Schulter und murmelt besorgt: »Pass auf dich auf!«

»Mach ich.«

Mein Schwager wendet sein Pferd und galoppiert hinter Diego her. Ich blicke ihm nach, bis er zwischen den Pinien und Zypressen verschwunden ist. Dabei fallen mir ein paar Reiter auf, die gerade eben die Porta San Paolo durchqueren. Ihre Kleidung ist kastilisch und maurisch. Sie haben ihre Gesichter verhüllt, als trotzten sie dem Staub in den sonnendurchglühten Ebenen von Al-Andalus. Oder als wollten sie nicht erkannt werden.

Ein Gefühl drohender Gefahr beschleicht mich, und ich lege meinen Arm schützend um Elija. Sind das die Männer, die mich schon in Neapel verfolgt haben?

Alessandra

Kapitel 3

Im Gewölbe des Lateranpalastes
Dienstag, 21. Februar 1447
Halb neun Uhr abends

Was, zum Teufel, lauert dort in der Finsternis?

Die Skizze des Beelzebul, die ich im *Testament des Salomo* gesehen habe, schiebt sich vor mein geistiges Auge. Wartet dort vorne Satan auf mich?

Verdammt, ich muss Gewissheit haben!

Durch meinen weißen Atemhauch, der langsam zur Decke aufsteigt, kann ich nichts erkennen.

Vorsichtig gehe ich weiter. Ich bin jetzt nicht mehr unter dem Lateranpalast. Der Gang ist nicht aus Quadersteinen gemauert, sondern wie die römischen Katakomben aus dem Stein gehauen.

Wohin ist der schwarze Schatten verschwunden?

Ich bin hundert, vielleicht hundertfünfzig Schritte in Richtung Forum Romanum gegangen. Wie weit erstreckt sich dieses Labyrinth? Reicht es bis zu den Puzzolanhöhlen unterhalb des Colosseums? Ich weiß, dort gibt es einen Einstieg in das ausgedehnte Höhlensystem unterhalb von Rom, in das geheimnisumwitterte ›Roma Sotterranea‹, das unterirdische Rom. Als ich noch ein Kind war und die Gewölbe des Lateranpalastes erforschte, habe ich mich nicht so weit vorgewagt. Die Gewölbe der Papstresidenz sind einsturzgefährdet.

Dann höre ich ein Knurren. Ein tiefer, kehliger Laut, irgendwo weit vor mir. Dunkel und bedrohlich. Unberechenbar und blutgierig.

Ich bleibe abrupt stehen. Meine Nerven sind zum Zerreißen gespannt, und das metallische Krachen, das ich plötzlich hinter mir höre, lässt mir das Blut in den Adern gefrieren. Ich ziehe meinen Dolch und wirbele herum, um mich der Gefahr zu stellen. Doch soweit ich sehen kann, bin ich allein.

Im eisigen Lufthauch verlischt nach einem letzten Aufflackern die Kerze. Es wird finster.

Die panische Angst, lebendig begraben zu sein, schnürt mir die Kehle zu, während ich mich auf den Boden hocke. Keuchend ringe ich nach Atem und kämpfe gegen das überwältigende Bedürfnis an, aufzuspringen und zu fliehen. Immer wieder blicke ich mich um, als ich mit zitternden Fingern nach meinem Feuerzeug taste und einen Funken in den Zunder schlage. Er verglimmt jedoch mit leisem Knistern, bevor ich den Docht entzünden kann.

»Verdammt noch mal!«, hallt meine Stimme verloren von den Wänden des Ganges wider.

Die Vorstellung, dass eine Klaue mit scharfen Krallen nach mir greift, lässt mich die Schultern hochziehen. Ich bin so überreizt, dass ich aus Versehen den Feuerstein fallen lasse.

»Verflucht, verflucht, verflucht!« Ich stecke den Dolch ein, damit ich mit beiden Händen nach dem Feuerstein suchen kann.

Ein grollendes Knurren, ähnlich einem höhnischen Lachen, das im engen Gang bedrohlich widerhallt! Viel näher jetzt!

Panisch taste ich nach dem Feuerstein. Da ist er.

Am zweiten Zündschwämmchen verbrenne ich mir die Hände, bevor der Docht endlich Feuer fängt.

Mit dem Dolch in der einen und der unruhig flackernden Kerze in der anderen Hand haste ich zurück – nicht ohne mich hin und wieder umzudrehen, ob ich verfolgt werde.

Wenig später habe ich die Geheimkammer erreicht und spähe um die Ecke. Einen Moment lang bin ich von dem, was ich da sehe, so entsetzt, dass ich erstarre.

Yared

Kapitel 4

An der Porta San Paolo im Süden von Rom
Dienstag, 21. Februar 1447
Kurz nach halb neun Uhr abends

»Yared, siehst du die Männer dort drüben am Stadttor?«, flüstert Elija und schmiegt sich an mich. »Ich glaube, ich habe sie schon einmal gesehen. In Neapel.«

»Ich auch. Vielleicht sind es kastilische Pilger, die von Valencia nach Neapel gesegelt sind«, beruhige ich ihn. Und mich selbst. Das Gefühl drohender Gefahr lässt mich nach dem Griff meines Schwertes tasten.

Elija zuckt mit den Schultern und blickt hinüber zum Anführer, der gerade mit einem Torwächter verhandelt. Dieser weist mit dem ausgestreckten Arm zuerst in unsere Richtung, dann in einem ganz weiten Bogen den Tiber hinauf in Richtung Vatikan. »Ihre Kleidung ist zwar kastilisch, aber ihre Schwerter sind maurisch. Tragen christliche Pilger während der Wallfahrt ihr Schwert?«

»Wenn sie einem Orden von Mönchsrittern angehören.«

»Wie die Ritter des Ordens von Calatrava in Kastilien. Oder die Ritter vom Ordem de Cristo in Portugal.«

»Genau.«

»Aber dann hätten sie doch das Kreuz von Calatrava auf ihren Mänteln. Oder das Kreuz des Christusordens. Der Christusritter, der Alessandra in Jerusalem ermorden wollte, um die Schatzkarte der Templer zu bekommen, hat seinen weißen Habit mit dem roten Kreuz der Unschuld niemals abgelegt.«

»Das stimmt.«

»Ich glaube, sie sind Mauren, die sich als Kastilier verkleidet haben.«

»Warum sollten sie das tun?«

Wieder zuckt er mit den Schultern. »Keine Ahnung.«

Ich dagegen schon …

Haben sie mich trotz des kastilischen Mantels erkannt?

Gerade als ich mein Pferd wenden und mit Elija unauffällig verschwinden will, setzt sich der Trupp in Bewegung. Besorgt beobachte ich, wie die vermummten Männer in Richtung Santa Maria in Cosmedin am Tiberufer traben. Sie beachten mich nicht.

Habe ich mich getäuscht? Ich sehe ihnen nach, bis sie hinter der verschneiten Flanke des Aventin verschwunden sind.

Ich habe mich geirrt!, beruhige ich mich selbst, während ich schließlich mein Pferd wende. Diese Männer sind keine Hashishin, die mich ermorden sollen.

Über ein knietief verschneites Feld traben Elija und ich zum nahen Monte Testaccio. Vor zwei Jahren, als wir dort drüben zwischen den Pinien spazieren gegangen sind, hat Alessandra mir erzählt, der Hügel bestehe aus den Scherben zerbrochener Amphoren, in denen Wein, Öl und Getreide ins antike Rom transportiert worden sind.

Auf dem Monte Testaccio feiern die Römer jedes Jahr ihren Karneval, der den ›panes et circenses‹ des antiken Rom, den Pferderennen im Circus Maximus und den Gladiatorenkämpfen im Colosseum, an Gewalttätigkeit in nichts nachsteht. Doch von diesem ungezügelten Treiben ist heute nichts zu sehen. Wie gebannt drängt sich die Menge um einen Franziskaner, der mit erhobenem Arm auf die beängstigend düsteren Sturmwolken am Himmel weist und mit heiserer Stimme den Zorn Gottes auf die Menschen herabbeschwört.

Neben seiner Predigtkanzel ist ein hoher Scheiterhaufen aus Holz und Reisig aufgerichtet worden, auf den die Gläubigen Karten- und Würfelspiele, Roben aus Samt und Brokat, Schmuck, Tiegel mit Schönheitssalben, silberne Spiegel, Musikinstrumente und Notenblätter, Zeichnungen und Gemälde und Bücher werfen. Von diesen ›Fegefeuern der Eitelkeiten‹, in denen Gegenstände von unermesslichem Wert verbrannt werden, hat mir König Alfonso in Neapel erzählt. Die riesigen Scheiterhaufen, die seit Jahren in ganz Italien lodern, sind der Höhepunkt der Mission franziskanischer Wanderprediger wie Fra Giovanni da Capestrano.

Seit ich vor zwanzig Jahren zum ersten Mal den Hof von König Juan von Kastilien besucht habe, weiß ich, welchen Ruhm da Capestrano genießt. Wie ein Heiliger wird er verehrt. Auf den Straßen muss er von einer Leibwache franziskanischer Mönche beschützt werden, die die herandrängenden Gläubigen abwehren, weil sie ihn unbedingt berühren oder einen Fetzen seines zerschlissenen Habits als Reliquie erhaschen wollen. Er predigt vor Tausenden, und alle lauschen gebannt seinen mitreißenden Worten. Die Kirche hat ihm viel zu verdanken. Da Capestrano hat das Vertrauen der Gläubigen, das durch das jahrzehntelange Schisma und die Machtkämpfe von drei Gegenpäpsten erschüttert war, mit seinem Charisma wiederhergestellt.

Wie klein er ist, wie unscheinbar! Seine fromme und selbstverleugnende Lebensweise und sein rastloser Einsatz als Generalinquisitor haben den einundsechzigjährigen Franziskanermönch so sehr abmagern lassen, dass er nur noch aus Haut und Knochen besteht. Und einem übermenschlichen Willen, die Welt von der Häresie zu befreien – und von uns Juden.

Elija sieht zu mir hoch. »Kommst du auch in die Hölle?«

Ich lache und verwuschele seine Locken. »Nein.«

»Aber er sagt, wer sich nicht an Gottes Gebote hält, wird im Feuer brennen. Du hältst die Mizwot doch auch nicht. Du lebst nicht koscher, ehrst den Schabbat nicht, betest nicht mit Tallit und Tefillin, so wie Benyamin es tut, und an Yom Kippur gehst du nicht in die Synagoge. Und in Córdoba hast du am Tisch von König Juan von dem Schinken gegessen, den er dir auf den Teller gelegt hat.«

»Es war gedankenlos von ihm, und er hat sich bei mir entschuldigt. Im Übrigen meint er die christlichen Gebote. Nicht die jüdischen.«

»Aber er sagt, wir Juden sind von Gott verflucht.«

»Gott hat uns nicht verflucht, Elija. Er hat uns vergessen.«

»Redest du deshalb nicht mehr mit ihm?«

»Gott und ich haben uns seit Jahren nichts mehr zu sagen.«

»Seit Rebekka und der kleine Yona tot sind?«

Ich nicke wehmütig, als die Erinnerungen an Gharnata in mir hochsteigen. Wie der zweijährige Yona mir ausgelassen kichernd entgegenläuft, als ich nach einem Streit mit Muhammad völlig entnervt nach Hause zurückkehre. Wie er sich derart ungestüm in meine Arme wirft, dass er mich beinahe umreißt, und mir ein zerbrochenes Spielzeug entgegenstreckt, damit ich es repariere. Wie er übermütig kreischend durch den Löwenhof der Alhambra flitzt und den Sultan nass spritzt, der vergeblich versucht, meinen … unseren Sohn zu bändigen. Wie er während unserer überstürzten Flucht vor mir im Sattel schläft und seinen Kopf an meine Schulter lehnt. Wie er, als unser Schiff von den portugiesischen Christusrittern versenkt worden ist, mit der hochschwangeren Rebekka vor meinen Augen im Meer ertrinkt …

Seinen eigenen Sohn, sein einziges Kind, so sterben zu sehen und ihn nicht retten zu können! Yona wäre jetzt achtzehn. Ein temperamentvoller junger Mann, der vielleicht selbst schon Kinder hätte.

Elija nimmt meine Hand. »Du hast Yona sehr lieb gehabt.«
»Dich habe ich genauso lieb.«
»Aber ich bin nicht dein Sohn.«
»Yona war auch nicht mein Sohn, sondern der von Sultan Muhammad.«
Er reißt die Augen auf. »Im Ernst?«
»Mein bester Freund hat meine Frau verführt, während ich monatelang in Kastilien war.«
»Warst du wütend auf ihn?«
»Na, was glaubst du denn? Weißt du, Elija, ich kann keine Kinder haben, so sehr ich es mir auch all die Jahre gewünscht habe. Deshalb bist du mein Erbe.« Ich umarme ihn und küsse zärtlich seine Locken, und er genießt meine Liebkosung mit einem verschämten Kichern und schmiegt sich an mich.
»Ich hab dich lieb, Papa«, flüstert er.
»Ich hab dich auch lieb.«
»Können wir zurückreiten? Ich freue mich auf Alessandra.«
»Ich auch«, seufze ich. »Und wie.«
»Vielleicht bringt sie mich ins Bett und gibt mir einen Kuss.«
»Darauf würde ich an deiner Stelle nicht warten.«
»Und warum nicht?«
»Weil sie mich ins Bett bringt und mir einen Kuss gibt.«
»Na, bei dem einen wird's wohl nicht bleiben«, meint er mit einem frechen Grinsen. »Das letzte Mal habe ich die ganze Nacht wachgelegen, während ihr im Bett herumgetobt habt.«
»Wir werden ganz leise sein.«
»Keine ausgelassene Kissenschlacht heute Nacht? Keine leidenschaftlichen Küsse? Kein Keuchen und kein Stöhnen? Kein verliebtes Getuschel?«
Lachend lege ich meinen Arm um ihn und reibe meine Nase an seiner Wange. »Wir werden dich nicht aufwecken.«
»Glaub ich nicht«, meint er trocken.

Schon will ich mein Pferd wenden und vor dem Entzünden des Fegefeuers der Eitelkeiten zurückreiten, als da Capestrano seinen Zorn gegen die Ketzerin Alessandra Colonna richtet, die im Weinberg des Herrn wütet und mit der Axt die Weinstöcke zerschlägt, die ihr Cousin, Papst Martin, nach dem Exil der Päpste so mühsam wieder aufgerichtet hat.

Einen Herzschlag lang hält er inne in seiner leidenschaftlichen Predigt, blickt mit gereckten Armen gen Himmel, als lausche er der Stimme Gottes, dann hebt er, zitternd und bebend und wie unter Schmerzen aufstöhnend, wieder an zu predigen. Er ermahnt und droht. Er verführt die Gläubigen mit einer fast dämonischen Verlockung und zieht sie in seinen Bann. Er, der gottgesandte Prophet, unterwirft die Menge seinem Willen und hetzt sie gegen Alessandra auf.

»O Herr, mein Gott, ich flehe dich an, verfluche diese irrgläubige Ketzerin, die die Heilige Schrift, das Wort des lebendigen Gottes, verleugnet!«, fleht er mit sich überschlagender Stimme. »Diese Päpstin der Häretiker, die sich anmaßt, die Wahrheit des Glaubens anzuzweifeln! Diese Schutzheilige der Juden, die diese Feinde Gottes vor ihrer gerechten Strafe bewahrt. Diese Verführerin, der selbst der Papst ergeben ist.«

Entsetzt beobachte ich die aufgepeitschte Menge, die brennende Kerzen schwenkt und johlt:

»Herr, verfluche sie!«

»Bestrafe sie für ihren Frevel!«

Elija dreht sich fassungslos zu mir um. »Meint er Mami?«

»Solange wir in Rom sind, darfst du sie nicht Mami nennen. Auf keinen Fall, hörst du?«

»Aber sie ist doch …«

»Es ist zu gefährlich, Elija. Für sie und für uns.«

»Ist gut«, flüstert er mit aufgerissenen Augen.

Wie in Ekstase hebt da Capestrano die Arme gen Himmel.

»O Herr, mein Gott, lass sie die Schärfe deines Schwertes fühlen und züchtige sie für ihre Gottlosigkeit!« Die Menge kreischt vor Begeisterung. »O Herr, mein Gott, lass das Feuer der Hölle diejenige verschlingen, die sich gegen dich versündigt, indem sie um der Macht willen Satan huldigt! Lass ihre verderbte Seele für alle Ewigkeit in der Finsternis der Verdammnis umherirren …«

Entschlossen wende ich mein Pferd und trabe zurück zu den Caracalla-Thermen, wo Benyamin uns ungeduldig erwartet.

»Was ist?«, fragt er, während er Elija auf sein Pferd hinüberhilft. Er hat bemerkt, dass der Junge ganz verstört ist.

»Da Capestrano hat Alessandra verflucht und die Menge gegen sie aufgehetzt. Wir müssen so schnell wie möglich zum Palazzo Colonna. Ich muss sie warnen. Dieser Hassprediger schürt das Feuer ihres Scheiterhaufens.«

»Gott steh ihr bei!«

Diego zügelt sein Pferd neben mir und reicht mir meinen Mantel. »Alles in Ordnung?«, fragt er besorgt, während er mir seinen Umhang abnimmt. »Elija wirkt verstört.«

»Der Mönch hat ihn erschreckt.«

»Soll ich ihn ablenken?«

»Nein, lass nur. Ich rede nachher mit ihm.« Ich deute auf die Lasttiere, die sich zwischen den Ruinen drängen. »Ich führe die Karawane zum Lateran. Du reitest mit der Hälfte der Männer am Ende des Zuges. Ich will wissen, ob uns die Menge folgt.«

»In Ordnung.«

»Noch etwas.« Ich berichte ihm von den Bewaffneten, die nach Norden geritten sind – so schien es zumindest.

Diego wendet sein Pferd. »Djafar! Yusuf! Nasir! Folgt mir mit euren Männern!«

Umgeben von einigen Leibwächtern reite ich mit Elija an der Spitze der langen Karawane. Der Pilgerweg, der die vier Patriarchalbasiliken verbindet, windet sich unter Pinien und Zypressen durch die tief verschneite Wildnis. An manchen Stellen ist das Gebüsch so dicht, dass die Maultiere hintereinandergehen müssen. Immer wieder blicke ich unruhig zurück zu Diego und seinen Männern.

Alessandra

Kapitel 5

Vor der geheimen Kammer im Gewölbe des Lateranpalastes
Dienstag, 21. Februar 1447
Viertel vor neun Uhr abends

Die Geheimkammer ist verwüstet. Die Papyrusfolianten, die ich vorhin zu Stapeln geordnet hatte, liegen durcheinandergeworfen vor den Büchertruhen. Etliche Briefe von Papst Silvester, die eigentlich in einer Dokumentenkassette aufbewahrt werden, liegen auf dem Boden. Sie sind beinahe ein Raub der Flammen geworden, weil das Kohlenbecken umgestürzt ist und die Glut sich auf den Steinfliesen verteilt hat.

Das also war das Poltern, das ich eben gehört habe!

Rasch richte ich das Kohlenbecken wieder auf.

Nein, dies ist ganz sicher kein dummer Scherz, um mich das Fürchten zu lehren. Hier sind dunkle Mächte am Werk, die mein Verstand nicht begreifen kann.

Mit einem Gefühl der Ohnmacht lasse ich mich auf den Thron sinken, berge mein Gesicht in beiden Händen und atme tief durch. Als ich wieder aufsehe, fällt mein Blick auf das aufgeschlagene *Testament des Salomo*.

Nein, das darf nicht wahr sein!

Alessandra, meine geliebte Tochter.
Welch eine Chuzpe, mir in die Finsternis zu folgen
– ich bin stolz auf Dich!

Gerbert, Dein Bruder im Geiste, war
genauso unerschrocken.
Nun habe ich Dich erwählt. Unsere Zusammenarbeit,
in die ich große Hoffnungen setze, wird mir
ein Vergnügen sein.
Satan, Fürst der Hölle und Beherrscher
des gottlosen Rom

Fassungslos starre ich auf die Zeilen unterhalb der Skizze des Beelzebul. Sie sind mit Blut geschrieben. Es ist noch nicht getrocknet. Wer immer diese Worte geschrieben hat, ist noch hier.

Mein Herz pocht so laut, dass es in meinem Kopf dröhnt. Ich springe auf und stoße dabei den Thron um. Mit lautem Poltern kippt er um. Als ich zum Eingang der Kammer stürze, stolpere ich beinahe über den Saum meines Seidenrocks.

Nur weg hier!

Ein lautes Quietschen lässt mich zusammenzucken. Dann folgt ein dumpfes Dröhnen.

Das Portal!

Ich ergreife die Kerze und haste den Gang entlang bis zur Treppe, die hinauf in den Lateranpalast führt. Kalter Schweiß rinnt über meine Stirn, während ich die Stufen hinaufhetze.

Mit aller Kraft werfe ich mich gegen das schwere Tor. Doch es öffnet sich nicht. Ich suche nach einem Riegel, nach einem Griff, aber es gibt keinen. Das Portal ist von außen verschlossen.

Gelähmt vor Angst erinnere ich mich, wie ich im Labyrinth des Tempelbergs von Jerusalem lebendig eingemauert war – und wie ich mich befreien konnte. Ich stelle die Kerze auf den Boden und werfe mich noch einmal gegen den Torflügel.

Es knirscht. Das Portal hat sich eine Handbreit geöffnet!

Wieder werfe ich mich mit der Schulter dagegen.

Mit einem grellen Quietschen schleift der Torflügel ein Stück weit über die Marmorfliesen, sodass ich durch den Spalt schlüpfen kann.

Mit der Kerze in der Hand stolpere ich den Gang entlang. Das Tor zur Lateranbasilika steht eine Handbreit offen. Ich bin sicher, ich hatte es geschlossen, nachdem Ludovico Scarampo sich nach der Nekropsie des Dominikaners verabschiedet hatte, um Papst Eugenius Bericht zu erstatten!

Lautlos schiebe ich das Portal auf und spähe in die Finsternis der Kathedrale.

Nur wenige Schritte entfernt befindet sich das Grab von Papst Silvester. Blut rinnt heraus.

Von blinder Furcht ergriffen, haste ich durch das Seitenschiff zum Portal. Der Weg quer durch die Kathedrale in den Kreuzgang und weiter in das Refektorium, wo mein Gefolge auf mich wartet, ist mir jetzt zu weit.

Ich husche hinaus auf die sturmdurchtoste Piazza und schlage den Torflügel hinter mir zu. Aufschluchzend vor Erleichterung stemme ich mich mit ausgestreckten Armen dagegen – als ob ich das Böse, das darin Gestalt angenommen hat, aufhalten könnte. Keuchend ringe ich nach Atem, während die Windböen, die sich im Portikus verwirbeln, an meiner Kleidung reißen.

Plötzlich ein Knirschen hinter mir: Schritte im gefrorenen Schnee, die sich mir rasch nähern!

Mit blitzendem Dolch wirbele ich herum.

Ein Schatten bewegt sich auf mich zu. Eine Gestalt in einem schwarzen Mantel. Ihr Gesicht liegt im Schatten einer Kapuze.

»Alessandra?«, fragt er leise.

Mit einem Aufschrei will ich zurückweichen, doch ich pralle mit dem Rücken gegen das Portal.

»Alessandra!«, ruft er.

Dann steht er vor mir. Streckt die Hand nach mir aus. Entwindet mir grob den Dolch. Packt mich am Arm und zerrt mich derart resolut von der Lateranbasilika weg, dass ich im tiefen Schnee hinter ihm herstolpern muss.

Nach wenigen Schritten bleibt er stehen, wendet sich zu mir um und enthüllt mir sein Gesicht.

Yared

Kapitel 6

Auf dem Pilgerpfad nahe San Giovanni in Laterano
Dienstag, 21. Februar 1447
Kurz vor neun Uhr abends

Nicht weit vor uns schimmert das Baptisterium von San Giovanni in Laterano unter den verschneiten Pinien hindurch. Im Licht unserer Fackeln wirken die Lateranbasilika und der angrenzende Palast der Päpste wie ein verwunschener Ort. Schatten huschen lautlos durch die Nacht und verkriechen sich in den finsteren Nischen des antiken Gemäuers aus aneinandergebauten Klöstern, Kreuzgängen, Kapellen und der allerheiligsten Kathedrale der Christenheit.

Elija lenkt sein Pferd neben mich. »Ich hab Angst.« Seine Stimme bebt. »Siehst du die Schatten da vorn hinter dem dichten Dornengestrüpp? Da drüben vor dem Seitenportal?« Er presst die Lippen aufeinander und beobachtet die Schemen mit glänzenden Augen. Schließlich wendet er sich zu mir um. »Fürchtest du dich auch?«

»Nein.« Ich lenke meinen Hengst auf den Pfad, der in einer weiten Biegung zum Colosseum führt.

»Kein bisschen?«, fragt er nach.

»Nein, kein bisschen.« Ich bin nur ein wenig beunruhigt. Aber das will ich Elija nicht gestehen. »Wir waren vor zwei Jahren in der Lateranbasilika, erinnerst du dich?«

»Mit Alessandra.«

»Genau.« Ich will ihn von den Schatten ablenken und frage: »Woran erinnerst du dich?«

»Och ...« Er überlegt. »An das Grab des Teufelspapstes. Alessandra hat mir von ihm erzählt. Die Knochen im Grab rumoren in manchen Nächten. Als ob der Papst gar nicht tot ist. Weißt du, warum sie klappern? Die Römer glauben, der Papst wäre ein Jude gewesen. Immer wenn er betet, rasseln seine Gebeine. Weil er wie Benyamin Gott mit seinem ganzen Körper anbetet und sich beim Gebet hin und her wiegt.«

»Ein jüdischer Papst, sieh mal an. Und wann betet er?«

»Immer wenn einer seiner Nachfolger stirbt.«

Schweigend reiten wir den Pilgerpfad entlang, vorbei an antiken Ruinen und Mauerresten, die von wildem Wein überrankt sind. Ein Wäldchen aus Pinien und Zypressen säumt den Weg. Knorrige Eichen recken ihre windgepeitschten Äste in den Himmel. Die Pfeiler und Gewölbebögen einer zerfallenen Kirche, kaum mehr als ein Schattenriss, tauchen neben uns auf.

Nur die knarzenden Schritte der Pferde und Maultiere im verharschten Schnee sind zu hören, ihr Schnauben in der eiskalten Winterluft, dazu der keuchende Atem der Männer. Ein Sattelgurt knarrt. Der Griff von Ismails Schwert schlägt gegen seinen Brustharnisch, als er sich seinen Turban neu wickelt. Der Wind rauscht in den Zweigen.

Mit aufgerissenen Augen blickt Elija immer wieder über seine Schulter und starrt zwischen den Pinien in die Finsternis.

»Was ist?«, frage ich beunruhigt.

»Ich dachte, ich hätte etwas gesehen. Als ob eine Schwertklinge schimmert. Dort vorn, im Schatten der Kirchenruine«, flüstert Elija. »Da ist es wieder!«

In diesem Augenblick preschen die Bewaffneten, die wir vorhin gesehen haben, aus der Ruine hervor und galoppieren auf uns zu. Es sind zehn, zwölf Krieger. Nein, aus dem Wäldchen kommen noch mehr! Zwanzig vielleicht, die sich uns entgegenwerfen. Vier Reiter halten direkt auf mich zu, ihre Schwerter blitzen auf. Die anderen galoppieren an der Karawane entlang. »Es gibt keinen Sieger außer Allah!«

Der Schlachtruf der Nasriden von Gharnata!

Ich ziehe mein Schwert.

Einer der Hashishin prescht ungestüm heran und reißt die Klinge hoch. »Yared al-Gharnati, im Namen des Sultans! Stirb, du verfluchter jüdischer Verräter!«

Alessandra

Kapitel 7

Vor dem Portal von San Giovanni in Laterano
Dienstag, 21. Februar 1447
Kurz vor neun Uhr abends

Der Schatten zieht sich die Kapuze vom Gesicht und blickt mir in die Augen. Dann erst lässt er mich los.

»Alles in Ordnung?«, fragt er keuchend.

»Nein!«, fauche ich und stoße ihn zurück, sodass er im tiefen Schnee taumelt. »Ihr habt mich zu Tode erschreckt, als Ihr mich von der Kathedrale weggezerrt habt!«

»Ich dachte …« Er besinnt sich und verstummt.

»Was?«

»Ich dachte, Ihr wärt in panischer Angst aus der Kirche geflüchtet und hättet das Portal hinter Euch zugeschlagen. Als sei Satan hinter Eurer Seele her. Ihr seid doch Alessandra Colonna, nicht wahr?«

»Und wer seid Ihr?«

»Fra Santino de Angelis vom Orden des heiligen Domenico.« Er zieht ein gesiegeltes Pergament unter dem schwarzen Skapulier seines Habits hervor, entfaltet es umständlich und gibt es mir. Er senkt nicht den Blick, wie es andere Mönche tun, wenn sie Frauen begegnen, sondern sieht mich selbstbewusst, ja stolz an. »Seine Heiligkeit schickt mich.«

Kein ›Ich bin der Inquisitor, dem Ihr zu gehorchen habt‹, kein ›Ich bin der Exorzist, der die Mächte des Bösen beherrscht, mit denen Ihr Euch ganz allein anlegen wolltet‹. Das hat er offenbar nicht nötig.

Fra Santino scheint keinen Wert auf ein prunkvolles Auftreten mit großem Gefolge zu legen. Oder wie andere Inquisitoren mit dem Rasseln von Folterinstrumenten Angst und Schrecken zu verbreiten. Er trägt das schlichte Gewand eines Dominikanerfraters und wird nur von einer Handvoll Bewaffneter in Helm und Harnisch begleitet, die sein Leben schützen und seine Befehle ausführen sollen. Ungewöhnlich bescheiden für einen Inquisitor, der im Auftrag des Papstes unterwegs ist.

Fra Santino mag sechs oder sieben Jahre älter sein als ich, also Ende dreißig. Sehr jung für einen Inquisitor, der nach päpstlichem Erlass eigentlich erst mit vierzig seine inquisitorische Gewalt ausüben darf, mit Festnahme, Folter und Todesurteil. Papst Eugenius hat keine Ausnahmen zugelassen, sein Amtsvorgänger Martin jedoch schon – nach sehr sorgfältiger Examination. Offenbar hatte mein Cousin ihn für würdig befunden. Doch selbst wenn Papst Martin ihn noch mit seinem letzten Atemzug zum Inquisitor ernannt hat, konnte Fra Santino damals höchstens zweiundzwanzig oder dreiundzwanzig gewesen sein. Wirklich erstaunlich!

Er lässt mich nicht aus den Augen, während ich das Beglaubigungsschreiben im Licht der herbeigetragenen Fackeln lese. Sein bewaffnetes Gefolge springt von den Pferden und umringt uns mit gezückten Schwertern.

Ich atme tief durch, als ich ihm das päpstliche Breve zurückgebe. »Ihr kommt aus Santa Maria sopra Minerva?«

Er ignoriert meinen Tonfall, da er zu wissen scheint, was mir als Kind in diesem Kloster, dem Hauptquartier der römischen Inquisition, angetan worden ist. Er deutet auf die Lateranbasilika. »Also, was ist hier geschehen?«

»Das wisst Ihr sehr genau!«

Ich bin so richtig in Rage, und es fällt mir schwer, mich zusammenzureißen. Ein böser Verdacht nagt in mir. Immer noch bebe ich am ganzen Körper. Doch nicht mehr vor Angst, sondern vor Zorn.

Verdammt, *er* war es! Der Inquisitor und seine Folterknechte haben sich einen Spaß daraus gemacht, mich mit diesem satanischen Mysterienspiel zu erschrecken.

»Ich weiß nicht, wovon Ihr sprecht!«, verwahrt er sich in scharfem Tonfall gegen meine Anschuldigung.

»Die Geheimkammer ist verwüstet worden. Das Kohlenbecken wurde umgestoßen. Um ein Haar wäre der gesamte Nachlass von Papst Silvester verbrannt. Die wertvollen Bücher, seine persönlichen Briefe, alles.«

»Um Gottes willen!« Fra Santino reißt einem seiner Leibwächter die Fackel aus der Hand, stürmt zum Portal der Kathedrale zurück und reißt es auf. Ich folge ihm zum Grab des Teufelspapstes, aus dem noch immer Blut rinnt, und haste hinter ihm die Treppe hinunter in die Gewölbe. Auf der letzten Stufe bleibt er unvermittelt stehen, sodass ich ihn beinahe umgerannt hätte, und lässt mir den Vortritt. »Wo ist die Kammer?«

»Dort vorn.« Ich dränge mich an ihm vorbei und führe ihn durch das Labyrinth.

Als wir den Durchbruch erreichen, leuchtet Fra Santino in die Kammer. Mit einem Fluch auf den Lippen tritt er ein, bleibt mitten im Raum stehen und hebt die päpstliche Mitra auf.

»Wer war das?«, fragt er heiser. Er atmet schwer.

»Ich dachte, Ihr würdet mir das sagen können«, erwidere ich hitzig. »Das war doch Eure Inszenierung. Ihr und Eure Schlägertruppe …« Ich weise auf die Bewaffneten, die sich im Gang vor der Kammer versammeln und uns gespannt beobachten. »… wolltet mir eine Höllenangst einjagen, damit ich verschwinde und Ihr …«

»Das ist absurd!«, brüllt er. Seine Stimme rasselt wie die Ketten der Folterkammer von Santa Maria sopra Minerva. »Glaubt Ihr, ich würde den Nachlass von Papst Silvester zerstören? Seine Bücher und Briefe verbrennen? Gott im Himmel! Hier geht es nicht um einen Inquisitionsprozess gegen irgendeinen Häretiker, der die Heilige Schrift nach eigenem Ermessen auslegt. Oder um einen Exorzismus an einer jungen Frau, die glaubt, sie hätte sich Satan hingegeben. Nein, hier geht es um einen *Papst*, um den obersten Glaubenswächter der Christenheit, der mit dem Teufel einen Pakt geschlossen hat!« Er atmet tief durch. »Das ist der wichtigste Auftrag, den mir Seine Heiligkeit je anvertraut hat!«

Ich habe Mühe, mich zu beruhigen. »Wer war es dann?«

Der Blick aus seinen schwarzen Augen legt beredtes Zeugnis ab für seinen Glauben an die Macht Satans.

»Ihr habt keine sehr hohe Meinung von der Inquisition«, stellt er schließlich indigniert fest.

»Ich habe zwei Mal im Kerker von Santa Maria sopra Minerva gesessen! Ich weiß, wovon ich rede. Die Inquisition ist die Geißel Gottes. Zu nichts nutze als Schmerzen zu verursachen und Blut fließen zu lassen, um mit Schrecken und Gewalt den Gehorsam der Gläubigen zu erzwingen ...«

»Euer Vater war auch ein Inquisitor«, erinnert er mich verstimmt. »Gehorsam und Demut scheint er Euch nicht gelehrt zu haben.«

»... und in den Händen von Fanatikern wie da Capestrano ist die Inquisition ein tödliches Instrument!«

Er wirkt plötzlich zu Tode erschöpft. Wie gelähmt von Schmerz und überwältigt von Trauer. Er zieht ein blutbeflecktes Taschentuch aus dem Ärmel, presst es sich, keuchend nach Atem ringend, gegen die Lippen und hustet.

Ich weiß nicht, wie lange wir uns schweigend anstarren, um uns gegenseitig abzuschätzen. Unsere Willensstärke, uns gegen den anderen durchzusetzen. Und den Nervenkitzel und den Spaß, den wir bei diesem intellektuellen Gerangel empfinden könnten. Ja, ich gebe es zu, er hat mich ziemlich in Rage gebracht. Aber er fasziniert mich, trotz meines Misstrauens, meines Zorns, meines Hasses und meiner Verachtung für die Inquisition. Unter dem Dominikanerhabit verbirgt sich ein sehr empfindsamer und verletzlicher Mensch. Die Traurigkeit, die plötzlich aus ihm hervorgebrochen ist, als ich die Inquisition als tödliches Instrument bezeichnete, berührt mich.

Als ich ihm eine Hand tröstend auf den Arm legen will, verkrampft er sich angesichts dieser vertraulichen, ja intimen Geste der Versöhnung. Abrupt reißt er sich los und hetzt mit gesenktem Blick aus der Kammer.

Du lieber Himmel! Was hat er denn jetzt schon wieder?

Langsam folge ich ihm in den Gang.

»Seid Ihr allein hier?«, fragt er mich, als er sich schließlich zu mir umwendet und das blutige Taschentuch zurück in seinen Ärmel stopft. Er wirkt jetzt ein wenig gefasster. Seine Folterknechte haben sich ein paar Schritte zurückgezogen.

Ich schüttele den Kopf. »Mein Gefolge wartet im Benediktinerkloster, um mich zurück in den Palazzo Colonna zu eskortieren.«

»Ihr seid mutig, dass Ihr Euch allein ins Gewölbe wagt, nachdem Fra Giordano hier letzte Nacht dem Teufel begegnet ist.« Seine schwarzen Augen funkeln. »Nach allem, was mir Seine Heiligkeit über Euch erzählt hat, erstaunt mich das allerdings nicht. Er hat mir anvertraut, was in Jerusalem geschehen ist.«

»So, hat er das.«

»Wisst Ihr, was er beim Abschied gesagt hat?«

»Nein, aber ich nehme an, dass Ihr mich gleich aus meiner Unwissenheit erlösen werdet.«

Er grinst frech. »Mach ich! Seine Heiligkeit sagte: ›Nehmt Euch vor ihr in Acht. Diese Frau hat Chuzpe.‹«

»*Das* hat er gesagt?«

»Hat er.«

»Hat er nicht. Der Heilige Vater spricht nämlich kein Hebräisch. Er weiß nicht einmal, was das Wort Chuzpe bedeutet. Aber Ihr wisst es.«

»Allerdings. Im Hebräischen wird das Worte Chuzpe benutzt, um jemanden zu beschreiben, der ohne jede Scham gesellschaftliche Konventionen missachtet. Chuzpe kann aber auch Bewunderung für ein eigenwilliges Verhalten ausdrücken, das sich nicht kampflos unterwirft, für Unverfrorenheit und Unerschrockenheit, gepaart mit Intelligenz, Charme und großem Mut, immer wieder das eigene Leben zu riskieren.«

Ich starre ihn an. »Das hat er nicht gesagt.«

»Hat er nicht?«

»Nein. Der Heilige Vater ermahnte Euch sehr ernsthaft: ›Legt Euch nicht mit ihr an. Sie weiß genau, was sie will.‹«

Fra Santino beginnt zu lachen.

»Und? Habe ich recht?«

Er nickt. »Papst Eugenius hat den allergrößten Respekt vor Euch.«

»Dann beherzigt die Ermahnung des Papstes, Inquisitor!«, fordere ich ihn auf. »Passt auf, *was* Ihr sagt und *wie* Ihr es sagt! Ich könnte Eure Worte aus purem Mutwillen für ein Kompliment halten.«

»So waren sie gemeint.« Er lächelt. »Ich bewundere Euch, wie ich Euren Vater verehrt …«

»Bemüht Euch nicht«, entgegne ich. »Lasst uns offen und ehrlich sein. Es passt Euch nicht, dass Seine Heiligkeit die Untersuchung nicht Euch übertragen hat und dass Ihr Euch mit mir herumschlagen müsst. Wisst Ihr was? Mir gefällt's auch nicht. Am liebsten würde ich den Befehl des Papstes missachten, Euch mitsamt Euren Folterknechten nach Santa Maria sopra Minerva zurückschicken und allein an diesem Fall arbeiten.«

Er ist verstimmt. »In der Tat, das war offen und ehrlich.« Er atmet tief durch und muss erneut in sein Taschentuch husten. Seine Stimme ist heiser, als er weiterspricht. »Was ich über Euch und Euren Vater gesagt habe, war ebenso aufrichtig. Ich verehre Fra Luca d'Ascoli. Seit ich die Gelübde abgelegt habe, ist er mein großes Vorbild. Euer Vater war ein Heiliger, Alessandra. Mein Vater war ein Ketzer, der auf dem Scheiterhaufen brannte. Ich hoffe, dieses Geständnis ist Euch offen und ehrlich genug.« Hustend wendet er sich ab.

Bestürzt starre ich ihn an. Ich will mich gerade für meine harten Worte bei ihm entschuldigen, als einer seiner Folterknechte näher tritt. »Euer Exzellenz … Euer Gnaden …«

»Was ist?«, herrscht Fra Santino ihn an und presst sich wieder das Tuch gegen die Lippen. Es ist inzwischen blutdurchtränkt. »Siehst du nicht, dass ich beschäftigt bin?«

Der Mann senkt den Kopf. »Bitte vergebt mir, Euer Exzellenz! Aber ich dachte, ich hätte eben ein Geräusch gehört. Ein Schlurfen.« Er deutet über seine Schulter. »Im Gang hinter uns.«

»Bist du sicher?«, frage ich.

Er wirft einen raschen Seitenblick auf den Inquisitor und nickt dann.

»Mein Gefolge wartet im Kloster. Der Befehlshaber meiner Leibwache heißt Robin Falconer. Sag ihm, seine Bravi sollen sich bewaffnen und hierherkommen.«

Erst als Fra Santino ihm ein Zeichen gibt, dass er meinen Befehl billigt, nickt er und verbeugt sich erneut. »Wie Ihr wünscht, Euer Gnaden.« Dann trabt er davon.

Als ich mich endlich bei Fra Santino entschuldigen will, lässt er mich wortlos stehen, drängt sich zwischen seinen Leibwächtern hindurch zur Kammer, wo sein toter Ordensbruder aufgebahrt liegt, und überlässt mir die Entscheidung, ob ich ihm folgen will oder nicht.

Du lieber Himmel, das mit uns beiden kann ja was werden!

Yared

Kapitel 8

Auf dem Pilgerpfad zwischen Colosseum und Lateran
Dienstag, 21. Februar 1447
Kurz nach neun Uhr abends

»Yared al-Gharnati, im Namen des Sultans! Stirb, du verfluchter jüdischer Verräter!«

Ich reiße mein Schwert hoch, um den Angriff der Hashishin abzuwehren. Mit dem Druck meiner Schenkel bringe ich mein Pferd zum Stehen. Ismail ist neben mir, um mein Leben zu schützen.

»Elija!«, brülle ich, um das panische Wiehern meines Hengstes zu übertönen. »Du musst fliehen! Sofort!«

»Papa ...«, ruft er mit weinerlicher Stimme, als er sieht, wie sich zwei, drei, dann sogar vier Krieger mit blitzenden Klingen auf mich stürzen.

»Y'allah – na los, verschwinde! Schlag dich in die Büsche und versteck dich!«

Er wendet sein Pferd, galoppiert durch den hohen Schnee und verschwindet im Dunkeln zwischen den Bäumen.

Während Ismail, Karim und ich um unser Leben kämpfen, hat die Karawane hinter uns angehalten. Meine Bewaffneten preschen nach vorn, um mir beizustehen. Meine Diener lassen die Zügel der Lasttiere los und flüchten schreiend in das Wäldchen. Die erschreckten Maultiere folgen ihnen. Eine Frau stürzt mit einem schrillen Aufschrei zu Boden. Ich glaube, es ist Saphira.

Von einem Schwerthieb getroffen, sinkt Ismail röchelnd in sich zusammen und gleitet aus dem Sattel. Er ist tot!

Mit einem blutüberströmten Schwert und einem hitzigen kastilischen Fluch taucht Diego Alvarez neben mir auf, hebt die scharfe Klinge über seinen Kopf und schlägt links und rechts auf die Mauren ein wie einst der gefürchtete El Cid.

Ihm folgen Yusuf, Djafar und Nasir mit ihren Männern. Sie stürzen sich mit einem Wutschrei auf die Angreifer, um sie von mir wegzudrängen. Das Geschrei der Kämpfenden erfüllt die kalte Winternacht. Die Pferde wiehern, die Schwerter prallen aufeinander und reißen tiefe Wunden, aus denen Blut spritzt. Ein Reiter stürzt, von einem Schwert durchbohrt, von seinem galoppierenden Pferd, überschlägt sich und bleibt reglos im Schnee liegen. Es ist Aziz.

Während ich mich gegen einen der Hashishin wehre, greift mich ein anderer von hinten an. Als ich mein Pferd herumreiße, um seinen Hieben, die auf meine rechte Schulter zielen, auszuweichen, stolpert der scheuende Hengst über eine Wurzel oder einen Stein unter dem tiefen Schnee, steigt panisch wiehernd und wirft mich ab.

Ich stöhne auf vor Schmerz, als sich ein vom Sturm abgerissener knorriger Ast in meine Schulter bohrt. Aufgewirbelter Schnee spritzt mir ins Gesicht, als zwei Angreifer von ihren Pferden springen und sich mit ihren Schwertern auf mich werfen.

»Yared, por amor de Dios!«, brüllt Diego, ungeachtet des blutigen Gemetzels um uns herum – etliche Tote und Verwundete liegen im blutigen Schnee.

Ein maurischer Krieger reißt sein Schwert hoch, um mir den Todesstoß zu versetzen.

Karim reitet zu mir, doch plötzlich lässt er sein Schwert fallen und presst beide Hände gegen seinen Hals. Blut dringt dazwischen hervor. Sterbend stürzt er von seinem Pferd und fällt genau auf meine Beine. Der zerwühlte Schnee färbt sich rot von seinem Blut.

Trotz der Schmerzen, die meinen Schwertarm lähmen, reiße ich meine Klinge hoch, um mich gegen den Todesstoß zu wehren. Schwungvoll schlage ich die heransausende Schneide zur Seite.

Mit einem zornigen Schrei wirft sich Diego auf den Mauren, der nach meinem Hieb zur Seite gesprungen ist, um sich mit erhobener Klinge erneut auf mich zu stürzen, und bringt ihn zum Stolpern. Der Attentäter weicht hastig zurück, zwei Schritte, drei, vier, taumelt auf dem unebenen Boden, droht zu stürzen, kann sich jedoch wieder fangen und bleibt stehen, um Diegos Angriff zu erwarten. Als der Kastilier sein Schwert hochreißt, um ihn weiter von mir wegzudrängen, duckt sich der Maure unter der niedersausenden Klinge hindurch und stürmt auf mich zu, bevor ich mich unter Karim herauswinden und aufspringen kann.

Dann steht er über mir und hebt sein Schwert.

»Bism'Allah! Stirb, du Verräter! Du hast dich mit unseren Feinden verbündet! Dein Freund Muhammad ist schon tot!«, brüllt er hasserfüllt. »Für Gharnata! Und für Sultan Yusuf!«

Das Schwert, das auf meine Kehle zielt, saust nieder …

Alessandra

Kapitel 9

Im Gewölbe des Lateranpalastes
Dienstag, 21. Februar 1447
Kurz nach neun Uhr abends

»Woran, glaubt Ihr, ist der Frater gestorben?«, frage ich von der Tür der Kammer aus.

Über die Leiche des Dominikaners gebeugt, sieht Fra Santino auf. »Keine Ahnung. Seine Heiligkeit sagte, dass Ihr gemeinsam mit Kardinal Scarampo den Leichnam einer Nekropsie unterzogen habt.«

»Stimmt.«

»Und?«

»Seine Eminenz tippt auf Herzversagen.«

»Aber er ist sich nicht sicher.«

»Nein«, erkläre ich wortkarg. Ludovicos medizinische Erkenntnisse während der Nekropsie würden Bände füllen …

»Seid nüchtern und wachsam«, flüstert Fra Santino. »Euer Widersacher, der Teufel, geht um wie ein brüllender Löwe und sucht jeden zu verschlingen. Leistet ihm Widerstand mit der Kraft Eures Glaubens! Der Gott der Gnade wird Euch beschützen und Euch vollkommen machen. Sein ist die Macht in Ewigkeit. Amen.« Der Inquisitor bekreuzigt sich.

Ich trete näher. Wieder schaudere ich beim Anblick des Toten. Meine Finger fühlen sich ganz kalt an.

Was hat der Dominikaner in der Geheimkammer getan? Was

hat ihn derart zerrissen? Die Wunden am Hals und an den Handgelenken sehen aus, als ob …

»Bitte verlasst die Kammer, Euer Gnaden!«, fordert Fra Santino mich auf. »Es schickt sich nicht, wenn Ihr zuseht, während ich ihn entkleide.«

Ich rühre mich nicht von der Stelle. »Warum wollt Ihr ihn ausziehen?«

»Da der Satanspakt nicht mit Blut geschrieben ist, muss Satan den Menschen berühren, um den Pakt zu besiegeln. Ich suche ein solches Teufelsmal.«

Ein Teufelspakt, mit Blut geschrieben …

Ich fröstele, als ich an die blutverschmierten Zeilen im *Testament des Salomo* denke. Fra Santino darf den Codex auf keinen Fall in die Finger bekommen!

»Einen dunklen Fleck, ähnlich einem Fingerabdruck?«

»Genau.«

»Abgesehen davon, dass jeder Mensch dunkle Flecken auf seiner Haut hat, die die Inquisitoren ganz nach Belieben als Teufelsmale auslegen können, haben Seine Eminenz und ich nichts Auffälliges gefunden. Nur die Totenflecken, die eine halbe Stunde nach dem Tod auftreten.« Und die sich an einer sehr seltsamen Stelle des Körpers befinden, ergänze ich im Stillen. »Und das Hexagramm, das in seine Brust geritzt wurde.«

Ich trete an den Tisch, auf dem der Dominikaner in seinem Ordensgewand aufgebahrt liegt, öffne den Habit über der Brust und schiebe den dicken Wollstoff über die Schultern zurück.

»Ein Judenstern«, murmelt Fra Santino verwirrt und zupft am Skapulier, dem ärmellosen Überwurf, der von den Schultern bis zu den Knöcheln reicht.

Den Spuren von Puzzolan, der weißen Vulkanasche im schwarzen Wollstoff, die auf den ersten Blick an hellen Schwefelstaub erinnern, schenkt er keine Aufmerksamkeit. Kennt er das ausgedehnte System der Puzzolanhöhlen, das ›unterirdische Rom‹, etwa nicht? Der tote Dominikaner scheint kurz vor seinem Tod dort unten gewesen zu sein – aber wieso?

»Bitte geht jetzt, Euer Gnaden«, fordert Fra Santino mich auf. »Ich muss den Frater …«

»Er ist nicht beschnitten. Er ist kein Jude.«

Fra Santino starrt mich an.

»Er muss also ein Christ gewesen sein«, füge ich hinzu.

»Ein Dominikaner?«, lauert er.

Er kann den Gedanken nicht ertragen, dass einer seiner Ordensbrüder offenbar mit dem Teufel im Bunde war.

»Er trägt den Habit, jedoch ohne Brustkreuz. Ich konnte es in der Kammer bisher nicht finden«, erkläre ich. Ob es der Frater in den Puzzolanhöhlen verloren hat? »An seinem Hinterkopf, wo die Haut nicht weggerissen ist, habe ich den Rest einer Tonsur entdeckt. Der Frater ist noch kurz vor seinem Tod tonsuriert worden.«

»Wieso seid Ihr so sicher?«

»Weil die abrasierten Haare noch nicht nachgewachsen sind. Und weil sein Haar noch leicht nach Lavendelseife riecht.«

Ich packe ihn am Ärmel und ziehe ihn zum abgetrennten Kopf. Er liegt auf der Seite, sodass wir den Hinterkopf genauer betrachten können. Als ich mich vorbeuge, rutscht mein Amulett aus dem Ausschnitt meines Kleides. Fra Santino betrachtet es stirnrunzelnd.

»Seht Ihr? Das Haar ist ungepflegt. Verschwitzt, staubig und verfilzt. Ein Wunder, dass er keine Läuse hatte. Da ist die Tonsur. Oder was davon noch übrig ist, nachdem die Gesichtshaut weggerissen wurde. Sehr ordentlich ausrasiert. Mit einer Seife, die ganz schwach nach Lavendel duftet. Angesichts der Tatsache, dass sein Körper seit Tagen nicht gewaschen wurde und er stinkt wie eine tote Ratte, finde ich den Duft von Lavendelseife äußerst bemerkenswert.«

Fra Santino schaut mich gedankenvoll an.

»Und wisst Ihr, was mich noch mehr verwundert?«

»Ihr werdet es mir bestimmt gleich sagen.«

»Mach ich! Er trägt einen blütenreinen weißen Habit. Wie ein Engel der Unschuld.«

Fra Santino wirkt irritiert, als er den toten Frater anstarrt. Dann sieht er auf. »So langsam beginne ich zu verstehen, warum Seine Heiligkeit Euch mit der Leitung der Nachforschungen betraut hat. Ihr erinnert mich sehr an Euren Vater – derselbe Forscherdrang, alle Mysterien verstehen zu wollen, derselbe Mut, dafür mit beiden Händen in Blut und Scheiße zu wühlen!«

»Ehrlich gesagt, mir sind Spinnweben und Staub in einer alten Klosterbibliothek, wo ich nach verschollenen Handschriften forschen kann, wesentlich lieber als eine zerfetzte, verwesende Leiche. Aber im Grunde habt Ihr recht.«

»Ihr seid schon seit Stunden hier. Was habt Ihr bisher unternommen?«

»Bei einem Mordfall sind die ersten vierundzwanzig Stunden entscheidend. Wenn man bis dahin noch keine Spur hat, die zum Täter führt, hat man keine Chance, den Fall zu lösen. Hier ist die Situation anders. Wir haben einen Verdächtigen.«

»Satan.«

»Genau.«

»Glaubt Ihr an den Teufel?«, fragt er schließlich.

»Was genau versteht Ihr unter ›glauben‹, Inquisitor? Glauben im Sinne des Credo? ›Ich glaube an Satan, den gefallenen Engel, den Fürsten der Hölle, und huldige ihm durch Satansmessen‹? Oder Glauben im Sinne von ›nicht bezweifeln, dass er existiert‹?«

»Glaubt Ihr an Gott?«

»Mein Cousin war Stellvertreter Gottes auf Erden«, entgegne ich gereizt.

»Seid Ihr eine gläubige Katholikin?«

»Was soll denn diese Frage?«, verwahre ich mich. Seine Fragen gleichen denen der Vernehmung eines Angeklagten zu Beginn eines Inquisitionsprozesses. Ich kenne den Leitfaden der Inquisitoren. Was soll dieser Unsinn?

»Ihr habt eine Leiche seziert.«

»Das habe nicht ich getan, sondern Kardinal Scarampo. Er ist Arzt. Warum fragt Ihr ihn nicht, ob er ein gläubiger Christ ist? Er will Papst werden. Und er ist nicht zimperlich in der Wahl seiner Mittel, um im nächsten Konklave gewählt zu werden. Aber er hat einen skurrilen Sinn für Humor. Wer weiß, vielleicht erheitert ihn Eure Frage?«

Er starrt mich an.

»Haltet Ihr meine religiöse Überzeugung wirklich für relevant?«, frage ich nach.

»Es hängt von unserem Glauben ab, wie wir bestimmte Dinge wahrnehmen.«

»Da kann ich Eurem unfehlbaren Urteil nur zustimmen. Das Portal von San Giovanni in Laterano war von innen verriegelt, als Fra Giordano das Blut aus dem Grab des Teufelspapstes rinnen sah, den Todesschrei und das sardonische Kichern hörte und den zerfetzten Dominikaner fand. Er glaubt fest daran, dass ihm Satan erschienen ist. Er hatte eine Todesangst. Er steht noch immer unter Schock.«

Fra Santino senkt den Blick.

»Um Eure Frage zu beantworten: Ich habe den Tatort auf Spuren untersucht und Skizzen angefertigt, um mir ein möglichst genaues Bild vom Tod des Dominikaners machen zu können. Und ich habe damit begonnen, ein Inventar der Gegenstände in der Geheimkammer zu erstellen. Die Bücher und Briefe. Die Pontifikalgewänder. Den persönlichen Besitz. Morgen will ich mit dem Franziskanerinquisitor sprechen, der die Kammer gesehen hat, bevor sie verwüstet wurde. Ich will herausfinden, ob der Dominikaner etwas verändert hat, bevor er starb. Und ob das *Testament des Salomo* in der Kammer war, als sie aufgebrochen wurde, ob es also zum Nachlass von Papst Silvester gehört oder ob der Dominikaner es mitgebracht hat.«

Fra Santino presst die Lippen zusammen.

»Das *Testament des Salomo* ist ein Pergamentcodex«, erläutere ich ihm. »Alle anderen Folianten in der Kammer, die Bücher des Papstes, seine Notizen, seine mathematischen Berechnungen, seine Briefe, bestehen aus Papyrus. Das war im christlichen Abendland des zehnten Jahrhunderts das gängige Schreibmaterial. Stammt das Grimoire vielleicht aus dem maurischen Córdoba? Ich will wissen, wie der Inquisitor darüber denkt. Könntet Ihr bis morgen herausfinden, wo ich den Frater finden kann?«

Er nickt zögernd.

»Außerdem habe ich beschlossen, morgen im Geheimarchiv des Vatikans über den Satan nachzuforschen. Wie werden Satansmessen zelebriert? Wie sterben Menschen, die dem Teufel ihre Seele verkauft haben? Genauso wie Papst Silvester? Oder wie jener Dominikaner? Außerdem will ich in den Prozessakten der Inquisition nach Fällen suchen, wo es um wirkliche Begegnungen mit dem Teufel geht. Berichte von Betroffenen. Von Augenzeugen. Und von Exorzisten wie Euch.«

Er sieht mich weiter schweigend an.

»Und ich werde magische Bücher lesen, um zu verstehen, was hier geschehen ist. Den *Picatrix* mit seinen arabischen Beschwörungen. Das Grimoire von Papst Honorius III. Noch ein Magierpapst! Und den *Schlüssel des Salomo*, der von König Salomo verfasst worden sein soll. Soweit ich weiß, enthält das Buch Rituale, Beschwörungen und Gebete sowie magische Zeichen wie das Siegel Salomos, das in die Brust des toten Dominikaners geritzt wurde. Zudem beschreibt es angeblich auch eine Art Satanspakt, um Liebe, Reichtum und Macht zu gewinnen.«

»Befinden sich diese Bücher in Eurer Bibliothek in Florenz?«, setzt der Inquisitor sein Verhör fort.

»Ich bin Humanistin, keine Magierin.«

»Kennt Ihr jemanden, der diese Bücher besitzt?«, setzt er nach und unterstellt mir damit stillschweigend, eine Häretikerin zu sein.

Verfluchte Inquisitoren! Wenn du dich gegen diese Anschuldigungen nicht wehrst, bist du schon verurteilt. Aber ist nicht gerade dein Aufbegehren, das den bitteren Beigeschmack einer Rechtfertigung hat, der unwiderlegbare Beweis für deine Schuld?

»Ja, ich weiß, wer diese Bücher besitzt.«

»Und wer ist das?«

Gott vergebe mir! Aber das triumphierende Lächeln kann ich mir nicht verkneifen. »Die Inquisition.«

Er schluckt trocken. Damit hat er nicht gerechnet!

»Im Hauptquartier der Inquisition in Santa Maria sopra Minerva gibt es eine umfangreiche Bibliothek. Das weiß ich von meinem Vater, der dort als Inquisitor residiert hat. Ihr werdet mir diese Grimoires zur Verfügung stellen.«

»Ich kann Euch keine magischen Schriften aushändigen!«, protestiert er.

Wortlos ziehe ich das Beglaubigungsschreiben mit dem päpstlichen Siegel aus meiner Tasche und gebe es ihm.

Er reißt es mir aus der Hand, entfaltet es umständlich und überfliegt die lateinischen Zeilen. Dann starrt er auf das päpstliche Siegel und atmet tief durch. »Seine Heiligkeit gewährt Euch eine umfassende Handlungsvollmacht. Was immer er damit gemeint hat …«

»Dass ich nicht an die Weisungen eines Inquisitors gebunden bin. Für mein Handeln habe ich mich nur vor dem Papst zu verantworten.«

Er faltet das Breve und gibt es mir zurück. »Also gut. Ich werde die Bücher holen lassen.« Der Blick seiner schwarzen Augen ist stechend. »Ihr schreckt offenbar vor nichts zurück.«

»Nein.«

»Ihr würdet sogar das Grab von Papst Silvester öffnen lassen, um zu sehen, woher das Blut auf dem Boden der Lateranbasilika kommt. Und ob die Leiche des Teufelspapstes ebenso zerfetzt ist wie die des Dominikaners.«

»Ja.«

»Und Ihr würdet das *Testament des Salomo* benutzen, um herauszufinden, was mit dem Frater geschehen ist.«

Ich zögere einen Herzschlag lang, dann nicke ich.

»Würdet Ihr Beelzebul rufen? Oder Asmodai? Oder Lucifer?«

Als ich schweige, greift er nach meinem Amulett. Er zieht es zu sich heran, um es zu betrachten. Ich muss näher an ihn herantreten, sonst zerreißt die silberne Kette. »Der Name Gottes. Wie auf dem Ring des Salomo.«

»Fra Santino, ich …«

»Würdet Ihr dieses magische Amulett benutzen? Vielleicht hat es ja ebenso viel Macht wie der Ring des Salomo.« Er lässt die Kette los und bannt mich mit seinem Blick.

Ich antworte nicht.

»Und würdet Ihr eine Satansmesse feiern, um zu verstehen, was Papst Silvester während seines letzten Pontifikalamtes …«

»Fra Santino!«

Beschwichtigend hebt er die Hände. »Schon gut, schon gut. Ich wollte nur wissen, wie weit wir gehen.«

»Wir?«

»Glaubt Ihr denn, ich lasse Euch allein eine Satansmesse feiern? Seine Heiligkeit hat mir befohlen, Euer Leben mit meinem zu schützen.«

Ich fasse es nicht! Er meint es tatsächlich ernst!

»Mylady?« Robin Falconer steckt den Kopf zur Tür herein. »Ich habe eben erfahren, was passiert ist.«

»Robin, wie schön, dich zu sehen!« Ich gehe zu ihm hinüber.

»Alles in Ordnung?«, fragt er besorgt.

»Es geht mir gut«, winke ich ab. »Durchsuch mit deinen Männern die Gänge und Gewölbekammern. Immer zu zweit. Niemand geht allein.«

»Aye, Mylady.«

Ich drücke ihm mein Notizbuch und einen Silberstift in die Hand. »Stell fest, wie weit sich das Labyrinth erstreckt. Und ob es einen zweiten Einstieg gibt. Zeichne einen Plan der Gänge.«

»Mach ich.«

»Wenn ihr etwas Ungewöhnliches findet, will ich das sofort wissen.«

»Was genau versteht Ihr unter ›ungewöhnlich‹?«

»Du wirst es wissen, wenn du ihm gegenüberstehst.«

»Ihm?«

»Genau.«

Er grinst frech. »Ich grusele mich gern ein bisschen.«

»Na, dann wirst du bestimmt deinen Spaß haben! Einige Schritte den Gang entlang tropft das Blut von den Wänden. Es sieht aus, als sei dort ein Mensch abgestochen worden. Und es stinkt erbärmlich. Lass die Spuren beseitigen.«

»Aye.« Er will sich schon umwenden, als ich ihn aufhalte.

»Und – Robin?«

»Mylady?«

»Wir kooperieren mit der Inquisition.«

»Das ist ja mal ganz was Neues.« Robin murmelt einen englischen Fluch, den Fra Santino bestimmt nicht verstehen kann. Ich verstehe ihn ja nicht einmal, dabei steht Robin in meinen Diensten, seit er vor zwei Jahren von Prag nach Florenz geflohen ist.

»Fluchen kannst du meinetwegen auf Englisch, Robin. Aber beten wirst du ab heute auf Lateinisch«, wispere ich eindringlich. »Und die Namen John Wycliffe und Jan Hus will ich nicht mal geflüstert hören. Hast du mich verstanden?«

Er senkt den Blick.

»Und sieh zu, dass die englische Bibel noch heute Nacht aus deiner Kammer verschwindet. Verbrenn sie! Aber, um Gottes willen, nicht im Garten des Palazzo Colonna.«

»Aber ich kann doch die Heilige Schrift nicht ver…«

»Wenn du es nicht tust, tu ich es. Meinem Cousin, Kardinal Colonna, wird es gewiss ein Vergnügen sein, den Zunder für mich zu entfachen. Oh ja, Prospero wird bestimmt seinen Spaß dabei haben! Kardinäle, die Papst werden wollen, legen sich ja gern mal mit der Inquisition an.«

Robin atmet tief durch. »Aye, Mylady.« Er presst die Lippen aufeinander, nickt dem Inquisitor zu, der ihn misstrauisch beobachtet, und verlässt den Raum.

Fra Santino deutet auf den Leichnam des Dominikaners. »Also, was habt Ihr denn nun herausgefunden?«

Yared

Kapitel 10

Auf dem Pilgerpfad zwischen Colosseum und Lateran
Dienstag, 21. Februar 1447
Viertel nach neun Uhr abends

»Für Gharnata! Und für Sultan Yusuf!«, brüllt der Hashishin. Das Schwert saust nieder …

Mir stockt der Atem.

… und bohrt sich mit einem Knirschen in den verharschten Schnee neben meinem Kopf.

Mit einem Röcheln bricht der Angreifer zusammen.

Diego zieht Karim von mir herunter und reicht mir die Hand, um mir aufzuhelfen. »Bist du verwundet?« Er deutet auf meine Schulter.

Ich winke ab. »Nein, es geht mir gut.« Ich wische meine Klinge ab und schiebe sie zurück in die Scheide. »Der rechte Arm ist wie gelähmt und schmerzt. Aber sonst ist nichts.«

»Al-hamdu li-llah!« Besorgt blickt er mich an. »Er hat gesagt, dass Sultan Muhammad tot ist.«

Ich nicke stumm und hoffe, dass mein Freund doch noch lebt. Sonst werde ich alles verlieren, mein Vermögen, meine Würde als sein Wesir und auch mein Leben. Sultan Yusuf würde mich hinrichten lassen.

Ich blicke mich um. Der Kampf ist beendet. Yusufs Krieger sind tot. Und etliche meiner Männer.

Während Diego sich um die Verletzten kümmert, gehe ich hinüber zu Saphira und helfe ihr auf. Mit tränenüberströmtem Gesicht umarmt sie mich und presst ihr Gesicht gegen meine Schulter. Sie zittert am ganzen Körper. »Ich hatte solche Angst um dich«, schluchzt sie in den Pelz meines Mantels.

Ich streiche ihr beruhigend über das offene Haar – ihren Schleier hat sie wohl während des Kampfes verloren – und küsse sie zärtlich. »Alles in Ordnung, Saphira.«

Aufseufzend schmiegt sie sich an mich. Dann hat sie sich wieder im Griff, wischt sich die Tränen aus dem Gesicht. »Bitte verzeih, Sidi. Ich wollte nicht …«

»Ist schon gut«, flüstere ich. »Sorg dafür, dass die Diener zurückkommen. Und dass die Karawane sich neu aufstellt. Ich werde mit Diego zusammen Elija suchen.«

Saphira nickt, dann wendet sie sich ab, um meinen Befehl auszuführen.

Diego legt mir die Hand auf die Schulter. »Sidi?«

Ich blicke in die Richtung, in die er weist. Vom Colosseum galoppiert ein Trupp von zwanzig, vielleicht fünfundzwanzig Bewaffneten mit Fackeln und gezückten Schwertern heran. Ich will schon nach meiner Klinge greifen, als ich den Jungen erkenne, der die Reiter anführt.

»Elija!«, rufe ich erleichtert.

»Papa!« Er zügelt seinen Hengst, springt aus dem Sattel, rennt zu mir herüber und wirft sich ungestüm in meine Arme. »Guck mal, wen ich mitgebracht habe!« Er deutet auf einen hochgewachsenen Mann in Helm und Harnisch, der vom Pferd steigt, sein Schwert in die Scheide zurückschiebt und zu mir herüberkommt.

»Yared al-Gharnati!«, begrüßt er mich auf Lateinisch. »Ich habe meinen Augen nicht getraut, als ich Elija erkannte. Seid Ihr verletzt, Euer Exzellenz?«

Ich schüttele den Kopf. »Es geht mir gut, Euer Eminenz.«

»Deo gratias.« Kardinal Colonna betrachtet die Toten. »Ein Attentat?«

»Das waren Männer von Sultan Yusuf.«

»In Rom?«

»Er hat schon in Valencia versucht, mich zu ermorden.«

Er nickt langsam. »Ihr lebt gefährlich.«

Ich schenke ihm ein gequältes Lächeln.

»Das blutige Massaker an Eurem Vater, Eurer Mutter und Euren Geschwistern, das Ihr als Einziger überlebt habt. Sultan Muhammads Sturz und Eure Flucht aus Granada, bei der Eure Frau und Euer kleiner Sohn vor Gibraltar ertranken. Die Sklavenkarawane durch die Wüste nach Timbuktu. Die fünf harten Jahre der Sklaverei. Euer Entkommen allein durch die Wüste nach Ägypten. Euer Aufstieg innerhalb weniger Jahre zum Leibarzt und Wesir des Mameluckensultans und schließlich Eure spektakuläre Flucht mit Sandra aus Jerusalem, bei der Ihr erneut alles verloren habt. Eure Rückkehr nach Granada nach sechzehn Jahren des Exils.

Nach all den Jahren der Gewalt, der Unfreiheit und der Demütigungen hat Gott Euch alles zurückgegeben, was Ihr zuvor besessen hattet: den Respekt von Königen, Ruhm, Ehre, Macht, Glück und Lebensfreude. Und den unversöhnlichen Hass Eurer Feinde wie Sultan Yusuf, der Euch ermorden will. Ihr führt ein wirklich … interessantes Leben.« Er lächelt. »Nichts für schwache Nerven.«

Die hat er ganz sicher auch nicht, sein Leben ist schließlich ebenso turbulent wie meines. Prospero Colonna ist achtunddreißig, also fünf Jahre jünger als ich. Seit einundzwanzig Jahren trägt er mit sehr viel Würde den Kardinalspurpur. Nach dem Tod seines Onkels, Papst Martin, hat er sich an dem blutigen Aufstand seiner Familie gegen Papst Eugenius beteiligt, der die Macht der Colonna mit Gewalt brechen wollte. Als Mönch verkleidet musste der Pontifex aus dem Lateranpalast ins florentinische Exil fliehen.

Prospero Colonna wurde exkommuniziert und verbannt. Nach jahrelangem erbittertem Kampf um die Macht in Rom, der viele Colonna das Leben kostete, reichten sich Kardinal Colonna und Papst Eugenius schließlich die Hand zur Versöhnung. Inzwischen ist Alessandras Cousin neben Ludovico Scarampo, dem Regenten von Rom, der mächtigste Kardinal der römischen Kurie.

»Ist Euer Freund, Sultan Muhammad, noch immer im Exil?«

»Seit seinem Sturz vor zwei Jahren, Euer Eminenz. Sobald ich nach Al-Andalus zurückkehre, werden wir die Alhambra zurückerobern. Muhammad wird seine Neffen, die ihn entmachtet haben, hinrichten lassen und wieder als Sultan regieren. Yusuf fürchtet, dass sein Onkel Muhammad sich mit den christlichen Königen von Portugal, Kastilien und Aragón verbündet, um ihn aus der Alhambra zu vertreiben. Er wollte wohl verhindern, dass ich mit dem Papst rede.«

Prospero spitzt die Lippen. »Für morgen ist ein Konsistorium anberaumt – falls der Heilige Vater sich von seinem gestrigen Schwächeanfall erholt hat. Ich bin sicher, dass er Euch empfangen wird, wenn ich ihn darum bitte. Seid Ihr bereit, vor den versammelten Kardinälen mit ihm zu sprechen?«

»Selbstverständlich. Ich hatte ohnehin vor, mich mit Kardinal Borgia von Aragón und Kardinal de Torquemada von Kastilien zu treffen, um sie über meine Absprachen mit König Juan und König Alfonso zu unterrichten. Und mit Euch natürlich, in dem die Könige den nächsten Papst sehen.«

Er sieht mir in die Augen. »Ich nehme an, Ihr seid nicht nur in Rom, um mit dem Heiligen Vater zu verhandeln.«

»Nein.«

»Oder um mich bei einem Becher Wein schachmatt zu setzen. Wie vor zwei Jahren.«

Ich schüttele den Kopf.

»Dachte ich's mir doch!« Das Gefühl seiner Verunsicherung,

was er von meinem überraschenden Besuch in Rom halten soll, überspielt er mit einem verschmitzten Lächeln. Seine blauen Augen funkeln, als er mir vertraulich die Hand auf den Arm legt. »Ihr habt Glück, Euer Exzellenz. Beinahe hättet Ihr sie verpasst. Im Morgengrauen wollte sie zu einer ihrer Expeditionen aufbrechen.«

»Wohin?«

»Nach Timbuktu. Sie wollte über Málaga segeln und Euch besuchen, bevor sie in die Wüste aufbricht. Ihr Freund Tayeb wartet in Tanger auf sie und stellt die Karawane zusammen. Die Expedition sollte drei Jahre dauern.«

»Oh«, murmele ich enttäuscht.

»Sie wird nicht abreisen«, beruhigt mich der Kardinal. »Im Lateran ist eine geheime Kammer mit dem Nachlass von Papst Silvester entdeckt worden.«

In kurzen Worten schildert er mir die dramatischen Ereignisse der letzten Nacht, dass Satan einen Dominikaner zerfetzt und einen Benediktiner zu Tode erschreckt hat.

»Als Mönch soll Gerbert bei den Mauren in Córdoba studiert haben, als Euer berühmter Vorfahr Chasdai Ibn Shaprut der Wesir des Kalifen von Córdoba war. Wer weiß, vielleicht sind sich Chasdai Ibn Shaprut und Gerbert d'Aurillac in den Straßen von Córdoba begegnet? Na, wie auch immer. Als Humanist bin ich fasziniert von Büchern, die beinahe ein halbes Jahrtausend lang eingemauert waren. Sandra hat das Schatzsucherfieber gepackt – mit allen Symptomen.« Er grinst. »Sie ist im Lateran und wirbelt dort eine Menge Staub auf. Ich bin auf dem Weg zu ihr. Sie freut sich bestimmt, Euch wiederzusehen. Wollt Ihr mich begleiten? Oder wollt Ihr Euch lieber ausruhen?«

»Nicht nötig. Ich komme mit Euch.«

Ich bitte Benyamin, die Karawane zum Palazzo Colonna zu führen. Einige Bewaffnete aus Kardinal Colonnas Gefolge sollen ihm

Geleitschutz geben. Diego wird mich mit einer Handvoll Männer zum Lateran eskortieren.

»Ich komme auch mit!«, beschließt Elija und müht sich mehrmals vergeblich, den Fuß in den für ihn viel zu hohen Steigbügel zu schieben.

Kardinal Colonna wirft mir einen fragenden Blick zu, und als ich nicke, hebt er den Jungen hoch und hilft ihm in den Sattel. »Na, dann komm, du kleiner Abenteurer!«

Während wir zum Lateran reiten, erkundigt Kardinal Colonna sich höflich nach meiner Reise von Neapel nach Rom, und ich vertraue ihm meine tiefe Besorgnis über da Capestranos Hasstiraden gegen Alessandra an.

»Oh ja, die beiden hassen sich mit aller Leidenschaft«, gesteht Prospero ernst. »Ihr kennt ja Sandras Temperament.«

»Allerdings. In Jerusalem hat sie mir erzählt, wie sie über den Frater denkt. Aber ich hielt ihre Verachtung füreinander für ein hitziges Wortgefecht zwischen einem Inquisitor und einer selbstbewussten Humanistin, die das Vertrauen des Papstes genießt und als Cousine von Papst Martin kein Blatt vor den Mund nimmt. Während des Pontifikats Eures Onkels war die Kirche fest in der Hand der Colonna.«

»Sollte das Konklave mich zum Papst wählen, wird sie das bald wieder sein«, versichert er mir. »Seit Sandra mit Euch aus Jerusalem zurückgekehrt ist, geraten sie und Fra Giovanni ständig aneinander. Vor einigen Monaten wollte da Capestrano die Judengesetze des Laterankonzils von 1215 mit unerbittlicher Härte durchsetzen – Ihr wisst schon: kein gesellschaftlicher Umgang zwischen Christen und Juden, kein Handel und keine Bankgeschäfte mit Juden, keine Geselligkeit bei Tisch oder im Bett, keine jüdisch-christlichen Ehen und keine Glaubensdisputationen, wenn sie nicht von der Inquisition inszeniert worden sind, um die Juden zu bekehren, die, wie er sagt, starrsinnig die Erlösung der Menschen durch Jesu Kreuzestod verleugnen. Als Sandra sich beim Papst für die jüdische Gemeinde einsetzte, um die rücksichtslose Durchsetzung der Judengesetze zu verhindern, hat da Capestrano sie als ›Schutzheilige der Juden‹ beschimpft. Und er kramt noch schlimmere Beleidigungen aus seinem unerschöpflichen Wortschatz.«

Allmächtiger Gott! Ob der Generalinquisitor von ihrer jüdischen Herkunft weiß?

»Da Capestrano hat den Heiligen Vater aufgefordert, sie sofort zu exkommunizieren und ihres Titels zu entheben. Die Heilige Schrift, die silberne Glocke und die Kerze hat er vorsorglich gleich mitgebracht.«

»Und?«

»Eugenius hat irgendwann entnervt aufgegeben, zwischen den beiden zu vermitteln. Die Beendigung des Schismas zwischen Rom und Byzanz war nach den Worten Seiner Heiligkeit leichter zu erringen als die Versöhnung zwischen Alessandra Colonna und Fra Giovanni da Capestrano.«

»Er ist ein Fanatiker.«

Prospero nickt ernst. »Überall wo er die Massen in seinen Bann schlägt, brennen Bücher und sogar Menschen auf den Scheiterhaufen. Die Gläubigen küssen den Saum seines Gewandes und nennen ihn verzückt einen ›gottgesandten Propheten‹ und einen ›Engel Gottes‹, der Wunder vollbringen kann. Er soll Kranke heilen wie einst Jesus Christus. Unfassbar, nicht wahr? Kardinal Parentucelli bezeichnet ihn als den vollkommensten Sohn, den die Kirche je hervorgebracht hat. Als einen Heiligen ohne menschliche Schwächen, aber auch ohne menschliche Tugenden, der sich, bis auf die Knochen zerfressen von seinem unstillbaren Glaubenseifer, bis zur Selbstaufgabe in den Dienst einer völlig verfehlten Sache stellt: der Inquisition.«

»Solche Menschen bringen unendliches Leid über ihre Mitmenschen, ohne zu begreifen, welch große Schuld sie auf sich laden. Sie handeln ohne Einsicht, ohne Reue.«

»Das ist wahr.« Er seufzt. »Kardinal Parentucelli ist ein gelehrter Humanist. Und ein enger Freund von Sandra. Sie teilen eine gefährliche Leidenschaft: Sie streben nach Wissen, nach Erkenntnis. Kardinal Bessarion hat einmal gesagt, das Wissen sei der Feind des Glaubens. Und die Gelehrsamkeit das Fundament des Zweifels.«

»Und so wird Alessandra, die brillanteste Gelehrte Roms, in Fra Giovannis Hasstiraden zur … wie nannte er sie in seinem Zorn? … zur ›Päpstin der Häretiker‹.«

Prospero Colonna nickt bekümmert. »Nicht nur Sandra liest er die Leviten, sondern auch Kardinal Parentucelli, Kardinal Bessarion und mir. Meine Prunksucht geißelt er, meine Machtgier, meinen Stolz, meine moralische Verderbtheit. Ich bezweifle, dass er seine Wortwahl mir gegenüber ändern würde, wenn ich Papst wäre.« Er schüttelt den Kopf – resigniert, wie mir scheint. Offenbar hat er sich nicht nur ein Mal mit da Capestrano herumgestritten. »Nein, Euer Exzellenz, Sandra *muss* sich gegen ihn wehren. Er ist der ›Generalinquisitor für die ganze Erde‹, der gegen sie hetzt – so lautet sein voller Titel. Selbst der Papst schafft es nicht, ihn zum Schweigen zu bringen. Sandra lässt sich nichts gefallen und schlägt mit aller Macht zurück. Meinen Segen hat sie.«

Alessandra

Kapitel 11

Im Gewölbe des Lateranpalastes
Dienstag, 21. Februar 1447
Viertel nach neun Uhr abends

»Also, was habt Ihr denn nun herausgefunden?«, fragt Fra Santino, nachdem Robin die Kammer verlassen hat. Er deutet auf den toten Dominikaner.

Ich gehe zu ihm hinüber. »Der Mann war um die sechzig, hochgewachsen und schlank. Keine Infektionskrankheiten. Als Kind scheint er die Pest überlebt zu haben.« Ich zeige Fra Santino die Narben am Hals des Toten, die aufgeschnittene Pestbeulen hinterlassen können. »Vermutlich stammt er aus Umbrien, aus den Marken oder aus der Toskana, wo Anfang dieses Jahrhunderts die Pest wütete und große Teile der Bevölkerung dahinraffte.«

»Woher wisst Ihr das?«

Ich zögere. »Meine Großeltern starben beide an der Pest. Girolamo d'Ascoli und seine Frau.«

»Die Eltern Eures Vaters.«

»Genau.«

»Luca d'Ascoli trat nach ihrem Tod in den Dominikanerorden ein. In Santa Maria sopra Minerva.«

»Stimmt.«

»Welchen Beruf hatte Euer Großvater?«

Was soll diese Frage, Inquisitor?

Ich starre Fra Santino an. Weiß er, wer … *was* mein Großvater war?

Als ich nicht antworte, blickt er auf. »Nun?«

»Er war Medicus«, antworte ich ausweichend.

Das hat mir mein Vater immer erzählt, und ich habe es geglaubt, bis ich …

»Ein Arzt, ist ja interessant!« Fra Santino wendet sich wieder der Leiche zu.

Die Angelegenheit scheint für ihn erledigt. Doch ist sie das wirklich? Ich kenne das Vorgehen der Inquisitoren genau. In einem unbedachten Moment, wenn ich überhaupt nicht damit rechne, wird er die nächste Frage stellen. Und die will ich ihm auf keinen Fall beantworten …

»Was ist?«, fragt er und blickt mir in die Augen.

»Nichts.«

»Ich dachte, ich wäre Euch mit meiner Frage zu nahe getreten.«

»Ist schon gut.«

»Können wir dann fortfahren?«

»Wie gesagt, der Mann war gesund und kräftig für sein Alter. Kardinal Scarampo und ich haben die frische Wunde eines Rattenbisses gefunden. Am rechten Unterarm.« Ich schiebe den Ärmel des Habits hoch. »Sie hat geblutet.«

Der Inquisitor runzelt die Stirn. »Und was schließt Ihr daraus?«

»Dass er auf dem Boden gelegen hat, als die Ratte ihn anfiel. Und dass er noch lebte.«

»Wie kommt Ihr darauf?«

»Tote bluten nicht.«

Er zieht die Augenbrauen hoch und schweigt.

»Was uns zu den furchtbaren Wunden am Hals und an den Handgelenken führt. Keine hat so stark geblutet, wie man es erwarten würde, wenn die Pulsadern oder die Halsschlagader durchtrennt werden. Weder an den Händen noch am Kopf sind die

Schnitte einer scharfen Klinge zu sehen. Das Fleisch ist zerfetzt, seht Ihr?«

Er würgt. Hastig zieht er sein Taschentuch aus dem Ärmel und hält es schützend vor den Mund. »Und was heißt das?«

»Dass die Hände und der Kopf nicht abgeschnitten, sondern abgerissen worden sind. Zuvor sind ihm vermutlich die Hände und das Genick gebrochen worden.«

Er starrt mich mit aufgerissenen Augen an. »Großer Gott!«, nuschelt er in den zerknüllten Stoff.

»Seht Ihr diese Abdrücke an den Unterarmen? Der Frater ist festgehalten worden, als ihm die Hände ausgerissen worden sind. Durch den Druck wurde die Flüssigkeit aus dem Gewebe gepresst. Aber weil das Herz nicht mehr schlug, konnte es nicht mehr zurückfließen. Daher diese Abdrücke, die die einsetzende Totenstarre und die Eiseskälte hier im Gewölbe bewahrt haben.«

»Sie sehen aus wie … wie die Abdrücke einer Teufelskralle.«

»Oder wie die Quetschungen von Handschellen an einer Streckbank der Inquisition. Wenn man die Eisenringe mit Stofffetzen umwickelt, könnten solche Abdrücke entstehen.«

Was du kannst, Inquisitor, das kann ich schon lange!

»Tote schweigen nicht«, offenbare ich ihm.

Im ersten Augenblick ist er sprachlos.

Als er schließlich zu einer hitzigen Antwort ansetzen will, beginnt er schwer atmend zu husten – so heftig, dass er sich am Tisch, auf dem der Leichnam liegt, abstützen muss, bis der Anfall vorübergeht. Röchelnd ringt er nach Atem und hustet Blut in sein Taschentuch. Schweiß rinnt ihm über das Gesicht, als habe er hohes Fieber. Er bebt am ganzen Körper.

Und da ist wieder die überwältigende Traurigkeit, die mich anrührt. Die Verzweiflung eines Menschen, der von ganzem Herzen Priester und mit ganzer Seele ein Diener Gottes ist und der weiß, dass er die Mission, der er sein ganzes Leben geweiht hat, nicht mehr zu Ende bringen kann. Es ist die lähmende Ohnmacht eines langsamen, qualvollen Sterbens.

Das Mitgefühl schnürt mir die Kehle zu.

»Es tut mir leid!«, entschuldige ich mich bei ihm. »Ich wollte damit nicht andeuten, dass Ihr …«

»Schon gut.« Keuchend wendet er sich ab. Ich sehe noch, dass er Tränen in den Augen hat.

Sanft lege ich ihm die Hand auf die Schulter. Er zuckt zusammen, als bereite es ihm unerträgliche Schmerzen, umfasst sein Brustkreuz und schüttelt meine Hand ab.

»Ihr solltet Euch hinlegen.«

Er schüttelt den Kopf. »… das Gefühl zu ersticken …«, röchelt er und hustet wieder.

»Seit wann hustet Ihr Blut?«

»Seit … vier Monaten«, quält er atemlos heraus.

»Wart Ihr bei einem Medicus?«

Er nickt. »Er gibt mir noch … ein halbes Jahr … wenn der Herr mir gnädig ist.«

»Tut mir leid«, murmele ich betroffen.

»Ihr verschwendet … Euer Mitgefühl«, winkt er ab. »Mein Leiden ist … eine gerechte Strafe Gottes. Ich muss büßen … für die Sünden …« Ein erneuter Hustenanfall raubt ihm den Atem.

Als er sich auf dem Tisch abstützt, sehe ich Blutstriemen auf dem Rücken seines weißen Habits. Kein Wunder, dass er keine Berührung ertragen kann.

Ich atme tief durch. »Die Schwindsucht ist keine Strafe Gottes, Frater. Ihr büßt für keine Sünde, die Ihr begangen habt. Oder Euer Vater. Die Krankheit wird durch Tröpfcheninfektion übertragen. Vermutlich seid Ihr in den letzten Monaten mit einem Kranken in Berührung gekommen und habt Euch infiziert.«

Er presst das Tuch an seine Lippen. »Woher wisst Ihr das?«

»Aus einem der häretischen Bücher, die Eure Konfratres so gern auf dem Scheiterhaufen verbrennen. Aus einem arabischen Codex. Die Medizin der Muslime ist dem Hokuspokus christlicher Wunderheiler weit überlegen.« Ganz sachte berühre ich seine Schulter. »Hat Euer Beichtvater Euch empfohlen, Euch blutig zu geißeln, damit Ihr unter Schmerzen büßt?«

Er nickt.

»Und wie viele Rosenkränze sollt Ihr beten, um den nächsten Anfall abzuwenden? Wie viele Geißelhiebe werden den Blutsturz in Eurer Lunge verhindern, an dem ihr irgendwann ersticken werdet? Und glaubt Ihr, dass die Nächte auf dem kalten Boden Eurer Zelle verhindern, dass die Krankheit auf Euer Gehirn übergreift und Euch den Verstand raubt?«

Er antwortet nicht, sondern schließt die Augen.

»Wollt Ihr Euch zum Märtyrer machen?«, frage ich sanft. »Ihr werdet mit einem frommen Lobpreis Gottes auf den Lippen qualvoll sterben, Fra Santino! Wenn Gott gnädig ist, wird das in Eurem Kloster geschehen. Wenn nicht, werdet Ihr in Ketten liegen, in einem Haus barmherziger Brüder, die sich um diejenigen kümmern, denen der Verstand abhandengekommen ist.«

Fra Santino senkt traurig den Blick.

»Das Buch, von dem ich eben gesprochen habe, befindet sich in der Bibliothek meines Palazzos in Florenz. Ich werde morgen eine Brieftaube an den Leiter meines Scriptoriums schicken, damit er es mir durch einen Boten bringen lässt.«

Er wendet sich ab. »Als Mönch habe ich Armut gelobt. Ich kann mir Euer Buch gewiss nicht leisten … oder einen Medicus, der mir …«

»Macht Euch darüber keine Gedanken! Ich kenne einen jüdischen Arzt in Salerno, der Euch vielleicht helfen kann. Ich werde ihn bitten, nach Rom zu kommen. Und Euch flehe ich an, alles zu unterlassen, was Euch weiter schwächt. Wie die Geißelung und das Gebet auf dem kalten Boden Eurer Zelle. Nein, lasst mich bitte ausreden! Wenn Ihr nicht einsichtig seid, werde ich Seine Heiligkeit bitten, Euch zu befehlen, auf die Geißel zu verzichten.«

Er sagt nichts.

»Die Kälte tut Euch nicht gut. Kommt, ich bringe Euch in die Geheimkammer. Dort ist es wärmer. Und Ihr könnt Euch hinsetzen. Ihr seid erschöpft.« Ich reiche ihm meinen Arm, damit er sich darauf stützt, doch er winkt ab: »Es geht schon.«

Yared

Kapitel 12

Vor dem Portal von San Giovanni in Laterano
Dienstag, 21. Februar 1447
Halb zehn Uhr abends

Vor der Lateranbasilika zügele ich meinen Hengst und springe aus dem Sattel, während Diego neben Prosperos Pferd im Schnee kniet und die Zügel hält, damit dieser in seiner schweren Rüstung absteigen kann.

Prospero, der die höfliche Geste missversteht, schlägt das Kreuzzeichen über dem Knienden. »Benedicat tibi Dominus et custodiat te – der Herr segne dich und behüte dich.«

Der Kastilier erhebt sich abrupt. »Bemüht Euch nicht. Diese Aufgabe hat Allah vor zwei Jahren sehr gewissenhaft übernommen. Ich bin zum Islam konvertiert.«

»Seid Ihr gezwungen worden?«, fragt der Kardinal bestürzt.

Diego nickt.

»Dann ist die Konversion ungültig. Ihr seid getauft. Ihr könnt in die Kirche zurückkehren.«

»Es waren nicht die Muslime, die mich zu diesem Schritt veranlasst haben, sondern die Christen.«

»Was ist geschehen?«

»Ich stamme aus dem umkämpften Grenzgebiet zwischen Al-Andalus und Kastilien, das mal christlich, mal muslimisch ist. Mit dem Glauben nehmen wir es da nicht so genau. Vor zwei Jahren, als Sultan Muhammad gestürzt wurde, fielen meine Burg und meine Ländereien wieder einmal an Kastilien. Den Konquistadoren folgten die Inquisitoren und verbreiteten Angst und Schrecken. Meine Frau und mein ungeborenes Kind sind im Zeichen des Kreuzes gestorben. Ich bin nach Granada geflohen und habe dort die Schahada gesprochen. Das war zu der Zeit, als Yared aus Jerusalem zurückkehrte und Sultan Muhammad ihn zu seinem Wesir ernannte. Ich bin in seine Dienste getreten und begleite ihn nach Portugal, Kastilien, Aragón und Italien.«

»Ihr wollt verhindern, dass das, was Eurer Frau und Eurem Kind widerfahren ist, im Namen des christlichen Glaubens anderen geschieht.«

»So ist es«, nickt Diego mit einem zynischen Lächeln. »Und wisst Ihr, was die Moral von dieser Geschichte ist? Meine Burg ist inzwischen wieder muslimisch. Sultan Muhammad hat sie im letzten Herbst zurückerobert. Der Tod meiner Liebsten war also völlig sinnlos.«

»Verstehe«, murmelt Prospero nachdenklich. »Was passiert ist, tut mir aufrichtig leid. Eure Entscheidung, zum Islam zu konvertieren, bedaure ich zutiefst. Da Ihr ein getaufter Christ seid, kann ich nicht Ja und Amen dazu sagen. Aber ich kann sie verstehen.« Prospero legt mir vertraulich die Hand auf die Schulter. »Umso wichtiger ist es, dass Seine Exzellenz morgen im Konsistorium mit Seiner Heiligkeit spricht. Seit der Kirchenunion von Florenz ist unser besorgter Blick auf das christliche Byzanz gerichtet, das durch die Türken bedroht wird. Ich fürchte, dass Konstantinopolis in den nächsten Jahren fallen wird. Die Reconquista haben wir bei alldem ein wenig aus den Augen verloren. Ich bezweifle, dass Kardinal de Torquemada und Kardinal Borgia über die Lage in den Grenzgebieten zwischen Kastilien, Aragón und Al-Andalus ausreichend informiert sind. Wenn es Euch recht ist, werde ich ein Treffen mit Juan de Torquemada und Alonso Borgia arrangieren.«

»Sehr gern.«

»Und wenn Ihr keine Einwände habt, würde ich gern an dieser Unterredung teilnehmen. Sie kann im Palazzo Colonna stattfinden.«

Selbstverständlich will er, der mächtigste Kardinal, seine spanischen Kollegen in seinem Palast empfangen, in der päpstlichen Residenz seines Onkels.

»Die Machtverhältnisse in Granada interessieren mich sehr.«

Ich kann mir ein vergnügtes Schmunzeln nicht verkneifen. »Aber die in Rom noch mehr.«

»Am meisten interessiert mich die Machtverteilung in der Sakristei von Santa Maria sopra Minerva während des nächsten Konklaves«, bekundet Prospero mit einem jungenhaften Grinsen seinen Willen, seinem Onkel als Pontifex nachzufolgen. »Auch wenn da Capestrano mich dafür als prunksüchtigen, machtbesessenen und sehr unheiligen Papst verteufelt und mir die Feuer der Hölle schürt.«

Prospero als Papst – das wäre mir im Hinblick auf die Reconquista und Muhammads Rückkehr auf den Thron in der Alhambra sehr recht. Aber meine Beziehung zu Alessandra, für die Prospero seit ihrer Kindheit so etwas wie ein älterer Bruder ist, würde dadurch noch komplizierter werden, als sie es ohnehin schon ist. Ein Kardinal als ›Schwager‹ – das ging zwei Jahre lang gut, weil Prospero offenbar nicht ahnt, was Alessandra und mich verbindet. Aber als Papst kann er das, was wir getan haben, nicht tolerieren – selbst wenn er von Alessandras jüdischer Herkunft wüsste. Sie ist Christin, ich bin Jude. Er *darf* es nicht.

Er legt mir die Hand auf die Schulter und deutet auf die Lateranbasilika. »Kommt, Euer Exzellenz.«

Diego öffnet uns das Tor. Sobald wir die von Kerzen erleuchtete Lateranbasilika betreten haben, schiebt Elija seine Hand in meine, guckt mit einem verschmitzten Grinsen zu mir hoch und lässt mich nicht mehr los, als wir Prospero durch das Hauptschiff zum Altar mit dem hohen Tabernakel folgen.

Vor der Confessio mit dem Grabmal seines Onkels kniet er nieder, bekreuzigt sich und spricht ein Gebet. Nach einem langen Blick auf den Papstthron in der Apsis hinter dem Altar erhebt er sich und wendet sich zu mir um. »Na, dann wollen wir mal zum Ort der Verdammnis hinabsteigen und Satan unsere Aufwartung machen«, frotzelt er und reicht Elija seine Hand, der auf dem Marmorgeländer der Confessio herumturnt, um weit vornübergebeugt die Münzen auf Papst Martins Grab zu zählen. »Kommst du mit?«

»Na klar«, nickt Elija und springt vom Geländer in Prosperos Arme. Der Kardinal stellt ihn auf den Boden und fährt dem niedlichen Bengel liebevoll durch die dunklen Locken.

»Ich beneide Euch«, gesteht Prospero, während wir durch das Hauptschiff zurückgehen. »Ich liebe Kinder. Ich wünschte, ich hätte auch einen Sohn, der mir eines Tages nachfolgt.«

»In den Gassen von Jerusalem gibt es noch mehr von diesen vorlauten Bengeln«, erwidere ich trocken. »Wenn Elija nicht gehorcht, setze ich ihn dort aus, wo ich ihn aufgelesen habe: bei den Gassenjungen, die in der Via Dolorosa wie Kletten an den Pilgern hängen und betteln. Ich suche mir einfach einen neuen. Soll ich Euch einen mitbringen?«

»Das tust du doch nicht!«, grinst die kleine Rotznase und schmiegt sich an Prosperos Purpursoutane. »Du setzt mich nicht aus!«

Prospero lacht. »Ihn aussetzen? Das glaube ich Euch nicht. Dazu seid Ihr ein viel zu liebevoller und nachsichtiger Vater. Ich wünschte, mein Vater, der Conte von Alba, hätte mir dieselbe zärtliche Liebe geschenkt. Doch wer eines Tages herrschen soll, muss schon als Kind Demut und Gehorsam lernen. Meinen Bruder Odoardo machte mein Onkel zum Conte von Alba und Celano, meine Schwester Anna zur Fürstin von Tarent und Herzogin von

Bari, meine Schwester Caterina zur Contessa von Urbino, meinen Bruder Antonio zum Fürsten von Salerno und Marchese von Cotrone. Papst Martin hoffte, ihn eines Tages zum König von Neapel krönen zu können. Und mich ernannte er zum Kardinal, damit ich ihm eines Tages nachfolge.« Er zerzaust Elijas Locken. »Aber vorher wurde uns ordentlich der Hintern versohlt.«

Vor dem Grabmal von Papst Silvester bleibt Prospero stehen und betrachtet stirnrunzelnd die Blutlache, die unter dem Epitaph herauszurinnen scheint.

Elija legt den Kopf in den Nacken und liest ehrfürchtig die erste Zeile der Grabinschrift: »Iste locus mundi Silvestris membra sepulti venturo Domino conferet ad sonitum …«

»Weißt du, was das heißt?«, fragt der Kardinal.

Elija strahlt. Jetzt kann er mit seinen Lateinkenntnissen glänzen. »Da steht, dass Silvesters Gebeine klappern, wenn ein Papst stirbt.«

Prospero schüttelt den Kopf. »O nein, mein Junge, genau das steht da eben *nicht.*«

»Sondern?«, fragt Elija verblüfft.

»Die lateinischen Verse sind so stümperhaft formuliert, dass es mich nicht wundert, wenn sie immer wieder falsch übersetzt werden. Derjenige, der diese Grabinschrift für Papst Silvester verfasst hat, wollte damit bekunden, dass der Verstorbene bereit ist, bei der Rückkehr Jesu Christi am Ende der Zeiten vor seinen Richter zu treten und sich für seine Taten zu verantworten. Gerberts Zeitgenossen sahen in den Worten ›venturo Domino‹ keinen Hinweis auf die Rückkehr des Gottessohnes als Weltenrichter, sondern darauf, dass es bald einen neuen Papst geben wird. Und die Worte ›ad sonitum‹ bezogen sich ihrer Meinung nach nicht auf den Schall der Trompeten des Jüngsten Gerichts, sondern auf das Klappern der Knochen von Papst Silvester. So entstand die Legende, dass dessen Gebeine rumoren, wenn ein Papst im Sterben liegt.«

»Dann war Papst Silvester gar kein Jude?«, fragt mein Sohn enttäuscht.

Prospero lacht schallend. »Hat Sandra dir das erzählt? Nein, Elija, er war kein Jude. Meines Wissens war Petrus der letzte jüdische Papst. Falls er überhaupt jemals in Rom war. Sandra bezweifelt ja, dass er jemals römischer Bischof war – was Fra Giovanni da Capestrano ziemlich in Rage bringt. Sie hält einen anderen für den ersten Papst. Den vergessenen Papst, so nennt sie ihn.« Er reicht meinem Sohn die Hand. »Na komm, Elija, wir gehen sie suchen.«

Alessandra

Kapitel 13

In der geheimen Kammer im Gewölbe des Lateranpalastes
Dienstag, 21. Februar 1447
Halb zehn Uhr abends

Fra Santino begleitet mich in die Geheimkammer, wo er sich eingehend umsieht, bevor er einen Abakus aus Messing vom Boden aufhebt.

»Wie seltsam!«, murmelt er, immer noch hüstelnd. »Während seines Studiums als Benediktinermönch in Katalonien hat Gerbert d'Aurillac doch bestimmt die Werke der Araber über Arithmetik gelesen. Die Grenze zu Al-Andalus, zum Reich des Kalifen von Córdoba, verlief damals nur wenige Meilen südlich von Barcelona. Wenn er dort war, kannte er die arabischen Zahlen. Diese Zahlen sind jedoch weder arabisch noch lateinisch.«

»Sie sind indisch.«

Er blickt erstaunt auf.

»Muhammad ibn Musa al-Khwarizmi hat sie in seinem Buch beschrieben. Es gibt eine lateinische Übersetzung, aber das arabische Original ist besser. Al-Khwarizmi ist der bekannteste muslimische Mathematiker. Ich nehme an, dass Gerbert, der von der Macht der Zahlen fasziniert war, sein Buch in Córdoba gelesen hat. Wusstet Ihr, dass es Papst Silvester war, der die arabischen Zahlen bei uns eingeführt hat?«

»Ja, das wusste ich.« Er legt den Abakus zur Seite, wendet sich ab und dringt tiefer in die Kammer vor.

»Ihr beherrscht al-Arabiyya?«

»Aiwa«, antwortet er auf Arabisch.

»Wo habt Ihr es gelernt?«

Er dreht sich zu mir um. »In Jerusalem. Ich war ein Jahr lang dort. In einem Dominikanerkloster nahe der Grabeskirche.«

»Andek ez-zhar ala châter teqdar tsâfer!«

»In der Tat«, lächelt er. »Ich kann mich wirklich glücklich schätzen, dass ich damals reisen konnte.« Sein Blick verdüstert sich. »Und ich bin sehr unglücklich, dass mir dafür keine Zeit mehr bleibt.«

»Wo wart Ihr sonst noch?«

»In Konstantinopolis. Nach der Kirchenunion in Florenz habe ich den Kaiser nach Byzanz begleitet. Als ich dort von der Union mit den Kopten, den Syrern und den Armeniern hörte, bin ich über Täbriz nach Jerusalem und über Kairo weiter nach Alexandria gereist.« Fra Santinos Augen funkeln wie polierte schwarze Steine. »Ich verstehe sehr gut, was Euch nach Timbuktu zieht.«

»Ich will studieren. Nicht missionieren.«

Er lacht. »Das hatte ich auch nicht angenommen. Timbuktu könnt Ihr aber nur als Muslima betreten.«

»Stimmt.«

»Ihr wolltet drei Jahre lang als Ungläubige leben? In einer Moschee beten? Jeden Tag die Schahada sprechen: ›Ashadu an la ilaha illa-llah, wa Muhammadan rasulu-llah. Es gibt keinen Gott außer Allah, und Mohammed ist der Gesandte Gottes.‹? Und Euch zum Islam bekennen? Das nenne ich Chuzpe.«

»Fra Giovanni da Capestrano nennt es Häresie.«

Er winkt lässig ab. »Jesus sprach: ›Nur wer ohne Sünde ist, werfe den ersten Stein.‹ Fra Giovanni musste sich vor Papst Martin verantworten, wisst Ihr das? Wegen übermäßiger Anbetung des Heiligen Namens Jesu Christi.« Er grinst schadenfroh. »Auch die tiefe Frömmigkeit und der selbstverleugnende Glaube eines Heiligen können Häresie sein.«

»Das unfehlbare Urteil eines Inquisitors?«

»Nur meine persönliche Meinung. Nicht ich habe über ihn gerichtet, sondern Papst Martin. Und ich verurteile ihn auch jetzt nicht.«

»Ein toleranter und liberaler Inquisitor.«

»Wie Euer Vater, den ich sehr bewundere.«

Während er die Briefe von Papst Silvester vom Boden aufsammelt, gehe ich hinüber zur Truhe, wo das *Testament des Salomo* aufgeschlagen liegt. Das Blut, mit dem der Satanspakt geschrieben wurde, ist inzwischen getrocknet.

Nicht auszudenken, was geschehen wird, wenn Fra Santino das Buch in die Finger bekommt. Ich will des *Testament des Salomo* mitnehmen, um heute Nacht mit einem Bimsstein die Blutschrift, die mich in einem Inquisitionsprozess auf den Scheiterhaufen bringen kann, vom Pergament zu kratzen.

Ich schließe das Buch und will es gerade unauffällig in meiner Tasche verschwinden lassen, als Fra Santino plötzlich neben mir steht und mir mit sanfter Gewalt den Folianten aus der Hand nimmt.

»Das *Testament des Salomo.*« Er wirft die Briefe auf den Tisch. Papst Silvesters Geheimschrift kann er offenbar nicht lesen. Die Abschriften seiner Briefe sind in Tironischen Noten verfasst, einer antiken römischen Kurzschrift.

Während der Inquisitor durch das Grimoire blättert und den griechischen Text und die hebräischen und arabischen Randbemerkungen liest, läuft es mir heiß und kalt über den Rücken. Und wenn er die Blutschrift entdeckt?

»Kennt Ihr das Buch?«, frage ich, um ihn abzulenken.

»Mhm.« Er sieht nicht auf.

»Eine schöne Handschrift, nicht wahr?«

»Mhm.« Er blättert weiter und überfliegt einen ausführlichen hebräischen Kommentar.

»Auf einer der letzten Seiten gibt es eine beeindruckende Zeichnung des Tempels in Jerusalem. Soll ich sie Euch zeigen?«

Keine Reaktion.

Ohne seine Antwort abzuwarten, nehme ich ihm den Folianten aus der Hand und schlage die Skizze auf. »Seht Ihr? König Salomos Tempel.«

»Ich interessiere mich mehr für die Darstellung von Beelzebul, die Fra Giordano so erschreckt hat.« Resolut reißt er das Buch wieder an sich, blättert zurück, bis er die Skizze gefunden hat …

… und erstarrt, als er die Blutschrift entdeckt.

»›Nun habe ich Dich erwählt. Unsere Zusammenarbeit, in die ich große Hoffnungen setze, wird mir ein Vergnügen sein. Satan, Fürst der Hölle und Beherrscher des gottlosen Rom‹«, liest er flüsternd vor. Den Blick, den er mir zuwirft, während er sich bekreuzigt, kann ich nicht ergründen.

»Mein Gott, ein Satanspakt!«

Yared

Kapitel 14

Im Gewölbe des Lateranpalastes
Dienstag, 21. Februar 1447
Kurz nach halb zehn Uhr abends

Ich folge Prospero und Elija zum Portal des Lateranpalastes und einen Gang entlang zu einer Treppe, die in die Gewölbe hinabführt. Der Korridor, der zur Geheimkammer führt, wird von Alessandras Gefolgsleuten bewacht.

Mein Herz klopft vor Aufregung, und ich kann es kaum erwarten, sie in meine Arme zu schließen, sie leidenschaftlich zu küssen, ihren Duft einzuatmen, mich ihr hinzugeben und mit allen Sinnen ihre Wärme und ihre Liebe zu genießen. Wie sehr habe ich sie in den letzten zwei Jahren vermisst!

Der Kardinal betritt die Kammer, während ich mit Elija zwischen den Holzgerüsten im Gang zurückbleibe. Dort, wo ich in den Schatten zwischen den Gerüsten stehe, kann sie mich nicht sehen.

Alessandra, die mit einem Dominikanermönch in einem Pergamentcodex geblättert hat, wendet sich überrascht zu ihm um. »Prospero! Was machst du denn hier?«

Sie wirkt aufgewühlt, beunruhigt, ja sogar erschrocken, und ihre Hände zittern. Was ist denn eben hier geschehen?

Ihr Cousin haucht ihr einen Kuss auf die Wange. »Ich dachte, ich halte dich ein bisschen von der Arbeit ab und stöbere in Gerberts Büchern.« Er deutet auf die Folianten, die auf dem Boden verstreut liegen. Dann erst bietet er dem Dominikaner seine Hand dar.

Der Frater kniet nieder, um seinen Ring zu küssen. »Fra Santino de Angelis, Vostra Illustrissima é Reverendissima Eminenza.«

»Erhebt Euch, Fra Santino. Ihr seid der Inquisitor, der meine Cousine unterstützen soll? Seine Heiligkeit erwähnte Euren Namen vorhin beim Abendessen.«

Fra Santino verneigt sich stumm.

»Wie geht es ihm?«, fragt Alessandra besorgt.

»Er ist ungeduldig und kann nicht still sitzen. Du kennst ihn ja. Entgegen Ludovicos ärztlichem Rat hat er das Bett verlassen, um mit mir zu Abend zu essen.«

»Ich nehme an, er hat den Dispens für Cesares Ehescheidung und seine geplante Heirat unterschrieben.«

Die Luft knistert zwischen Alessandra und Prospero. Als ob sie sich gefetzt haben …

»Hat er. Und er hat mir anvertraut, wie erleichtert er ist, dass du morgen früh nicht für drei Jahre aus Rom verschwindest.«

Alessandra verdreht entnervt die Augen. »Hätte ich nur nicht nachgegeben! Ich habe ihm versprochen, dass ich meine Abreise um ein paar Tage verschiebe. Aber ich habe nicht gesagt, dass ich nicht nach Timbuktu reise.«

Prospero schmunzelt, aber es fällt ihm augenscheinlich schwer, sich zu beherrschen – die beiden müssen furchtbar aneinandergeraten sein. »Seine Heiligkeit ist nicht der Einzige, der glücklich darüber ist, dass du in Rom bleibst.«

Sie sieht ihren Cousin fragend an.

»Euer Exzellenz?« Prospero winkt mich in die Kammer.

Alessandra starrt mich fassungslos an.

Ihr von der Sonne gebräuntes Gesicht weist in den Augenwinkeln und neben den leicht geöffneten Lippen die ersten Fältchen auf – sie ist schon zweiunddreißig. Die kleine Narbe über der rechten Augenbraue kündet von ihrem unstillbaren Schatzsucherfieber, als sie das Labyrinth des Tempelbergs von Jerusalem erforschte. Offensichtlich hat sie sich in den letzten Wochen sehr intensiv auf die lebensgefährliche Reise in die Wüste vorbereitet. Ihr schlanker und geschmeidiger Körper, der jeden gesunden Mann zwischen fünfzehn und fünfundachtzig um den Verstand bringen kann, ist ein wenig dünner geworden.

Ein warmes Gefühl rieselt durch meinen Körper, als ich sie ansehe, und der plötzliche Blutmangel in meinem Gehirn macht sich bemerkbar. Ja, ich bin erregt. Und wie. Ich glühe vor Vorfreude, und es fällt mir schwer, mich zusammenzunehmen, sie nicht in meine Arme zu reißen, mein Gesicht in ihrem duftenden Haar zu vergraben, ihre Wärme zu spüren und sie leidenschaftlich zu küssen. Ihre leuchtend blauen Augen, ihre sinnlichen Lippen, ihr dunkles Haar, ihr Atem, ihr Duft, ihre zärtlichen Berührungen, ihr Lächeln, ihre Liebe – alles gehört mir, mir allein. Sie ist ein Geschenk, das ich jeden Tag aufs Neue auspacken darf, um immer wieder zu staunen und mich zu freuen, wie am ersten Tag, als ich mich Herz über Verstand in sie verliebte.

»Yared …«, flüstert sie und schlägt sich die Hand vor die bebenden Lippen. »… und Elija!«

Bevor ich ihn aufhalten kann, wirft Elija sich ungestüm in ihre Arme.

»Wie schön, dich zu sehen, Mäuschen!« Sie umarmt ihn, streicht ihm durch die Locken und küsst ihn zärtlich.

Langsam gewinnt sie ihre Selbstsicherheit zurück. Sie schenkt mir ein herzliches Lächeln, richtet sich auf und reicht mir die Hand zum Kuss. Sie trägt den Saphirring, den ich ihr geschenkt habe. »Euer Exzellenz, ich freue mich, dass Ihr wieder in Rom seid! Wann seid Ihr angekommen?«

»Vor einer Stunde.«

»Ich freue mich, dass Ihr Elija mitgebracht habt.«

»Er wollte Euch wiedersehen. So wie ich.«

Ihre Mundwinkel zucken. »Erweist Ihr meinem Cousin und mir die Ehre, während Eures Aufenthaltes in Rom im Palazzo Colonna zu residieren?« Nur das Funkeln in ihren strahlend blauen Augen verrät ihre Gefühle. Und die verhaltene Sinnlichkeit, die aus ihrem schlanken, geschmeidigen Körper hervorzuströmen scheint wie der betörende Duft einer Blüte.

Ich bin verliebt wie in jener Nacht, als sie in mein Leben stürzte und alles, was zuvor so fest gefügt schien wie die Pyramiden – Ruhm, Ehre, Liebe, Glück und Lebensfreude, das Vertrauen des Sultans von Ägypten und die Macht als sein Wesir –, innerhalb weniger Tage bis auf die Fundamente niederriss, um den Treibsand freizulegen, in dem ich zu versinken drohte.

»Die Ehre ist ganz auf meiner Seite. Ich nehme Eure Einladung sehr gern an, Euer Gnaden … Euer Eminenz.«

»Darf ich Euch Fra Santino vorstellen?« Prospero Colonna, der Alessandra und mich nicht aus den Augen gelassen hat, winkt den Frater heran, der sich vor mir verneigt.

»Es-salamu alekum.«

»W'alekum es-salam«, antworte ich und reiche ihm die Hand.

Fra Santino ist ein asketisch ausgezehrter Mann mit beherrschten Gesten und einem entschlossenen Händedruck. Mit dem Finger ertaste ich unauffällig seinen Puls, während ich seine Hand halte. Er zittert. Und er hat Fieber, sehr hohes Fieber. Er wirkt gefasst, und obwohl er sehr geschwächt ist, hält er sich betont aufrecht und zieht die verkrampften Schultern hoch. Seine verkniffenen Lippen verraten mir, dass er sich gegeißelt hat. Die Schmerzen erträgt er mit sehr viel Würde. Ich bin sicher, er weiß, dass er bald sterben wird. Aber er ahnt offenbar nicht, wie wenig Zeit ihm noch bleibt. Vier Wochen. Fünf, wenn Gott ihm gnädig ist.

»Yared al-Gharnati ist der Wesir des Sultans von Granada«, erklärt der Kardinal dem Dominikanermönch. »Vor zwei Jahren war er als Vertrauter und Leibarzt des Sultans von Ägypten sein Wesir und der Vizekönig von Jerusalem. Wenn er zum Islam konvertiert wäre und die Tochter des Sultans geheiratet hätte, wäre er auch dessen Schwiegersohn geworden.«

»Ich fühle mich geehrt, dich kennenzulernen«, antwortet Fra Santino auf al-Arabiyya. »Ich war einige Monate in Jerusalem und weiß, was du in den letzten Jahren für die Christen in Ägypten getan hast. Nicht zuletzt für den koptischen Papst, den der Sultan im Kerker der Zitadelle von Kairo gefangen hielt und dem du, nachdem der Sultan ihn foltern ließ, das Leben gerettet hast. Ich war bestürzt, als ich erfuhr, dass du aus Jerusalem fliehen musstest. Was, in Gottes Namen, ist damals geschehen?«

Ich zögere. Soll ich es ihm sagen? Ich sehe ihm in die Augen, und er erwidert meinen Blick ganz offen.

»Alessandra und ich haben nach muslimischem Gesetz den Tempelberg entweiht, indem wir durch das unterirdische Labyrinth von Zisternen gekrochen sind.«

Er runzelt die Stirn. »Warum habt ihr den Tod riskiert?«

»Wir haben die Bundeslade gesucht.«

Fra Santino starrt mich an. Er ringt um Fassung. »Die Bundeslade gilt seit der Zeit von König Salomo als verschollen.« Sein Blick irrt zu Alessandra, die ihn mit dem rätselhaften Lächeln der Sphinx von Gizeh ansieht, dann wieder zurück zu mir. Er schluckt. »Und? Habt ihr den Gottesschrein gefunden?«

Alessandra

Kapitel 15

In Alessandras Schlafzimmer im Palazzo Colonna
Dienstag, 21. Februar 1447
Kurz vor elf Uhr abends

Erschöpft lehne ich mich an das Fenster meines Schlafzimmers und spähe hinaus in den nächtlichen Garten mit den tief verschneiten Ruinen des antiken Serapistempels, die in den befestigten Palast der Colonna eingegliedert worden sind.

Wehmütig erinnere ich mich daran, dass ich in diesem hellenistisch-ägyptischen Tempel als Kind meine ersten Ausgrabungen gemacht habe: einen versiegelten Tonkrug voller Schriftrollen mit ägyptischen Hieroglyphen. Die Papyri besitze ich noch immer, was darin geschrieben steht, weiß ich jedoch bis heute nicht. Aber in den Bibliotheken von Timbuktu soll es ein Buch von Abu Bakr Ahmad Ibn Wahshiyah geben, der vor vier Jahrhunderten die altägyptischen Hieroglyphen ins Arabische übertragen hat. Yared hat mir davon erzählt. Wenn ich es finde und nach Rom bringe, könnte ich die Papyri, die ich als Kind entdeckt habe, endlich übersetzen.

Ich blinzele in die nächtliche Finsternis. Eine schattenhafte Gestalt betritt den Garten. Als sie sich umblickt, ob sie beobachtet wird, entdeckt sie mich am erleuchteten Fenster und winkt mir zu. Es ist Robin. Er klopft auf ein verschnürtes Päckchen, das er unter dem weiten Mantel verbirgt – vermutlich seine von John Wycliffe ins Englische übersetzte Bibel. Ich zeige in Richtung der Cavalli, der Pferdestatuen am Abhang des Quirinals. Die Gegend jenseits des Palazzo Colonna ist verlassen, die abbruchreifen Häuser stehen seit Jahren leer. Dort kann er die ketzerische Bibel verbrennen. Er nickt, klettert behände über die umgestürzten Säulen des Tempels und verschwindet hinter einer uralten Ulme auf der Seite des Palazzos, die Prospero mit seinem Gefolge bewohnt. In seinen Räumen brennt noch Licht.

Seit der Erscheinung des Satans im finsteren Gewölbe, dem blutigen Teufelspakt im *Testament des Salomo* und Fra Santinos unerwartetem, ja erstaunlichem Vorschlag bin ich derart überreizt, dass ich zusammenzucke und die verspannten Schultern hochziehe, als es leise an der Tür klopft.

»Saphira?«, rufe ich.

Nachdem Prospero Yared dem Protokoll entsprechend durch die verschiedenen Flügel des Palazzo Colonna geführt und ihm den Thronsaal von Papst Martin gezeigt hatte, geleitete mein Cousin ihn zu dessen Räumen. Sie liegen nicht weit entfernt von meiner Wohnung – zum Glück, denn wer sich hier nicht auskennt, kann sich leicht verirren. Der Palazzo Colonna ist mit seinen Audienzräumen und Bankettsälen, seiner Bibliothek, seiner ehemaligen päpstlichen Kanzlei und den großzügigen Wohntrakten, in denen zwei Kardinäle mit ihrem Gefolge residieren, weitläufiger als der Lateranpalast. Während Yared den Palazzo besichtigte, der seit der Fertigstellung von Prosperos Räumen noch majestätischer geworden ist, bereiteten seine Diener alles nach seinen Wünschen vor – das Abendessen, das heiße Bad und die Duftöle, eine Karaffe Granatapfelwein aus Granada und den kandierten Ingwer, den Yared so liebt.

Nur sein warmer Blick verriet seine Gefühle, als er sich an der Tür seiner Gemächer sehr förmlich von mir verabschiedete: »Euer Gnaden, ich wünsche Euch eine gute Nacht. Wenn es Euch recht ist, werde ich Euch später meine Sklavin Saphira schicken. Ich erinnere mich, dass Ihr in Jerusalem sehr zufrieden mit ihr wart.«

»Wie überaus freundlich von Euch, Exzellenz.« Ich reichte ihm meine Hand zum Kuss.

Während Yareds Lippen sanft meine Finger berührten, spielte er mit dem Saphirring, den er mir geschenkt hat. Mit einem raschen Seitenblick auf Prospero, der uns mit einem Stirnrunzeln beobachtete, wisperte er auf Arabisch: »Ich warte auf dich.«

Ich gehe hinüber zur Tür und öffne sie. Saphira tritt ein.

Yareds Sklavin ist in einen schwarzen Hidjab-Schleier gekleidet, der ihren Körper ganz verhüllt. Sie trägt ein Tablett mit etlichen Fläschchen und Schälchen, in denen sich Duftöle, Farbpigmente für die Augen und die Lippen und andere Mittel zur Körper- und Schönheitspflege befinden. Über ihrem Arm hängt ein Gewand aus granatapfelrotem indischem Seidenbrokat mit Perlenstickerei.

Saphira stellt das Tablett auf eine meiner Reisetruhen und breitet das prunkvolle Gewand mit den passenden Schleiern aus hauchzarter Seide und einer Schärpe in der Farbe reifer Pfirsiche auf dem Bett aus. Die bestickten Pantoffeln stellt sie auf den Boden. Dann zieht sie ein durchscheinendes Unterhemd aus der Tasche ihres Hijabs und legt es neben das Gewand. »Yared lässt dir ausrichten, dass er sich freuen würde, wenn du die Sachen trägst.«

Saphira zieht rasch den Schleier aus und legt ihn ordentlich gefaltet auf eine meiner Reisetruhen.

»Ist er bereit?«

Sie nickt. »Er erwartet dich. Er ist ziemlich ungeduldig.«

Während sie mich für das Bad entkleidet, suche ich ihren Blick. »Saphira, bitte verzeih mir die Frage. Aber … bist du eifersüchtig?«

Sie senkt den Kopf. »Na ja, ein bisschen schon.«

»Du liebst ihn. Und du hattest ihn zwei Jahre lang ganz für dich allein.«

»Mehr, als er mir so großzügig schenkt, darf ich mir als seine Sklavin nicht erhoffen.« Sie seufzt. »Wenn er mich zu sich ins Bett ruft, weil er sich einsam fühlt oder weil er sich nach einem anstrengenden Tag entspannen will, denkt er nur an dich. Und wenn er in meinen Armen schläft und ich ihn zärtlich streichele, träumt er nur von dir. Er liebt dich von ganzem Herzen.«

»In seinem Palast in Málaga hat er einen ansehnlichen Harem voller heißblütiger Gespielinnen, die der Sultan ihm geschenkt hat, damit sie nachts seine Lust stillen. In seinen Briefen hat er mir gestanden, dass er hin und wieder mit ihnen schläft.« Ich erinnere mich, wie mir Yareds Geständnis einen Stich ins Herz versetzt hat.

»Du kennst ihn«, besänftigt mich Saphira. »Er genießt es, wenn er sich verführen und verwöhnen lassen kann. Er umgibt sich mit verschwenderischem Luxus, mit Sinnlichkeit und Lebensfreude, und er will, berauscht vom Haschisch, seine Einsamkeit vergessen. Seit eurer Trennung fühlt er sich sehr allein. Er kann sich nicht verzeihen, dass er dich, die Liebe seines Lebens, verlassen hat.« Sie seufzt. »Glücklich ist er nur, wenn er mit dir zusammen ist. Du hättest ihn vorhin erleben sollen, als ich ihn gebadet, massiert und mit Duftölen gesalbt habe. Vor lauter Aufregung, vor lauter Freude, dich wiederzusehen, konnte er nicht einen Augenblick still liegen und sich entspannen. Er sehnt sich nach dir.« Saphiras dunkle Augen blitzen, als sie verschmitzt lächelt. »Aber lass ihn ruhig noch ein wenig warten.«

Als ich wenig später mit geschlossenen Augen im heißen Wasser liege und mich von der wohligen Wärme durchdringen lasse, reicht Saphira mir eine Schale mit kandiertem Ingwer, einem köstlichen Aphrodisiakum, das Yared allen anderen vorzieht. Vor allem wenn der Kristallzucker ein wenig Haschisch enthält, der ihm die Freuden und Lüste des Paradieses verheißt. Ich lasse mir den scharfen Geschmack des Ingwers auf der Zunge zergehen und spüre, wie die Anspannung nach und nach von mir abfällt, die Angst, der Schrecken und der Ekel, und wie ich ruhiger werde, gelassener, heiterer.

Die Hitze des Bades und der Haschischrausch machen mich schläfrig. Saphira massiert meine verspannten Schultern. Nachdem sie mich abgetrocknet und am ganzen Körper enthaart hat, reibt sie mich mit einem angewärmten Duftöl ein, das ganz köstlich nach Ingwer und Zitrone riecht. Yared meint, dass dieser erfrischende Duft am besten zu mir passt. Er wird immer ganz ungestüm, wenn er an meinem Haar riecht, an meinen Brüsten, an meinen intimsten Stellen …

Nachdem Saphira mich mit einem Handschuh aus Hermelinfell sanft massiert hat, bis meine Haut Funken sprüht, bitte ich sie um einen Gefallen: Sie soll mich mit Henna bemalen – als verführerische Überraschung für Yared.

Während sie zwischen meinen Schenkeln auf dem Bett kniet und mit einem feinen Pinsel die rötliche Farbe aufträgt, beobachte ich sie im Handspiegel, den ich über uns beide halte. Wir kichern und lachen unablässig. Nicht nur, weil ich vom Haschischrausch erregt bin und der Pinsel an der Innenseite meiner Schenkel schier unerträglich kitzelt. Sondern auch, weil wir uns ausmalen, wie Yared wohl reagieren wird, wenn er mich nach allen Regeln der Liebeskunst ganz langsam Schicht um Schicht entkleidet und schließlich diese höchst erotische Zeichnung an der intimsten Stelle meines Körpers findet …

Schließlich legt Saphira den Pinsel weg. »So, nun muss die Farbe einwirken. Bleib so liegen, halte die Knie angewinkelt und beweg dich nicht!«

»Wie lange?«

»Eine Stunde, sonst bleibt die Farbe so blass, dass man nichts erkennen kann. Das lange Warten wird sich für Yared lohnen. Er wird begeistert sein«, verspricht Saphira. »Er ist der sinnlichste Mann, den ich kenne. Er liebt derartige Überraschungen.«

ꟾ Yared ꟾ

Kapitel 16

In Yareds Gemächern im Palazzo Colonna
Mittwoch, 22. Februar 1447
Mitternacht

✡ Mein Herz schlägt vor Aufregung bis zum Hals, als es leise an der Tür klopft. Na endlich ist sie gekommen!

Zu meiner großen Enttäuschung kommt Benyamin herein. »Ich weiß, du willst nicht mehr gestört werden ...«

Seine besorgte Miene lässt mich das Schlimmste ahnen.

»Was ist denn?«

Er schließt die Tür und lehnt sich dagegen. »Kardinal Colonna ist gekommen«, flüstert er so leise, dass ich ihn kaum verstehen kann.

»Was will er?«

»Sich erkundigen, ob alles deinen Wünschen entspricht. Mit einer Karaffe Montepulciano unter dem einen und einem Schachspiel unter dem anderen Arm stand er plötzlich vor mir. Er wartet vor der Tür. Und er scheint es nicht besonders eilig zu haben, ins Bett zu kommen ...«

Ich fluche entnervt. »Ein denkbar ungünstiger Zeitpunkt. Alessandra kann jeden Augenblick kommen.«

»Soll ich ihm sagen, dass du dich schon zurückgezogen hast und mit einer deiner Gespielinnen ...?«

»Nein.« Ich seufze auf. »Führe ihn herein.«

»Wie du willst.«

»Und bitte Yael in meine Gemächer, sei so gut. Sie soll die Wasserpfeife mit dem Haschisch mitbringen.«

Benyamin kann sich ein Grinsen nicht verkneifen.

Alessandra

Kapitel 17

In Alessandras Schlafzimmer im Palazzo Colonna
Mittwoch, 22. Februar 1447
Gegen ein Uhr morgens

Sobald das Henna getrocknet ist, kleidet Saphira mich an. »Es ist eine Schande, dir ein Gewand überzuziehen!«, seufzt sie. »So ein Anblick! Deine Haut schimmert wie Zimt. Und die Knospen deiner Brüste sehen aus wie reife Kirschen. Yared wird hingerissen sein!«

»Prospero würde wohl nicht ganz so begeistert sein, wenn er mich nackt durch die Gänge huschen sähe«, kommentiere ich spöttisch.

»Weiß er, was ihr füreinander empfindet?«

»Ja. Aber er sieht taktvoll über die verstohlenen Küsse, die zärtlichen Berührungen und das verliebte Getuschel hinweg. Er weiß auch, dass wir die Freuden der Liebe genießen, sagt aber nichts dazu, weil er selbst nicht gerade enthaltsam wie ein Mönch lebt. Aber er ahnt nicht, was Yared und mich wirklich verbindet.«

»Adonai sei Dank! Ein Jude und eine Christin – das darf er als Kardinal nicht dulden.«

»Der heilige Fra Giovanni da Capestrano, dieser verfluchte Judenhasser, würde den Zorn Gottes auf ihn herabflehen und Prospero mit einem gezielten Tritt die Stufen zum lodernden Höllenfeuer hinabstoßen.«

Saphira kichert. »Das wäre wirklich schade. Dein Cousin ist ein sehr attraktiver Mann. Die geheimnisvollen blauen Augen in der Farbe des Meeres, wo es am tiefsten ist. Die sinnlichen Lippen. Die stolze Haltung. Das gebieterische Auftreten.«

»Du hast dich doch nicht etwa in ihn verguckt?«

»Ich nicht, sondern Yael.«

»Eine von Yareds Gespielinnen?«

»Nein, er schläft nicht mit ihr. Yael ist nach Gharnata geflohen, nachdem sie in Toledo mit Gewalt zur Taufe gezwungen wurde. Sie erledigt geheime Missionen für ihn. Inoffizielle, diskrete und höchst intime Einsätze, wenn du verstehst, was ich meine.«

Ich nicke langsam.

Sie lächelt verschmitzt. »Sie hat Alfonso von Aragón ziemlich den Kopf verdreht. Yared schätzt ihre Fähigkeiten über alle Maßen.«

»Verstehe.«

Saphira zieht mir das durchscheinende Seidenhemd über den Kopf. Wie kühles Wasser gleitet es über meine nackte Haut und lässt mich erschauern. Dann legt sie mir das granatapfelrote Gewand an und schnürt mir die Schärpe um meine schmale Taille. Der steife Brokatstoff öffnet sich verführerisch über meinen Brüsten, die nur durch einen Hauch von Seide verhüllt werden. Yared wird es genießen, mich auszuziehen, und er wird sich viel Zeit dabei lassen, um unseren Liebesgenuss zu steigern.

Zum Schluss hüllt mich Saphira in den schwarzen Hidjab-Schleier. Dann öffnet sie leise die Tür, späht in den von Kerzen erleuchteten Gang und winkt mir zu. »Viel Vergnügen!«, wünscht sie mir flüsternd, bevor sie hinter mir die Tür verriegelt. Um den Schein zu wahren, wird Saphira in dieser und in allen anderen Nächten, die ich mit Yared verbringe, in meinem Bett schlafen. Im Morgengrauen werde ich zurückschleichen und erschöpft in die Kissen sinken, und sie wird, wie sie es gewohnt ist, zu Yared zwischen die zerwühlten Laken kriechen, sich eng an ihn schmiegen und ihn zärtlich liebkosen, bis er in ihren Armen erwacht. Das ist der Teil unserer Abmachung, der mir nicht so gut gefällt. Aber ich habe keine Wahl. Entweder so – oder gar nicht.

Benyamin erwartet mich an der Tür zu Yareds Schlafzimmer. Yareds Freund ist Anfang vierzig. Als ich ihn viele Jahre nach unserem ersten Kennenlernen in Florenz in Jerusalem wiedergesehen habe, hatten sich tiefe Sorgenfalten in seine Mundwinkel gegraben. Er war verbittert gewesen, mit welcher Verachtung die Mamelucken die Juden in Ägypten behandelten. Die Steinkugel, die er sich als Jude um den Hals hängen musste wie ich als Christin das fünf Pfund schwere Holzkreuz, hatte er mit sehr viel Würde und trotziger Selbstachtung getragen. Yareds großartige Vision von einem souveränen Staat Israel, der von einem jüdischen König regiert wird wie einst von König David oder seinem Sohn König Salomo, von einem neuen Exodus der Juden zurück in ihre Heimat, hat sich trotz unserer Expedition in den Tempelberg auf der Suche nach der verschollenen Bundeslade nicht erfüllt. Als Yared und ich aus Jerusalem fliehen mussten, hat Benyamin uns begleitet. Seit er mit seiner Frau und seinen Kindern aus dem jahrelangen Exil in Ägypten zurückgekehrt ist, wirkt er wie von einer unerträglichen Last befreit und, obwohl sein geliebtes Gharnata noch nicht zurückgewonnen ist, beinahe glücklich.

»Ist er allein?«, flüstere ich.

Er nickt. »Ich habe Elija ins Bett gebracht. Der Kleine schläft fest. Und dein Cousin ist gerade eben gegangen.«

»Prospero? Was wollte er?«

Benyamin verrät es mir mit einem Grinsen.

»Sieh mal einer an, wo sich mein Cousin mitten in der Nacht noch herumtreibt. Welch ein Lebenswandel für einen Kardinal, der um diese Zeit eigentlich die Matutin in Santi Apostoli feiern sollte. Und dann?«

»Yared und er haben sich ganz freundschaftlich unterhalten, während sie eine Partie Schach spielten und dabei die Karaffe leerten.«

»Und?«

»Dein Cousin hat es genossen, obwohl Yared ihn ash-Shah mat gesetzt hat. Eine von Yareds Dienerinnen hat ihn verwöhnt, um ihn über die bittere Niederlage hinwegzutrösten. Sie hat ihm immer wieder Wein nachgeschenkt, die Wasserpfeife mit dem Haschisch angezündet, sanft seine Füße massiert, die Hand wie unabsichtlich auf seinem Knie liegen lassen … langsam ein wenig höher geschoben … na ja, du weißt schon.«

»Und Yared hat sich köstlich amüsiert.«

»Oh ja, er hatte seinen Spaß«, frotzelt Benyamin. »Prospero war … nun ja … ein bisschen betrunken, als Yared ihn eben ins Bett geschickt hat.«

Ich hebe die Augenbrauen. »Allein?«

Benyamin spitzt die Lippen und schüttelt den Kopf. »Yael hat ihn begleitet. Selbstverständlich nur, damit er seinen Arm um ihre Schultern legen kann – er war ein bisschen unsicher auf den Beinen.«

Ich kann mir das Lachen nicht verkneifen. »Aus welchem anderen Grund sollte ein frommer Kardinal eine begehrenswerte junge Frau in sein Schlafzimmer mitnehmen?«

»Du sagst es«, lästert er mit einem Grinsen.

Yareds Absicht ist mir völlig klar – Prospero scheint sie dagegen noch nicht begriffen zu haben. Aber das wird er noch. Ganz sicher.

Yared ist völlig skrupellos. Aber nach meinem erbitterten Streit mit meinem Cousin vor einigen Tagen habe ich kein Erbarmen mit ihm.

Benyamin nickt lässig in Richtung der Tür. »Yared hat befohlen, dass ihr heute Nacht nicht mehr gestört werdet. Ich gehe jetzt auch schlafen. Diego wird die Tür zu Yareds Gemächern bewachen. Und jetzt geh zu ihm, er ist schon ganz aufgeregt.«

Als ich den Raum betrete und die Tür hinter mir schließe, richtet Yared sich auf. Er liegt auf dem Bett, das mit den Brokatdecken und Seidenkissen an einen orientalischen Diwan erinnert.

Die Teppiche und Kissen auf dem Boden, die Seidentapeten an den Wänden, der niedrige Tisch mit Schalen voller orientalischer Süßigkeiten, die Yared so liebt, die Platte mit frischem Obst, die Karaffe mit dunkelrotem Granatapfelwein, der schwere Duft von Haschisch, der den Geruch von gebratenen Täubchen in Mandelmilch überdeckt – all das scheint eher in den Harem der Alhambra zu gehören als in den Palazzo Colonna. Nur die schwere Kanzleitruhe mit seiner umfangreichen Korrespondenz erinnert daran, dass er, während er monatelang auf Reisen ist, als Wesir des gestürzten Sultans ein Reich nicht nur zu regieren, sondern auch zurückzuerobern versucht.

»Ich habe zwei Stunden lang auf dich gewartet!«, beschwert er sich, als er seine Djellabiya rafft, um aufzuspringen und mich ungestüm zu umarmen.

»Und ich habe zwei Jahre lang auf dich gewartet«, entgegne ich und entziehe mich ihm. »Und ich wusste nicht, ob ich dich jemals wiedersehe.«

Ich kann nicht anders. Auf einmal brechen all die Gefühle aus mir hervor, die ich keinem meiner Briefe anvertrauen konnte, weil ich Yared nicht wehtun wollte – die Ohnmacht, die Wut, die Traurigkeit und das lähmende Gefühl von Einsamkeit.

Er breitet die Arme aus. »Ich bin hier.«

»Du hättest mir schreiben können, dass du kommst.«

»Ich wollte dich überraschen.«

»Das ist dir gelungen.«

Er runzelt die Stirn. »Du bist verstimmt.«

»Was hast du erwartet, nachdem du mich vor zwei Jahren verlassen hast?«

Er atmet tief durch, um sich zu beruhigen. Und um unseren Streit beim Abschied nicht fortzusetzen.

Yared wirkt müde, als hätte er seit Tagen nicht mehr geschlafen. Seine innere Ruhe, die mich in Jerusalem so fasziniert hat, die heitere Gelassenheit eines Menschen, der alles schon erlebt hat, alles schon erlitten hat und den nichts mehr erschüttern kann, scheint dahin. Seit fast einem Jahr ist er nur noch unterwegs, reist nach Lissabon, Tomar, Sevilla, Córdoba, Valencia, Neapel und Rom und kommt nicht mehr zur Ruhe. In seinen seidigen dunklen Haaren, die in weichen Locken sein sonnengebräuntes Gesicht umrahmen, und in seinem Bart schimmern die ersten Silberfäden. Und rings um seine schönen braunen Augen mit den langen Wimpern kann ich ein paar neue Fältchen entdecken – es sind keine Lachfältchen.

»Ich weiß nicht, wo es mehr wehtut, in meinem Herzen oder in meinem Verstand.« Ich will ihn nicht verletzen. »Versteh mich nicht falsch, Yared. Ich kann verstehen, dass du als Jude nicht in Rom leben willst. Dass dir Verantwortung und Macht und deine Aufgabe als Wesir wichtiger sind als alles andere. Dass du deinem Freund Muhammad wieder die Stufen zum Thron hinaufhelfen willst. Dass du die Reconquista aufhalten und Gharnata vor dem Untergang bewahren willst. Dass du nach sechzehn Jahren des Exils endlich in dein geliebtes Gharnata zurückkehren willst. Das alles kann ich verstehen. Aber es zerreißt mir das Herz.«

Er sagt lange nichts. Irgendwann nickt er stumm.

»Und weißt du, was am meisten wehtut?«, frage ich leise und atme tief seinen betörend männlichen Duft ein. Saphira hat ihn mit einem orientalischen Duftöl massiert, das nach Moschus, Zimt und Pfeffer duftet … und nach Verführung. »Die Erkenntnis, dass ich genauso selbstverliebt und eigensinnig bin wie du.

Dass ich unsere Liebe, den größten Schatz, den ich je finden konnte, weggeworfen habe, weil mir meine Aufgabe als Gelehrte, die uralte Papyri aus dem Sand zieht, wichtiger erschien. Dass ich allen Ernstes geglaubt habe, ein lebensgefährliches Abenteuer wie eine Reise nach Timbuktu sei aufregender als unsere Liebe und ein Leben an deiner Seite. Dass ich mir vor lauter Trotz, vor lauter Wut über unsere Trennung eingeredet habe, ich würde dich nicht brauchen, um glücklich zu sein.«

»Mir geht es auch nicht gut«, gesteht er und verstummt.

Sein trauriger Blick verrät mir, wie sehr er sich nach mir gesehnt hat. Aber die Frage, die er mir so gern stellen will, kommt nicht über seine verkniffenen Lippen – er hat Angst vor meinem Nein, das für immer zwischen uns stehen würde.

Ich kann mit ihm nicht nach Granada gehen. Obwohl die Frauen in Al-Andalus den Schleier tragen und im Harem leben, sind sie doch freier als bei uns, selbstbewusster im Umgang mit Männern, unabhängiger. Sie sind hochgebildet, schreiben Gedichte und verfassen gelehrte Bücher und ernten für ihre Leistungen nicht weniger Ruhm als die Männer. Am Hof von Granada genießen sie eine Freiheit, die ich mir gegen die von der Kirche dogmatisierte Missachtung der Frau als denkendes, vernunftbegabtes Wesen erst unter großen Verlusten erringen musste. Ich müsste alles aufgeben, wofür ich mein Leben lang gekämpft habe. Mein Unternehmen in Florenz, das ich gemeinsam mit meinem Vater aufgebaut habe. Meine Bücher, für die ich Expeditionen nach Athen, Byzanz, Alexandria und Jerusalem gemacht und immer wieder meinen Tod riskiert habe. Ich müsste mein ganzes Leben hinter mir zurücklassen. Das kann ich nicht. Und deshalb muss ich auf einen Gemahl verzichten, der mich zärtlich liebt, leidenschaftlich und ungestüm, der mich ehrt und achtet, wie ich bin, der mir meine Freiheit lässt und mich sehr glücklich macht.

Yared, der wohl ahnt, was in mir vorgeht, nimmt meine Hand

und liebkost sie sanft. »Ich liebe dich.« Tränen schimmern in seinen Augen.

Die Gefühle, die in mir aufsteigen, schnüren mir die Kehle zu, und auch ich kämpfe gegen die Tränen an. Ich streiche ihm durch die dunklen Locken. »Ich liebe dich auch.«

Wir küssen uns. Zärtlich. Leidenschaftlich.

»Ich habe dir etwas mitgebracht«, flüstert er mit rauer Stimme.

Er nimmt meine Hand und überreicht mir ein Geschenk, das er in Seidenstoff eingeschlagen hat. Es ist ein Buch.

»*Das Halsband der Taube* von Ibn Hazm al-Andalusi«, lese ich den Titel und blättere, während ich noch mit meinen Gefühlen ringe, durch die Seiten, die mit einer zierlichen arabischen Schrift bedeckt sind. »Was für ein schönes Buch!«

»Ein Traktat über die Kunst des Liebens.«

Ich sehe ihm in die Augen. »Hast du's gelesen?«

»Mhm.« Er lächelt verheißungsvoll.

»Weißt du etwas, das ich noch nicht weiß?«

»Lass dir viel Zeit, um das herauszufinden ...«

Ich hauche ihm einen Kuss auf die leicht geöffneten Lippen. »Ich habe auch eine Überraschung für dich.«

Er betrachtet mich von oben bis unten. »Wo ist sie?«

»Du musst sie suchen.«

»Was ist es?« Seine Augen glitzern.

Als er mich packen will, um nach seinem Geschenk zu suchen, lasse ich mich auf das Bett fallen.

»Lass mich dich ansehen!« Er wirft sich neben mich und will seine Hand unter meine Brokatrobe schieben.

»Vergiss es!«

Ich will mich auf die Seite drehen, um ihm zu entkommen, aber er hält mich fest. Ich entwinde mich seiner Umarmung und krieche auf allen vieren davon.

»Ich will mein Geschenk haben! Sofort!«

»Du bist genauso ungeduldig wie Elija, wenn er nicht sofort bekommt, was er will!«

Ich richte mich auf, doch Yared packt mich von hinten, zieht mich zu sich heran und küsst meinen Nacken. Seine Hände streicheln meine Brüste.

Ich hätte stöhnen können vor Lust und vor Begehren! Aber ich entziehe mich ihm erneut.

»Wo ist es? Zeig es mir!«, befiehlt er und kommt mir nach.

»Nein!« Ich packe das Kopfkissen und schleudere es ihm entgegen. Als könnte ich ihn damit aufhalten!

Lachend entreißt er es mir und wirft es auf den Boden vor dem Bett. Dann entbrennt ein hitziger Ringkampf um das zweite Kissen, das schließlich quer durch den Raum fliegt und mit einem dumpfen Knall vor der Tür zu Elijas Zimmer zu Boden fällt.

Bei dem Lärm, den wir machen, während wir ausgelassen im Bett herumtoben, wird Elija wohl bald in der Tür stehen und verschlafen seine Augen reiben.

Stöhnend gebe ich meinen Widerstand auf und lasse mich in die Kissen sinken. Yared legt sich auf mich. Ich spüre seine Erregung zwischen meinen Schenkeln, als er sich ganz sanft bewegt, um seine Lust zu steigern, und dabei tief und langsam atmet. Er genießt unser Liebesspiel so sehr, dass er sich kaum noch beherrschen kann.

»Ich will dich!«, fordert er mit rauer Stimme. »Dreh dich um!«

»Nein!«

Er rutscht von mir herunter und packt mich an den Schultern, um mich auf den Rücken zu zwingen, aber ich widersetze mich ihm.

»So findest du es nie!«

Erneut wirft er sich auf mich, und um ein Haar wären wir beide vom Bett auf den Teppich gepurzelt. Ungeduldig zerrt er an der Schärpe, die meine Brokatrobe zusammenhält, und küsst mich ungestüm – er ist jetzt so richtig wild. Dann knüllt er die Seide zusammen, wirft sie vor das Bett und schlägt den schweren Brokatstoff auseinander, um durch die Seide des Hemdes meine Brüste zu liebkosen.

Ich werfe den Kopf zurück und stöhne vor Lust, als seine Hände über meinen Körper wandern, um mir das Gewand auszuziehen. Er ist grob, als er an mir herumzerrt, und am liebsten hätte er den steifen Brokatstoff in seiner Unbeherrschtheit wohl einfach zerrissen, aber das facht das Feuer meines Begehrens nur noch weiter an. Durch die hauchzarte Seide des Hemdes kann er, abgesehen von meinem erhitzten Körper, immer noch nichts erkennen. »Wo ist es?«

Er beginnt, mich mit seinen Händen und Lippen zu erforschen. Er kennt meinen Körper wie seinen eigenen, er weiß, was mich erregt, was mir Lust bereitet, was mich atemlos aufstöhnen lässt oder lachend nach ihm schlagen, und es bringt ihm Spaß, so mit mir zu spielen. Mich zu spüren, mich zu schmecken, mich mit allen Sinnen zu genießen. Er mag, was ich mag. Die Leidenschaft funkelt in seinen dunklen Augen, wenn ich mich unter seinen Liebkosungen winde. Er liebt es, wenn er mir während der sexuellen Ekstase den Vortritt lassen kann, weil er mir gern zusieht, bevor er sich selbst den überwältigenden Gefühlen hingibt.

Yared atmet schwer, als er sich auf mich legt. Er liebkost meine Brüste, saugt an den aufgerichteten Knospen und presst, als er kurz davor ist, zu kommen, sein Gesicht keuchend an meine Schulter.

Ich verwuschele seine Locken, während er sich langsam wieder beruhigt. Dann richtet er sich auf und reißt sich die Djellabiya vom Leib, unter der sein schlanker, geschmeidiger Körper zum Vorschein kommt – er ist nackt. Er neigt den Kopf und sucht mit der Zunge die kleine Ausbuchtung zwischen Hals und Schlüsselbein, aus der er am liebsten ein paar Tropfen Liebeselixier trinkt, die wir uns dann mit einem leidenschaftlichen Kuss teilen. Aber da die versprochene Überraschung auch dort nicht zu finden ist, rutscht er ein wenig tiefer und lässt seine Zunge tief in meinen Bauchnabel gleiten, um dort nach verborgenen Kostbarkeiten der Sinnenlust zu suchen. Ein unbeschreibliches Gefühl der Wollust durchzuckt mich, und ich winde mich unter ihm – was ihn über die Maßen erregt.

Mit beiden Händen streichele ich über die furchtbaren Narben auf seinem Rücken von den Wunden, die ihm der König der Tuareg in Timbuktu mit der Peitsche beigebracht hat. Yared war fünf Jahre lang sein Sklave, bevor ihm die Flucht durch die Wüste gelang.

»Was ist das?«, fragt er erstaunt.

Jetzt hat er die Schlange entdeckt, die sich an meinem Schenkel, dem Baum der Erkenntnis, emporwindet und im Rachen die verbotene Frucht trägt, die verführerisch nah an meinen intimsten Stellen liegt.

Yared lacht schallend, als er sich neben mich in die Kissen wirft. Ich frage mich, was seine Diener wohl über uns denken – sie stehen Tag und Nacht hinter der Tür, um selbst das leiseste Klatschen des Wesirs zu hören, mit dem er sie ruft.

Es dauert eine Weile, bis er sich beruhigt hat und sich die Tränen aus den Augen wischt. Dann dreht er sich auf die Seite und zieht mich zu sich heran. »Leg dein Bein über meine Hüfte.« Er schiebt seinen Arm unter meinem Nacken hindurch, um meine Schulter festzuhalten. »Ja, genau so.« Er schließt die Augen und atmet tief durch, als er in mich hineingleitet.

Ich seufze auf und dränge ihm entgegen, als er zuerst langsam, dann immer schneller in mich hineinstößt. Er beginnt zu keuchen. Feine Schweißtropfen bilden sich auf seiner Stirn, als er sich mit geschlossenen Augen beherrscht, um nicht zu früh zu kommen und mich um mein Vergnügen zu bringen. Das Verlangen raubt mir beinahe den Verstand. Ich packe seinen Schenkel und ziehe ihn noch näher an mich heran.

»Ich kann mich nicht mehr …«, keucht er heiser, doch ich küsse ihm die Worte von den Lippen.

»Ist schon gut!« Ich streiche ihm über das Haar und atme tief durch. »Mach weiter!«

Mit einem letzten harten Stoß erlöst er uns beide. Gemeinsam taumeln wir atemlos dem Höhepunkt der Lust entgegen, zitternd, bebend, weinend vor Glückseligkeit, nicht mehr allein zu sein, nicht mehr getrennt zu sein vom geliebten Menschen, nicht mehr so verzweifelt einsam.

Mit ineinander verschränkten Gliedern liegen wir in den Kissen. Ich will mich noch nicht von ihm trennen und halte ihn fest. Er legt seinen Kopf an meine Schulter und reibt sich an mir, weil er weiß, dass ich noch immer Lust empfinde, solange er sich in mir bewegt. Er empfindet nichts dabei, und eigentlich ist es ihm unangenehm, aber er tut es trotzdem, weil er weiß, dass ich es mag. Schließlich gleitet er aus mir heraus. Erschöpft lässt er sich auf den Rücken sinken und schließt die Augen. Als ich mich an ihn schmiege, legt er seinen Arm um mich.

So liegen wir eine Weile, lauschen unserem Atem und versinken in einem herrlichen Zustand zwischen Wachen und Schlafen. Nichts ist mehr wichtig, nicht Rom, nicht Granada, keine zwei Jahre der Trennung, nichts – außer uns beiden. Die Welt um uns herum schmilzt zusammen auf die Seidenlaken des Bettes, die Berührung unserer Haut und den Geruch unserer erregten Körper. Ich kuschele mich ganz eng an ihn. Ihm gefällt's – das verrät mir sein leises Lächeln.

»Yared?«

»Hmmm …«, brummt er schläfrig.

»Sollte ich irgendwann wie Ibn Hazm ein Traktat über die Liebe verfassen, werde ich dich lobend erwähnen.«

»Freut mich, wenn's dir gefallen hat.« Wohlig entspannt räkelt er sich in die Kissen.

»Für einen Dreiundvierzigjährigen war das eine beeindruckende Leistung. Ich glaube, ich muss mir in nächster Zeit noch keinen jüngeren Liebhaber suchen. Habe ich dir eigentlich geschrieben, dass Cesare Orsini den Papst um einen Dispens gebeten hat? Cesare will mich heiraten, sobald seine Ehe geschieden ist.«

»Hmmm …« Er hört mir nicht mehr zu.

Ich küsse ihn. »Yared?«

Er seufzt träge.

»Willst du lieber schlafen?«

»Du nicht?«, nuschelt er.

»Nein.« Ich lasse meine Finger über seinen Bauch nach unten gleiten, nehme ihn in die Hand und streichele ihn.

Er schlägt die Augen auf und guckt mich so fassungslos an, dass ich lachen muss. »Du willst doch wohl nicht noch mal?«

Es klopft leise. Benyamin steckt den Kopf zur Tür herein und blinzelt zu uns herüber. »Seid ihr wach?«

Yared stöhnt entnervt, lässt sich schwer atmend in die Kissen sinken und zieht die zerwühlte Bettdecke über unsere nackten Körper.

»Ich weiß, es ist drei Uhr morgens, und der Zeitpunkt ist denkbar ungünstig.« Er starrt uns an. »Oh, bitte entschuldigt. Wolltet ihr gerade …?«

Yared wirft ein Kissen nach ihm, dem Benyamin jedoch geschickt ausweicht. »Verschwinde!«

»Mach ich – sobald du mir zugehört hast.« Benyamin schenkt einen Becher Wein ein und kommt herüber zum Bett.

Yared setzt sich auf und nimmt den Becher, den sein Schwager ihm reicht. Er trinkt einen Schluck. »Was ist?«

»Vor einer Viertelstunde ist ein Bote von Sultan Muhammad eingetroffen.«

Yared erstarrt. »Und?«

»Yusuf hat seine Hashishin ausgeschickt, um seinen Onkel zu ermorden. Muhammad hat das Attentat schwer verletzt überlebt.«

»Wann war das?«

»Vor drei Wochen.«

»Allmächtiger Gott!« Yared stürzt den Wein hinunter. Die Hand, die den Becher hält, zittert unmerklich. »Dann hatte der Hashishin, der mich gestern Abend ermorden wollte, also recht. Er hielt Muhammad tatsächlich für tot.«

»Scheint so.« Benyamin zeigt Yared einen Brief, den der Sultan, wie es scheint, eigenhändig geschrieben hat. »Muhammad will Gharnata erobern und endlich in die Alhambra zurückkehren, um wieder zu herrschen. Mit dem Angriff auf Yusuf will er aber noch warten, bis er sich von dem Attentat erholt hat und du wieder bei ihm bist. Er braucht dich in Málaga, und zwar umgehend. Er bittet dich, deine Reisetruhen zu packen und sofort nach Hause zurückzukehren.«

Yared nickt still, nimmt meine Hand und küsst sie.

Der gequälte Blick, den er mir zuwirft, trifft mich ins Herz.

Dann springt er aus dem Bett, hebt seine Djellabiya vom Boden auf und schlüpft in die Ärmel. »Wo ist der Bote?«

Yared

Kapitel 18

Vor dem Palazzo Colonna
Mittwoch, 22. Februar 1447
Viertel nach neun Uhr morgens

Als ich den Fuß in den Steigbügel schieben will, um aufzusitzen, kommt Prospero Colonna durch das Portal zu mir herüber. Wie ich trägt er Helm, Harnisch und Schwert über dem Kardinalsornat.

Besorgt blickt er hinauf in den sturmdurchtosten Himmel. Schwefelgelbe Wolkenfetzen jagen von Süden heran. Unablässig dröhnt ein bedrohliches Donnergrollen. Dieses unwirkliche Leuchten, das uns umgibt, dieses blendende Strahlen, das in den Augen schmerzt, sodass ich sie zusammenkneife, ist eine Spiegelung des gelblich schimmernden Schnees. Über Nacht ist ein feiner schwefelgelber Staub gefallen, der an der Südflanke der Schneeverwehungen blutrot leuchtet.

»›Da ließ Gott Feuer und Schwefel auf Sodom und Gomorrha regnen und vernichtete sie …‹« Der Kardinal bekreuzigt sich hastig. »›… weil sie der Sünde gefrönt hatten.‹« Er wirkt zutiefst beunruhigt, während er zum düsteren Himmel emporstarrt. Denkt er an die Nacht mit Yael?

»Sodom und Gomorrha und das gottlose Rom?«, frage ich.

Er nickt und blickt sich um. Sucht er nach Zeichen, dass jeden Augenblick die Erde beben wird, um Rom in den Abgrund des Verderbens zu reißen? Oder dass Bimssteine vom Himmel regnen?

Aber er sieht nur das Schmelzwasser des Schnees, das stetig vom Dach des Palazzo Colonna und der benachbarten Kirche Santi Apostoli tropft. Während der Nacht ist es wärmer geworden.

Ich lege ihm die Hand auf die Schulter. »Prospero?«

»Hm?« Er dreht sich zu mir um.

»Quält Euch nicht«, beruhige ich ihn. »Sodom und Gomorrha wurden nicht wegen sexueller Ausschweifungen, Unkeuschheit oder Wollust vernichtet.«

Er starrt mich an. »Sondern?«

»Wegen Fremdenfeindlichkeit, Gewaltbereitschaft und Intoleranz. Wegen Männern wie da Capestrano, die durch ihren Fanatismus unendlich viel Leid über die Menschen bringen.«

Er nickt ernst. »Ihr werdet mit Seiner Heiligkeit über ihn reden.«

»Allerdings. ›Als Feinde des wahren Glaubens sollte man alle Juden auf Schiffe laden und auf dem offenen Meer ertränken‹ – diese fromme christliche Empfehlung hat da Capestrano dem Papst gegeben. Und die Ritter des Christusordens haben sich daran gehalten, als sie meine hochschwangere Frau und meinen kleinen Sohn vor Gibraltar schwer verwundet über Bord warfen und in den Wellen ertrinken ließen. Damit trägt da Capestrano die Mitschuld an Rebekkas und Yonas Tod.«

Er birgt sein Gesicht in beiden Händen. »Mein Gott!« Dann blickt er erneut zum Himmel empor. »Es wird schwierig werden, in Rom eine Handvoll Gerechte zu finden, die die Stadt vor Gottes Zorn bewahren könnten, so wie es einst in Sodom war. Da Capestrano ist keiner von ihnen.«

»Nein, ganz sicher nicht.«

Ich will endlich aufsitzen, da hält er mich fest.

»Yared …« Er druckst verlegen herum. »Was gestern Nacht geschehen ist …«

»Tut mir leid, Prospero. Ich habe wohl ein bisschen zu viel von dem köstlichen Montepulciano getrunken. Vielleicht war es aber auch der Haschischrausch. Ich kann mich an den Abend nicht mehr erinnern.«

Er atmet erleichtert auf. »Danke.«

»Wofür?«, frage ich mit Unschuldsmiene.

Wir müssen beide lachen. Er klopft mir freundschaftlich auf die Schulter und stapft durch den Schnee zu seinem Gefolge, das mit seinem Pferd neben dem Portal auf ihn wartet.

Benyamin kommt zu mir herüber und reicht mir die Zügel meines Hengstes. Wir schwingen uns in den Sattel.

»Wo steckt eigentlich Elija?« Benyamin blickt sich suchend um, kann aber nur sein gesatteltes Pferd vor dem Portal entdecken. »Er wollte doch unbedingt mitkommen, um mit dem Kater des Papstes … wie heißt er noch?«

»Monsignor Fantìn«, helfe ich ihm aus.

»Ja, genau … um mit ihm zu spielen. Vor zwei Jahren war Elija ganz vernarrt in ihn. Wo steckt er denn bloß?«

»Ich dachte, Elija ist bei dir.«

Mein Freund schüttelt den Kopf. Er wirkt angespannt. Die Entscheidung, die ich heute Nacht getroffen habe, gefällt ihm ganz und gar nicht. Aber er sagt nichts, weil er weiß, dass ich Alessandra, hätte ich anders gehandelt, für immer verloren hätte. Das würde sie mir nie verzeihen.

»Er wird bei Alessandra sein. Bis ich nachher im Konsistorium mit dem Papst rede, passt du auf ihn auf, sei so gut. Dann kann Diego dich ablösen. Elija hat heute Morgen nur Unsinn im Kopf.«

Benyamin runzelt die Stirn. »Ich dachte, Alessandra …«

»Sie will ins Geheimarchiv in den Gewölben des Vatikans.«

»Wegen des toten Dominikaners?«

»Und wegen der Blutschrift im *Testament des Salomo*. Trotz Fra Santinos Entscheidung ist sie sehr beunruhigt über diesen Brief Satans an ›seine geliebte Tochter‹.«

»Kann ich mir vorstellen«, nickt Benyamin ernst. »Er weckt schreckliche Erinnerungen an den Tag, als sie aus dem Palazzo Colonna entführt und in den Kerker von Santa Maria sopra Minerva verschleppt wurde. An Inquisitoren, die sie gequält und gedemütigt haben. An Folterknechte, die ihre Mutter …« Er verstummt. »Da kommt sie. Mit Elija.«

Alessandra bleibt unter dem Portal stehen und blickt schaudernd zum Himmel empor. Dann kommt sie zu mir herüber. Elija, der seine Hand in ihre geschoben hat, hopst ausgelassen neben ihr her. Plötzlich lässt er sie los, flitzt auf mich zu und rennt dabei fast Prospero um, der gerade auf sein Pferd steigen will.

»Guck mal, Papa!«, ruft er übermütig und zeigt mir den silbernen Harnisch, den er trägt. »Wir waren in der Waffenkammer. Alessandra hat mir diese Rüstung geschenkt. Siehst du diese Säule?« Er tippt auf seine rechte Schulter. »Das ist das Hoheitszeichen der Colonna. Und guck mal hier, auf der anderen Seite. Das ist der Löwe, der das Evangelium beschützt. Toll, nicht? Wie der kleine Löwe in Jerusalem, erinnerst du dich an ihn? Der war ja so niedlich!« Er ahmt das erregte Fauchen eines jungen Löwen nach und krümmt seine Finger wie Krallen. »Der Löwe mit dem Evangelium ist Alessandras Wahrzeichen. Stell dir vor, Papa, sie hat ein eigenes Wappen! Und wusstest du, dass der Papst ihr den Titel Defensor Fidei verliehen hat, ›Verteidigerin des Glaubens‹? Den trägt sonst nur Kardinal de Tor … Hab seinen Namen vergessen. Na, du weißt schon, der heute Abend zum Essen kommt.«

»Juan de Torquemada. Nein, Elija, das mit dem Wappen wusste ich nicht.«

Alessandra bleibt neben mir stehen, ergreift die Zügel meines Pferdes und sieht zu mir auf. »Guten Morgen, Euer Exzellenz.«

Ich nicke ihr zu. »Euer Gnaden. Es ist ein sehr kostbares Geschenk. Ich hoffe, mein Sohn hat sich angemessen bedankt.«

»Das Leuchten in seinen Augen ist mir Dank genug.«

»Ein so kleiner Harnisch ist ungewöhnlich.«

Sie nickt. »Ich habe ihn als Kind getragen. Mein verstorbener Großvater, der Conte Marcantonio Colonna, hat ihn mir geschenkt, als ich acht war. Er war Condottiere der Kirche. Ein gefürchteter Feldherr. Und ein ziemlicher Haudegen. Ich trage seinen Titel und seine Rüstung.« Sie schlägt ihren Mantel zurück und zeigt mir einen mit Ornamenten geschmückten Prunkharnisch. Als sie meinen erstaunten Blick bemerkt, lächelt sie gequält. »Rom ist ein Schlachtfeld, auf dem die Colonna und die Orsini um die Macht kämpfen. Das Viertel zwischen Pantheon und Engelsburg ist Hoheitsgebiet der Orsini. Vor einigen Tagen ist auf Prospero geschossen worden, als er in den Vatikan geritten ist. Hätte er keine Rüstung getragen, hätte ihn der Bolzen der Armbrust lebensgefährlich verletzt.«

»Die Orsini stellen derzeit keinen Kardinal«, wirft Prospero ein, der sein Pferd neben mir zügelt. »Der Kampf um die Macht wird also nicht in der Kurie ausgetragen, sondern in den Straßen von Rom. Die Orsini wollen mich ermorden, um zu verhindern, dass wieder ein Colonna Papst wird.«

Alessandra verwuschelt Elijas Locken, woraufhin sich der Lausebengel von einem Ohr zum anderen grinsend in die Falten ihres Rocks schmiegt. »Da ich keine Kinder habe und auch nie welche haben werde …« Alessandra wirft Prospero rasch einen Blick zu, dann sieht sie mir in die Augen. »… habe ich diesen Harnisch Eurem Sohn geschenkt.«

Wir haben so oft über uns gesprochen, über unsere Liebe, über unsere Hoffnungen und Ängste, aber ich habe sie nie gefragt, ob sie eines Tages schwanger werden und ein eigenes Kind haben will. Es erschien mir unvorstellbar. Aber nachdem sie letzte Nacht von einem jüngeren Liebhaber, ihrem Cousin Cesare Orsini, geredet hat …

Er liebt sie seit vielen Jahren. Und er hat den Papst um einen

Dispens gebeten, damit er Alessandra heiraten kann. Was empfindet sie für ihn? Mehr als innige, vertraute Freundschaft? Ich kann ihr keine Kinder schenken. Und doch braucht sie als Contessa Colonna einen Erben. Der einflussreiche Conte Orsini, ein Condottiere der Kirche mit eigenem Heer, wäre der ideale Gemahl für sie. Er ist mächtig und einflussreich. Doch die Vorstellung, dass sie sich im Bett mit Cesare vergnügt und er der Vater ihrer Kinder ist, versetzt mir einen Stich ins Herz.

Wie unabsichtlich legt sie ihre Hand auf mein Knie. Dann wendet sie sich ab, um Elija auf sein Pferd zu helfen.

Eine halbe Stunde später steige ich vor der Porta San Pietro, dem Hauptportal des Vatikans, vom Pferd. Während Benyamin mein Gefolge in den überfüllten Vorhof des Palazzo Apostolico führt, schlendere ich hinüber zur Treppe, die zur Basilika San Pietro emporführt, und beobachte die Ankunft der Kardinäle mit ihren bewaffneten Eskorten. Ludovico Scarampo, der als Leibarzt des Papstes und Camerlengo der Kirche auf einen steilen Aufstieg zurückblicken kann, der meinem sehr ähnlich ist, hat mich erkannt und winkt mir zu.

Ich verneige mich höflich.

Sobald er den getreppten Aufweg zur Porta San Pietro erreicht hat, steigt er ab, um Alessandra zu begrüßen. Der Vertraute des Papstes legt seinen Arm um ihre Schultern, führt sie einige Schritte zur Seite und tuschelt ganz vertraulich mit ihr. Offenbar erkundigt er sich nach dem Stand ihrer Nachforschungen im Lateran.

Wüsste ich nicht, dass Scarampo erotischen Abenteuern mit schönen jungen Männern, die halb so alt sind wie er, nicht abgeneigt ist, müsste ich angesichts dieser intimen Geste eifersüchtig werden. Vor Jahren hat er Alessandras Ziehbruder, einen jungen Dominikanermönch namens Fra Serafino, nach allen Regeln der Liebeskunst umworben, ist aber von ihm immer wieder abgewiesen worden. Scarampos extravaganter Lebensstil mit ausschweifenden Orgien ist ebenso berüchtigt wie die rücksichtslose Härte, mit der er Rom regiert und Todesurteile unterschreibt.

Ich wende mich ab und lasse meinen Blick über Rom schweifen, die stolze Begründerin des Imperium Romanum, deren großartige Ruinen das Stadtbild prägen. Die Stadt von Caesar, Augustus und Tiberius, die von Nero niedergebrannt wurde, um sie als Neropolis aus den schwelenden Ruinen schöner und größer zu errichten. Die Stadt des Titus, der mit dem Gold aus dem Jerusalemer Tempelschatz das Colosseum errichtete, das dort drüben hinter dem Kapitol aufragt. Die Stadt Hadrians, des Erbauers der Engelsburg am Tiber. Die Stadt Konstantins, der die Basiliken von San Pietro und San Giovanni in Laterano errichtete. Die Stadt der Apostel Petrus und Paulus, die mit der Gründung der römischen Gemeinde den Grundstein zu einem neuen Weltreich legten, in dem das Christentum herrschte und das seit der Kirchenunion von 1439 wieder einen Mittelpunkt hat – Rom, die Caput Mundi, die Hauptstadt der Welt.

Wenn ich die Ruinen des Forums betrachte, wo unter dem Triumphbogen des Titus in windschiefen Bretterverschlägen die Bettler hausen, oder den Konstantinsbogen neben dem Colosseum, an dem Wäsche zum Trocknen aufgehängt wird, oder auch nur die mit Gestrüpp überwucherten Ruinen des Serapistempels im Garten des Palazzo Colonna, dann kann ich tief in meinem Herzen verstehen, warum Alessandra mich nicht nach Gharnata begleiten will. Kein Fußbreit dieser Stadt, der nicht auf einen großen Namen verweist, sei es auf einen Philosophen, einen Dichter, einen Apostelfürsten, einen Kirchenvater, einen Kaiser oder einen Papst. Keine Handbreit, die nicht das Herz einer Schatzsucherin höher schlagen lässt, wenn sie den Staub von Jahrtausenden aufwirbelt. Nein, gegen Rom, das in monumentaler Großartigkeit zwischen seinen Trümmern versinkt, kann Gharnata nicht bestehen.

Alessandra verabschiedet sich von Scarampo und kommt zu mir herüber. »Du wirkst sehr ernst«, flüstert sie auf Arabisch.

»Ich bin müde. Ich hatte letzte Nacht nur wenig Schlaf.«

Sie lächelt matt. »Unruhig wegen des Konsistoriums?«

»Ein bisschen.«

»Du hast überhaupt keinen Grund, nervös zu sein.« Sie deutet auf die ankommenden Kirchenfürsten. »Achtzehn der sechsundzwanzig Kardinäle sind derzeit in Rom, vier von ihnen stammen aus Portugal, Kastilien und Aragón. Der Papst empfängt dich während des Konsistoriums und gewährt dir, weil er dich sehr schätzt, anschließend eine Privataudienz. Juan de Torquemada und Alonso Borgia kommen heute Abend zum Essen in den Palazzo Colonna. Und Prospero gefällt sich in seiner Rolle als künftiger Papst, als Oberhaupt einer unierten Kirche, die von Portugal bis Indien und von Schottland bis Äthiopien reicht, als weltoffener Pontifex, der zwischen seinen frommen Stundengebeten und seinen gelehrten Studien große Weltpolitik betreibt. Er reißt das Thema Reconquista an sich, bevor es jemand anderer tut, um damit im Konklave Stimmen zu sammeln.« Sie deutet in Richtung Santa Maria sopra Minerva hinter der Kuppel des Pantheons. »Sultan Muhammads triumphale Rückkehr in die Alhambra ist in seinem Interesse. Du kannst dich auf seine Unterstützung verlassen.« Sie lächelt verschmitzt. »Zumal du ihn ja letzte Nacht gleich zwei Mal ash-Shah mat gesetzt hast. Mit der schwarzen Königin auf dem Schachbrett. Und mit einer schönen Jüdin namens Yael.«

»Du weißt, was ich vorhabe.«

»Ja.«

»Und er?«

Sie schüttelt den Kopf. »Aber er kommt schon noch dahinter.«

»Was ist zwischen euch?«

»Wir haben uns gestritten.«

»Wegen Cesare?«

»Ja.«

»Hast du ihm gesagt, dass wir …?«

»Nein.« Sie nimmt meine Hand und spielt mit dem Ring an meinem Finger. »Komm jetzt.«

Wir verlassen die Treppe und durchqueren die Porta San Pietro. Seit ihrer Rückkehr aus dem Exil in Avignon haben die Päpste, allen voran Papst Martin, den Vatikan zur trutzigen Festung gemacht. Gleich nachdem die prunkvolle Palastresidenz mit der päpstlichen Wohnung, den Audienzsälen, Verwaltungsräumen, Bedienstetenquartieren, Lagerräumen und Waffenkammern, der Kanzlei und dem Archiv fertiggestellt war, hat er den Palazzo Colonna verlassen und ist hierher umgezogen.

Papst Eugenius, der während des bewaffneten Aufstands der Colonna aus Rom fliehen musste, hat nach seiner Rückkehr aus Angst vor den Colonna und den Orsini, die in Rom eigene Söldnertruppen unterhalten, den Vatikan zur uneinnehmbaren Zitadelle ausgebaut. Nach Vollendung seines Lebenswerks, der Kirchenunion, spielt er mit dem Gedanken, die Basilika des Kaisers Konstantin niederreißen zu lassen. Aus den Ruinen soll sie neu entstehen. Das hat er mir vor zwei Jahren anvertraut.

Im Vorhof zwischen der Basilika und dem Palast herrscht ein unbeschreibliches Gedränge. Achtzehn Kardinäle mit ihren umfangreichen Eskorten steigen von den Pferden, die von herbeieilenden Dienern in die Ställe geführt werden. Die Leibgarde des Papstes schützt das Portal des Palastes. Benyamin überwacht das Abladen der Maultiere mit den Gastgeschenken für den Papst. Elija ist nirgendwo zu sehen.

Ich dränge mich zu Benyamin hinüber. »Wo ist Elija?«

»Er hat sich verkrümelt, als er den heiligen Kater vom Heiligen Vater gesehen hat.«

»Ich fasse es nicht! Ich habe dich gebeten, auf ihn aufzupassen.«

»Tu ich ja!« Benyamin deutet zur Kathedrale hinüber. »Er hockt da drüben und spielt mit der Miezekatze, siehst du?«

»Entschuldige.«

»Ist schon gut.«

Ich wende mich um und rufe Elija. Als er mich sieht, hopst er von dem Sims herunter, auf dem er gesessen hat, nimmt die Katze auf den Arm und flitzt zu mir herüber. Beinahe hätte er einen Kardinal umgerannt, der uns mit ausgebreiteten Armen entgegenkommt, um Alessandra zu umarmen.

»Alessandra!« Er stellt sich auf die Zehenspitzen, weil er kleiner ist als sie, und küsst sie auf beide Wangen. »Ich wähnte dich schon auf halbem Weg nach Timbuktu. Wolltest du nicht im Morgengrauen aufbrechen?«

»Eugenius hat mich gebeten, in Rom zu bleiben.« Sie berichtet ihm von den Teufelserscheinungen im Lateran.

»Gott steh uns bei!« Er bekreuzigt sich.

»Tommaso, darf ich dir Yared al-Gharnati vorstellen, den Wesir des Sultans von Granada? Euer Exzellenz, das ist Kardinal Parentucelli.«

»Aber erst seit zwei Monaten.« Der Händedruck des fünfzigjährigen Kardinals ist entschlossen, sein Lächeln herzlich. Seine Mundwinkel sind leicht nach unten gezogen. Italienische Maler stellen Heilige und Märtyrer mit diesem Gesichtsausdruck dar, um ihnen Ernst, Würde und Erleuchtung zu verleihen. Alessandra hat mir von ihm geschrieben.

»Alessandra und ich sind seit dem Unionskonzil in Florenz eng befreundet«, erklärt er mir. »Damals war ich nach den Sitzungen oft in ihrer großartigen Bibliothek zu Gast. An manchen Abenden musste sie mich hinauswerfen, weil ich beim Lesen die Zeit vergessen hatte. Oder mich zum Abendessen einladen.« Er zwinkert schelmisch, als habe er es so manches Mal darauf angelegt. »Alessandra und ich teilen eine Leidenschaft: die Liebe zu Büchern, Pergamenten und Papyri. Je älter und verstaubter sie sind, desto besser. Alessandra hat mich mit ihrem Schatzsucherfieber infiziert. Ihre geplante Expedition nach Timbuktu ist großartig! Aber da sie ihre Abreise ja nun verschoben hat, kann sie in meinem Auftrag nach Byzanz reisen, um dort nach Handschriften zu suchen.

Da fällt mir ein, mia cara: Gestern habe ich durch meinen Agenten in der Bretagne endlich die Bestätigung erhalten, dass sich das *Testament des Satans* tatsächlich auf dem Mont-Saint-Michel befindet.

Der Prior hat sich geweigert, ihm das Testament zu zeigen, das er als lebensgefährlich bezeichnete. Es heißt, das Testament bestehe aus einem geheimnisvollen Metall«, berichtet er mit leuchtenden Augen – das Vermächtnis des Satans fasziniert ihn offenbar. Er senkt die Stimme zu einem verschwörerischen Flüstern: »Es liegt in einer mit Blei ausgekleideten Truhe, die wie die Büchse der Pandora immer verschlossen bleiben muss. Wer sie öffnet, muss auf grauenvolle Weise sterben – wie von einem inneren Feuer verbrannt. Nicht einmal der ›Wächter der Lade‹, der die Truhe mit seinem Leben schützt, darf hineinsehen. Wer sich ihr nähert, wird von ihm getötet. Das alles klingt ein wenig nach dem Gegenstück zur Bundeslade, die die Gesetzestafeln mit den Zehn Geboten barg, findest du nicht?

Alessandra, ich will wissen, was dahintersteckt. Zumal der Abt des Mont-Saint-Michel, unser geschätzter Freund Kardinal d'Estouteville, behauptet, dass es ein solches *Testament des Satans* überhaupt nicht gibt. Und das trotz der Morde auf dem heiligen Berg, stell dir das mal vor! Aber vielleicht könntest du …«

»Mein lieber Tommaso!«, unterbricht ihn Prospero Colonna, der zu uns getreten ist. »Untersteht Euch, Alessandra zum Mont-Saint-Michel zu schicken, um Euch dieses satanische Testament zu besorgen! Oder nach England oder Schottland oder Schweden oder wo auch immer Eure Agenten nach verschollenen antiken

Handschriften suchen«, droht er Kardinal Parentucelli im Scherz. »Ich brauche sie hier in Rom.«

Dann dreht Prospero sich zu mir um und legt mir die Hand auf den Arm. »Yared, es ist so weit. Die Kardinäle versammeln sich im Konsistoriumssaal. Seine Heiligkeit erwartet Euch.«

Alessandra

Kapitel 19

Im Palazzo Apostolico im Vatikan
Mittwoch, 22. Februar 1447
Kurz vor zehn Uhr morgens

Tommaso hakt sich bei mir unter, während wir Prospero und Yared durch die Gänge folgen. »Was meint er damit, dass er dich in Rom braucht?«

Ich sage es ihm.

»Dachte ich's mir doch.«

»Nach all den Jahren will er nicht mehr länger warten.«

Tommaso nickt ernst. »Er will die Herrschaft der Colonna in Rom sichern. Eugenius weiß, was er dir zu verdanken hat. Er hat dir den Titel von Marcantonio Colonna zuerkannt. Prospero will nun durchsetzen, dass du das ganze Erbe deines Großvaters antrittst.«

»So ist es.«

»Das wäre ein ungeheurer Machtgewinn für Prospero.«

»Allerdings.«

»Und eine, wie ich finde, angemessene Würdigung deiner Verdienste um die Kirche.«

Ich sehe ihn von der Seite an.

»Der Papst hat Cesare Orsini gestern Abend einen Dispens zur Scheidung seiner Ehe gewährt.«

»Was du nicht alles weißt.«

»Ich weiß auch, wer dahintersteckt.«

»Das weiß ich auch. Er hat mit ihm zu Abend gegessen und ihm die Scheidungsurkunde zur Unterschrift vorgelegt. Und noch bevor die Tinte trocken war, ist er den weiten Weg in den Lateran geritten, um es mir zu erzählen.«

»Ich fasse es nicht! Das Oberhaupt der Colonna setzt sich für einen Orsini ein.« Er schüttelt den Kopf. »War das der Grund für das Attentat vor einigen Tagen?«

»Die Orsini wollen verhindern, dass Cesare mit uns paktiert und damit zum Verräter an seiner eigenen Familie wird.«

»Alessandra, willst du denn das alles?«, zweifelt er.

»Mein lieber Tommaso, willst du Papst werden?«, frage ich den Mann, dessen Persönlichkeit, dessen beeindruckendes Wissen, dessen Denken und Handeln selbst von seinen erbittertsten Gegnern respektvoll anerkannt werden. »Willst du auf deine Freiheit verzichten? Auf die Freiheit deines Gewissens? Deines toleranten Bekenntnisses? Und auf die Freiheit, zu reisen, wohin du willst? Willst du alles aufgeben, was dein Leben als Gelehrter ausmacht?«

Er presst die Lippen aufeinander und schüttelt den Kopf.

»Ich auch nicht!«, stoße ich hervor. »Aber mein lieber Cousin ist der Meinung, dass die Macht und die Herrlichkeit der Colonna über mein Glück und meinen Seelenfrieden gehen. Ich soll auf all das verzichten.«

»Als hättest du in diesem Machtkampf noch nicht genug Opfer gebracht«, empört er sich. »Deinen eigenen Vater.«

»Und meine Mutter«, erinnere ich ihn. »Sie starb, als ich drei Jahre alt war.«

Er nickt.

»Und jetzt soll ich auch noch mich selbst opfern. Prospero betont, sein Onkel habe ihn auch nicht gefragt, ob er Kardinal werden wolle. Papst Martin habe ihn ernannt und *basta*! Aber wenn er glaubt, dass ich mich kampflos unterwerfe, dann irrt sich mein unfehlbarer Cousin.«

»Er kann dich zwingen.«

»Das wird er nicht wagen.«

»Ihr habt gestritten.«

»Und wie! Ich war so froh, dass ich meine Truhen packen konnte, um für die nächsten Monate nach Timbuktu zu verschwinden.«

»Du lieber Himmel! Jetzt verstehe ich deinen überstürzten Aufbruch! Du wolltest doch erst in einigen Wochen segeln. Und dann hat dich der Papst einen Tag vor deiner Abreise gebeten, in Rom zu bleiben …«

»So ist es«, knirsche ich.

»Oje! Tut mir aufrichtig leid.«

Wir haben das Portal zum Konsistoriumssaal erreicht. Venezianische Gardisten mit Helm und Harnisch über der blau-weiß gestreiften Uniform stehen auf beiden Seiten der geöffneten Tür.

Tommaso bleibt stehen. »Kommst du mit hinein?«

Er deutet durch das Portal auf die Botschafter aller Herren Länder mit ihrem Gefolge, auf die Kardinäle, die miteinander schwatzend ihre Plätze einnehmen, und auf den Papst, der am anderen Ende des Saals unter einem hohen purpurroten Baldachin thront. Fra Giovanni da Capestrano, der mit ihm tuschelt, lässt Yared nicht aus den Augen. Der steht nicht weit entfernt neben Prospero und sieht zu mir herüber.

Wieso ist da Capestrano eigentlich noch nicht nach Aquila abgereist, um dort die Fastenpredigten zu halten? Er sollte doch längst dort sein. Was hält ihn noch in Rom?

Ich wende mich wieder an Tommaso. »Nein, ich komme nicht mit. Ich muss ins Geheimarchiv.«

»Dann sehen wir uns später«, verabschiedet er sich und geht zu seinem Platz.

Ich warte, bis das Portal geschlossen wird, dann wende ich mich um und gehe zu Robin hinüber, der lachend neben Diego steht. Na, die beiden scheinen sich ja prächtig zu verstehen!

»Wo ist Benyamin?«

Diego deutet in den Saal. »Im Konsistorium. Mit dem Gefolge des Wesirs.«

»Und Elija? Er hat heute nur Flausen im Kopf und legt es offenbar auf eine Tracht Prügel an.«

»Ich pass schon auf ihn auf«, beruhigt er mich.

Robin nimmt mir den Mantel ab und hilft mir aus dem Harnisch. »Soll ich Euch begleiten?«

»Nein, Robin. In spätestens zwei Stunden bin ich zurück.«

Wenig später betrete ich das Stüblein des Archivars. Es ist so winzig, dass ich mich jedes Mal, wenn ich herkomme, frage, wie der massive Eichenholzschreibtisch, auf dem eine einsame Kerze still vor sich hin flackert, überhaupt durch die schmale Tür gepasst hat. Bücherregale bedecken die Wände der Studierstube. Nur ein schmales Stück Wand ist freigelassen. Dort hängt ein Crucifixus.

Fra Angelo springt auf. »Alessandra.« Er rafft seinen Dominikanerhabit, hinkt um den Tisch herum und reicht mir verlegen die Hand. »Ich dachte, du bist auf dem Weg nach Timbuktu.«

Wie blass er aussieht! Angelo ist zwar erst achtzehn oder neunzehn – so genau weiß er das selbst nicht –, aber er wirkt älter. Sein Gesicht hat in den letzten Monaten, seit er im Archiv arbeitet, die Farbe von antikem Pergament angenommen.

»Nein, Angelo. Der Papst hat mich gebeten, in Rom zu bleiben.« Ich berichte ihm von meinen gruseligen Erlebnissen im Lateran.

Er hebt die Augenbrauen. »Hattest du Angst?«

»Ziemlich«, gestehe ich.

Er nickt ernst.

»Sag mal, Angelo, warst du gestern zur Komplet in Santa Maria sopra Minerva?«

»Nein, es war schon zu spät. Ich habe im Augenblick viel zu tun.

Ich sichte die Chroniken des Archivs. Seine Heiligkeit will wissen, ob die legendäre Päpstin Johanna wirklich gelebt hat. Nach zwei Jahren ihres Pontifikats müssten sich doch Bullen und Breven finden lassen.« Er deutet auf die Pergamente und Papyri, die sich auf seinem Tisch stapeln. »Oder eine Taufbescheinigung für das Kind, das sie angeblich geboren hat.«

»La Papessa residierte im Lateran. Der Palast ist seit dem neunten Jahrhundert mehrmals abgebrannt.«

»Und geplündert worden. Zuletzt, als Papst Eugenius vor deiner Familie nach Florenz geflohen ist. Aber irgendein Fetzen Papyrus mit ihrer Unterschrift wird sich doch wohl noch finden lassen.« Er verzieht die Lippen. »Um deine Frage zu beantworten: Ich habe die Nacht mit der Päpstin verbracht und erst am frühen Morgen an der Matutin teilgenommen.«

»Waren alle Mönche in der Kirche?«

»Wieso?«

»Ich will herausfinden, woher der tote Dominikaner stammt.«

»Verstehe.« Er überlegt. »Sie waren alle in der Messe. Fra Santino kam allerdings erst während der Nokturnen.«

»Bist du sicher? Während der Matutin ist es finster in der Kirche.«

»Er hat ziemlich gehustet.«

»Weißt du, warum er so spät zurückgekehrt ist?«

»Hast du nicht eben gesagt, dass er mit dir und Onkel Prospero im Lateran war?«

»Wir sind lange vor Mitternacht gegangen. Er wollte noch etwas erledigen, bevor er ins Kloster zurückkehrt. Aber das kann nicht länger als eine Viertelstunde gedauert haben.«

Wo, zum Teufel, war Fra Santino in den zwei Stunden bis zur Mitternachtsmesse?

»Was weißt du über ihn?«, frage ich Angelo.

»Er ist Inquisitor. Und Exorzist. Spricht mehrere Sprachen.

Außer Italienisch und Lateinisch noch Griechisch, Hebräisch und Arabisch, das er in Jerusalem gelernt hat. Sehr belesen. Sehr fromm. Sehr papsttreu.«

»Wie sind seine Verbindungen zu den Franziskanern?«

»Dominikaner und Franziskaner sind verfeindet.«

»Ich weiß.«

»Ich weiß, dass du's weißt. Warum fragst du?«

»Nenn es Intuition. Und weiter?«

»Fra Santino verehrt deinen Vater wie einen Heiligen und eifert ihm nach. Er ist sehr gut in allem, was er tut. Eugenius hält sehr viel von ihm.«

Ich runzele die Stirn. »Hat der Papst Fra Santino dir gegenüber erwähnt?«

Er senkt den Blick. »Ja.«

Was hat er denn plötzlich?

»In welchem Zusammenhang?«, frage ich nach.

»Ich habe ihn gebeten, nach Byzanz gehen zu dürfen«, entgegnet er widerspenstig. »Ich will dort studieren.«

»Du hast in Florenz studiert. Du bist Doktor der Theologie. Summa cum laude. Was willst du noch?«

»Meine Freiheit.«

Ich atme tief durch. »Ist das deine endgültige Unabhängigkeitserklärung?«, frage ich schließlich. Ich bin enttäuscht. Und wütend. Nach meinem Wortgefecht mit Prospero kann ich nicht anders reagieren.

Er starrt mich an. »Meine Unabhängigkeit habe ich dir bereits erklärt, als ich in den Orden eingetreten bin und die Gelübde abgelegt habe.«

»Wie mein Vater.«

»So ist es«, trotzt er mir mit blitzenden Augen. »Wie dein heiliger Vater. Und wie dein Bruder Fra Serafino.«

Ich nicke langsam. »Vater, Bruder und Sohn als Dominikaner.«

Es fällt mir schwer, ruhig zu bleiben. So schwer, wie an jenem Tag, als Angelo gegen meinen Willen die Profess ablegte – mit Prosperos Segen. Kardinal Colonna braucht Verbündete für die Rückeroberung des Vatikans.

Ich bin außer mir. »Na gut. Du willst unabhängig sein. Du willst frei sein. Du glaubst, du schuldest mir nichts. Du glaubst, du kannst meinen Rat in den Wind schlagen. Du glaubst, du kannst dich mir widersetzen, weil du nicht mir, sondern dem Papst Gehorsam gelobt hast. Du glaubst, du brauchst mich nicht. Soll ich dir was sagen, Angelo? Ich brauche dich auch nicht!« Ich werfe das päpstliche Breve mit meiner Vollmacht auf seinen Schreibtisch, greife nach dem Schlüsselbund, der neben der Tür an der Wand hängt, und verlasse die Kammer.

»Mama?«, ruft er mir bestürzt nach. »Bitte warte!«

Ich bleibe nicht stehen.

Er läuft hinter mir her, so schnell sein verkrüppeltes Bein es zulässt. Mit der Kerze in der Hand folgt er mir mühsam die Treppe hinunter in die Gewölbe und einen langen, düsteren Gang entlang in Richtung des Petrusgrabes in der Krypta von San Pietro. An der Tür zum Geheimarchiv hat er mich eingeholt.

»Es tut mir leid«, entschuldigt er sich reumütig. »Ich wollte dir nicht wehtun. Nicht schon wieder. Glaub mir, ich weiß, wie schwer es für dich ist, dass ich mich deinen Wünschen widersetzt habe und Dominikaner geworden bin. Ich weiß, was du all die Jahre für mich getan hast. Du hast mir ein neues Leben geschenkt, als du mich vor acht Jahren von der Straße geholt hast. Du hast mein verkrüppeltes Bein richten lassen, sodass ich wieder ohne Krücken laufen kann. Du hast mir ein Studium in Florenz ermöglicht und mich lernen lassen, was andere nicht lernen durften. Du hast mich geachtet, und du hast mich geliebt wie einen Sohn.

Bitte, versteh mich doch. Ich bin nicht undankbar. Oder aufsässig. Ich habe mich all die Jahre bemüht, zu werden wie du. Und auch jetzt will ich nur meinen eigenen Weg gehen, so wie du. Ich will, dass du stolz bist auf mich. So stolz, wie dein Vater auf dich war.«

Ich atme tief durch. »Das bin ich.«

»Gewähre mir die Freiheit, die er dir gewährt hat«, fleht er mich an. »Er hat auch nicht immer zu allem Ja und Amen gesagt, was du tun wolltest. Aber du hast es trotzdem getan. Du warst eigensinnig. Und du nennst *mich* ungehorsam?«

»Ich will nicht, dass du gehst. Ich habe niemanden außer dir.«

»Du hast Onkel Prospero. Ich meine, wenn ihr euch nicht gerade fetzt. Worum ging es eigentlich?«

»Woher weißt du, dass wir uns gestritten haben?«

»Euer Streit war im ganzen Palazzo zu hören. Onkel Prospero hat so laut gebrüllt, dass der Audienzsaal nun Risse in den Wänden hat. Ich habe in deinen Räumen auf dich gewartet, weil ich mit dir reden wollte. Wegen Byzanz. Aber ich bin wieder gegangen, weil ich es nicht ertragen habe. Ich bin nicht aus demselben Holz geschnitzt wie ihr. Ich bin kein Colonna. Und ich werde auch nie einer sein, sosehr Onkel Prospero sich auch bemüht, mich nach seinem Ebenbild zu formen. Seine Schläge machen mich nicht härter, sie fügen mir nur unerträgliche Schmerzen zu.«

Du lieber Himmel, wie verbittert er ist. Wie verletzt. »Ich habe mich dem Papst anvertraut, als ich ihm das Buch brachte, das er an jenem Abend lesen wollte. Er hat mir zugehört, ohne mich zu unterbrechen. Als Augustinermönch weiß er, wonach ich mich sehne. Oh ja, er versteht mich sehr gut. *Wie ein Vater.*«

Ich schlucke trocken. Es schnürt mir die Kehle zu, dass ich nicht da war für ihn, als er mich gebraucht hat.

Angelo missversteht mein Zögern. Er ergreift meine Hände und fällt vor mir auf die Knie, was ihm wegen seines verkrüppelten Beines Schmerzen bereitet. »Euer Gnaden! Ich bin Euer Mündel. In aller Demut erbitte ich Eure Erlaubnis, nach Byzanz reisen zu dürfen. Ich erflehe Eure Vergebung, weil ich zuerst mit dem Papst und dann erst mit Euch gesprochen habe. Und verzeiht mir, dass ich so ungehorsam bin.«

»Angelo …«, flüstere ich bestürzt. »O Gott, tu mir das nicht an! Du darfst nicht vor mir knien.« Ich will ihm aufhelfen, aber er lässt mich nicht.

Er neigt demütig den Kopf. »Gebt mir Euren Segen!«

Widerstrebend gebe ich nach. Mit dem Daumen male ich ein Kreuz auf seine Stirn und küsse seine Tonsur. »Benedicat tibi Dominus. Möge Gott dich beschützen, mein Sohn.«

Mühsam rappelt er sich wieder auf und umarmt mich – zum ersten Mal seit seiner Priesterweihe. »Ich bin sehr glücklich!«, flüstert er bewegt und haucht mir einen Kuss auf die Wange.

Schließlich hebt er die Kerze auf, nimmt mir den Schlüsselbund aus der Hand und schließt die Tür zum Geheimarchiv auf. Als er sie öffnet, knarzen die rostigen Scharniere.

Mich schaudert, als ich die eisig kalten Gewölbe betrete, in denen es nach dem Staub von Jahrhunderten riecht. Und nach verblühten Blumen. Antiker Papyrus duftet so.

Seit dem gewaltsamen Tod von Angelos Amtsvorgänger Fra Leonardo, der vor seiner Berufung zum Archivar des Papstes mein Sekretär gewesen ist, sind mir diese düsteren, unübersichtlichen Räume unheimlich. Jedes Mal, wenn ich herkomme, sehe ich wieder den blutdurchtränkten Franziskanerhabit vor mir. Und neben dem Toten das mit Blut gemalte Templerkreuz, das mich auf der Suche nach seinem Mörder nach Jerusalem geführt hat. Angelo bleibt stehen, als er meinen verkniffenen Gesichtsausdruck bemerkt. »Was ist?«

»Ich find's hier ein bisschen gruselig.«

»Wegen Leonardo? Keine Angst, er spukt hier nicht herum«, beruhigt er mich. »Weißt du auch, warum nicht? Weil Franziskaner in den Himmel kommen und Dominikaner in die Hölle.«

»Wer sagt denn so was?«

»Rate mal!« Er grinst frech. »Also – wonach suchst du?«

»Nach Büchern über Satan.«

»Ein umfassender Leitfaden für den respektvollen Umgang mit dem Fürsten der Finsternis?«, frotzelt er.

»So ähnlich.«

»Komm mit.« Er führt mich an den vollgestopften Büchergestellen mit Pergamentcodices und Papyrushandschriften vorbei in den letzten von sechs hintereinanderliegenden Räumen und deutet auf den Arbeitstisch. »Bitte setz dich.«

Ich nehme Platz und sehe mich um. Aus den Regalen quellen die zu Folianten gebundenen Akten des Archivum Secretum. Dekrete, Privilegien, Breven und Bullen der Päpste. Die Akten der Inquisitionsprozesse gegen die Templer. Die Gründungsurkunden der Universitäten von Oxford, Cambridge und Prag. Diplomatische Korrespondenz. Privatbriefe. Ketzerische Schriften. Verschollene Evangelien. Protokolle von Konzilssitzungen. Das Unionsdekret von Florenz, das die Kirchenunion besiegelt. Und tausend andere Dokumente der Kirchengeschichte.

Angelo beugt sich lässig über den Tisch und zieht Tintenfass, Feder und einen Bogen Pergament zu sich heran. »Also, was genau willst du wissen?«

»Alles über Satan. Bring mir jeden beschriebenen Fetzen Pergament, den du finden kannst. Satansmessen, Teufelspakt, Magierpäpste, alles.«

Er steckt die Feder zurück ins Tintenfass. »Vergiss es – das ist viel zu viel. Allein die Akten der französischen Inquisition gegen die Tempelritter füllen drei große Truhen. Außerdem kennst du das Buch deines Vaters über die Inquisitionsprozesse und sein Urteil über die Templer.«

»Also schön. Dann bring mir alles, was du über Gerbert d'Aurillac finden kannst.«

»Den Teufelspapst.«

»Zeig mir das Liber Pontificalis, seine Bullen und Breven, seine Briefe, seine Tagebücher, alles. Ich interessiere mich besonders für sein letztes Pontifikalamt in Santa Croce in Gerusalemme und für die Legenden, die sich um seinen Tod und sein Grab im Lateran ranken. Was ich suche, sind Augenzeugenberichte, dass ihm tatsächlich Satan erschienen ist. Was ist mit seiner letzten Beichte auf dem Sterbebett in Anwesenheit der Kardinäle? Ich will wissen, ob sie in Gegenwart Gottes oder in Gegenwart Satans abgelegt wurde. Und ob ihm Absolution erteilt wurde.«

»Ich werde sehen, was ich finden kann. Seit Papst Eugenius' Rückkehr aus dem Exil in Florenz herrscht immer noch ein ziemliches Durcheinander. Die Kisten mit den Akten der drei Gegenpäpste vor Papst Martin stapeln sich dort in der nächsten Kammer an der Wand, siehst du? Das dort ist die Truhe mit der privaten Korrespondenz von Papst Johannes. In der Kiste am Ende der Reihe befinden sich die Bullen von Papst Eugenius' Onkel, Papst Gregor. Viele davon hat dein Vater verfasst, als er dessen Sekretär war. Na, wie auch immer. Eugenius hat mich gebeten, die Dokumente durchzusehen und diejenigen zu vernichten, die ein allzu düsteres Bild von der Kirche zeichnen.«

Ich kann mir ein Schmunzeln nicht verkneifen. »Du schreibst Kirchengeschichte?«, necke ich ihn.

»Dein Vater hat Kirchengeschichte geschrieben, als er während des Konzils in Konstanz das Schisma beendet und als ›Richter Gottes‹ über drei Päpste geurteilt hat. Ich verbrenne nur ein paar unerfreuliche Dokumente, die von Raub, Mord, Vergewaltigung und Inzest sprechen und das Bild der römischen Kirche nicht ganz so glanzvoll erstrahlen lassen, wie es unser geliebter Papst gern hätte. Der byzantinische Kaiser hat die Kirchenunion trotz seines Kniefalls in Florenz immer noch nicht durchgesetzt.«

»Verstehe.«

»Es wird also ein bisschen dauern, bis ich mich durch die Pergament- und Papyrusschichten bis ins Jahr 1000 gewühlt habe. Am besten bringe ich dir erst einmal das Liber Pontificalis. In welchem Stapel das liegt, weiß ich nämlich. Ich hatte es erst gestern in der Hand.«

»Ist gut.«

»Sag mal, soll ich die Tür verriegeln und uns einschließen? Damit du dich hier sicherer fühlst? Wenn du dich gruselst …«

»Nein, Angelo, bitte nicht. Seit Jerusalem ertrage ich es nicht mehr, in einem finsteren Gewölbe eingeschlossen zu sein.«

»Hier gibt es nichts, wovor du dich fürchten musst«, beruhigt er mich. Dann verschwindet er. Kurz darauf kommt er mit einem Wälzer zurück und schlägt ihn vor mir auf dem Tisch auf. »Hier steht es, siehst du?«

»Silvester II, qui et Gerbertus, natione Equitanus, ex monasterio S. Geraldi, primum Remorum, post Ravennatium archiepiscopus, novissime in papam promotus«, lese ich vor und überfliege die nächsten beiden Zeilen. »Das ist ja nicht besonders ergiebig. Papst Silvester II, genannt Gerbert. Erzbischof von Reims, Erzbischof von Ravenna, dann Papst. Darunter die ominöse Grabinschrift in der Lateranbasilika.«

»Kein Wort von einem Teufelspakt.«

»Nein.«

»Ich mach mich wieder auf die Suche in den finsteren Abgründen der Kirchengeschichte«, frotzelt er und küsst mich auf die Wange, als begebe er sich auf eine längere Expedition. »Vielleicht finde ich ja ein paar der sprichwörtlichen Leichen im päpstlichen Keller.«

Während er den Raum verlässt, blättere ich gedankenverloren durch das Liber Pontificalis, das bei Gelehrten als päpstliche Propagandaschrift voller Legenden verschrien ist. Es wurde verfasst, um die Herrschaft der Päpste als Nachfolger Petri zu legitimieren und den Primat des römischen Pontifex zu untermauern.

Wo, zum Teufel, sind die Legenden über Papst Silvester?

Als ich den Folianten schließen will, entdecke ich zwischen den Seiten gefaltete Pergamente. Ich falte sie auseinander, halte sie in das Licht der Kerze und lese den lateinischen Text.

Das gibt's doch nicht!

Ich ziehe einen zweiten Stuhl zu mir heran, stütze meine Füße darauf ab, lege mir die sechs eng beschriebenen Seiten auf die angewinkelten Knie und beginne fasziniert von Gerberts Studium in Córdoba zu lesen.

Gerbert lernte die Kunst der Magie bei einem maurischen Gelehrten. Der verweigerte ihm ausgerechnet das eine Buch, das ihn in seinen Bann gezogen hatte. Daraufhin verführte Gerbert die Tochter des Magiers, machte den Vater betrunken, zerrte das Buch unter dessen Kopfkissen hervor und floh. Der Magier verfolgte ihn. Gerbert benutzte das Grimoire, rief den Teufel und schloss einen Pakt mit ihm: Er würde ihm zeit seines Lebens huldigen. Satan zeichnete den Pakt in seinem roten Buch auf und ließ Gerbert mit Blut signieren. Der Mönch aus Aurillac wurde schließlich Papst. In der Stunde seines Todes ließ er sich bei lebendigem Leib zerhacken.

In Gedanken versunken streiche ich über die eng beschriebenen Seiten. Sie knacken leise, und ich spüre unter meinen Fingern die raue Tinte auf dem glatten Pergament. Ist das *Testament des Salomo* das Grimoire aus Córdoba? Es ist der einzige Codex in der geheimen Kammer, der nicht aus Papyrus gefertigt wurde.

Ein eisiger Hauch streift meinen Nacken und lässt mich schaudern, als ich an die Blutschrift denke. ›Nun habe ich dich erwählt. Satan, Fürst der Hölle.‹

Fra Santino wollte das *Testament des Salomo* letzte Nacht nach Santa Maria sopra Minerva mitnehmen. Wo, zum Teufel, war er so lange? Und was ist mit meinem Satanspakt? Hat er …

Ich bin so angespannt, dass ich zusammenzucke, als plötzlich Monsignor Fantìn auf den Tisch springt und maunzt.

»Hast du mich erschreckt, Fantìn!«, seufze ich, presse die Hand auf meine Brust und atme tief durch.

Mein Herz klopft bis zum Hals, und es dauert eine Weile, bis ich mich wieder beruhigt habe.

»Komm her, du Rabauke!« Ich streichele seinen Rücken, aber er läuft ruhelos unter meiner Hand durch, bleibt stehen, sieht sich aufmerksam um und legt sich schließlich, alle viere von sich gestreckt, auf das aufgeschlagene Liber Pontificalis. Er guckt mich an und wartet. Als ich nicht reagiere, miaut er.

»Es ist Fastenzeit. Ich hab kein Marzipankonfekt dabei.«

Der Kater maunzt.

»Onkel Prospero hat er vor Kurzem die Purpursoutane zerfetzt, aber dir gehorcht er aufs Wort. Ich fasse es nicht! Und ich dachte, nur der heilige Francesco von Assisi konnte mit den Tieren sprechen«, lästert Angelo, der mit einem Stapel Folianten im Arm zurückkehrt. Er legt sie auf den Arbeitstisch. »Sieh an! Seine Eminenz der Kater gibt uns die Ehre!« Er streichelt Monsignor Fantìn, der sich auf dem Folianten räkelt und leise schnurrt. Angelo blickt auf. »Du bist eben ziemlich erschrocken, als er auf den Tisch sprang. Soll ich nicht doch lieber abschließen?«

»Nein, lass nur.« Ich zeige Angelo die sechs Pergamentseiten. »Sieh mal, was ich im Liber Pontificalis gefunden habe!«

Er nimmt sie mir aus der Hand und setzt sich lesend auf den Stuhl mir gegenüber. »Eine Abschrift aus einem Buch von William of Malmesbury.«

»Wer ist das?«

»Ein englischer Mönch und Kirchenhistoriker«, nuschelt er, ganz in den Text versunken. Nachdem er die vierte Seite gelesen hat, blickt er versonnen auf. »Ein Teufelspakt.«

Ich nicke wortlos.

»William of Malmesbury vergleicht Papst Silvester mit König Salomo. Auch er war ein großer Magier, der Macht über Dämonen besaß.« Er liest weiter. Dann sieht er wieder auf. »Der Ring des Salomo!«

»Mit diesem magischen Ring hat Salomo die Dämonen beschworen, den Tempel zu errichten. Er trägt ein Siegel und den unaussprechlichen Gottesnamen.«

»Wie dein Amulett, das du aus Jerusalem mitgebracht hast«, flüstert Angelo. »Unglaublich! Und Gerbert soll diesen Siegelring besessen haben?«

»Die Weisheit von Papst Silvester ist so legendär wie die von König Salomo. Er war das größte Genie, das je gelebt hat.«

Angelo fährt sich über die Tonsur. »Wenn er den Ring des Salomo wirklich besessen hat, dann liegt er vielleicht mit ihm begraben in der Lateranbasilika …«

»Ein faszinierender Gedanke, nicht wahr?«

Er atmet tief durch – ich merke ihm an, dass auch ihn das Schatzsucherfieber gepackt hat.

»Byzanz ist nicht so spannend wie Rom«, sage ich vorsichtig.

Er wirft die Pergamente auf den Tisch. »Roma aeterna – Rom ist ewig. Es wird noch nicht untergegangen sein, wenn ich aus Konstantinopolis zurückkomme.«

Ich muss lächeln. »Kannst du dir vorstellen, wie die Abschrift von William of Malmesbury ins Liber Pontificalis gelangt ist?«

»Nein, keine Ahnung.«

»Wer hat das Buch als Letzter gelesen?«

»Papst Eugenius.«

»Wann?«

»Gestern.«

»Und davor?«

»Ein Franziskanerinquisitor. Er hat vorgestern die Geheimkammer erforscht und ist dann hierhergekommen.«

»Wann?«

»Kurz vor der Vesper.«

»Also mehrere Stunden nachdem er den Lateran verlassen hatte.«

»Scheint so.«

»Hat er noch mehr Bücher angefordert?«

»Nein.«

»Oder in den Regalen gestöbert?«

»Ich weiß nicht. Ich habe ihn kurz allein gelassen, als ich die Chronik geholt habe.«

»Hat er etwas mitgenommen?«

»Das ist nicht erlaubt.«

»Wie hieß er?«

»Fra Adriano.«

»Und weiter?«

»Keine Ahnung.«

»Aus welchem Kloster?«

»Weiß ich auch nicht.«

»Hatte er eine päpstliche Vollmacht?«

»Nein.«

»Wieso händigst du ihm dann das Liber Pontificalis aus?«

»Weil Fra Giovanni da Capestrano ihn geschickt hat. Und weil das Liber Pontificalis keine geheime Schrift ist.«

»Fra Giovanni, sieh mal einer an. Ist ja hochinteressant!«

Angelo nimmt sein silbernes Brustkreuz ab, küsst es und legt es neben die Bücher auf den Tisch.

»Glaubst du, dass ich mich damit sicherer fühle, wenn ich die satanischen Bücher lese?«

Er schüttelt den Kopf. »Aber *ich* fühle mich sicherer, wenn du es bei dir hast.«

Während ich in den Folianten blättere, verschwindet er wieder zwischen den Regalen.

Ein Thron von königlicher Pracht lautet der Titel des Buches, das mich in seinen Bann schlägt, als ich die Absätze überfliege:

›Leid zufügen um des Leides willen, Böses tun um des Bösen willen – der Teufel ist die Personifikation des Bösen. Der Antichrist. Wer sich nicht zu Jesus Christus bekennt, steht unter der Macht des Satans, des Herrn der Finsternis, und wird im Höllenfeuer brennen.‹ Und fünf Zeilen weiter: ›Der Fürst der gefallenen Engel hat viele Namen: Satanas, Diabolus, Lucifer, Beelzebul und Mephistopheles …‹

Plötzlich richtet Monsignor Fantìn sich auf und starrt in die Dunkelheit außerhalb der Kammer. Ein leiser Windhauch weht durch den Raum. Eisig kalt. Bedrohlich. Die Kerze flackert unruhig. Fantìns Nackenhaare sträuben sich. Er bebt am ganzen Körper. Aber er rührt sich nicht.

»Was hast du gehört, Fantìn?«, wispere ich erschrocken.

Der Kater starrt immer noch auf die Tür hinter mir. Plötzlich duckt er sich und weicht einige Schritte zurück.

O Gott, was ist dort? Ich taste nach Angelos Kreuz.

In diesem Augenblick schnellt Fantìn hoch, springt vom Tisch und flitzt lautlos in die Dunkelheit.

Ich lausche mit angehaltenem Atem.

Ein leises Schlurfen nähert sich langsam und bedrohlich.

Die aufsteigende Panik pumpt Eiskristalle durch meine Adern. Gehetzt blicke ich mich um. Ich kann ihm nicht entkommen. Ich kann mich nicht einmal vor ihm verstecken. Ich bin ihm hilflos ausgeliefert.

Ich umklammere Angelos Kreuz. Schmerzhaft bohrt es sich in meine zitternde Hand.

O Gott, da ist es wieder! Gleich wird er den Raum betreten!

Ein Geräusch aus einem der anderen Archivräume lässt ihn innehalten. Ist dort ein Buch zu Boden gefallen?

»Alessandra!«, höre ich Angelo leise und sehr weit entfernt. »Du wirst nicht glauben, was ich eben gefunden habe …«

Ich horche in die Stille. Ich kann seinen Atem hören.

Plötzlich entfernen sich die Schritte. Als habe er nicht damit gerechnet, dass noch jemand hier ist.

Ich springe auf, husche zur Tür und spähe in den nächsten Raum. Er ist dunkel. Durch die Tür gegenüber dringt ein mattes Glühen. O Gott, das ist Angelo! Er kommt zurück.

Die Zeit gerinnt zu einem einzigen Moment des Grauens. Ich will schreien, um Angelo zu warnen, doch ich bringe keinen Laut heraus. Als ich mich umdrehe, um die Kerze vom Tisch zu holen, höre ich einen dumpfen Schlag. Ein Keuchen, ein Röcheln, wie im Todeskampf. Dann wird es so still, dass ich das Blut in meinen Ohren rauschen höre.

Angelos Kerze verlischt mit einem Flackern.

Der erstickte Schrei, der das Schweigen des Todes durchbricht, lässt mir das Blut in den Adern gefrieren.

Leise Schritte. Er kommt zu mir zurück.

Yared

Kapitel 20

Im Thronsaal des Vatikans
Mittwoch, 22. Februar 1447
Kurz vor elf Uhr morgens

»... herrscht seit Jahrzehnten ein erbitterter Machtkampf zwischen den Clans der Abencérrajes und der Banigash. Vor zwei Jahren wurde Sultan Muhammad von Granada gestürzt. Einer seiner Neffen bestieg mit Unterstützung der mächtigen Familie der Banigash den Thron von Granada, konnte sich jedoch gegen deren größte Widersacher, die Abencérajes, nicht durchsetzen und wurde nach sechs Monaten Regentschaft aus der Alhambra vertrieben.

Ein zweiter Neffe, Sultan Yusuf, kehrte aus seinem Exil in Córdoba zurück und bezog die Königsgemächer der Alhambra. Das Vertrauen zwischen dem Sultan und den ihn unterstützenden Familien ist jedoch erschüttert, weil Yusuf sich mit Kastilien verbündet hat und die Sippen befürchten, dass ihre Macht eingeschränkt werden soll. Er wird gestürzt werden, daran besteht kein Zweifel. Und Sultan Muhammad, der rechtmäßige König, wird Granada zurückerobern und erneut den Thron besteigen.«

»Und als sein Wesir werdet Ihr von der Alhambra aus die Regierungsgeschäfte führen«, wirft Prospero ein, der sich von seinem Sitz neben dem Thron des Papstes erhoben hat und zu mir herüberschlendert.

»Ganz recht.«

Papst Eugenius beobachtet Prospero, aber es scheint ihm schwerzufallen, sich zu konzentrieren. Sein Gesicht ist grau und eingefallen, sein Blick ist in sich gekehrt, als lausche er einer inneren Stimme, seine Augen sind ohne Glanz. Seine Hände zittern stärker als vor zwei Jahren, als ich ihn zum letzten Mal gesehen habe. Seit seinem Abendessen mit Prospero scheint sich sein Zustand noch verschlechtert zu haben. Er wirkt zu Tode erschöpft. Von der Ehrfurcht einflößenden Erscheinung dieses Papstes, der den byzantinischen Kaiser in die Knie zwang und einen Mönch, der die verkommene Moral der Kirche öffentlich geißelte, foltern und verbrennen ließ, ist nichts geblieben. Ich glaube, er weiß, dass ihm nicht mehr viel Zeit bleibt. Prosperos machtbewusstes Auftreten im Konsistorium schmerzt ihn und führt ihm unbarmherzig seine eigene Ohnmacht vor Augen.

»Wir alle kennen die Lebensgeschichte von Yared al-Gharnati. Vom gedemütigten Sklaven zum einflussreichen Wesir des mächtigsten Herrschers des Orients. Und zum Vizekönig von Jerusalem, dem Herzen der christlichen Welt.«

Bedächtiges Schweigen breitet sich nach Prosperos Worten im Saal aus.

»Ich empfinde es als überaus bedauerlich, dass er mit meiner geschätzten Cousine, der Contessa Colonna, so überstürzt aus Jerusalem fliehen musste.« Wenn er sich der Aufmerksamkeit der anwesenden Kardinäle eben noch nicht sicher war – jetzt hat er sie. »Was hätte Yared al-Gharnati noch alles erreichen können für Jerusalem!«, seufzt er, rafft seine Purpursoutane und begibt sich zu seinem Platz neben dem Papst. »Wir alle wissen«, ergreift Prospero, der vor seinem Sessel stehen geblieben ist, erneut das Wort, »wie Yared al-Gharnati während der religiösen Unruhen an Ostern vor zwei Jahren in Jerusalem eingeschritten ist, um den Frieden zwischen Muslimen, Juden und Christen wiederherzustellen.«

»Einen Glauben mit Gewalt rechtfertigen zu wollen ist der

schlimmste Wahn der Menschheit«, bekenne ich und werfe Fra Giovanni da Capestrano, der mit verschränkten Armen neben dem Thron des Papstes steht, einen raschen Blick zu. »Gewalt führt weder zu Einsicht noch zu Barmherzigkeit, zu Liebe und Vergebung oder zum Frieden. Gewalt führt immer nur zu noch mehr Gewalt. Und das erste Opfer in einem Glaubenskrieg ist die Vernunft. Ein berühmter Rabbi namens Jesus hat einmal gepredigt: ›Glückselig die Barmherzigen, denn ihnen wird Barmherzigkeit widerfahren. Glückselig die Friedensstifter, denn sie werden Söhne Gottes heißen.‹ Als Rabbi lege ich die Tora nicht anders aus als er.«

Das Raunen im Saal verstummt abrupt, als da Capestrano verächtlich schnaubt. Eugenius hebt gebieterisch die Hand und ermahnt den Generalinquisitor zur Mäßigung mir gegenüber.

»Ich bin fest davon überzeugt«, erklärt Prospero, »dass es für die Christen in Granada, die wie ihre Glaubensbrüder in Ägypten als Dhimmis, als Schutzbefohlene, leben, nur von Vorteil sein kann, wenn Yared al-Gharnati als Wesir von Sultan Muhammad die Regierungsgeschäfte führt … zumal Juan von Kastilien, Alfonso von Aragón und Dom Pedro de Aviz, der Regent von Portugal, diesem Machtwechsel zustimmen.«

»Vostra Santità«, wendet sich da Capestrano an den Papst. »Es widerspricht dem geheiligten Gedanken der Reconquista, die Mauren und die Juden …«

»Unser Blick ist nach Osten gerichtet«, übertönt ihn Prospero mühelos. »Nach Byzanz, wo die letzte Bastion des Christentums im Orient von den Türken bedroht wird.«

Kardinal Bessarion, ein orthodoxer Byzantiner, der nach dem Unionskonzil nach Rom gekommen ist, erhebt sich. »Die Kirchenunion wird scheitern, wenn die Türken Byzanz erobern. Denn sie besteht doch nur auf dem Pergament, das der Papst und der Basileus unterzeichnet haben.«

Kardinal Parentucelli nickt bedächtig. »Wir müssen zum Kreuzzug gegen den türkischen Sultan aufrufen. *Er* bedroht die Christenheit, nicht der Herrscher von Granada, in dessen Reich eine bemerkenswerte religiöse Toleranz herrscht, die den Christen Glaubensfreiheit garantiert.«

Prospero bleibt neben mir stehen. »Genießt Euren Triumph!«, wispert er. »Ihr habt gewonnen!«

»Ihr doch auch«, flüstere ich zurück.

Er zwinkert mir zu und grinst ganz unverfroren.

Ein entsetzter Schrei lässt uns herumfahren. »Der Heilige Vater! Gott steh uns allen bei! Seht doch nur …«

Alessandra

Kapitel 21

Im Geheimarchiv des Vatikans
Mittwoch, 22. Februar 1447
Kurz vor elf Uhr morgens

Es ist finster im Gewölbe. Und still wie in einer Gruft.

O Gott, was ist mit Angelo?

Wie erstarrt lausche ich auf das leise Schlurfen.

Er kommt zu mir zurück.

Panisch blicke ich mich um. Entkommen kann ich nicht. Die Tür des Geheimarchivs ist vier unübersichtliche Räume entfernt. Und er bewegt sich zwischen ihr und mir. Wie soll ich unbemerkt an ihm vorbeikommen?

Ich muss mich verstecken.

Die Kammer hinter mir, in der ich eben gelesen habe, ist von einer Kerze erleuchtet. Der Lichtschein fällt auch in den Raum, in dem ich mich jetzt befinde, sodass ich die vollgestopften Regale und die Büchertruhen an der Wand schemenhaft erkennen kann.

Die Truhen! Fünf große, eisenbeschlagene Truhen!

Wenn sie nicht verschlossen sind …

Ich raffe meinen Rock und haste zur ersten Truhe. Der Schlüssel steckt. Ein Pergamentzettel hängt daran. PP JOH XXIII. Ich hebe den Deckel an. Die Truhe ist angefüllt mit Pergamenten von Papst Johannes.

Ich schließe den Deckel wieder und husche weiter.

Die Schritte kommen immer näher.

Die nächste Truhe ist ein wenig größer. Mit zitternden Fingern drehe ich den Schlüssel. Verflucht, er klemmt! Mit aller Kraft versuche ich ihn zu drehen. Endlich! Mit einem grässlichen Quietschen öffnet sich das Schloss. Ich wuchte den schweren Deckel hoch. Die Truhe ist bis zum Rand gefüllt mit Büchern.

Verdammter Mist! Gehetzt blicke ich mich um.

Er ist schon ganz nah. Gleich wird er da sein.

Ich will schon zur nächsten Truhe hasten, da nehme ich aus den Augenwinkeln eine Bewegung wahr. Zu Tode erschrocken halte ich inne. Monsignor Fantìn taucht plötzlich neben mir auf. Er hatte sich wohl zwischen den Bücherregalen versteckt. Jetzt steht er zitternd da und starrt wie gebannt hinüber zur Tür. Seine grünen Augen leuchten im Schein der Kerze. Dann wirft er mir einen letzten Blick zu, duckt sich und huscht in die Finsternis.

Ein ekelerregender Geruch liegt in der staubigen Luft. Es stinkt nach Schwefel. Und nach etwas anderem, viel Schrecklicherem …

Er kommt.

Panisch haste ich zur nächsten Truhe. Auf einem Pergamentzettel steht PP BEN XIII. Papst Benedikt, der Gegenpapst. Die eisenbeschlagene Truhe hat keinen Schlüssel, sondern einen massiven Riegel. Ich reiße den Deckel hoch.

O Gott, ich danke dir! Die Truhe ist leer.

Ich schlüpfe hinein, kauere mich gegen das massive Eichenholz und ziehe den Deckel herunter.

Im letzten Moment!

Ein schwarzer Schemen taucht zwischen den Bücherregalen auf. Ich luge durch den Spalt zwischen Deckel und Truhenwand und beobachte ihn.

Er geht hinüber zur erleuchteten Kammer und späht hinein – er sucht mich. Er trägt etwas unter dem Arm. Es ist … Großer Gott! … es ist das rote Buch, in dem er seine Satanspakte verzeichnet. Blut tropft auf den Boden.

Es ist Angelos Blut.

Mein Herz krampft sich schmerzhaft zusammen, und ich ringe nach Atem.

Der Gestank nach Schwefel raubt mir den Atem. Und es müffelt nach noch etwas anderem. Es riecht … o Gott! Es riecht nach verbranntem Fleisch. Wie ein Mensch in den Flammen des Scheiterhaufens, wenn sich seine Haare entzünden, wenn in der ungeheuren Hitze seine Augen platzen, wenn sein Fleisch verkohlt und …

Ich muss würgen. Ich zittere am ganzen Körper. Beinahe hätte ich den schweren Deckel der Truhe fallen gelassen. Ich bemühe mich, kein Geräusch zu machen, als ich mich gegen die Wand der Truhe lehne und durch den Spalt luge.

Was tut er?

In der Tür ist er unschlüssig stehen geblieben und blickt in den verlassenen Raum. Im Gegenlicht der Kerze kann ich ihn sehen. Er trägt einen langen schwarzen Mantel, der ihn vollständig verhüllt. Der schwere Stoff scheint das Licht zu absorbieren, sodass die Kammer düsterer erscheint, als sie es tatsächlich ist. Als er sich umwendet, liegt sein Gesicht im tiefschwarzen Schatten der Kapuze verborgen.

»Alessandra?«, wispert er mit rauer Stimme.

Ich schlage mir die Hand vor die bebenden Lippen. Dabei streift mein Ärmel die Wand der Truhe.

Er hat das Rascheln gehört und wirbelt herum.

»Alessandra!«, flüstert er heiser. »Ich weiß, dass du hier bist.«

Die schwarze Gestalt kommt näher.

Mit einer abrupten Bewegung schnellt er vor und reißt den Deckel der ersten Truhe auf. Die Scharniere ächzen.

Die Truhe ist angefüllt mit den Bullen von Papst Johannes XXIII.

Diesen unheiligen Papst hättest du dir beizeiten holen sollen!, schießt es mir durch den Kopf. Aber lass mich in Ruhe!

Er stürzt sich auf die nächste Truhe und reißt den Deckel mit Gewalt hoch, sodass er mit Donnergetöse gegen die Wand kracht.

Ein klägliches Maunzen lässt ihn herumfahren.

Monsignor Fantìn springt aus einer dunklen Nische zwischen zwei mit Akten vollgestopften Regalen, flitzt panisch an ihm vorbei und verschwindet in der Finsternis des benachbarten Raums.

Er sieht dem Kater nach. Dann dreht er sich zu mir um.

Hastig schließe ich den Deckel. Es wird dunkel um mich.

Atemlos lausche ich. Ich bin wie gelähmt vor Angst. Mein rasender Herzschlag dröhnt in meinen Ohren.

»Alessandra?«

Er kommt zwei, drei Schritte in meine Richtung. Dann bleibt er stehen.

Mit zitternden Fingern umklammere ich Angelos silbernes Kreuz und spreche ein Gebet.

Was tut er denn?

Ich kann ein leises Schlurfen hören. Er kommt näher. Das massive Eichenholz knarzt, als er sich ächzend auf dem Deckel niederlässt.

Ich weiß nicht, wie lange die Luft in dieser Kiste … *in diesem verdammten Sarg* reicht! Und ich weiß nicht, wie lange ich still liegen und mich tot stellen kann, ohne ein Geräusch zu machen. Was, wenn er den Deckel anhebt und mich entdeckt?

Ich taste nach meinem Dolch. Und versuche mich daran zu erinnern, wie der Bannspruch des Exorzisten lautet. Welcher Psalm wird gebetet? Der siebenundsechzigste? Oder der achtundsechzigste? Welcher Erzengel wird angerufen? Michael oder Gabriel?

Und was geschieht dann?

O Herr, mein Gott, hilf mir doch!

Und was, wenn er den Riegel vorschiebt, bevor er verschwindet?, durchzuckt es mich. Allmächtiger Gott, nur das nicht! Nicht lebendig begraben! Nicht in diesem Sarg, der so eng ist, dass ich kaum atmen kann!

Ich schließe die Augen, ziehe meine schmerzenden Schultern hoch und bereite mich darauf vor, angesprungen und von scharfen Krallen zerfetzt zu werden wie der Dominikaner.

Das Holz ächzt. Er steht auf.

Meine angewinkelten Beine beginnen vor Anspannung zu zucken.

Er murmelt etwas, das ich nicht verstehen kann – einen Fluch? Dann entfernen sich seine Schritte.

Vorsichtig hebe ich den Deckel einen Spaltbreit an und luge in den düsteren Raum.

Er ist weg.

Erleichtert richte ich mich auf, lehne den Deckel gegen die Wand und klettere aus der Truhe. Der Gestank nach Schwefel und verbranntem Fleisch schlägt mir entgegen. Mit der Hand halte ich mir Mund und Nase zu und taumele zurück in die Kammer, um die Kerze zu holen.

Das Liber Pontificalis liegt immer noch auf dem Tisch. Daneben entdecke ich die Pergamentseiten von William of Malmesbury. Ich stecke sie ein, nehme die Kerze und verlasse den Raum.

Ich muss zu Angelo.

Mit dem flackernden Licht in der einen und dem Dolch in der anderen Hand haste ich an den Regalen entlang, leuchte in enge Nischen und spähe hinter aufgestapelte Truhen.

»Angelo?«

Ich finde ihn im dritten Raum.

Yared

Kapitel 22

Im Thronsaal des Vatikans
Mittwoch, 22. Februar 1447
Elf Uhr morgens

Ein entsetzter Schrei lässt Prospero und mich herumfahren. »Der Heilige Vater! Gott steh uns allen bei! Seht doch nur …«

Totenbleich ist Eugenius auf dem Thron zusammengesunken. Kardinal Scarampo, der neben ihm gesessen hat, fällt auf die Knie, um ihn aufzufangen, bevor er vornüberkippt.

Ich lasse Prospero stehen, haste die Stufen zum Thron hinauf und dränge mich neben Scarampo, der beruhigend auf den Papst einredet. »Gabriel, hörst du mich? Wie fühlst du dich? Hast du Schmerzen?«

Hinter uns im Saal ertönen aufgeregte Rufe: »Um Gottes willen, seht doch nur, wie bleich er ist!« – »Stirbt er?« – »Gott sei seiner Seele gnädig!«

Der Papst presst die Lippen aufeinander und nickt. Ein Ächzen entringt sich seiner Kehle.

»Wo hast du die Schmerzen?«, drängt sein Leibarzt.

Mit zitternder Hand zeigt der Papst zum Herzen und dann zum Hals und zum Kopf. Offenbar hat er starke Schmerzen, die ihm den Atem rauben und ihn in Todesangst versetzen.

»Bleib ganz ruhig, Gabriel. Ich bin bei dir.« Scarampo sieht mich an. »Ihr seid Medicus. Ihr wisst, was das bedeutet.«

»Er hat einen schweren Herzanfall.« Ich taste nach seinem Puls, er ist nur schwach. Dann beuge ich mich vor und lehne mich gegen seine Brust, um seinen Herzschlag zu hören. »Sein Herzschlag flattert. Und sein Atem rasselt.«

»Um Gottes willen!«, stöhnt der Camerlengo. »Er braucht Ruhe. Helft mir, ihn in sein Bett zu bringen, bevor er sich erbricht und daran erstickt. Nehmt seinen linken Arm und legt ihn Euch über die Schulter. Ja, genau so. Wir tragen ihn gemeinsam. Gabriel, hörst du mich? Yared und ich bringen dich jetzt zu Bett. Dann kannst du dich ausruhen.«

»Solche … Schmerzen!«, röchelt er und tastet nach dem goldenen Brustkreuz, das er über dem Pontifikalgewand trägt.

»Es ist furchtbar, ich weiß!«, beruhige ich ihn. »Ich kann Eure Schmerzen lindern. Und die Übelkeit. Schließt die Augen und atmet ruhig weiter. Ja, so ist es gut.«

Als wir ihn hochheben, droht er ohnmächtig zu werden. Ich befürchte einen Herzstillstand.

»Nicht aufhören zu atmen!«, ermahne ich ihn und presse meine Hand gegen seine Brust. »Habt Ihr mich gehört? Atmet!«

Vorsichtig tragen wir ihn die Stufen hinunter. Die venezianische Garde bahnt uns einen Weg durch die herandrängenden Kardinäle.

Prospero taucht neben uns auf. »Was ist los?«

»Schickt die Botschafter aus dem Saal und beruhigt die Kardinäle!«, bittet ihn der Camerlengo eindringlich. »Irgendjemand muss hier einen klaren Kopf behalten. Yared wird mich in die päpstlichen Gemächer begleiten.«

Prospero nickt und wendet sich ab.

Doch wir können nicht weiter, denn da Capestrano stellt sich uns in den Weg. »Das kann ich nicht zulassen, Euer Eminenz! Er ist ein gottverfluchter Ju…«

»Er ist ein exzellenter Arzt, der das Leben Seiner Heiligkeit retten kann!«, schnaubt Scarampo. »Verschwindet!«

»Ludovico«, ächzt Eugenius und winkt da Capestrano heran.

Der Generalinquisitor fällt vor ihm auf die Knie. »Allerheiligster Vater.«

»Ich will … Alessandra …«, keucht Eugenius. »… und Euch … Wir müssen Papst Silvester … Die Kirchenunion … darf nicht scheitern.« Er verstummt. Sein Kopf sinkt auf die Brust.

Da Capestrano bekreuzigt sich.

Alessandra

Kapitel 23

Im Geheimarchiv des Vatikans
Mittwoch, 22. Februar 1447
Kurz nach elf Uhr morgens

Lähmendes Entsetzen überfällt mich.

Wie ein vom Himmel gestürzter Engel liegt Angelo auf dem Boden, der schwarz-weiße Habit ist wie im Sturmwind gebauscht, die Augen sind aufgerissen, die Lippen geöffnet wie zum stummen Schrei. Um seinen Kopf hat sich eine Blutlache gebildet. Ein fürchterlicher Schlag hat seinen Schädel zertrümmert. Daher das viele Blut, das auch von Satans Buch tropfte. Das Büchlein, das Angelo mir zeigen wollte, hält er noch in der Hand.

Mit einem erstickten Schluchzen falle ich neben ihm auf die Knie, beuge mich über ihn und streiche zärtlich über sein Gesicht. Ich schließe seine Augen und nehme ihn in die Arme. Wie damals, als er zehn Jahre alt war, wiege ich ihn sanft hin und her. Ich will um ihn weinen, aber ich kann nicht. Stattdessen bebe ich vor ohnmächtigem Zorn.

Angelo, den ich geliebt habe wie einen Sohn, ist tot.

Ermordet wie mein Vater, erschlagen wie mein Bruder. Beide konnte ich nicht retten.

Der Schmerz überwältigt mich. Mein Herz krampft sich zusammen. Ein verzweifelter Schrei entringt sich meiner Kehle.

Ich beuge mich über Angelo und ziehe das aufgeschlagene Buch zu mir heran. Ich kenne die Handschrift …

Verwirrt schließe ich es und starre auf den Buchdeckel mit dem Titel.

Nein, das darf doch nicht wahr sein!

Ars Magica

Mit zitternden Fingern schlage ich das Titelblatt auf und lese den Namen des Verfassers. Die Handschrift ist mir so vertraut wie meine eigene.

Fra Luca d'Ascoli
Ordo Fratrum Praedicatorum
Santa Maria sopra Minerva
Roma, Anno Domini 1418

Mein Vater hat dieses Buch über die Kunst der Magie verfasst. In jenem Jahr, als er als Inquisitor und Stellvertreter von Papst Martin nach Rom zurückkehrte und meine Mutter und ich in den Kerker von Santa Maria sopra Minerva verschleppt wurden.

Schreckliche Erinnerungen steigen in mir auf. Die düstere Folterkammer … die gequälten Schreie meiner Mutter, die sich den Inquisitoren nicht unterwarf … die Dominikaner in meiner Zelle, die mir die Kleider vom Leib rissen und mich, ein zu Tode erschrockenes dreijähriges Kind, das die grauenhaften Todesqualen seiner Mutter miterleben musste, als Satanstochter verhöhnten …

Ich muss an die Blutschrift denken: ›Alessandra, meine geliebte Tochter. Nun habe ich dich erwählt …‹

O Gott, was geht hier vor?

Verstört starre ich das Buch meines Vaters an und lese den Spruch, der auf der ersten Seite prangt. Ich habe nicht gewusst, dass es dieses Büchlein gibt. Aber von so vielen anderen Dingen, die mein Leben veränderten, habe ich auch nichts gewusst.

Ich streiche Angelo über das Gesicht und küsse ihn. Er hat mir so wehgetan damals, als er mir gestand, dass er meinem Vater und meinem Bruder nachfolgen und Dominikaner werden wollte. Als er in Santa Maria sopra Minerva, in der Hölle auf Erden, die Gelübde ablegte und dort auch zum Priester geweiht wurde. Ich konnte ihm nie vergeben, dass er mich derart …

Ein leises Rascheln wie von zerknitterndem Pergament lässt mich erschrocken zusammenzucken. Wie gelähmt starre ich in die Finsternis jenseits des Lichtscheins meiner Kerze. Die Dunkelheit, die mich umgibt, wirkt düster und bedrohlich.

Allmächtiger Gott, hat er meinen Schrei gehört und ist zurückgekommen?

»Alessandra?«

Das leise Knistern ist urplötzlich verstummt. Atemlos lausche ich auf die schlurfenden Schritte, die herankommen. Der düstere Schein einer Kerze kriecht über Wände und Decken.

»Alessandra! Seid Ihr hier?«

Geistesgegenwärtig stecke ich das Buch meines Vaters ein.

Fra Giovanni da Capestrano taucht zwischen den Regalen auf. Als er mich mit Angelo sieht, bleibt er erschrocken stehen.

»Um Gottes willen!«, stöhnt er und bekreuzigt sich. Er ist plötzlich totenbleich. Dann kommt er zu mir herüber, rafft seinen Franziskanerhabit und kniet sich steifbeinig neben mich.

Behutsam schiebt er seinen Arm um Angelos Schultern und nimmt ihn mir ab, um ihn so vorsichtig, als spüre er noch etwas, auf den Boden zu legen. Er bettet ihn zur Ruhe, als sei Angelo nur eingeschlafen, und streicht die Falten des Habits und des Skapuliers glatt. Mit dem Finger zeichnet er das Zeichen des Kreuzes auf Stirn und Hände, dann faltet er Angelos Finger wie zum Gebet. »Der Herr erbarme sich deiner, mein Bruder in Christo«, spricht er das Sterbesakrament. »Er stehe dir bei mit der Kraft des Heiligen Geistes. Der Herr erlöse dich von deinen Sünden und rette dich.«

»Amen«, murmele ich mit erstickter Stimme.

Fra Giovanni legt mir tröstend die Hand auf den Arm. Ein Zeichen der Versöhnung angesichts des Grauens und des Entsetzens, das wir beide empfinden? »Ich trauere mit Euch um Euren Sohn. Ich weiß, Ihr wolltet nicht, dass er Mönch wird. Und das tut mir sehr leid. Ich habe ihn sehr geschätzt. Er war mit Leib und Seele ein Diener Gottes.«

Ich blicke auf.

»Lasst uns gemeinsam für seine unsterbliche Seele beten.«

Ich nicke stumm, unfähig, auch nur ein Wort zu sagen. Meine Kehle ist wie zugeschnürt.

Er umarmt mich, sodass mein Gesicht an seiner Schulter ruht, und spricht leise ein Gebet für Angelo. Seine Stimme bebt. Er ist nicht weniger erschüttert als ich.

Ich schließe die Augen und spreche ihm nach, doch die Worte haben einen schalen Nachgeschmack, denn ich empfinde keinen Trost. In meinem Inneren ist nichts als ohnmächtiger Zorn.

»Ihr zittert vor Wut. Ihr sinnt auf Rache. Euer Verstand ist von Schock und Schmerz getrübt. Beruhigt Euch, Alessandra, ich bitte Euch!«, versucht er mich zu besänftigen. »Der Herr hat gegeben, und der Herr hat genommen. Der Name des Herrn sei gepriesen.«

»Ich kann Gott nicht wie Ijob lobpreisen!«, murmele ich dumpf in das Skapulier seines Habits, das ein wenig nach Weihrauch duftet. »Mein Sohn ist tot.«

Er streicht mir tröstend über den Rücken und wiegt mich sanft. »Schscht …«, beruhigt er mich. »Alles ist in Gottes Hand.«

Schließlich löse ich mich aus seiner Umarmung und richte mich auf.

»Was ist geschehen?«, fragt er leise, als er mir mit gefühlvollem Blick Angelos Kreuz in die Hand drückt und meine Finger darum schließt.

Ich berichte ihm von dem Horror, den ich erlebt habe.

»Allmächtiger Gott! Habt Ihr sein Gesicht gesehen?«, fragt er mit der Faszination des Entsetzens.

Ich schüttele den Kopf. »Es war durch die Kapuze verdeckt.«

Er fährt sich mit beiden Händen über das eingefallene Gesicht und schnauft. »Ihr habt Schreckliches durchgemacht, Alessandra. Es tut mir so leid.«

»Ich danke Euch für Euer Mitgefühl«, presse ich hervor. Mühsam erhebe ich mich und reiche ihm die Hand, um ihm aufzuhelfen. »Warum habt Ihr mich vorhin gerufen?«

Er muss sich an mir festhalten, um nicht zu stürzen. »Ich habe Euch gesucht. Der Heilige Vater verlangt nach Euch.«

»Ist die Konsistoriumssitzung denn schon beendet?«

»Er ist zusammengebrochen. Ich fürchte ...« Er verstummt.

»Was fürchtet Ihr?«

Er schüttelt den Kopf und senkt den Blick.

»Er stirbt?« Meine Kehle ist so trocken wie ein uralter Papyrus.

Er nickt langsam. »Ich fürchte, ihm bleibt nicht mehr viel Zeit. Ich wollte Euch holen. Er will uns beide sehen.«

Ich nehme meine Kerze, werfe einen letzten Blick auf Angelo und folge Fra Giovanni durch die düsteren Kammern in den Gang, der zur Treppe hinauf in den Palazzo Apostolico führt.

Er schließt die Tür des Geheimarchivs hinter uns wie die Pforten einer Gruft, senkt den Kopf und lehnt sich mit beiden Händen schwer dagegen, als wolle er das Böse dort mit aller Macht einschließen.

Ich bin erschüttert. Noch nie habe ich ihn, diesen erbarmungslosen Propheten Gottes, so fassungslos gesehen, so blass und zittrig und in der Seele aufgewühlt.

Schließlich richtet er sich auf und reicht mir die Hand, wie zur Versöhnung. »Stützt Euch auf mich, Alessandra«, sagt er leise. »Ich führe Euch zum Papst.«

ꙮ Yared ꙮ

Kapitel 24

Im Schlafzimmer des Papstes
Mittwoch, 22. Februar 1447
Halb zwölf Uhr mittags

✡ Ich nehme dem Mönch im blauen Habit die Schale mit der heißen Suppe ab, die in der Küche stets für den Papst bereitgehalten wird, und setze mich damit auf sein Bett. »Habt Ihr heute schon etwas gegessen?«

»Es ist Fastenzeit.«

»Ich möchte, dass Ihr ein wenig von dieser Gemüsesuppe zu Euch nehmt. Sie wird Euch stärken.«

Ich halte ihm den Löffel an die Lippen. Obwohl seine Schmerzen ein wenig nachgelassen haben, darf er sich auf keinen Fall bewegen. Er soll still in den Kissen ruhen.

Er verzieht gequält die Lippen und blickt hinüber zu den Kardinälen Scarampo und Colonna, die am Fenster zur Basilika von San Pietro flüsternd miteinander streiten. Als ob sie gleich aufeinander losgehen.

Ludovico Scarampo hatte eben den Papst gedrängt, die Schlüssel der Engelsburg dem Kardinalskollegium zur sicheren Aufbewahrung zu übergeben. Der Besitz des Castel Sant'Angelo als stärkste Festung Roms bedeutet die Herrschaft über die Ewige Stadt. Prospero Colonna, dessen Gefolgsleute die Festung in ihrer Gewalt haben, argwöhnte, dass seine Macht in Rom gebrochen werden sollte und protestierte. Scarampo tobte: »Wären wir nicht in Gegenwart Seiner Heiligkeit, würde ich Euch daran erinnern, wer von uns beiden der Camerlengo ist. Und wer während der Sedisvakanz die Amtsgeschäfte führt.« Worauf Prospero zornig entgegnete, wenn sie nicht in Gegenwart des Heiligen Vaters wären, würde er ihm zeigen, dass er keine Angst vor ihm habe.

»Sie streiten sich jetzt schon um die Tiara«, murmelt Eugenius verbittert und schiebt meine Hand mit dem Löffel weg. »Welchem Papst ist es schon vergönnt, das Konklave an seinem Sterbebett mitzuerleben und zu wissen, wer ihm nachfolgen wird. Helft mir auf! Ich will diese beiden Hitzköpfe …«

»Ihr bleibt liegen und ruht Euch aus«, ermahne ich ihn.

Er lässt sich in die Kissen zurücksinken. *»Silentium!«*, brüllt er so gebieterisch, dass die beiden Kardinäle sofort verstummen und sich erstaunt zu ihm umdrehen. »Ego sum papa – ich bin der Papst. Den Schlüssel zum Castel Sant'Angelo behalte ich!«, keucht er. »Das ist mein letztes Wort in dieser Angelegenheit!«

Es klopft. Einer der Augustinermönche, die dem Papst als Diener aufwarten, lässt Benyamin herein.

Er verneigt sich vor Eugenius, der endlich einen Löffel Gemüsesuppe schluckt. Dann wendet er sich an mich und flüstert: »Du hast mich rufen lassen?«

»Lass meine Medikamententruhe aus dem Palazzo Colonna holen.«

»Mach ich.«

Er will sich schon abwenden, doch ich halte ihn auf. »Warte! Und bring Elija zu mir. Der Papst hat ihn gern. Der Junge kann ihn auf andere Gedanken bringen.«

Benyamin zögert.

Ich hebe die Augenbrauen. »Was ist?«

»Elija ist verschwunden.«

»Wie war das?«, frage ich scharf.

»Diego hat keine Ahnung, wo er steckt. Elija ist dem Kater hinterhergeflitzt. Und weg war er. Diego meint, er wollte Alessandra in den Gewölben suchen. Vielleicht erforscht er irgendwelche finsteren Gänge und spielt ›Labyrinth im Tempelberg‹ oder ›Grabkammer in der Pyramide von Gizeh‹. Kennst ihn ja!«

»Ich fasse es nicht! Sucht ihn! Und bringt ihn her! Und zwar sofort!«

Benyamin nickt beflissen und wendet sich zur Tür, wo er beinahe mit Alessandra zusammenstößt, die gerade mit da Capestrano den Raum betreten will. Der Generalinquisitor wirft dem jüdischen Rabbi einen verächtlichen Blick zu, als der an ihm vorbeigeht.

Alessandra ist blass und zittrig. Prospero eilt zu ihr hinüber, zieht sie zur Seite und tuschelt mit ihr. Dann schlägt er die Hand vor den Mund. »… mir so leid, Sandra«, flüstert er bestürzt und schließt sie in seine Arme.

»Alessandra!« Eugenius klopft ungeduldig auf die Bettdecke, damit sie sich neben ihn setzt.

Ich stelle die Suppe neben den Bücherstapel auf dem Nachttisch, erhebe mich und trete zur Seite. Alessandra wirft mir einen langen Blick zu, während sie an mir vorbeigeht. Sie lässt sich auf dem Bett nieder und ergreift die Hand des Papstes. Da Capestrano weicht nicht von ihrer Seite.

Prospero stellt sich neben mich.

»Was ist geschehen?«, flüstere ich.

»Ihr Sohn ist tot.«

»Angelo?«, frage ich bestürzt.

Mit bebender Stimme berichtet er mir, was er gerade eben von ihr erfahren hat. Er ist sehr aufgewühlt.

Ich schaue zu ihr hinüber. Eugenius umarmt und tröstet sie. Wie gern wäre ich an seiner Stelle.

Prospero spürt meine Unruhe. »Ich weiß, was Ihr für sie empfindet, Yared«, wispert er und wirft Scarampo, der uns mit einem

Stirnrunzeln beobachtet, einen raschen Blick zu. »Aber ich bitte Euch: Beherrscht Euch! Lasst Euch um Gottes willen nichts anmerken!«

Ich nicke stumm.

»... von der Aufgabe entbinden?«, fragt Eugenius leise.

Sie schüttelt den Kopf. »... den Mörder meines Sohnes finden und ...«

»Ihr legt Euch mit Satan an!«

Ich kann nicht hören, was sie antwortet. Aber in ihrer Trauer und in ihrem Zorn scheint sie zu allem entschlossen zu sein.

Eugenius streicht ihr besänftigend über die Hand. »... der schreckliche Ruf des Teufelspapstes ... Mein Lebenswerk, die Kirchenunion, droht in der Stunde meines Todes zu scheitern, wenn wir nicht ... Gesandtschaft des byzantinischen Kaisers ... furchtbare Demütigung für mich ... das für mich tun?«

Alessandra küsst die Hand mit dem Fischerring und nickt.

»Wir müssen Gerbert als größten ... unseres Jahrtausends ...«

Als der Generalinquisitor protestieren will, hebt Eugenius gebieterisch die Hand. »Fra Giovanni, Ihr werdet meinen Letzten Willen respektieren. Alessandra wird ihn erfüllen! Habt Ihr mich verstanden?«

Da Capestrano zieht unwillig die Mundwinkel herab. Dann verschränkt er die Arme unter dem Skapulier seines Habits und verneigt sich vor dem Pontifex.

»... jetzt tun?«, fragt Eugenius.

»... nach Santa Maria sopra Minerva«, erwidert Alessandra.

»Ein schwerer Weg.«

»Der schwerste von allen.« Sie seufzt.

Eugenius streicht ihr über die Wange und malt mit dem Daumen ein Kreuz auf ihre Stirn. »Gott schütze Euch.«

»Und Euch.« Sie beugt sich über ihn und küsst ihn auf beide Wangen. »Ich komme Euch bald wieder besuchen.«

»Und dann erzählt Ihr mir, was Ihr herausgefunden habt.«

»Versprochen! Aber jetzt ruht Euch aus und schlaft ein bisschen.« Sie rafft ihren Rock und erhebt sich vom Bett. Nach einem versonnenen Blick in meine Richtung, der nichts über ihre Gefühle verrät, verlässt sie das Schlafzimmer.

Bevor der Augustiner die Tür hinter ihr schließen kann, drängt Benyamin in den Raum und kommt mit besorgter Miene zu mir herüber. Er zieht mich am Ärmel zum Fenster.

»Elija ist verschwunden«, flüstert er. »Diego hat alles nach ihm absuchen lassen. Er kann ihn nirgendwo finden.«

Ich fluche unbeherrscht.

»Ich habe eben von Robin erfahren, was im Geheimarchiv geschehen ist«, wispert Benyamin und legt mir die Hand auf die Schulter.

Ich nicke. »Ich habe furchtbare Angst um Elija.«

Alessandra

Kapitel 25

Im Innenhof des Palazzo Apostolico
Mittwoch, 22. Februar 1447
Während des mittäglichen Glockenläutens von San Pietro

Über der Basilika von San Pietro ragen schwefelgelbe Wolken auf. Immer wenn sie vom Flackern der Blitze von innen erleuchtet werden, drohen sie in einem düsteren, unwirklichen Rot.

Mit einem durchdringenden Glockenschlag rufen die großen Glocken von San Pietro zum Stundengebet der Sext. Ich wende den Blick vom düsteren Himmel, steige mit dem schweren Harnisch umständlich in den Sattel und wende mein Pferd, um mit meiner Eskorte durch die Porta San Pietro zu reiten und den Vatikan zu verlassen.

Während wir die durch den schmelzenden Schnee immer morastiger werdende Piazza San Pietro überqueren und uns nach links zum Passetto wenden, höre ich von Weitem das Dröhnen der Kirchenglocken von Santa Maria sopra Minerva. Dann stimmen auch die Glocken von Santa Maria in Aracoeli auf dem Kapitol in den Gebetsruf ein. Ganz zuletzt vernehme ich das ferne Läuten von Santi Apostoli neben dem Palazzo Colonna, doch es wird schon bald vom Geschrei der Geldwechsler übertönt, die vor der Treppe von San Pietro ihre Tische aufgebaut haben. Während sie mit den Münzen auf ihren Tischen klappern, rufen sie laut und mit sich überschlagender Stimme die heutigen Kurse für florentinische Fiorini und venezianische Zecchini über den weiten Platz. Die Schuster, die auf den Stufen eines nahen Klosters die durchgelaufenen Schuhe der Pilger neu besohlen, und die Reliquienhändler, die Rosenkränze, Heiligenbilder und Weihwasser verhökern, übertönen sie noch. Nur wenige Schritte weiter werden Strohbündel für die Nachtlager in den flohverseuchten Pilgerherbergen des Borgo verkauft. Die Buchverkäufer scheinen ihre Stände mit illuminierten Heiligenlegenden heute Morgen in den überdachten Säulengängen des Atriums von San Pietro aufgebaut zu haben.

Robin, der neben mir reitet, schüttelt angewidert den Kopf. »And Jhesus entride into the temple of God, and castide out of the temple alle that bouyten and solden, and he turnede upsedoun the bordis of chaungeris. And he seith to hem, It is writun, Myn hous schal be an hous of preier; but ye han maad it a denne of theves.«

Ich habe kein Wort verstanden, aber ich ahne, dass er auf die Tempelreinigung Jesu anspielt. »Wo hast du letzte Nacht die Wycliffe-Bibel verbrannt?«

»Hinter einem der verfallenen Häuser am Quirinal. Weit entfernt vom Palazzo Colonna.«

»Ist sie vollständig verbrannt?«

»Die verkohlten Reste habe ich verscharrt.«

»Gut.«

»Die Bibel war in meiner Kammer versteckt. Nur Ihr wusstet, dass ich sie besitze. Wozu diese Vorsicht?«

»Die Inquisition überwacht mich.«

Er runzelt die Stirn. »Seit wann?«

»Seit zehn Jahren. Seit ich im Auftrag meines Vaters zum Konzil nach Basel gereist bin, das Papst Eugenius seines Amtes enthoben und als Häretiker exkommuniziert hatte.«

»Und nachdem die Konziliaristen ihm den Prozess gemacht haben, wollten sie Euren Vater zum Papst wählen.«

»So ist es.«

Wir haben den Passetto zur Engelsburg erreicht und reiten durch das dichte Gedränge des Borgo mit seinen Klöstern und Kapellen, seinen Pilgerherbergen und Tavernen, seinen Läden, Verkaufsständen, Garküchen und Bordellen. Auch ein heruntergekommenes Armenhaus und ein verwahrlostes Heim für Findelkinder gibt es hier. Die mit Lehm bedeckten Gassen zwischen den abbruchreifen Häusern aus Ziegelsteinen und zertrümmerten antiken Ruinen sind so schmal, dass ich befürchte, von einem herabfallenden Säulenkapitell oder einem morschen Balken erschlagen zu werden. Oder von einem der bunt bemalten deutschen Wirtshausschilder ›Zum Engel‹ oder ›Zum Pilgerstab‹, die weit über die Straßen ragen. Der Borgo ist fest in deutscher Hand. In manchen engen Gassen habe ich das Gefühl, in Nürnberg, Regensburg, Augsburg oder Straßburg zu sein.

Spanische, französische und deutsche Pilger, die die sieben Pilgerkirchen besuchen, schieben sich uns singend und betend entgegen. Andere hocken bereits erschöpft mit einer Brezel und einem Krug schäumendem Bier in der Hand auf der Holzbank vor einer Schenke, in der in trunkenem Elsässisch, Sächsisch, Thüringisch, Fränkisch und Bayrisch gegrölt wird. Warum die Deutschen uns Italiener für laut halten, verstehe ich ehrlich gesagt nicht. Vor dem Wirtshaus verkauft ein Wasserträger brackiges Tiberwasser an durstige Wanderer, die es eilig haben, nach San Pietro zu kommen. Wenige Schritte entfernt tuschelt ein Mönch mit einer Hure. Wahrscheinlich feilschen sie um den Preis für ein kurzes Liebesspiel in einer der dunklen Seitengassen. Eine Herde blökender Schafe wird durch die mit Kot beschmutzten Straßen getrieben, in denen Gänse, Schweine und Ziegen herumlaufen.

Wir folgen dem Passetto bis zur Engelsburg, wo wir uns an den zinnenbewehrten Bastionen entlang in Richtung Tiber durchkämpfen.

Wie der Ponte Vecchio in Florenz und der Ponte Rialto in Venedig ist auch der Ponte Sant'Angelo in den letzten Jahren mit Bretterbuden zugebaut worden. Jeder Pilger, der in San Pietro beten oder sich einen Ablass kaufen will, muss diese Brücke überqueren und an den Verkaufsständen der Reliquienhändler vorbei.

Auf dem Ponte gibt es alles zu kaufen, was das Herz eines frommen Christen höher schlagen lässt: Gebetbücher auf Lateinisch und seit der Kirchenunion auch auf Griechisch, römische und byzantinische Ikonen, Phiolen mit abgekratztem Rost von den Ketten des Petrus in San Pietro in Vincoli, Splitter vom Fingerknochen des heiligen Thomas, den er in die Wunde des Auferstandenen legte, aus Santa Croce in Gerusalemme, Holzsplitter von der Krippe Jesu, die in Santa Maria Maggiore verehrt wird, ein Span des Kreuzes Jesu Christi, Fläschchen mit geweihtem Öl von den Gräbern des Petrus in San Pietro in Vaticano oder des Paulus in San Paolo fuori le Mura, geweihte Kerzen von den Gräbern wundertätiger Heiliger. Angesichts der Verehrung, die da Capestrano in Rom genießt, wäre ich nicht erstaunt, wenn hier auch Fetzen des Habits von ›San Giovanni‹ verhökert würden.

»O my God!«, entfährt es Robin, als er das Geschiebe auf der Brücke sieht. Die Menschen drängen sich um einen der Stände und prügeln sich hysterisch kreischend um Ablassbriefe, die dort verkauft werden.

»›Fürchtet Gott und ehrt ihn! Denn die Stunde seines Gerichts ist gekommen‹«, brüllt der geschäftstüchtige Ablasshändler ein Zitat aus der Offenbarung des Johannes, wirft eine Handvoll Sündenablässe in die wogende Menge und duckt sich, als ihm Kupfermünzen über die Köpfe hinweg entgegengeschleudert werden. »›Und ich sah einen Engel aus dem Himmel herabkommen, der den Schlüssel des Abgrundes und eine große Kette in seiner Hand hatte. Und er band Satan für ein Jahrtausend. Doch die tausend Jahre sind vorbei. Der Tag des Herrn ist nah!‹« Erneut wirft er ein

Bündel Ablassvordrucke in die Menge. »Bereut Eure Sünden! Betet für Euer Seelenheil!«

Das darf nicht wahr sein! Ich weiß nicht, ob ich über diese groteske Szene lachen oder weinen soll. Ich halte einen der ungestüm Herandrängenden auf und frage ihn nach dem Grund für diese Massenhysterie.

»Habt Ihr es denn noch nicht gehört? Der Antichrist ist in San Giovanni in Laterano erschienen, der allerheiligsten Kirche der Christenheit. Er hat einen Mönch mit seinem satanischen Zeichen gesiegelt, mit dem verfluchten Judenstern!« Dann drängt er sich weiter vor.

Robin schüttelt den Kopf. »Sono pazzi questi Romani – Die spinnen, diese Römer«, kommentiert er trocken.

Ich bin jetzt so richtig in Rage. »Da Capestrano, dieser selbst ernannte Prophet Gottes, hat sie mit seiner Predigt aufgehetzt. Das ist unverantwortlich und gefährlich! Wenn hier Menschen zu Tode getrampelt werden, hetze ich ihm die Sbirri auf den Hals. Dann muss er sich vor ›Il Terribile‹ verantworten.« Ich winke meinen Bravi, damit sie zu mir aufschließen. »Giorgio, du reitest zurück und berichtest Kardinal Scarampo, was hier vorgeht. Dann suchst du Kardinal Prospero. Er ist beim Papst. Guido, du verständigst meinen Cousin Vespasiano, den Kommandanten der Engelsburg. Er soll Bewaffnete schicken. Und zwar umgehend. Sobald sich die Menge beruhigt hat, soll er weitere Bravi aus unseren Kastellen nach Rom beordern. Sie sollen den Palazzo Colonna schützen. Anschließend wartet ihr beide im Laterankloster auf mich. Ihr anderen folgt mir!«

Robin drängt sein scheuendes Pferd durch die wogende und schreiende Menschenmenge. Ich folge ihm, umgeben von meinen Bravi, auf die andere Seite. Aufatmend erreichen wir schließlich das Ende der Brücke.

Die beiden verwitterten, moosbewachsenen römischen Götterstatuen auf der Brüstung des Ponte Sant'Angelo bieten wie so oft einen schrecklichen Anblick. Der eine hält einen langen Spieß mit dem abgeschlagenen Kopf eines Hingerichteten in der Hand. Der andere trägt eine verkohlte Leiche im Arm. Vermutlich ist es einer der beiden Benediktiner aus dem Laterankloster, die Ludovico vorgestern auf dem Scheiterhaufen verbrennen ließ, nachdem sie tagelang in einem Käfig auf dem Campo dei Fiori hingen. Die beiden Mönche hatten Juwelen aus den Reliquiaren der Häupter der Apostel Petrus und Paulus im Hochaltar der Lateranbasilika gestohlen.

Wir biegen in die Via dei Coronari ab, wo die Mosaikschneider und Rosenkranzmacher ihre Werkstätten haben. Die Gasse in unmittelbarer Nähe des Castel Sant'Angelo ist so eng, dass die Mietverträge für die Häuser die Klausel enthalten, die Mietzahlung könne ausgesetzt werden, falls von der Engelsburg her mit Kanonen geschossen wird. Nachdem wir endlich eine Karawane schwer beladener Lastesel mit Olivenöl überholt haben, umrunden wir den Palazzo Orsini am Monte Giordano, überqueren die Piazza Navona an der ›sprechenden Statue‹ und erreichen schließlich das Trümmerfeld der antiken Thermen neben dem Pantheon.

Die Bretterverschläge in der Säulenvorhalle des antiken Göttertempels werden sogar im Pilgerführer erwähnt. Gefälschte Devotionalien, wertlose Souvenirs von Rom und Maria-mit-Jesus-Kitsch werden dort im großen Stil verramscht. Fra Angelico sträuben sich vermutlich jeden Morgen die Nackenhaare, wenn er von seiner Zelle in Santa Maria sopra Minerva zum Vatikan geht, um dort die Kapelle des Papstes auszumalen.

Selbst ernannte Fremdenführer fallen vor dem Pantheon über ahnungslose Pilger her, fuchteln mit ihren Dolchen herum und verbreiten mit Horrorgeschichten von gefährlichen Wolfsrudeln in der Wildnis rund um den Lateran Angst und Schrecken.

Aber wie glücklich kann sich der fromme Pilger aus Köln oder

Wien oder Basel nun schätzen, da er einen kompetenten, zuverlässigen und ehrlichen Führer gefunden hat, der ihn vor all dem Leid, das ihm in Rom widerfahren kann, bewahren wird! Aber nein, der fromme Herr aus Frankfurt oder Köln wird doch nicht in einen Hinterhalt gelockt und ausgeraubt. Doch nicht im heiligen Rom – Gott bewahre!

Hinter dem Pantheon ragt die Fassade des Hauptquartiers der Inquisition in den wolkenverhangenen Himmel. Daneben stehen die Ruinen des antiken Minervatempels, auf dessen Fundamenten die Kirche der Dominikaner errichtet wurde.

Robin hilft mir vom Pferd und nimmt mir die Zügel ab.

»Warte hier auf mich. Ich will in ein paar Prozessakten der Inquisition blättern. In einer Stunde bin ich zurück.«

Robin wirkt erleichtert, dass er mich nicht begleiten muss.

»In der Zwischenzeit könntest du ein wenig Schnee schmelzen. Ich will wissen, warum er so rot ist wie Blut.«

Dann wende ich mich um und blicke mit klopfendem Herzen an der Fassade der Kirche empor.

Santa Maria sopra Minerva – meine Hölle auf Erden.

Ein Vers der *Göttlichen Komödie* kommt mir in den Sinn, als ich mich an meine Einkerkerung vor acht Jahren erinnere – die Inschrift über Dantes Höllentor: ›Durch mich gelangst du zur Stätte des Grauens. Gib, wenn du eintrittst, alle Hoffnung auf!‹

Mit schweißnassen Händen schiebe ich das Portal auf.

Yared

Kapitel 26

Im Gewölbe des Vatikans
Mittwoch, 22. Februar 1447
Gegen zwölf Uhr dreißig

An der Tür zur Waffenkammer bleibt Prospero so abrupt stehen, dass ich von hinten gegen ihn pralle. Er drückt sich gegen die Wand, lauscht mit schräg gelegtem Kopf, hebt eine Hand und gebietet mir, mich ruhig zu verhalten. Mit der anderen zieht er lautlos sein Schwert. Er ist beunruhigt, das sehe ich ihm an.

Ich halte den Atem an und horche. Ja, da ist jemand. Aus der finsteren Kammer dringt ein leises Kratzen.

Meine Hand verkrampft sich um den Griff meines Schwertes.

Prospero gibt mir ein Zeichen, ihm zu folgen. Durch die halb offene Tür betreten wir die Waffenkammer der päpstlichen Venezianergarde.

Ein düsteres Leuchten erfüllt das Gewölbe, als der Schein unserer Fackeln sich auf mehreren Reihen aufrecht stehender Rüstungen widerspiegelt. Mit ihren Wappenröcken in den Farben des Papstes und ihren geschlossenen Helmen mit den schmalen Augenschlitzen wirken sie auf den ersten Blick verstörend lebendig. Hundert Harnische – ein Heer bedrohlicher Schemen, die aussehen, als wollten sie sich gleich auf uns stürzen. Im Halbdunkel kann ich an einer Wand aufgereihte Hellebarden, Schwerter und Armbrüste erkennen. Weiter hinten lauern nur noch Schatten.

Prospero deutet auf die Rüstungen. »Als Junge habe ich mich immer gegruselt, wenn ich hierherkam. Es scheint, als ob sie uns beobachten«, flüstert er. Sein Lächeln wirkt beklommen, ja beinahe ängstlich, seine Stimme verrät, wie angespannt er ist. Als erwarte er, jeden Augenblick von Satan angesprungen und von dessen scharfen Krallen zerrissen zu werden. »Sandra hat sich hier sehr gern versteckt, als sie so alt war wie Euer Sohn.«

Ich trete einen Schritt vor und rufe ihn. »Elija?«

Ein leises metallisches Schwingen zerreißt die tiefe Stille.

»Elija! Bist du das?«

Schweigen.

»Du lieber Himmel, hast du uns erschreckt, Elija!«

Ein leises Rascheln.

»Verdammt, Elija, hör endlich auf mit diesem Unsinn! Komm schon, du hattest deinen Spaß!«

Was ist denn bloß in ihn gefahren?

Fluchend dringe ich tiefer in die unübersichtliche Waffenkammer vor. Vermutlich lauert er mir hinter einer der Rüstungen auf, um sich kichernd in meine Arme zu werfen.

»Elija!«, rufe ich entnervt. »Wenn ich dich erwische, kannst du dich auf was gefasst machen! So langsam werde ich wütend.«

Kein Wort. Kein ausgelassenes Kichern, das mich zu ihm führt, damit er mich ungestüm umarmen kann. Nein, es ist nicht Elija. Er hätte sich längst zu erkennen gegeben.

Ich blinzele in das Dämmerlicht hinter den Harnischen.

Prospero bleibt neben mir stehen. »Was ist?«, flüstert er.

»Ich dachte, ich hätte etwas gesehen.«

»Was?«, fragt er beklommen.

»Bin nicht sicher. Grün schimmernde Augen, die das Licht der Fackel reflektieren.«

Er erstarrt. »Wo?«

»Dort drüben, auf dem Gestell hinter den Rüstungen.«

Er murmelt ein Gebet, küsst sein Brustkreuz und hebt sein Schwert, um sich gegen einen plötzlichen Angriff zu wehren.

»Na, dann los.« Ich spanne die Schultern an, ziehe meine Klinge und gehe langsam weiter. »Da ist es wieder, seht Ihr?«, wispere ich. »Direkt vor uns.«

»Hab's gesehen«, nickt Prospero. »Wonach riecht es hier so streng?«

Ich schnuppere und verziehe das Gesicht. »Keine Ahnung.«

»O Gott, es ist …«

In diesem Augenblick poltert mit einem Höllenlärm vor uns ein Helm auf den Boden. Mein Herz setzt einen Schlag aus. Monsignor Fantìn, durch den Krach erschreckt, springt mit einem Fauchen vom Gestell auf den Boden. Er will an uns vorbei zur Tür sausen.

»… es ist Katzenpisse.« Prospero stellt sich dem Kater in den Weg, aber der weicht ihm aus und flitzt zwischen zwei Rüstungen hindurch zur Tür. Und weg ist er. Der Kardinal flucht unbeherrscht. »Irgendwann bringe ich dieses verdammte Mistvieh um! Erst vor einigen Tagen hat er mir meinen Kardinalsornat zerfetzt.«

Aufatmend stecke ich mein Schwert ein. »Elija ist nicht hier. Wo kann er noch sein?«

Prospero schüttelt langsam den Kopf. »Wir haben alles durchsucht. Wir waren in jedem Gang und in jeder Kammer, die ich in meiner Kindheit erforscht habe. Ich war damals genauso ein kleiner Abenteurer wie Elija.« Er überlegt. »Nur im Passetto waren wir noch nicht, aber die schwere Bronzetür kann er allein nicht öffnen …«

»Er ist im Geheimarchiv«, presse ich hervor. Die Furcht schnürt mir die Kehle zu. »Er muss dort sein.«

Er wird blass. »Fra Giovanni hat ihn nicht gesehen.«

Nachdem Eugenius durch das Beruhigungsmittel, das ich ihm eingeflößt habe, eingeschlummert war, haben Prospero und ich sein Schlafzimmer verlassen, um mit da Capestrano zu sprechen, der im päpstlichen Arbeitszimmer mit einem seiner Mönche getuschelt hatte. Das Entsetzen über die Erscheinung Satans im Vatikan war ihm immer noch anzusehen.

Prospero stöhnt auf. »O mein Gott! Sandra hat gesagt, sie habe ein leises Rascheln gehört, bevor da Capestrano zwischen den Regalen auftauchte.«

»Ihr meint …?«

»Und wenn Satan ihn …?«

Ich packe ihn grob am Ärmel und zerre ihn zur Tür. »Kommt! Wir haben keine Zeit zu verlieren!«

Alessandra

Kapitel 27

In Santa Maria sopra Minerva
Mittwoch, 22. Februar 1447
Zwölf Uhr dreißig

Mit einem beklommenen Gefühl betrete ich die dreischiffige Basilika von Santa Maria sopra Minerva. Das blaue Gewölbe über mir funkelt wie der Sternenhimmel. Langsam gehe ich vor zum Altar, wo ich meinen Vater gewonnen und meinen Sohn verloren habe.

Einen Augenblick ringe ich mit den Tränen, als ich an Angelo denke. Aber dann drängt der Zorn die Verzweiflung und die Traurigkeit zurück. Ich atme tief durch, als mich das Gefühl von Lebendigkeit durchströmt. Ja, die Wut tut mir gut.

Abrupt wende ich mich ab und gehe mit festen Schritten, die laut durch die Kirche hallen, an der Sakristei vorbei zum Eingang des Dominikanerklosters. Als ich das Hauptquartier der Inquisition vor acht Jahren zum letzten Mal betrat, war ich eine Gefangene. Durch diesen Gang wurde ich in den Kerker geführt. Dort sollte ich auf meine Hinrichtung warten.

Zu viele Erinnerungen. Und alle schmerzhaft.

Gerade haben die Mönche das Stundengebet der Sext beendet. Ein Frater, der mich immer wieder scheu von der Seite anblickt, führt mich durch die Gänge. Immer wieder begegnen wir Mönchen, die, als sie mich erkennen, stehen bleiben und leise miteinander tuscheln.

Sie wissen, wer ich bin. Die Tochter von Luca d'Ascoli. Der schwarze Schandfleck auf seinem makellos weißen Dominikanerhabit. Die einzige Sünde, die dieser Heilige je begangen hat.

Und an dieser Schuld habe ich all die Jahre weiß Gott schwer getragen!

Ihr alle, die ihr Luca wie einen gottgesandten Propheten verehrt, habt ja keine Ahnung, wer … *was* er wirklich war! Ich habe es ja selbst erst nach seinem Tod erfahren, als ich jene verschlossene Truhe in seinem Nachlass fand …

Vor Fra Santinos Zelle bleiben wir schließlich stehen.

Ich erstarre. Ein eisiger Windhauch lässt mich erschauern.

Nein, das darf nicht wahr sein! Es war die Zelle meines Vaters.

Der Frater öffnet die Tür und kündigt mich an. »Fra Santino? Alessandra d'Ascoli ist gekommen. Wollt Ihr sie in Eurer Zelle empfangen? Oder soll ich sie …«

»Lasst sie eintreten.« Papier raschelt, als ob er hastig eine Prozessakte schließt, in der er Notizen gemacht hat. Dann folgt ein dumpfer Schlag, wie von einem Buch, das auf den Tisch geworfen wird.

Der Frater weicht zurück und winkt mich in die Zelle.

»Laudetur Jesus Christus«, begrüße ich Fra Santino, der am Schreibtisch meines Vaters Inquisitionsakten studiert. Eine der Akten liegt unter einem schweren Folianten verborgen. Also habe ich doch richtig gehört.

»In aeternum. Amen.« Er erhebt sich und kommt um den Tisch herum. Er wirkt irgendwie ertappt, ja sogar erschrocken, wie ein Mönch, der freitags beim Stibitzen einer Salami aus der Klosterküche erwischt wird, das Corpus Delicti noch in der Hand. Was, zum Henker, steht in der Inquisitionsakte, die ich nicht sehen soll? »Bitte verzeiht, ich habe nicht mit Euch gerechnet«, nuschelt Fra Santino. »Wollten wir uns nicht heute Abend im Lateran treffen?«

Der Frater, der mich hierher geführt hat, verharrt in der Tür. »Soll ich offen lassen?«

»Nicht nötig«, winkt Fra Santino lässig ab. An mich gewandt fragt er: »Seid Ihr vom Vatikan herübergekommen? Wie wäre es mit heißer Milch mit Honig? Ihr müsst durchgefroren sein.«

»Ich halte das strenge Fasten am Aschermittwoch bis zum Abend. Mein Cousin und ich erwarten Kardinal de Torquemada und Kardinal Borgia zum Abendessen. Wir werden gemeinsam das Brot brechen.«

»Na gut.« Fra Santino nickt dem Frater zu, der daraufhin die Tür leise hinter sich schließt. »Es muss schwer für Euch sein, hierherzukommen.« Seine Geste umfasst die gesamte Zelle, die er in eine Kapelle zum Gedenken und zur Anbetung von ›San Luca‹ umgewandelt hat. Das Bett mit der dünnen Wolldecke, der Schreibtisch mit einem Stapel Bücher, der unbequeme Faltstuhl, das Bild des heiligen Domingo de Guzmán neben dem Crucifixus … Die Zelle sieht aus, als wäre mein Vater nur kurz zum Stundengebet in die Kapelle gegangen und als würde er jeden Augenblick zurückkommen.

Im Stillen frage ich mich, ob Fra Santino aus devoter Verehrung für den heiligen Luca d'Ascoli und aus frommer Selbstverleugnung begonnen hat, das Leben meines Vaters zu leben, das dieser um meinetwillen nicht mehr vollenden konnte.

Plötzlich habe ich das Gefühl, zu ersticken. Meine Kehle schnürt sich zu, und ich ringe nach Atem.

»Es ist mir tatsächlich schwergefallen«, gestehe ich und deute auf das schmale Bett an der weiß verputzten Wand. »Dort habe ich meinem Vater zum ersten Mal gegenübergestanden. Ich war drei Jahre alt. Er war wenige Tage zuvor vom Konzil in Konstanz zurückgekehrt, wo er als ›Richter Gottes‹ über drei Päpste urteilte. Papst Martin hatte seinen Vertrauten als päpstlichen Legaten nach Rom geschickt, um seine triumphale Rückkehr in die Caput

Mundi vorzubereiten. Hier, in dieser Zelle, hat ihm meine Mutter gestanden, dass er eine dreijährige Tochter hat.«

»Wie hat er reagiert?«, fragt Fra Santino sanft.

»Er stieß mich entsetzt zurück, fiel auf die Knie, flehte Gott um Vergebung an und weinte. Ich war traurig. Ich hatte mich so sehr darauf gefreut, ihn endlich kennenzulernen.«

»Kann ich mir vorstellen.«

»Aber er konnte sich nicht zu mir bekennen, konnte mich nicht in den Arm nehmen, mich zärtlich küssen und mir sagen: ›Du bist mein Kind. Ich hab dich lieb.‹«

»Und wenige Tage später wurdet Ihr und Eure Mutter in den Kerker der Inquisition geschleppt, und Euer Vater, der Inquisitor von Rom, sollte über Euch richten.«

»Eine Verschwörung von Kardinal Orsini, um meinen Vater, den Papst Martin zum Kardinal ernennen wollte, zu stürzen.«

»Die Erinnerungen an die Tage im Kerker sind immer noch sehr schmerzhaft.«

»Meine Mutter starb unter der Folter«, entgegne ich gereizt.

Er muss wieder husten. »Und Euer Vater floh mit Euch nach Florenz. Er hat alles aufgegeben, Dominikanerhabit und Kardinalsornat, und hat sich zu Euch bekannt. Er hat Euch geliebt.«

»Ihr geht mir auf die Nerven mit Eurem beichtväterlichen Gehabe«, weise ich ihn mit streitbarem Unterton zurecht. »Ihr habt keine Ahnung, was zwischen mir und meinem Vater war.«

»Nein, das weiß ich tatsächlich nicht«, gibt er bedeppert zu.

»Dann verschont mich mit Eurem verständnisvollen Gequatsche. Ich brauche Euer Mitgefühl nicht.«

Jesus Christus, tut das gut! Der Zorn, der Hass und die Verbitterung, die mich jedes Mal am ganzen Körper zittern lassen, wenn ich nach Santa Maria sopra Minerva komme, weichen einem wohligen Gefühl der Erleichterung. Ich wünschte, er würde mich weiter provozieren, damit ich ihm gleich noch eins verpassen kann.

Stellvertretend für alle Henkersknechte Christi mit Blut an ihren Händen. Gegen ihn persönlich habe ich nichts. Eigentlich kann ich ihn sogar gut leiden. Und das Gerangel mit ihm bringt mir Spaß.

»Dasselbe resolute Auftreten, derselbe Stolz, dieselbe Chuzpe«, lächelt er milde. »Ihr seid ihm wirklich sehr ähnlich.«

»Könnt Ihr ihm das jemals verzeihen?«, frage ich plötzlich.

Er presst die Lippen zusammen und starrt mich an. Er wirkt verstimmt. Habe ich etwa einen empfindlichen Nerv getroffen?

»Warum seid Ihr hierhergekommen?«, fragt er schließlich leise.

Ich ziehe das Buch meines Vaters aus der Tasche und zeige es ihm. »Kennt Ihr dieses Büchlein?«

»Ars Magica – Die Kunst der Magie«, liest er den Titel. Dann schlägt er den Buchdeckel auf und betrachtet die Titelseite. »Fra Luca d'Ascoli … Santa Maria sopra Minerva … Großer Gott!«

»Wusstet Ihr, dass es dieses Buch gibt?«

Er schüttelt den Kopf. »Er hat es 1418 verfasst. Als Inquisitor von Rom«, murmelt er, während er den Spruch liest, der mich vorhin so erschüttert hat. »Woher habt Ihr es?«

»Angelo hat es mir gegeben. Er hat es im Geheimarchiv gefunden.« Ich erzähle ihm, dass Satan meinen Sohn erschlagen hat. Und dass Angelo, als ich ihn fand, das Buch meines Vaters in der Hand hielt.

»Gott sei seiner Seele gnädig!« Fra Santino bekreuzigt sich. »Soll ich Euch in seine Zelle führen? Vielleicht wollt Ihr einen Augenblick allein sein und Euch besinn…«

»Nein.«

»Ihr solltet um Euren Sohn trauern und …«

»Ich will aber nicht!«, blaffe ich ihn an.

Er zuckt zurück. »Ihr seid zornig.«

»Oh ja, und wie! Der Heilige Vater hat mich vorhin gefragt, ob ich von dem Fall entbunden werden will, aber ich habe es abgelehnt. Ich werde Angelos Mörder finden. Und dann gnade ihm Gott der Allmächtige.«

Fra Santino senkt den Blick. Er wirkt beunruhigt. Und blass. »Satan ist offenbar hinter Euch her. Im Geheimarchiv trug er das rote Buch bei sich, in dem er die Teufelspakte verzeichnet. Und gestern Abend verfasste er die Blutschrift im *Testament des Salomo*.«

Er nimmt das Grimoire von seinem Schreibtisch, schlägt die Seite mit der Skizze des Beelzebul auf und zeigt sie mir.

Die Blutschrift ist verschwunden. Als habe sie nie existiert.

Ich hole tief Luft. »Ich bin Euch sehr dankbar.«

»Nicht der Rede wert«, winkt er ab. »Habt Ihr irgendjemandem von dem Satanspakt erzählt?«

Ich zögere. »Ja.«

»Oh.« Er runzelt die Stirn. »Und wem?«

»Seine Heiligkeit weiß, dass Ihr die Blutschrift getilgt habt.«

Er wirkt überrascht, dass ich mich dem Papst anvertraut habe. »Wann habt Ihr mit ihm gesprochen?«

»Vor einer Stunde.«

Ich berichte ihm, was ich mit Papst Silvester vorhabe. Und wie da Capestrano auf das Drängen des Papstes reagiert hat, der sein Lebenswerk gefährdet sieht. Sehr eindringlich schildere ich ihm den Massenaufruhr am Stand des Ablasshändlers auf der Engelsbrücke. »Wir haben keine Zeit zu verlieren. Da Capestrano hat mit seiner Predigt auf dem Monte Testaccio Angst und Schrecken verbreitet. Das war unverantwortlich und gefährlich. Wir müssen dieser Weltuntergangsstimmung so schnell wie möglich ein Ende setzen.«

Er nickt. »Wie wollen wir vorgehen?«

Ich deute auf die Prozessakten auf seinem Schreibtisch. »Habt Ihr schon Augenzeugenberichte über Begegnungen mit Satan gefunden?«

»Noch nicht. Aber ich habe die magischen Bücher, die Ihr lesen wollt, aus der Bibliothek holen lassen. Der *Schlüssel des Salomo* beschreibt tatsächlich einen Satanspakt um Liebe, Reichtum und Macht.«

»Lasst die Prozessakten und die Grimoires in den Lateranpalast bringen. Ich habe Fra Giordano gebeten, uns in einem der Audienzsäle mit Kamin einen Arbeitsraum einzurichten. Dort werden wir arbeiten. Ihr könnt Eure Stundengebete im Benediktinerkloster verrichten. Wenn Ihr es wünscht, wird der Prior Euch eine Zelle zur Verfügung stellen. Wir werden in den nächsten Tagen viel zu tun haben und sehr früh beginnen. Gleich nach der Prim.«

»Werdet Ihr in den Lateranpalast umziehen?«

»Nein.«

»Dann werde ich die Nächte in Santa Maria sopra Minerva verbringen.«

»Wenn Ihr unbedingt stundenlang in Rom unterwegs sein wollt …« Ich zucke mit den Schultern. »… so wie letzte Nacht.«

Da staunst du, Inquisitor – du überwachst mich, und ich überwache dich.

Er guckt mich ziemlich verdattert an. »Woher wisst …«

»Angelo hat mir erzählt, dass Ihr erst während der Nokturnen zurückgekehrt seid. Wo wart Ihr so lange?«

»In Santa Maria in Aracoeli.«

Nun ist es an mir, verdutzt auszusehen. »In einem Franziskanerkloster?«

»Ihr wolltet mit dem Inquisitor sprechen, der die Geheimkammer untersucht hat«, erinnert er mich. »Ich habe ihn letzte Nacht noch vor der Matutin besucht.«

»Wie heißt er?«

»Fra Adriano Grifonetti. Er stammt aus Rom und hat zusammen mit da Capestrano in Perugia studiert. Die beiden sind befreundet. Fra Adriano hat vor einigen Jahren als Sekretär von da Capestrano gearbeitet, als dieser Generalvikar des Ordens war.«

»Ein Freund von da Capestrano, sieh mal einer an!«, entfährt es mir vorgeblich ungewollt.

»Wieso?«, fragt Fra Santino und runzelt die Stirn.

»Ist mir so herausgerutscht«, wiegele ich ab.

»Ach so.«

Er glaubt mir nicht. Was soll's. Er hat verstanden, was ich gesagt habe.

»Mein Vater hat Fra Adriano als irregeleiteten Fanatiker bezeichnet. Auf dem Konzil in Konstanz hat Fra Adriano die Lehren des Prager Reformators Jan Hus als Häresie gegeißelt und in einer mitreißenden Rede dessen Verbrennung auf dem Scheiterhaufen gefordert. Und Jan Hus brannte ...«

Fra Santino nickt versonnen. Denkt er immer noch darüber nach, was ich mit meiner anscheinend achtlosen Bemerkung tatsächlich sagen wollte?

»Ich will mit Fra Adriano sprechen«, sage ich entschieden. »Ich will wissen, warum er nach der Erforschung der Geheimkammer so überstürzt in den Vatikan zurückgekehrt ist. Er muss etwas entdeckt haben, das mir entgangen ist.«

»Ich habe ihm Euren Besuch bereits in Aussicht gestellt. Er erwartet uns.«

»Na, dann los!«

Yared

Kapitel 28

Im Gewölbe des Vatikans
Mittwoch, 22. Februar 1447
Viertel vor ein Uhr mittags

Prospero blickt sich im winzigen Stüblein des Archivars suchend um. »Der Schlüsselbund ist nicht da! Das Archiv ist nicht verschlossen!«

Er stürmt an mir vorbei den Gang entlang. Ich folge ihm die Treppe hinunter in die Gewölbe. Die Tür des Geheimarchivs ist nicht abgeschlossen, sondern nur angelehnt.

Prospero und ich treten ein, sehen uns im ersten Raum um und leuchten mit unseren Fackeln in alle Nischen.

Die Stille, die uns umfängt, ist vollkommen. Ich kann das Blut in meinen Ohren rauschen hören. Mein Herz klopft bis zum Hals. Das Gefühl drängender Eile raubt mir den Atem.

Elija ist nicht hier.

Wir gehen weiter in den nächsten Raum und huschen zwischen den überquellenden Regalen hindurch.

Kein schluchzendes Kind wirft sich in meine Arme.

Wieder bleibe ich stehen und lausche. Meine Anspannung und meine Unruhe steigern sich bis ins Unerträgliche.

Ist Elija noch am Leben?

Der Gestank, der uns in der staubigen Luft entgegenschlägt, ist überwältigend. Ich habe einen metallischen Geschmack im Mund, der mich schaudern lässt.

Plötzlich bleibt Prospero stehen. »Gütiger Gott!«

»Was ist?«

»Ich dachte, ich hätte etwas gehört«, wispert er und blickt sich unruhig um, als erwarte er, plötzlich angesprungen zu werden. Monsignor Fantìn hat ihn vorhin ziemlich erschreckt.

»Elija?«

»Ich weiß nicht ...« Er verstummt und horcht in die Stille. »Ich habe mir das nicht eingebildet. Da ist irgendjemand.«

»Lasst uns weitergehen«, dränge ich beklommen.

Mit zusammengekniffenen Augen starre ich angestrengt in die schwarzen Schatten zwischen den Regalen, doch ich sehe, als ich meine Fackel langsam hin und her schwenke, nichts anderes als gebundene Codices, Pergamentrollen und Papyri, die aus den Regalen zu quellen scheinen.

Ein leises Wimmern durchbricht die Stille und lässt mich zusammenzucken. Eiskristalle scheinen mir über den Rücken zu rieseln. »Elija?«, flüstere ich mit gepresster Stimme. »Bist du das?«

Aus einem der Räume vor uns dringt ein leises Schaben zu uns, als würde sich etwas an den Regalen entlangbewegen.

Prospero reißt die Augen auf. »Ist das unheimlich!«, flüstert er entnervt und packt den Schwertgriff fester.

Wir betreten den dritten Raum.

Prospero deutet vor uns auf den Boden. »Da ist Angelo.«

Alessandras Sohn liegt auf dem Bauch in einer Lache aus trocknendem Blut. Sein Schädel ist eingeschlagen, Knochensplitter, Fetzen seines Gehirns und Blutspritzer sind über den Boden verteilt. Seine Arme und Beine sind weit abgespreizt, wie ein magisches Pentagramm.

»Wieso liegt er so?«, rätselt Prospero. »Alessandra sagte, da Capestrano habe ihn während des Sterbesakraments gesegnet und seine Hände wie zum Gebet gefaltet.«

Als er den Toten auf den Rücken dreht, keucht er auf vor

Schreck und fällt, gelähmt vor Entsetzen, rückwärts zu Boden. »Allmächtiger Gott!«, haucht er und starrt den zerfetzten Leichnam an.

Alessandra

Kapitel 29

Auf der Treppe zu Santa Maria in Aracoeli
Mittwoch, 22. Februar 1447
Gegen ein Uhr mittags

Inmitten der verwunschenen Trümmerwelt zwischen Forum Romanum und Pantheon ragt das Kapitol mit den Ruinen des antiken Junotempels in den Himmel. Sie dienen dem Franziskanerkonvent Santa Maria in Aracoeli mit der schlichten Backsteinfassade als Fundament.

Einhundertvierundzwanzig Stufen führen steil empor zum Ara Coeli, zum Himmelsaltar. Fra Santino, der sich bemüht, mit mir Schritt zu halten, bleibt keuchend stehen, zieht sein Taschentuch aus dem Ärmel und hustet. Wieder bilden sich Blutspritzer auf dem Tüchlein.

Ich biete ihm meinen Arm, damit er sich auf mich stützen kann. Beschämt bedankt er sich. Ich winke ab. »Ihr habt vorhin den *Schlüssel des Salomo* erwähnt, der einen Satanspakt beschreiben soll. Habt Ihr das Buch gelesen?«

»Nur darin geblättert …« Er keucht und zerrt erneut das Tuch aus dem Ärmel.

»Sollen wir stehen bleiben?«

»Einen Augenblick, bitte.«

Auf halber Höhe der Himmelstreppe wenden wir uns um und lassen unsere Blicke in Richtung San Pietro schweifen. Die Wolken lodern in einem feurigen Licht, das die Augen blendet. So muss Rom ausgesehen haben, als Nero vom Palast auf dem Palatin aus das tosende Flammenmeer besang! Dasselbe Glühen scheint die Luft in Brand zu stecken!

Zwei Jungen toben ausgelassen kichernd auf der Himmelstreppe herum. Sie haben eine Holzkiste die tief verschneiten und überfrorenen Stufen hinaufgeschleppt. Einer der Bengel kauert sich nun in die mit Kufen versehene Kiste und hält sich fest, während der andere ihm einen Stoß gibt. Mit einem Höllenlärm rumpelt die Kiste mit dem vor Begeisterung kreischenden Jungen die vereisten Stufen hinunter. Am Fuß des Kapitols endet die rasante Fahrt in einem Schneehaufen. Die Kiste kippt um, der Junge purzelt vor Vergnügen jauchzend hinaus und macht sich erneut an den langen Aufstieg.

Na, hoffentlich kommt Elija nicht auf diese bescheuerte Idee! Wenn er sich etwas in den Kopf setzt …

Ich wende mich Fra Santino zu, der sich beruhigt hat. »Nun?«

»König Salomo soll den *Clavis Salomonis* der Legende nach für seinen Sohn geschrieben haben. Der hat das Grimoire nach dem Tod seines Vaters in dessen Grab versteckt. Ein babylonischer Gelehrter hat das Buch Jahrhunderte später entdeckt, konnte den magischen Text jedoch nicht lesen. Ein Engel Gottes erschien und offenbarte ihm den Text, allerdings unter der Bedingung, dass der Gelehrte ihn niemals einem unwürdigen oder bösen Menschen enthüllen durfte. Der babylonische Gelehrte verfluchte das Buch, sodass jeder, der es in ruchloser Absicht benutzt, um Satan zu huldigen, vernichtet wird.«

»Interessant.«

Wir gehen langsam weiter.

»Die Magie im *Schlüssel des Salomo* wird durch die Herrschaft Gottes vollbracht, der vor allen Experimenten angerufen wird, nicht durch die Macht Satans. Der Magier muss zuvor seine Sünden beichten und rituell dem Bösen entsagen. Die Invokation erfolgt durch den hebräischen Gottesnamen Adonai oder den unaussprechlichen Namen Gottes, den auch Euer Amulett aufweist.« Er deutet auf die silberne Kette um meinen Hals.

»Habt Ihr auch die anderen Grimoires gefunden, um die ich Euch gebeten habe?«

Er schüttelt den Kopf, presst das zerknüllte Taschentuch an seine Lippen und atmet tief durch. Die kalte Luft tut ihm nicht gut. »Das Grimoire von Papst Honorius befindet sich nicht in Santa Maria sopra Minerva. Fra Adriano Grifonetti ist jedoch überzeugt, dass die Bibliothek von Santa Maria in Aracoeli über ein lateinisches Exemplar verfügt.«

»Ich nehme an, als Inquisitor kennt er es?«

Fra Santino nickt. »Das Grimoire wurde König Salomo durch einen Engel offenbart. Es enthält detaillierte Anweisungen für magische Rituale und Gebete in Hebräisch und Griechisch.«

»Na, das verspricht ja eine aufregende Nacht zu werden …«

Er sieht mich prüfend an. »Ihr sinnt auf Rache.«

»Mein Sohn ist tot.«

Er presst die Lippen zusammen und schweigt.

Wir haben die oberste Stufe der Treppe erreicht und betreten die dreischiffige Basilika, deren Säulen – keine gleicht der anderen – aus antiken Göttertempeln gebrochen wurden.

Fra Santino, noch ganz außer Atem, stützt sich auf meinen Arm, während wir durch das Hauptschiff zum Altar gehen. Nur wenige Gläubige verlieren sich in der großen Kirche. Der Gewölbebogen vor der Apsis wird von unzähligen Kerzen in Kristallleuchtern aus Muranoglas erhellt, was ihm das Aussehen eines illuminierten Triumphbogens während einer päpstlichen Prozession verleiht.

Fra Santino macht mich auf eine Tafel neben dem Altar aufmerksam. Es trägt das Monogramm Jesu Christi. »Wegen übermäßiger Anbetung des heiligen Namens auf dieser Tafel musste sich da Capestrano vor Papst Martin verantworten.«

»Höre ich da etwa boshafte Schadenfreude in Eurer Stimme? Lasst das bloß nicht Euren Beichtvater hören!«

Er grinst jungenhaft. »Tu ich ja nicht.«

»Dachte ich's mir doch, dass Ihr nicht alle Eure Sünden beichtet«, necke ich ihn. »Verbirgt sich hinter Eurem Heiligenschein tatsächlich ein Mensch? Mit menschlichen Empfindungen und Begierden? Und mit der zutiefst menschlichen Neigung zu Gehässigkeit und Niedertracht?«

»Stellt Euch vor! Und das von einem Priester im Tempel der Selbstverleugnung! So nennt Ihr Santa Maria sopra Minerva, nicht wahr?«, zieht er mich auf. »Überrascht?«

»Ein wenig schon«, gebe ich zu. »Bis eben war ich der festen Überzeugung, Gemeinheit und Verlogenheit seien uns Gelehrten vorbehalten, die mit zum Kampf gespitzter Feder aufeinander losgehen, um ihrer höchsten Gottheit, dem eigenen Ruhm, zu huldigen. Wir glauben doch nur an uns selbst.«

Er lacht. »Du lieber Himmel, seid Ihr zynisch! Ihr erinnert mich sehr an Papst Martin, Gott hab ihn selig! Er benutzte seine Worte wie eine Geißel, und die Hiebe saßen.«

»Die Kardinäle fürchteten seinen Zorn. Aber wisst Ihr, mit einem frommen Gebet kann man die durch ein Schisma zerspaltene Kirche nicht einigen. Sein imperialistisches Gehabe hat Euch imponiert, nicht wahr?«

»Ich habe ihn gemocht. Sehr sogar.«

»Er mochte Euch offenbar auch. Denn sonst hätte er Euch, so jung wie Ihr damals wart, niemals zum Inquisitor ernannt.« Ich ziehe ihn am Ärmel zu einem Marmorgrab im Querschiff. »Kommt mit! Ich will Euch etwas zeigen.«

Fra Santino sieht mich neugierig an. »Und was?«

»Das Grabmal von Papst Honorius IV.« Vor der liegenden Marmorstatue des Pontifex nahe der Kapelle des heiligen Francesco von Assisi bleiben wir stehen. Der Papst sieht so lebensecht aus, dass er jeden Augenblick die Augen aufschlagen könnte. »Er war der Großneffe von Honorius III.«

»Der Magierpapst?«

»Den meine ich: Cencio Savelli, unter dessen Pontifikat sich die Orden der Dominikaner und Franziskaner selbstständig machten. Der Friedrich II. von Hohenstaufen hier in Rom zum Kaiser krönte und auf einen Kreuzzug nach Jerusalem schickte. Und dem das Grimoire von Papst Honorius III. zugeschrieben wird. Cencio Savelli liegt in Santa Maria Maggiore begraben, nahe der Cappella Colonna, unserer Familienkapelle. Ich würde doch zu gern wissen, ob auch aus dem Grab von Papst Honorius Blut rinnt wie aus dem Grab von Papst Silvester in San Giovanni in Laterano.«

Fra Santino ignoriert meine letzte Bemerkung. Auch, dass ich ihn aus den Augenwinkeln belauere. »Savelli?«

»Fra Giordano Savelli stammt aus einer alten römischen Papstfamilie. Er ist mit den beiden Honorius-Päpsten verwandt.«

Der Blick aus seinen schwarzen Augen ist unergründlich, und ich frage mich, ob er ahnt, worauf er sich eingelassen hat …

»Was habt Ihr vor?«, fragt er schließlich misstrauisch.

»Ich will Fra Giordano bitten, uns heute Nacht zu assistieren. Wir brauchen einen Beichtvater. Und einen Famulus, der uns die Requisiten für unseren Hokuspokus besorgt. Ihr wisst schon: Totenschädel, Menschenblut, eine tote Fledermaus und eine schwarze Katze …«

Wider Willen muss er lachen, und prompt bekommt er einen Hustenanfall. »Habt Ihr schon mit ihm gesprochen?«

»Nein.«

»Aber Ihr vertraut ihm.«

»Wenn ich ihn einweihe, vertraue ich ihm unser beider Leben an.«

»Das ist wahr.« Er nickt ernst.

»Und? Was meint Ihr?«, frage ich lauernd.

»Wenn *er* es mit seinem Gewissen vereinbaren kann, bin ich einverstanden.«

Keine Strafpredigt, Inquisitor? Keine Gewissensnot? Keine tausendundein Bedenken? Na, wie du willst. »Also gut, ich rede mit ihm.«

Fra Santino folgt mir schweigend zum Portal des Franziskanerkonvents im linken Querschiff.

»Habt Ihr Fra Adriano Grifonetti eigentlich letzte Nacht gefragt, was er in Gerberts Geheimkammer gefunden hat, dass er so überstürzt aus dem Lateran geflohen ist?«, frage ich, während wir durch den Gang zu den Zellen gehen.

»Nein. Ich dachte, wir befragen ihn gemeinsam.«

Wenig später haben wir Fra Adrianos Zelle erreicht. Fra Santino klopft leise. »Laudetur Jesus Christus.«

Kein ›In aeternum. Amen.‹ erwidert seinen Gruß.

Fra Santino hämmert mit der Faust gegen die Zellentür und ruft: »Fra Adriano? Bitte verzeiht die Störung!«

Der Geruch, der aus der Zelle zu dringen scheint, jagt mir einen Schauer über den Rücken.

Er versucht die Tür zu öffnen, doch sie ist verschlossen.

»Riecht Ihr das auch?«

Er schnuppert. »Es stinkt nach verbranntem Fleisch.«

»Als Angelo starb, roch es genauso.«

Fra Santino bekreuzigt sich. »Was jetzt?«

»Tretet die Tür ein!«

»Wir können doch nicht …«

Ungeduldig schiebe ich ihn von der Zellentür weg.

»He, wartet doch mal!«, protestiert er. »Wir müssen erst den Guardian um Erlaub…«

»Na, dann geht ihn suchen und steht mir nicht im Weg!«

Ich werfe mich mit der Schulter gegen das Holz. Die Tür bewegt sich nicht. Ich gehe einige Schritte zurück, nehme Anlauf und trete dagegen. Mit einem lauten Knacken zerbricht der Riegel. Die Tür fliegt auf und kracht gegen die Wand.

Ein durchdringender Gestank schlägt uns entgegen.

Zuerst kann ich nur Schemen erkennen, weil der hölzerne Fensterladen angelehnt ist und nur wenig Licht in die Zelle fällt. Doch dann gewöhnen sich meine Augen an die Dunkelheit.

Mit einem Ärmel bedecke ich Mund und Nase, halte die Luft an und gehe hinein. Fra Santino zerrt sein Taschentuch hervor, presst es auf die Lippen und folgt mir.

Dann sehe ich ihn.

Fra Adriano liegt in einem magischen Kreis vor seinem Schreibtisch. Der Kreis wurde mit weißer Kreide auf den Boden gemalt. In der Mitte, wie die Speichen eines Rades, prangt ein lateinisches Kreuz, auf dem der Frater liegt. Sein Körper ist wie in Todesqualen verkrümmt.

Ich knie mich neben ihn und starre in ein schwarz glänzendes Gesicht mit leeren Augenhöhlen. Eine verkohlte Leiche!

Die rechte Hand umklammert ein goldenes Kreuz. Gold, Knochen und verbranntes Fleisch sind zu einer festen, wie schwarzes Glas schimmernden Masse verschmolzen.

Fra Santino hockt sich neben mich. Er ist totenblass. »Allmächtiger Gott, was geht hier vor?«, nuschelt er.

Ein Rascheln, leise wie ein Windhauch, lässt uns erschrocken herumfahren. Ein Schemen in dunklem Habit steht in der Tür. Sein Gesicht liegt im Schatten der Kapuze verborgen.

Yared

Kapitel 30

Im Geheimarchiv des Vatikans
Mittwoch, 22. Februar 1447
Kurz nach ein Uhr mittags

Zu Tode erschrocken schlägt Prospero sich die Hand vor die bebenden Lippen.

Angelo sieht aus, als wäre er von einer wilden Bestie angefallen worden. Sein Schädel ist zerborsten – Knochensplitter und Fetzen seines Gehirns schwimmen in einer Blutlache. Sein Gesicht ist weggerissen, die Gesichtsmuskeln sind zerfetzt. Die eintrocknenden Augen starren lidlos zur Decke. Sein lippenloser Mund ist weit aufgerissen und wie zu einem stummen Todesschrei verzerrt. Die erstarrten Hände scheinen etwas festgehalten zu haben, das ihm weggerissen wurde. Ein Buch – wie bei jenem anderen Dominikaner im Lateran?

Ich bebe am ganzen Körper.

Prospero starrt mich an. Er ist aschfahl. Offenbar hat er Mühe, sich nicht zu übergeben. »Satan ist zurückgekehrt, um sein Werk zu vollenden.«

Ich nicke stumm.

Er bekreuzigt sich und flüstert leise: »Der Teufel ist herabgestiegen. Er ist zornig, da er weiß, dass er nur eine kurze Zeit hat …«

Ich sehe ihn fragend an.

»Das Buch der Offenbarung, Kapitel zwölf.«

Die Angst um Elija schnürt mir die Kehle zu. Ich deute auf Angelos Leichnam. »Da ist kein Blut«, würge ich hervor.

»Wie bei dem Mönch im Lateran.«

Alessandra hat mir letzte Nacht von ihrer Vermutung erzählt, dass jener Dominikaner schon tot war, als er zerrissen wurde. Tote bluten nicht. Aber warum ist Satan zurückgekehrt, um sich so bestialisch an Angelos Leichnam zu vergehen?

Prospero rappelt sich mühsam auf. Ich halte ihn fest, damit er nicht stürzt.

»Tut mir leid. Ich …« Er senkt den Blick.

»Ist schon gut.«

»Ich hatte Angelo sehr lieb. Ich hatte große Pläne mit ihm. Ordensgeneral der Dominikaner, der den Orden gegenüber dem Papst vertritt. Und in einigen Jahren vielleicht Kardinal.« Er ringt die Hände. »Und nun ist er tot.«

In Prosperos Gesicht kann ich lesen wie in einem offenen Buch. Er ist nicht nur entsetzt über Angelos grausigen Tod. Er befürchtet auch, dass er nun nicht mehr zum Papst gewählt werden wird. Denn das Böse bemächtigt sich seiner Familie …

»Setzt Euch auf die Truhe dort und ruht Euch aus.« Ich lege meinen Arm um seine Schultern und führe ihn zu einer Bücherkiste. Mit zitternden Knien lässt er sich auf dem Deckel nieder und birgt sein Gesicht in beiden Händen. »Wartet hier auf mich. Bin gleich zurück. Ich muss Elija suchen.«

»Bitte seid vorsichtig!«, warnt er mich eindringlich. »Vielleicht ist Satan noch hier!«

Ich gehe allein weiter und leuchte mit meiner Fackel in die Nischen. Plötzlich höre ich ein leises Rascheln. Ist es das Geräusch, das Alessandra vorhin gehört hat?

Ich bleibe stehen und lausche angestrengt.

Aus dem Rascheln wird ein verzweifeltes, atemloses Schluchzen. Es ist so schwach, so undeutlich, so dumpf, dass ich nicht ausmachen kann, woher es kommt. Aber es ist nicht weit entfernt – hinter einem der Regale.

Ich drücke mich mit dem Rücken gegen das Büchergestell, schiebe mich daran entlang und spähe um die Ecke.

Nichts zu sehen. Im Gang zwischen den Regalen stehen nur zwei Truhen, an deren Schlüssel kleine Pergamentzettel mit einer Aufschrift hängen. Ich will mich schon abwenden, da höre ich wieder das unterdrückte Wimmern. Es kommt aus einer der Truhen. Ein schmales Rinnsal fließt daraus hervor.

Barmherziger Gott, ich flehe dich an: Lass es kein Blut sein!

Prospero taucht neben mir auf. »Ich habe es auch gehört«, flüstert er. »Elija ist da drin.«

Ich gehe zu der Truhe und hebe vorsichtig den Deckel an.

Elija starrt uns mit weit aufgerissenen Augen entgegen. Das Licht der Fackel blendet ihn, sodass er uns nicht erkennt. Er sitzt mit angewinkelten Beinen auf einem Stapel zerknickter Pergamente. Er hat die Arme um die zitternden Knie geschlungen und schaukelt hin und her, um sich selbst zu beruhigen. Tränen rinnen ihm über die Wangen, Rotz läuft ihm aus der Nase.

Eine Woge der Erleichterung flutet durch meinen Körper. Elija lebt! Gütiger Gott, ich danke dir, dass du ihn verschont hast! Er ist doch noch so klein …

»Da bist du ja!«, ruft Prospero und will ihn aus der Truhe heben.

Doch Elija stößt einen Schrei des Entsetzens aus.

Prospero lässt ihn sofort wieder los und weicht einen Schritt zurück.

Ich beuge mich über die Truhe und blicke meinem Sohn in die Augen. »Elija?«, sage ich sanft und leise. Ich will ihn nicht erschrecken.

Er scheint mich gar nicht wahrzunehmen. Unaufhörlich wiegt er seinen Körper hin und her. Das Papier um ihn herum ist feucht.

Vor lauter Angst hat er sich nass gemacht. Daher das Rinnsal vor der Truhe.

»Elija?« Ich streiche ihm zärtlich durch die dunklen Locken. Sein kleiner Körper bebt und zittert. »Ich bin hier, mein kleiner Prinz.« Ich versuche, meine Stimme sanft und tröstend klingen zu lassen, aber das misslingt mir gründlich – ich bin selbst viel zu aufgewühlt und ringe mit den Tränen.

Elija wimmert leise. Seine Lippen beben.

»Er steht unter Schock«, meint Prospero bestürzt, der das Funkeln in meinen Augen bemerkt hat. »Er hat alles mitangesehen. Satans Erscheinen, Angelos Tod, Sandras Schmerz. Er hat gesehen, wie Satan Angelos Leiche zerfetzt hat. Und danach war er endlos lang in der Finsternis dieser Truhe gefangen.«

Entschlossen hebe ich Elija hoch und nehme ihn in die Arme. Erschöpft legt er sein Gesicht an meine Schulter und schluchzt. Ein heftiger Schluckauf schüttelt seinen Körper. »Hiii!«

»Schscht ...« Zärtlich küsse ich ihn auf die Locken und berge mein Gesicht in seinem Haar. »Alles wird gut.«

»Hiiii!« Er zuckt zusammen. »Papa«, jammert er kläglich in die Seide meiner Djellabiya. »Ich hatte solche Angst. Hiii!«

Ich wiege ihn sanft, wische ihm den Rotz aus dem Gesicht und küsse ihm die Tränen weg. Ich halte ihn ganz fest. »Ich hatte auch furchtbare Angst, Krümelchen. Um dich.«

»Hast du Satan gesehen?«, fragt Prospero leise.

Mein Sohn schmiegt sich eng an mich und nickt. »Hiii!«

»Konntest du sein Gesicht unter der Kapuze erkennen?«

Elija schüttelt den Kopf. »Es war schwarz und glänzend«, flüstert er. »Wie bei einer verkohlten Leiche auf dem Scheiterhaufen.«

Prospero fragt nicht weiter.

»Ich hatte furchtbare Angst«, nuschelt Elija, schnappt nach Luft und bricht wieder in heftiges Schluchzen aus. »Ich dachte, er bringt Mami um.«

Den Blick, mit dem Prospero mich ansieht, kann ich nicht deuten. Er starrt auf den Ring an meiner Hand, will etwas sagen, besinnt sich jedoch und wendet sich schweigend ab.

Alessandra

Kapitel 31

In Fra Adrianos Zelle in Santa Maria in Aracoeli
Mittwoch, 22. Februar 1447
Viertel nach ein Uhr mittags

Erschrocken wirbeln Fra Santino und ich herum. Eine Gestalt in dunklem Habit steht in der offenen Tür. Ihr Gesicht liegt im Schatten. »Eine gute Frage, die Ihr eben gestellt habt, Frater: Was geht hier vor?«

»Wer seid Ihr?«

Er zieht die Kapuze vom Kopf und tritt näher. »Fray Luis de León. Der Guardian dieses Konvents.« Er blinzelt, wirft einen Blick auf die verkohlte Leiche. »Nun?«, fragt er in gebieterischem Ton. Sein harter Akzent verrät mir, dass er aus Kastilien stammt.

»Wie es scheint, hat Satan Fra Adriano seine Aufwartung gemacht«, antwortet Fra Santino.

Aus dem Gang hinter Fray Luis de León, wo sich offenbar Schulter an Schulter die ersten schaulustigen Mönche die Köpfe verrenken, dringt aufgeregtes Getuschel in die Zelle.

Fra Santino erhebt sich und drängt den Guardian mit sanfter Gewalt zurück in den Gang, um dort in Ruhe mit ihm und den anderen Fratres zu reden. Während er die Tür hinter sich schließt, schiebe ich den hölzernen Fensterladen auf, um die sterblichen Überreste von Fra Adriano und das aufgeschlagene Buch auf seinem Schreibtisch bei Licht zu betrachten.

Ich schlage das Titelblatt des Folianten auf. Es ist das Grimoire von Papst Honorius mit der Ars Notoria, einer von König Salomo verfassten magischen Schrift.

Dann ziehe ich mein Notizbuch hervor und skizziere den verkohlten Leichnam, der mit leicht angewinkelten und zur Seite geneigten Beinen im Kreidekreis liegt. Die Arme liegen eng neben dem Körper. In die rechte Hand ist ein goldenes Kreuz eingeschmolzen. Das Gesicht ist zu einer schrecklichen Fratze verzerrt, der Mund in Todesqualen aufgerissen, die Augen … Ich knie neben ihm nieder und blicke ihm ins Gesicht. Die Augen sind geplatzt.

Angewidert lege ich Notizbuch und Silberstift zur Seite und zerre meine Damasthandschuhe hervor. Ich benutze sie für die Untersuchung von antiken Papyri, die im Laufe der Jahrhunderte lebensgefährlichen Schimmel ansetzen können.

Ganz sacht berühre ich das schwarz glänzende Gesicht des Toten. Es ist kalt und rau und trocken. Die Fingerspitzen meiner weißen Handschuhe verfärben sich schwarz vom feinen Kohlestaub. Ich ergreife die Hand mit dem eingeschmolzenen Kreuz. Sie ist steif und lässt sich nicht bewegen. Ich schiebe den Ärmel seines Habits hoch. Wo die dicke schwarze Schicht der verkohlten Haut aufgeplatzt ist, scheint das tiefrote Fleisch durch. Die Muskeln sind erstarrt, die Knochen durch die große Hitze zerborsten. Ich muss vorsichtig sein, denn sonst wird der Arm zerbrechen wie ein morscher Ast.

Ich starre das Kreuz an. Warum hat Fra Adriano es nicht vor sich gehalten, um Satan zu bannen? Und wieso hat er nicht beide Arme gehoben, um sich gegen den Angriff zu wehren? Ich sehe mich in der Zelle um, kann jedoch keine Anzeichen eines Kampfes erkennen. Das Bett ist nicht zerwühlt, der Stuhl steht vor dem Schreibtisch, der schlichte Crucifixus hängt über dem Bett an der Wand. Keine Blutspritzer, keine Brandspuren. Und wieso, zum Teufel, ist sein brauner Habit nicht verbrannt, wenn der Frater lichterloh in Flammen stand?

Ich will schon zu meinem Notizbuch greifen, als mir ein weißer Wollfaden auf dem braunen Ordensgewand auffällt. Ich beuge mich tief über die Leiche. Der Faden hat sich in Höhe der Gürtelschnur zwischen Habit und Ärmel verfangen. Ich hole die Pinzette aus der Gürteltasche, in der auch mein Feuerzeug steckt, und zupfe den Faden aus ungebleichter Wolle hervor. Stammt er aus dem Saum eines Dominikanerhabits?

Kurz entschlossen stehe ich auf und lege ihn vor dem offenen Fenster auf den Boden. Ich bin gespannt, wie Fra Santino darauf reagieren wird.

Weit aus dem Fenster gelehnt, blicke ich den senkrechten Felssturz hinab zu den Trümmern des Forum Romanum tief unter mir. Der Sims, der fünf Ellen unter dem Fenster entlangführt, weist keine Fußspuren auf – aber in Richtung der Apsis der Basilika Santa Maria in Aracoeli, die sich ein wenig rechts von mir befindet, auch keinen Schnee. Einige Schritte weiter in Richtung der Apsis endet der Vorsprung an einem Anbau des rechten Querschiffs der Basilika. Dahinter liegt, glaube ich, der Hof vor dem Portal zum rechten Seitenschiff. Die Ziegen, die im Sommer an den Hängen herumklettern und dem ehrwürdigen Kapitol den Scherznamen ›Monte Caprino – Ziegenberg‹ gegeben haben, haben dort ihren Stall.

Ich sehe wieder nach unten. Wie Schwalbennester an einem Felsen kleben die Mönchszellen hoch über der Kirche, die über dem Mamertinischen Kerker aufragt, wo Petrus und Paulus eingekerkert gewesen sein sollen – und Vercingetorix, der Gallier, der Gaius Julius Caesar so erbittert Widerstand geleistet hat. Nur wenige Schritte entfernt ragt das antike Senatsgebäude auf. Daneben erkenne ich den halb im Morast versunkenen Septimius-Severus-Bogen mit dem aufgesetzten Glockenturm der angebauten Kirche auf seinem Sims und die nur zur Hälfte aus dem Boden wachsenden Säulen des Saturntempels, unter deren Architraven die Armen ihre Bretterverschläge errichtet haben. Die großartigen Gebäude eines Trajan und eines Hadrian sind nur noch Schutthalden neben einsturzgefährdeten Klosterkirchen, zwischen denen im Sommer die Kühe grasen und die Kinder herumtoben. Hundert Schritte weiter, neben der eingestürzten Maxentiusbasilika, wo der Viehmarkt abgehalten wird, liegt der vor Kurzem ausgegrabene Titusbogen, dahinter ragt das Colosseum auf, und kurz vor der Stadtmauer erhebt sich San Giovanni in Laterano ...

Drei tote Mönche. Zwei Dominikaner, ein Franziskaner. Einer wie von eisernen Zangen zerfetzt, einer mit einem Buch erschlagen, einer auf mysteriöse Weise verbrannt. Zwei während magischer Rituale mit einem Grimoire aus der Hand von König Salomo, einer, als er das Buch meines Vaters über die Kunst der Magie aus dem Regal zog. Einer im Lateran, einer im Vatikan, einer auf dem Kapitol. Aber nur zwei der Toten haben die Geheimkammer von Papst Silvester betreten. So wie Fra Santino und ich ...

Sind wir die Nächsten auf Satans Todesliste?

Abrupt wende ich mich um und gehe zur Tür.

Fra Santino spricht immer noch mit Fray Luis de León, während sich einige Mönche neugierig im Gang herumdrücken.

»Ich brauche einen Stadtplan von Rom. Und eine Schnur.«

Der Guardian nickt unwillig. »Ich hole beides aus meiner Zelle.«

»Danke, Pater Guardian.«

Ohne Fra Santinos fragenden Blick zu beachten, gehe ich in die Zelle zurück und schließe die Tür hinter mir. Der hölzerne Riegel ist durch meinen kräftigen Tritt zerbrochen. Die Zellentür war von innen verriegelt. Aber das Fenster nicht ...

Ich setze mich an den Schreibtisch, blicke kurz hinauf zu einem Spinnennetz an der Wand über mir und blättere dann durch das Grimoire von Papst Honorius.

›In Nomine Sanctae Trinitatis incipit sanctissima Ars Notoria, quam Creator Altissimus Salomoni per Angelum suum super altare Templi ministravit.‹ Die lateinische Einleitung der Ars Notoria bezeugt, dass ein Engel König Salomo das allerheiligste Wissen vor dem Altar des Tempels offenbart hat. Der König besaß die Weisheit, die göttlichen Mysterien zu verstehen.

Ich suche die Textstelle, die Fra Adriano offenbar für das magische Ritual benutzt hat – sie war vorhin aufgeschlagen.

Der Text ist eine Anrufung Gottes, ein Gebet um Vernunft und um Weisheit, um die Reinheit des Gewissens und um Teilhabe an der Göttlichkeit. Und er ist eine genaue Anweisung, wie das Ritual durchgeführt werden soll: mit Paternoster, Psalmengesang und dem unaussprechlichen hebräischen Gottesnamen, der immer wieder beschworen wird. Der Betende soll sich innerlich wie äußerlich gereinigt haben, ein gottgefälliges und keusches Leben führen, seine Sünden gebeichtet und Absolution erhalten haben. Zudem soll er geloben, nicht mehr zu sündigen. Mit anderen Worten: Er soll ein heiligmäßiges Leben führen. Das hat Fra Adriano als Freund von Fra Giovanni zweifellos getan.

Ehrlich gesagt, ich bin verwirrt. Fra Adriano erfleht in seinem frommen Gebet die göttliche Erkenntnis, doch statt des erwarteten Engels, der ihm die salomonische Weisheit offenbaren soll, taucht plötzlich Satan auf und schürt die Feuer der Hölle. Der Fall, den Papst Eugenius mir anvertraut hat, wird immer rätselhafter.

Fra Santino kommt herein, gefolgt von Fray Luis de León, der ein gerolltes Pergament in der Hand hält. Ich schließe das Grimoire.

»Der Stadtplan«, sagt der Guardian. Nach einem raschen Blick auf die verkohlte Leiche seines Konfraters rollt er die Karte auf dem Schreibtisch aus.

Fra Santino ist ans Fenster getreten und wirft einen langen Blick auf das Forum tief unter ihm. Als er zum Schreibtisch zurückkehren will, entdeckt er den Wollfaden auf dem Boden. Er hebt ihn auf, betrachtet stirnrunzelnd den Faden und die ordentlich genähten Säume seines Habits und lässt ihn dann unauffällig unter dem Skapulier verschwinden.

Ich gebe vor, es nicht bemerkt zu haben, und winke ihn ungeduldig zum Tisch. »Nun trödelt nicht herum, ich will Euch etwas zeigen.« Dann wende ich mich an den Guardian. »Ich danke Euch für die Karte, Pater Guardian. Und für die Zeit, die Ihr Euch für Fra Santinos Fragen genommen habt.«

Fray Luis de León hat offenbar begriffen, dass er entlassen ist, und es passt ihm ganz und gar nicht, von mir aus der Zelle geworfen zu werden. Stolz richtet er sich auf, weil er missfällig auf mich herabblicken möchte, aber das Aufplustern seines franziskanischen Gefieders nützt nichts, denn ich bin einige Fingerbreit größer als er. Trotzig verschränkt er die Hände in den Ärmeln seines Habits. Nicht, dass ich mir die Mühe gemacht hätte, nachzufragen, was er als Guardian des Konvents zur Aufklärung des Todes eines seiner Fratres beizutragen hätte! Oh ja, er ist geladen – und wie! »Soll ich Fra Giovanni da Capestrano von dem Todesfall unterrichten?«, knirscht er. »Er ist ein enger Freund von …«

»Danke, Pater Guardian, das ist nicht nötig. Ich werde selbst mit ihm reden.«

Abrupt wendet er sich um und rauscht aus der Zelle.

Sobald die Tür geschlossen ist, frage ich Fra Santino, der sich neben mir mit den Ellbogen lässig auf der Karte abstützt und erwartungsvoll zu mir aufblickt: »Habt Ihr die Zeugen befragt?«

Er nickt. »Die Fratres sind hysterisch vor Angst. Sie trauern um Fra Adriano und beten für sein Seelenheil. Aber niemand hat seltsame Geräusche gehört, keine Gebete, keinen Gesang, keine Todesschreie, kein tosendes Inferno, kein satanisches Gekicher, nichts. Bis auf …« Er richtet sich auf.

»Ja?«

»… bis auf einen erbitterten Streit zwischen Fra Adriano und Fra Giovanni nach der Matutin.«

»Da Capestrano war nach Mitternacht hier in Santa Maria in Aracoeli?«, staune ich. »Was für ein Lebenswandel! Wann schläft er eigentlich? Oder ist der piksende Strohsack in seiner Klosterzelle schon schwelgerischer Luxus für diesen Asketen?«

Fra Santino kann sich ein Grinsen nicht verkneifen. »Ein junger Mönch hat ihn in Fra Adrianos Zelle gehen sehen. Und er hat gehört, dass sie streiten.«

»Worum ging es?«

»Das konnte er nicht verstehen. Nur so viel: ›San Giovanni‹ tobte, und die Erde bebte. Dann brüllte er, das sei sein letztes Wort in dieser Angelegenheit, riss die Tür auf und rannte den jungen Frater, der nicht schnell genug das Weite suchen konnte, beinahe um.«

»Nach der Mitternachtsmesse lebte Fra Adriano also noch. Hat er später seine Zelle verlassen, weil er sich nach dem Streit mit seinem Freund bei einem Spaziergang beruhigen wollte? Oder weil er in der Kirche beten wollte?«

Fra Santino zuckt mit den Schultern. »Gesehen hat ihn niemand. Jedenfalls ist er im Morgengrauen nicht zu den Laudes erschienen.«

»Dann lag das Grimoire von Papst Honorius also auf dem Schreibtisch, als Fra Giovanni in der Zelle war«, vermute ich.

Fra Santino starrt mich verunsichert an.

Was hat er denn plötzlich? Na, wenigstens holt er nicht schon wieder sein Tüchlein hervor, um sein Erschrecken vor mir zu verbergen!

»Hat der Guardian Euch verraten, an welchem Fall Fra Adriano zuletzt gearbeitet hat?«

Er nickt. »Fra Adriano war gestern in San Lorenzo in Damaso. Im Palast von Kardinal Scarampo.«

»Sieh an.«

»Ein Maler, der die Basilika des Kardinals freskieren soll, hat einen Teufel an dic Wand gepinselt.«

Die Vorstellung, dass Il Terribile in seiner Titularkirche Satansmessen feiert, erheitert mich dann doch. Nur mühsam kann ich ein Grinsen unterdrücken. »Im Auftrag Seiner Eminenz?«

»Selbstverständlich nicht!«, entrüstet sich Fra Santino. »Der Maler ist ein Dominikaner aus Santa Maria sopra Minerva. Ein Schüler von Fra Angelico, der in unserem Konvent wohnt, solange er im Auftrag Seiner Heiligkeit im Vatikan arbeitet. Der junge Mönch hat den Auftrag, in Kardinal Scarampos Titularkirche ein Jüngstes Gericht zu malen. Das hat er getan. Mit Satan neben dem Thron Gottes.«

»Na und? Der Antichrist gehört nun mal zur Apokalypse. Nachzulesen im vorletzten Kapitel der Offenbarung. Ihr Inquisitoren seid wirklich zu bedauern. Mit welch lächerlichem Unsinn Ihr Euch herumschlagen müsst …« Ich schüttele missbilligend den Kopf. »Also dann: die Karte.« Ich ziehe den Stadtplan zu mir heran und beschwere die sich aufrollenden Ecken mit einem Tintenfass, einem Sandstreuer, einer Rolle Pergamente und der Heiligen Schrift, die ich auf dem Schreibtisch finde. »Der Lateran, wo der tote Dominikaner gefunden wurde, liegt im Südosten Roms.« Ich tippe auf die Skizze des Lateranpalastes mit der Kathedrale. Dann deute ich ans andere Ende der Karte. »Der Vatikan, wo vor zwei Stunden mein Sohn starb, liegt im Nordwesten.«

Fra Santino nickt, ohne den Blick vom Stadtplan zu heben.

Warum kann er mir nicht in die Augen sehen?

Als meine Faust auf das Kapitol niedersaust, zuckt er zusammen, als hätte ich ihn geschlagen. »Und hier ist Santa Maria in Aracoeli. Gebt mir die Schnur, die der Guardian … Grazie.« Ich spanne den roten Wollfaden zwischen den Gewölben des Vatikans und der Geheimkammer im Lateran. Und siehe da …

Fra Santino beugt sich noch tiefer über die Karte. »Das glaube ich nicht! Der Faden läuft durch Santa Maria in Aracoeli.« Er schüttelt den Kopf, nimmt den Faden und misst selbst nach. »Fra Adrianos Zelle liegt ziemlich genau auf halbem Weg zwischen Vatikan und Lateran.«

»Erstaunlich, nicht wahr?«

Jetzt sieht er mir doch in die Augen. »Und was bedeutet das?«

»Ich weiß es nicht. Aber ich werde es herausfinden.«

»Und wie?«

»Darf ich?« Ich nehme ihm den Wollfaden wieder ab und spanne ihn erneut zwischen Vatikan und Lateran. Dann verändere ich den Winkel ein wenig und ziehe das Fadenende bis Santa Croce in Gerusalemme. Die Kirche, in der Papst Silvester seine letzte Messe las, liegt nicht weit vom Lateran entfernt.

Fra Santino starrt auf den roten Wollfaden, der nun Santa Maria sopra Minerva kreuzt. Und der am Palazzo Colonna vorbeiführt. »Maledicat Dominus! Der Teufel ist ein überlegenes Wesen mit einem überragenden Intellekt«, flüstert er bestürzt und bekreuzigt sich. »Was wird das? Ein magisches Pentagramm aus Blut, das sich nach und nach über Rom legt? Ist der Aufruhr der Massen auf der Engelsbrücke begründet?«

»Genau das will ich herausfinden, bevor diese Blutlinie zum Pentagramm wird. Oder zum Hexagramm – der tote Dominikaner hatte ja einen Judenstern in seine Brust geritzt. Vielleicht ist das eine verschlüsselte Ankündigung bevorstehender Bluttaten?«

Schaudernd betrachte ich den Faden, der auch den Palazzo Orsini durchteilt. Ob Cesare nach Rom kommen wird, wenn er erfährt, dass der Papst im Sterben liegt?

»Ihr könnt Satan nicht aufhalten!«, warnt Fra Santino mich eindringlich.

»Nein, aber ich kann verhindern, dass weitere Morde in seinem Namen geschehen. Wir beide werden die nächsten Opfer sein.

Denn auch wir waren in der geheimen Kammer unter dem Grab des Teufelspapstes.«

»Was habt Ihr vor?«

»Ich will den *Schlüssel des Salomo* benutzen. Fra Giordano Savelli wird uns als Famulus bei unserer Satansmesse assistieren.« Ich hole die Pergamentseiten von William of Malmesbury, die ich im Liber Pontificalis gefunden habe, aus der Tasche meines Kleides, entfalte sie und zeige sie ihm. »Auf der sechsten Seite findet Ihr eine Beschreibung des letzten Pontifikalamtes von Papst Silvester in Santa Croce in Gerusalemme. Gerbert d'Aurillac starb kurz nach der Messe *Statio ad Jerusalem*. Ich will Santa Croce besuchen, bevor wir in den Lateran zurückkehren.«

Er überfliegt die lateinischen Zeilen. »Gott im Himmel!«, murmelt er. Er ist noch blasser geworden.

Schließlich gibt er mir die Seiten zurück.

»Ihr hattet recht, Alessandra. Das verspricht eine aufregende Nacht zu werden.«

Yared

Kapitel 32

Im Schlafzimmer des Papstes
Mittwoch, 22. Februar 1447
Kurz vor drei Uhr nachmittags

Als ich höre, dass Papst Eugenius sich in den Kissen regt, wende ich mich vom Fenster ab und gehe zu ihm hinüber. Er blickt mich verwirrt an. Im düsteren Gegenlicht kann er nur meine Silhouette erkennen.

»Yared?« Er richtet sich mühsam auf und sieht sich in seinem Schlafzimmer um. »Wer ist sonst noch hier?«

Ich setze mich neben ihn auf das Bett. »Die Fratres, die Euch aufwarten. Wir sind allein.«

»Wo ist Ludovico?«

»Auf der Engelsbrücke ist ein Tumult ausgebrochen. Die Menge hat von den Teufelserscheinungen im Lateran gehört. Kardinal Scarampo lässt für Ruhe und Ordnung sorgen. Er ist in Eurem Arbeitszimmer.«

Eugenius zieht scharf die Luft ein. Es scheint ihn zu empören, dass der Camerlengo vom päpstlichen Arbeitszimmer aus handelt, als habe die Sedisvakanz bereits begonnen. »Und Prospero?«

»Er hat kurz nach Kardinal Scarampo den Raum verlassen. Er bespricht sich mit Kardinal Capranica.«

»Was für eine Verschwörung hecken die beiden nun schon wieder aus? Wer von ihnen Papst wird? Und wer Camerlengo? Oder zählen die beiden reichsten Kardinäle Roms ihr Gold, mit dem sie im Konklave Stimmen kaufen können? Sind heute Nacht die ersten Maultierkarawanen mit Schätzen von einem Kardinalspalast zum anderen unterwegs?« Er schnaubt, lässt sich in die Kissen fallen und fährt sich mit beiden Händen über das Gesicht. Er ist sehr blass. »In der Stunde deines Todes bist du allein. Von allen verlassen.« Mit den Fäusten schlägt er in ohnmächtigem Zorn auf die Bettdecke.

»Ihr solltet Euch nicht so aufregen«, ermahne ich ihn sanft. »Habt Ihr noch Schmerzen?«

Eine Weile liegt er reglos da und starrt an die Decke. Schließlich fragt er resigniert: »Wie viel Zeit bleibt mir noch?«

»Ich weiß es nicht.«

»Seid ehrlich, ich bitte Euch, Yared. Mehr als ein paar Stunden?«

Ich schüttele langsam den Kopf. »Macht Euren Frieden mit Gott. Soll ich Euren Beichtvater rufen lassen?«

»Noch nicht.« Er schließt die Augen. Als er sie wieder öffnet und mich anblickt, wirkt er um Jahre gealtert. »Die Kirchenunion ist noch nicht vollendet. In der Stunde meines Todes droht mein Lebenswerk zu scheitern. Wenn Alessandra ihre Aufgabe nicht erfüllt, bevor die byzantinische Delegation in Rom eintrifft, wird die Kirche zerbrechen, und das Schisma wird weiterbestehen.«

»Welche Aufgabe?«

»Der schreckliche Ruf des Teufelspapstes gefährdet die Kirchenunion. Der Basileus kann die Union nicht durchsetzen, denn die Byzantiner weigern sich, den Primat Roms anzuerkennen und in der Hagia Sophia lateinische Messen zu lesen. Sie hassen uns bis aufs Blut. Nach den Massakern des unseligen Kreuzzuges von 1204, als die Venezianer die Byzantiner zu Tausenden abschlachteten, kann ich ihnen das nicht mal verdenken. ›Katholik‹ gilt bei den Orthodoxen nach wie vor als Schimpfwort.«

Er schweigt einen Augenblick lang, um zu Atem zu kommen.

»Vor wenigen Tagen erhielt ich die Botschaft aus Venedig, dass eine byzantinische Delegation nach Rom unterwegs ist. Kaiser Ioannis ist schwer krank und wird bald sterben. Er hat keine Kinder. Sein Bruder Konstantin wird ihm als Basileus nachfolgen. Und der wehrt sich gegen die Kirchenunion.

Kaiser Ioannis will retten, was noch zu retten ist. Die Türken stehen vor den Toren von Konstantinopolis. Byzanz, die letzte Bastion der Christenheit im Osten, wird fallen. Dann werden die Türken irgendwann vor Venedig stehen, dann vor Florenz und schließlich vor Rom. Was, glaubt Ihr, wird geschehen, wenn der byzantinische Botschafter erfährt, dass Satan im Lateran residiert und dass er auch schon im Vatikan gesehen wurde? Dass sich im gottlosen Rom scheinbar die Offenbarung des Johannes erfüllt? Ich fürchte, wenn die Byzantiner von Rom abfallen, werden ihnen die Armenier, die Syrer und die Kopten folgen. Die Kopten haben, wie Ihr wisst, mit Yoannis al-Maksi ohnehin einen eigenen Papst.« Wieder bricht er ab, um Luft zu holen. Dann spricht er leise weiter: »Alessandra soll den Ruf von Gerbert d'Aurillac als bedeutendstem Universalgelehrten unseres Jahrtausends wiederherstellen. Als goldglänzende Ikone der Gelehrsamkeit. Wenn jemand das vollbringen kann, dann sie. Auch gegen den erbitterten Widerstand von Inquisitoren wie Fra Giovanni da Capestrano, der ein entschiedener Gegner der Kirchenunion ist.

Alessandra ist Gerbert sehr ähnlich. Sie ist genauso gelehrt, wie er es war, genauso scharfsinnig und in ihrem Denken und Handeln genauso ungewöhnlich, dass sie von allen, die sie nicht verstehen können oder wollen, für eine Häretikerin gehalten wird. Alessandra ist eine außergewöhnliche Frau.«

»Ja, das ist sie.«

»Ihr liebt sie, nicht wahr?« Er sieht mir in die Augen. »Nun schaut doch nicht so überrascht! Glaubt Ihr, ich war noch nie verliebt? Es ist ein halbes Jahrhundert her, aber ich kann mich noch gut an das aufgeregte Herzklopfen erinnern.«

»Ja, ich liebe sie von ganzem Herzen«, gestehe ich.

»Ich auch.« Er seufzt. »Seit ihr Vater ermordet wurde, ist sie wie eine Tochter für mich. Sie ist das Kind, das ich nie haben konnte. Alessandra und ich – wir stehen uns sehr nah. Wir vertrauen uns die Geheimnisse unseres Herzens an.« Er verstummt. »Na ja – alle, bis auf eins. Sie hat mir nie erzählt, was in der verschlossenen Truhe war, die sie im Nachlass ihres Vaters gefunden hat. Wisst Ihr, was darin war, Yared?«

»Ja.«

Er nickt. »Sieh an. Mir hat sie's nicht anvertraut. Nachdem sie die Kiste geöffnet hatte, war sie verändert. Ernst. Traurig. Erschüttert. Es muss ein schreckliches Geheimnis sein. Und ein gefährliches dazu.«

»Das ist es«, nicke ich ernst. »Wenn es in die falschen Hände gerät, kann es sie auf den Scheiterhaufen bringen.«

»Ihr meint da Capestrano? Ich habe ihm gesagt, dass er sie in Ruhe lassen soll.«

»Wird er sich daran halten?«

Er antwortet nicht gleich.

»Luca d'Ascoli war mir immer ein Rätsel«, bekennt er nach einer Weile. »Er stammte aus ärmlichen Verhältnissen in Ascoli, einem winzigen Nest nördlich von Rom. Nachdem er in Santa Maria sopra Minerva in den Dominikanerorden eingetreten war, machte er als Sekretär meines Onkels, Papst Gregor, einen steilen Aufstieg. Mein Onkel hat Luca mal einen Brief überreicht, adressiert an ›Fra Luca d'Ascoli, designierter Erzbischof von Florenz‹. Luca gab dem Papst das Schreiben zurück und sagte: ›Vostra Santità, dieser Brief ist nicht für mich.‹ Nach seiner Rückkehr nach Rom wollte Papst Martin seinen Freund und Vertrauten zum Kardinal ernennen. Luca hat es abgelehnt.

Alessandra nennt ihren Vater stolz, willensstark und unnachgiebig. Aber auch bescheiden, aufrichtig und wahrhaftig. Sein Handeln war stets moralisch vollkommen. Obwohl ich ihn nach meiner Wahl zum Pontifex exkommuniziert habe, wurde er wie ein Heiliger verehrt. Vor acht Jahren, als ich gestürzt werden sollte, wäre er mir beinahe nachgefolgt. Doch er wurde ermordet, bevor er zum Papst gewählt werden konnte.

Ein grandioser Aufstieg, den viele für einen Satanspakt halten. Nicht zuletzt deswegen wurde Alessandra als Dreijährige von den Schergen der Orsini in den Kerker von Santa Maria sopra Minerva verschleppt und von den Inquisitoren als ›Lucifers Tochter‹ verhöhnt. Kardinal Orsini wollte Luca stürzen und seinen Namen in den Schmutz ziehen.« Er schüttelt missbilligend den Kopf. Ich weiß, dass Kardinal Giordano Orsini, der vor einigen Jahren starb, sein Freund gewesen ist. »Der Ruf als Satans Tochter haftet an ihr wie Pech und Schwefel. Und dann ist da diese Truhe voller dunkler Geheimnisse. Gott sei ihr gnädig!«

Eine Weile starrt er schweigend an die Decke.

»Werdet Ihr Alessandra nach Granada mitnehmen?«, fragt er plötzlich.

»Das hängt nicht von mir allein ab.«

»Nein, da wird sie sicherlich ein Wörtchen mitreden wollen. Sie ist sehr resolut. Wie kommt ihr miteinander aus?«

»Prima.«

»Wie schafft Ihr das?«

»Ich tu einfach, was sie sagt«, entgegne ich trocken.

»Mit der Strategie fahre ich auch am besten.« Er lächelt matt. »Wie lange werdet Ihr in Rom bleiben?«

»Heute Nacht traf ein Bote des Sultans ein. Ich muss so schnell wie möglich zurück. Muhammad braucht mich für die Eroberung von Granada. Ich sollte jetzt eigentlich schon auf dem Schiff nach Málaga sein.«

»Ihr müsst Euch dem Befehl des Sultans widersetzen und bis zum Ende des Konklaves bleiben.«

»Nach sechzehn Jahren des Exils sehne ich mich nach Granada. Als Wesir des Sultans will ich von der Alhambra aus das Reich regieren. Aber ich will nicht ohne sie abreisen.«

»Eine Entscheidung zwischen Herz und Verstand. Trotzdem wirkt Ihr gelassen und beherrscht. Als könne Euch nichts aus der Fassung bringen.«

»Der Eindruck täuscht. Es zerreißt mich. Und es gibt etwas, das ich mehr fürchte als alles andere: Alessandras ›Nein!‹.«

Er sieht mich lange schweigend an. »Prospero wird sie nicht gehen lassen. Er will sie mit Cesare Orsini verheiraten, um durch ein Bündnis mit dem einflussreichen Condottiere der Kirche seine Macht als Papst zu sichern. Ich habe Cesares Ehe geschieden und dieser Heirat zugestimmt.«

»Ich weiß.«

»Und wisst Ihr auch, was Prospero mit ihr vorhat, sobald er Papst ist?«

Alessandra

Kapitel 33

Vor Santa Croce in Gerusalemme
Mittwoch, 22. Februar 1447
Halb vier Uhr nachmittags

Während Santino und ich vor Santa Croce in Gerusalemme vom Pferd steigen, muss ich wieder an das Gespräch mit da Capestrano denken.

Der Generalinquisitor war erschüttert, als ich ihm mein aufrichtiges Beileid bekundete zum schrecklichen Feuertod seines Freundes, blass und zittrig. Und er war innerlich so aufgewühlt, dass ich zögerte, ihm meine erste Frage zu stellen: »Worüber habt Ihr mit Fra Adriano gestritten?«

Er antwortete nicht sofort. »Ich habe ihn als Inquisitor nach Prag geschickt. Er sollte dort die Anhänger von Jan Hus bekämpfen. Aber er hat sich geweigert, Rom zu verlassen.«

»Ihr seid im Streit auseinandergegangen.«

»Gott sei mir gnädig.« Er nickte trostlos und fuhr sich mit beiden Händen über das Gesicht. Dann sah er mich an. »Irgendetwas schien ihn zu quälen. Er hatte seine zitternden Hände um sein Brustkreuz gefaltet. Wie der Allerheiligste Vater es immer tut, wenn er verbergen will, wie aufgewühlt er ist.«

»Hatte Fra Adriano Angst?«

Er nickte bedächtig. »Ja, ich glaube, er fürchtete sich.«

»Wovor?«

»Das hat er mir nicht anvertraut.«

»Fürchtete er Euren Zorn? Ihr hattet Euch gestritten.«

Er schüttelte den Kopf. »Adriano und ich, wir kennen … wir kannten uns seit fast vierzig Jahren. Früher war er mein Sekretär und Vertrauter. Ihr wisst, dass ich verheiratet war?«

»Mit der Tochter des Conte von San Valentino. Eure Ehe wurde geschieden, bevor Ihr Euch ins Kloster in Perugia zurückgezogen habt, um dort die Gelübde abzulegen.«

Da Capestrano selbst hat mir erzählt, wie er, der Sohn eines Barons, verkehrt herum auf einem Esel durch Perugia ritt. Mit einem Hut aus Papier auf dem Kopf, auf dem alle seine Sünden geschrieben standen. Die Kinder verhöhnten ihn und bewarfen ihn mit Kot – so stellte er sich dann im Kloster vor und bat um Aufnahme als Novize. Da war er schon dreißig.

Bevor er in die Familie des heiligen Francesco aufgenommen wurde, hatte ›Messer Giovanni‹ das Leben in vollen Zügen genossen: elegante Samtroben, enge Seidenstrümpfe, modische Schuhe, sündhaft teures Parfum und sorgfältig gepflegtes Haar, das er über die Schultern herabwallend trug, mit der Brennschere in Locken gelegt und mit Goldfäden geschmückt. Diesen stolzen, eitlen und ehrgeizigen Messer Giovanni, der damals der hochangesehene Richter von Perugia war, hätte ich sympathischer, ja menschlicher gefunden als die sich selbst verleugnende und asketische franziskanische Vogelscheuche im ungewaschenen, zerschlissenen Habit, zu der Fra Giovanni in den letzten Jahren geworden ist. Er trägt kein Hemd unter seinem Habit, den er niemals ablegt, weder beim Baden noch beim Schlafen, und keine Schuhe, nur seine zerrissenen Ledersandalen, mit denen er schon zu Fuß durch ganz Italien gewandert ist. Selbst die kratzigste Bettwäsche ist in seinen Augen ein verdammenswerter Luxus, Fra Giovanni schläft lieber auf einem piksenden Strohsack. Na, von mir aus.

»Adriano war mein Trauzeuge. Er folgte mir ins Kloster. Er kniete neben mir, als wir gemeinsam die Profess ablegten. Er unterwarf sich derselben strengen Askese. Er schlief neben mir unter der Decke, als wir durch Italien wanderten und Buße predigten. Und er begleitete mich auf meinen Legationsreisen, nach Burgund und Flandern. Nein, Adriano hatte keine Angst vor mir.«

»Habt Ihr das Grimoire von Papst Honorius auf seinem Schreibtisch gesehen?«

Da Capestrano starrte mich an. Ich versuchte, in seinem Mienenspiel zu lesen, aber er war einen Schritt zurückgewichen. Sein Gesicht lag im Schatten, als wollte er seine Tränen vor mir verbergen. Schließlich schüttelte er den Kopf. »Auf dem Tisch lag nur das Wort Gottes«, kam seine Stimme leise aus dem Dunkel.

»Hat Fra Adriano früher einmal magische Rituale durchgeführt?«

Abrupt richtete er sich auf. »Hätte ich davon gewusst, hätte ich ihn gemäß den Ordensregeln bestraft.«

»Als Häretiker.«

»Ja.«

»Vor dem Inquisitionstribunal.«

»Ganz recht.«

»Ihr hättet Euren Freund auf den Scheiterhaufen geschickt.«

Ich kann in ihm nicht lesen. Er hält seine Gedanken und Gefühle sorgfältig verborgen. Er hütet sie, wie ein Mensch eine Truhe hütet, die ein schreckliches Geheimnis birgt.

Endlich sah er mir in die Augen. »Fiat voluntas Dei – Gottes Wille geschehe. Lest nach, Alessandra: Zweites Buch Mose, Kapitel zweiundzwanzig. Magier und Ketzer sollen brennen.«

Der Blick, den er mir zuwarf, bevor er Santino ansah, als rechtfertige er sich nur vor ihm, dem Inquisitor, erschreckte mich. Santino, der neben mir stand und meine Anspannung bemerkt hatte, ergriff unter dem weiten Ärmel seines Habits verstohlen meine Hand und drückte sie beruhigend und, wie mir schien, ermutigend.

Ich entzog sie ihm. »Das Gesetz des Gottesbundes, das, in eine Steintafel gemeißelt, in der Bundeslade lag. Lest nach, Fra Giovanni: Zweites Buch Mose, Kapitel zwanzig. Ich bin der Herr, dein Gott. Du sollst nicht töten.«

Santino schnappte nach Luft, verschluckte sich und begann in sein Taschentuch zu husten.

»Und Jesus verkündete in der Bergpredigt: Tut Buße, denn das Reich der Himmel ist nahe!«, übertönte ich sein Hecheln. »Glückselig die Sanftmütigen und die Barmherzigen, glückselig die sich nach Gerechtigkeit sehnen, glückselig die Friedensstifter, denn sie werden Kinder Gottes heißen. Er sagte nicht: Tötet in meinem Namen, die nicht an mich glauben. Und den Wahlspruch der Ketzerkreuzzüge kannte er auch nicht: Schlagt sie alle tot – Gott wird die seinen schon erkennen. Gott verlangt keine Menschenopfer.«

Als da Capestrano mich schweigend anstarrte, fiel mir der Spruch ein, den ich einige Stunden zuvor im Buch meines Vaters über die Ars Magica gelesen hatte:

›Es steht dem Menschen frei, sich in seinem Denken und Handeln zu Gott zu erheben, um ihm ähnlich zu werden oder zur teuflischen Bestie zu entarten. Das Böse steckt im Menschen selbst. In jedem von uns …‹

»Alessandra?«, reißt mich Santino aus meinen Gedanken, als er mir seine Hand reicht, um mit mir Santa Croce in Gerusalemme zu betreten.

Robin öffnet uns das Portal der schlichten Backsteinbasilika und folgt uns in die Kirche, die zur Zeit des Kaisers Konstantin aus einem Saal des Palastes seiner Mutter Helena entstand.

Von einer Pilgerfahrt nach Jerusalem soll Helena einen Splitter des Kreuzes Jesu Christi mitgebracht haben. Sie ließ in Rom einen Schrein für Pilger errichten, die nicht ins Heilige Land reisen konnten – Santa Croce ist also im Grunde die ›römische Filiale‹ der Grabeskirche von Jerusalem, wo Helena die Reliquien fand.

Wir gehen zum Altar, wo der Pontifex am Karfreitag nach einer feierlichen Prozession, in der er barfüßig vom Lateran hierherpilgert, die Messe liest. Eine Treppe im rechten Seitenschiff führt uns hinab in die Kapelle der heiligen Helena. Ich schiebe das schmiedeeiserne Gitter auf.

»Ihr könnt die Kapelle nicht betreten!«, protestiert Santino und packt mich am Arm.

»Und wieso nicht?«

»Die Kapelle ist so heilig, dass sie von Frauen nicht betreten werden darf. Wie die Sancta Sanctorum im Lateran.«

»Santino, ich war schon im Felsendom an der Stelle des Allerheiligsten des jüdischen Tempels, wo nach Jesu Glauben Gott wohnte. Ich stand in der Golgatakapelle der Grabeskirche, wo Jesus am Kreuz starb. Und ich war im Heiligen Grab und habe den Stein berührt, wo Christus von den Toten auferstand. Wollt Ihr allen Ernstes behaupten, diese Kapelle sei noch heiliger? Das ist gegen alle Regeln der Vernunft. Heilig gesprochener Schwachsinn! Und jetzt kommt endlich!«

Er verdreht entnervt die Augen und folgt mir in die Kapelle, deren feuchter, gestampfter Lehmboden mit Hunderten Pergamentschnipseln bedeckt ist. Darauf stehen Gebete. Im Schein der Altarkerzen glitzern byzantinische Mosaiken an den Wänden. Wassertropfen rinnen daran herab. In einer Nische neben dem Altar steht eine Marmorstatue der antiken Göttin Juno. Kopf und Arme sind ersetzt worden. Sie soll die heilige Helena darstellen, die das Kreuz Christi im Arm hält.

Ich falte die Seiten von William of Malmesbury auseinander und reiche sie Santino. Während ich durch die Kapelle schlendere und die Reliquien betrachte, liest er sie laut vor:

»Gerbert fertigte einen mechanischen Kopf, der seine Fragen

mit Ja und Nein beantworten konnte. Als Gerbert fragte: ›Werde ich Papst?‹, antwortete der Kopf mit ›Ja.‹ – ›Werde ich sterben, bevor ich die Messe in Jerusalem lese?‹ – ›Nein.‹ Diese mehrdeutige Antwort führte ihn in die Irre, sodass er keinen Gedanken an Reue oder Buße verschwendete und an ein langes Leben glaubte. Denn warum sollte er nach Jerusalem pilgern, um seinen Tod herbeizuführen? Er vergaß, dass es in Rom eine Kirche namens Jerusalem gibt, in der der Papst an den drei Sonntagen, die im Kirchenkalender *Statio ad Jerusalem* genannt werden, die Messe feiert.« Santino blickt auf. »Ich kenne noch eine andere Version dieser Legende. Eine schöne junge Frau warnt Gerbert vor der Messe in Jerusalem. Es ist eine Dämonin. Es geht das Gerücht, sie könnte auch seine Tochter gewesen sein, die er in Reims gezeugt hat.«

»Hab ich auch schon gehört. Ein Heiliger Vater und seine unheilige Tochter – was es nicht alles gibt …«

Santino sieht mich stirnrunzelnd von der Seite an. Wahrscheinlich versucht er zu verstehen, was ich mit meiner Bemerkung gemeint haben könnte. Dann liest er endlich weiter: »An einem dieser Tage, als er die Messe las, stöhnte Gerbert plötzlich unter großen Schmerzen und wurde in sein Bett im Lateran gebracht. Als er die Statue befragte, erkannte er den satanischen Betrug, der sein Leben besiegelt hatte.« Santino lässt die Pergamentseiten sinken und blickt mich verwirrt an. »Ich verstehe nicht …«

Ich deute auf den gestampften Lehmboden der Kapelle. »Das ist Erde aus dem Heiligen Land. Seht Ihr die Inschrift dort? Hic tellus Sancta Calva … und so weiter?«

Santino nickt und übersetzt: »Hier wird die heilige Erde vom Kalvarienberg von Jerusalem aufbewahrt, über der die selige Helena diese Kapelle mit dem Namen Jerusalem errichtete.« Er grinst frech. »In diesem Sinne hielt er also doch eine Messe in Jerusalem. Dumm gelaufen für Gerbert.«

Ich lächele matt. »So könnte man sagen.«

»Und die Moral von der Geschicht' – mit Satan paktiert man besser nicht.«

Unsere Blicke treffen sich.

Schließlich liest er weiter vor: »Gerbert rief die Kardinäle an sein Sterbebett und tat Buße für die Sünden, die er begangen hatte. Als sie sich von ihm abwandten und ihm die Absolution verweigerten, verlor er den Verstand. Außer sich vor Schmerz, ließ er sich in Stücke hauen. ›Er soll meinen Körper haben, der ihm gehorsam gedient hat‹, schrie er. ›Mein Verstand hat in den Schwur, den ich geleistet habe, nie eingewilligt. Er war kein Sakrament, sondern ein Sakrileg.‹«

Ich atme tief durch. »Ich werde den Schlüssel des Salomo benutzen«, verkünde ich eindringlich.

»›Alessandra, meine geliebte Tochter. Gerbert, dein Bruder im Geiste, war so unerschrocken wie du‹«, zitiert Santino mit leiser Stimme die Blutschrift, die er letzte Nacht vom Pergament gekratzt hat. »›Nun habe ich dich erwählt. Unsere Zusammenarbeit, in die ich große Hoffnungen setze, wird mir ein Vergnügen sein. Satan, Fürst der Hölle und Beherrscher des gottlosen Rom.‹« Er starrt mich mit funkelnden Augen an. Ich sehe ihm an, dass er von meinem Vorhaben fasziniert ist.

»Alessandra?« Jemand kommt die Stufen herunter. Santino lässt die Pergamentseiten unter seinem Skapulier verschwinden.

Kardinal Capranica betritt die Kapelle.

»Dann habe ich doch richtig gehört.« Er umarmt mich und küsst mich auf beide Wangen. »Mein herzliches Beileid, Alessandra. Ich komme gerade aus dem Vatikan. Prospero hat mir erzählt, dass Angelo tot ist. Es tut mir so leid. Dein Junge war ein Prachtkerl. Wir haben ihn alle sehr gemocht, und er bleibt uns unvergessen. Ich werde eine Messe für ihn lesen lassen und für sein Seelenheil beten.«

Wir kennen uns schon lange, seit Domenico Capranica der Privatsekretär von Papst Martin war und ich ihn mit meinen Streichen wie Gerberts klappernden Gebeinen oder den blutenden Stigmata an der Statue des heiligen Dominikus an den Rand eines Nervenzusammenbruchs getrieben habe.

Domenico ist siebenundvierzig. Als Gefolgsmann der Colonna und Sekretär des Papstes hat er in der Kurie einen rasanten Aufstieg gemacht, der mit dem Tod von Papst Martin jedoch abrupt endete. Auf Betreiben der Orsini wurde er vom Konklave ausgeschlossen, und der neu gewählte Papst Eugenius entzog ihm die Kardinalswürde, den Bischofstitel und das gesamte Vermögen. Nachdem die päpstlichen Truppen, die den Aufstand der Colonna niederschlagen sollten, seinen Palast verwüstet hatten, floh er ins Exil. Wie Prospero versöhnte er sich jedoch mit Eugenius, und der gab ihm sein Amt als Kardinal zurück.

Der Kardinal bietet dem Dominikaner mit patriarchalischem Gestus die Hand dar, und Santino sinkt auf die Knie, um seinen Ring zu küssen. Domenico Capranica ist gefürchtet für sein herrisches Auftreten. »Fra Santino de Angelis, Vostra Illustrissima é Reverendissima Eminenza.«

»Der Inquisitor, der Alessandra unterstützen soll? Ich habe von Euch gehört.« Domenico schlägt das Kreuzzeichen über Santino, dann packt er meine Hand und zerrt mich hinter sich her zum Altar. Die Pergamentschnipsel mit den Gebeten rascheln unter unseren Füßen.

»Wie geht es Eugenius?«, wispere ich.

»Ich fürchte, ihm bleibt nicht mehr viel Zeit.«

»Hast du ihn gesehen?«

Domenico nickt ernst. »Prospero hat mich in das Schlafzimmer gerufen, weil er eine Nachricht von dir erhalten hatte. Wegen des Massenaufruhrs am Stand des Ablasshändlers auf der Engelsbrücke. Eugenius hat fest geschlafen.«

»War Yared bei ihm?«

»Er weicht nicht von seiner Seite. Sag mal, was ist eigentlich zwischen euch? Prospero deutete an, dass ihr euch nähersteht, als es gut ist für euch beide. Wie nahe?«

»Das willst du nicht wissen, Domenico.«

»Will ich nicht?«

»Wir Humanisten duellieren uns mit spitzer Feder, aber wir schubsen einander nicht auf den Scheiterhaufen.«

Er sieht mich eindringlich an. »Bitte sei vorsichtig, Alessandra. Da Capestrano hetzt die Römer gegen dich auf, du ›Päpstin der Häretiker‹. Du kannst von Glück reden, dass sie dich auf der Engelsbrücke nicht vom Pferd gezerrt und in den Tiber geworfen haben. Das hättest du nicht überlebt.«

»Hat Yared angedeutet, wie lange Eugenius noch lebt? Und wie lange in Rom noch Recht und Ordnung herrschen?«

»Nein, hat er nicht. Aber als Camerlengo bereitet Ludovico Scarampo alles für das bevorstehende Konklave in der Sakristei von Santa Maria sopra Minerva vor. Weißt du, er hat sich mit Prospero wegen des Schlüssels der Engelsburg gestritten. Ich fürchte, er will während der Sedisvakanz deinen Cousin Vespasiano als Kommandanten der Engelsburg entlassen.«

»Ich habe Vespasiano gebeten, Bewaffnete aus unseren Kastellen nach Rom kommen zu lassen. Und Prospero?«

»Der paktiert mit Yared und betreibt ganz ungeniert große Weltpolitik. Dein Cousin verlegt das Konklave kurzerhand in den Palazzo Colonna. Rate mal, wer heute Abend zum Essen kommen wird …«

Ich hebe die Augenbrauen.

»Juan de Torquemada, Alonso Borgia, Juan Carvajal, Antão Martinez de Chaves, Guillaume d'Estouteville, Basilios Bessarion, Tommaso Parentucelli …«

»Und du.«

»Und ich. Ich bin ebenso ein Papabile wie dein Cousin. Der

nächste Pontifex heißt entweder Prospero Colonna oder Domenico Capranica.« Er spitzt die Lippen. »Und weißt du auch, wer heute Abend *nicht* eingeladen ist?«

»Ludovico Scarampo.«

»Genau.«

»Na, dann bleibt Eugenius heute Abend ja nicht ganz allein im Vatikan«, kommentiere ich trocken.

Domenico verzieht die Lippen. »Nein, Ludovico kann ihm schonend beibringen, dass der jahrelange Krieg, den er gegen uns Colonna geführt hat, völlig sinnlos war. Und dass die Kirche sechzehn Jahre nach Papst Martins Tod nun wieder vom Palazzo Colonna aus regiert wird.«

Yared

Kapitel 34

In Elijas Schlafzimmer im Palazzo Colonna
Mittwoch, 22. Februar 1447
Kurz vor Mitternacht

Mit der Kerze in der Hand betrete ich Elijas Zimmer. Benyamin liegt mit leicht zur Seite geneigtem Kopf im Bett. Er hat seinen Arm um meinen Sohn gelegt und schnarcht leise. Elija hat sich eng an ihn geschmiegt und schläft fest.

Ich setze mich neben sie auf das Bett und berühre meinen Schwager an der Schulter. »Benyamin?«

Er öffnet die Augen und blinzelt mich verschlafen an. »Ist das Abendessen schon beendet?«

»Gleich ist Mitternacht«, flüstere ich. »Kardinal Capranica ist gerade als Letzter gegangen.«

»Irgendwelche Überraschungen?«, nuschelt er.

»Alonso Borgia, der Bischof von Valencia, will Papst werden. Der König von Aragón steht offenbar hinter ihm.«

Benyamin nickt. »Wie kommst du mit ihm zurecht?«

Ich verziehe die Lippen.

»Oh, doch so gut!«, meint mein Schwager sarkastisch. »Und ich dachte schon, ich müsste mir Sorgen machen um das Schicksal von Gharnata.«

»Du kannst in dein Bett gehen, Benyamin. Ich bleibe bei Elija.«

»Ist gut.« Langsam, um ihn nicht zu aufzuwecken, zieht er seinen Arm unter Elijas Kopf hervor. Als er schließlich aufsteht, wird der Kleine doch wach.

Er schlägt die Augen auf. »Papa?«

»Ja, Krümelchen.«

Ich streiche ihm zärtlich über die Wange. Er setzt sich auf und wirft seine Arme um meinen Hals. »Ich hab Angst.«

»Das musst du nicht. Ich bin doch da.«

»Elija hatte schlimme Träume«, flüstert Benyamin. »Angelos Tod hat ihn verstört.«

»Hast du geweint, Krümelchen?«

Elija zieht die Nase hoch und nickt. Dann legt er seinen Kopf an meine Schulter.

Ich verwuschele sein lockiges Haar, küsse ihn zärtlich und wiege ihn sanft. »Du brauchst keine Angst zu haben, wenn ich bei dir bin.«

Er nickt.

»Ich bin nebenan. Ich werde die Tür offen lassen. Und Prospero ist auch da. Wir trinken noch einen Becher Wein zusammen, dann komme ich.«

Als ich aufstehen will, klammert er sich wie ein Äffchen an mir fest. »Ich will nicht, dass du gehst.«

»Prospero und ich haben noch etwas zu besprechen. Er wartet auf mich.«

»Elija kann bei mir schlafen«, schlägt mein Schwager vor.

»Ist schon gut, Benyamin.«

»Aber es macht mir wirklich nichts aus …«

»Mach, dass du ins Bett kommst.«

Mit dem Kinn deutet er zur offenen Tür. »Willst du mit ihm über Alessandra reden?«

»Er hat gehört, wie Elija sie Mami nannte. Ich muss es ihm sagen.«

Benyamin verzieht das Gesicht. »Soll ich in einer Stunde wiederkommen und auf dem Schlachtfeld nach Überlebenden suchen?«

»So schlimm wird's schon nicht.«

»Na hoffentlich. Diego wacht vor deiner Tür. Falls Prospero auf dich losgeht, kann er …«

»Benyamin!«, falle ich ihm ins Wort.

»Ja?«

»Schlaf gut.«

Er nickt mir zu. »Du auch.« Er rafft seine Djellabiya um sich und verlässt den Raum.

Ich wickele Elija in die Bettdecke und trage ihn in mein Schlafzimmer, wo Prospero mit zwei Gläsern Wein auf mich wartet. Ich lege meinen Sohn neben mich auf den Diwan. Sofort kuschelt er sich in die seidenen Kissen.

Prospero hat es sich auf dem Diwan gegenüber bequem gemacht. Er reicht mir ein Kristallglas mit rubinrotem Granatapfelwein.

»Ein glänzender Sieg im Konsistorium!« Er hebt sein Glas, und wir trinken.

»Ich will noch mehr.«

»Ihr wollt die Herrschaft über Granada. Und Ihr wollt Sandra.«

»So ist es.«

Er trinkt noch einen Schluck Wein, wahrscheinlich um sich in Ruhe seine Antwort zu überlegen. »Ich weiß, dass ihr euch liebt. Und dass es nicht bei langen Blicken, verliebtem Getuschel und verstohlenen Küssen geblieben ist.«

Ich antworte nicht.

»Vor zwei Jahren habe ich nichts gesagt, weil ich dachte, dass diese Affäre mit Eurer Abreise nach Granada beendet wäre. Cesare Orsini hielt nach all den Jahren der engen Freundschaft endlich bei mir um Sandras Hand an. Und ich hoffte, Ihr würdet Euch in Granada von Euren Gespielinnen trösten lassen und Sandra bald vergessen. Aber dann trafen die ersten Briefe aus Eurem Palast in Málaga ein, dann während Eurer monatelangen Reisen aus Granada, Córdoba, Sevilla, Cádiz, Lissabon, Coimbra, Salamanca, Valencia. Sandra war in den letzten Jahren ständig auf Schatzsuche. Sie wollte sogar zum Mont-Saint-Michel. Sie war nur selten in Rom. Aber sie hat jeden Eurer Briefe beantwortet. Cesare wartet indessen noch immer auf eine Antwort. Er hat den Papst um einen Dispens zur Scheidung seiner Ehe gebeten, und der ist ihm gestern Abend gewährt worden. Die Tinte auf dem päpstlichen Breve war noch nicht trocken, da taucht Ihr überraschend in Rom auf.« Er bricht ab. »Yared, ich weiß, wie sehr ihr euch liebt. Aber das muss ein Ende haben. Eine Christin und ein Jude. Yared, ich bitte Euch, kommt zur Vernunft!«

Ich nippe an meinem Wein. Elija bewegt sich und seufzt, aber er ist eingeschlafen.

Prospero deutet auf den Ring an meinem Finger. »Ist das so etwas wie ein Verlobungsring?«

Ich halte den funkelnden Rubin ins Licht der Kerze. »Nein.«

Erleichtert atmet er auf. »Yared, bitte versteht mich nicht falsch. Ich schätze Euch sehr. Aber Ihr könnt nicht um Sandras Hand anhalten.«

»Das habe ich auch nicht vor.«

»Gut.«

»Ich will, dass sie mit mir nach Granada kommt. Ich will sie lieben und ehren, ich will den Rest meines Lebens mit ihr verbringen.«

»Yared, Ihr habt einen Harem voller Gespielinnen, die Euch zu Willen sind, wenn Ihr …«

»Ich will Alessandra!«

»Ihr bekommt sie aber nicht!« Es fällt ihm schwer, sich zu beruhigen. »Ich brauche sie in Rom«, spricht er in versöhnlicherem Ton weiter und schenkt uns beiden Wein nach. »Als Contessa Colonna trägt sie den Titel ihres Großvaters Marcantonio Colonna. Wenn ich Papst bin, werde ich ihr als seiner Erbin sein Herrschaftsgebiet in den Abruzzen als Lehen der Kirche geben. Als Stellvertreterin des Papstes wird sie den Teil des Patrimonium Petri regieren, der zwischen Rom und Neapel liegt. Mit dem Fürstentum, das Cesare in die Ehe bringt, ist ihr Herrschaftsgebiet nur wenig kleiner als das Reich, das Ihr als Wesir von Granada regiert. Ein Bündnis zwischen den Orsini und den Colonna kann den Frieden in Rom sichern. Sandra wird nicht mit Euch nach Granada gehen.«

»Will sie das alles?«, zweifele ich. »Sie muss auf alles verzichten, was sie sich erkämpft hat.«

»Sie wird mir gehorchen.«

»Ihr könnt sie nicht zwingen.«

»Als Papst kann ich es ihr befehlen. Ich bin das Oberhaupt unserer Familie. Und seit unserer Kindheit so etwas wie ihr großer Bruder. Sie wird tun, worum ich sie bitte.«

Ich schüttele den Kopf. »Wird sie nicht. Mir widersetzt sie sich auch ständig. Und ich bin ihr Ehemann.«

Prospero starrt mich an. »Wie war das?«, fragt er scharf.

»Alessandra und ich sind verheiratet.« Ich zeige ihm den Rubinring. »Das ist ein Ehering.«

Alessandra

Kapitel 35

In der Apsis von San Giovanni in Laterano
Mittwoch, 22. Februar 1447
Kurz vor Mitternacht

Ich spüre Angst, aber auch eine gewisse Erregung, als ich die Sakristei verlasse, wo ich mich nach den Vorschriften des *Schlüssels des Salomo* mit geweihtem Wasser gewaschen und mir das Priestergewand übergezogen habe. Ich betrete die Apsis von San Giovanni in Laterano. Fra Giordano erwartet mich auf einem hölzernen Sitz neben dem Papstthron. Santino, der ebenfalls die priesterliche Albe aus weißem Leinen trägt, hat bereits die Absolution bekommen und liegt, im Gebet versunken, vor dem Altar und der Confessio auf dem Marmorboden. Im Dämmerlicht der mitternächtlichen Basilika kann ich ihn jedoch von hier aus nicht sehen.

Fra Giordano blickt besorgt zu mir auf. Eine Frau in Priestergewändern … Ein Sakrileg!

»Habt Ihr es?«, frage ich ihn.

Umständlich zerrt er mein Notizbuch unter seinem Skapulier hervor, schlägt die Seite auf und zeigt mir die zittrige und beinahe unleserliche Unterschrift von Papst Eugenius.

»Ich bin Euch sehr dankbar, Fra Giordano. Für alles.« Ich zupfe an dem steifen Leinen der Albe herum und knie vor ihm nieder.

Der Benediktiner schüttelt unwillig den Kopf. »Papst Martin, Gott hab ihn selig, würde sich im Grab umdrehen, wenn er wüsste, dass Ihr seine Priestergewänder tragt. Mir ist nicht wohl bei dem Gedanken …«

»Ich möchte beichten, Pater«, unterbreche ich ihn und bekreuzige mich. »In nomine Patris et Filii et Spiritus sancti. Amen.«

»Gott, der unser Herz erleuchtet, schenke Euch die wahre Erkenntnis Eurer Sünden und seiner Barmherzigkeit.«

»Amen.«

Fra Giordano hält mir das Notizbuch mit der Beichte hin. Ich habe sie Wort für Wort aus dem *Schlüssel des Salomo* abgeschrieben, sodass ich im Schein der Kerze neben ihm daraus vorlesen kann: »O Herr, mein Gott, Herrscher über Himmel und Erde, mit demütig gesenktem Blick bekenne und bereue ich in deiner Gegenwart meine Sünden. Denn ich habe vor dir gesündigt durch Stolz und Gier und das unstillbare Verlangen nach Ruhm und Ehre …«, spule ich meinen Text ab, der mich sogar von Verrat, Gewalt und Mord losspricht. »Ich beschuldige mich selbst, vor dir, o Gott, und bete dich in tiefster Demut an. In deiner Gegenwart bekenne ich meine Sünden, damit mein Feind, der Teufel, keine Macht über mich hat und mich an meinem letzten Tag nicht verhöhnen kann. O allmächtiger Vater, gewähre mir durch deine Gnade die Macht, die Geister, die ich rufen werde, zu bezwingen, um meinen toten Sohn zu rächen.«

Fra Giordano beugt sich vor und malt mir das Kreuzzeichen auf die Stirn. »Ego te absolvo a peccatis tuis in nomine Patris et Filii et Spiritus Sancti. Amen.« Er deutet auf die Zeilen unter meiner schriftlichen Beichte. »Papst Eugenius übermittelt Euch durch mich seinen Segen und bezeugt durch seine eigenhändige Unterschrift sein Einverständnis mit Eurem Handeln.«

»Ihr seid mein Beichtvater und mein Zeuge. Setzt Eure Unterschrift unter seine.«

Er kramt den Silberstift hervor, den ich ihm heute Nachmittag mit dem Notizbuch gegeben habe, wirft einen unruhigen Blick zu

Santino hinüber, der immer noch, auf dem Boden liegend, betet, hält das Büchlein ins Licht der Kerze und unterzeichnet.

»Grazie, Frate. Nun tut, was wir vorhin besprochen haben. Dann versteckt das Notizbuch in Eurer Zelle. Und kein Wort zu Fra Santino. Ich hole es mir morgen früh nach der Prim ab. Mit dem Signum des Priors.«

Er lässt das Buch wieder unter seinem Skapulier verschwinden. »Ihr traut Fra Santino nicht.«

Lange sehe ich ihn an, bevor ich antworte: »Er ist Inquisitor und Exorzist. Der Papst hat ihn mir an die Seite gestellt. Es ist der Wunsch des Heiligen Vaters, dass ich ihm vertraue.«

»Das ist keine Antwort.«

»Manchmal lauert der Teufel im Weihwasserbecken.«

Er nickt langsam. »Verstehe.«

»Ich vertraue Euch, Fra Giordano. Deshalb habe ich Euch zum Papst geschickt.«

»Mein Gott, worauf lasst Ihr Euch ein, Alessandra!« Er schnauft. »Es ist schon spät. Die Matutin beginnt. Sobald ich mit dem Prior gesprochen habe, werde ich zurückkommen.«

»Betretet auf keinen Fall den Lateranpalast«, ermahne ich ihn.

»Ich werde hier in der Basilika auf Euch warten.«

»Ist gut.« Ich erhebe mich, streiche mit beiden Händen Papst Martins Priestergewand glatt, das seit seinem Tod in der Sakristei von San Giovanni in Laterano aufbewahrt wird, und gehe zum Hochaltar mit dem Tabernakel, in dem sich die Reliquiare mit den Häuptern von Petrus und Paulus befinden.

Lautlos steige ich die drei Stufen empor, beuge mich über den Altar und suche Santino. Er hat sich erhoben und ist in die Confessio vor dem Altar hinabgestiegen. Jetzt kniet er direkt unter mir vor dem Grab von Papst Martin. Er lehnt seine Stirn gegen die mit Münzen übersäte Grabplatte und murmelt leise vor sich hin.

Robin, der sich hinter einer Säule des Seitenschiffs verbirgt, wo

Santino ihn nicht sehen kann, gibt mir ein Zeichen: ›Alle Bravi sind in Position.‹

Ich hebe die Hand zum Zeichen, dass ich verstanden habe.

»Sind alle eingeweiht?«, habe ich Robin vorhin gefragt.

»Aye, Mylady. Sie werden Euer Leben mit ihrem schützen.«

»Satan hat bisher drei Mönche ermordet. Fra Santino und ich sind womöglich seine nächsten Opfer. Was wir heute Nacht vorhaben, ist lebensgefährlich, nicht nur für uns, sondern auch für euch. Die Männer sollen ohne zu zögern und entschlossen zuschlagen. Und ich will nicht, dass Fra Santino sie bemerkt.«

»Verstanden.« Obwohl er letzte Nacht bei der Durchsuchung des Labyrinths unterhalb des Lateranpalastes nichts gefunden hatte, wirkte er beunruhigt.

Sieh an, kein flotter Spruch heute Nacht, dass er sich gern mal ein bisschen gruselt? Ist das mein Robin, der weder Tod noch Teufel fürchtet?

»Ein Mann mit einer Armbrust verbirgt sich auf der Benediktionsloggia der Basilika. Er überwacht den Pilgerweg. Einer steht auf dem Dach des Palastes und behält die Piazza vor dem Portal im Auge. Er warnt uns, sobald sich jemand der Kathedrale nähert. Einer wartet am Portal zum Kreuzgang des Benediktinerklosters und bewacht Fra Santinos Bewaffnete. Ich will heute Nacht keine Henkersknechte der Inquisition um mich haben, verstanden? Sperrt sie ein, wenn nötig.«

Robin hob erstaunt die Augenbrauen. Die Behinderung der Bravi der Inquisition gilt als schwere Straftat, die durch das Inquisitionstribunal gnadenlos verfolgt wird – dabei wissen die Richter genau, dass die Schergen der Inquisitoren die Gläubigen oft durch Erpressung und durch Androhung von Gewalt schikanieren.

»Einer meiner Bravi soll am Grab von Papst Silvester wachen. Den Rest will ich weder sehen noch hören. Du wirst dich in der Nähe des Saales verstecken, wo wir die Satansmesse halten. Ich will dich in meiner Nähe haben, Robin. Mit dem Schwert in der Hand.«

»Aye, Mylady.«

»Noch etwas: Ich will nicht, dass die Männer beobachten, was wir tun. Also schaut gefälligst in die andere Richtung. Dann muss später niemand unter der Folter aussagen, er habe mich in Priestergewändern in der allerheiligsten Basilika der Christenheit eine Satansmesse feiern gesehen. Im Fall eines Inquisitionsprozesses würde eine derartige Aussage euch allesamt zu Mitschuldigen machen. Noch Fragen? Nein? Gut. Dann los. Gott schütze euch alle.«

Jetzt gebe ich Robin ungeduldig vom Altar aus ein Zeichen, dass er in den Schatten des Seitenschiffs verschwinden und sich auf die besprochene Position begeben soll.

Sobald er sich auf den Weg gemacht hat, verlasse ich den Altar und steige die Stufen hinunter zur Confessio, wo ich mich mit ausgebreiteten Armen und aufgestütztem Kinn auf den Boden lege, um in dieser schmerzhaften Haltung das Gebet zu sprechen: »O Herr, allmächtiger und ewiger Gott, schenke mir deine göttliche Gnade, denn ich bin dein Kind. Beschütze mich vor meinen Feinden und festige meinen wahren und unerschütterlichen Glauben. O Herr, dir vertraue ich meinen Körper und meine Seele an. Nur dir vertraue ich, nur auf dich verlasse ich mich …«

Nach dem »Amen« erhebe ich mich und warte auf Santino, der seine Aussprache mit Papst Martin beendet hat und mit schweren Schritten aus der Confessio zu mir heraufkommt. Er wirkt aufgewühlt und zu Tode erschöpft. Von der abgeklärten Gelassenheit des Inquisitors und Exorzisten, der alles schon erlebt und erlitten hat, scheint nichts mehr übrig zu sein.

»Alles in Ordnung?«, frage ich ihn, während wir zum Portal des Lateranpalastes hinübergehen.

Er nickt. »Vor meinem Tod werdet Ihr zu meinem Prüfstein, Alessandra«, bekennt er leise.

Ich sehe ihn von der Seite an. »Jesaja, Kapitel 28?«

»Ja«, nickt er und zitiert: »›Wir haben einen Bund mit dem Tod geschlossen und mit der Hölle einen Vertrag gemacht. Wenn die Geißel niederfährt, wird sie uns nicht erreichen, denn wir haben Zuflucht zur Lüge genommen und uns hinter der Täuschung versteckt. Darum spricht Gott, der Herr: Seht her, ich lege in Zion einen Grundstein, einen Prüfstein, felsenfest gegründet. Wer glaubt, braucht nicht ängstlich zu fliehen.‹«

Ich merke ihm an, wie sehr ihn sein wundgedachtes Gewissen schmerzt. Na, wenigstens sieht er in mir nur eine Versuchung für seinen unerschütterlichen Glauben und nicht eine Strafe Gottes, die ihn befallen hat wie die tödliche Krankheit, der er in wenigen Wochen erliegen wird.

Aber wieso erwähnt er die Täuschung? Weiß er von meiner Absprache mit Fra Giordano? Und von meinem Notizbuch, das ich bisher so sorgfältig vor ihm verborgen habe?

»Was ist?«, fragt er beunruhigt.

Wortlos schüttele ich den Kopf.

Er ergreift meine Hand und drückt sie. »Auch ich habe Angst«, gesteht er.

Wir betreten den Lateranpalast und steigen die Treppe empor in den ersten Stock. In der Nähe des antiken Thronsaals der Päpste haben wir unser Arbeitszimmer eingerichtet.

Das Triklinium, der ehemalige Speisesaal der Päpste, ist gewaltig, beinahe monumental, und bis auf das flackernde Kaminfeuer, das eine angenehme Wärme verströmt, ist es finster wie Dantes Inferno. Auf dem langen Tisch mitten im Saal, der nur zur Hälfte beleuchtet ist, stapeln sich Gerbert d'Aurillacs Bücher aus der Geheimkammer. In den letzten Stunden habe ich sie eingehend studiert und Erstaunliches entdeckt. Gerberts persönliche Notizen zu lesen hat mich tief berührt. Auf eine seltsame Weise fühle ich mich ihm, der wie ich ein illegitimes Kind ist, ein verachteter Bastard, der sich seine gesellschaftliche Position erst erkämpfen musste, eng verbunden, ja sogar vertraut …

»Alessandra?« Santino reißt mich aus meinen Gedanken. »Seid Ihr bereit? Es ist gleich Mitternacht.«

Wir gehen zum Ende des Tisches, wo wie auf einem Altar der *Schlüssel des Salomo* aufgeschlagen zwischen zwei Kerzen liegt. Ich reiche Santino die weiße Kreide.

»Zuerst der Schwur«, erinnert er mich.

Ich nicke ihm beklommen zu, und er gelobt feierlich, alles zu tun, was ich ihm als Maestra befehle, und alles zu unterlassen, was uns in Gefahr bringen könnte. Zum Zeichen, dass ich sein Gelübde akzeptiere, küsse ich ihn auf die Stirn. Bevor er mir den Friedenskuss auf die Lippen gibt, halte ich den Saum meines Ärmels vor mein Gesicht. Ich will mich nicht mit der Schwindsucht anstecken.

Sein Kuss beruhigt ein wenig meine Furcht vor dem Grauen, das uns erwartet. Ich bemühe mich, ihm nicht zu zeigen, wie groß meine Angst ist, und lächele befangen.

Santino, der wohl ahnt, was in mir vorgeht, drückt mir ein gefaltetes Pergament in die Hand. »Der Zettel enthält die okkulten Formeln für einen Exorzismus, mit Psalmen und Anrufung des Erzengels Michael. Wenn ich die ersten Anzeichen von Besessenheit zeige, dann exorziert Ihr …«

Ich hebe die Hand, und er verstummt. »Das werde ich«, verspreche ich ihm und halte ihm erneut die weiße Kreide hin.

Ich entferne mich einige Schritte vom Tisch und bleibe mitten im Saal mit dem *Schlüssel des Salomo* in der einen Hand und einem Weihrauchgefäß in der anderen stehen. Santino kriecht über den Boden und malt um mich herum nach meinen Anweisungen einen komplizierten magischen Kreis. In den Rand schreibt er das Tetragrammaton YHWH und den unaussprechlichen Gottesnamen, den auch mein Amulett aufweist. Unterdessen rezitiert er den Psalm ›Deus misereatur nostri – Gott sei uns gnädig und segne uns‹.

Nach dem vorgeschriebenen Gebet zum allmächtigen Gott, der unser Handeln heiligen soll, tritt er zu mir in den magischen Kreis, nimmt mir das Weihrauchgefäß ab, drängt sich von hinten gegen mich und zieht seinen Dolch, dessen Griff wie ein magisches Pentagramm geformt ist. Ich blättere den *Schlüssel des Salomo* eine Seite weiter und wende mich nach Osten, um mit der feierlichen Invokation zu beginnen: »O Herr, erhöre mein Gebet, das aus der finsteren Tiefe zu dir dringt … Ich lobpreise dich, ich segne dich, ich verehre dich, ich verherrliche deinen heiligen Namen …«

Ein Zischen, das nicht vom prasselnden Kaminfeuer herrührt, lässt uns zusammenzucken.

Santino drängt sich gegen mich, und ich spüre, wie er am ganzen Körper bebt. »Was war das?«, wispert er atemlos und hebt den blitzenden Dolch, um sich gegen das Böse zu wehren.

Ich zucke mit den Schultern – vermutlich war es Robin, der eben sein Schwert gezogen hat. Ob er etwas gehört hat?

Abgesehen vom Knacken der Holzscheite im Kamin bleibt alles ruhig. Das Prasseln des Feuers prickelt auf meiner Haut wie kleine Fünkchen aus Schmerz. Unruhig starre ich in die sich bewegenden Schatten des Saals, kann jedoch keine schwarze Gestalt erkennen, die sich uns bedrohlich nähert.

Santino und ich sind allein.

»Weiter!« Ich hebe das Grimoire und lese wieder vor: »Allerheiligster Adonai, erleuchte uns mit dem Funken deiner unendlichen Weisheit, sodass wir die verborgenen Mysterien der Heiligen Schrift verstehen können.«

Die Stille, die uns plötzlich umfängt, ist vollkommen. Kein Knistern verglühender Holzscheite mehr. Kein Knacken erhitzter Bodenfliesen vor dem offenen Kamin. Das Blut rauscht in meinen Ohren.

Ich ziehe die schmerzhaft verspannten Schultern hoch und umklammere mit schweißnassen Fingern den *Schlüssel des Salomo*, der mit jedem Augenblick schwerer zu wiegen scheint. Während ich weiterlese, konzentriere ich mich auf den Zorn in mir, der vom Funken zur heiß lodernden Flamme emporwächst, um die lähmende Angst in mir zu besiegen.

Ja, so fühle ich mich nicht ohnmächtig der Macht des Bösen ausgeliefert! Der Zorn tut mir gut. Er schärft meine Sinne.

Langsam drehe ich mich um mich selbst und beginne mit lauter und fester Stimme die Beschwörung Satans: »Im Namen Gottes, im Namen unseres Herrn Adonai, im Namen des allerhöchsten El Elyon, im Namen des allmächtigen El Shaddai, im Namen des ewigen El Olam, im geheiligten Namen des היוה ינודא הוהי היהא, beschwöre ich dich, Satan, aus den Abgründen der Hölle zu mir heraufzusteigen und vor mir zu erscheinen. Jetzt sofort.«

Santino zupft am Ärmel meiner Albe. Der Exorzist, der mich vor den Mächten des Bösen beschützen soll, ist ebenso angespannt wie ich. »Was ist? Wieso haltet Ihr Euch nicht an die Beschwörungsformeln im *Schlüssel des Salomo*?«, fragt er mit brechender Stimme.

Ich ziehe das silberne Amulett unter meinem Priestergewand hervor und zeige es ihm. »Habt Ihr nicht selbst gesagt, dieses Amulett habe dieselbe Macht wie der Ring des Salomo? Na, das werden wir gleich nicht nur glauben, sondern wissen …«

Er verdreht entnervt die Augen. »Ihr seid ja …« Erschrocken verstummt er und blickt zur Tür hinter mir. »Allmächtiger Gott!«

Im Schein des Feuers sehe ich, wie sein Gesicht plötzlich die Farbe eines bleichen Totenschädels annimmt. Das Grauen funkelt in seinen schwarzen Augen.

Ein lähmendes Gefühl kriecht eiskalt meinen Rücken hoch und raubt mir den Atem. Ich fahre herum. Vor Entsetzen hätte ich beinahe das Grimoire fallen gelassen.

Ein Schemen in weitem Gewand steht in der offenen Tür.

Großer Gott, er ist es!

In diesem Augenblick schlagen die großen Glocken von San Giovanni in Laterano mit einem durchdringenden Dröhnen Mitternacht.

Während er langsam in den lodernden Schein des Kaminfeuers tritt, funkeln die aufgestickten Juwelen auf seiner prächtigen weißen Robe mit dem Pallium um seine Schultern. Die Goldborten auf seiner Mitra glitzern.

Der Fürst der Finsternis trägt den Pontifikalornat, in dem Papst Silvester in Santa Croce in Gerusalemme seine letzte Messe gehalten hat.

Yared

Kapitel 36

In Yareds Schlafzimmer im Palazzo Colonna
Donnerstag, 23. Februar 1447
Kurz nach Mitternacht

Ungläubig starrt Prospero den Rubinring an meinem Finger an. »Ihr seid verheiratet?«

»Seit zwei Jahren.«

Er schüttelt den Kopf. »Seid Ihr … getauft?«, stammelt er.

»Nein.«

»Möge Gott Euch beiden vergeben! Ein Jude und eine Christin können nicht heiraten.«

»Doch, wenn sie einen Rabbiner finden, der sie traut. Einen Freund, der weiß, wie sehr sie sich lieben, und der ihnen hilft, alles, was sie wie der Glaube trennt, zu überwinden.«

Prospero sieht mich versonnen an. »›Glaube, Hoffnung, Liebe. Aber die Liebe ist die größte unter diesen drei. Sie erträgt alles, glaubt alles, hofft alles und hält allem stand. Und sie hört niemals auf‹«, zitiert er Paulus' Hohelied der Liebe.

»›Leg mich wie ein Siegel an dein Herz! Denn stark wie der Tod ist die Liebe, wie die Feuergluten der Hölle ihre Leidenschaft. Nichts vermag ihr Lodern auszulöschen.‹ König Salomos Lied über die Macht der Liebe.« Ich sehe Prospero eindringlich an. »Mein Schwager, Rabbi Benyamin, hat uns drei Tage vor unserer Abreise getraut.«

»Nach jüdischem Ritus? Sie ist eine Christin!«

»Mit jüdischen Vorfahren.«

»Was?«, haucht er bestürzt.

Ich zögere einen Augenblick, Prospero ihr Geheimnis zu offenbaren. Alessandra und ich müssen immer wieder Entscheidungen treffen, die uns beide betreffen, ohne uns je abstimmen zu können. Aber macht nicht gerade dieses gegenseitige Vertrauen unsere Liebe aus?

»Ihr wisst nicht, was in der Truhe war, die sie im Nachlass ihres Vaters gefunden hat, nicht wahr?«

Er starrt mich verdattert an und schüttelt den Kopf.

»Alessandras Großvater Girolamo d'Ascoli starb an der Pest, während ihr Vater Luca in Byzanz studierte. Als er vom Tod seiner Eltern erfuhr, kehrte Luca nach Italien zurück und trat in Santa Maria sopra Minerva in den Dominikanerorden ein. Zumindest hat Alessandra das immer geglaubt, bis sie nach Lucas Tod jene versiegelte Truhe fand, die ihr Vater wohl im Nachlass seines Vaters entdeckt hatte. Luca hatte sie all die Jahre vor ihr verborgen. Sie war bestürzt, als sie die Truhe fand.«

Prospero nickt langsam. »Luca und Sandra hatten keine Geheimnisse voreinander.«

»Doch, Prospero. In dieser Truhe hat Luca d'Ascoli all die Jahre seine Herkunft verborgen.«

»Und was war drin?«

»Ein Tallit, Tefillin, silberne Schabbatleuchter und eine Mesusa mit dem Schma Israel: ›Höre Israel: Adonai ist unser Gott, Adonai unser Herr allein. Und du sollst den Herrn, deinen Gott, lieben mit deinem ganzen Herzen und mit deiner ganzen Seele und mit deiner ganzen Kraft.‹ Die silberne Schriftkapsel sah aus wie Salomos Tempel.«

»Um Gottes willen!«, flüstert er. Er ist blass geworden.

»Alessandra war fassungslos.«

»Kann ich mir vorstellen«, nickt er schwach.

»Sie begann nachzuforschen und fand heraus, dass Girolamo d'Ascoli mit seiner schwangeren Frau vor der Inquisition aus Rom fliehen musste. Luca wurde in Ascoli geboren. Alessandras Großvater, ein jüdischer Converso, der eigentlich Rabbi Akiva ben Samuel hieß, war ein berühmter Schriftgelehrter aus der uralten Familie Kohen. Die Kohanim waren, wie Ihr wisst, die jüdischen Tempelpriester. Alessandra ist eine Nachfahrin der Hohenpriester des Tempels, die König Salomo vor zweieinhalb Jahrtausenden in ihr Amt einsetzte.«

»Allmächtiger Gott!« Er birgt sein Gesicht in beiden Händen. »Ist sie Jüdin?«

»Nein, sie ist Christin. Jüdisch ist nach dem Gesetz, wer eine jüdische Mutter hat. Und sie bezeichnet sich selbst als Christin. In Jerusalem habe ich sie gefragt, ob sie zum Judentum konvertieren würde. Sie hat abgelehnt.«

Prospero stürzt den Wein hinunter. »Hat sie sich dem Papst anvertraut?«, fragt er mit rauer Stimme.

»Nein.«

Er atmet tief durch. »Dann lassen wir es dabei. Ihr Großvater, ein frommer Christ, war Medicus in Ascoli. Und ihr Vater wäre beinahe Papst geworden.«

»Aber sie ist mit einem Juden verheiratet …«

»… der sich morgen taufen lassen wird«, vollendet er meinen Satz. »Wir werden die Taufe morgen früh nach den Laudes in aller Stille durchführen. In Santi Apostoli. Nur Sandra, Elija, du und ich …«

Alessandra

Kapitel 37

In Alessandras Arbeitszimmer im Lateranpalast
Donnerstag, 23. Februar 1447
Kurz nach Mitternacht

Der Fürst der Finsternis, der während der letzten dröhnenden Glockenschläge in der offenen Tür des Saals stehen geblieben ist, trägt Gerberts juwelengeschmückten Pontifikalornat.

Ich ziehe den Dolch aus meinem Gewand und schleudere ihn mit aller Kraft gegen Satan. Doch der springt zurück, sodass die Klinge gegen den marmornen Türsturz prallt und zu Boden poltert.

»Robin!«, schreie ich und renne auf die Gestalt mit dem schwarzen Gesicht zu, die mich mit aufgerissenen Augen fassungslos anstarrt. »Robin! Orlando! Guido! Kommt sofort!«

Und dann geschieht das Unglaubliche: Satan weicht zurück, wendet sich um, stolpert dabei über den Saum des Papstornates und flieht überstürzt in die Finsternis.

Ich folge ihm. Heißer Zorn treibt mich vorwärts. Entschlossen hebe ich meinen Dolch auf und haste hinter ihm her.

»Alessandra!«, brüllt Santino mit sich überschlagender Stimme. »Kommt zurück! Das ist viel zu …« In seiner Panik japst er zu hastig nach Luft und beginnt keuchend zu husten.

Leise betrete ich den langen finsteren Gang, der zum Thronsaal führt. Er scheint verlassen zu sein. Ich spanne meine Schultern an und umklammere den Dolch. Wohin ist er verschwunden?

Dann kann ich seinen Atem hören – direkt hinter mir. Langsam drehe ich mich um.

ꕤ Yared ꕤ

Kapitel 38

In Yareds Schlafzimmer im Palazzo Colonna
Donnerstag, 23. Februar 1447
Kurz nach Mitternacht

»Wir werden die Taufe morgen früh nach den Laudes in aller Stille in Santi Apostoli durchführen. Sandra, Elija, du und ich. Du musst nicht bis zur Osternacht warten, um in die Kirche Jesu Christi aufgenomm…«

»Vergiss es, Prospero! Ich werde nicht konvertieren. Und Elija auch nicht.«

»Als Papst werde ich keinen Juden in meiner Familie dulden.«

»Und ich werde mich nicht von Alessandra scheiden lassen.«

»Wer redet denn von Scheidung?«

Ich zögere. »Und Cesare?«

»Zum Teufel mit ihm. Plan B: Ein christlicher Wesir von Granada mit einer Colonna an seiner Seite ist mir wichtiger.«

»Du bist ja völlig skrupellos!«

»Du etwa nicht? Ich dachte, Catalina Abenarroyo Soriano sei eine getaufte Christin aus Toledo. Zumindest hat sie mich das glauben lassen, während wir … na ja, du weißt schon. Wann wolltest du mir eigentlich sagen, dass sie Yael Abecassiz heißt, in deinem Gefolge wieder als Jüdin lebt und in Neapel bereits König Alfonso von Aragón aufs Kreuz gelegt hat?«

»Plan B? Sieh mal einer an!«, lache ich. »Nur für's Protokoll: Wie sieht Plan C aus?«

»Das sage ich dir, wenn es so weit ist«, brummt er.

Prospero denkt schnell und kann von einem Augenblick zum anderen seine Taktik ändern. Wie ein Condottiere durchschaut er die Schwächen deiner Verteidigung und greift so ungestüm an, dass er sie durchbricht. Und wehe, wenn er erst hinter deinen Linien ist. Dann sprengt er dir deine Munitionslager in die Luft, pinkelt dir in deine Wasservorräte und klaut dir den Proviant. Und ziehst du dich zurück, überholt er dich und lässt dich in einen Hinterhalt laufen. Erst wenn du die weiße Fahne hervorkramst, haut er dir freundschaftlich auf die Schulter und tut so, als wäre alles nur ein toller Spaß gewesen.

»Prospero, ich werde mich nicht taufen lassen.«

»Ach, komm schon, Yared!«, redet er mir zu. »Du bist doch schon lange kein Jude mehr! Du missachtest die Gebote der Tora. Du ehrst den Sabbat nicht, betest nicht mit Tallit und Tefillin, lebst nicht koscher, vergnügst dich mit den muslimischen Gespielinnen, die dir dein Freund Sultan Muhammad ins Bett gelegt hat, und heiratest ganz ungeniert eine Christin. Weiß der Sultan eigentlich davon?«

»Ja, er weiß es.«

»Und?«

»Er hat getobt. Er wollte, dass ich zum Islam konvertiere und eine Prinzessin aus seiner Familie heirate. Aber er hat sich wieder beruhigt. Er schätzt Alessandra als berühmte Gelehrte. Und er freut sich darauf, sie in der Alhambra um sich zu haben. Und ein bisschen mit ihr angeben zu können.«

Prospero atmet tief durch. Dann erhebt er sich von seinem Diwan und wandert durch den Raum. »Yared, ich weiß, was du für die Christen in Ägypten getan hast. Und für den koptischen Papst Yoannis al-Maksi, dem du im Kerker das Leben gerettet hast, als der Mameluckensultan ihn foltern ließ.« Er senkt den Blick, als müsse er sich besinnen, dann blickt er auf und spricht weiter: »Ich weiß auch, dass der Sultan von Ägypten ein Kreuz im Innenhof der Zitadelle aufgerichtet hatte, an dem ein Franziskanermönch gekreuzigt wurde.

Fra Girolamo da Salerno, einer der Wächter des Heiligen Grabes in Jerusalem, hatte sich geweigert, zum Islam zu konvertieren – so wie du. Der Sultan ließ Fra Girolamos Kreuz unter dem Fenster deines Arbeitszimmers in Kairo aufrichten, sodass du den Gekreuzigten sehen und seine Schreie hören konntest. Diese grausige Inszenierung der Kreuzigung des Mönches diente letztlich dazu, nicht Fra Girolamo, sondern dich durch Androhung von Gewalt zum Übertritt zu zwingen. Aber du hast dem Sultan getrotzt und dich geweigert, dich Allah und seinem Propheten zu unterwerfen. Fra Girolamo verdankt dir sein Leben, denn du hast ihn vom Kreuz nehmen lassen und seine Wunden versorgt – blutige Stigmata wie die unseres Herrn Jesus Christus, in dessen Namen deine Frau und dein kleiner Sohn starben.« Prospero ist vor mir stehen geblieben, um seinen Worten mehr Nachdruck zu verleihen. »Das ist christliche Barmherzigkeit, Yared. Das ist Vergebung. Das ist Liebe. Du denkst und handelst, ja du lebst nach zutiefst christlichen Idealen!«

Ich schüttele den Kopf. »Nein, Prospero, das ist nicht wahr. Menschlichkeit ist keine Erfindung von Jesus Christus.«

»Besinne dich, Yared! In Jerusalem warst du bereit, um ihretwillen zum Islam zu konvertieren. Du wolltest sie heiraten, um ihr das Todesurteil zu ersparen. Jetzt hast du die Gelegenheit, das Versprechen, das du ihr in Jerusalem gegeben hast, einzulösen: Lass dich taufen, Yared! Heirate sie nach christlichem Ritus. Dann gebe ich eurer Ehe meinen Segen.«

Alessandra

Kapitel 39

Im Lateranpalast
Donnerstag, 23. Februar 1447
Kurz nach Mitternacht

»Guido! Verdammt, wo steckst du?« Robins Stimme klingt leise, als wäre er weit entfernt. »Holy shit!«, flucht er ungehalten.

Das Geräusch laufender Schritte eines einzelnen Mannes dringt durch die Stille der Gänge. Ich halte den Atem an und lausche. Wie es scheint, ist Robin im Arbeitszimmer.

»Orlando!«, höre ich ihn rufen. »Was, zur Hölle, geht hier vor?«

»Keine Ahnung«, schnarrt der junge Römer, der aus seinem Versteck gekommen ist. »Wo ist Guido?«

»Weiß ich nicht«, knurrt Robin.

»Und die Contessa?«

»Verschwunden. Kennst sie doch: Sie liebt den Nervenkitzel. Wenn's irgendwie geht, tummelt sie sich da, wo's am gefährlichsten ist.«

»Gott im Himmel!«, stöhnt Orlando entnervt.

»Befehl an alle: Basilika und Palast abriegeln. Alle Mann auf ihre Positionen. Fackel, Armbrust, Schwert. Sturmangriff auf mein Zeichen. Ich geh sie suchen. Mach, dass du wegkommst!«

Orlandos Schritte werden leiser. Er hastet in die Lateranbasilika.

Mit angehaltenem Atem lausche ich in die Stille und blinzele in das düstere Glühen der purpurfarbenen Sturmwolken, das durch die hohen Bogenfenster dringt und den Saal in einen mystischen Dämmer taucht.

Wo ist Satan? Als Santino vorhin hustend hinter mir auftauchte, war er plötzlich fort. Aus den Augenwinkeln habe ich noch die Juwelen auf dem Pontifikalornat glitzern gesehen, dann war er mit den Schatten verschmolzen.

Lautlos schleiche ich weiter und taste mit der ausgestreckten Hand an der Wand des Saales entlang. Der Putz blättert ab, sobald ich ihn berühre. Einige der marmornen Bodenfliesen sind locker und knirschen unter meinen Schritten. Nach zwei verheerenden Feuersbrünsten und einer Plünderung durch die Bravi der Colonna ist der Lateranpalast kaum mehr als eine verfallende Ruine.

Ich wünschte, ich hätte mein Notizbuch mit dem Lageplan des Palastes bei mir – aber das verwahrt Fra Giordano unter seinem Kopfkissen. Ob ich die Kerze aus der Zunderdose an meinem Gürtel holen soll? Aber dann entscheide ich mich dagegen. Wenn *ich* weiß, wo ich bin, weiß *er* es auch. Dem flackernden Lichtschein hinter mir nach zu urteilen, hat Robin eine Fackel. Er wird mir Satan in die Arme treiben. Mit schmerzenden Fingern packe ich den Griff meines Dolches noch fester und verlasse den Saal.

Gut, dass ich gestern mit Ludovico Scarampo den Lateranpalast besichtigt habe. So weiß ich auch ohne mein Notizbuch ungefähr, wo ich bin. Nach rechts geht es zur Scala Santa, der Heiligen Treppe, und zur Sancta Sanctorum, der allerheiligsten Kapelle der Päpste. Der Gang vor mir endet vor dem Thronsaal, ein paar Schritte den Gang entlang führt eine Treppe hinunter zu den Scriptorien und zum Archiv, das vor Jahren, bevor es niederbrannte, ebenso vollgestopft war wie das Archivum Secretum in den Gewölben des Vatikans.

Wo ist er?

Ich husche den Gang entlang in Richtung der Heiligen Treppe. Papst Martins Albe aus weißem Leinen raschelt auf der Seide meines blauen Kleides. Ich bleibe stehen, lege das Priestergewand ab und falte es zusammen.

»Alessandra?« Santinos Stimme ist sehr leise. Sie klingt, als wäre er auf der anderen Seite des Palastes, irgendwo in den päpstlichen Wohnräumen.

So leise wie möglich gehe ich weiter.

Kurz darauf habe ich die Scala Santa erreicht – achtundzwanzig Marmorstufen, die von einem antiken Fresko überwölbt werden und die von einem der Portale des Lateranpalastes zu mir heraufführen. Der Legende zufolge schritt Jesus Christus zu seiner Verurteilung und Kreuzigung über diese Treppe, die sich im Prätorium von Pontius Pilatus befunden haben soll. In Erinnerung an die Passion betreten Gläubige die Stufen, auf denen das Blut aus den Geißelungswunden Christi zu sehen sein soll, nur auf Knien.

»Alessandra!«, ruft Santino wieder.

Ich wende mich ab und husche den Gang weiter hinunter zur Sancta Sanctorum. Holzgerüste stützen die einsturzgefährdeten Wände. Auf dem Boden liegt Werkzeug herum. Die Bauarbeiter haben offenbar mit der Renovierung des Palastes begonnen. Ich tappe vorsichtig weiter, passe auf, dass ich nicht stolpere, und suche einen Weg zwischen den aufgestapelten Holzbrettern und Gipssäcken hindurch.

Hinter einem antiken Rundbogen zweigen drei Gänge ab, die sich in der Finsternis verlieren. Ich taste mich an der Wand entlang zur Sancta Sanctorum, die zwischen zwei anderen Kapellen liegt. Die eine ist dem heiligen Lorenzo geweiht, die andere dem heiligen Silvester I., dem berühmten Amtsvorgänger von Papst Silvester II.

Ich bücke mich unter dem niedrigen Durchgang hindurch und betrete die nachtschwarze Sancta Sanctorum. Die Mosaiken und Wandfresken der Kapelle sind in der undurchdringlichen Finsternis nicht zu erkennen. Als Kind war ich einmal mit meinem

Cousin hier. Vor seiner Wahl zum Pontifex war er Erzpriester der Patriarchalbasilika San Giovanni in Laterano. Er hat mir die allerheiligsten Reliquien in der Lade aus Zypressenholz unter dem Altar gezeigt.

Der Altar befindet sich direkt vor mir in der samtigen Dunkelheit. Ich tappe zwei, drei, vier Schritte vorwärts. Als ich mit dem ausgetreckten Arm zuerst eine der beiden Porphyrsäulen und dann den Altar ertaste, bleibe ich stehen und lausche.

Die Stille ist so vollkommen, dass ich unwillkürlich den Atem anhalte. Mein Herz klopft bis zum Hals.

Ich bin allein.

Mit einem Seufzer der Erleichterung will ich mich umwenden und die Kapelle verlassen, doch da stolpere ich über etwas Großes, Schweres, Weiches und stürze zu Boden.

Ich rappele mich wieder hoch, strecke die Hände aus und ertaste etwas Warmes. Erschrocken zucke ich zurück, dann wage ich mich erneut vor. Es ist eine Hand. Sie ist schlaff, und sie bewegt sich nicht. Ich schiebe meine Hand höher. Eine furchtbare Ahnung schnürt mir die Kehle zu. Der Tote trägt einen Harnisch. Auf der rechten Schulter ertaste ich das Wappen der Colonna: die aufrecht stehende Säule.

Es ist Guido. Heißer Zorn steigt in mir auf.

Wieder kein Blut, weder an seinem Körper noch auf dem Boden der Sancta Sanctorum. Ich taste nach seinem Gesicht und berühre rohes Fleisch. Vor Schreck schnappe ich nach Luft. Die Gesichtshaut ist weggerissen. Und das Genick ist gebrochen. Ich schiebe meine Hand unter den Harnisch. Er dürfte erst vor wenigen Minuten gestorben sein.

Bebend vor Wut ziehe ich sein Schwert aus der Scheide und springe auf. So schnell es geht verlasse ich die Kapelle und hetze zurück zum Thronsaal auf der anderen Seite des Palastes.

Am Ende des Ganges zur Basilika führt die Treppe hinab ins Labyrinth der Kellergewölbe. Ein flackernder Lichtschein dringt von unten zu mir herauf. Sucht Robin mich? Und wo ist Santino?

Als ich vor mir ein leises Rascheln vernehme, bleibe ich stehen und rühre mich nicht. Endlose Augenblicke verstreichen.

Da ist es wieder, dieses Schlurfen. Offenbar bewegt es sich auf mich zu, bedächtig, langsam, leise.

Sind es seine Schritte? Kommt er mir entgegen?

»Santino?«, flüstere ich.

Keine Antwort.

Ich spüre, dass er ganz in der Nähe ist und mich belauert. Dann kann ich sogar seinen Atem hören. Er ist nur wenige Schritte entfernt.

Mit eisigen Fingern greift die panische Angst nach meinem überreizten Verstand, eine archaische Furcht vor der Gefahr, die man nicht sehen kann und der man ohnmächtig ausgeliefert ist. Mein Herz rast, und mein unterdrückter Atem beschleunigt sich unwillkürlich.

Reglos verharre ich in der Finsternis, schlucke trocken und warte ab.

»Aaaaaleeessaaandraaaaa …«, zischelt er.

Ich zucke zusammen, als habe er mich geschlagen.

»Aaaaaleeessaaandraaaaa, mein geliebtes Kiiiiind.« Er atmet tief durch, dann beginnt er leise zu kichern, als bereite es ihm großes Vergnügen, mich kreuz und quer durch den Lateran zu hetzen. Das Schnaufen wird zum sardonischen Lachen.

Ich spanne die Schultern an, schiebe den rechten Fuß vor, um einen sicheren Stand zu haben, und hebe mit schmerzhaft verkrampften Fingern das Schwert.

Das satanische Kichern verstummt.

Er muss die Bewegung der Klinge wahrgenommen haben, denn plötzlich wendet er sich um und hastet den Gang entlang zum Thronsaal.

Ich folge ihm, auch wenn meine Knie vor Angst zittern. Wie lautet der Fluch im *Schlüssel des Salomo*?, überlege ich angestrengt. Santinos Zettel mit den Anweisungen für den Exorzismus steckt noch in Papst Martins zusammengefalteter Albe, und die liegt irgendwo in dem finsteren Gang zur Sancta Sanctorum.

»Verflucht, verflucht, verflucht!«, bricht es aus mir hervor.

Wieder kichert er leise.

»Sei verflucht und für alle Ewigkeit verdammt!«, schleudere ich ihm den Bannfluch aus Salomos Grimoire entgegen. »Sei gepeinigt von unendlichen Qualen, sodass du keine Ruhe findest bei Tag und bei Nacht, wenn du dich nicht sofort dem Wort des Allerhöchsten unterwirfst. Im Namen Gottes, vor dessen Namen alle seine Geschöpfe in Angst und Schrecken erbeben, befehle ich dir, dich zu unterwerfen!«

Erst folgt ein röchelndes Keuchen, dann ist es plötzlich totenstill.

Wo ist er?

Ich fasse mir ein Herz, betrete mit dem Schwert in der Hand den nur wenige Schritte entfernten Thronsaal, bleibe hinter dem Portal stehen und lasse meinen Blick durch die monumentale Halle schweifen. Durch die hohen Bogenfenster fällt ein düsterer rotgoldener Schein in den Saal und erfüllt ihn in einem geheimnisvollen Zwielicht.

An dem Tisch dort drüben hat Kardinal Vitelleschi vor acht Jahren das hebräische Evangelium verbrannt, das ich in Florenz gefälscht hatte.

Giovanni Vitelleschi hatte in Rom als Stellvertreter von Papst Eugenius regiert, der damals noch im Exil in Florenz war. Der Kardinal des Satans verriet den Papst und ermordete meinen Vater und meinen Bruder. Mit dem Evangelium des vergessenen Papstes in Händen, das ich in Alexandria gefunden hatte, wollte er sich selbst zum Pontifex krönen. Nach einem missglückten Mordanschlag auf mich ließ er mich von Florenz nach Rom in den Kerker von Santa Maria sopra Minerva entführen. Mein Geliebter Niketas, der Metropolit und Erzbischof von Athen, mit dem ich in Florenz zusammenlebte, übergab Giovanni Vitelleschi die hebräische Fälschung des Evangeliums und rettete mich vor der Hinrichtung auf dem Campo dei Fiori.

Ich weiß noch, wie Niketas mich erleichtert in seine Arme schloss und sich mit seinem Kuss zum ersten Mal zu unserer Liebe bekannte … und ich erinnere mich an den mörderischen Blick, den Vitelleschi mir zuwarf, als er den Papyrusschnipsel mit einem Spruch Jesu in die Flamme der Kerze hielt: ›Jesus sprach: Nach deinen Worten wirst du gerichtet werden und nach deinen Taten verdammt.‹

Oh, wie wahr! Prospero und ich haben den Satanskardinal gestürzt – Giovanni Vitelleschi starb zehn Tage nach seiner Festnahme im Kerker der Engelsburg. Papst Eugenius, der nach seiner Entmachtung schließlich im Triumph nach Rom zurückkehren konnte, hat mich nie gefragt, ob Vitelleschis mysteriöser Tod meine Blutrache für die Ermordung meines Vaters war.

Ich glaube, dass Ludovico Scarampo, der nun Rom regiert, Giovanni Vitelleschi vergiftet hat. Ludovico tut jedoch so, als wäre es Prospero gewesen, der sich für die Jahre der erbitterten Machtkämpfe um die Herrschaft über Rom und für über zweihundert ermordete und hingerichtete Familienmitglieder der Colonna rächen wollte. Und Prospero? Mein Cousin wollte nie von mir wissen, wo ich in jener Nacht war, als ich plötzlich das Bankett im Vatikan verließ. Er weiß, dass der Weg durch den Passetto zur Engelsburg und zurück leicht in einer halben Stunde zu bewältigen ist. Und er weiß auch, dass ich eingeweiht bin, wo der Schlüssel aufbewahrt wird. Aber er lächelt und schweigt …

Langsam gehe ich weiter.

Plötzlich bemerke ich im Dämmer vor mir eine Bewegung,

dann höre ich ein leises Knacken. Ich bleibe stehen und blinzele zum Papstthron hinüber. Was ist dort?

Entschlossen hebe ich das Schwert und gehe durch den Thronsaal darauf zu. Meine Schritte hallen laut auf dem Marmorboden.

Ein Schemen kauert auf dem Thron und blickt mir reglos entgegen. Matt schimmern die Juwelen auf Gerberts Pontifikalornat und Mitra. Sein Gesicht ist zur Seite geneigt und liegt im Schatten.

Ich lausche auf seinen Atem, kann jedoch nichts hören.

Vorsichtig strecke ich die Finger nach der schwarzen Hand auf der Lehne aus. Erschrocken zucke ich zurück. Allmächtiger Gott, sie ist leblos, steif und kalt. Wie die Hand eines Toten.

Ich weiche einen Schritt zurück, lege das Schwert auf den Boden und hole mein Feuerzeug hervor, um die Kerze aus der silbernen Zunderdose an meinem Gürtel anzuzünden.

Der glimmende Zunder entfacht den Docht der Kerze. Im Schein der Flamme betrachte ich die Gestalt im Papstornat, die auf dem Thron zusammengesunken ist.

Es ist eine Mumie. Die steifen Glieder sind gebrochen worden, damit sie in aufrechter Position im Pontifikalornat auf dem Thron sitzen kann. Die pergamentene Haut hat sich schwarz verfärbt, die Gesichtsmuskeln sind zu einer teuflischen Fratze mit schief aufgerissenem Mund erstarrt, die Augen unter den halb geschlossenen Lidern sind eingetrocknet und starren mich blicklos an.

Getrieben von der Faszination des Grauens, ziehe ich meine Damasthandschuhe an, nehme ihm die Mitra ab, bedecke mein Gesicht mit dem Ärmel meines Kleides, um keinen giftigen Schimmel einzuatmen, und beuge mich über ihn. Der Mann dürfte seit ungefähr zehn Jahren tot sein. Die Tonsur sieht jedoch aus, als wäre sein Schädel erst vor Kurzem ausrasiert worden.

Was für ein perfides Mysterienspiel ist das?

Dann entdecke ich das Büchlein, das die Mumie aufgeschlagen

in der Hand hält. Es lugt unter dem steifen Ärmel des Pontifikalornats hervor. Ich ziehe es heraus und lese den Titel.

Ars Magica. Es ist das Buch meines Vaters.

Als Santino und ich vorhin die Satansmesse zelebriert haben, lag es auf dem Tisch in unserem Arbeitszimmer. Und jetzt …

Mit zitternden Händen betrachte ich die aufgeschlagene Seite mit der Handschrift meines Vaters:

›Es steht dem Menschen frei, sich in seinem Denken und Handeln zu Gott zu erheben, um ihm ähnlich zu werden oder zur teuflischen Bestie zu entarten. Das Böse steckt im Menschen selbst. In jedem von uns.‹

Die verschmierte Blutschrift, die sich quer über die Seite erstreckt, ist noch nicht getrocknet.

Alessandra, mein geliebtes Kind.
Du enttäuschst mich nicht. Ich wusste, Du würdest mir folgen.
Ich habe eine Aufgabe für Dich

Hastig lese ich die zehn Zeilen bis zu Satans Signum und atme tief durch. Dann lasse ich das Buch in meiner Tasche verschwinden und blicke der Mumie ins Gesicht. Auf eine bestürzende Weise erscheint die Mumie mir ebenso vertraut wie die blutige Handschrift. Aber es ist nicht die Leiche meines Vaters, die Satan aus seinem Grab geholt und auf den Thron gesetzt hat. Ich schiebe den Brokatstoff des Papstornates zur Seite. Sie trägt keinen Dominikanerhabit. Verflucht, wer ist der Tote?

Schaudernd richte ich mich auf.

»Robin!«, rufe ich so laut ich kann. »Komm in den Thronsaal! Orlando, befiehl den Sturmangriff! Er ist noch im Palast! Er darf nicht entkommen! Santino, kommt zu mir! Sofort!«

Aus der Ferne ertönt ein leises »Aye!«, dann werden Kommandos gebrüllt, und Schritte poltern durch die Säle. Meine Bravi stürmen von Raum zu Raum und besetzen, zu allem entschlossen, den Lateranpalast.

Robin stiefelt in den Thronsaal, dicht gefolgt von Santino, der den Engländer beinahe umrennt, als der abrupt stehen bleibt und mit aufgerissenen Augen die Leiche auf dem Papstthron anstarrt. »O my God!« Robin bekreuzigt sich. »Who's that fiend from hell?«

Santino schiebt ihn entschlossen zur Seite und kommt, ohne die Mumie aus den Augen zu lassen, zu mir herüber. »Alles in Ordnung?«

Ich winke ab. »Es geht mir gut.«

»Was ist das für ein grausiges Höllenspektakel?« Santino zieht die Schultern hoch und starrt mit verkniffener Miene die ausgestreckte Hand der Mumie an, die das Buch meines Vaters in den verkrümmt erstarrten Fingern gehalten hatte.

Robin kommt zu uns herüber, deutet entsetzt auf die Leiche in Gerbert d'Aurillacs Pontifikalornat und fragt mit bebender Stimme: »Ist das der Teufelspapst?«

Yared

Kapitel 40

Vor dem Portal von San Giovanni in Laterano
Donnerstag, 23. Februar 1447
Kurz nach halb ein Uhr nachts

Vor dem Portal der Lateranbasilika springe ich aus dem Sattel und übergebe Diego die Zügel, damit er die beiden Pferde wegführt. Während ich den Portikus durchquere und das Portal öffne, frage ich mich beklommen, wie Alessandra wohl auf Prosperos Forderungen reagieren wird. Nach ihrem erbitterten Streit mit ihrem Cousin vor einigen Tagen ist sie nicht …

Ich bleibe im offenen Portal stehen und lasse die düstere Szenerie auf mich wirken. Im Schein einiger Kerzen stehen Alessandra und Fra Santino am Grab von Papst Silvester und tuscheln miteinander. Neben ihnen erkenne ich einen älteren Benediktiner. Es könnte Fra Giordano sein. Die drei beobachten angespannt, wie sich Robin mit Hammer und Meißel am marmornen Epitaph zu schaffen macht.

Alessandra wirkt angespannt, als sie mir ein mattes Lächeln schenkt. »Salam«, empfängt sie mich recht unzeremoniell auf Arabisch.

Ich nicke Fra Santino zu, der nicht so recht weiß, was er von meinem Auftauchen halten soll. Er begrüßt mich mit einem »Masa al-cher – Guten Abend« und stellt mir Fra Giordano vor.

Ich trete neben Alessandra. Sie lässt Robin nicht aus den Augen. »Was wird das?«

»Wonach sieht es denn aus?«

Als ich nicht antworte, sieht sie mich an und streicht sich über die Stirn. »Bitte entschuldige. Ich bin …« Sie ist noch blasser geworden. Und sie ist erschöpft. Nur ihr eiserner Wille hält sie noch aufrecht.

»Schon gut. Was ist geschehen?«, frage ich besorgt.

Sie zieht mich beiseite und erzählt mir von der Satansmesse und der Mumie auf dem Papstthron. Sie deutet auf Robin. »Ich lasse das Grab öffnen, um zu sehen, ob Gerberts Leichnam noch dort begraben liegt und warum Blut hinter der Grabinschrift hervorrinnt.« Sie schnaubt. »Sollte bekannt werden, dass im Lateran um Mitternacht der Teufelspapst umgeht, werden wir die aufgebrachte Menge nicht so schnell beruhigen können.«

Ich nicke ernst und taste nach ihrer Hand. »Tut mir leid wegen Angelo.«

Sie wendet den Blick ab und antwortet nicht. Tränen schimmern in ihren blauen Augen, als sie mich wieder ansieht und meine Hand drückt. Wie gern hätte ich sie jetzt umarmt und geküsst. Wie gern hätte ich ihr meine zärtliche Liebe geschenkt, meine Wärme, meinen Trost.

»Wohin hast du ihn bringen lassen?«, frage ich leise.

Sie deutet auf eine Kapelle links neben dem Altar. »In die Cappella Colonna. Dort ist er neben den anderen aufgebahrt.« Sie schüttelt den Kopf. »Mein Gott, in der Kapelle liegen nun schon vier Leichen und eine mysteriöse Mumie im Papstornat!«

Ihre Hand fühlt sich ganz kalt an. Zärtlich streichele ich darüber. »Prospero lässt die Exequien für Angelo in Santi Apostoli vorbereiten. Er wird morgen Abend neben deinem Vater begraben. Und neben Niketas.«

Sie blickt zu Boden und nickt.

»Ich habe Angst um dich«, wispere ich.

»Auch ich habe Angst«, gesteht sie leise. »Entsetzliche Angst.«

»Dein Sohn ist tot. Du musst um ihn trauern. Du musst zur Ruhe kommen, Alessandra.«

Mit einer trotzigen Geste wischt sie sich eine Träne aus dem Augenwinkel. »Das Böse kommt auch nicht zur Ruhe. Satan ist verschwunden, Yared. Das Morden wird weitergehen. Ich werde nicht ruhen, bis ich …«

»Alessandra?« Fra Santino ruft sie. »Es ist so weit.«

»Ich komme.« Endlich sieht sie mich an. »Geh ins Bett, Yared, es ist schon spät. Warte nicht auf mich. Ich werde heute Nacht hier schlafen. Der Weg in den Palazzo Colonna ist mir zu weit. Im Morgengrauen muss ich schon wieder hier sein.«

Ich gebe es zu, ich bin ernüchtert, weil ich eigentlich in aller gebotenen Ernsthaftigkeit mit ihr über Prosperos Forderung reden wollte, dass ich mich morgen früh taufen lassen soll, damit ich sie nach christlichem Ritus heiraten kann. Ich bemühe mich, mir meine Enttäuschung nicht anmerken zu lassen. Aber es fällt mir schwer, denn das Gespräch mit Prospero hat mich sehr aufgewühlt.

»Willst du allein sein?«, frage ich sanft. »Willst du, dass ich gehe?«

Sie schüttelt traurig den Kopf.

»Dann bleibe ich bei dir.«

Ein leises Lächeln legt sich auf ihre verkniffenen Züge. »Ich liebe dich, Yared«, wispert sie mit Tränen in den Augen.

»Ich liebe dich auch«, flüstere ich. »Ich wünschte, ich könnte dich jetzt umarmen und küssen.«

Gemeinsam kehren wir zu den anderen zurück. Diego hat sich zu ihnen gesellt. Mit verkniffenem Blick mustert er das blutverschmierte Marmorgrab und liest die ominöse lateinische Inschrift: »Iste locus mundi Silvestris membra sepulti venturo Domino conferet ad sonitum.« Schweigend überfliegt er die nächsten Zeilen, um dann den letzten Satz laut vorzulesen. »Wer immer du bist, der vor diesem Grab steht, sprich: O allmächtiger Gott, erbarme dich seiner.«

»Amen«, murmelt Fra Santino zaghaft.

Alessandra wartet, bis er sich bekreuzigt hat, dann befiehlt sie Robin: »Öffne das Grab!«

Obwohl die Angst in seinen schwarzen Augen schimmert, protestiert Fra Santino nicht dagegen.

Der Engländer hebt den schweren Vorschlaghammer und schlägt ihn mit aller Kraft gegen die Steinmauer unterhalb der Marmorplatte. Das Krachen hallt laut durch die stille Basilika. Robin holt ein zweites Mal aus und schlägt zu. Steinsplitter fliegen in alle Richtungen und prasseln auf den Marmorboden zu unseren Füßen, doch die Wand hält seinen Schlägen stand. Wortlos stiefelt Diego ins gegenüberliegende Seitenschiff, wo die Werkzeuge der Bauarbeiter lagern, und kommt mit einem zweiten Hammer zurück. Seite an Seite arbeiten sie weiter. Schließlich schaffen sie es, ein ellenbreites Loch in die Mauer zu schlagen. Die Steinquader fallen in den Hohlraum dahinter.

Robin kauert sich vor das Loch. »Ein Sarg aus schwarzem Stein!«, ruft er aufgeregt. »Er glitzert ganz eigenartig!«

Alessandra drängt ihn ungestüm zur Seite, kniet sich vor den Mauerriss, bedeckt Mund und Nase mit dem Ärmel ihres Kleides und späht in die dunkle Kammer. Offenbar kann sie nichts erkennen, denn sie streckt eine Hand nach hinten aus und schnipst ungeduldig mit den Fingern. »Ich brauche Licht!«

Fra Santino reicht ihr eine Kerze. Sie hält sie vor die Öffnung, um zu prüfen, ob giftige Gase entweichen. Die Flamme flackert, aber sie verlischt nicht.

Mit dem Licht in der ausgestreckten Hand schiebt sie sich bis zu den Schultern in die Grabkammer. Das Schatzsucherfieber hat sie wieder gepackt – wie vor zwei Jahren, als wir auf der Suche nach der verschollenen Bundeslade gemeinsam durch das Labyrinth im Tempelberg krochen. »Ich sehe ein Papstwappen auf der Seite eines Sarkophags aus schimmerndem Granit. Darunter steht eingemeißelt eine Inschrift …« Sie rutscht noch eine Handbreit tiefer in die Grabkammer. Ich sehe, wie sich ihre Schultern anspannen. »… Silvester PP Secundus Papa Ecclesiae Catholicae Romanae.« Dann klopft sie gegen den Stein und murmelt etwas Unverständliches.

Fra Santino beugt sich vor. Er glüht vor Ungeduld. »Was ist mit dem Sarg? Ist er unversehrt?«

Es dauert ein paar Augenblicke, bis Alessandra antwortet. »Der Sarkophag ist versiegelt und, soweit ich sehen kann, unbeschädigt.« Sie kriecht zurück und richtet sich auf. »Da ist kein Tropfen Blut.« Behände springt sie auf, klopft den Staub von ihrem Seidenrock und deutet auf die blutverschmierte Grabinschrift. »Das muss ein makabrer Scherz sein. Der Irre, der dafür verantwortlich ist, kann sich auf was gefasst machen. Allmählich werde ich ziemlich wütend.«

Der Benediktiner starrt sie bleich an und schlägt die Hand vor den Mund. Der Dominikaner holt sein Taschentuch hervor und wendet sich hustend ab.

Alessandra sieht Fra Santino besorgt an, dann wendet sie sich an Robin und Diego. »Die Grabplatte besteht aus schwarzem Granit. Sie ist sehr schwer. Wir müssen alle in die Grabkammer, damit wir sie gemeinsam anheben. Reißt die Mauer vollständig ein und schafft die Steine aus der Gruft. Wir brauchen viel Platz.«

Während Diego und Robin gemeinsam den Mauerdurchbruch erweitern und Fra Giordano ihnen leuchtet, geht sie zu Fra Santino hinüber und legt ihm die Hand auf die krampfhaft zuckenden Schultern. Sie deutet auf die Altarstufen und bittet ihn offenbar, sich ein wenig auszuruhen, doch er schüttelt den Kopf und wispert etwas, das ich nicht verstehen kann. Er wirkt erschüttert. Und genauso erschöpft wie sie.

Ein ohrenbetäubendes Getöse lässt mich zusammenfahren.

Eine dichte weiße Staubwolke wirbelt aus dem Grab hervor. Die Wand ist unter den harten Schlägen eingestürzt und hat die Grabinschrift mit sich gerissen. Die Marmorplatte liegt auf dem Boden der Basilika, sie scheint jedoch beim Aufprall nicht zerbrochen zu sein.

»Um Gottes willen!« Fra Giordano wendet sich hustend ab. »Seid doch vorsichtig! Direkt unterhalb des Grabes befindet sich die geheime Kammer. Der Gang davor ist einsturzgefährdet und wird nur von Holzgerüsten abgestützt. In den letzten Jahrzehnten sind schon etliche Kellergewölbe zusammengebrochen.« Beunruhigt blickt er empor zum hölzernen Dachstuhl der tausendjährigen Basilika. »Sollten noch mehr einstürzen, könnten sie die ganze Kathedrale mit sich reißen.«

Alessandra wirft einen Blick auf die vielen Steinquader. »Der Einstieg in die Grabkammer ist jetzt groß genug.« Hustend wuchtet sie einen der Steine zur Seite. Dann richtet sie sich auf, zieht das Brusttuch aus hauchzarter Seide aus dem Ausschnitt ihres Kleides und verhüllt sich damit das Gesicht, um sich gegen den Staub zu schützen. Man merkt, dass sie schon in der ägyptischen und in der judäischen Wüste war und dass sie in wenigen Wochen auf dem Weg nach Timbuktu die Sahara durchqueren will.

Ich ziehe das lose Ende meines Turbans vor Mund und Nase. Der feine Staub lässt meine Augen tränen und reizt mich zum Niesen.

Kurz darauf haben wir alle gemeinsam den Mauerriss freigeräumt. Dann schieben wir uns nacheinander in die Grabkammer. Das Gewölbe ist gerade hoch genug, dass wir aufrecht darin stehen können.

Das Licht der Kerze, die Alessandra mit heißen Wachstropfen auf dem Deckel befestigt, lässt den schwarzen Granit des Sarkophags silbrig grün und blau funkeln. Wie das Pharaonengrab in der großen Pyramide von Gizeh, das ich vor Jahren erforscht habe, ist dieser herrliche Granitsarg aus einem einzigen gewaltigen Block herausgemeißelt worden. Ich lasse meine Hand über den polierten Stein gleiten. Er fühlt sich kalt an, und das farbige Glitzern verleiht ihm eine geheimnisvolle Aura. Der aufgewirbelte Staub hängt wie ein goldfarbener Nebel in der modrigen Luft.

Einen Augenblick lang herrscht andächtige Stille. Seit einem halben Jahrtausend hat niemand mehr die päpstliche Grabkammer betreten.

»Tempus fugit. Will noch jemand etwas sagen?«, scherzt Alessandra, um die Spannung, die uns alle gepackt hat, zu brechen. »Wie wär's mit einem Sprüchlein für meine Sammlung berühmter letzter Worte?«

In diesem Augenblick dringt ein gedämpftes Donnergrollen in die Gruft.

»Gott steh uns allen bei! Was tun wir hier eigentlich?«, murmelt Fra Santino beklommen und bekreuzigt sich. Nur mühsam unterdrückt er den Hustenreiz. Schweiß glitzert auf seiner Stirn, und er ist sehr blass. Trotz der tödlichen Krankheit, die ihn auszehrt, trotz des Fiebers, das ihn schwächt, trotz des Staubes, der ihm in die Atemwege dringt, will er nicht aufgeben. Doch er wird den Kampf verlieren. Schon sehr bald.

»Den kennt sie schon«, frotzelt Robin. »Das ist ihr Lieblingsspruch, wenn sie sich auf der Suche nach einem verschollenen Schatz in ein tollkühnes Abenteuer stürzt.«

Alessandra beantwortet seine Unverfrorenheit mit einem matten Lächeln, wirft Fra Santino einen besorgten Blick zu und stößt die Klinge ihres Dolches mit einem kräftigen Ruck unter den Rand des Deckels. Rings um den Sarkophag durchtrennt sie die Wachsversiegelung, die den Leichnam schützen soll. Ihre Hand zittert vor Aufregung.

Mit angehaltenem Atem erwarte ich ein Zischen, wenn giftige

Leichengase aus dem Sarkophag entweichen. Aber alles bleibt ruhig. Dann grummelt es wieder, tief und durchdringend. Offenbar zieht mit dem Sturm erneut ein Gewitter herauf.

Alessandra richtet sich auf und horcht. Dann sieht sie uns nacheinander eindringlich an: »Diego, Robin, setzt die Brecheisen an! Fra Giordano, Fra Santino, jeder hebt eine Ecke an! Yared, du stellst dich neben mich!« Wieder zieht sie ihren Schleier über Mund und Nase.

Den gedankenvollen Blick, den Fra Santino ihr zuwirft, beachtet sie nicht. Obwohl sie Italienisch gesprochen hat und nicht Arabisch, hat sie mich geduzt. Ist ihr die vertrauliche Anrede versehentlich herausgerutscht, oder will sie sich endlich zu unserer Liebe bekennen?

»Auf mein Zeichen!«, kommandiert sie. »Und … hoch damit!«

Ächzend wuchten wir den schweren Deckel hoch und schieben ihn wenige Handbreit zur Seite.

Alessandra leuchtet mit der flackernden Kerze in den Sarkophag. Erschrocken hält sie die Luft an.

Der Sarg ist leer.

Alessandra

Kapitel 41

In der Grabkammer in San Giovanni in Laterano
Donnerstag, 23. Februar 1447
Kurz nach ein Uhr nachts

Ein gewaltiger Donner lässt die Kathedrale in ihren Grundfesten erbeben.

Fra Giordano stolpert entsetzt einen Schritt zurück und bekreuzigt sich hastig.

Ich dränge mich an Yared vorbei und verlasse die Grabkammer. Aufgewühlt gehe ich im Hauptschiff auf und ab. Ich muss nachdenken. Warum ist die Gruft leer? Wieso wurde der Nachlass unter der Kathedrale eingemauert? Damit er nicht gefunden wird. Warum sonst? Aber wo liegt Gerbert denn nun begraben?

Was habe ich übersehen? Ich habe da so eine Ahnung …

»Bin gleich wieder da!«, rufe ich und haste in den Lateranpalast, stürme die Treppe hoch und betrete das Arbeitszimmer. Auf dem Tisch stapeln sich neben dem Abakus, den Astrolabien, Musikinstrumenten und Uhren, die Gerbert konstruiert hat, die Papyrusfolianten aus der Geheimkammer unter dem Scheingrab. Ich habe sie sortiert, bevor ich sie studiert habe. Ich nehme sie zur Hand und blättere darin. Gerberts Büchlein *Libellus de numerorum divisione*, das Buch *De geometria* und die *Regula de abaco computi* sind mathematische Werke. Das von ihm verfasste *Libellus de rationali et ratione uti* ist ein Buch über die Logik.

Ich starre die Bücherstapel an.

Mathematik, Arithmetik, Geometrie, Astronomie, Mechanik, Musik, Logik, Grammatik, Rhetorik, Politik, Theologie. Skizzen für Armillarsphären, die aus mehreren gegeneinander zu drehenden Metallringen bestehen, Entwürfe für Rechenmaschinen, Konstruktionspläne für Uhren, die so klein sind, dass man sie in die Tasche stecken kann, ein Bauplan der hydraulischen Orgel, die er in der Kathedrale von Reims gebaut hat. Das Wissen eines vollendeten Gelehrten, des größten Universalgenies aller Zeiten.

Versonnen wühle ich mich durch eines seiner arabischen Bücher über die Geometrie. Dann fällt mir eine Randnotiz ins Auge, die von Gerbert stammen muss: ›Para el cristianismo, conocer la geometría es conocer cómo Dios creó el mundo – Für die Christenheit bedeutet die Kenntnis der Geometrie das Wissen, wie Gott die Welt erschuf. Der Umgang mit Helix, Prisma, Pyramide oder Pentagramm ist keine höhere Mathemagie und keine Dämonenbeschwörung.‹

Mathemagie – ich schmunzele über diese Wortschöpfung.

Und plötzlich weiß ich, was ich übersehen habe. Auf dem Arbeitstisch liegen die Bücher aller Fachgebiete bis auf eins – die Magie.

Die *Ars Magica.*

Mit zitternden Fingern ziehe ich das Büchlein meines Vaters aus der Tasche und schlage die Seite mit der Blutschrift auf.

Alessandra, mein geliebtes Kind.
Du enttäuschst mich nicht. Ich wusste, Du würdest mir folgen.
Ich habe eine Aufgabe für Dich.
Du hast Lucas Buch gefunden, das ich versteckt habe. Das Buch ist der Schlüssel. Es wird Dir helfen, den Ring des Salomo zu finden.
König Salomo hat jenen magischen Ring von Gott erhalten. Er verlieh ihm Weisheit und die Macht über das Gute und das

Böse. Nach ihm empfing Papst Silvester den Ring, der ihm Einsicht verlieh und ein immenses Wissen. Finde sein Grab, meine Tochter, und nimm den Ring. Er gehört nun Dir. Nutze ihn weise.

Satan

Summus Pontifex

Unfassbar! Das Buch meines Vaters soll der Schlüssel zum Ring des Salomo sein.

Ich blättere durch das Büchlein und überfliege den lateinischen Text, den ich bisher noch nicht gelesen habe. Da! Mein Vater kannte den Ring des Salomo. Ich blättere um und lese angespannt weiter. Und dort erwähnt er auch Gerberts Grab. Stirnrunzelnd blättere ich weiter. Luca zitiert einen Kirchengelehrten namens Johannes Diaconus, Kanoniker der Lateranbasilika, und schreibt, dass sich Gerberts wahres Grab außerhalb der Kathedrale befinden soll.

Vor dem Portal.

In ungeweihtem Boden?

Ich stecke die *Ars Magica* ein und gehe zu den anderen zurück, die im Hauptschiff auf mich warten und mir erwartungsvoll entgegensehen.

»Und?«, fragt Santino gespannt.

Ich wende mich an Fra Giordano. »Ich benötige ein Buch aus der Klosterbibliothek. Das *Liber Ecclesiae Lateranensis* von Johannes Diaconus.«

»Das Buch befindet sich nicht in der Klosterbibliothek, sondern in der Sakristei.« Der Benediktiner deutet in Richtung des Raumes neben der Apsis, wo ich mich vorhin für die Satansmesse umgezogen habe. »Einen Augenblick. Ich hole es.«

Fra Giordano schlurft durch die dunkle Kirche, verschwindet in einem Durchgang neben der Cappella Colonna und kommt gleich darauf mit einem dicken Folianten im Arm zurück.

Ich gehe ihm bis zur Confessio entgegen, nehme ihm den schweren Codex ab und lege ihn auf die Marmorbalustrade. Vorsichtig blättere ich durch die steifen Pergamentseiten der Chronik der Lateranbasilika aus der zweiten Hälfte des zwölften Jahrhunderts. Soweit ich beim flüchtigen Lesen des Textes ermessen kann, soll das Buch den erbitterten Machtkampf der Kanoniker von San Giovanni in Laterano und San Pietro in Vaticano über den Primat des Lateran über den Vatikan zugunsten ›der Mutter und dem Haupt aller Kirchen der Stadt und des Erdkreises‹ entscheiden – der Patriarchalbasilika des Lateran.

Santino blickt mir über die Schulter. Schließlich habe ich die Stelle gefunden, wo Johannes Diaconus über Gerberts Grabmal schreibt. Selbst im heißen, trockenen römischen Sommer soll angeblich Wasser heraustropfen, was alle Welt in Erstaunen versetze.

Gedankenverloren schließe ich das Buch. Santino reißt es mir ungeduldig aus den Händen, um selbst einen Blick hineinzuwerfen.

Ich wende mich an den Benediktiner. »Fra Giordano, gibt es im Portikus der Basilika eine Stelle, aus der Wasser rinnt?«

Er zögert einen Augenblick, dann nickt er. »Bei den Bodenplatten vor dem linken Seitenportal. Ihr wisst schon, wo die Bronzestatue der Lupa steht, der römischen Wölfin von Romulus und Remus. Wasser quillt wie ein Strom von Tränen aus dem Boden und versiegt niemals.«

»Dort werden wir graben«, entscheide ich und weise Robin und Diego an, meine Bravi zusammenzutrommeln und sofort mit den Grabungen zu beginnen. Dann wende ich mich wieder an den Benediktiner. »Fra Giordano, wieso wird diese Chronik in der Sakristei aufbewahrt?«

»Das wird sie nicht. Sie liegt in der Sakristei, weil der Franziskanerinquisitor … Wie heißt er noch?«

»Fra Adriano Grifonetti?«

»Ja, genau, den meine ich. Weil Fra Adriano das Buch dorthin gebracht hat, bevor er nach der Erforschung der Geheimkammer überstürzt den Lateran verließ. Der Prior hat sich darüber aufgeregt, dass er das Buch nicht zurückgebracht hat. Gewöhnlich liegt es, mit einer Kette befestigt, in einem Lesepult der Klosterbibliothek, so wie all die anderen Bücher. Wir dachten, Fra Adriano wollte sich die Geheimkammer noch einmal ansehen und in der Chronik nach einem Hinweis suchen, warum Papst Silvesters Nachlass eingemauert worden ist. Deshalb haben wir die Chronik bis zu seiner Rückkehr in der Sakristei eingeschlossen.«

Ich hebe die Augenbrauen. »Fra Adriano hat also darin gelesen. Sieh mal einer an.«

Santino runzelt die Stirn. Er wirkt beunruhigt. »Was meint Ihr damit?«

Ich antworte nicht. »Fra Giordano, erinnert Euch an jene Nacht, als Ihr annahmt, ich sei für das Rumoren von Gerberts Gebeinen verantwortlich, wie damals, als ich ein Kind war und ziemlich viel Unsinn im Kopf hatte!«

Sein Lächeln lässt mich vermuten, dass er mir derartigen Unfug immer noch zutraut.

»Sagtet Ihr nicht, dass Ihr gesehen habt, wie Blut *und* Wasser aus dem Grab flossen?«

»Ja, so war es. Wasser aus schmelzendem Schnee.«

»Aus einem leeren Grab.«

Er nickt ernst.

Das Wasser floss also aus dem Grab, nachdem Fra Adriano bei Johannes Diaconus darüber gelesen hatte. Der Fall wird immer rätselhafter.

Ich verlasse die Kathedrale und betrete den Portikus, wo Robin und Diego und einige meiner Bravi bereits die Bodenplatten angehoben und mit der Ausgrabung begonnen haben.

Während der Haufen aus feuchter schwarzer Erde neben der

Grabung rasch größer wird, sehe ich mich in der Säulenvorhalle um, wo seit einigen Jahren die berühmte Bronzeskulptur der römischen Wölfin steht. Es gibt keine Gedenktafel für den Verstorbenen an der Wand der Kathedrale. Keinen Fingerzeig, dass hier der Milleniumspapst begraben liegt. Kein ›Requiescat in pace‹. Und kein Kreuz. Erst Gerberts Nachfolger Sergius IV. ließ die Grabinschrift in der Kathedrale anbringen, weit entfernt von der verborgenen Gruft. Aber warum?

»Alessandra!«, ruft Santino mich zurück zur Ausgrabung. »Wir haben ein gemauertes Gewölbe entdeckt!«

Ich gehe zu ihm und blicke hinunter in das Loch. Die Männer haben eine Schicht aus Gewölbesteinen freigelegt. »Sie haben Gerbert eingemauert?«, frage ich bestürzt.

Das Donnergrollen des nahenden Gewittersturms übertönt meine Worte. Über Santa Croce in Gerusalemme flackern die ersten Blitze. Sie tauchen die Gehenkten, die am Bronzearm des Marcus Aurelius im böigen Wind hin und her schwingen, in ein schauerliches Licht.

»Scheint so.« Santino und ich beobachten, wie der Schlussstein von meinen Männern mit Vorschlaghämmern zertrümmert wird. Die Steinsplitter fallen hinunter in das Gewölbe. »Sie müssen ihn so sehr gefürchtet haben, dass sie seine Macht auf diese Weise bannen wollten.«

Schweigend starre ich in die Gruft hinunter. Ich spüre die Anspannung der Männer, die mit jedem Stein, der aus dem Gewölbe gebrochen wird, weiter ansteigt. Mit Spitzhacken zertrümmern meine Männer das Gewölbe und hieven die Quader über den Rand des Grabschachtes in die Vorhalle der Basilika, wo sie zur Seite geschafft und aufgestapelt werden.

»William of Malmesbury hatte also recht«, murmelt Santino erschüttert. Die Windböen reißen ihm die Kapuze seines Skapuliers vom Kopf. Fröstelnd zieht er sie wieder hoch und hält sie unter dem Kinn fest. »Gerbert starb nicht in der Gegenwart Gottes, sondern in der Gegenwart des Teufels. Seine Kardinäle gewährten ihm keine Absolution. Alessandra, Eure Männer sind dort unten! Was meint Ihr, soll ich einen Exorzismus durchführen, um sie vor den Mächten des Bösen zu beschützen?«

Die Glocken haben gerade drei Mal geschlagen, als Robin aufgeregt ruft: »Wir haben den Sarkophag gefunden!«

Seite an Seite beugen Yared und ich uns über das aufgebrochene Gewölbe und spähen hinunter zu den schlammbespritzten Männern, die in zwölf Fuß Tiefe um einen Sarkophag aus weißem Marmor herumstehen, der bis zum Deckel in modrig riechendem Morast steckt.

Diego deutet auf das mit schwarzer Erde verschmierte Papstwappen und den Schriftzug ›Silvester PP Secundus‹ auf dem Deckel.

»Wieso ist die Erde feucht?«, fragt Yared.

Santino hat seinen Exorzismus unterbrochen und schiebt sich ungeduldig zwischen uns. Im Flackern der Blitze, die durch die purpurnen Wolken zucken, wirkt sein schmales Gesicht sehr blass.

Robin zuckt mit den Schultern und wischt sich mit dem Ärmel den Schweiß von der Stirn. »Vielleicht ist es Schmelzwasser. Der Schnee taut ja schon seit Stunden. Mit jeder Stunde wird es wärmer.« Er deutet auf die Rinnsale, die stetig vom Dach der Kathedrale herunterfließen.

»Ist der Deckel versiegelt?«, fragt Santino besorgt.

Diego nickt. »Ja, aber ich kann nicht sagen, ob es Blei oder Wachs ist. Ich schätze, innen ist der Sarg trocken.«

»Warte, ich komme.« Kurz entschlossen rutsche ich auf allen vieren in das zwölf Fuß tiefe Loch hinunter und versinke mit den Stiefeln tief im aufgewühlten Schlamm. Sofort untersuche ich die Marmorplatte.

Eine leise Stimme in meinem Inneren flüstert mir zu, dass ich vor einer spektakulären Entdeckung stehe.

»Wir öffnen den Sarkophag«, entscheide ich und weise meine Bravi voller Ungeduld an, aus der Grube zu klettern.

Robin scheucht sie über eine heruntergelassene Leiter nach oben.

Yared rutscht als Erster in die Grube und stapft zu mir herüber. Die beiden Mönche raffen ihre Habites und folgen ihm.

Ich knie mich in den eiskalten Matsch, der sofort meinen Seidenrock durchnässt, und durchtrenne mit meinem Dolch die Versiegelung unterhalb des Deckels.

»Öffnet den Sarkophag!«

Ächzend heben wir den schweren Deckel an und schieben ihn weg. Dann knie ich nieder und beuge mich tief über den Rand. Vorsichtig ziehe ich ein Tuch aus weißem Leinen zur Seite.

»C'est toi, Gerbert? J'espère que tu vas bien!«, flüstere ich ergriffen und betrachte die Mumie im juwelengeschmückten Pontifikalornat.

Gott möge mir vergeben, aber ein triumphierendes Lächeln will ich mir nicht versagen. Plötzlich ist die Erschöpfung von mir abgefallen, und ich glühe vor Aufregung.

Seine Hände sind über der Brust gekreuzt, was ihm ein würdiges Aussehen verleiht. Auf dem Kopf trägt er die päpstliche Tiara, um die Schultern das weiße, mit Kreuzen bestickte Pallium des Bischofs von Rom, um den Hals ein silbernes Pektoral in der Form eines Kreuzes und an der rechten Hand den Ring des Pontifex mit seinem Siegel.

»Er sieht ganz friedlich aus«, meint Yared, der die pergamentfarbene Mumie mit schräg gestelltem Kopf betrachtet. Er lächelt versonnen, und seine Augen leuchten im Fackelschein – es ist ein bewegender Moment. »Seine Lider sind geschlossen. Als ob er eben eingeschlummert ist und jeden Moment erwacht.«

Ich ziehe den Schleier vor mein Gesicht und beuge mich zu Gerbert hinunter, um mit meinen Damasthandschuhen behutsam die papyrustrockene Hand mit dem Fischerring zu berühren. Sie ist steif und kalt und lässt sich nicht bewegen. »Er hat sich nicht bei lebendigem Leib zerstückeln lassen. Der Leichnam ist unversehrt. Und nach einem halben Jahrtausend erstaunlich gut erhalten. Seht nur die weißen Haarsträhnen, die unter der Tiara hervorschauen. Und selbst die Wimpern sind noch vorhanden«, staune ich. »Es ist unglaublich! Er wirkt so lebendig.«

Fra Giordano schnuppert an den Gewändern. »Er riecht wie … wie ein antiker Papyrus. Angenehm würzig und aromatisch.«

»Das liegt an der Methode der Einbalsamierung«, erklärt Yared, der als Leibarzt des Sultans von Ägypten schon etliche Mumien untersucht hat. Wie ich hat er Mund und Nase gegen giftigen Schimmel geschützt, der die Mumie befallen haben könnte. »Er riecht nicht nach Papyrus, sondern nach Myrrhe und Aloe.«

»Was ist denn das?« Santino beugt sich tief über den Leichnam und schiebt seine Hand zwischen die Falten des steifen, juwelenbestickten Ornats. Ich kann nicht genau sehen, was er tut, weil der weite Ärmel des Habits seine Hand verdeckt. Schließlich hält er einen kleinen goldenen Gegenstand hoch und betrachtet ihn im Fackelschein.

Es ist ein goldener Siegelring.

Mir stockt der Atem, und meine Hände beginnen unruhig zu zittern.

Yared nimmt ihm den Ring aus der Hand und streicht versonnen über das Sigillum und die Inschrift. »Das Hexagramm, das Siegel Salomos. Die beiden ineinander verwobenen Dreiecke des Sterns versinnbildlichen die Vereinigung der Gegensätze: Mann und Frau, Himmel und Erde, Gott und Mensch. Es symbolisiert große Weisheit und gerechte Herrschaft von Gottes Gnaden. Auf der anderen Seite des Rings steht der unaussprechliche Name des Allerhöchsten.«

Ein dumpfes Donnergrollen verleiht seinen Worten eine besondere Dramatik. Trotz meiner Anspannung muss ich schmunzeln.

Den Blick, den Santino mir zuwirft, als Yared mir schließlich den Ring übergibt, kann ich nicht deuten.

»Shimmeni ka-chotam al-libbeka – Leg mich wie ein Siegel an dein Herz«, zitiert Yared König Salomo, während er mir behutsam den Damasthandschuh abstreift und mit einem feinen Lächeln den Ring an den Finger steckt.

»Es ist der Ring des Salomo.«

Yared

Kapitel 42

In der Cappella Colonna in San Giovanni in Laterano
Donnerstag, 23. Februar 1447
Halb vier Uhr morgens

»Wie ist er gestorben, was glaubst du?«

Alessandra beugt sich neben mir über die pergamentfarbene Mumie. Im Licht der Kerzen schimmern ihre Augen matt – sie ist todmüde. Aber sie gönnt sich keine Ruhe und treibt sich trotz ihrer starken Kopfschmerzen unbarmherzig vorwärts. Sie fürchtet sich vor dem Innehalten, vor dem Schwinden des Zorns, der sie vor ihren aufgewühlten Gefühlen schützt, vor der Stille, die die Trauer um Angelo birgt. Sie wird so weitermachen, bis sie ohnmächtig zusammenbricht. Aber so weit ist sie noch nicht. Ich gebe ihr noch ein oder zwei Stunden.

»Kann ich noch nicht sagen«, antworte ich. »Es gibt keine Anzeichen von Gewalt. Es scheint, als wäre er friedlich eingeschlafen.« Ich leuchte mit der Kerze in Gerberts Gesicht. »Seine Zähne sind in erstaunlich gutem Zustand. Siehst du, wie der Zahnschmelz im Kerzenlicht glänzt?« Ich spähe zwischen den ledrigen Lippen hindurch in den leicht geöffneten Mund. Sofort spüre ich einen starken Schwindel, und ich muss mich festhalten, damit ich nicht stürze. »Soweit ich sehen kann, hat er noch alle Zähne. Ich hoffe, meine halten sich ebenso gut, bis ich sechzig bin.«

»Vielleicht hat er nicht so viele kandierte Früchte genascht wie du«, neckt sie mich. Mit ihren Damasthandschuhen streicht sie Gerbert fast zärtlich über das Gesicht. »Er lächelt. Als ob er glücklich gestorben ist. Die andere Mumie hat den Mund zu einem Schrei aufgerissen.«

Ich blicke hinüber zu der schwarz verfärbten Mumie, die sie vorhin auf dem Papstthron entdeckt hat. Sie liegt einige Schritte entfernt aufgebahrt. »Er muss verdreht im Sarkophag gelegen haben. Sein Unterkiefer hat sich schräg nach unten verschoben. Die Gesichtshaut ist vertrocknet und hat die Zähne entblößt. Daher das grausige Lächeln, das wie ein stummer Schrei aussieht.«

»Wann ist er gestorben?«

»Schwer zu sagen. Seine Haut hat sich während der Einbalsamierung schwarz verfärbt.« Ich zucke mit den Schultern. »Vor fünf oder zehn Jahren.«

»Wieso ist er so viel schwärzer als Gerbert? Der ist ein halbes Jahrtausend länger tot.«

»Vielleicht hat das Arsen in der Salbe mit einer Substanz in seinem Körper reagiert. Keine Ahnung.«

Mit dem Handrücken fährt sie sich über die Stirn. Der Ring des Salomo funkelt an ihrem Finger. »Ich kann mir nicht helfen, irgendwie kommt er mir bekannt vor. Aber ich weiß beim besten Willen nicht, wie er ausgesehen hat, als er noch lebte. Wer war er? Es lässt mir keine Ruhe.«

»Irgendjemand muss ihn aus seinem Grab gezerrt haben.«

»Das ist es, was mich umtreibt: Wer schleppt in einer stürmischen Nacht eine Mumie durch Rom? Und wozu?«

Eine Weile starrt sie die schwarze Mumie an, dann schweift ihr Blick zu Fra Giordano, der voller Grauen die in der Kapelle aufgebahrten Toten betrachtet.

Der Benediktiner beugt sich über Angelos zerfetzten Leichnam, um ihn zu segnen. Alessandras Sohn bietet einen grauenhaften Anblick – der zerborstene Schädel mit dem offen liegenden

Gehirn, das fortgerissene Gesicht, die lidlosen Augen, der lippenlose Mund, die in der Totenstarre versteiften Hände, die Lucas Buch gehalten hatten. Dann zieht Fra Giordano das Leichentuch über den Toten und geht weiter zum nächsten Katafalk, wo unter einem weißen Tuch eine weitere Leiche aufgebahrt liegt.

Schaudernd wendet sich Alessandra zu mir um und sieht mir in die Augen. Ihren Sohn so sterben zu sehen! Auch wenn Angelo nicht ihr leibliches Kind war, hat sie ihn doch geliebt.

Ich zupfe an dem Tuch vor meinem Gesicht und beuge mich wieder über Gerbert. Behutsam schiebe ich den Pontifikalornat zur Seite und öffne das Leinengewand, das er darunter trägt. Goldschimmernder Staub hat sich auf der Brust ausgebreitet. »Siehst du das hier?«

Sie lehnt sich gegen mich. Nach einem verstohlenen Blick zu Fra Giordano, der uns jedoch gar nicht beachtet, lege ich meinen Arm um ihre Schulter und ziehe sie näher zu mir heran. Tief atme ich ihren Duft ein. Sie riecht noch ein wenig nach dem Parfum von letzter Nacht.

»Ich seh's.« Sie nickt. »Ist das der Fleck über dem Herzen, den Santino zum Teufelsmal erklärt hat?«

»Ja.«

Nachdem wir Papst Silvester in die Cappella Colonna getragen und auf einem herbeigeschafften Tisch aufgebahrt hatten, untersuchte Santino die Mumie. Er wollte unbedingt ein Teufelsmal finden. Während er ungeduldig in den Pontifikalgewändern herumfummelte, erlitt er einen lebensgefährlichen Anfall. Wegen der starken Krämpfe wäre er beinahe erstickt. Vor wenigen Minuten hat er sich von seinen Bravi nach Santa Maria sopra Minerva eskortieren lassen.

»Und, sag schon, ist es ein Teufelsmal, mit dem Satan seinen Pakt mit Gerbert besiegelte?«

»Ach, Quatsch.«

»Das wissenschaftlich fundierte Gutachten des erfahrenen Hakim«, frotzelt sie. »Kannst du dich etwas präziser ausdrücken?«

»Kann ich. Das ist giftiger Schimmel, der sich im Sarkophag gebildet hat. Er verursacht Herzrasen, Schwindel, Müdigkeit und starke Kopfschmerzen, unter denen wir alle seit der Öffnung des Sarkophags leiden. Du kennst diese Symptome von deiner Arbeit mit antiken Papyri, die bei unsachgemäßer Handhabung zu Fieberanfällen und sogar zum Tod führen können.«

Alessandra nickt. »In der Klosterbibliothek von Montecassino hatte ich vor Jahren einen derartigen Anfall, als ich mehrere Tage lang einen zerbrochenen koptischen Papyrus restaurierte. Ich litt Höllenqualen, hatte grauenhafte Wahnvorstellungen und hielt mich allen Ernstes für das Opfer eines Fluchs, der auf dem Papyrus lag. Die Benediktiner wollten mich schon exorzieren lassen, weil ich wie besessen um mich schlug. Seither weiß ich, welches Martyrium Niketas während seiner epileptischen Anfälle erlitten hat und wie er sich fühlte, als er schließlich in meinen Armen starb.«

Ich taste nach ihrer Hand und drücke sie sanft und zärtlich. Ich weiß, dass sie nach all den Jahren immer noch um Niketas trauert. Sie lächelt voller Herzenswärme.

»Der goldfarbene Schimmel kann dieselben Symptome verursachen. Er hat sich über Gerberts mumifizierten Körper und in seinen Gewändern ausgebreitet. Selbst sein Haar schimmert an einigen Stellen gelb wie Schwefel, siehst du? Dieser Schimmel ist verantwortlich für Santinos schrecklichen Hustenkrampf. Um ein Haar hätte er vorhin einen Blutsturz erlitten und wäre an seinem eigenen Blut erstickt. Santino hat sich trotz meiner Warnung nicht durch einen Schleier oder Handschuhe geschützt, als er Gerbert untersuchte. Deshalb hat er den Verwesungsschimmel eingeatmet und ist zusammengebrochen. Sag ihm, dass er sich von der Mumie fernhalten soll, wenn er noch ein paar Tage leben will.«

»Ich sag's ihm. Wie viel Zeit bleibt ihm noch?«

»Vier Wochen. Fünf, wenn er sich schont. Und wenn die Krankheit sein Gehirn nicht schon infiziert hat.«

»Was dann?«

»Bewusstseinsstörungen, Krampfanfälle, Koma, Tod.«

»Kannst du ihm helfen?«

»Nein. Aber ich kann ihm das Sterben erleichtern.«

»Haschisch?«

»Ja.«

Sie nickt ernst. »Tut mir leid um ihn.«

»Du magst ihn.«

Sie wiegt den Kopf. »Ehrlich gesagt, ich weiß nicht so recht, was ich von ihm halten soll. Als wir vorgestern aneinandergerieten, habe ich mich gefragt, was das wohl wird mit uns beiden. Trotz allem, was gestern zwischen uns geschehen ist, frage ich mich das noch immer.«

»Du misstraust ihm.«

»Wer einem Inquisitor vertraut, kann schon mal das Reisig für seinen Scheiterhaufen sammeln gehen.«

»Der Papst hat ihm befohlen, dir zu gehorchen.«

»Aber er hat ihn nicht angewiesen, mich zu hintergehen. In Fra Adrianos Zelle hat er einen weißen Wollfaden unter seinem Skapulier verschwinden lassen. Er dachte wohl, ich seh's nicht. Der Faden stammte nicht von seinem Habit. Es war also noch jemand während der Nacht in der Zelle außer Fra Adriano und Fra Giovanni. Beide tragen braune Habites.«

»Verstehe.«

»Und Santino wusste offenbar davon. Er hat den Faden nicht einfach unauffällig mit dem Fuß unter das Bett geschoben, sondern ihn aufgehoben und verschwinden lassen. Von der arglistigen Täuschung bis zum Verrat ist es nur ein kleiner Schritt.« Sie sieht mich kampfeslustig an. »Und ich dulde keinen Verrat. Der Letzte, der mich verraten hat, ist tot.«

»Giovanni Vitelleschi.«

»Höchstselbst. Der Kardinal des Satans hat meinen Vater und meinen Bruder ermordet und befohlen, auch mich zu töten. Er starb unter Höllenqualen. Ich habe an seinem Sterbebett gestanden und ihm dabei zugesehen. Wie sein Todesengel. Es hat eine halbe Stunde gedauert. Er hat mich verflucht!«

»Hast du ihn vergiftet?«

Sie lächelt undurchsichtig und spielt mit dem Ring des Salomo an ihrem Finger. Als sie aus dem Augenwinkel Fra Giordanos plötzliches Taumeln bemerkt, erstarrt sie. Der Benediktiner beugt sich über Fra Adrianos verkohlte Leiche, hält sich am Katafalk fest und ist so aschfahl im Gesicht, als würde er jeden Augenblick zusammenbrechen.

Ich eile zu ihm hinüber und halte ihn fest. »Was ist denn, Frater? Fühlt Ihr Euch nicht wohl?«

Ein ersticktes Stöhnen entringt sich seiner Kehle.

»Habt Ihr Schmerzen?«, fragt Alessandra besorgt und legt ihm den Arm um die bebenden Schultern, um ihn zu stützen. »Ist Euch schwindelig? Wollt Ihr Euch hinsetzen?«

Der Frater schüttelt den Kopf, ohne die vor Entsetzen aufgerissenen Augen vom verbrannten Leichnam zu wenden. »Das … das ist nicht Fra Adriano Grifonetti.«

Alessandra zieht scharf die Luft ein. »Seid Ihr sicher?«

Fra Giordano stößt einen erstickten Seufzer aus und nickt. »Das ist Fra Valerio da Montefalco, einer meiner Konfratres. Vor zwei Tagen, am Montagabend, wurde er zusammen mit Fra Leandro d'Arezzo auf dem Campo dei Fiori als Ketzer verbrannt. Ich war dort, als man ihnen nach der Exkommunikation die Habites vom Leib riss und sie nackt auf den Scheiterhaufen band. Ich habe sie brennen sehen.« Er birgt das Gesicht in den Händen.

»Allmächtiger Gott!« Alessandra blickt ihn verwirrt an.

»Als ich heute Nachmittag auf dem Weg zum Vatikan über die

Engelsbrücke gegangen bin, wurde dort noch immer Fra Leandros Leichnam ausgestellt. Vielmehr das, was von ihm übrig war. Ihr müsst ihn gesehen haben, als Ihr gestern Mittag nach Santa Maria sopra Minerva geritten seid.«

Sie nickt schwach. »Kardinal Scarampo hat zwei Benediktiner hinrichten lassen, weil sie Juwelen aus den Reliquiaren von Petrus und Paulus gestohlen hatten.« Sie deutet über ihre Schulter in Richtung des Altarraums neben der Cappella Colonna.

»Wieso seid Ihr so sicher, dass dies die sterblichen Überreste von Fra Valerio sind?«, frage ich. »Das Gesicht ist bis zur Unkenntlichkeit verbrannt.«

Fra Giordano deutet auf das in die verkohlte Hand eingeschmolzene Kreuz. »Das ist sein Pektoral. Fra Valerio hielt es in der rechten Hand, als er in den Flammen starb. Seht Ihr, wie eng die Arme am Körper liegen? Er war an den Pfahl gefesselt, als er verbrannte.« Er versucht, dem Toten das Kreuz zu entwinden, aber es gelingt ihm nicht. Schwarzer Kohlestaub rieselt auf das Leichentuch, das den Katafalk bedeckt. »Sein Vater hat ihm das Kreuz zur Priesterweihe geschenkt. Auf der Rückseite sind sein Name und ein Datum eingraviert.«

Alessandra zieht ihren Dolch und stochert in der verkohlten Hand herum. Mit einem Ruck hebelt sie das goldene Kreuz aus den spröden Fingern, die mit einem trockenen Knistern zerbrechen. Sie hält die Rückseite ins Licht der Kerzen, dann reicht sie es mir wortlos.

Mühsam entziffere ich die geschwärzte und durch die große Hitze kaum noch zu lesende Inschrift: Valerio da Montefalco.

Erschrocken zucke ich zusammen, als Alessandras Faust mit einer Wucht auf den Katafalk niederfährt, dass die verkohlte Leiche rumpelnd einen Satz macht. Ihre Augen sprühen Funken des Zorns. »So langsam werde ich wirklich wütend!«, knirscht sie. »Wenn dieser Leichnam nicht Fra Adriano ist, wo zur Hölle steckt dann der Inquisitor? Und wieso verbirgt ihn da Capestrano vor mir und heuchelt Trauer um seinen Freund, der nach einem magischen Ritual Satan zum Opfer fiel? Was ist das für ein perfides Mysterienspiel! Der Todesengel, von dessen Händen das Blut meines Sohnes tropft, kann sein Testament mach…«

Ein leises Knirschen, das aus der verlassenen Basilika in die Cappella Colonna dringt, lässt sie abrupt verstummen. Mit erhobenem Dolch wirbelt sie herum zum Eingang der Kapelle.

Alessandra

Kapitel 43

In der Cappella Colonna in San Giovanni in Laterano
Donnerstag, 23. Februar 1447
Kurz nach halb vier Uhr morgens

»Fra Giordano, begebt Euch jetzt in Eure Zelle und schließt Euch dort ein! Öffnet niemandem!«, wispere ich eindringlich. »Notiert, was Ihr mir eben erzählt habt, in meinem Notizbuch. Wir reden morgen nach der Prim. Wie besprochen.«

Er nickt.

Yared und ich drängen uns seitlich des Eingangs der Cappella Colonna gegen die Wand und spähen in die finstere Basilika.

Nichts zu sehen.

Yared hebt die Hand. Ja, jetzt höre ich es auch: leise schlurfende Schritte. Ich neige den Kopf und lausche: Es klingt, als husche jemand im Schatten der Säulen des Seitenschiffs zum Portal.

Mein Herz klopft bis zum Hals. Man hat uns belauscht. Aber in wessen Auftrag? Meine Hand legt sich fester um den Griff des Dolches.

Ich zupfe Fra Giordano am Ärmel. »Wir bleiben ihm auf den Fersen«, flüstere ich mit heiserer Stimme. »Robin und Diego sollen unauffällig unseren Spuren folgen. Keine Fackeln. Und keinen Laut.«

»Ich sag's ihnen«, wispert er. »Passt auf die Wolfsrudel am Pilgerpfad auf! Gott schütze Euch!«

»Und Euch, Frater.« Ich sehe Yared an. »Bist du so weit?«

Entschlossen zieht Yared sein Schwert. »Wenn du es bist.«

»Na, dann los!«

Mit einem leisen Rumpeln, das wie schwerelos durch die Basilika hallt, fällt das Portal ins Schloss.

Wir verlassen die Kapelle, hasten durch das Seitenschiff und öffnen die Kirchentür einen Spaltbreit. Während wir nach draußen blicken, höre ich, wie Fra Giordano die Tür zum Kreuzgang hinter sich zuzieht.

»Siehst du ihn?«, fragt Yared, der sich von hinten gegen mich lehnt und seinen Arm um mich legt.

»Nein.«

»Y'allah – also los.«

Lautlos schieben wir die Tür auf und betreten den Portikus. Im Licht der unablässig flackernden Blitze liegt die Piazza mit der Reiterstatue von Marcus Aurelius verlassen vor uns. Im ersten Augenblick halte ich das stetige Tropfen für das Rauschen von Regen. Aber es ist das Schmelzwasser des Schnees, das in Rinnsalen vom Dach der Basilika fließt. Der Schnee taut in der von Süden heranwehenden Wärme. In den letzten Stunden ist es frühlingshaft warm geworden.

»Wohin ist er verschwunden?«, fragt Yared.

»Vielleicht in diese Richtung.« Ich deute auf den Flügel des Lateranpalastes mit der Sancta Sanctorum.

Wir huschen durch die Schatten der Wandnischen des Papstpalastes und erreichen das Seitenportal mit der Heiligen Treppe. Vorsichtig lugen wir um die Ecke. Nichts zu sehen.

Wir lassen den Lateranpalast hinter uns und wenden uns zum Pilgerpfad in Richtung Colosseum. Der Schnee ist so zertreten, dass wir keine neuen Spuren entdecken können. Doch im grellen Licht eines Blitzes kann ich plötzlich eine Gestalt erkennen. »Da ist er, siehst du?«, flüstere ich atemlos und drücke mich in den Schatten einer Pinie. »Zwischen den Bäumen.«

»Ja, ich sehe ihn.« Yared nickt.

Ein schwarzer Schemen bewegt sich zwischen den Pinien und Zypressen. Wir folgen ihm in sicherem Abstand. Er kann uns nicht hören, weil das stetige Tröpfeln unsere Schritte überdeckt.

»Was trägt er da unter dem Arm? Sieht schwer aus.«

»Ein Kästchen. Ein Buch. Keine Ahnung.«

»Wenn er Gerberts Geheimkammer geplündert hat, kann er sich auf was gefasst machen!«

Der aufgewühlte Schnee vor uns ist blutdurchtränkt. An dieser Stelle wurde Yared letzte Nacht von Sultan Yusufs Hashishin angegriffen. Die Leichen sind inzwischen weggebracht worden.

Eine Bewegung vor uns lässt uns erstarren. Geistesgegenwärtig packe ich Yareds Arm und zerre ihn so schwungvoll hinter eine Pinie, dass er beinahe gestolpert wäre.

»Was ist dort?«, wispert Yared unruhig, drängt sich gegen mich und hebt sein Schwert. »Hat er uns bemerkt?«

In der Ferne heult laut und durchdringend ein Wolf.

»Ein Wolfsrudel«, flüstere ich und halte Yared am Arm fest. »Eine Wölfin mit sechs … sieben … nein, da ist noch eines … acht Jungwölfen, ungefähr ein Jahr alt. Keine Angst, sie sind scheu. Die Horrorgeschichten in den Pilgerführern sind nicht wahr. Die Legende von Romulus und Remus, die von einer Wölfin aufgezogen wurden, womöglich schon. Die römischen Wölfe greifen keine Menschen an. Yared, schau mal die Jungen, dort vorn zwischen den Pinien. Siehst du, wie sie ausgelassen im Schnee herumtollen? Und der dort beobachtet uns ganz aufmerksam. Sind das nicht schöne, stolze Tiere?«

»Lass Elija die bloß nicht sehen. Sonst will er so ein knuddeliges Wölfchen zum Spielen haben. Der Bengel hat zurzeit ziemlich bescheuerte Ideen.«

»Du machst dich gut als allein erziehender Papa.«

»Findest du? Benyamin hält mich für einen völlig unfähigen Vater.«

»So ein Unsinn! Lass ihn predigen. Benyamin ist verheiratet. Seine Frau erzieht seine Kinder.«

»Ich bin auch verheiratet«, meint Yared trocken.

Dazu sag ich besser nichts …

Wir huschen weiter zwischen den Bäumen hindurch. Die von Fackeln erleuchteten Arkaden des Colosseums und die Kapelle, wo der Päpstin Johanna gedacht wird, die hier während einer Prozession bei der Geburt ihres Kindes gestorben sein soll, sind schon zwischen den Bäumen auszumachen. Sie sind weniger als dreihundert Schritte entfernt.

Neben uns ragen die Pfeiler und Gewölbebögen einer verfallenen Kirche in den düsteren Nachthimmel. Der Glockenturm ist vor Jahrzehnten umgekippt und hat das Hauptschiff mit der halbrunden Apsis unter sich begraben. Wie eine verwunschene Gralsburg stehen die verlassenen Klostergebäude aus der Zeit Konstantins inmitten des undurchdringlichen Dornengestrüpps am Abhang des Caelius.

Bevor wir in die Schatten der Kirchenruine treten, hinterlässt Yared ein Zeichen für Diego im Schnee. Von ihm und Robin ist weit und breit nichts zu sehen. Abgesehen vom Rauschen des Windes in den Zweigen und dem Geprassel des Schmelzwassers im verharschten Schnee ist alles still. Folgen sie uns überhaupt? Oder geht es ihnen nach der Graböffnung so schlecht wie Fra Giordano? Robin und Diego haben, obwohl sie Mund und Nase verhüllt hielten, den giftigen Schimmel eingeatmet, als sie Gerbert aus seinem Sarkophag hoben …

Angespannt sehe ich mich in der Kirche um. Der hölzerne Dachstuhl und ein Teil der Seitenwände sind seit dem Einsturz des Glockenturms zertrümmert. Die Apsis ist in sich zusammengefallen. Das Hauptschiff ist eine Schutthalde aus zerplatzten Ziegelsteinen und zerborstenen Holzbohlen, zwischen denen Brennnesseln wuchern.

Der Schatten ist verschwunden.

»Wohin will er?«, wispert Yared.

Ich deute zur Apsis. »Die Krypta ist eingestürzt, als eine der Puzzolanhöhlen unter der Basilika und dem Kloster einbrach.«

»Was für Höhlen?«, fragt er verwirrt.

»Puzzolan ist ein poröses Tuffgestein aus Vulkanasche. Bei Dunkelheit und Feuchtigkeit ist Puzzolan weich und bröckelig und leicht abzubauen. Wenn er jedoch Licht und Trockenheit ausgesetzt wird, verhärtet er sich und wird widerstandsfähig wie Marmor. In der Antike wurde in den Tuffsteinbrüchen unterhalb von Rom das Baumaterial geschlagen für die Paläste, die Theater, die großen Thermen und die Tempel auf dem Forum Romanum. Ein Labyrinth aus Stollen und Kammern erstreckt sich vom Vatikan und dem Pantheon bis zum Forum Romanum, dem Colosseum und dem Circus Maximus. Dort gibt es unter dem antiken Mithrastempel einen weiteren Einstieg. Auch die sagenumwobene Höhle, wo Romulus und Remus von einer Wölfin gesäugt wurden, soll sich irgendwo dort unten befinden. Niemand weiß, welche Schätze sich noch unterhalb von Rom verbergen.

Vor zwei Jahren habe ich das Höhlensystem erforscht, das von der antiken Nekropole mit dem Petrusgrab unterhalb San Pietro bis zum Pantheon reicht. Die schmalen Korridore und die weiten Hallen ähneln denen im Labyrinth des Tempelbergs von Jerusalem. Komm jetzt.« Ich deute auf das gähnende Loch in der Apsis, den Einstieg in die römische Unterwelt. »Und pass auf, wohin du trittst. Die Stufen zur Krypta sind rutschig.«

»Brauchen wir denn keine Fackel?«, fragt Yared, während er vor mir in das eingestürzte Grabgewölbe hinabsteigt.

»Der Feuerschein würde uns verraten. Zur Not habe ich eine Kerze in meiner Zunderdose.«

Er reicht mir die Hand, um mir die Stufen hinunterzuhelfen. Als ich ausgleite, fängt er mich auf und hält mich fest. »Du zitterst am ganzen Körper«, sagt er besorgt. »Und du bist erschöpft. Wollen wir nicht lieber umkehren? Ich bringe dich in den Palazzo Colonna und du …«

»Nein, Yared, ich muss wissen, wer der schwarze Schatten ist und wohin er will. Ich habe da so eine Ahnung.«

»Santa Maria sopra Minerva?«

»Genau. In den Ruinen der antiken Thermen neben dem Pantheon gibt es einen verborgenen Einstieg in die Puzzolanhöhlen. Der eine oder andere Inquisitor treibt sich nachts dort herum.«

»Wozu?«

»Sie treffen dort ihre Geliebten. Nahe dem Palazzo Colonna gibt es einen weiteren Einstieg in die Höhlen. Der Palast, in dem meine Mutter lebte, ist nur fünfhundert Schritte entfernt. In einer dieser Höhlen unterhalb des Klosters wurde ich gezeugt. Und hätte Marcantonio Colonna nicht seinen Stolz und seine Ehre vergessen und Gnade vor Recht ergehen lassen mit seiner Tochter, die Schande über seine Familie brachte, wäre ich vermutlich auch dort geboren worden.«

Der Boden der Krypta ist aufgerissen, weil eine Höhle darunter einbrach und alles mit sich riss. Beinahe wäre ich in die Tiefe gestürzt. Yared beugt sich vorsichtig über den Abgrund, um abzuschätzen, wie tief er ist. Plötzlich flackert ein Lichtschein im Schacht.

Ein jäher Schmerz zuckt durch meinen Kopf und lässt mich taumeln. Yared packt mich am Arm und hält mich fest. »Wir sollten umkehren«, mahnt er. »Es geht dir nicht gut. Und ich fühle mich, ehrlich gesagt, nicht viel besser.«

»Nein, Yared, ich will wissen, wer er ist. Y'allah – komm.«

Schlitternd führe ich ihn einen steinigen Abhang am Rand des schätzungsweise fünfundsiebzig Fuß tiefen Schachtes nach unten.

»He, sei vorsichtig!«, ruft er mir nach. »Das ist gefährlich!«

»Ich habe so etwas schon mal gemacht!«, gebe ich genervt zurück. »In Jerusalem, vielleicht erinnerst du dich?«

»Ich passe nur auf dich auf!«

»Na toll! Aber vielleicht könntest du dabei etwas Sicherheitsabstand wahren? Wenn du stürzt, reißt du mich mit in die Tiefe!«

Der schmale Weg, kaum breiter als ein Trampelpfad, windet sich spiralförmig an den zerklüfteten Puzzolanwänden entlang nach unten. An den Stellen, wo Gestrüpp aus den Felsnischen wuchert, ist der durch den Schnee rutschige Pfad besonders gefährlich. Ein Rinnsal von Schmelzwasser fließt über den Rand des Schachts, stürzt wie ein kleiner, silbern schimmernder Wasserfall auf den mit Geröll übersäten Boden und versprüht funkelnde Tropfen.

Endlich haben wir den Boden des Schachts erreicht, und ich blicke nach oben zum glühenden Nachthimmel, von dem nur noch ein runder Ausschnitt zu sehen ist.

»Dort ist der Stollen, in dem er verschwunden ist.« Yared nimmt meine Hand. »Der diffuse Lichtschein muss von einer Fackel stammen.«

»Lass uns gehen.«

Lautlos betreten wir den Gang. Schon nach wenigen Schritten öffnet er sich zu einer Höhle mit grob behauenen Wänden aus vulkanischem Puzzolan. Mit klammen Fingern reibe ich über das poröse Gestein.

Es ist derselbe weißgraue Staub, der sich im Habit des toten Dominikaners verfangen hatte! Ich hatte schon vermutet, dass er hier unten gewesen war. Und dass er den Weg von Santa Maria sopra Minerva bis zum Lateran in diesem Höhlensystem zurückgelegt hatte. Fragt sich nur, ob tot oder lebendig …

Wer, zur Hölle, ist der schwarze Schatten, dem wir durch das Labyrinth folgen? Ein Inquisitor aus Santa Maria sopra Minerva? Eines ist gewiss: Santino ist es nicht.

Schritt für Schritt tasten Yared und ich uns durch die Finsternis. Weit vor uns leuchtet der tanzende Fackelschein. Aus einem Stollen, der nach rechts führt, dringt der diffuse Lichtschein eines flackernden Feuers.

Yared schnuppert. »Wonach riecht es hier?«

»Gegrillte Ratte«, erwidere ich trocken. »Bist du hungrig? Ich kauf dir eine Ratte am Spieß. Hmmm, lecker sag ich dir!«

»Hier unten leben Menschen?«, fragt er bestürzt.

»Bettler, Diebe und anderes Gesindel, das nicht in den Bretterverschlägen in den Arkaden des Colosseums haust. Für eine Handvoll Münzen kannst du hier unten einen Auftragsmörder finden, der dir deinen Feind aus dem Weg schafft. Dolch, Garotte, Gift – du hast die Wahl.«

»Du lieber Himmel!« Yared erstarrt, als er wenige Schritte vor uns eine Bewegung wahrnimmt. Ein unförmiges Lumpenbündel bewegt sich, richtet sich langsam auf und guckt uns furchtsam an. Die Augen funkeln matt im Fackelschein. »Das ist ja ein Mensch!«, flüstert Yared entsetzt.

»Er tut uns nichts. Er hat Angst vor uns.«

An jeder Biegung des Korridors bleiben wir stehen, um mit einem beklommenen Gefühl auf die leise knirschenden Schritte vor uns zu lauschen – ist er stehen geblieben, weil er uns gehört hat? Nein, er geht immer weiter, und wir folgen ihm. Hier und da dringt Feuerschein aus einem der abzweigenden Gänge, vermischt mit Geflüster und Gelächter und einem Ekel erregenden Gestank nach Schweiß, Exkrementen oder Verwesung. Die Kanäle der Cloaca Maxima sind ganz in der Nähe.

Yared deutet auf eine Schuttlawine, die sich aus einem Felsdurchbruch in unseren Gang ergossen hat. »Sieh mal, der Gang ist eingestürzt.«

»Das Colosseum ist über diesen Höhlen errichtet worden. Die gewaltige Last bringt sie zum Einsturz. Es genügt schon ein kleines Beben. Der westliche Arkadenring des Colosseums weist tiefe Risse auf und wird abgerissen, damit er nicht in sich zusammenfällt. Die Annibaldi verwenden die Steinquader für den Ausbau ihrer Stadtfestung zwischen Colosseum und Konstantinsbogen.«

Wir folgen dem Fackelschein vor uns durch das Gewirr der Stollen bis zum Palatin. Über uns befinden sich wahrscheinlich die von Abfallhaufen verunstalteten und mit Gestrüpp überwucherten Ruinen der alten Kaiserpaläste, die Kardinal Capranica als Weinberg anlegen will. Er hat den ›Irrgarten Roms‹ vor einigen Monaten gekauft. Wie Prospero ist er ein begeisterter Archäologe. Vermutlich will er antike Statuen ausgraben.

Plötzlich bewegt sich die Fackel vor uns nicht weiter. Hat er sich verirrt? Sucht er in den Stollen nach dem richtigen Weg? Wir bleiben stehen und warten eine Weile, doch er geht nicht weiter.

Ein leises Rascheln lässt mich erschrocken zusammenzucken. »Hast du das gehört?«

Wortlos deutet Yared auf den grob behauenen Eingang einer Höhle. Ein schwacher Lichtschein dringt heraus.

Ich spähe in den Raum. Es ist eine Kapelle aus der Zeit der Christenverfolgungen. Über einem verwitterten Steinaltar erkenne ich das verblasste Fresko eines halb nackten Hirten mit einem Lamm über den Schultern. Es ist ein antiker Gott, der von den ersten Christen als Jesus Christus umgedeutet wurde. Daneben steht hingekritzelt die griechische Inschrift ΙΗΣΟΎΣ ΧΡΙΣΤΌΣ ΘΕΟΎ ΥΙΌΣ ΣΩΤΗΡ – Jesus Christus, Gottes Sohn, Erlöser.

Die Kapelle wirkt verlassen. Aber woher kam das Rascheln?

Wir gehen hinein. Ein leises Zirpen und ein unruhiges Flattern lassen mich nach oben blicken und erschrocken den Atem anhalten. O Gott! Fledermäuse hängen von der Decke!

Mein Herz klopft fast schmerzhaft, und meine Nackenhaare stellen sich auf. »Nichts wie weg von hier!«, wispere ich panisch und schubse Yared aus der Kapelle. »Und keinen Laut! Da sind Hunderte von Fledermäusen.«

Gerade als wir wieder den Gang betreten wollen, geschieht es: Der Schatten steht vor uns! Er hält einen schweren Gegenstand in Händen. Ist es ein rotes Buch? Der Schatten hebt es hoch und schwingt es gegen Yareds Kopf. Doch der duckt sich rechtzeitig.

Aber ich kann nicht mehr rechtzeitig ausweichen. Der massive Holzdeckel des mit Metallbeschlägen verzierten Buches prallt mit voller Wucht gegen meine Stirn. Einen Moment lang habe ich das Gefühl, als ob die Beschläge meinen Schädel zertrümmern und mein Gehirn zerfetzen.

Ich taumele nach hinten und stürze zu Boden. Ein grauenhafter Schmerz durchzuckt meinen Kopf. Ich bin wie gelähmt. Mein Herz rast. Blut rinnt mir über die Stirn in die Augen. Blinzelnd sehe ich, wie Yared mit einem Mann im schwarzen Mantel ringt. Sein Gesicht liegt im Schatten einer Kapuze.

Dann wird es finster um mich.

Yared

Kapitel 44

Im Labyrinth der Puzzolanhöhlen
Donnerstag, 23. Februar 1447
Gegen vier Uhr morgens

Ich reiße mein Schwert hoch und wirbele herum. Im diffusen Feuerschein sehe ich, dass Blut über Alessandras Stirn rinnt. Allmächtiger Gott!

Erschrocken ducke ich mich und schütze meinen Kopf, weil urplötzlich die wogende Masse der aufgescheuchten Fledermäuse mit schrillem Kreischen durch den Eingang der Kapelle in den niedrigen Gang rauscht.

Der Schatten huscht mir entgegen. Wieder schwingt er den schweren Folianten. Er verfehlt mich jedoch, denn ich pariere den Schlag mit meiner Klinge. Tief gräbt sie sich in die hölzernen Buchdeckel und das Pergament. Mit einem zornigen Schrei, der inmitten des durchdringenden Fiepens der Fledermäuse kaum zu hören ist, lässt er das Buch fallen, wirft sich herum und flüchtet auf das ferne Licht der Fackel zu.

Ich ziehe die Schneide meines Schwertes aus dem Buch und folge ihm. Er kann mir nicht entkommen. Am engen Durchgang zur nächsten Höhle habe ich ihn eingeholt. Von hinten werfe ich mich auf ihn, stoße ihn zu Boden und hebe meinen Dolch. Plötzlich rammt er mir den Ellbogen so hart in die Brust, dass ich keine Luft mehr bekomme. Unter stechenden Schmerzen richte ich mich auf. Er kann sich befreien und kriecht hastig auf allen vieren durch den engen Durchlass in die nachtschwarze Höhle. Dabei öffnet sich sein schwarzer Mantel, und ein weißer Habit kommt zum Vorschein.

Ein Dominikaner!

Dann ist er in der Finsternis verschwunden.

Ich springe auf und laufe ihm nach.

Die Dunkelheit in der Höhle ist undurchdringlich. Die Stille ist nach dem panischen Fiepen der Fledermäuse entnervend und so intensiv, dass ich unwillkürlich den Atem anhalte. Mein Herz rast, und das Blut rauscht in meinen Ohren.

Lautlos taste ich mich Schritt für Schritt durch die Kaverne. Der Boden ist uneben und mit Geröll bedeckt – ich muss Acht geben, dass ich nicht stolpere und stürze und ihm verrate, wo ich bin. Ich husche immer tiefer in die Dunkelheit und höre nichts weiter als meine eigenen Fußtritte auf dem knirschenden Geröll. Nach wenigen Schritten stoße ich auf eine grob behauene Puzzolanwand mit etlichen Felsnischen im porösen Gestein, der ich langsam bis zu einem Durchgang folge.

Ein Stollen, der vermutlich zur nächsten Höhle führt. Ich breite die Arme aus und kann die Wände berühren. Der Durchlass ist keine zwei Ellen breit. Und die gewölbte Decke ist so niedrig, dass ich mir, wenn ich weitergegangen wäre, den Kopf gestoßen hätte. Der Dominikaner muss auf Händen und Knien hier durchgekrochen sein – ohne ein Geräusch?

Ich bleibe stehen, halte den Atem an und lausche.

Keine Schritte. Kein Keuchen. Kein Rascheln seines Habits.

Die Stille hüllt mich ein wie eine schwere Decke. Sie lastet auf mir, erdrückt mich und raubt mir den Atem. Jeder Nerv in mir drängt mich zur Flucht.

Wo ist er? Vor mir? Oder hinter mir in einer der Nischen?

Wasser tropft von der Decke und platscht auf den Boden. Das Glucksen hallt in der Höhle wider. Die Kaverne scheint sehr groß und sehr tief zu sein.

Wie soll ich ihn ohne Licht finden? Er kennt sich aus – ich nicht. Er hat Feuerzeug und Zunder – ich nicht. Wenn ich weitergehe, werde ich mich verirren. Ich muss zurück zu Alessandra. Sie ist schwer verletzt.

Ich kehre um und taste mich an den Puzzolanwänden entlang durch die Höhle. Endlich erreiche ich den schmalen Durchlass auf der anderen Seite. Kein diffuser Lichtschein weist mir den Weg. Die Finsternis ist undurchdringlich.

Dann begreife ich: Die Fackel ist verschwunden.

Der Frater hat die Höhle unbemerkt durch einen anderen Ausgang verlassen, ist in den Gang zurückgekehrt und hat den Kienspan …

O mein Gott, Alessandra!

Ein leises Knirschen. Ich spüre ein eiskaltes Kribbeln unter meiner Kopfhaut. Ich hebe den Kopf und lausche in die Stille. Da ist es wieder! Ein Schlurfen, ein Knirschen, langsam, bedächtig und leise, als ob weit entfernt etwas Schweres über das lose Geröll geschleift wird. Eine Minute vergeht. Dann eine zweite. Ein Ächzen, ein Keuchen, dann ist alles ruhig.

So schnell ich kann haste ich durch die nachtschwarze Finsternis den Gang hinunter in die Richtung, aus der das Geräusch zu kommen schien. Das Labyrinth der Höhlen ist unregelmäßig aus dem Tuffstein gehauen: Einige Stollen führen endlos geradeaus und kreuzen in regelmäßigen Abständen von wenigen Schritten im rechten Winkel andere Korridore wie in einem unterirdischen Palast. Doch an anderen Stellen sind die Höhlen eingestürzt, und die verschlungenen Gänge, die mich ein wenig an das verwinkelte Gassenlabyrinth im Judenviertel von Gharnata erinnern, führen nach etlichen Verzweigungen nirgendwohin.

Panik steigt in mir auf, als ich plötzlich fürchte, die Orientierung zu verlieren und in die falsche Richtung zu laufen. Oder den Ausgang nicht mehr zu finden und lebendig begraben zu sein …

Nur nicht daran denken – weiter!

Von Angst getrieben stolpere ich den Gang entlang, der sich, dem knirschenden Widerhall meiner Fußtritte nach zu urteilen, verbreitert. Ich zögere. War der Korridor, in dem ich mit dem Dominikaner gerungen habe, so breit? Ich kann mich nicht erinnern. Alessandras Sturz, die Flucht der Fledermäuse, der Kampf mit dem Dominikaner – ich habe keine Ahnung, ob ich im richtigen Gang bin. Aber ich gehe weiter. Noch einen Schritt, und noch einen und dann noch einen. Da ist der Eingang zu der kleinen Kapelle!

Erleichtert atme ich auf.

»Alessandra!«, flüstere ich.

Keine Antwort.

Von Entsetzen erfüllt, hocke ich mich auf den Boden und taste mit weit ausgebreiteten Armen über das Geröll. Meine Hände zittern, als sie die scharfkantigen Steinsplitter berühren.

»Alessandra?«, flüstere ich mit heiserer Stimme.

Kein Stöhnen. Kein Atmen. Nur tiefe Stille.

Dann wird der schlimmste Horror wahr. Das lähmende Gefühl der Ohnmacht schnürt mir die Kehle zu und treibt mir die Tränen in die Augen. Ich muss schlucken.

Ich bin allein in der Finsternis. Alessandra ist verschwunden.

Alessandra

Kapitel 45

Im Labyrinth der Puzzolanhöhlen
Donnerstag, 23. Februar 1447
Kurz nach vier Uhr morgens

Mein Kopf schmerzt. Ich kann mich nicht wehren, während er mich hinter sich her schleift. Die Absätze meiner Stiefel durchpflügen knirschend das Geröll, und immer wenn der Stoff meines Kleides zerreißt, gibt es ein leises Zischen. Ich versuche, die freie Hand zu heben, um mir mit dem Ärmel das Blut und den Fledermauskot aus den Augen zu wischen, aber ich schaffe es nicht. Ich bin noch immer wie gelähmt. Ein eisiger Luftzug aus den Tiefen der Höhlen lässt mich bis in die Knochen erschauern.

Mühsam versuche ich, mich aufzurichten und den Kopf zu drehen, um mich zu vergewissern, dass er tatsächlich einen Dominikanerhabit trägt. Doch mein ausgestreckter Arm, an dem er mich grob über das Geröll zerrt, ist mir im Weg. Im Licht seiner Fackel kann ich nur seinen schwarzen Mantel erkennen. Und die getrockneten Blutflecken in den Falten. Allmächtiger Gott, ist das Angelos Blut?

Mit geschlossenen Augen sacke ich zusammen und stöhne vor Schmerz, als mein Kopf gegen einen emporragenden Stein prallt.

Abrupt bleibt er stehen, lässt meinen Arm los, wendet sich zu mir um und tritt mir mit aller Gewalt gegen den Kopf. Er verfehlt mein rechtes Auge und streift nur meine Nase, die unter diesem

Tritt gebrochen wäre, und trifft mich an der aufgerissenen Stirnwunde. »Du bist ja wach, du Miststück!«

Funken stieben vor meinen Augen, und ich ächze vor Schmerz.

Als er neben mir niederkniet, hält er die Fackel so, dass sein Gesicht im Schatten seiner Kapuze liegt.

Seine Stimme kommt mir bekannt vor, auch wenn er flüstert, weil er offenbar fürchtet, dass ich ihn erkennen könnte. Großer Gott, wer ist er?

Unter halb gesenkten Lidern beobachte ich, wie er sich über mich beugt, um mir einen großen staubigen Stein in den Mund zu schieben. Auf diese Weise will er mich am Schreien hindern.

Trotz der Schmerzen in meinem Kopf werfe ich mich wild hin und her und presse die Zähne aufeinander, sodass es ihm nicht gelingt, den Stein in meinen Mund zu schieben. Er schleudert die Fackel hinter sich und legt sich mit seinem ganzen Gewicht auf mich. Schließlich gelingt es ihm doch, meine Zähne auseinanderzuzwingen und den scharfkantigen Stein in meinen Mund zu stoßen. Ich würge und huste, kann den staubigen Splitter aber nicht ausspucken, weil der Dominikaner meinen Kopf festhält. Dann springt er auf und rammt mir rücksichtslos seine Sandale gegen die Lippen, um zu verhindern, dass ich den Kopf wende und den Stein erbreche. Der aufgerissene Saum seines zerschlissenen Habits fällt mir über das Gesicht.

»Einen Laut, und du stirbst, du Judenhure!«, knurrt er. »Dein Geliebter kann dich nicht retten.«

Yared … Lebt er noch? Keuchend ringe ich nach Luft, atme den Staub in meinem Mund in die Lunge und muss erneut so heftig husten, dass ich fürchte zu ersticken.

Er nimmt die Sandale von meinem Mund, hebt die Fackel auf und zerrt mich weiter durch die Gänge. Mein Kopf schlägt hin und her, und ich habe nicht die Kraft, ihn weit genug anzuheben, um den Stein auszuspucken, der mir gegen die Kehle gerutscht ist und den meine Zunge nicht festhalten kann. Das Gefühl, jeden Moment an diesem Stein zu ersticken, macht mich rasend vor Wut.

Ich ziehe meinen Dolch, nehme meine ganze Kraft zusammen und stoße nach seinen Beinen. Die Klinge bleibt zwar in den weiten Falten seines Habits hängen, verletzt ihn aber am rechten Bein.

Er brüllt auf vor Schmerz und tritt mir den Dolch aus der Hand. Die Klinge fliegt durch die Luft und poltert ins Geröll.

Ich bin jetzt unbewaffnet.

So schnell ich kann, krieche ich rückwärts, doch rasch hat er mich eingeholt. Dann ist er über mir.

»Ich bringe dich um!«

Stöhnend lasse ich mich zurücksinken, hebe beide Beine und trete mit aller Kraft zu. Vor Schmerz nach Luft japsend, beugt er sich mit zusammengepressten Knien vornüber und drückt die Hände schützend gegen seinen Habit.

Mit Gewalt trete ich erneut zu. Er schreit vor Schmerz. Wieder stoße ich zu. Und noch einmal. Er fällt vor mir auf die Knie, fasst sich in den Schritt und keucht.

Als ich mich umwende, um auf allen vieren vor ihm zu fliehen, lässt er sich zur Seite fallen und tastet fluchend über den Boden. Zwei, drei, vier Schritte weiter wirft er sich mit seinem ganzen Gewicht von hinten auf mich und presst mich auf den Boden.

Dann liegt mein Dolch an meiner Kehle und ritzt mir in die Haut. Mein Blut rinnt auf den staubigen Boden. »Stirb, du verfluchtes Miststück!«

Yared

Kapitel 46

Im Labyrinth der Puzzolanhöhlen
Donnerstag, 23. Februar 1447
Viertel nach vier Uhr morgens

»Alessandra?«, rufe ich immer wieder, während ich mich an der Kapelle vorbei durch den Gang taste, der zurück zur Krypta der eingestürzten Basilika führt.

Der Dominikaner hat sie in seiner Gewalt. Deshalb glaube ich, dass sie noch lebt. Er hätte sie vor der Kapelle töten und liegen lassen können, um aus dem Höhlensystem zu entkommen. Warum nimmt er sie mit? Wieso hat er sie nicht gleich nach der Satansmesse im Lateranpalast getötet? Und warum hat er im Geheimarchiv des Vatikans nicht gründlicher nach ihr gesucht, wenn er sie ermorden wollte?

War der Schlag mit dem Folianten ein Angriff aus Notwehr, weil er verhindern wollte, dass sie ihm bis Santa Maria sopra Minerva folgt und ihn erkennt? Musste Angelo nur deshalb sterben, weil der Dominikaner nicht damit gerechnet hatte, dass Alessandras Sohn in den Regalen nach einem Buch suchte und schließlich Lucas *Ars Magica* fand?

Und noch ein anderer Gedanke beschäftigt mich: Wer hat eigentlich Lucas Buch, von dem Alessandra ebenso wenig wusste wie Angelo, im Geheimarchiv versteckt? Und wozu?

Erneut bleibe ich stehen und blinzele in die vollkommene Dunkelheit. »Alessandra!«

Keine Antwort.

Es ist nur ein Gefühl, eine Ahnung, doch ich bezweifele inzwischen, dass ich mich im richtigen Gang befinde. Dieses Höhlensystem ist verwirrender als die Gänge in der großen Pyramide von Gizeh oder das Labyrinth im Tempelberg von Jerusalem. In der Finsternis habe ich die Orientierung verloren. Zudem bezweifele ich, dass ich überhaupt in der richtigen Richtung unterwegs bin.

Wohin will der Dominikaner sie bringen? In den Kerker der Inquisition in Santa Maria sopra Minerva? Ich muss umkehren!

Mit ausgestrecktem linken Arm taste ich mich an der porösen Tuffsteinwand entlang zurück zur Kapelle, in der rechten Hand halte ich mein Schwert.

»Alessandra?«

Der dumpfe Widerhall verrät mir, dass sich der Gang vor mir zu einem schmalen Spalt verengt. Verdammt, ich bin schon wieder falsch abgebogen! Ein Gefühl der Verzweiflung, ein Empfinden von ohnmächtiger Wut überwältigt mich. Fluchend schlage ich mit der Faust gegen den Fels.

Was ist das? Ich lausche angestrengt. Es klingt wie … fließendes Wasser. Und es riecht nach … Ich schnuppere … nach Tod und Verwesung.

Hat Alessandra nicht gesagt, dass es eine Verbindung der Höhlen mit der Cloaca Maxima gibt? Das Wasser fließt in den Tiber.

Ein Ausweg aus diesem Labyrinth!

Ich will schon losgehen, als ein scharrendes Geräusch mich innehalten und lauschen lässt. Ja, da ist irgendetwas!

Entschlossen zwänge ich mich durch den Felsspalt. Der Gestank wird immer durchdringender. Das Plätschern ist nun deutlicher zu hören. Aber da ist noch ein anderes Geräusch – ein leises Trippeln, ein aufgeregtes Fiepen.

Ratten!

Schaudernd taste ich mich weiter. Plötzlich stolpere ich über etwas Weiches. Mit dem Schwert verscheuche ich die Ratten und knie nieder.

Das Erste, was ich zu fassen bekomme, ist eine kalte, nasse Hand.

Alessandra

Kapitel 47

Im Labyrinth der Puzzolanhöhlen
Donnerstag, 23. Februar 1447
Viertel nach vier Uhr morgens

»Stirb, du verfluchtes Miststück!«, keucht der Dominikaner. Der Dolch ritzt in die Haut an meiner Kehle. Dann fasst er in mein wirres Haar und reißt meinen Kopf hoch. Ich weiß, was er vorhat: Er will mir bei lebendigem Leib die Gesichtshaut wegreißen wie seinen anderen Opfern.

Mit der Kraft des Zorns drücke ich meinen Rücken durch, spanne die rechte Schulter an und ramme den Stein, den er mir zwischen die Zähne gezwungen hatte, über meinen Kopf hinweg mit voller Wucht in sein Gesicht. Mit einem trockenen Knacken bricht seine Nase.

Er brüllt auf vor Schmerz, lässt mich los und taumelt rückwärts, beide Hände vor das Gesicht gepresst.

Ich strampele mich unter ihm heraus und drehe mich um. Im Licht der Fackel, die wenige Schritte entfernt auf dem steinigen Boden vor sich hin flackert, sehe ich, wie ihm ein Strom von Blut über sein Gesicht rinnt. Habe ich sein rechtes Auge verletzt? Eine wasserhelle Flüssigkeit läuft ihm aus der Augenhöhle über die mit Ruß geschwärzte Wange und tropft auf sein Skapulier …

»Mein Auge!«, schreit er und richtet den Dolch auf mich. Dabei rutscht ihm die Kapuze vom Kopf. Doch sein Gesicht liegt im

Schatten, sodass ich ihn immer noch nicht erkennen kann. »Du verfluchte Satanstochter!«

Ich springe auf und stolpere den Gang entlang in die Finsternis. Ich muss Yared finden. Ich bete, dass er noch lebt.

»Ich bring dich um!«, brüllt der Dominikaner hinter mir her. Er gibt sich keine Mühe mehr, seine Stimme zu verstellen. »Ich töte dich, wie ich deinen Sohn getötet habe! Du entkommst mir nicht. Du wirst sterben, wie dein Vater und dein Bruder gestorben sind. Ich will Rache für das, was du mir angetan hast!«

Ich kenne die Stimme. Ich weiß, dass es die eines Dominikaners ist. Aber wer ist es? Ich kann mich nicht an sein Gesicht erinnern. Was hat er mit dem Tod meines Vaters und meines Bruders zu tun?

Yared

Kapitel 48

Im Labyrinth der Puzzolanhöhlen
Donnerstag, 23. Februar 1447
Kurz vor halb fünf Uhr morgens

Ich lasse die Hand fallen und taste mich am Arm entlang bis zur Schulter, dann über die Brust bis zum aufgerissenen Bauch. Die Rippen sind abgenagt, die Bauchhöhle ist leer, die inneren Organe fehlen.

Ich muss würgen. Unter meinem Schleier atme ich tief durch, dann taste ich weiter. Die Leiche, die schon seit mehreren Tagen hier liegen muss, trägt einen Wappenrock mit der Rose, dem aufgestickten Wahrzeichen der Orsini. Und einen Schwertgurt. Die Klinge fehlt. Ich fahre am Gürtel entlang. Da ist die Ledertasche mit seinem Feuerzeug!

Erschrocken zucke ich zurück, als etwas Pelziges über meine Hand huscht. Eine Ratte! Mit einer heftigen Bewegung schleudere ich sie fort und greife wieder nach der Tasche. Nach mehreren Schlägen gelingt es mir, einen Funken in den Zunder zu schlagen und einen Fetzen seines Hemdes zu entzünden.

Im Licht meiner Fackel betrachte ich die von den Ratten angenagte Leiche. Die linke Seite des Gesichts ist bis auf die Schädelknochen weggerissen. Die rechte Seite ist derart aufgedunsen und durch blaue und grüne Leichenflecken entstellt, dass nicht mehr zu erkennen ist, wer er war.

Entschlossen schneide ich dem Toten die Kleider vom Leib und reiße den Stoff in lange Fetzen. Einen verknote ich um die Klinge meines Schwertes und entzünde ihn. Die restlichen Streifen stecke ich ein. Mit meiner Fackel verlasse ich die Felsnische. Ich muss Alessandra so schnell wie möglich finden!

Alessandra

Kapitel 49

Im Labyrinth der Puzzolanhöhlen
Donnerstag, 23. Februar 1447
Gegen halb fünf Uhr morgens

Mit angehaltenem Atem krieche ich durch den finsteren Tunnel. Immer wieder halte ich einen Augenblick lang inne, um zu lauschen. Ich kann ihn hinter mir poltern und fluchen hören. Nur noch wenige Schritte, und er wird mich aufspüren.

Ich blinzele in die Dunkelheit vor mir. Einen Augenblick lang erwäge ich, den Kerzenstummel aus meiner Zunderdose zu entzünden, verwerfe den Gedanken jedoch sofort wieder. Ich will ihm nicht verraten, wo ich bin. Nicht, solange er so nahe ist. Nicht, solange er eine Fackel und meinen Dolch hat. Nicht, solange er mich töten will.

So leise wie möglich krieche ich auf allen vieren weiter. Trotz meiner Stiefel schürfe ich mir die Knie auf.

Plötzlich berührt meine ausgestreckte Hand ein Stück verrottetes Holz. Es fühlt sich ganz feucht und moderig an. Ich taste mich weiter vorwärts und greife plötzlich ins Leere.

O Gott, was ist dort?

Ich schiebe mich noch einige Handbreit vorwärts und taste den Boden vor mir ab, bis meine Finger direkt vor mir an einer scharfen Steinkante hängen bleiben.

Ein senkrechter Schacht!

Ein Fluchtweg? Oder eine Todesfalle?

Ich werfe einen Kiesel hinein und zähle mit.

Drei … vier … fünf … Du lieber Himmel, wie tief ist dieser Schacht? Sechs … Dann schlägt der Kiesel endlich auf. Mehr als zweihundert Ellen!

»Aaaaaleeessaaandraaaaa«, zischelt der Dominikaner hinter mir. Wie vorhin im Lateranpalast. Seine Stimme klingt verändert, denn seine Nase ist gebrochen, und er muss durch den Mund atmen. »Wo versteckst du dich, du verfluchte Teufelin?«

Ich rutsche noch eine Handbreit vorwärts. Der Schacht erstreckt sich offenbar von einer Seite des Stollens zur anderen. Verdammt, ich kann nicht weiter!

Ein diffuser Lichtschein seiner Fackel erhellt den Gang hinter mir. Mein Herz rast vor Angst.

»Aaaaaleeessaaandraaaaa!«

Erneut taste ich nach dem moderigen Stück Holz vor mir. Eine Leiter? Die morschen Sprossen zerbröseln unter meinen tastenden Händen. Was nun? Ich brauche Licht!

Mit zitternden Fingern taste ich nach der Zunderdose an meinem Gürtel, nestele umständlich das Feuerzeug und den Zunder heraus und lege beide vor mich hin. Ich brauche etliche Schläge, bis es mir endlich gelingt, einen Funken in das Zündschwämmchen zu schlagen. Doch schließlich glimmt es auf. Im aufsteigenden Luftzug des Schachtes flackert es und droht zu verlöschen, doch am Ende entflammt der Zunder.

Ich halte ihn über den Abgrund und mustere die Leiter, die in die Hölle hinabführt – sie ist durch und durch verrottet.

»Aaaaaleeessaaandraaaaa!«

Nicht mehr lange, und er ist hinter mir!

Erschrocken halte ich den Atem an und lasse den Zunder fallen. In engen Spiralen schwebt er in den Abgrund hinab. Dann verglüht er, und es wird wieder dunkel um mich.

Ich kann ihm nicht entkommen. Hinter dem Schacht endet der Gang an einer grob behauenen Felswand.

»Aaaaaleeessaaandraaaaa!«, knirscht der Dominikaner, der keine fünf Schritte entfernt ist – wenn er in den Stollen leuchtet, wird er mich entdecken. »Weißt du, was ich mit dir mache, bevor ich dich langsam töte? Ich steche dir deine blauen Augen aus, du Verführerin. Auge um Auge!« Er lacht sardonisch. Mein Gott, wie muss er mich hassen! »Du wirst leiden, Alessandra! Ich werde dich vernichten, wie du mich vernichtet hast! Ich werde deinen Namen in den Staub treten, wie du meinen entehrt hast. Ich werde dich töten, du gottverfluchte Mörderin, von deren Händen das Blut tropft! Ich habe die Mordlust in deinen Augen leuchten sehen, du finsterer Todesengel. Ich weiß, dass dir das Töten Spaß bringt und dass du deinen Opfern gern beim Sterben zusiehst!«

Ich halte den Atem an und ducke mich auf den Boden.

Oh ja, ich weiß, von wem er spricht. Er glaubt, dass ich ihn getötet habe. Wen wundert's? Das glaubt ja sogar Prospero. Und selbst Yared traut mir die Blutrache für den Tod meines Vaters und meines Bruders und für den Mord an Niketas' jüdischem Bruder Natanael ohne weiteres zu – er weiß, was damals in Florenz geschehen ist, nachdem ich das Evangelium des vergessenen Papstes fand. Doch außer Ludovico Scarampo und mir kennt niemand die Wahrheit. Weder die Henkersknechte in der Engelsburg, die den Kerker bewachten, noch der Papst, der Ludovico und mir ohne Beichte die Absolution erteilte. Der Gifttod des Satanskardinals war ganz in seinem Sinne – eine öffentliche Hinrichtung von Kardinal Giovanni Vitelleschi und eine Verbrennung seiner Leiche auf dem Scheiterhaufen des Campo dei Fiori war es gewiss nicht.

Der Dominikaner schwenkt die Fackel.

Gelähmt vor Angst starre ich auf den Lichtschein, der den Gang erhellt. Er steht direkt vor dem Stollen. Mein Herz pumpt glutflüssige Lava durch meine Adern. Ich kann mich selbst keuchen hören und versuche, mich zusammenzureißen. Hat er mich entdeckt?

»Va all'inferno, du blutdurstige Satansbrut!«

℘ Yared ℘

Kapitel 50

Im Labyrinth der Puzzolanhöhlen
Donnerstag, 23. Februar 1447
Viertel vor fünf Uhr morgens

Im Schein meiner Fackel knie ich vor dem Eingang der Kapelle nieder und untersuche die Blutspuren im Fledermauskot. Alessandra hat stark geblutet. Nur aus der Wunde an ihrer Stirn, oder hat der Dominikaner sie noch schwerer verletzt, als er sie mit Gewalt verschleppte und sie sich mit ihrem Dolch gegen ihn wehrte?

Ich richte mich auf und ziehe das schwere rote Buch zu mir heran, das ich mit meinem Schwerthieb beinahe gespalten habe. Ich schlage es auf und blättere darin. Dann lese ich den letzten Eintrag, der mit Blut geschrieben wurde. Um Gottes willen! Was für ein todbringendes Mysterienspiel wird hier gespielt?

Zitternd vor Hass und Zorn schlage ich den Folianten wieder zu und verberge ihn in einer Nische hinter dem Altar. Der Dominikaner darf ihn auf keinen Fall finden und mitnehmen. Das Buch ist lebensgefährlich für Alessandra.

Bevor der brennende Tuchstreifen verlöscht, wickele ich einen neuen um die Klinge meines Schwertes. Gerade will ich mich wieder auf den Weg machen, als ich die Spuren im Geröll entdecke. Im aufgewirbelten Staub kann ich ein Gewirr von Fußabdrücken erkennen. Sie stammen von meinem Kampf gegen den Dominikaner. Ich lasse den Lichtschein meiner Fackel über den Boden gleiten. Was ist das? Einige Schritte entfernt sehe ich parallele Schleifspuren. Wie von Stiefelabsätzen. Er hat Alessandra hinter sich her geschleift!

Mein Herz setzt einen Schlag lang aus. Lebt sie noch?

Besorgt folge ich den Spuren, die durch etliche sich verzweigende Gänge vermutlich in Richtung Santa Maria sopra Minerva führen. Wenig später muss ich mich unterhalb des Forum Romanum in der Nähe des Kapitols befinden. Dort enden die Schleifspuren an einer kleinen Blutlache.

Um Gottes willen, was ist geschehen?

Die Fußspuren im Staub lassen auf einen Kampf schließen – doch wessen Blut ist es?

»Alessandra!«

Kein Lebenszeichen.

Und kein Lichtschimmer in einem der Gänge.

Mit erhobener Fackel gehe ich weiter und entdecke etwa hundert Schritte später ein eisernes Türgitter, das einen Korridor verschließt, der steil nach oben führt und in einer Treppe mündet. Ein Aufstieg zum Forum Romanum. Und zum Kapitol.

Auf dem staubigen Boden vor dem Gitter, das durch ein Schloss gesichert ist, entdecke ich neben einem ungebleichten Wollfaden Spuren von verkohlter Asche. Ich zerreibe den schwarzen Staub zwischen meinen Fingern. Wurde die verkohlte Leiche von Fra Valerio da Montefalco durch die Puzzolanhöhlen in Fra Adriano Grifonettis Zelle in Santa Maria in Aracoeli geschafft? Die Spuren lassen darauf schließen, dass die Leiche auf dem Boden lag, während das Gittertor aufgeschlossen wurde.

Ich rüttele an den Gitterstäben, doch das Portal ist verschlossen.

Obwohl der Wollfaden wie jener, den Santino in Fra Adrianos Zelle verschwinden ließ, aus dem aufgerissenen Saum eines Dominikanerhabits zu stammen scheint, ahne ich, wer den Schlüssel zum Aufstieg nach Santa Maria in Aracoeli verwahrt: der Generalinquisitor. Fra Giovanni da Capestrano.

Alessandra

Kapitel 51

Im Labyrinth der Puzzolanhöhlen
Donnerstag, 23. Februar 1447
Viertel vor fünf Uhr morgens

Der Dominikaner wendet sich ab und verlässt die Höhle. Es wird wieder dunkel.

Aufatmend lausche ich den immer leiser werdenden Schritten. Dann ist es still. Ist er stehen geblieben? Wartet er in der nächsten Höhle auf mich? Er weiß ja nicht, dass ich auf seine Fackel nicht angewiesen bin, um aus dem Labyrinth zu entkommen, weil ich in meiner Zunderdose eine Kerze habe.

Ich muss Yared finden, bevor er sich hoffnungslos verirrt. Oder in einen der senkrechten Schächte stürzt. Oder dem Dominikaner in die Arme läuft. Ich muss so schnell wie möglich zurück zu Yared!

Auf dem Bauch rutsche ich rückwärts durch den engen Stollen zurück zur Höhle. Lautlos gleite ich aus dem Einstieg und richte mich auf. Die Stille, die mich umfängt, ist bedrohlich. Keine Schritte, kein Schnaufen, nichts. Wo ist er?

Ich wende mich um und taste mich an der Wand entlang in die Richtung, aus der ich gekommen bin. Zehn, elf, zwölf Schritte weiter ist die Kreuzung der vier Korridore. Vorhin bin ich nach links abgebogen, jetzt muss ich mich also nach rechts wenden. Ich husche weiter, bis der Gang einen Bogen nach links macht und sich zu einer Höhle weitet, in die, wenn ich mich recht entsinne, drei Gänge einmünden. Der vierte ist eingestürzt. Er ist … Ich versuche, mich zu orientieren … Er muss rechts von mir sein. Also weiter! Ich erinnere mich, dass ich nach links in den nächsten Gang einbiegen muss, doch wo ist er? Ich gehe an der grob behauenen Wand aus porösem Puzzolan entlang, kann jedoch den Gang nicht finden, der zurück zur Kapelle führt. Habe ich die Orientierung verloren? Mit kalten Händen greift die Panik nach mir.

Mit hochgezogenen Schultern bleibe ich stehen und lausche in die Stille.

Ich muss weiter! Aber bin ich überhaupt in der richtigen Höhle? Nach drei, vier, fünf Schritten stoße ich auf einen schmalen Korridor. Es ist nicht der, durch den ich gekommen bin, aber er führt in die richtige Richtung – das glaube ich zumindest. Also los!

Der Gang verengt sich und wird so niedrig, dass ich mich ducken muss. Soll ich umkehren? Nein! Ich gehe weiter, denn vor mir kann ich plötzlich ein Poltern hören.

»Yared?«, flüstere ich mit bebender Stimme.

Stille.

Ein Felssturz, an dem ich mir um ein Haar den Kopf gestoßen hätte, zwingt mich auf die Knie. Auf allen vieren krieche ich über den feuchten Boden. Wasser tropft von der immer niedriger werdenden Decke und sammelt sich in Pfützen. Dann scheint der Gang plötzlich zu Ende zu sein. Meine Hand gleitet über den rauen Stein nach unten und fühlt eine scharfe Kante. Darunter breitet sich eine Wasserlache aus. Es hilft nichts – ich muss hindurch.

Auf dem Bauch rutsche ich vorwärts, schiebe mich unter dem Fels hindurch in die ellentiefe Lache. Sofort sind meine Kleider durchnässt. Auf der anderen Seite der Engstelle steige ich aus dem eisigen Wasser.

Auf angestoßenen Knien und abgeschürften Ellbogen krieche

ich in der Kälte zitternd weiter durch den ansteigenden Gang. Staub reizt meine Lungen, und ich muss husten.

Der Gang wird immer schmaler. Ich halte mir die Hand vor die Lippen, um leise zu sein, und spüre die feinen, warmen Tröpfchen auf meiner Hand.

O Gott, huste ich schon Blut wie vorhin Santino?

In meiner durchnässten Kleidung frierend, rutsche ich bäuchlings weiter vorwärts, bis sich der Korridor erneut verengt. Ich ringe die beklemmende Angst nieder, halte die Luft an und schiebe mich langsam vorwärts. Zurück kann ich nicht mehr. Der Gang ist zu schmal, um mich umzudrehen.

Dann stecke ich fest.

Von panischem Schrecken ergriffen, will ich tief Luft holen. Doch die Felsen pressen meine Lungen zusammen, und ich ringe keuchend nach Atem.

»Verflucht!«, stöhne ich verzweifelt und versuche, meine Füße gegen den Fels zu stemmen und mich mit Gewalt vorwärtszuschieben, doch ich bewege mich keinen Fingerbreit. Die Seide reißt mit einem scharfen Zischen, ein Silberknopf platzt ab und klimpert auf den Fels – das ist alles.

»Verdammter Mist!«

Auch eine Drehung meines Körpers in der engen Felsöffnung bringt nichts.

Bleib ruhig liegen, Sandra, entspann dich!, ermahne ich mich. Keine Panik! Keine Verkrampfung in den Schultern! Keine unbedachten Bewegungen, die dich verletzen können! Du musst langsam ausatmen, bis deine Lungen keine Luft mehr enthalten, dann kannst du dich befreien.

Aber es geht nicht. Ich bin wie gelähmt, kann weder vor noch zurück. Das Grauen, in dieser finsteren Gruft lebendig begraben zu sein, ist überwältigend. »Verdammte Scheiße!«

Der Fels drückt schmerzhaft gegen meine Rippen, und ich habe beim Luftholen das Gefühl, zu ersticken. Ich ringe keuchend nach Atem, muss wegen des Staubs erneut husten und breche in Panik aus, weil ich glaube, trotz des heftigen Atmens nicht mehr genug Luft zu bekommen.

Bleib ruhig, verdammt! Entspann dich! Wo du hineinkriechen kannst, kommst du auch wieder heraus! Atme langsam und gleichmäßig. Ja, so ist es gut. Und jetzt atme aus, bis keine Luft mehr in deinen Lungen ist. Ja, genau so. Und jetzt schieb dich vorwärts. Na siehst du, es geht doch! Noch eine Handbreit, dann hast du es geschafft!

Ein Stein poltert zur Seite. Plötzlich erschüttert ein tiefes Grollen den Fels. Mit ohrenbetäubendem Getöse bebt das Gestein um mich herum. Wird es mich unter sich begraben?

Yared

Kapitel 52

Im Labyrinth der Puzzolanhöhlen
Donnerstag, 23. Februar 1447
Kurz nach fünf Uhr morgens

Der Boden bebt. Staub rieselt herab, Steinsplitter prasseln herunter, und ich fürchte, die Höhle stürzt ein. So schnell ich kann, flüchte ich in einen gewölbten Durchgang. Gerade noch rechtzeitig! Ein Stein verfehlt mich um Haaresbreite, kracht auf den Boden und zerplatzt.

Dann höre ich ein Knirschen, und mit einem apokalyptischen Getöse stürzt die Höhle ein. Die Druckwelle schleudert mich gegen die Wand des Korridors und reißt mir das Schwert aus der Hand. Meine Fackel poltert zu Boden und verlischt.

Hustend ziehe ich mir den Schleier vor das Gesicht, lasse mich auf die Knie fallen und taste blind zwischen den Steinen nach meiner Klinge. Da ist sie, halb unter dem Geröll begraben, aber nicht zerbrochen.

Mit zitternden Fingern schlage ich einen Funken in den vorletzten Zunder und entzünde einen weiteren Stoffstreifen, den ich um das Schwert winde. Viele sind nicht mehr da. Es wird Zeit, dass ich Alessandra finde.

Keuchend und hustend taumele ich weiter.

Ein leises Schlurfen, nicht weit entfernt! Ich horche angestrengt. Dann kann ich auch den Lichtschein seiner Fackel sehen. Wie ich ist er stehen geblieben. Ich spähe in den Gang, der nach rechts abzweigt. Am anderen Ende steht eine dunkle Gestalt mit dem Rücken zu mir.

Als ich dem Dominikaner folgen will, ist er plötzlich verschwunden. Der Gang ist dunkel und leer.

Alessandra

Kapitel 53

Im Labyrinth der Puzzolanhöhlen
Donnerstag, 23. Februar 1447
Kurz nach fünf Uhr morgens

Das Beben ist vorbei, das Donnern verstummt so plötzlich, wie es begonnen hat. Das Prasseln der vom Tuffgestein abgeplatzten Steinsplitter hat aufgehört.

Ich atme auf. Der Fels, der sich vermutlich unter dem Gewicht des Palatin gesenkt hat, hat mich nicht erneut eingeklemmt. Hustend taste ich mich durch den aufgewirbelten Staub vorwärts. Bei jeder Bewegung spüre ich, wie die Steinsplitter unter mir wegrutschen. Der ganze Gang scheint instabil zu sein. Wenn ich doch nur etwas sehen könnte!

Das plötzliche Geräusch tropfenden Wassers, das zum Rinnsal anschwillt, lässt mich den Atem anhalten.

O Gott, woher kommt plötzlich das Wasser, das in den Gang fließt? Unaussprechliches Grauen lodert in mir auf. Mit zitternden Fingern fummele ich einen Zunder aus der Silberdose an meinem Gürtel und entfache ihn. Während er den Docht der kleinen Kerze entzündet, sehe ich den engen Tunnel entlang und wünschte, ich hätte kcin Licht gemacht. Ein Ende des Stollens ist noch nicht in Sicht.

Ob er vor mir eingestürzt ist? Dann bin ich lebendig begraben! Und das eisige Wasser dringt in den Stollen …

Ich stecke mir die Kerze zwischen die Zähne und schiebe mich so schnell ich kann vorwärts. An einer engen Stelle überwältigt mich erneut die Panik, vom Fels zu beiden Seiten zerquetscht zu werden. Ich halte einen Herzschlag lang inne, atme ruhig und gleichmäßig weiter, ringe die Angst nieder und rutsche weiter, bis der Gang sich verbreitert und schließlich in eine weite und hohe Höhle mündet. Sie ist so groß, dass der Lichtschein meiner Kerze nicht bis an ihr Ende dringt.

Erleichtert lehne ich mich gegen die Puzzolanwand. Mein Herz rast, meine Finger, die die Kerze halten, zittern stark, mein Kopfschmerz wird immer schlimmer, und mir ist so schwindelig, dass ich mich zusammenreißen muss, um mich nicht zu übergeben.

Ein Geräusch lässt mich zusammenzucken, und ein matter Lichtschein dringt aus einem der Stollen.

Der Dominikaner!

Nur weg von hier!

Ich husche in den Gang gegenüber und schütze die unruhig flackernde Kerzenflamme mit der Hand, sodass ich mir fast die Finger verbrenne. Der Lichtschein wird ihm verraten, wo ich bin, aber so kann ich schneller fliehen und den Ausgang finden. Auf keinen Fall will ich wieder durch die undurchdringliche Finsternis tappen.

An der nächsten Kreuzung bleibe ich kurz stehen und halte die Flamme hoch, um zu sehen, woher der Luftzug kommt. Das Licht tanzt flackernd, neigt sich nach links und nach rechts. Ich gehe noch zwei, drei Schritte weiter. Die Flamme verlischt fast. Nach rechts! Der Stollen führt in eine große Kaverne, in der die Steinbrucharbeiter Felssäulen stehen ließen, um die hohe Decke zu stützen. Und die darüber errichteten Kaiserpaläste auf dem Palatin.

Aber die Höhle hat keine Ausgänge! Ich muss zurück, bevor der Dominikaner mich einholt!

Ich beobachte die Kerzenflamme, aber sie zuckt nicht. Kurzentschlossen haste ich den Gang entlang, der nach links in die Finsternis führt.

Er ist eingestürzt! Eine dichte Staubwolke wabert mir entgegen. Keuchend bleibe ich stehen. Meine Knie zittern.

Vor mir auf dem Boden liegt ein verbrannter Fetzen Stoff. Hat Yared hier nach mir gesucht? O Gott, ist er …? Entsetzt starre ich auf die Lawine aus geborstenen Steinen, die sich in den Gang ergossen hat.

Plötzlich höre ich Schritte hinter mir.

»Du entkommst mir nicht!« Sein sardonisches Lachen hallt durch den Stollen. Mit der Fackel in der einen und dem Dolch in der anderen Hand kommt der Dominikaner langsam auf mich zu.

Yared

Kapitel 54

Im Labyrinth der Puzzolanhöhlen
Donnerstag, 23. Februar 1447
Kurz vor halb sechs Uhr morgens

Ein erstickter Schrei! Aus dem Gang vor mir! Alessandra lebt!

Eine Woge der Erleichterung reißt mich mit sich. Ich schüttele den brennenden Tuchstreifen von der Klinge, umklammere mit schmerzenden Fingern den Schwertgriff und renne so schnell ich kann auf den Lichtschein am Ende des Ganges zu.

Als ich schließlich schlitternd um die Ecke biege, bleibt mir fast das Herz stehen.

Der Dominikaner, der mir den Rücken zuwendet, wirft sich mit blitzendem Dolch auf Alessandra.

»Sprich dein letztes Gebet!«, knirscht der Mönch. »Es ist so weit!«

Alessandra

Kapitel 55

Im Labyrinth der Puzzolanhöhlen
Donnerstag, 23. Februar 1447
Gegen halb sechs Uhr morgens

Während ich zurückweiche, packe ich mit beiden Händen die niedersausende Hand mit dem Dolch, fange den Stoß ab und lenke die Klinge so schwungvoll von mir weg, dass ich den Dominikaner zum Stolpern bringe. Mit aller Gewalt schmettere ich seine Hand gegen die Höhlenwand, ein Mal, zwei Mal, drei Mal … Auf diese Weise habe ich in der Grabeskirche in Jerusalem schon einmal einen Mann entwaffnet, der mich töten wollte.

Der Frater lässt den Dolch fallen und stöhnt vor Schmerz. Wahrscheinlich habe ich ihm die Hand gebrochen.

Ich mache einen Schritt vorwärts und ergreife den Dolch, dann richte ich mich wieder auf. Erschrocken weicht er vor mir zurück, als ich den Dolch auf sein Herz richte.

Dann erst höre ich Schritte. Es ist Yared! Erleichtert seufze ich auf. Er lebt!

Einen winzigen Augenblick lang bin ich abgelenkt. Sofort schlägt der Dominikaner meine Hand mit dem Dolch zur Seite und wirft sich gegen mich. Noch während ich zu Boden stürze, reißt er mir das silberne Amulett mit dem verborgenen Gottesnamen vom Hals. Mein Kopf schlägt hart auf den Boden auf, und ich bleibe benommen liegen. Seinem Fußtritt, der mich an der

Schläfe trifft und meinen Kopf herumschleudert, kann ich nicht mehr ausweichen.

Dann versinke ich in nachtschwarzer Finsternis.

Yared

Kapitel 56

In Alessandras Schlafzimmer im Palazzo Colonna
Donnerstag, 23. Februar 1447
Viertel vor sieben Uhr morgens

Als ich mich über sie beuge und sie küsse, schlägt sie endlich die Augen auf und öffnet ihre Lippen. Mit einem leisen Seufzen erwidert sie meinen Kuss.

Ein warmes Gefühl der Erleichterung durchströmt mich. Es geht ihr gut. Zärtlich streiche ich ihr über das seidige Haar, das wie ein Fächer aus Pfauenfedern auf dem Kopfkissen ausgebreitet liegt. »Dachte ich mir doch, dass du nur so tust, als ob du schläfst.«

»Ich habe deine Liebkosungen genossen«, gesteht sie mit einem matten Lächeln. Sie ist noch ganz benommen. »Hätte ich geblinzelt, hättest du vielleicht aufgehört damit. Und so habe ich ganz still gelegen …«

Als ich sie erneut küsse, wirft sie ihre Arme um meine Schultern und zieht mich zu sich herunter. »Ich liebe dich.«

»Ich liebe dich auch.«

Ich beuge mich über sie, schiebe die Bettdecke zur Seite und küsse ihre nackten Brüste. Deren Knospen richten sich unter meiner Zunge auf. »Ist es recht so?«

Sie verwuschelt mir die Locken und lächelt verzückt. »Hmm …«

»Und wie ist das?« Ich küsse sie leidenschaftlich.

»Och … ganz gut«, lächelt sie verschmitzt. »Hast du noch mehr davon?«

»So viel du willst.«

Sie tastet über die Wunde an ihrer Stirn, wo der schwere Foli-ant sie getroffen hat. Das rote Buch, das ich aus dem Versteck in der Kapelle geholt habe, liegt jetzt neben ihrem Bett. Die Haut an ihrer Stirn ist aufgerissen, und es wird, obwohl ich die Wunde mit feinen Stichen genäht habe, eine Narbe zurückbleiben, die von der rechten Augenbraue bis zum Haaransatz reicht. Gott sei Dank hat sie den gewaltigen Schlag überlebt. Angelo hatte nicht so viel Glück. Sie ist eine Kämpferin, und sie weiß nicht erst seit ihrem erbitterten Kampf gegen Kardinal Vitelleschi, wie sie derartigen Angriffen begegnen muss, um zu überleben.

Behutsam küsse ich die Wunde. »Besser so?«

Lächelnd streicht sie mir über das Haar und nickt. »Ich hab starke Kopfschmerzen. Und mir ist schwindelig. Und todmüde bin ich auch.« Erschöpft räkelt sie sich in die Kissen, hebt den Arm und schnuppert daran. »Wonach rieche ich?«

»Lotusblüte. Ich habe dich gewaschen und mit warmem Duftöl massiert, damit du dich ein bisschen entspannst.«

»Der Duft erinnert mich an Tod und Verwesung«, seufzt sie. »Entschuldige.«

»Ist schon gut.«

»Zu viele Tote. Zu viele Mysterien. Ich bin es leid.«

Das klingt gar nicht nach meiner unerschütterlichen Alessan-dra, der selbst Haudegen wie Diego und Robin respektvoll Aner-kennung zollen. Robin scheint sogar ein bisschen stolz darauf zu sein, sich von einer Frau wie Alessandra Befehle erteilen zu lassen. Ich glaube, er gibt gern ein bisschen an mit ihr.

Schweigend starrt sie an die Decke. Tränen funkeln in ihren Au-gen. Trauert sie endlich um Angelo? Sie scheint gefangen zu sein in der Erinnerung an seinen Tod. Behutsam nehme ich ihre Hand und halte sie fest, um sie zu trösten.

Nach einer Weile wischt sie sich mit einer trotzigen Handbewegung die Tränen ab und sieht mich an. »Was ist geschehen, nachdem ich ohnmächtig wurde?«

»Ich hatte solche Angst um dich. Ich dachte, du stirbst. Ich habe den Dominikaner entkommen lassen und dich so schnell wie möglich aus der Höhle getragen. Diego und Robin haben mir geholfen, dich in den Palazzo Colonna zu bringen.«

Dass beide mit hohem Fieber und heftigem Schüttelfrost im Bett liegen, verschweige ich ihr, um sie nicht noch mehr zu beunruhigen. Der Zustand der beiden ist ernst. Benyamin wacht bei ihnen. Er wird mich rufen, falls ihr Fieber lebensbedrohlich steigt.

»Hast du den Dominikaner erkannt?«

Ich schüttele den Kopf. »Er hat dein Amulett gestohlen.«

»Und er hat Angelo getötet.« Fröstelnd zieht sie die Decke höher. Hoffentlich bekommt sie nicht auch noch Schüttelfrost!

Ja, ich glaube auch, dass er Angelo ermordet und Elija zu Tode erschreckt hat. Vorhin hat Benyamin mir erzählt, dass der arme Kleine im Schlaf aufgeschrien und geweint hat. Wie lange wird es wohl dauern, bis Elija den Schock überwunden und seine Angst vor der Dunkelheit und dem Alleinsein verloren hat? Ich spüre, wie Hass und Zorn sich in mir regen. Und der Gedanke an Vergeltung für alles, was er Alessandra, Angelo und Elija angetan hat.

»In welche Richtung ist er geflohen?«, fragt sie.

»Nach Santa Maria sopra Minerva, glaube ich.«

Verbittert und in ohnmächtiger Wut schlägt sie mit den Fäusten auf die Bettdecke. Dann sieht sie mich mit funkelnden Augen an. »Yared, ich glaub, ich weiß, wer die schwarze Mumie auf dem Papstthron ist …«

Alessandra

Kapitel 57

Vor dem Portal von San Giovanni in Laterano
Donnerstag, 23. Februar 1447
Viertel vor zehn Uhr morgens

Von vorne angerempelt und von hinten geschoben lenke ich meinen scheuenden Hengst, der immer wieder die Mähne schüttelt und schnaubt, durch die dicht gedrängten Pilger, die zur Lateranbasilika hasten.

Mit grimmigem Blick schaut Marcus Aurelius auf mich herab, während ich, immer noch genervt nach meiner Aussprache mit Yared vor einer halben Stunde, vom Pferd springe.

Orlando eilt mir entgegen, um mich mit ähnlich verkniffener Miene zu begrüßen wie der römische Kaiser. »Buon giorno, Contessa.«

»Guten Morgen, Orlando. Was ist hier los?« Ich halte mich am Sattel fest, um von der herbeiströmenden Menge nicht mitgerissen zu werden, und deute auf die Gläubigen, die um das offene Grab Papst Silvesters im Portikus drängen, um einen Blick in die Gruft werfen zu können.

Mit flehenden Augen schwenken sie Tüchlein, die in ein Weihwasserbecken neben dem Kirchenportal getaucht und weitergereicht werden. Ein griechisch-orthodoxer Basilianermönch in schwarzem Habit hält mit gefalteten Händen dem Geschiebe stand und versucht, die Menge zu beruhigen. Ein bewusstloser, aus einer Kopfwunde blutender Mann wird an ihm vorbeigeschleift. Neben ihm im blutrot schimmernden Schnee knien alte Frauen mit sorgenzerfurchten Gesichtern, die in die mit Weihwasser getränkten Tüchlein weinen.

Wenige Schritte weiter, am Portal zur Scala Santa, bauen immer mehr Reliquienhändler ihre Tische auf. Und was es dort nicht alles zu kaufen gibt! Rosenkränze, Ikonen und kleine hölzerne Kreuze finden einen ebenso reißenden Absatz wie Souvenirs von Rom: aus Fell und Leder genähte Wölfchen und segnende Jesusse aus geschnitztem Pinienholz mit abnehmbarem Heiligenschein aus Kupferblech. Se Cristo vedesse!, denke ich mit resigniertem Kopfschütteln. Wenn Christus das sehen könnte!

Die Stände der Ablasshändler werden von Bettelkindern belagert, die sich wie Kletten an die Pilger hängen. Sie tragen zerfetzte Lumpen, einige der Jungen haben nicht einmal Schuhe. Schreiend hopsen sie um die Gläubigen herum, zupfen an den Ärmeln, machen ein schmales Gesicht und große glänzende Augen und betteln.

Orlando steht wie ein verlassenes Kind neben mir, er wirkt hoffnungslos überfordert. Hat er heute Nacht überhaupt geschlafen? »Während der letzten Stunden hat sich herumgesprochen, dass Ihr heute Nacht das Grab des Teufelspapstes geöffnet habt. Die Leute sind wie von Sinnen. Sie wollen das Grab mit eigenen Augen sehen. Und die Mumie des Papstes, der mit Satan im Bunde war. Ich habe die Basilika gesperrt. Kardinal Capranica weiß Bescheid.«

»Ist gut, Orlando.« Ich zwinge mich, ruhig zu bleiben. Die Unterredung mit Yared hat mich aufgewühlt. Ich bin ziemlich in Rage. »Sieh zu, dass die Leute verschwinden, bevor die ersten Reliquien des Teufelspapstes verhökert werden.« Ich deute auf die Hingerichteten über uns. »Aus den verrottenden Leichen lassen sich in Windeseile gefälschte Reliquien herstellen.«

»Ich lasse sie sofort herunterholen und begraben.«

»Die Geheimkammer mit Silvesters Nachlass darf auf keinen

Fall geplündert werden.« Trotz meines Erschreckens, als ich vorhin durch den roten Folianten blätterte, mit dem Angelo erschlagen wurde, trotz meines Entsetzens, als ich die unheilvolle Blutschrift las, war ich doch ein wenig erleichtert, dass der Dominikaner das Buch nicht aus der Geheimkammer gestohlen hat.

»Der Lateranpalast wird bewacht«, beruhigt mich Orlando.

»Die Bravi, die ich gestern bei meinem Cousin Vespasiano angefordert habe, sind, wie ich gehört habe, im Morgengrauen im Palazzo Colonna eingetroffen. Bitte Kardinal Prospero um ausreichend bewaffnete Verstärkung, damit du die Menge zerstreuen kannst.«

»Mach ich. Noch etwas. Das Gerücht über einen Fluch des Teufelspapstes macht die Runde und wird sich in kürzester Zeit in ganz Rom verbreiten, wenn ich die Meute wegschicke. Sie wissen, dass Satan im Lateran umgeht. Und dass in der Cappella Colonna etliche Tote aufgebahrt liegen. Und im Vatikan, wo Satan ebenfalls gewütet haben soll, liegt Papst Eugenius im Sterben.«

»Um Gottes willen!«

»Ich lasse das Grab zuschütten und sorge dafür, dass Silvester wieder begraben wird, nachdem Ihr nach umfangreichen wissenschaftlichen Untersuchungen festgestellt habt, dass seine Gebeine *nicht* rumoren, wenn ein Papst im Sterben liegt.«

»Glaubt dir irgendjemand?«

»Ach was.«

»Dachte ich mir.« Ich beobachte eine alte Frau, die im Schnee kniet. Sie ist in ein schwarzes Tuch gehüllt, starrt mit furchtsam aufgerissenen Augen zur Kathedrale mit dem Grab des Teufelspapstes. Mein Gott, dieser Blick!

Orlando zögert. »Wie geht's Robin?«

»Er liegt mit hohem Fieber im Bett und ist zu schwach, um aufzustehen.«

Neben mir klettert ein franziskanischer Bußprediger auf den

Sockel der Reiterstatue, schlägt die Bibel auf, deutet zum glühenden Himmel empor und liest mit lauter Stimme aus dem Buch der Offenbarung vor.

»Wird Robin sterben?«, fragt Orlando besorgt, während der Franziskaner neben uns mit einschüchternden Worten das Gottesgericht auf die Sünder herabfleht.

»Ich weiß es nicht.«

Er nickt langsam. »Der Fluch des Teufelspapstes.«

»Wie war das?«, frage ich scharf.

»Einige Eurer Männer beschwören, sie hätten letzte Nacht eine Tafel ausgegraben, auf der stand: Verdammt zum Tode sei, wer die Ruhe des Papstes stört. Und während des Gewitters letzte Nacht schlug ein Blitz in den Baum dort drüben ein, seht Ihr? Er ist …«

Das kann nicht wahr sein! Mein Kopf schmerzt unerträglich – ich habe wirklich keinen Nerv für derartigen Schwachsinn.

»Ich habe keine solche Tafel gesehen«, sage ich forsch. »Woraus bestand sie? Marmor, Bronze, Holz? War der Fluch in Versen verfasst? In welcher Sprache? Lateinisch, Französisch oder in jenem italienischen Dialekt, der vor fünfhundert Jahren in Rom gesprochen wurde? War das Latein so erbärmlich wie das auf der marmornen Grabinschrift in der Lateranbasilika? Wenn ich gelehrte Sprachwissenschaftler unter meinen Bravi habe, würde ich das gern wissen.«

Orlando tritt verlegen von einem Fuß auf den anderen.

Aus den Augenwinkeln erspähe ich eine Gruppe griechisch-orthodoxer Priester in schwarzen Soutanen. Gehören sie zum Gefolge des erwarteten Botschafters des byzantinischen Kaisers, der mit dem Papst über die Kirchenunion verhandeln will? Wenn der Gesandte schon in Rom eingetroffen ist, bleiben mir nur noch wenige Stunden, um die Ehre von Gerbert d'Aurillac als größtes Universalgenie unseres Jahrtausends wiederherzustellen. Angesichts der Hysterie, die sich in Rom ausbreitet, eine nahezu unlösbare Aufgabe …

»Orlando, solange Robin krank ist, kommandierst du meine Bravi. Wer derartige Gerüchte in die Welt setzt, kann sofort in den Palazzo Colonna zurückkehren und seine Sachen packen. Es wäre besser für ihn, wenn er Rom heute noch verlässt und sich nie mehr blicken lässt. Ich bin nämlich ziemlich wütend«, knirsche ich. »Habe ich mich verständlich ausgedrückt?«

»Äh … ja. Unmissverständlich.«

»Wie schön.« Ich nehme die Zügel meines Hengstes und schwinge mich wieder in den Sattel. »Falls du mich suchst: Ich bin im Laterankloster.«

Der Himmel glüht im Licht der aufgehenden Sonne, die, nur schwach glimmend wie ein Funken in der ausgeglühten Asche, die Wolkenschleier durchbricht. Der Kreuzgang des Klosters ist ein kleiner Garten Eden mit Palmen und Zypressen. Im Brunnen blühen im Sommer weiße und rosa Seerosen, und durch die Säulenarkaden segeln zwitschernd die Schwalben. Eine Statue des heiligen Benedikt mit gedankenverloren gesenktem Blick gemahnt an besinnliche Ruhe, doch die kann ich heute Morgen beim besten Willen nicht empfinden.

Während ich langsam die Treppe zu den Zellen der Mönche emporsteige, frage ich mich, ob meine Bravi, die ich ausgeschickt habe, um bei den römischen Ärzten nach einem Dominikaner mit ausgestochenem Auge und gebrochener Nase zu fragen, irgendetwas herausfinden werden. Vermutlich nicht. Wenn er sich in den Puzzolanhöhlen verborgen hält und seine Konfratres in Santa Maria sopra Minerva ihm …

Gerade will ich den Gang mit den Zellen betreten, in denen die Benediktinermönche wohnen, da halte ich bestürzt inne. Vor einer der Türen drängen sich fünfzehn oder zwanzig Fratres, die aufgeregt tuschelnd in die Zelle lugen. Einige bekreuzigen sich, andere beten: »De profundis clamavi ad te, Domine. Höre mein Flehen!

Würdest du, Herr, unsere Sünden beachten, wer könnte bestehen? Doch bei dir ist Vergebung …«

Ich fühle mich wie in einem Albtraum, als würde ich schwerfällig durch langsam zu Eis erstarrendes Wasser waten. Entschlossen schiebe ich mich zwischen den Mönchen hindurch zur Zellentür.

»Requiescat in pace!«, murmelt ein Benediktiner.

»Amen!«, antwortet ein anderer, bekreuzigt sich und küsst seine Finger.

Die Zelle ist winzig. Nachdem sich meine Augen an das dämmrige Licht gewöhnt haben, erkenne ich schemenhaft ein schmales Bett, einen Tisch mit einem Stapel Folianten und einer verschnürten Rolle Pergamente, einen klapprigen Scherenstuhl und einen Crucifixus gegenüber dem mit ölgetränktem Pergament verschlossenen Fenster.

Pater Severin, der Prior des Klosters, beugt sich über das Bett. Ich kenne ihn noch aus der Abtei Benediktbeuren nördlich der Alpen, die berühmt ist für ihre Bibliothek und ihre fleißigen Scriptoren und Illuminatoren. Vor Jahren habe ich das Kloster besucht und seltene Bücher kopieren lassen.

Er blickt auf, als ich die Kammer betrete, und nickt mir mit einem Ausdruck des Entsetzens im Gesicht zu. »Es ist Fra Giordano.« Seine Stimme mit dem bayerischen Akzent hallt unerbittlich durch die Zelle. »Er ist tot.«

Ich taumele, als ich zu ihm hinübergehen will, doch er fängt mich auf, bevor ich stürze. Mir ist schwindelig, und ich bin froh, dass ich mich auf seinen Arm stützen kann.

»Alles in Ordnung?« Besorgt blickt er auf den Riss an meiner Stirn und schiebt die Brille mit den hellblauen Gläsern höher. Sein weißer Bart, der bis zu seinem hölzernen Brustkreuz reicht, würde einem orthodoxen Patriarchen alle Ehre machen. »Ihr seid sehr blass.«

»Danke, es geht schon.« Ich winke ab und blicke zum Bett.

Fra Giordano liegt in seinem Habit auf der Bettdecke. Das Blut, das ihm aus dem Mund geflossen ist, hat die grobe Wolldecke getränkt. Sein tonsuriertes Haar ist blutverklebt, ebenso der kurze Bart auf seinen eingefallenen Wangen. Die aufgerissenen Augen glotzen in Richtung Tür, wo sich seine Konfratres die Hälse verrenken, um einen Blick auf das mephistophelische Höllenspektakel zu erhaschen.

»Schickt die Fratres weg«, bitte ich Pater Severin.

»Extra omnes!«, poltert er. »Schließt die Tür! Und haltet euch gefälligst an die Ordensregeln, Himmeldonnerwetter!«

Welche Freude muss in der Abtei Benediktbeuren geherrscht haben, als Pater Severin von seiner Pilgerreise nach Rom nicht zurückkehrte! Doch sein polteriges Auftreten täuscht – er ist einer der intelligentesten und feinsinnigsten Menschen, die ich kennengelernt habe. Seit Jahren versucht er, ägyptische Hieroglyphen und die babylonische Keilschrift zu entschlüsseln. Er ist ein Experte für altorientalische Sprachen, und er hat schon antike aramäische Papyri für mich übersetzt.

Schwankend knie ich neben dem Bett nieder und berühre Fra Giordanos Stirn. Sie ist noch warm. Er ist noch nicht lange tot. »Wann habt Ihr ihn gefunden, Pater Prior?«

»Gerade eben. Fra Giordano ist nicht zur Laudes erschienen. Ich dachte, es wäre letzte Nacht spät geworden, und er schläft noch. Aber als er zur Prim und zur Terz wieder nicht gekommen ist, habe ich seine Zelle aufbrechen lassen.«

»Ich hatte ihn letzte Nacht gebeten, die Tür zu verriegeln und niemanden hereinzulassen. War er schon tot?«

»Ja.«

Pater Severin beobachtet aufmerksam, wie ich mir den Schleier vor das Gesicht ziehe und Fra Giordano eingehend untersuche, bevor ich ihm behutsam die Augen schließe.

Die Totenstarre, die meist nach ein bis zwei Stunden an den

Lidern und nach zwei bis vier Stunden an den Kiefermuskeln beginnt und sich langsam während der nächsten zwölf bis achtzehn Stunden über den ganzen Körper ausbreitet, hat noch nicht eingesetzt. Der Dominikaner, den Ludovico und ich acht Stunden nach dessen Tod untersucht haben, war schon ganz steif gewesen, als wäre er nicht, wie von Fra Giordano beobachtet, in den frühen Morgenstunden gestorben, sondern lange vor Mitternacht. Von Ludovico weiß ich, dass Wärme dafür sorgen kann, dass die Totenstarre früher eintritt. Hatte Fra Giordano nicht ausgesagt, dass der Dominikaner noch warm war? Wenn er also schon seit Stunden tot war, wer hat dann den Todesschrei ausgestoßen, den Fra Giordano gehört hat? Und wer hat den Toten durch die Puzzolanhöhlen in die Geheimkammer gebracht? Und wer hat ihn so furchtbar zugerichtet, dass er nicht mehr identifiziert werden kann? Derselbe, der Angelo ermordet hat? Derselbe, der Fra Valerios verkohlte Leiche in Fra Adrianos Zelle in Santa Maria in Aracoeli geschafft hat? Derselbe, der die schwarze Mumie aus ihrem Grab in Santa Maria sopra Minerva geholt und auf den Papstthron gesetzt hat? Derselbe, der nun mir nach dem Leben trachtet? Wenn ich nur wüsste, wer der Dominikaner ist. Und warum er mein Amulett gestohlen hat.

Ich schiebe Fra Giordanos Habit hoch bis zu den Knien, hebe die Beine an und betrachte die purpurnen, blauen und grünen Verfärbungen an der Unterseite. Die Leichenflecken bilden sich, anders als beim toten Dominikaner, in der unteren Körperhälfte. Wenn das Herz aufhört zu schlagen, rinnt das Blut nach unten und sammelt sich an der am tiefsten gelegenen Stelle des Körpers. Der Dominikaner in der Geheimkammer lag auf dem Bauch. Seine Totenflecken waren jedoch auf seinem Nacken, auf seinem Rücken, besonders ausgeprägt auf seinem Gesäß, das in allen Farben schillerte, und auf der Rückseite seiner Beine. Als sich die Leichenflecken zwanzig Minuten nach seinem Tod bildeten, lag er also auf dem Rücken. Auf einer Streckbank in der Folterkammer von Santa Maria sopra Minerva, wo ihm post mortem die Hände und der Kopf abgerissen wurden? Ludovico hat mir während der Nekropsie erzählt, dass durch eine erhöhte Belastung der Muskeln kurz vor dem Tod die Totenstarre schneller als normal eintritt. Starb der Dominikaner während der Folter?

Was für ein perfides Horrorszenario. Verfluchte Inquisitoren!

Ich ziehe Fra Giordanos Habit wieder herunter.

»Wisst Ihr schon, wie er gestorben ist?«, fragt der Prior beunruhigt. Er scheint zu spüren, dass ich zornig bin. »So wie Euer Sohn, Gott hab ihn selig?«

Ich richte mich auf und lasse mir von ihm auf die Beine helfen. »Nein, Pater Prior. Fra Angelo wurde auf bestialische Weise ermordet. Fra Giordano hat Blut gehustet und ist schließlich daran erstickt.«

Er bekreuzigt sich. »Der Fluch des Teufelspapstes?«

»Nein, Pater Prior. Die Mumie von Papst Silvester enthielt giftigen Schimmel, und der hat in Fra Giordanos Lunge einen Blutsturz verursacht.« So wie gestern Nacht bei Santino, der beinahe an seinem Blut erstickt wäre. Ob er noch lebt? Er ist heute Morgen nicht im Lateran erschienen. Ich muss unbedingt nach ihm sehen, wenn ich nachher Santa Maria sopra Minerva besuche. »Es gibt keinen Fluch des Teufelspapstes. Und es gibt keine Satanserscheinungen im Lateran und im Vatikan.«

»Deo gratias!« Er seufzt erleichtert. »Dann darf ich ihm die Sterbesakramente geben?«

»Sicher.«

»Und ich muss Kardinal Capranica Bescheid geben, dass der Frater gestorben ist. Er ist unser Erzpriester.«

»Nur zu.«

Ich gehe zum Schreibtisch hinüber und lasse mich mit zitternden Knien auf dem Scherenstuhl nieder, um mein Notizbuch zu suchen, das ich Fra Giordano vor der Satansmesse anvertraut hatte. Ich schnüre die Rolle Pergamente auf. Der Frater hat zwei der drei Seiten mit seiner feinen Handschrift beschrieben: seine von Pater Severin von Benediktbeuren bezeugte Aussage, dass die verkohlte Leiche in der Cappella Colonna nicht Fra Adriano ist, sondern Fra Valerio, der in der Nacht von Montag auf Dienstag auf dem Campo dei Fiori als Ketzer verbrannt wurde. Seine ebenfalls vom Prior als Zeuge gegengezeichnete Erklärung, dass er gestern auf meine Bitte hin mit Seiner Heiligkeit gesprochen hat, um sich die päpstliche Genehmigung für eine Satansmesse unter Aufsicht des Dominikanerinquisitors Fra Santino de Angelis zu holen. Die dritte Seite ist leer, weist aber etliche Blutspritzer auf.

Mein Notizbuch kann ich nirgendwo entdecken. Beunruhigt blicke ich mich in der kleinen Zelle um. Wo hat Fra Giordano es versteckt? Es ist lebenswichtig für mich, jetzt erst recht, da er nun tot ist. Auf keinen Fall darf es in die falschen Hände geraten. Doch es liegt nicht zwischen den Folianten auf dem Schreibtisch. Und auch nicht auf dem schmalen Regalbrett, wo der Benediktiner die wenigen Dinge aufbewahrt hat, die er als Mönch besitzen durfte, darunter seinen Rosenkranz.

Pater Severin mustert mich stirnrunzelnd, als ich mich auf den Boden knie, um unter dem Bett nachzusehen. »Was sucht Ihr?«

»Mein Notizbuch. Habt Ihr es gesehen?«

»Das kleine Büchlein, das mir Fra Giordano gezeigt hat?«

»Das meine ich. Hat er es Euch anvertraut, damit Ihr es mir heute Morgen übergebt?«

Er schüttelt den Kopf. »Nein, das hat er wieder mitgenommen, nachdem ich unterschrieben hatte.«

»Ihr habt also seine Aussagen bezeugt?«

Er nickt. »Zwei Abschriften habe ich, die anderen liegen auf dem Tisch.« Er deutet auf die Pergamente, die ich eben gelesen habe. »Und da war noch die Beichte in Eurem Notizbuch. Aber wo das ist …« Stirnrunzelnd blickt er sich in der Zelle um. »… das weiß ich wirklich nicht.«

Gemeinsam heben wir Fra Giordanos Leichnam hoch, um unter der Matratze nach dem Büchlein zu suchen. Vergeblich. Dann klopfen wir die Zellenwände ab, von denen an einigen Stellen der Putz rieselt, und untersuchen die grob behauenen Deckenbalken, in denen früher Blaumeisen genistet haben müssen, doch auch das bringt uns nicht weiter.

Meine Kopfschmerzen werden wieder stärker. Ich lege das Vogelnest mit den winzigen blau-gelben Federn auf den Schreibtisch und lasse mich mit zitternden Beinen auf den Scherenstuhl sinken, um in Ruhe nachzudenken. Wie zufällig blicke ich auf die unbeschriebene Pergamentseite. Wieso hat Fra Giordano sie mit eingerollt?

Ich nehme das Blatt zur Hand. Es ist vollkommen leer. Ich halte es gegen das Licht. Kein Schatten einer Schrift. Ich will es schon weglegen, als mir ein leichter Duft in die Nase steigt. Ist es Zitrone? Ich schnuppere an dem Pergament. Tatsächlich, es riecht ganz schwach nach Zitronensaft!

Ich hole mein Feuerzeug und den Kerzenstummel aus der Silberdose an meinem Gürtel, schlage einen Funken in den Zunder und entzünde den Docht. Dann halte ich das Pergament über die flackernde Flamme und erhitze die geheime Tinte aus Zitronensaft. Wie von Geisterhand erscheinen zwischen den Blutspritzern die Buchstaben von Fra Giordanos letzter Nachricht an mich, in der er mir kurz vor seinem Tod verrät, wo er das Notizbuch versteckt hat: unter einer losen Bodenfliese neben dem Schreibtisch.

Und genau da finde ich das Büchlein.

Gerade als ich es herausnehmen will, wird plötzlich die Zellentür aufgerissen. Ein Capitano im weiß-blauen Wappenrock der venezianischen Leibgarde des Papstes tritt in die Zelle.

»Contessa Colonna?«, keucht er außer Atem, nimmt Haltung

an und salutiert schneidig. »Der Befehlshaber Eurer Leibwache sagte mir, dass Ihr hier seid, Euer Gnaden.«

Um Gottes willen! Ist der byzantinische Botschafter schon im Vatikan eingetroffen? Oder … Nein, an das Furchtbarste will ich nicht denken … noch nicht!

»Ich habe den Befehl, Euch in den Vatikan zu eskortieren«, schnarrt der Capitano mit venezianischem Akzent. »Seine Heiligkeit wünscht Euch zu sehen. Sofort.«

Yared

Kapitel 58

Vor dem Grabmal von Luca d'Ascoli in Santi Apostoli
Donnerstag, 23. Februar 1447
Kurz vor zehn Uhr morgens

Beklommen untersuche ich das marmorne Grabmal in Santi Apostoli, in dem Alessandras Vater – mein Schwiegervater – ruht, seit sie ihn von Florenz in die Kirche neben dem Palazzo Colonna überführen ließ.

LUCA D'ASCOLI
1381–1439

Langsam taste ich den Rand der Inschrift ab, die Lucas Verdienste um die Kirche und sein aufsehenerregendes Auftreten in Konstanz als ›Richter Gottes‹ würdigt, kann aber keinen Hinweis entdecken, dass das Grabmal aufgebrochen worden ist. Ich finde keinen Kratzer im Marmor, keine abgesplitterte Kante. Alessandra befürchtet, dass derjenige, der die schwarze Mumie aus ihrem Grab gezerrt hat, sich auch an Lucas sterblichen Überresten vergreifen könnte – und dabei jene geheimnisvolle Truhe finden könnte, die von Lucas jüdischer Herkunft zeugt und die für immer mit ihm begraben wurde. Doch das Grab scheint unversehrt, genauso wie das daneben:

Niketas IV. Evangelos
1404–1442
Metropolit und Erzbischof von Athen
Exarchos von Griechenland
Archimandrit von Konstantinopolis, Abt von Mistra
Prinz von Byzanz

»Die Ehrentitulatur von Niketas ist länger als die des Papstes«, höre ich Prosperos Stimme hinter mir. Ich drehe mich um. Er steht am geschmückten Katafalk, auf dem in wenigen Stunden Angelo für die Totenmesse aufgebahrt wird. Langsam kommt er auf mich zu und stellt sich neben mich, um das mit Myrtenzweigen geschmückte Grabmal von Alessandras erstem Gemahl zu betrachten. »Papst Eugenius wollte Niketas wegen seiner Verdienste um die Kirchenunion zum ersten Kardinal der vereinigten Kirche ernennen. Kaiser Ioannis wollte seinen Ziehbruder zum Patriarchen von Konstantinopolis machen, der Eugenius eines Tages als erster griechischer Papst nachfolgt. Aber Niketas hat auf alles verzichtet, um mit Sandra in Florenz zusammenleben zu können. Die beiden haben sich sehr geliebt.«

Ich nicke stumm.

Prospero legt mir die Hand auf die Schulter. »Du bist so still, Yared. Denkst du über deine Taufe nach?«

Ich starre auf die Inschrift. Niketas hat alles aufgegeben, um mit Alessandra zusammenleben zu können. Ich kann das nicht. Ich kann Gharnata nicht aufgeben …

Prospero scheint mein Zögern falsch zu verstehen. Er sieht mich von der Seite an. »Hast du mit Sandra über die Taufe gesprochen?«

»Vor einer Stunde.«

»Wie denkt sie darüber?«

Ich zitiere sie wörtlich.

»Oje!«, seufzt er.

»Hattest du etwas anderes erwartet?«

»Nein. Sandra ist sehr resolut. Wie sagtest du letzte Nacht? Eher stürzen die Pyramiden ein, bevor sie nachgibt.« Er atmet tief durch. »Habt ihr euch gestritten? Ich meine … weil du mir von der verschlossenen Truhe erzählt hast …«

»Nein.«

Alessandra hat das Geständnis schweigend und mit gesenktem Blick aufgenommen und mir keine Vorhaltungen gemacht, dass ich sie verraten hätte. Trotz ihrer Angst, dass ihr Geheimnis eines Tages entdeckt werden könnte, trotz der Gefahr wirkte sie erstaunlich gefasst. Seit Angelo tot ist, drängt sie ihre Gefühle mit eisernem Willen zurück. Sie vertraut niemandem mehr außer mir. Selbst Prospero nicht, obwohl er mit der Verschwörung gegen sie vermutlich nichts zu tun hat.

»Yared, was ich gesagt habe, meine ich ernst. Weder als Kardinal noch als Papst kann ich Ja und Amen sagen zu eurer … bitte verzeih mir … zu eurer Mesalliance. Ich schätze dich sehr, Yared. Durch deinen Namen und deinen Rang als Wesir von Granada würdest du den Colonna große Ehre mach…«

Ich hebe die Hand, und Prospero verstummt. Er weiß, dass er mich nicht bedrängen darf, obwohl ihm meine Bekehrung zum Christentum im bevorstehenden Konklave gewiss die eine oder andere Stimme einbringen würde, die ihm für die Wahl zum Pontifex noch fehlt. Unter anderen die von Alonso Borgia. »Ich werde mit aller gebotenen Ernsthaftigkeit darüber nachdenken. Und ich werde dich meine Entscheidung wissen lassen.«

»Wann?«

»Sobald ich sie getroffen habe.«

Er will noch etwas sagen wie: ›Noch vor dem Konklave?‹, besinnt sich jedoch und nickt resigniert. »Also gut.« Er deutet auf das Kirchenportal. »Der Camerlengo hat eben einen Boten geschickt. Wir sollen so schnell wie möglich in den Vatikan kommen.«

»Wie geht es Eugenius?«

»Ludovico lässt die Exequien in San Pietro vorbereiten. Es geht zu Ende.«

Ich folge Prospero aus der Kirche auf die Piazza vor dem Palazzo Colonna. Unsere Gefolgsleute, allesamt prächtig gekleidet, formieren sich zu einer langen Prozession.

Benyamin führt mir mein Pferd zu. Den Blick hält er gesenkt. Offenbar hat er mein Gespräch mit Prospero vom Portal aus mit angehört. Ich weiß, dass es ihm nicht passt, dass ich die Konversion ernsthaft in Betracht zu ziehen scheine.

Ich lege ihm die Hand auf die Schulter. »Benyamin?«

Endlich sieht er mich an. »Ja?«

»Hast du noch mal nach Diego gesehen?«

»Das Fieber ist weiter gestiegen. Er liegt schweißnass im Bett und hustet Blut.«

»Und Robin?«

»Nicht viel besser. Um wach zu bleiben, erzählt er Diego von seinen Abenteuern in Prag. Er kämpft bis zum letzten Atemzug. Saphira wird dir einen Boten schicken, sobald es mit Diego zu Ende geht. Falls du ihn noch einmal sehen willst …«

Ich nicke traurig.

»Und wie geht's dir?«, fragt mein Freund besorgt.

»Ich habe starke Kopfschmerzen, und ich bin todmüde. Zwei Stunden Schlaf waren nach der aufregenden Nacht ein bisschen zu wenig.« Seufzend entsinne ich mich, wie Alessandra eng an mich geschmiegt geschlafen hat.

Benyamin reicht mir die Zügel. Nachdem ich mich in den Sattel geschwungen habe, geht er um meinen Hengst herum und ordnet die Falten meiner Djellabiya.

Elija lenkt sein Pferd zu mir herüber. Er ist so aufgeregt, dass er kaum stillsitzen kann. »Papa, darf ich neben dir reiten?«

»Wenn Prospero nichts dagegen hat.«

»Ich frage ihn.« Schon ist er weg.

Wenig später setzt sich die Prozession in Bewegung, verlässt die Piazza und biegt in die Via Papalis ein, die noch immer für den päpstlichen Umzug am Aschermittwoch mit Myrte und Lorbeer geschmückt ist. Prospero hat ein goldbesticktes Pluviale aus weißem Damast und eine mit funkelnden Juwelen geschmückte Mitra angelegt. Mein saphirblaues Staatsgewand aus indischem Seidenbrokat und mein weißer Turban mit dem mit Diamanten verzierten Opal wirken dagegen beinahe schlicht. Elija hat seinen Willen bekommen, er reitet zwischen Prospero und mir, grinst triumphierend und quasselt ohne Punkt und Komma. Mit verzückten Ausrufen kommentiert er, was er gerade entdeckt hat: »Guck mal, Papa, die Bewaffneten in den Farben der Colonna! Wie viele sind es? Zweihundert? Und dazu deine Männer, alle in den Farben der Nasriden von Gharnata! Wie Djafars Harnisch funkelt, siehst du? Er vertritt Diego als Befehlshaber deiner Leibwache, nicht wahr? Schade, dass er nicht dabei sein kann. Und sieh mal da drüben, die Fahne! Wie prächtig sie ist! Ist das Prosperos Wahrzeichen? Und die da? Das ist doch das Banner von Rom!« So geht es in einem fort. »Onkel Prospero, guck mal, die Pferde hinter uns. Wieso reitet niemand darauf? Und wieso hängen Wappen an den Sätteln?«

Prospero lacht vergnügt und lasst sich von Elijas Begeisterung anstecken. »Siehst du das Wappen mit dem Heiligen, der Feder und Buch in der Hand hält? Das ist das Wappen meines Bruders Antonio. Er ist der Fürst von Salerno und der Marchese von Cotrone. Er kann heute nicht in Rom sein, weil er am Hof von König Alfonso in Neapel ist. Er ist einer seiner Heerführer. Das Pferd mit seinem Hoheitszeichen soll den Römern zeigen, dass mein älterer Bruder zu mir steht.«

Elija nickt. »Antonio will, dass du Papst wirst.«

»Selbstverständlich will er das. Das Pferd daneben trägt das

Wappen meiner Schwester Anna. Sie ist mit Gianantonio Orsini verheiratet, dem Fürsten von Tarent und Bari.«

»Und das andere Wappen mit dem niedlichen Lämmchen?«

»Das gehört meinem Bruder Odoardo, dem Conte von Alba und Celano.«

»Und das mit dem Löwen, der das Evangelium beschützt, ist das von Alessandra. Schade, dass sie nicht mit uns reitet. Mit ihrem Gefolge wäre der Zug noch viel länger und eindrucksvoller.«

»Ja, sehr schade«, seufzt Prospero. Elijas Arglosigkeit versöhnt ihn ein wenig – er war wütend und enttäuscht, als ich ihm vorhin zu verstehen gab, dass Alessandra an seinem triumphalen Einzug in den Vatikan als nächster Pontifex nicht teilnehmen würde.

Elija blickt mit glänzenden Augen um sich und fällt beinahe vom Pferd, als er den Hals verdreht, um zu beobachten, wie die Römer, die sich entlang der geschmückten Via Papalis drängen, mit ›Prospero!‹-Hochrufen und ›Viva il Papa!‹-Sprechchören die ersehnte Rückkehr der Colonna in den Vatikan feiern und dem künftigen Stellvertreter Gottes auf Erden huldigen.

Immer wieder kommt der Zug ins Stocken, als Prospero geruht, die Lobreden anzuhören und von seinem prächtig aufgezäumten Pferd herab Worte an seine treuen Römer zu richten, die immer näher herandrängen und nur noch mit Mühe von seinen Bravi zurückgehalten werden können. Ein Junge von sechs oder sieben Jahren flitzt zwischen den Bewaffneten hindurch, bleibt direkt vor Prosperos Hengst stehen, hält dem Kardinal ein Sträußchen Lorbeerzweige entgegen und sagt ein Sprüchlein auf. Diese Huldigung ist ebenso inszeniert wie Prosperos scheinbar spontane Entscheidung, den Jungen zu sich aufs Pferd zu heben, um sich artig bei ihm zu bedanken, ihn zu küssen und zu segnen – das begeisterte Gejohle der Römer, die sich mittlerweile heiser schreien, ist es nicht.

Ich bin erstaunt, wie beliebt Prospero ist, nicht nur, weil sein

Sekretär mit vollen Händen Goldmünzen in die Menge wirft, während der Kardinal fröhlich die Massen segnend zum Vatikan reitet, um dort die Macht an sich zu reißen.

In den Gassen um den befestigten Palazzo Orsini herrscht feindseliges Schweigen, als Prospero winkend vorüberreitet, um zur Engelsbrücke zu gelangen. Dort erwartet ihn sein Cousin Vespasiano Colonna, der Kommandant der Engelsburg, mit hundert Bravi, um ihn sicher in den Vatikan zu geleiten. Trotz dieser Demonstration seiner Macht und seines Anspruchs auf den Papstthron wirkt Prospero plötzlich angespannt. Er umklammert den Griff des Schwertes unter dem Pluviale, als fürchte er ein Attentat und eine blutige Straßenschlacht mit den Anhängern der Orsini.

Besorgt blicke ich empor zu den dunklen, verschlossenen Fenstern des Palazzo Orsini, kann aber niemanden erkennen außer einer einsamen Gestalt, die mit trotzig verschränkten Armen zu uns herabstarrt.

Bestürzt frage ich mich, ob Cesare Orsini nach Rom gekommen ist.

Alessandra

Kapitel 59

Im Schlafzimmer des Papstes
Donnerstag, 23. Februar 1447
Viertel nach elf Uhr morgens

Eine verzweifelte Traurigkeit überwältigt meinen Zorn, als die ersten Blutstropfen aus dem düsteren Himmel auf San Pietro herabregnen. In ekeligen Schlieren rinnt der Blutregen an der Scheibe herunter.

Ich öffne das Fenster, lasse die schweren, roten Regentropfen in meine ausgestreckte Hand regnen und stelle mir vor, wie die Römer ihre Fenster zunageln, ihre Türen mit Kreuzen schmücken und sich angesichts der Wiederkehr des Antichrists panisch in ihren Häusern verbarrikadieren wie die Juden in Ägypten zur Zeit der biblischen Plagen.

In diesem Augenblick galoppieren Prospero und Yared mit ihrer Eskorte auf der Flucht vor dem Blutregen in den Hof des Palazzo Apostolico. Tränen aus Blut rinnen über Yareds blasses Gesicht, als er zu mir hochsieht, nachdem er Elija vom Pferd gehoben hat. Prospero wirkt zu Tode erschrocken von der ominösen Naturerscheinung, springt vom Pferd und flüchtet sich mit fliegendem Pluviale in den Palast – in seiner Hast hätte er beinahe die Mitra verloren.

Mit einer seltsamen Mischung aus naturwissenschaftlicher Wissbegier und lähmender Hoffnungslosigkeit betrachte ich die ineinanderverlaufenden Tropfen in meiner Hand. Gestern hatte ich Robin gebeten, etwas Schnee aus einer Schneeverwehung neben dem Pantheon zu schmelzen, weil ich wissen wollte, warum er rot wie Blut ist – was Robin dabei entdeckte, hat mich nicht …

»Alessandra?« Eugenius ist erwacht und regt sich im Bett.

Nach einem letzten Blick auf das apokalyptische Szenario schließe ich das Fenster, dessen Scheiben sich allmählich blassrot verfärben, gehe zum Bett hinüber und setze mich neben ihn. »Ich bin hier, Gabriel.«

Er blinzelt mich an. »Heilige Jungfrau!«, haucht er schwach und deutet auf die Wunde auf meiner Stirn. Das Blut an den Scheiben bemerkt er zum Glück nicht. »Mein liebes Kind, was ist denn mit deinem Gesicht passiert?«

Ich nehme seine zitternde Hand und küsse sie zärtlich. »Bücher können manchmal solche Nebenwirkungen haben«, scherze ich müde.

»Was ist geschehen?« Seine Stimme ist kaum mehr als ein leiser Windhauch.

Ich berichte ihm von meinem Besuch mit Santino in Santa Maria in Aracoeli, wo wir die verkohlte Leiche von Fra Valerio gefunden haben, der als Ketzer auf dem Scheiterhaufen verbrannt worden war. Von meinem Gespräch mit da Capestrano, der um seinen Freund Fra Adriano trauert, der aber gar nicht tot ist und der sich vermutlich auf dem Weg nach Prag befindet, um dort nach dem Willen des Generalinquisitors einen Kreuzzug gegen die Anhänger von Jan Hus zu führen. Weit weg von Rom … und von mir. Von meinem Besuch in Santa Croce in Gerusalemme, wo Gerbert d'Aurillac seine letzte Messe gelesen hatte. Von meiner Satansmesse um Mitternacht im Lateran, wo mir Satan höchstselbst erschienen ist. Oder sein Stellvertreter auf Erden, ein geheimnisvoller Dominikaner, der mir nach dem Leben trachtet. Und ich erzähle ihm von der Graböffnung, bei der wir Gerberts Mumie und den legendären Ring des Salomo gefunden haben.

Der Tod von Fra Giordano hat ihn aufgewühlt, das sehe ich

ihm an. »Was wirst du jetzt tun, Alessandra?«, nuschelt er und tastet nach meiner Hand mit dem Ring des Salomo. Seine Finger sind eiskalt. Ich nehme sie in meine Hände, um sie zu wärmen. »Wie wirst du dich da Capestrano gegenüber verhalten?«

»Ich weiß es nicht, Gabriel. Ich weiß es wirklich nicht. Ich muss mich auf sein Spiel einlassen und ihn mit seinen eigenen Spielfiguren schlagen.«

»Um Gottes willen! Ich habe Angst um dich, mein Kind.«

»Ich habe auch Angst, Gabriel. Ich weiß nicht mehr, wem ich noch vertrauen kann.«

»Mir.«

Ich lächele matt.

»Und Ludovico. Wenn ich tot bin, wird er dir beistehen und dich beschützen, wie ich es getan habe. Er weiß, was er dir seit Vitelleschis Sturz zu verdanken hat. Ludovico ist der Camerlengo. Und, wie ich hoffe, der nächste Papst. Er wird mein Lebenswerk vollenden, das Schisma überwinden und die Kirche einen. Und du wirst ihm dabei helfen, indem du die Ehre von Gerbert d'Aurillac wiederherstellst, bevor die byzantinische Delegation in Rom eintrifft. Meinen Segen habt ihr.«

Ich drücke seine Hand.

Ein Kratzen an der Tür lässt ihn aufhorchen.

»Lass ihn herein«, bittet mich Eugenius. »Ich möchte ihn noch einmal sehen.«

Ich gehe zur Tür und öffne sie, damit Monsignor Fantìn ins Schlafzimmer huschen kann. Doch der Kater hockt zitternd und in geduckter Haltung auf der Schwelle und blickt mit aufgerissenen Augen an mir vorbei auf das Bett. »Na komm schon, Fantìn! Willst du eine Schale Milch?«

Er sieht mich an und maunzt. Nach einem letzten Blick ins Schlafzimmer, wo sich auch sein Schlafkörbchen befindet, wendet er sich ab. Wahrscheinlich spürt er, dass sein Herr im Sterben liegt.

Ich beuge mich zu ihm hinunter und streichele ihn, doch er läuft unter meiner Hand hindurch und flitzt weg, ohne sich noch einmal umzudrehen.

Monsignor Fantìn wird nie mehr in die Nähe der päpstlichen Wohnung kommen.

Traurig schließe ich die Tür und kehre zum Bett zurück.

»Er hat mich verlassen«, murmelt der Papst enttäuscht. Der Kater, der wie er aus Venedig stammt, hat ihn überallhin begleitet: ins jahrelange Exil nach Florenz, zum Unionskonzil nach Ferrara und schließlich nach Rom. »Ich möchte, dass du dich um ihn kümmerst, Alessandra. Nimm Fantìn zu dir in den Palazzo Colonna.«

»Das werde ich«, verspreche ich ihm.

»Er mag Leberpastete. Am liebsten mit Preiselbeeren.«

»Und Marzipankonfekt.«

Er lächelt matt. »Ja, genau. Die Sorte mit dem Orangenlikör, die Niketas so geliebt hat, Gott hab ihn selig. Fantìn ist ziemlich verwöhnt.« Er verzieht die Lippen zu einem freudlosen Lächeln. »Sollte Prospero Papst werden … wirst du dann mit ihm in den Vatikan umziehen?«

»Nein.«

»Wirst du Yared nach Granada begleiten?«

Als ich zögere, sieht er mich bekümmert an. »Er liebt dich.«

»Und ich liebe ihn.«

Er starrt an die Decke und atmet schwer. Nach einer Weile nuschelt er: »Du hast mir noch nicht gesagt, wer die schwarze Mumie im Papstornat ist. *Er* ist es, nicht wahr?«

»Ja.«

Ausführlich berichte ich von meinem Besuch in Santa Maria sopra Minerva vor einer halben Stunde. Auf dem Weg zu Santinos Zelle bin ich an Giovanni Vitelleschis Marmorgrab im Seitenschiff der Basilika vorbeigekommen. Ich blieb stehen und betrachtete voller Hass und Zorn die bescheidene, selbstverleugnende Inschrift, die so gar nicht zu dem herrschsüchtigen, stolzen und gewissenlosen Menschen passt, den ich zu meinen erbittertsten Feinden zählen durfte.

Als ich mit geballten Fäusten vor seinem Grabmal stand, spürte ich wieder, wie er sich vor acht Jahren von hinten gegen mich gedrängt und mir meinen eigenen Dolch an die Kehle gehalten hatte, um sich seine Freiheit zu erkämpfen und aus der Engelsburg zu entkommen.

»Befehlt Euren Männern, die Waffen niederzulegen und die Zugbrücke herunterzulassen – oder sie stirbt!«, hatte er gedroht, während das Bronzeportal der Engelsburg auf meinen Befehl zugeschoben und verriegelt worden war. »Öffnet das Tor!«

»Nein!«, hatte ich meinen Bravi befohlen, die Vitelleschi mit ihren Schwertern bedroht hatten. »Lasst ihn nicht entkommen!«

Mit der gespannten Armbrust im Anschlag war Prospero in den Hof der Engelsburg gestürmt und hatte kaltblütig auf Vitelleschi gezielt. »Lasst sie los!«, hatte er gebrüllt. »Sofort!«

»Wenn Ihr schießt, Prospero, tötet Ihr Eure Cousine!«

»Man muss Opfer bringen, wenn man Papst werden will.« Prosperos Armbrust hatte sich keinen Fingerbreit gesenkt. Er war zu allem entschlossen gewesen. »Ist das nicht auch Euer Leitspruch, Giovanni? Habt Ihr nicht Marcantonio Colonna hinrichten lassen? Und etliche meiner Cousins? Habt Ihr nicht Hunderte von Opfern gebracht: die Väter und Brüder, Onkel und Cousins meiner Gefolgsleute, die nichts lieber täten, als sich an Euch zu rächen?«

Vitelleschi hatte zu einer Rechtfertigung angesetzt, doch Prospero hatte kaltblütig auf ihn geschossen.

Der Bolzen der Armbrust hatte mich um Haaresbreite verfehlt, weil ich mich trotz des Dolches an meiner Kehle im letzten Augenblick zur Seite werfen konnte. Er hatte Vitelleschis Prunkrüstung durchschlagen und den Kardinal in die Schulter getroffen.

Keuchend vor Schmerz hatte er mich losgelassen und war zurückgetaumelt, sodass er von Prosperos und meinen Bravi überwältigt und gefangen genommen werden konnte. Eugenius' Befehl war eindeutig gewesen: Wegen Hochverrats sollte Vitelleschi exkommuniziert und hingerichtet werden. Prospero, der gehofft hatte, dass der Papst seine Verbannung aufheben und ihn als Kardinal begnadigen würde, konnte und wollte ihn nicht aus Blutrache töten.

Ich hatte mir mein Gewissen nicht mit derartigen Skrupeln wundgedacht, als ich Giovanni Vitelleschi im Kerker der Engelsburg beim langsamen Sterben zusah und dabei eine geradezu perverse Befriedigung empfand – das triumphierende Gefühl der Macht und der Unbesiegbarkeit im Angesicht des sterbenden Todfeindes, die ekstatisch berauschende Gewissheit, die Todesangst überwunden zu haben und trotz aller Mordanschläge noch immer am Leben zu sein.

Voller Zorn schlug ich mit aller Gewalt gegen die Marmorplatte seines Grabmals in Santa Maria sopra Minerva …

Bastardo del Diavolo!

… die mit einem Knirschen einen Fingerbreit nachgab und in ihre ursprüngliche Position zurückglitt.

Dann erst sah ich die feinen Kratzspuren wie von einem Brecheisen unterhalb der Platte …

»Also doch!« Eugenius stöhnt auf und versucht vergeblich, sich im Bett aufzurichten. »Sie haben Vitelleschis Grab aufgebrochen und seine sterblichen Überreste herausgezerrt!«

Ich drücke ihn sanft in die Kissen zurück. »Wie sagte Fra Giordano vor zwei Tagen? Die Pforten der Hölle stehen weit offen. Wie recht er hatte: Die schwarze Mumie auf dem Papstthron war Giovanni Vitelleschi, der Kardinal des Satans. Der Dominikaner, der letzte Nacht während meiner Satansmesse erschien, stellte nicht Gerbert d'Aurillac dar, dessen Pontifikalgewänder er trug, sondern

Giovanni Vitelleschi, den Mörder meines Vaters und meines Bruders.«

»Gott steh dir bei, mein Kind! Der Frater glaubt, du hättest blutige Vergeltung geübt, und will sich nun an dir rächen.«

»So ist es.«

»Wer ist er?«

Und was hat er vor?, frage ich mich im Stillen. Wenn er das Grab meines Vaters aufbricht und die Truhe findet, in die er seine jüdische Herkunft eingeschlossen hat … o Gott, nur das nicht! ›Man muss Opfer bringen, wenn man Papst werden will‹ – Prosperos Spruch von damals, der mich an unseren erbitterten Streit vor einigen Tagen erinnert, hat mich schockiert. Sobald mein Cousin Pontifex ist, wird er mich zur Fürstin ernennen. Vitelleschi würde sich im Grab umdrehen … Warum wurde seine Mumie gerade jetzt aus dem Marmorgrab gezerrt? So kurz vor Papst Eugenius' Tod, dem ich zu verdanken habe, was ich heute bin. Und so kurz vor dem Konklave, das meinen Cousin zu seinem Nachfolger wählen könnte. Wer weiß von Prosperos Plänen, mich zur Fürstin zu ernennen? Papst Eugenius. Ludovico Scarampo. Domenico Capranica. Tommaso Parentucelli. Vor dem Konsistorium gestern Morgen habe ich mich ihm anvertraut. Und wer noch? Und was fürchtet derjenige, sollte ich wirklich als Stellvertreterin des Papstes über ein Lehen der Kirche herrschen? Oder ist es Prospero selbst, vor dem ich mich in Acht nehmen sollte? ›Man muss Opfer bringen, wenn man Papst werden will‹ …

»Und weiter? Was hast du dann getan?«, reißt Eugenius mich aus meinen Schreckensvisionen.

»Vom Grab bin ich ins Kloster gegangen, um nach Fra Santino zu sehen. Nach seinem schweren Anfall habe ich mir Sorgen um ihn gemacht.«

»Und?«

Auf mein Klopfen reagierte Santino nicht – unaufgefordert betrat ich seine Zelle. Mit der Geißel in der Hand lag er in einer Lache aus Blut und rang keuchend nach Atem. Während er sich gegeißelt hatte, um für etwas zu büßen, das er getan hatte, hatte er einen Blutsturz erlitten. Santino kann seinem Schöpfer auf Knien danken, dass er nicht erstickt ist. Bebend vor Kälte lag er nackt auf dem kalten Steinboden seiner Zelle, zu gebrechlich, um aufzustehen und sich aufs Bett zu legen.

Behutsam nahm ich ihm die Geißel aus der Hand, brachte ihn ins Bett und deckte ihn zu. Er glühte vor Fieber und bebte derart vor Schüttelfrost, dass seine Zähne aufeinanderklapperten. In sein Tüchlein hustend, beobachtete er, wie ich das Tonikum, das Yared mir für ihn gegeben hat, auf einen Löffel rinnen ließ, um es ihm einzuflößen. Sein weltverachtendes Märtyrerlächeln war ihm endgültig vergangen.

»Er wirkte beschämt – aber wieso?«, frage ich mich.

»Was ist zwischen euch?«, will Eugenius wissen, der mich aufmerksam beobachtet hat, als ich von Santino sprach.

Ich schüttele langsam den Kopf. »Wenn ich ihn doch nur hassen und verachten würde. Wenn ich in ihm doch nur den Dominikaner sehen könnte, den verfluchten Inquisitor, den Verräter, der mich hintergeht, indem er die Spuren verwischt, die nach Santa Maria sopra Minerva führen. Ihn unter Qualen sterben zu sehen, wäre so viel leichter zu ertragen, wenn ich ihn verabscheuen würde. Aber das tue ich nicht. Und Santino scheint ähnlich zu empfinden.«

»Wie kommst du darauf?«

»Er bezeichnete mich wieder als seinen Prüfstein, wie letzte Nacht vor der Satansmesse. Was er damit meint, weiß ich nicht. Und ich habe keine Ahnung, wieso er sich durch meine Barmherzigkeit so gedemütigt fühlte, dass er mir nicht in die Augen sehen konnte und zu weinen begann.«

»Er hat geweint? Gütiger Himmel!«

»Er ist völlig erschöpft und vermutlich ebenso verwirrt wie ich. Er hat mich nicht angesehen, als er meine Hand nahm. Er hat gesagt, er müsse etwas Wichtiges mit mir besprechen, hat aber nicht die Kraft dazu gefunden … oder den Mut.«

Der Papst hebt die Augenbrauen. »Weißt du, was?«

»Nein, keine Ahnung. Aber es schien ihn zu beunruhigen und traurig zu machen. Dann gestand er leise, fast scheu, dass er Angst habe, furchtbare Angst. Ich habe ihm über das Haar gestrichen, um ihn zu trösten. ›Alles wird gut.‹ Doch er hat resigniert den Kopf geschüttelt. ›Es ist zu spät‹, hat er gesagt. ›Zu spät.‹«

»Mein Gott! Was meinte er damit?«

»Ich weiß es nicht.«

»Es klingt, als wäre Fra Santino einen Teufelspakt eingegangen und würde sich erst jetzt der Konsequenzen bewusst, der Gewissensqualen und der Schuld«, murmelt der Papst versonnen. »Als habe er sich auf etwas eingelassen, das er bereut und das er nicht mehr beherrschen kann.«

»Einen Teufelspakt?«, frage ich verwirrt.

»Ein Bündnis mit Fra Giovanni da Capestrano. Wusstest du nicht, dass die beiden nach dem Unionskonzil vor acht Jahren in meinem Auftrag gemeinsam in Jerusalem waren? Fra Giovanni war damals päpstlicher Legat und Fra Santino, der monatelang den ganzen Orient bereist hatte, sein Stellvertreter.«

꧁ Yared ꧂

Kapitel 60

Im Schlafzimmer des Papstes
Donnerstag, 23. Februar 1447
Gegen halb zwölf Uhr mittags

✡ Prospero, Elija und ich lassen die Kardinäle hinter uns, die rastlos durch die päpstliche Wohnung hetzen, und betreten endlich das Schlafzimmer.

Mit geschlossenen Augen ruht Eugenius in den Kissen. Er presst die Hände flach auf die Brust und röchelt. Alessandra, die neben ihm auf dem Bett sitzt, blickt uns erschrocken an.

Ich will mich an Prospero vorbeidrängen, um dem Papst zu helfen, doch er hält mich am Ärmel fest und schüttelt den Kopf. »Lass ihn, Yared, ich bitte dich!«, wispert er eindringlich. »Bring dich und Sandra nicht unnötig in Gefahr. Nicht dass ihr noch wegen des Mordes an Papst Eugenius angeklagt werdet! Du hast doch gehört, was da Capestrano eben gesagt hat! Sandra ist schuld, dass er stirbt, weil sie letzte Nacht das Grab des Teufelspapstes geöffnet hat und das Böse …«

»Das ist absurd!«

»Na sicher. Aber erklär das mal den hysterischen Massen auf der Piazza San Pietro. Sie wissen, dass der Papst im Sterben liegt. Und dann die Satanserscheinungen und dieser verfluchte Blutregen. Die Offenbarung erfüllt sich, hier und jetzt.«

»Gott im Himmel!«

»Leg dich nicht mit da Capestrano an, Yared, ich bitte dich! Sei vernünftig! Auch wenn er schuldig ist am Tod deiner Frau und deines kleinen Sohnes – halt dich zurück und bring Sandra und dich nicht in Gefahr! Eine Anklage vor dem Inquisitionstribunal würde euch beide auf den Scheiterhaufen bringen. Und Elija.« Er streicht meinem Sohn durch die Locken und nickt zum Papst hinüber, der uns bemerkt hat und ungeduldig heranwinkt. »Lass ihn sterben, Yared, lass ihn in Frieden sterben«, flüstert er eindringlich. »Und lass mich Papst werden …«

Ich schiebe Elija vor mir her zum Bett.

Alessandra erhebt sich und überlässt ihren Platz Prospero, der vor dem Bett niederkniet und die Hand des Papstes mit dem Fischerring küsst. »Heiliger Vater.«

»Prospero, mein Sohn. Gott segne Euch.«

»Und Euch, Santissimo Padre.«

»Ich habe einen letzten Befehl für Euch, Prospero. Werdet Ihr mir gehorchen?«

Prospero zögert. »Ja, Heiliger Vater«, sagt er schließlich.

»Euer Cousin Vespasiano ist Kommandant der Engelsburg. Ihr wisst, wie strategisch wichtig diese Festung der Kirche ist.«

»Ja, Heiliger Vater.«

»Ihr werdet Euren Cousin und seine Gefolgsleute auffordern, das Castel Sant'Angelo zu verlassen. Und den Schlüssel dem Camerlengo als Bevollmächtigtem des Kardinalskollegiums zur sicheren Aufbewahrung übergeben. Ludovico Scarampo wird dafür sorgen, dass die Festung während des Konklaves nicht in der Hand der Colonna sein wird.«

Prospero zögert. Alessandra, die hinter ihm steht, legt ihm die Hand auf die Schulter. Schließlich nickt er. »Ich werde mit Vespasiano reden, Heiliger Vater.«

Kardinal Scarampo betritt den Raum. Ich vermute, dass er an der Tür gelauscht hat, denn er winkt seinem Sekretär, der eine Heilige Schrift, eine silberne Glocke und eine brennende Kerze auf einem Tablett trägt, sich zurückzuziehen. Allmächtiger Gott! Hätte Prospero sich geweigert, dem Befehl Folge zu leisten, hätte Eugenius ihn exkommuniziert! Das wäre dann das Ende seines Traums vom Pontifikat gewesen.

Solange Prospero vor dem Bett des Papstes kniet, verharrt Ludovico reglos neben der Tür.

»Ludovico!« Der Papst winkt seinen Vertrauten heran.

»Gabriel?«

»Prospero hat eingewilligt, dir den Schlüssel der Engelsburg zur Aufbewahrung zu übergeben. Die Bravi der Colonna werden die Festung heute noch verlassen.«

Ludovico wirft Prospero einen Blick zu, um auszukosten, wie sein gefährlichster Gegenspieler die bittere Niederlage in diesem Kampf um die Macht hinnimmt – sie kann ihn die entscheidenden Stimmen zum Sieg kosten. Prospero lässt sich nicht anmerken, wie entsetzt er ist. Doch die Luft zwischen den beiden Rivalen um das Papstamt knistert. Der Camerlengo wird keinen Augenblick zögern, das Castel Sant'Angelo mit seinen eigenen Bravi zu besetzen, selbstverständlich nur zum Wohle der Sancta Ecclesia Romana!

Ludovico kniet neben Prospero nieder, der seine Soutane rafft, sich erhebt und mit gesenktem Blick zu Alessandra, Elija und mir herüberkommt.

»Gabriel, als Camerlengo und als Freund übernehme ich eine Aufgabe, die ich ...« Er verstummt. Ich sehe, dass er mit den Tränen ringt. Seine Stimme ist heiser, als er weiterspricht: »Die Stunde ist gekommen, Gabriel. Gott ruft dich zu sich.« Dann birgt er sein Gesicht in beiden Händen.

Eugenius legt ihm die Hand auf den Arm. »Trauere nicht, weil ich sterbe und nicht mehr bei dir bin, Ludovico. Freue dich, denn noch heute werde ich bei Gott sein.«

Der Camerlengo beugt sich über das Bett und umarmt weinend

seinen sterbenden Freund. Eugenius streicht ihm tröstend über die bebenden Schultern. »Bete für mich, Ludovico.«

Der Kardinal nickt nur.

»Und du, Alessandra!«

»Ich werde für Euch beten, Gabriel«, verspricht Alessandra neben mir. Ich taste nach ihrer Hand und drücke sie. Sie blickt mich traurig an.

»Wir sind nicht immer einer Meinung gewesen, mein Kind. Ja, wir haben uns sogar gestritten. Aber am Ende haben wir uns immer wieder versöhnt, genau wie damals, als dein Vater starb und ich die Exkommunikation aufhob, die ich über ihn verhängt hatte. Es war damals meine erste Amtshandlung als Papst. Ich bitte dich um Verzeihung für all das Leid, das ich dir zugefügt habe. Für den Tod deines Großvaters Marcantonio, der auf dem Campo dei Fiori hingerichtet wurde. Für den Tod deiner Cousins, die Kardinal Vitelleschi in meinem Namen ermordete. Für den Tod deines Vaters und deines Bruders, für all den Schmerz und die Trauer, die du erlitten hast. Ich allein trage die Schuld daran. Vergib mir, Alessandra!«

»Ich vergebe dir, Gabriel«, sagt sie in das laute Dröhnen der Glocken von San Pietro hinein, die zur Sext läuten.

Er lächelt milde angesichts der vertraulichen Anrede. »Gewährst du mir einen letzten Wunsch?«

Sie zögert.

»Als meine letzte Amtshandlung als Pontifex will ich deinen Vater nach all den Jahren endlich heiligsprechen. Ich will seine Verdienste um die Kirche angemessen würdigen. Luca d'Ascoli war ein Heiliger.«

Traurig schüttelt sie den Kopf. »Von ganzem Herzen – nein!«

Eugenius schließt die Augen und atmet tief durch. »Schweren Herzens akzeptiere ich deine Entscheidung, mein Kind.«

Sie nickt stumm. Elija drängt sich gegen sie, um sie zu trösten. Sie umarmt ihn liebevoll und küsst ihn auf die Locken.

Eugenius lauscht dem Klang der Glocken. »Ich will meine Neffen Pietro und Francesco sehen. Und die anderen.«

Ludovico rafft seine Purpursoutane und erhebt sich. »Sie warten vor der Tür, Gabriel. Ich werde sie holen.«

Mit gesenktem Blick und gefalteten Händen betreten die Kardinäle das Sterbezimmer: Basilios Bessarion, Juan de Torquemada, Antão Martinez de Chaves, Alonso Borgia, Juan Carvajal, Guillaume d'Estouteville, Tommaso Parentucelli und Domenico Capranica. Sie alle haben gestern Abend mit Prospero und mir im Palazzo Colonna zu Abend gegessen. Zusammen mit den anderen – Giorgio Fieschi, Giovanni de Primis, Niccolò d'Acciapaccio, Jean Le Jeune de Macet, Giovanni Berardi di Tagliacozzo, Enrico Rampini de' Sant'Allosio und der Papstneffe Pietro Barbo – bleiben sie neben der Tür stehen, während Francesco Condulmer mit Tränen in den Augen vortritt und neben dem Bett seines Onkels niederkniet, um dessen Segen zu empfangen. Als letzter huscht Fra Giovanni da Capestrano in den Raum und schließt leise die Tür hinter sich.

Nachdem Francesco Condulmer sich wieder erhoben hat, begibt er sich demonstrativ auf die andere Seite des Raums. Er ist ein erbitterter Gegner der Colonna und hasst Alessandra und Prospero bis aufs Blut. Während des bewaffneten Aufstandes der Colonna, als sein päpstlicher Onkel, als Mönch verkleidet, ins jahrelange Exil nach Florenz fliehen musste, war Francesco Condulmer von den Colonna wochenlang auf dem Kapitol gefangen gehalten worden. Diese Demütigung wird er niemals vergeben und vergessen.

Eugenius winkt Ludovico Scarampo an sein Bett. Der Kardinal hilft ihm, sich aufzurichten, und stopft ihm ein aufgeschütteltes Kissen in den Rücken.

»In dem Wissen, dass die Stunde meines Todes naht«, beginnt er leise zu sprechen, »möchte ich euch, meine Brüder in Christo, ein Testament hinterlassen, eine heilige Aufgabe. Dank der Gnade Gottes war es mir vergönnt, die Kirche sechzehn Jahre lang zu regieren. Ich weiß, dass ich politische und moralische Fehler begangen habe, dass ich Todesurteile unterschrieben habe, dass ich Exkommunikationen verhängt habe, dass ich ungerecht war und dass ich mich immer wieder versündigt habe. Dafür bitte ich euch von ganzem Herzen um Verzeihung, so wie ich unseren Herrn während der Beichte um Vergebung anflehen werde.«

Er verschluckt sich und beginnt zu husten. Mit schmerzverzerrtem Gesicht presst er beide Hände gegen die Brust. Es dauert eine Weile, bis er sich so weit beruhigt hat, dass er mit heiserer Stimme weitersprechen kann: »Ich habe …« Er räuspert sich. »… Ich habe mich bemüht, den Hungernden und Leidenden zu helfen. Ich habe die Kirche reformiert und Simonie und Nepotismus bekämpft. Ich habe die christlichen Konfessionen in aller Welt zu *einer* Kirche mit *einem* Glauben und *einem* Papst vereinigt. Ich bin stolz darauf, dass sich unter meinem Pontifikat so hervorragende Kardinäle wie Prospero Colonna, Domenico Capranica oder Basilios Bessarion im heiligen Kollegium befinden. Und ich hoffe, dass ihr, meine Brüder in Christo, mein Lebenswerk fortsetzt: Die Kirchenunion darf nicht scheitern! Und Byzanz darf nicht fallen! Bewahrt die Kirche, die ich erschaffen habe. Verherrlicht sie durch euer Denken und Handeln, durch euren moralisch vorbildlichen Lebenswandel und durch euer Blutopfer im Kampf gegen die Feinde Gottes. Das gilt besonders für den ehrenwerten Fra Giovanni da Capestrano, den ich für sein entschlossenes Handeln immer bewundert habe.«

Beschwörend hebt er beide Hände gen Himmel.

»Allmächtiger Gott, schenke deiner heiligen Kirche einen würdigen Hirten, der sie fördert und stärkt und der sie gegen die Ungläubigen und die Häretiker beschützt.« Dann schlägt er würdevoll das Kreuz über die Kardinäle, die sich vor ihm verneigen. »Es segne euch der Vater, der Sohn und der Heilige Geist. Amen. Betet für mich, meine Brüder in Christo. Betet für mich armen Sünder.«

Während einige der Kirchenfürsten, wie Ludovico Scarampo, mit verkniffenem Blick um Haltung ringen oder, wie Tommaso Parentucelli, Tränen in den Augen haben, verlässt sein Neffe Francesco Condulmer weinend den Raum. Bevor er die Tür hinter sich schließt, schiebt sich ein Mann herein und bleibt hinter den Kardinälen stehen.

Mein Herz setzt einen Schlag lang aus, als ich ihn erkenne.

Es ist Cesare Orsini.

In den zwei Jahren, seit ich ihn zum letzten Mal gesehen habe, hat er sich verändert. Sein Gesicht mit den dunklen Augen und den sinnlichen Lippen, die von einem sorgfältig gestutzten Bart umrahmt werden, ist schmaler geworden, härter, verbitterter. Das kastanienbraune Haar, das ihm bis auf die breiten Schultern fällt, weist die ersten silbernen Strähnen auf. Dabei ist der erfolgverwöhnte Condottiere der Kirche noch nicht einmal vierzig. Wie immer trägt er Schwarz. Seine Robe aus schimmerndem Atlas mit aufwändiger Perlenstickerei und weißem Hermelin am Kragen wirkt überaus elegant. Sein einziger Schmuck ist der Siegelring mit dem Wappen der Orsini an seinem Finger.

Alessandra wirft Prospero einen raschen Blick zu, er antwortet mit einem unmerklichen Nicken.

Während Eugenius mit bewegenden Worten seine letzte Beichte ablegt und anschließend von Fra Giovanni da Capestrano die Sterbesakramente empfängt, stellt sich Prospero neben Cesare und tuschelt hinter vorgehaltener Hand mit ihm. Alessandra blickt immer wieder zu den beiden hinüber, zumal Cesares Blicke immer finsterer werden. Nachdem Prospero gerade eben die Engelsburg verloren hat, braucht er den Conte Orsini und dessen Heer so dringend wie nie zuvor! Und ich ahne, was Cesare als Gegenleistung fordert: Alessandra.

Ich weiß nicht, ob ich beruhigt oder besorgt sein soll, als ich sehe, dass Cesare sich abrupt abwendet, Prospero stehen lässt, hinausgeht und voller Zorn die Tür hinter sich zuschlägt. Elija, der die beiden aufmerksam beobachtet hat, zuckt erschrocken zusammen und drängt sich gegen Alessandra, die schützend den Arm um ihn legt.

Zur Messe, die am Sterbebett des Papstes gefeiert wird, kehrt Cesare nicht zurück, ebenso wenig zur Feier der Eucharistie. Prospero wirkt erleichtert, dass ich ganz selbstverständlich am christlichen Gottesdienst teilnehme, auch wenn ich auf die Hostie verzichte. Offenbar vertraut Prospero darauf, dass ich mich in den nächsten Tagen taufen lasse. Da Capestrano macht keinen Hehl aus seiner Wut, dass ich an der Messe teilnehme, und funkelt mich böse an. Er wagt es jedoch nicht, den Papst zu brüskieren und Elija und mich hinauszuwerfen.

Während Eugenius unter großen Mühen zum letzten Mal die heiligen Sakramente empfängt, dringen laute Kampfgeräusche aus den Räumen der päpstlichen Wohnung.

»Nach dem Tod eines Papstes plündern und verwüsten die Römer seine Privatgemächer. Das ist immer so«, sagt Alessandra so leise, dass ich sie bei all dem Poltern und Schreien aus den benachbarten Räumen kaum verstehen kann. »Nach Papst Martins Tod konnte sein Zeremonienmeister nur mit Mühe die notwendigen Totengewänder für die Exequien zusammenraffen.« Ein Schmerzensschrei unterbricht sie jäh. »Kerzen für die Totenmesse waren nirgendwo mehr aufzutreiben gewesen.«

Entschlossen marschiert Prospero aus dem Raum. Vermutlich will er die Plünderer aufhalten und retten, was noch zu retten ist: den päpstlichen Schatz aus Gold und Juwelen in der kleinen Schatzkammer neben dem Arbeitszimmer, wo auch die Tiara aufbewahrt wird. Domenico Capranica und Ludovico Scarampo folgen ihm mit besorgtem Blick. Nach kurzem Zögern schließt Alonso Borgia sich ihnen an.

Während der Lärm immer bedrohlicher wird, schließt Eugenius die Augen, als wolle er in sich hineinhorchen. Sein Atem wird immer leiser, wird schließlich zu einem Hauchen und verstummt irgendwann ganz. Die Hand mit dem Fischerring, die den Rosenkranz gehalten hat, fällt auf die Bettdecke und hört auf zu zittern.

Papst Eugenius ist tot.

Kurz darauf kehrt Ludovico Scarampo zurück. Die Seide seiner Purpursoutane ist zerrissen, seine linke Hand blutet. Wie es scheint, hat er gekämpft. Begleitet wird er von Venezianergardisten, die seine Autorität als Camerlengo notfalls mit Gewalt durchsetzen sollen. Einer der Gardisten trägt sein Wappen, das mit den gekreuzten Schlüsseln Petri geschmückt wurde. Während der Sedisvakanz werden die Insignien des Camerlengo das Hoheitszeichen der Kirche sein.

Ludovico beugt sich über den Toten und klopft mit einem silbernen Hämmerchen dem Zeremoniell entsprechend drei Mal gegen dessen Stirn. »Gabriel, schläfst du?«

Er wiederholt die Frage zweimal, und als er keine Antwort erhält, nimmt er Eugenius behutsam den Fischerring ab, das Symbol der päpstlichen Macht, und zerschlägt ihn mit mehreren wuchtigen Hieben. Sobald er die goldenen Splitter an die Kardinäle verteilt hat, ergreift er das Wort:

»Seine Heiligkeit, Papst Eugenius, ist tot«, sagt er mit heiserer Stimme. Wieder ringt er mit den Tränen. »Seine Eminenz, der Kardinalprotodiakon Colonna, unterrichtet das Volk von Rom über den Tod seines Bischofs. Seine Eminenz Kardinal Capranica steht ihm bei dieser schweren Aufgabe zur Seite. Seine Eminenz Kardinal Berardi wird als Kardinaldekan die am Heiligen Stuhl akkreditierten Botschafter und Gesandten vom Tod des Heiligen Vaters in Kenntnis setzen. Seid so gut, Giovanni, redet mit ihnen, bevor in San Pietro die Totenglocke läuten wird. Das Konklave wird in zehn Tagen in der Sakristei von Santa Maria sopra Minerva stattfinden. Bis zur Wahl eines Nachfolgers regiert das Kardinalskollegium die Kirche. Als Zeichen unserer Autorität hat nun jeder von euch einen Teil des Fischerrings in seinem Besitz. Als Camerlengo werde ich die Amtsgeschäfte führen. Drei Kardinäle, die alle drei Tage per Los neu bestimmt werden, assistieren mir bei dieser Aufgabe. Gott steh uns allen bei.«

Mit tränennassem Gesicht wendet er sich an Alessandra, die neben mir steht und verstohlen meine Hand umklammert. »Mia cara, würdest du mich bitte in mein Arbeitszimmer begleiten? Ich muss mit dir reden. Sofort.«

Alessandra

Kapitel 61

In San Pietro in Vaticano
Donnerstag, 23. Februar 1447
Vier Uhr nachmittags

»Also, wie besprochen«, murmelt Ludovico und bietet mir seinen Arm, damit ich mich einhaken kann.

»Wie besprochen«, nicke ich.

Gemeinsam betreten wir durch ein Seitenportal die Kathedrale.

Am Altar wird noch der Introitus der Exequien gesungen: »♫ *Requiem aeternam dona eis, Domine, et lux perpetua luceat eis* ... ♫«

Die Traurigkeit, die ich während unserer fast zweistündigen Verhandlungen ein wenig verdrängen konnte, überwältigt mich während des Hymnus von Neuem. Ludovico ergeht es ähnlich, das sehe ich ihm an. Mit der Hand fährt er sich über das Gesicht, als sei ihm ein Staubkorn ins Auge geraten.

Während wir Seite an Seite zwischen den hohen Marmorsäulen durch die düsteren Seitenschiffe gehen, sehe ich mich in San Pietro um. Vor den fünf Portalen, die ins Atrium hinausführen, drängen sich Hunderte von Römern. Das Atrium wird wegen der üppigen Vegetation, der Palmen und Zypressen und der beiden schönen Brunnen auch ›Paradiesgarten‹ genannt. Bei Regen bauen die Buchhändler ihre Verkaufsstände unter den Säulenarkaden auf. Die Gläubigen, die dort drüben vor den Portalen knien, haben sich vor dem Blutregen in die Kathedrale geflüchtet. Sie singen und weinen und drücken so ihre tiefe Verehrung für den Verstorbenen aus.

»♫ *Te decet hymnus Deus, in Sion, et tibi reddetur votum in Ierusalem …* ♫«

Sie glauben, dass Blut vom Himmel regnet, weil das gottlose Rom gestraft werden soll wie einst Sodom und Gomorrha. Sie glauben, dass Gott zornig ist. Und dass der Papst deshalb sterben musste. Sie glauben es, weil sie es glauben wollen, denke ich resigniert, und weil sie es nicht besser wissen. Doch was Robin herausgefunden hat, ist eindeutig. Wenn ich ihnen jedoch sagen würde, dass die düsteren Wolken aus ockerfarbenem Wüstensand bestehen, den der Scirocco von Süden über das Meer weht, dass der Regen terrakottafarbenen Staub enthält und dass die ständig steigenden Temperaturen nicht die Hitze des Höllenfeuers sind, sondern warme Luft aus der ägyptischen Wüste, würden sie mir keinen Glauben schenken …

»♫ *Exaudi orationem meam, ad te omnis caro veniet.* ♫«

Ludovico führt mich durch das Hauptschiff zum Altar über dem Petrusgrab. Dahinter wölbt sich das Halbrund der Apsis mit einem goldfunkelnden Mosaik. Es zeigt Konstantin, der die von ihm erbaute Basilika dem thronenden Christus und dem heiligen Petrus darbringt.

Vor dem Altar liegt Eugenius auf einem prächtig geschmückten Katafalk aufgebahrt. Er trägt einen purpurroten Prunkornat über einer weißen Soutane, mit goldenen Kreuzen bestickte Samtpantoffeln, Handschuhe aus weißem Damast und eine weiße Mitra. Die Einbalsamierung des Leichnams hat Ludovico für heute Nacht angeordnet, wenn die Gläubigen, die von ihrem Papst Abschied nehmen wollen, die Kathedrale verlassen haben.

»♫ *Requiem aeternam dona eis, Domine, et lux perpetua luceat eis.* ♫«

Während wir zum Ende des Introitus die Stufen zum Altarraum emporsteigen, werfe ich einen Blick hinab zum Grabungsschacht, in den eine provisorische Holztreppe hinabführt. Sie endet drei Schritte vor der roten Wand neben dem Petrusgrab. Konstantins tausendjährige Basilika ist seit Jahren einsturzgefährdet. Seit der Kirchenunion von Florenz hatte Papst Eugenius mit dem Gedanken gespielt, San Pietro bis zu den Fundamenten abzureißen und schöner und größer aus den Ruinen auferstehen zu lassen. Es war ein Plan, der Tommaso Parentucelli begeisterte. Vor zwei Jahren hatte Tommaso, der damals noch nicht Kardinal war, die Grabung unterhalb des Hochaltars aus seiner Schatulle finanziert – offiziell, selbstverständlich, denn das Geld hatte er mir abgeschwatzt …

Die Kardinäle und Bischöfe, die Würdenträger des Vatikans, die Delegationen der römischen Patriarchalbasiliken und die Vertreter der Prediger- und Bettelorden, die sich für die Exequien um den Katafalk versammelt haben, blicken Ludovico und mir erwartungsvoll entgegen. Während der Camerlengo das Zeichen gibt, die Trauerandacht zu beginnen, gehe ich zu Yared hinüber, der einige Schritte entfernt von Prospero steht.

»Wo ist Elija?«, flüstere ich.

»Er spielt mit Fantìn. Benyamin passt auf ihn auf.«

»Yared, du musst an dieser Messe nicht teilnehmen.« Die Trauer schnürt mir die Kehle zu, und meine Stimme klingt heiser. »Das kann ich nicht von dir verlangen.«

»Ich will in dieser schweren Stunde bei dir sein.«

» ♫ Kyrie eleison, Christe eleison, Kyrie eleison. ♫ «

»Willst du, dass ich gehe?«, fragt er nach.

»Nein. In Anbetracht deiner Absprache mit Prospero solltest du bleiben.«

»Wie du willst.«

Ich sehe ihm in die braunen Augen mit den langen Wimpern. Sein Blick ist warm und tröstend. »Ich liebe dich, Yared, von ganzem Herzen. Jeder Tag an deiner Seite beweist mir, dass ich mich richtig entschieden habe.«

Er lächelt verhalten, und ich gehe zu Prospero hinüber. Offenbar hat er uns beobachtet, denn seine Stirn ist gerunzelt.

»♫ *Requiem aeternam dona eis, Domine. In memoria aeterna erit iustus, ab auditione mala non timebit.* ♫«

Kardinal Parentucellis wohltönender Bariton sticht aus den anderen Stimmen heraus. Er nickt mir ermunternd zu, und ich lächele zurück.

»Und?«, bedrängt mich Prospero ungeduldig. Er weiß, dass Ludovico und ich in Florenz ein Bündnis geschlossen haben, das ein Jahr später zu Vitelleschis Sturz und zu Ludovicos Aufstieg führte.

»Ludovico ist besorgt über den Einmarsch der Colonna nach Rom, wie er es nennt. Die Orsini werden unruhig, weil zu viele unserer Bravi in der Stadt sind. Ludovico befürchtet blutige Straßenkämpfe.«

Prospero nickt stumm und lauscht dem Tractus.

»♫ *Absolve, Domine, animas omnium fidelium defunctorum ab omni vinculo delictorum …* ♫«

Der getragene Gesang ›Erlöse, o Herr, die Seelen aller verstorbenen Gläubigen von den Fesseln der Sünde‹ versetzt mir einen Stich ins Herz, weil er mich an die Totenfeiern für Luca und Niketas erinnert. Allmächtiger Gott, schenke mir die Kraft, heute auch noch meinen Sohn zu begraben, dessen zerfetzter Leichnam in Santi Apostoli aufgebahrt liegt …

Prospero, der spürt, wie aufgewühlt ich bin, reicht mir seinen Arm. »Alles in Ordnung, Sandra?«

»Es geht schon. Ludovico hat mich eben gefragt, was du mit Cesare besprochen hast.«

Prospero atmet tief durch, sieht mich aber nicht an.

»Wenn du mit Cesare Absprachen triffst, die mich betreffen, würde ich das, ehrlich gesagt, gern wissen«, weise ich ihn zurecht.

Er zögert mit seiner Antwort. »Ich habe ihm gesagt, dass er dich nicht bekommt.«

»Wie hat er reagiert?«

»Er war wütend und enttäuscht.«

»Weiß er, dass Yared und ich verheiratet sind?«

»Nein.«

»Also hofft er weiter.«

»Er ist deshalb Condottiere der Kirche, weil er in dem Ruf steht, auch in scheinbar ausweglosen Situationen nicht aufzugeben.«

»Was hast du ihm versprochen?«

»Dass ich ihn zum Bannerträger der Kirche und zum Herzog ernenne, sobald ich Papst bin. Dass er während des Sacro Possesso zum Lateran die Zügel meines Pferdes halten darf. Dass ich ihn vor allen anderen Herrschern Italiens auszeichnen werde.«

»Dann bekommt Cesare endlich, was Giovanni Vitelleschi ihm schon vor acht Jahren versprochen hat, als er Eugenius stürzen und sich zum Papst machen wollte. Freut mich wirklich für ihn.«

»Sag's ihm«, schlägt Prospero zynisch vor.

»Mach ich«, gebe ich in demselben Tonfall zurück.

» ♫ Dies irae, dies illa, solvet saeculum in favilla … ♫ «

»Du warst fast zwei Stunden bei Ludovico. Was hat er noch mit dir besprochen?«

»Er weiß von dem Treffen im Palazzo Colonna gestern Abend, und er ist zutiefst besorgt. Er weiß, dass du ein Papabile bist. Und er weiß, dass acht Kardinäle hinter dir stehen. Wenn du deinen eigenen Namen auf den Stimmzettel kritzelst, hast du neun der zwölf nötigen Stimmen. Und wenn Domenico mit seinen Stimmen entsprechend taktiert, kannst du die erforderliche Zweidrittelmehrheit erringen.«

» ♫ Quantus tremor est futurus, quando iudex est venturus, cuncta stricte discussurus!♫ «

»Ludovico will, dass ich ein geheimes Treffen zwischen euch arrangiere«, sage ich in den Gesang des ›Dies Irae‹ hinein. »Nach deinem spektakulären Einzug in den Vatikan heute Morgen und dem Einmarsch unserer Bravi in Rom fürchtet er deine Macht, und das umso mehr, seit Eugenius dir die Engelsburg weggenommen hat und du deswegen außer dir bist vor Zorn. Er weiß, wie die Römer dir zugejubelt haben, als wärst du der nächste Papst, der zu seiner Krönung nach San Pietro reitet. Ludovico ist verunsichert. Er weiß nicht, wie du reagieren würdest, wenn er dich zum Abendessen in seinen Palazzo einladen würde. Er will unter vier Augen mit dir reden.«

Prospero sieht mich fragend an.

»Solltest du gewählt werden, will er Camerlengo bleiben.«

»Verstehe.«

»Die Tumulte in Rom, die jedes Mal ausbrechen, wenn ein Papst stirbt, werden auch diesmal wieder Menschenleben kosten. Straßen und Plätze werden von Anhängern der Orsini und der Colonna wimmeln, die sich gegenseitig bekämpfen. Die blutigen Straßenschlachten nach dem Tod deines Onkels sind noch nicht vergessen. Ludovico will versuchen, dass das Konklave und die Sedisvakanz so kurz wie nur möglich dauern. Damit in Rom wieder Recht und Ordnung herrschen.«

Prospero nickt versonnen. »Wie viel will er für seine Stimme?«

»Einhunderttausend Dukaten.«

»Einhunderttausend!« Prospero schluckt. »So viel habe ich nicht. Ich habe Domenico Capranica Geld geliehen, damit er seinen Kampf um den Thron finanzieren kann. Falls ich im ersten Wahlgang vorn liege, wird er mir seine Stimmen übertragen. Ich kann …«

»Ich habe so viel.«

»In Florenz?«

»In Rom.«

Er atmet auf. »Würdest du mir das Geld borgen?«

»♫ *Pie Iesu Domine, dona eis requiem.* ♫«

Ich antworte nicht gleich, weil ich Kardinal Condulmer beobachte, der sich, überwältigt von der Trauer um seinen päpstlichen Onkel, weinend in die Apsis zurückzieht.

»Ich leihe dir die einhunderttausend Dukaten«, verspreche ich ihm schließlich. »Unter einer Bedingung.«

»Welche?«

Ich sage ihm, was ich von ihm erwarte.

Er atmet tief durch. Dann nickt er zähneknirschend. »Also schön. Ich verspreche es.«

»Gut.«

Noch kurzem Zögern fragt er: »Kannst du das Treffen für morgen Abend arrangieren? Ein Abendessen im Palazzo Colonna wäre …«

Ich höre ihm nicht mehr zu, weil ich eben Santino zwischen den Trauernden entdeckt habe.

Was macht er in San Pietro? Ich dachte, er liegt sterbenskrank im Bett. Und wie ist er überhaupt in den Altarraum gelangt? Nicht durch das Hauptschiff, das hätte ich bemerkt. Das Skapulier seines Habits ist staubig …

Aus den Augenwinkeln beobachte ich unauffällig, wie er zwischen Alonso Borgia und Guillaume d'Estouteville hindurch zu jemandem schleicht, den ich zwischen den Purpurträgern nicht sehen kann. Ich mache einen Schritt zur Seite.

Sieh an! Er tuschelt mit Giovanni da Capestrano, der ihm mit einer herrischen Geste zu schweigen gebietet und ihn am Ärmel zum Altar zerrt. Beide wirken sehr erregt.

Beunruhigt sehe ich mich nach dem Dominikaner um, der mich in den Puzzolanhöhlen bedroht hat, kann ihn aber nirgendwo entdecken. Ludovico, dem ich vorhin erzählt habe, was letzte Nacht in den Puzzolanhöhlen geschehen ist, wirkt angespannt. Der Dominikaner könnte wegen des Mordes an Vitelleschi nicht nur mir nach dem Leben trachten, sondern auch Ludovico. Und Prospero. Auch er war an unserer Verschwörung beteiligt. Er hat in der Engelsburg auf Vitelleschi geschossen und ihn schwer verletzt.

»Was ist?«, fragt Prospero besorgt.

Ich schüttele langsam den Kopf, und er verstummt.

Santino und da Capestrano haben die Altartreppe erreicht und steigen jetzt von der Apsis zum Hauptschiff hinunter. Immer mehr Gläubige drängen in die Kathedrale, um die Totenmesse zu verfolgen.

»♫ *Sanctus, sanctus, sanctus, Dominus Deus Sabaoth. Pleni sunt coeli et terra gloria tua. Hosanna in excelsis.* ♫«

Santino und da Capestrano verschwinden in dem Grabungsschacht, der zum Petrusgrab hinabführt. Wie es scheint, müssen sie unter vier Augen miteinander reden.

»♫ *Benedictus qui venit in nomine Domini. Hosanna in excelsis.* ♫«

»Wohin willst du?«, fragt Prospero beunruhigt.

»Na, was glaubst du denn?«

»Heilige Jungfrau! Sandra, ich bitt… He, warte doch mal!«

Mit einem beklommenen Gefühl steige ich über die provisorische Holztreppe hinunter zum Petrusgrab, das sich zehn Ellen unter dem Hochaltar befindet.

Vor den Grabungen, die Tommaso Parentucelli vor zwei Jahren veranlasst hat, um die Stabilität des tausendjährigen Fundaments für eine neue Kathedrale zu prüfen, gab es an dieser Stelle nur ein ummauertes Loch im Boden, durch das man in die von Konstantin errichtete Grabkapelle hinabsehen konnte. Die Pilger knieten davor nieder und ließen an einer langen Kette Tücher in den Schacht hinab. Wenn diese das Grab des Apostels berührten, wurden sie zu Reliquien, die ganz leicht nach dem Weihrauch dufteten, der dem Räuchergefäß vor dem Grab entströmte.

»♫ *Agnus Dei, qui tollis peccata mundi, dona eis requiem.* ♫« Schwerelos dringt der Gesang in die unterirdische Kapelle.

Während ich über die mit den Münzen eines Jahrtausends übersäte Geröllhalde zur rot freskierten Wand hinter dem Apostelgrab husche, taste ich unruhig nach meinem Notizbuch in meiner Tasche. Das Büchlein ist lebenswichtig für mich, umso mehr, da Eugenius nun tot ist. Es enthält meine Beichte vor der Satansmesse und die Absolution des Papstes. Es bestätigt, dass Santino als mein Famulus an der Invokation Satans teilgenommen hat. Die Abschrift der Aussagen, die Fra Giordano letzte Nacht von Pater Severin von Benediktbeuren gegenzeichnen ließ, habe ich heute Morgen vor meinem Aufbruch in den Vatikan in Papst Martins Grab im Lateran versteckt. Verdammt, ich hätte das Notizbuch Yared geben sollen, bevor ich mich auf eine Konfrontation mit da Capestrano einlasse. Oder Prospero. Ich vertraue ihm nicht, aber ich glaube, er wird alles daransetzen, mir das Leben zu retten, wenn ich in Gefahr gerate. Einhunderttausend Dukaten und eine Stimme im Konklave … aber nur, wenn ich am Leben bin …

»♫ *Agnus Dei, qui tollis peccata mundi, dona eis requiem sempiternam.* ♫« Der Gesang aus dem Altarraum wird immer leiser.

Vor dem Grab Petri, einem Haufen von Ziegeln und Erde hinter einem prunkvollen Marmorschrein, glimmt ein Weihrauchgefäß, dessen Duftrauch langsam zur Decke kringelt. Der römischen Legende nach wurde der Apostel nach seiner Kreuzigung in Neros Circus genau hier, an der antiken Via Cornelia, begraben. Ich glaube jedoch nicht, dass er jemals in Rom war. Petrus war nicht der erste Papst. Jesu ältester Bruder war sein Nachfolger als Führer der frühchristlichen Gemeinde. Er ist der vergessene Papst. Wenn ich doch das Grab öffnen dürfte!

Im diffusen Lichtschein, der durch den Gewölbedurchbruch in die höhlenartige Kammer fällt und die unregelmäßig behauenen

Wände beleuchtet, sehe ich mich um. Wohin sind Santino und da Capestrano verschwunden?

Den Weg in die antike Nekropole kenne ich. Vor meiner Abreise nach Jerusalem vor zwei Jahren habe ich ihn erforscht, um mich auf meinen Weg in die Ruinen des salomonischen Tempels vorzubereiten. Dreihundert Schritte entfernt münden die unterirdischen Gassen der Nekropole auf einen Durchbruch in den Fundamenten der Kathedrale, der in die Puzzolanhöhlen führt. Die Höhlen erstrecken sich von dort aus bis nach Santa Maria sopra Minerva. Ich vermute, dass Santino die Kathedrale auf diesem Weg betreten hat, denn sein weißer Habit wies keine ›blutigen‹ Regentropfen auf.

Nachdem ich meine Kerze entzündet habe, schiebe ich mich durch den schmalen Spalt gegenüber dem Petrusgrab, husche eine steile Treppe hinunter und betrete die Gräberstraße, die durch die antike Nekropole führt. Wie auf einer erhöhten Piazza steht die Petruskapelle inmitten der römischen Grabmäler. Nach Süden, in Richtung Tiber, fällt das Gelände steil ab. Ich stehe auf dem Abhang des antiken vatikanischen Hügels, den Konstantin mit den gewaltigen Fundamenten und den Erdaufschüttungen für San Pietro überbauen ließ.

Vor mir liegt eine mit Geröll angefüllte Gasse. Sie könnte durch das alte Rom geführt haben. Auf beiden Seiten des gewundenen Weges öffnen sich wie kleine Spielzeughäuser die Grabmäler mit den Sarkophagen und Urnen der Verstorbenen. Alle sind im Geröll versunken. Die Namen der Toten stehen auf Marmorplatten über den mit Marmor und Travertin verzierten Eingängen. Das Innere der Mausoleen, von denen ich die meisten vor zwei Jahren erforscht habe, ohne sie aus den Schutthalden auszugraben, ist mit Fresken und Mosaiken geschmückt.

Plötzlich höre ich ein Flüstern – irgendwo vor mir in der Totenstadt!

Angespannt gehe ich weiter. Ich lösche die Kerze und taste nach meinem Dolch.

Mit klopfendem Herzen erreiche ich nach wenigen Schritten den Eingang eines Grabgewölbes, das vom flackernden Schein einer Kerze erleuchtet wird. Sie sind in der Gruft der Matucii.

Meine Fußtritte knirschen auf dem wegrutschenden Geröll, als ich zum Eingang des Mausoleums husche, in dem die Urnen der Familie Matucius aufbewahrt werden. Dumpf hallt das Getuschel einer geflüsterten Unterhaltung aus der mit Steinsplittern angefüllten Grabkammer.

Sie sind zu zweit. Aber wo ist der Dominikaner? Meine Finger sind schweißfeucht, als ich den Dolch ziehe.

Angestrengt starre ich in die von einer Kerze erleuchtete Gruft. Doch ich kann nur die Schatten der beiden Inquisitoren sehen, die über die Wände huschen.

Das eindringliche Geflüster ist entnervend, zumal ich nur Fetzen davon verstehen kann. Nur so viel: Santino berichtet da Capestrano, was letzte Nacht in den Puzzolanhöhlen geschehen ist. Den Namen des Dominikaners kann ich nicht verstehen, weil Santino zu husten beginnt.

»Wir müssen … ihr Notizbuch … ist entscheidend für den Prozess«, drängt da Capestrano. »Gestern hat sie Fra Giordano zum Papst geschickt – mit dem Notizbuch … was sie vorhat … kann uns gefährlich werden … müssen das Büchlein so schnell wie möglich …«

»…nico hat letzte Nacht versucht, es ihr abzunehmen, aber … es nicht bei sich«, antwortet Santino, immer noch hustend.

»Wo ist es?«

»… hat sie es Fra Giordano gegeben.«

»… dass sie ahnt, was wir …?«

Santino zögert.

Das plötzliche Schweigen erschreckt mich. Meine Finger verkrampfen sich um den Griff meines Dolches. Haben sie mich bemerkt?

Schließlich spricht Santino weiter: »... weiß es nicht ... dass sie den Angriff in den Höhlen mit der Inquisition in Verbindung bringt ... ich glaube, sie weiß nicht, wer jener Dominikaner ist, der ... beinahe erschlagen hat.«

»Und der rote Foliant ist verschwunden?«

»Yared muss ihn versteckt haben ... nicht finden konnte.«

»Verfluchter Jude!«, flucht da Capestrano ungehalten. »Er muss sterben!«

Santino erwidert etwas, das ich nicht verstehen kann und das da Capestrano ziemlich in Rage bringt:

»... bewundert Lucas Tochter doch nicht etwa? Sie ist eine gottverdammte Ketzerin! Und sie schützt ... das beweisen doch die verkohlten Fetzen ...«

Was für verkohlte Fetzen?, frage ich mich bestürzt. Um Gottes willen, hat die Inquisition die verbrannten Überreste der englischen Bibel gefunden, die Robin in der Nähe des Palazzo Colonna im Schnee vergraben hatte? Ist es das, worüber Santino vorhin mit mir reden wollte, als ich ihn in seiner Zelle besuchte? Auf welcher Seite steht er eigentlich? Vorgestern hat er die Blutschrift mit dem Satanspakt vom Pergament des *Testaments des Salomo* gekratzt, um mich zu entlasten.

»... ist gefährlich!«, beharrt da Capestrano. Seine Stimme bebt vor Zorn. »Sie hat einen Satanspakt geschlossen, um ihren Cousin auf den Thron Petri zu bringen.«

Erleichtert atme ich auf. Prospero ist offenbar nicht in diese Verschwörung gegen mich verwickelt.

Santinos Antwort kann ich wieder nicht verstehen. Sein Tonfall klingt jedoch besorgt.

»... seid ja tatsächlich Feuer und Flamme für sie!«, erregt sich der Generalinquisitor, und seine Stimme wird lauter. »Ihr seid den

Einflüsterungen des Teufels erlegen! Wie hat Lucas Tochter Euch verführt? Wie hat sie Euren Willen gebrochen und Euch in die Knie gezwungen, dass Ihr sie und ihr ketzerisches Verhalten plötzlich rechtfertigt? Kommt zur Vernunft, Fra Santino! Luca war ein Heiliger! Seine Tochter ist es nicht!«

Santino will etwas sagen, wird jedoch von da Capestrano niedergeredet:

»Sie ist eine Häretikerin, die die Kirche reformieren und die gottgewollte Priesterherrschaft abschaffen will«, ereifert sich da Capestrano. »Eine Gelehrte wie der Teufelspapst, der mit dem Antichrist paktiert hat. Und wie Gerbert d'Aurillac muss sie für ihren Frevel gerichtet werden.«

»Papst Silvester? Um Gottes willen! Was habt Ihr vor?«, fragt Santino bestürzt. »Ich dachte, wir …«

Ein Stein unter meinem Fuß ruckt knirschend zur Seite, und Santino verstummt.

»Was war das?«

»Sie ist uns gefolgt!«, ruft da Capestrano. *»Sie ist hier!«*

Ich muss so schnell wie möglich verschwinden!

Während ich in den Gang zurückweiche, höre ich, wie die beiden Inquisitoren über die Steinsplitter zum Durchgang hasten. Gleich werden sie den Korridor vor der Grabkammer betreten …

Ich will zum Petrusgrab flüchten, doch da höre ich plötzlich Schritte vor mir. Großer Gott, der Dominikaner kommt auf mich zu! Ich muss mich verstecken!

Im letzten Augenblick krieche ich auf allen vieren unter einem Türsturz hindurch in das benachbarte Mausoleum. Die finstere Kammer ist bis drei Ellen unter der Decke mit Erde und Geröll angefüllt. Während ich bäuchlings zur gegenüberliegenden Wand krieche, poltert ein Stein zur Seite. Ich erstarre und lausche mit angehaltenem Atem. Haben sie mich gehört?

»Alessandra?«, ruft der Dominikaner.

Diese Stimme! Ich erkenne sie wieder, trotz der gebrochenen Nase. Verflucht, woher kenne ich ihn denn bloß?

Ein düsterer Lichtschein dringt in die Grabkammer. Die drei Fratres stehen vor dem Eingang meines Verstecks. Wenn sie unter dem Türsturz hindurchblicken, werden sie mich entdecken – ich habe keine Möglichkeit, mich zu verstecken. Und in dem niedrigen Grabgewölbe keine Chance, mich gegen drei Gegner zu wehren.

»Habt Ihr sie gesehen?«, fragt da Capestrano.

»Nein, aber ich bin sicher, dass sie es ist. Dieses Biest! Wenn ich sie finde, bringe ich sie um.«

»Ich will sie lebend!«, weist da Capestrano ihn zurecht.

»Und ich will Rache!«, übertönt ihn der Dominikaner wütend. »Das Miststück soll büßen für all das Leid, das sie mir …«

»Hat Giovanni Vitelleschi den letzten Funken Verstand aus Euch herausgeprügelt?«, fährt Santino ihn empört an. »Tot nützt sie uns nicht!«

»Still!«, zischt der Dominikaner und wendet sich zur Tür des Mausoleums. »War da nicht ein Geräusch?«

In diesem Moment bekommt Santino einen entsetzlichen Hustenanfall, der alle Geräusche überdeckt, die ich machen könnte. Einen rasenden Herzschlag lang frage ich mich, ob er mir mit seinem Husten, der laut von den Wänden widerhallt, helfen will, unbemerkt aus der Nekropole zu entkommen.

Jetzt oder nie! So schnell ich kann, rutsche ich zu einem Riss im Deckengewölbe, den ich im matten Kerzenlicht im hinteren Teil der Kammer nur erahnen kann. Durch den schmalen Spalt schiebe ich mich auf das Dach des Mausoleums, schürfe mir dabei den Arm auf, taste mich mit ausgestreckten Händen vorwärts bis zum Rand und springe hinunter in die Gasse, die nach links zum Petrusgrab führt, nach rechts in das Labyrinth der Puzzolanhöhlen.

Erschrocken zucke ich zusammen, als sich plötzlich Schritte nähern. Sie haben mich doch gehört! Sie kommen!

»Da ist sie!«, brüllt der Dominikaner, zieht seinen Dolch und rennt auf mich zu. »Gib auf! Ich verspreche dir, dass wir dir nichts tun werden! Verdammt, bleib stehen! Du kannst nicht entkommen!«

Die beiden anderen rufen etwas, das ich nicht verstehen kann.

Ich werfe mich herum und hetze die Straße der Toten hinunter in Richtung der gewaltigen, sieben Fuß dicken und fünfunddreißig Fuß hohen Fundamente der Kathedrale, die den vatikanischen Hügel stützen und San Pietro vor dem Einsturz bewahren – noch! Der Dominikaner folgt mir fluchend zwischen den Mausoleen hindurch, kann mich jedoch nicht einholen, weil ihn seine schweren Verletzungen schwächen. Durch die gebrochene Nase kann er nicht atmen, und so hetzt er hechelnd hinter mir her, kann jedoch nicht lange Schritt halten und bleibt schließlich keuchend stehen. Sein Atem hallt durch die schmale Gasse.

Ist das eine Falle? Im Stillen bete ich, dass die anderen mich nicht in einem der anderen Korridore überholt haben und mir nun in einer finsteren Nische auflauern. Mit jedem Einzelnen könnte ich es ohne Weiteres aufnehmen, aber gegen alle drei, die mich überwältigen, hätte ich keine Chance. Was haben sie mit mir vor – mich in den Kerker von Santa Maria sopra Minerva verschleppen? Wozu diese perfide Verschwörung?

Mit weichen Knien, die vor Erschöpfung unter mir nachzugeben drohen, dränge ich mich gegen eine Ziegelwand, zügele meinen Atem und horche in die Grabesstille.

Keine Schritte, kein Keuchen, nichts.

Die Lautlosigkeit ist geradezu ohrenbetäubend.

Ich spähe in die Dunkelheit, kann aber keine Bewegung erkennen. Dann hebe ich einen kleinen Stein auf, den ich so weit ich kann zurück in den Gang werfe. Einige Schritte entfernt poltert er zu Boden.

Keine Reaktion.

Ich strecke meinen Arm aus und … greife ins Leere. Verdammt, wo bin ich? Behutsam nestele ich mein Feuerzeug hervor und schlage einen Funken in den Zunder, der zwischen meinen Fingern rasch verglimmt.

Die Familiengruft der Valerii. Hinter mir führt eine schmale Treppe in das Mausoleum.

In der Gasse ist es totenstill. Als ich plötzlich den dumpfen Klang einer Glocke hören kann, gefriert mir das Blut in den Adern.

Das Totengeläut für Papst Eugenius.

Ich lasse die antike Nekropole hinter mir und stolpere den steinigen Abhang des vatikanischen Hügels hinab zu den Puzzolanhöhlen.

Hoffentlich finde ich den Weg zum Palazzo Colonna, ohne mich im Labyrinth zu verirren!

Yared

Kapitel 62

In Santi Apostoli
Donnerstag, 23. Februar 1447
Kurz nach acht Uhr abends

Erschöpft und mit dunklen Schatten unter den Augen lehnt Alessandra sich an Niketas' Grabmal. Ihre Liebe zu ihm versetzt mir einen Stich ins Herz. Niketas hatte alles aufgegeben, um mit ihr in Florenz leben zu können. Ich kann das nicht. Ich kann Gharnata nicht aufgeben, nicht den Willen zur Macht und auch nicht die Hoffnung, meine Heimat vor dem Untergang durch die Reconquista zu bewahren. Aber ich will nicht, dass sie mich … dass sie uns und unsere Liebe aufgibt. Doch wie kann ich gegen Niketas bestehen?

Nach einem Blick ins Hauptschiff von Santi Apostoli, wo in wenigen Augenblicken die Totenfeier für Angelo beginnen soll, gehe ich zu ihr hinüber.

Sie dreht sich zu mir um. »Yared«, wispert sie und weist auf den offenen Schacht im Kirchenboden unterhalb des Grabmals ihres Vaters. Sie ringt mit den Tränen. Angelo soll dort unter einer Bodenplatte begraben werden.

Ich nehme sie in den Arm und küsse sie zärtlich. Sie lehnt sich gegen mich und erwidert meinen Kuss. Einen Herzschlag lang genießen wir die Intimität, die Wärme des anderen, die zärtlichen Berührungen, die Sehnsucht nach mehr. Tief atme ich den Duft ihres Haares ein, das nach Rosenöl riecht. Sie zieht mich näher zu sich heran und küsst mich, aber das Blitzen in ihren Augen ist erloschen. Ich mache mir Sorgen um sie. Ich liebe sie. Ich will sie so gern beschützen, aber ich habe das Gefühl, dass ich es nicht kann. Gegen die Inquisition, die sich gegen sie verschworen hat, bin ich machtlos.

Ach, käme sie doch mit Elija und mir nach Gharnata! Wir könnten miteinander glücklich sein, ohne für unsere Liebe verleumdet zu werden, ohne wie Alessandra vorhin in der Nekropole um unser Leben fürchten zu müssen, und wir könnten …

»Oh, hier seid ihr!« Prospero kommt zu uns herüber. »Domenico will mit dem Gottesdienst beginnen. Seid ihr so weit?«

Alessandra nickt und geht an ihm vorbei ins Hauptschiff der Kirche, wo Angelos Sarg auf einem Katafalk mit dem Wappen der Colonna aufgebahrt ist.

Prospero sieht ihr fürsorglich hinterher. »Mein Gott, als ich sie das letzte Mal so gesehen habe, war Niketas in ihren Armen gestorben.«

»Mach dir keine Sorgen. Ich pass schon auf sie auf.«

»Wirst du an der Messe teilnehmen?«

»Glaubst du, ich lasse sie allein, wenn sie ihren Sohn begräbt? Wenn sie mich braucht? ›Leg mich wie ein Siegel an dein Herz‹ steht in unsere Eheringe eingraviert. ›Denn stark wie der Tod ist die Liebe, wie die Feuergluten der Hölle ihre Leidenschaft. Nichts vermag ihr Lodern auszulöschen.‹«

Er legt mir freundschaftlich die Hand auf die Schulter, und gemeinsam gehen wir ins Mittelschiff der Kirche, wo uns Basilios Bessarion und Domenico Capranica am Katafalk erwarten. Als enge Freunde von Alessandra und Niketas werden sie die Totenmesse für ihren Ziehsohn Angelo halten. Angelos schlichter Sarg steht vor dem Altar. Brennende Kerzen und Myrtenschmuck verleihen Angelos Begräbnis, das wegen der schrecklichen Ereignisse in aller Stille und im engsten Freundeskreis gefeiert wird, einen würdevollen Charakter. Tommaso Parentucelli, der sehr gern gekommen wäre, wird heute Nacht an Eugenius' Katafalk in San Pietro die Totenwache halten.

»Wird Cesare kommen?«

Prospero presst die Lippen aufeinander. »Ich hoffe nicht. Eine dramatische Eifersuchtsszene zwischen ihrem Gemahl und ihrem besten Freund ist das Letzte, was Sandra jetzt braucht. Wenn er sie wirklich liebt, dann bleibt er heute Abend im Palazzo Orsini und betrinkt sich bis zur Besinnungslosigkeit.«

Wenig später beginnt die Totenfeier. Als Erstes verkündet Domenico Capranica das Wort Gottes, dann verliest Basilios Bessarion mit seinem sanften griechischen Akzent die Fürbitten für Angelo. Danach hält Prospero eine bewegende Ansprache. Alessandra, die Angelo als Zehnjährigen an Sohnes statt aufgenommen hat, bricht in Tränen aus. Welche Hoffnungen hat sie in ihn gesetzt … und wie sehr hat er sie enttäuscht, als er die Gelübde ablegte und wie ihr Vater Dominikaner wurde.

Ich lege meinen Arm um ihre zuckenden Schultern. Sie lehnt sich gegen mich. Es ist ein erlösendes Weinen, das sie aus ihrem rachsüchtigen Zorn herausreißt und das ihr endlich ein wenig Ruhe bringen wird. Du lieber Himmel, ich bin ja so froh, dass sie endlich trauern kann. Heute Nacht wird sie in meinen Armen liegen, und ich werde alles tun, um sie zu …

Prospero verstummt plötzlich. Er starrt zum Kirchenportal hinter uns und zieht die Stirn kraus. Alessandra trocknet ihre Tränen und blickt sich um.

Mit gefalteten Händen nähert sich Santino fast scheu der kleinen Trauergemeinde.

Robin und Diego, die für die Begräbnisfeier ihr Krankenlager verlassen haben, wollen ihn aufhalten, doch Alessandra winkt ab.

»Rom ist eine freie Stadt. Hier kann jeder tun, was er den Mut hat zu tun. Wenn er hier beten und seine Schuld sühnen will, dann lasst ihn.«

Santino schiebt sich an Robin vorbei und kommt zu uns herüber. »Alessandra, ich bitte Euch, mich anzu…«

»Ihr habt wirklich Chuzpe, Euch hierherzuwagen!«

Er atmet tief durch. »Alessandra, ich …«

»Ich will Euer Mitgefühl nicht!«

»Herr im Himmel!«, ruft er entnervt. »Lasst mich doch bitte ausre…«

»Erspart mir Eure Lügen und Intrigen, Ihr scheinheiliger, verräterischer Inquisitor!«, schreit sie ihn an. Unwillkürlich weicht er einen Schritt zurück. Und sie wirft ihm noch schlimmere Beleidigungen an den Kopf – sie verfügt über einen beachtlichen Vorrat. »Chuzpe? Die habt Ihr wirklich! Das Wort kommt Euch bekannt vor, nicht wahr? Ihr habt meinen Satanspakt ins *Testament des Salomo* geschrieben und anschließend wieder vom Pergament gekratzt! ›Welch eine Chuzpe! Gerbert, Dein Bruder im Geiste, war genauso unerschrocken. Nun habe ich Dich erwählt. Satan, Fürst der Hölle und Beherrscher des gottlosen Rom.‹ Ihr habt mir das Buch meines Vaters über die Ars Magica in die Hände gelegt: ›Das Buch ist der Schlüssel. Es wird Dir helfen, den Ring des Salomo zu finden.‹ Und Ihr habt die Blutschrift in dem roten Satansbuch verfasst, mit dem mein Sohn erschlagen wurde! Zum Teufel, Ihr wisst doch, was da drin steht! Ich … ich finde keine Worte, die meine Verachtung für Euch ausdrücken könnten!«

»Alessandra, ich will …«

»Va all'inferno!«, brüllt sie ihn nieder.

Urplötzlich zuckt seine Hand vor. Er packt sie und reißt sie mit Gewalt aus meiner Umarmung. Ungestüm zerrt er sie hinter sich her zum Grab von Luca d'Ascoli. Obwohl sie sich wehrt, kniet er nieder und schwört, eine Hand auf die Grabinschrift gelegt, dass er an Angelos Tod keine Schuld trägt, dass er nicht einmal davon wusste. Und dass er sie nicht ermorden will, nur weil er ihren Vater wie einen Heiligen verehrt. Seine Stimme klingt erstaunlich fest und unerschütterlich.

»Alessandra, ich flehe Euch an«, bedrängt er sie heiser. Wieder ringt er mit einem Hustenanfall. »Ich muss mit Euch reden! Es geht um Leben und Tod! Bitte hört mich …«

In diesem Augenblick öffnet sich das Portal von Santi Apostoli. Etliche Priester in schwarzen Roben und Diakone in schimmernden Brokatgewändern treten ein und bilden eine Gasse für einen orthodoxen Bischof in einem weiten königsblauen Brokatmantel und einer schwarzen Schleierhaube. Sein silbergrauer Bart reicht bis zu seinem goldenen Brustkreuz.

Alessandra, die sich erschrocken umgesehen hat, wird bleich. »O Gott …«, haucht sie. »Nicht das auch noch! Er ist vom Vatikan herübergekommen, als er vom Tod des Papstes erfahren hat.«

Ich gehe zu Alessandra hinüber. »Wer ist das?« Aus den Augenwinkeln beobachte ich, wie Santino sich erhebt und zwischen den Säulen hindurch ins Hauptschiff späht.

»Seine Seligkeit, Phantinos I. von Athen, Niketas' Amtsnachfolger als Metropolit und Erzbischof von Athen und Exarchos von Griechenland. Er ist der Botschafter des byzantinischen Kaisers.« Alessandra verdreht entnervt die Augen – sie hat mir erzählt, dass Phantinos Niketas wegen seiner Rolle während des Unionskonzils exkommuniziert hatte.

Wie viele andere orthodoxe Bischöfe hatte er Niketas mit beschämenden Vorwürfen überhäuft und sich bis heute geweigert, die Kirchenunion anzuerkennen. Der Metropolit kommt mit seinem Gefolge zu uns herüber.

»Ludovico hat mich gebeten, mich während der Sedisvakanz um Seine Seligkeit zu kümmern und mit ihm während des Abendessens über die Kirchenunion zu sprechen«, flüstert sie mir zu. »Er wird in Papst Martins Gemächern im Palazzo Colonna wohnen, solange die Tore des Vatikans geschlossen sind. Guck dir sein Gehabe an! Was meinst du, Yared, soll ich ihm sagen, dass die Römer den Palazzo plündern, falls Prospero zum Papst gewählt wird?«

Mit einem maliziösen Lächeln eilt sie Phantinos entgegen und heißt ihn auf Griechisch den Ritualen der Macht willkommen.

Er verneigt sich artig vor ihr, nennt sie respektvoll Kyria Alessandra und behandelt sie, offenbar auf Wunsch Seiner Majestät des Kaisers, als ›geliebte Schwägerin‹ des Basileus, des Stellvertreters Christi auf Erden. Nachdem er ihr sein Beileid zum Tod ihres Sohnes ausgesprochen hat, wendet sich Phantinos an die drei Kardinäle, allen voran Basilios Bessarion, der bis zu seiner Investitur als römisch-katholischer Kardinal griechisch-orthodoxer Metropolit gewesen ist.

Alessandra stellt mich auf Arabisch vor: »Euer Seligkeit, das ist Seine Exzellenz Yared ben Netanya al-Gharnati, der Wesir des Sultans von Gharnata …«

»… und ehemaliger Vizekönig von Jerusalem.« Phantinos nickt mir ehrerbietig zu. »Es-salamu alekum.« Er führt die rechte Hand zu seinem Herzen, und ich erwidere seinen Gruß:

»W'alekum es-salam.«

»Seine Seligkeit, Patriarch Joachim, hat mir von dir erzählt, ya Sayyid«, sagt er in makellosem al-Arabiya. »Es ist sehr bedauerlich, dass du nicht mehr der Wesir des Sultans von Ägypten bist. Der Basileus ist derselben Meinung. Die Türken stehen vor Athen, Korinth und Byzanz. Was hättest du als Emir von Al-Quds, des allerheiligsten Jerusalem, alles bewirken können, wenn du dem türkischen Sultan ins Gewissen geredet hättest, dass er das tausendjährige Byzanz verschonen möge. Aber leider waren dir nur wenige Tage im Amt des Vizekönigs vergönnt, bevor du mit Kyria Alessandra aus Jerusalem gefloh…«

Ein dumpfer Aufprall, gefolgt von einem harten Schlag, lässt uns erschrocken herumfahren.

Robin ist zusammengebrochen und liegt mit schweißglänzendem Gesicht auf dem Marmorboden. Blut rinnt aus seinem Mundwinkel.

Wie erstarrt vor Entsetzen blickt Diego auf seinen Freund hinunter, ringt mit sich, ob er als gläubiger Muslim sich nun bekreuzigen soll oder nicht, entscheidet sich jedoch dagegen und nuschelt etwas von einem Fluch des Teufelspapstes.

»Um Gottes willen!« Alessandra drängt sich an mir vorbei, eilt zum Katafalk hinüber und kniet sich neben Robin.

Santino, der ihr gefolgt ist, hockt sich neben sie und ergreift erschüttert Robins Hand. »O mein Gott!«, stöhnt er. »Ist er tot?«

Alessandra

Kapitel 63

In Robins Kammer im Palazzo Colonna
Donnerstag, 23. Februar 1447
Kurz nach neun Uhr abends

»Wie geht's dir, Robin?«, frage ich, sobald Yared leise die Tür der Kammer hinter sich geschlossen hat. Prospero und er werden sich um den Metropoliten kümmern, solange ich bei Robin bin.

Ich setze mich auf die Bettkante. Mit geschlossenen Augen liegt er in den Kissen und atmet langsam durch die Nase aus. »Hab ... Schmerzen«, quält er heraus. Wieder hustet er Blut.

Mit einem Tuch wische ich ihm über das Gesicht. Er öffnet die Augen und bemüht sich zu lächeln. Robin, mein tapferer Robin, hat Todesangst.

»Stimmt es ... was Orlando sagt ... dass es ... einen Fluch ... des Teufelspapstes gibt?«, fragt er schwach.

»Nein, Robin.«

»Aber ... Orlando hat gesagt ... die Männer schwören ... dass sie letzte Nacht ... eine Tafel ausgegraben haben ...« Er hustet wieder und schnappt nach Luft. »Darauf stand ... Verdammt zum Tode sei ... wer die Ruhe von Papst Silvester stört.«

»Hast du diese Tafel gesehen, Robin?«, frage ich sanft und wische ihm das Blut von den Lippen.

Er wartet, bis ich das Tuch wegnehme, dann schüttelt er unmerklich den Kopf.

»Ich auch nicht, Robin. Es gibt keinen Fluch.«

Wenn ich ihm doch nur seine grauenvolle Angst nehmen könnte! Wenn ich ihn doch nur beruhigen könnte, damit er in aller Seelenruhe einschlafen kann.

»Ich glaube, es gibt einen Fluch. Fra Giordano ist heute Morgen gestorben ... Fra Santino hatte letzte Nacht im Lateran einen schweren Anfall, der ihn beinahe das Leben gekostet hat ...« Robin blickt hinüber zum Dominikaner, der mit gefalteten Händen neben der Tür stehen geblieben ist. »Diego geht es genauso schlecht wie mir, er ist todkrank ... Und auch ich werde bald sterben.«

»Das ist nicht die Schuld von Papst Silvester, sondern meine.« Ich schlucke. »Ich habe den Befehl gegeben, sein Grab zu öffnen. Ich trage die Verantwortung, für Fra Giordanos Tod und für ...«

Robin schüttelt den Kopf. »Ihr habt uns ... vor dem giftigen Schimmel gewarnt ... Ihr selbst habt Euch davor geschützt ... Ihr und Yared seid so erschöpft, dass Ihr Euch kaum noch auf den Beinen halten könnt ... aber Ihr seid nicht sterbenskrank.«

»Nein.«

»Ich wünschte ...« Er verstummt, als erschrecke ihn etwas.

»Was wünschst du, Robin?« Ich nehme seine Hand und drücke sie fest.

»Ich wünschte ... ich wäre schon tot.«

Was kann ich nur tun? Soll ich Yared fragen, ob ich Robin ein wenig Haschisch geben kann, damit er ...

Santino tritt ans Bett, zerrt ein verschnürtes Päckchen unter seinem Skapulier hervor und gibt es mir. Seine Schultern sind angespannt, als laste ein ungeheures Gewicht darauf.

Ich sehe zu ihm auf. »Was ist das?«

Mit verkniffenem Gesicht wendet er sich ab. Ich löse die Verschnürung und schlage das Wachspapier zurück.

Graue Asche und schwarze Fetzen verkohlten Papiers fallen

zu Boden. Im Inneren ist das verbrannte Buch noch feucht. Die blassblaue Tintenschrift ist durch den schmelzenden Schnee bis zur Unleserlichkeit verlaufen. Eine Seite im hinteren Teil des Buches hat das Feuer verschont: ›In the bigynnyng was the word, and the word was at God, and God was the word. This was in the bigynnyng at God. Alle thingis weren maad bi hym, and withouten hym was maad no thing …‹

Es sind die Reste der englischen Bibel von John Wycliffe, die Robin vor zwei Tagen verbrannt hat.

»O my God!«, stöhnt Robin erschüttert. Während ich mit zitternden Fingern durch die verkohlten Seiten blättere, bedeckt er sein blasses Gesicht mit beiden Händen und nuschelt atemlos: »Have mercy upon me, o God, according to thy lovingkindness, according unto the multitude of thy tender mercies blot out my transgressions. Wash me throughly from mine iniquity, and cleanse me from my sin. For I acknowledge my transgressions, and my sin is ever before me. Against thee, thee only, have I sinned, and done this evil in thy sight …«

Es fällt mir schwer, den Blick von den verkohlten Seiten zu heben, um Santino dabei zuzusehen, wie er mit feierlicher Gestik, als wolle er am Bett des Sterbenden eine Messe zelebrieren, eine Glocke und eine Kerze und eine Heilige Schrift, die er vom Altar in Santi Apostoli mitgenommen hat, auf den kleinen Tisch neben Robins Bett stellt. Er will ihn doch nicht … Allmächtiger Gott!, flehe ich in ohnmächtigem Zorn. Das kann er dem armen Robin doch nicht antun!

Robin hat es auch gesehen. »Bell, book and candle!«, flüstert er panisch, richtet in seiner Hilflosigkeit den Blick zur Decke und setzt sein verzweifeltes Gebet fort. »Create in me a clean heart, o God, and renew a right spirit within me. Cast me not away from thy presence, and take not thy holy spirit from me. Restore unto me the joy of thy salvation, and uphold me with thy free spirit …«

Ich spüre, wie die heiße Wut in mir hochsteigt und jeden vernünftigen Gedanken mit sich reißt. »Die Kirche nennt sich selbst ›heilig‹ und betet diese ›Heiligkeit‹ im Credo ihren Schäfchen vor, die ihr alles nachbeten, weil sie es nicht besser wissen«, sage ich aufgebracht. »Weil die Kirche Menschen wie John Wycliffe und Jan Hus, die etwas anderes lehren, exkommuniziert und auf dem Scheiterhaufen verbrennt! Wie wäre es statt einer ›einig-heilig-katholisch-apostolischen‹ Gewaltherrschaft der Priester mit einer ›menschlichen‹ Sorge um das Heil der Gläubigen, ihren Seelenfrieden und ihre Glaubensfreiheit – ohne Androhung von Gewalt, der Vorenthaltung von Sündenvergebung und der Exkommunikation!«

»O Lord … open thou my lips … and my mouth shall shew forth thy praise …«, schluchzt Robin, immer wieder unterbrochen von Hustenanfällen. Tränen rinnen über sein Gesicht und vermischen sich mit den Blutspritzern auf seinen Lippen. Wieder nehme ich seine Hand, um ihn zu trösten.

»Schscht, Robin. Ich bin bei dir. Alles wird gut, hörst du?«

Er schüttelt weinend den Kopf.

Santino will etwas sagen, aber ich lasse ihn nicht zu Wort kommen: »Wie lautet der Spruch der Bergpredigt? ›Selig, die an mich glauben, selig, die sich der Gewaltherrschaft meiner Priester unterwerfen, denn sie werden nicht auf die Scheiterhaufen gezerrt‹? Evangelium des Matthäus, Kapitel 5 – falls Euch die Stelle, die Ihr bei Gelegenheit nachschlagen solltet, entfallen ist«, bricht es aus mir heraus.

Am liebsten würde ich meine Worte mit den Fäusten in Santino hineinprügeln. Verfluchter Inquisitor! Ich zittere vor Wut. »Robin ist ein frommer Christ! Er glaubt an das, was Jesus Christus verkündet hat, und er braucht keinen Priester, der ihm die Bibel auslegt! Er braucht keinen Seelsorger, der ihm die Absolution erteilt, weil allein die Gnade Gottes und das Vertrauen der

Gläubigen von Bedeutung sind. Wie John Wycliffe verleugnet Robin die ›Heiligkeit‹ der Kirche, die dem Antichrist verfallen und bestimmt ist zur ewigen Verdammnis. Und nach allem, was ich heute am Petrusgrab erlebt habe, kann ich Robin nur von Herzen zustimmen. Die Schreckensherrschaft der Inquisitoren, die sich anmaßen, über Leben und Tod zu entscheiden, ist ein menschenverachtender Wahn von der eigenen Macht und Herrlichkeit!«

»For thou desirest not sacrifice … else would I give it … thou delightest not in burnt offering«, beendet Robin sein hoffnungsloses Gebet. Seine Stimme ist so leise, dass ich ihn kaum noch verstehen kann. »Amen.«

»Jan Hus brannte für weniger«, knurrt Santino.

»Ich weiß.«

»Ich weiß, dass Ihr es wisst«, entgegnet er wütend. »Denn Euer Vater hat in Konstanz die Fackel an dessen Scheiterhaufen gehalten. Und Euer Cousin Papst Martin, damals noch Kardinal Colonna, hat dabei zugesehen.«

»Für sein Denken und Handeln ist jeder selbst verantwortlich, vor sich und vor Gott.« Ich mache einen tiefen Atemzug. »Ihr wisst von dem hebräischen Evangelium, das ich vor acht Jahren gefälscht habe, um Giovanni Vitelleschi zu stürzen? Der Dominikaner, der mir nach dem Leben trachtet, hat Euch bestimmt davon erzählt! Aber wisst Ihr auch, welcher Spruch Jesu den Satanskardinal in die Knie zwang? Matthäus, Kapitel 12, Vers 37: ›Nach deinen Worten wirst du gerichtet werden und nach deinen Taten verdammt.‹ Ich fand, das war ein passender Spruch für sein Todesurteil. Wie denkt Ihr darüber, Inquisitor?«

»Alessandra, ich muss Euch exkommunizieren …«

»Dann tut es!«, fordere ich ihn heraus. »Das hat keine Bedeutung für mich. Tilgt mich, den schwarzen Schandfleck, vom strahlend weißen Dominikanerhabit meines Vaters. Das ist es doch, was Ihr tun wollt! Verstoßt mich aus der Kirche, Santino! Verflucht mich! Schlagt die Bibel zu, werft die brennende Kerze auf den Boden, damit sie verlischt, und läutet meine Totenglocke, als wäre ich gestorben! Aber, um der Barmherzigkeit Jesu Christi willen, der Liebe und Vergebung predigte, verschont Robin! Er ist tot.«

Santino starrt erst mich, dann Robin an, der mit aufgerissenen Augen auf dem Bett liegt. Traurig schließe ich seine Lider und wische das Blut von seinen Lippen.

Dann sehe ich Santino an. »Euch geht es gar nicht um ihn. Sondern um mich!«

Der Inquisitor bricht innerlich zusammen, als habe ich ihn geschlagen, birgt sein Gesicht in beiden Händen und wendet sich mit zuckenden Schultern ab.

»Ihr könnt mir nicht vergeben, dass ich die Kirche hoch erhobenen Hauptes verlassen habe, weil ich nicht bereit war, noch länger in diesem Kerker des Geistes zu leben. Ihr ertragt es nicht, dass mein Vater dasselbe getan hat – um meinetwillen. Er hat den Dominikanerhabit, die Kardinalssoutane und vielleicht sogar den Papstornat an den Nagel gehängt und hat sich zu mir bekannt. Und dafür hasst Ihr mich.«

»Ich hasse Euch nicht – jetzt nicht mehr«, bekennt er, ohne sich zu mir umzudrehen. Was schwingt da in seiner Stimme mit? Schuld? Reue? Trauer? »Seit ich Euch kennengelernt habe …« Er verstummt. Ich sehe, wie er mit hochgezogenen Schultern den Crucifixus an der Wand gegenüber dem Bett anstarrt. »Ihr habt Dinge gesagt und getan, die mich …« Wieder stockt er, schüttelt den Kopf, senkt den Blick und faltet die zitternden Hände um sein Brustkreuz. Die Geste, die seine Verunsicherung überspielen soll, hat er sich bei Eugenius abgeguckt. »Ihr verwirrt mich.«

Als ich nicht antworte, wagt er schließlich doch noch einen

Blick über seine Schulter. Ich bin noch da. Und ich höre ihm aufmerksam zu – auch ohne einen seiner dramatisch inszenierten Hustenanfälle mit blutbespritztem Tüchlein und resigniertem Märtyrerlächeln, das mein Mitgefühl anrühren soll.

»Und Ihr beschämt mich«, fügt er leise hinzu, und ich glaube, endlich meint er auch, was er sagt. »Heute Morgen habt Ihr mir das Leben gerettet, als Ihr mir die Geißel aus der Hand genommen und mich ins Bett gebracht habt. Yareds Medizin hätte ich mir niemals leisten können. Ihr habt mir in den letzten Tagen so viel Vertrauen, so viel …« Er zögert und wirft mir einen raschen Blick zu. »… so viel Liebe und Barmherzigkeit geschenkt. Und dabei konntet Ihr doch nicht wissen, ob ich …« Er spricht den Satz nicht zu Ende. »Ihr hättet mich sterben lassen können.«

»Ja.«

»Warum habt Ihr es nicht getan?«

»Warum habt Ihr dem Dominikaner Einhalt geboten, als er mich vorhin töten wollte?«

Er antwortet nicht.

»Wer ist er?«

Er senkt den Blick. »Alessandra, das kann ich Euch nicht …«

»Santino, wer ist er?«, bedränge ich ihn.

»Fra Domenico Bonaventura.«

»Der Sekretär des Papstes aus der Zeit des Exils in Florenz? Ich kenne ihn aus dem Kloster Santa Maria Novella, wo Eugenius damals residierte.«

»Genau.«

»Fra Domenico hatte sich mit Vitelleschi verbündet, um Eugenius zu stürzen.«

»Er kann Euch nicht vergeben, dass Ihr Vitelleschi ermordet habt. Der Heilige Vater hatte ihn wegen seines Verrats exkommuniziert und wollte ihn auf dem Campo dei Fiori hinrichten lassen. Aber er konnte aus der Engelsburg entkommen, nachdem Vitelleschi an dem Gift gestorben war. Fra Domenico gibt Euch die Schuld an allem.«

»Er stammt aus Santa Maria sopra Minerva. Wo lebt er jetzt?«

»In den Puzzolanhöhlen unterhalb des Klosters. Der Papst hat ihn aus dem Orden ausgestoßen. Er will Euch töten.«

»Das ist mir nicht entgangen«, erwidere ich verbittert und deute auf die Wunde an meiner Stirn.

»Ich will das nicht.«

»Auch das ist mir nicht entgangen. Was meinte da Capestrano, als er vorhin in der Nekropole sagte, ich sei eine Gelehrte wie der Teufelspapst, der mit dem Antichrist paktierte, und wie Gerbert d'Aurillac müsse ich für meinen Frevel gerichtet werden? Was hat da Capestrano mit mir vor?«

»Ich habe keine Ahnung.«

»Will er mich vor dem Inquisitionstribunal anklagen? Mich foltern lassen wie jenen namenlosen Dominikaner in Gerberts Geheimkammer, dem Kopf und Hände abgerissen wurden? Mich in dieselbe Zelle in Santa Maria sopra Minerva sperren, in der ich schon zwei Mal auf meine Hinrichtung gewartet habe?«

»Ich weiß es wirklich nicht.«

»Und das soll ich Euch glauben?« Ich sehe seine rätselhaft dunklen Augen und habe plötzlich den bitteren Geschmack von Galle im Mund. »Er hat mein Todesurteil schon unterzeichnet, nicht wahr? Meine Verurteilung durch das Inquisitionstribunal wird gewiss eine dramatische Inszenierung, mit mir als Hauptfigur im Büßergewand auf dem lodernden Scheiterhaufen.«

Er weicht meinem Blick nicht aus und legt die Hand auf die Heilige Schrift. »Beim Andenken Eures Vaters schwöre ich, dass ich nicht weiß, was er vorhat.«

»Schwört nicht, Santino! Wisst Ihr, was ich mit denen tue, die mich verraten?«

»Oh ja, das weiß ich«, sagt er schnell. »Giovanni Vitelleschi ist ein eindrucksvolles Beispiel für Euer entschlossenes Handeln und seine tödlichen Folgen.«

Ich schnaube verächtlich. »Glaubt doch, was Ihr wollt.«

»Wenn Ihr ihn nicht ermordet habt, wer dann? Kardinal Scarampo? Oder Kardinal Colonna?«

Ich antworte nicht.

»Alessandra, wenn Ihr Vitelleschi nicht ermordet habt …«

»Zur Hölle mit Euch, Inquisitor! Und nehmt Fra Giovanni und Fra Domenico gleich mit!«

Wie im verzweifelten Gebet verkrampfen sich seine Hände um sein Brustkreuz. Als er die Schultern hochzieht, sehe ich die blutigen Striemen der Geißelung auf seinem Habit. »Würde Euer Vater Euch nicht auffordern, die Wahrheit zu bekennen?«

»Doch, das würde er.«

»Na also! Habt Ihr …«

»Wie würde Robin sagen? There's a time and there's a place.«

Er schüttelt resigniert den Kopf. »Was ist aus dem kleinen Mädchen geworden, das zu Papst Martin sagte, sie wolle immer die Wahrheit wissen?«

»There's a time and there's a place.«

Er stöhnt entnervt.

»Ihr wart damals dabei?«, frage ich nach.

»Ja.«

»Wann war das?«

»Am Tag meiner Priesterweihe. Martin hat mir in San Pietro die Hand aufgelegt und mich gesalbt. Ihr habt auf einem purpurnen Samtkissen, das Ihr ihm unter den Füßen weggezogen habt, auf den Stufen des Throns gesessen.«

»Dann wisst Ihr ja, was er geantwortet hat.«

»Nein, ich erinnere mich nicht mehr.«

»Er sagte: ›Die Wahrheit gibt es nicht‹.«

»Das hat er nicht gesagt.«

»Hat er nicht?«

»Ach, Quatsch! Er fragte: ›Was ist schon Wahrheit?‹ Und das ist, wie Ihr wisst, ein Zitat aus den Evangelien.«

»Welch eine Ironie, dass der Evangelist diese Frage ausgerechnet Pontius Pilatus, dem römischen Generalinquisitor, in den Mund gelegt hat. Und was antwortete Jesus, der in Ketten auf sein Todesurteil wartete?«

»Nichts.«

»Genau.« Gott vergebe mir mein triumphierendes Lächeln!

»Ihr kostet mich den letzten Nerv!«

»Sieh an, noch ein Zitat von Papst Martin! Oder hat Papst Eugenius das zu mir gesagt?«

Er birgt sein Gesicht in beiden Händen und stöhnt.

»Ihr schuldet mir noch eine Antwort, Santino!«

»Auf welche Frage?«, nuschelt er zwischen seinen Fingern hindurch.

»Wieso wollt Ihr mich nicht töten? Ihr müsstet Euch die Hände nicht mit meinem Blut beschmutzen. Oder das Reisig für meinen Scheiterhaufen sammeln. Das nehmen Euch Fra Giovanni und Fra Domenico mit größtem Vergnügen ab.«

Gedankenvoll blickt er mich an und zögert. »Weil Euer Tod mich nicht retten wird«, bekennt er schließlich.

»Retten? Wovor?«

»Vor der Strafe Gottes.«

»Eurer Krankheit«, vermute ich.

»Ich werde sterben. Schon bald.«

Ich hebe die Augenbrauen.

»Es ist die Art, wie Yared mich ansieht«, sagt Santino leise.

»Und wie sieht er Euch an?«

»Voller Mitgefühl. Und voller aufrichtiger Herzlichkeit.«

»So ist Yared.«

»Wie lange gibt er mir noch?«

»Ein paar Tage, wenn Gott Euch gnädig ist. Ein paar Stunden, wenn er es *nicht* ist, wie bei Fra Giordano, Robin und Diego. Er wird die Nacht wohl nicht überleben«, sage ich müde.

Santino ist entsetzt. Er schluckt trocken. Dann nickt er. »Mein ganzes Leben habe ich mich bemüht, so zu sein … ein gerechter Mensch … ein vollkommener Priester …« Er zerrt sein Tüchlein aus dem Ärmel, um seine Gefühle hinter dem blutbespritzten Stoff zu verbergen.

»Darf ich Euch etwas fragen, Santino?«

Er nickt, ohne das Tuch von den Lippen zu nehmen.

»Euer Vater starb als Häretiker auf dem Scheiterhaufen.«

»Das stimmt.«

»Tragt Ihr eine Schuld an seinem Tod?«

»Ja«, presst er hervor.

»Und Ihr glaubt, Gott bestrafe Euch für Euren Frevel.«

»Ja, das glaube ich.«

Ich strecke meine Hand aus, und als er sie zögernd ergreift, ziehe ich ihn neben mich auf das Bett.

»Wie kommt Ihr darauf?«, frage ich, nachdem er sich neben mich gesetzt hat.

»Je mehr ich mich bemühe, demütig zu sein, gehorsam und gerecht, je mehr ich mich geißele, je mehr ich büße, desto mehr lässt Gott mich leiden.«

»Wie?«

Er starrt auf die gefalteten Hände in seinem Schoß. Die ineinander verschränkten Finger sind so verkrampft, dass die Gelenke elfenbeinfarben schimmern. »Er lässt mich zweifeln. Das ist die schlimmste Folter.«

»Und woran zweifelt Ihr?«

»An mir selbst.«

»Ihr fragt Euch, ob Eure Demut nicht eigentlich Stolz ist, und Eure Gerechtigkeit überhebliche Anmaßung?«

Endlich sieht er mich an. »Woher wisst …?«

»Von meinem Vater. Er hat sich genauso gegeißelt wie Ihr.«

»Er hat …?«

»Er geißelte sich blutig. Er fastete und meditierte. Er betete, auf dem kalten Boden liegend, schlief nur zwei oder drei Stunden jede Nacht und suchte die Wahrheit des Glaubens in der Heiligen Schrift, bis er vor Erschöpfung ohnmächtig zusammenbrach. Er bestrafte sich für seine Schwäche und demütigte sich sogar vor seinen Konfratres und verstieß in seinem heiligen Eifer schon wieder gegen die dominikanischen Ordensregeln, weil er das Gebot seines Priors missachtete, mit diesem Irrsinn aufzuhören. Er war ungehorsam. Denn Gott hatte es in seiner unendlichen Barmherzigkeit gefallen, ihm den Weg zu weisen, obwohl er dieser großen Gnade unwürdig war.

Jeden Tag wurde er maßloser in seinem Kampf gegen sich selbst und seine zutiefst menschlichen Bedürfnisse. Er erfand immer neue Entbehrungen, mit denen er sich quälen konnte. Um kein Pergament zu vergeuden, versah er den Seitenrand seiner Bibel mit Kommentaren in so winziger Schrift, dass sie selbst mit einer Brille kaum noch zu entziffern waren. Seinen Crucifixus, der in seiner Zelle über seinem Bett hing, gab er dem Prior zurück, ebenso alle Bücher mit Ausnahme der Heiligen Schrift. Selbst auf sein Brevier verzichtete er.«

Santino nickt. »Es ist jetzt meines. Ich halte es in Ehren. Stimmt es, dass er auch seinen Rosenkranz zurückgeben wollte? Dass sein Prior sich jedoch weigerte, ihn anzunehmen und Luca wütend aus seiner Zelle warf?«

»Ja, das stimmt. Am Ende war mein Vater stolz auf seine Demut, auf seine Gerechtigkeit, auf seine Heiligkeit. Fra Luca d'Ascoli war so vollkommen wie Fra Giovanni da Capestrano, so *unmenschlich* vollkommen.«

»Und dann?«

»Dann habe ich ihn aus seinen himmlischen Sphären zurückgeholt. Der Sturz war tief, der Aufprall hart. Nach seiner Rückkehr aus Konstanz, wo er drei Päpste verurteilt und abgesetzt hatte, hat er geweint, als meine Mutter ihm gestand, dass er eine dreijährige Tochter hat. Eine Tochter, die er in Sünde gezeugt hat. Und die ihn daran erinnerte, dass er kein Heiliger ist, sondern nur ein Mensch.«

»Aber am Ende hat er sich zu Euch bekannt.«

»Ich bin nicht sicher, ob er das getan hätte, wenn er die Wahl gehabt hätte. Meine Mutter war in Santa Maria sopra Minerva unter der Folter gestorben. Und auch ich sollte getötet werden. Mein Vater hat in der Nacht die Tür zu meiner Zelle aufgeschlossen und ist mit mir nach Florenz geflohen.«

»Er hat Euch geliebt.«

Ich schüttele den Kopf. »Nein, Santino, das hat er nicht. Ihr habt keine Ahnung, wie Luca als Vater war. Ja, er hat mich gelehrt, was andere nicht lernen durften. Ja, er war stolz auf mich, weil ich Lateinisch, Griechisch, Hebräisch, Französisch und Arabisch lernte und Bücher über Theologie und Philosophie und die Wissenschaften las. Er hat mich geachtet, weil ich ihm geholfen habe, sein Unternehmen in Florenz aufzubauen. Gemeinsam sind wir durch Italien gereist, um in den Klosterbibliotheken Hunderte von Büchern zu kopieren. Er hat mich respektiert, weil ich mir als junge Frau, die in Florenz und Rom in einer Gesellschaft von Gelehrten und Kardinälen verkehrte, hohes Ansehen erworben hatte. Oh ja, er war stolz, weil Papst Martin mich in sein Herz geschlossen hatte und mir mit einem verschwörerischen Augenzwinkern jeden Unfug verzieh, sei es die stigmatisierte Marmorstatue des heiligen Dominikus oder die klappernden Gebeine des Teufelspapstes – ich hatte damals ziemlich viel Unsinn im Kopf. Aber niemals hat Luca mich zärtlich berührt oder umarmt, um mir das Gefühl von Geborgenheit zu geben. Nie hat er zu mir gesagt: ›Ich hab dich lieb.‹

Gegeißelt hat er sich, um seine Schuld zu sühnen! Könnt Ihr Euch vorstellen, wie schwer das all die Jahre zu ertragen war?«

Santino nickt zögernd.

»Alles hat er mir geschenkt: Wissen. Freiheit. Macht. Selbstachtung. Anerkennung und Respekt. Nur nicht das, wonach ich mich am meisten sehnte: Liebe.«

»Habt Ihr ihn geliebt?«

»Nein.«

Ich erschrecke über mich selbst: Mein Nein klingt so enttäuscht und so verbittert, dass ich verzweifelt nach einer versöhnlicheren Antwort suche, aber mir fällt keine ein. Mein Vater und ich haben uns nicht geliebt. Basta! Das Bekenntnis zu gegenseitiger Hochachtung und tiefem Respekt für den anderen, sei es noch so ehrlich gemeint, kann so sensible Menschen wie Luca und mich nicht darüber hinwegtäuschen, dass wir uns im Grunde unseres Herzens nichts zu sagen haben. Und dass unser ganzes Leben nicht ausreichen wird, um uns kennenzulernen und die innere Welt zu erforschen, in die der andere sich traurig und einsam zurückgezogen hat.

Santino nickt versonnen und gibt sich so verständnisvoll, so mitfühlend, als könne er nachempfinden, wie ich mich fühle. »Der erste Mensch, den Ihr geliebt habt, war Niketas?«

»Ja.«

»Obwohl er Mönch und Priester war wie Euer Vater«, fügt Santino mit sanfter Stimme an.

Ich zögere. Wieso erzähle ich ihm das alles? Was erwarte ich mir von ihm – außer dem üblichen beichtväterlichen Gequatsche?

»Papst Eugenius hat mir erzählt, wie sehr ihr euch geliebt habt.« Santino nimmt meine Hand und zieht sie auf seinen Schoß. Zuerst will ich sie ihm wütend entziehen, aber dann lasse ich sie doch auf seinem Knie liegen – eine zutiefst intime Geste. In diesem Augenblick ist er mir sehr nah. »Ihr habt drei Jahre lang um Niketas getrauert.«

»Mit ihm ist ein Teil von mir gestorben.«

»Aber dann habt Ihr in Jerusalem Yared kennengelernt und Euch in ihn verliebt … Nun guckt doch nicht so! Glaubt Ihr, ich merke nicht, wie ihr euch anseht, wenn ihr beide euch unbeobachtet fühlt? Wie ihr euch danach sehnt, den anderen zu berühren, dass die Luft zwischen euch knistert und die Funken sprühen? Ihr seid ein schönes Paar.« Mit einem feinen Lächeln berührt er den funkelnden Saphirring an meinem Finger. »Ein kostbarer Stein. Yareds Rubinring sieht ganz ähnlich aus. Das ist ein Ehering, nicht wahr?«

Yared

Kapitel 64

In Yareds Schlafzimmer im Palazzo Colonna
Donnerstag, 23. Februar 1447
Gegen elf Uhr nachts

Alessandra betritt den Raum, bleibt aber an der Tür stehen. Ich springe vom Diwan auf und gehe zu ihr hinüber, doch sie sieht mich nicht an. Kein Kuss, keine Umarmung, nicht einmal eine flüchtige Berührung.

»Was ist denn?«, frage ich. Ihr Verhalten schnürt mir die Kehle zu.

»Santino weiß, dass wir verheiratet sind«, sagt sie mit tonloser Stimme.

»Woher?«

»Er hat unsere Ringe gesehen.« Sie berichtet kurz, was eben in Robins Kammer geschehen ist.

»Und jetzt?«

Müde schüttelt sie den Kopf. »Er ist ins Kloster zurückgekehrt.«

»Was nun? Ein Prozess vor dem Inquisitionstribunal?«

Sie antwortet nicht.

»Alessandra?« Ich berühre sie an der Schulter.

Langsam blickt sie auf. »Ich weiß es nicht.«

»Vertraust du ihm?«

Unmerklich schüttelt sie den Kopf.

»Wir sollten aus Rom verschwinden.«

Sie birgt ihr Gesicht in beiden Händen und atmet langsam aus.

»Ich kann nicht, Yared. Nicht vor dem Ende des Konklaves. Wenn Prospero Papst wird …«

»Das sind noch zehn Tage!«

»Ja.«

»Alessandra, sei vernünftig! Fra Giovanni da Capestrano will dich als Häretikerin auf den Scheiterhaufen bringen, Fra Domenico will dich aus Blutrache töten, und Fra Santino kannst du nicht trauen. Prospero kann dich nicht vor der Inquisition schützen. Du bist in Lebensgefahr.«

»Du auch, Yared. Pack deine Sachen und reise ab. Segele zurück nach Granada, Sultan Muhammad wartet auf dich. Ich bleibe in Rom.«

»Ich gehe nicht ohne dich. Nicht schon wieder.«

Sie schüttelt den Kopf.

»Wir bleiben zusammen.« Ich ziehe sie an mich, umarme sie und küsse sie. Aus den zärtlichen Liebkosungen wird rasch ein leidenschaftliches Verlangen. »Entweder du kommst mit mir nach Granada, oder ich bleibe bei dir in Rom.«

Atemlos lehnt sie ihren Kopf an meine Schulter und schließt die Augen. Ich glaube, in diesem Augenblick denken wir dasselbe: Dass wir uns nach Liebe sehnen, nach Zärtlichkeit und Leidenschaft und nach ein bisschen Frieden in den Armen des anderen. Und dass das Bett nur wenige Schritte entfernt ist.

Schließlich öffnet sie die Augen, hebt den Blick und sieht mich an. »Yared, das ist …«

»Mami?« Elija steht in der offenen Tür zu seinem Zimmer und reibt sich verschlafen die Augen. Monsignor Fantìn, der offenbar in seinem Bett geschlafen hat, streicht mit erhobenem Schwanz um seine Beine und sieht zu uns herüber.

»Du bist noch wach, Mäuschen?« Sie befreit sich aus meiner Umarmung und geht zu Elija hinüber. »Ins Bett mit dir. Es ist schon spät.«

»Deckst du mich zu?«, fragt der Bengel mit großen, glänzenden Kinderaugen. Was jetzt kommt, weiß ich genau – Alessandra jedoch nicht. Sie hat ihn seit zwei Jahren nicht ins Bett gebracht.

»Bis zur Nasenspitze.«

»Gibst du mir auch einen Gutenachtkuss?«, spult er seinen allabendlichen Text ab.

Das Zubettgehen kann sich an manchen Abenden bis zu drei Stunden hinziehen. Elija hat mitbekommen, worüber wir geredet haben. Ich weiß, er will Alessandra, die er sehr lieb hat, dazu bringen, mit uns nach Gharnata zu fahren. Die kleine Rotznase ist mit allen Wassern gewaschen.

»Nur wenn du brav bist. Wenn nicht, kitzele ich dich ordentlich durch.«

»Au ja! Liest du mir auch noch eine Geschichte vor?«

»Nein, Mäuschen.« Alessandra packt Elija bei den Schultern und schiebt ihn unerbittlich in sein Zimmer.

»Och …«, schmollt er. »Papa macht das immer. Er liegt dann neben mir im Bett, und manchmal schläft er dabei ein, und ich muss die Geschichte selbst zu Ende lesen. Die Abenteuer von Sindbad dem Seefahrer kenne ich schon. Und die von Ala ad-Din und seiner Wunderlampe. Und die von Ali Baba und den …«

»Yared und ich müssen noch etwas besprechen. Ich lese dir morgen eine Geschichte vor. Eine ganz lange.«

»Au ja! Die Geschichte vom Zauberpferd?«

»Von mir aus.« Alessandra verwuschelt ihm die Locken und küsst ihn. »Na komm, Mäusekind. Ich deck dich zu.«

»Aber ich hab Angst im Dunkeln«, muckt er. »Ich will bei euch bleiben. Oh bitte, Mami!«

»In deinem Zimmer brennt eine Kerze. Und wir werden die Tür offen lassen.«

»Ist gut«, schmollt er und trottet niedergeschlagen in sein Zimmer. Seit unserer Ankunft in Rom hat er sich darauf gefreut, einen

Abend mit ihr zu verbringen und sich ein bisschen verwöhnen zu lassen. Und ich ehrlich gesagt auch.

Während Alessandra unseren Sohn ins Bett bringt und die beiden noch ein wenig miteinander tuscheln, schenke ich uns zwei Gläser Granatapfelwein ein. Monsignor Fantìn hockt neben mir auf dem Diwan und leckt sich das seidige Fell. Hin und wieder hält er inne, um zu mir herüberzublicken. Der Kater scheint zu wissen, dass Papst Eugenius tot ist.

Alessandra kommt zurück. Sie lässt die Tür zu Elijas Zimmer einen Spalt offen und setzt sich zu mir auf den Diwan. Ich reiche ihr das Glas mit dem rubinroten Wein. Sie trinkt einen Schluck, stellt das Glas weg und lehnt sich gegen meine Schulter. »Der Wein schmeckt sehr gut.«

»Die Granatäpfel stammen aus meinen Gärten in der Nähe von Gharnata.«

Sie streichelt den Kater, der sich auf ihrem Schoß zusammengerollt hat und behaglich schnurrt.

Ich lege meinen Arm um sie und küsse sie zärtlich. »Ich liebe dich.«

Wie gern würde ich jetzt mit ihr unter den Granatapfelbäumen im Innenhof meines Palastes in Gharnata sitzen und den funkelnden Sternenhimmel betrachten. Der Duft von Rosen und Jasmin, berauschender als Haschisch, liegt in der warmen, samtigen Luft, die vom Gesang der Nachtigall erfüllt ist, deren Käfig in meinem Schlafzimmer steht. Die Zikaden zirpen in den Bäumen unterhalb der Alhambra, und vom Dach oberhalb des Patios gurren sanft die Tauben. Wir trinken einen schweren süßen Wein und naschen kandierte Früchte, während uns einer der Dichter des Sultans aus Ibn Hazm al-Andalusis *Halsband der Taube* vorliest. Dann nimmt sie meine Hand und führt mich ins Schlafzimmer, wo wir uns einander hingeben … Was für ein betörend schöner Traum. Herrlich romantisch. Und voller Hoffnung.

»Ich liebe dich auch.« Sie wendet den Kopf und sieht mir traurig in die Augen. Ihr resignierter Blick trifft mich ins Herz. »Wir lieben uns, Yared. Aber am Ende verlassen wir einander wieder. Und wieder. Und immer wieder.«

»Alessandra, bitte …«

»Einer von uns beiden muss sein ganzes Leben aufgeben. Alles, was ihm etwas bedeutet: die Heimat, die Familie, die Freunde. Alles, wofür er sein Leben lang gekämpft hat.«

Ich nicke.

»In Rom können wir nicht zusammenleben und uns zu unserer Liebe bekennen.«

»Nein.«

»Und in Granada auch nicht.«

Ihre Worte schnüren mir die Kehle zu. »Alessandra …«

»Sultan Muhammad hat getobt, als du ihm gestanden hast, dass wir verheiratet sind.«

»Er wollte, dass ich zum Islam konvertiere und in die königliche Familie einheirate. Er war enttäuscht, aber er hat sich wieder beruhigt. Er hat mich ausgefragt nach dir. Und er freut sich wirklich auf dich. Muhammad will dich um sich haben, und ich glaube, er will auch ein bisschen mit dir angeben.«

»Die jüdische Gemeinde wird dich mit dem Bann belegen und dich exkommunizieren, weil du gegen das Gebot des Propheten Ezra verstoßen hast. Du hast eine Christin geheiratet.«

»Kann sein.«

»Du müsstest auf das kostbare bisschen Judentum verzichten, das dir nach all den Jahren geblieben ist.«

Dieses kostbare bisschen Judentum erwies sich in Jerusalem als einzige Verbindung zu meiner Vergangenheit. In den Jahren am Hof des Sultans von Ägypten hatte ich geglaubt, ich hätte es hinter mir gelassen. Dieses kostbare bisschen Judentum, dieses kostbare bisschen Geborgenheit wurde mir unerwartet wertvoll, als Uthman, der Sohn des Sultans und mein bester Freund, mich zwingen wollte, zum Islam zu konvertieren. Aber wie damals in Jerusalem bin ich bereit, mein Leben als Jude für sie aufzugeben.

»Ich will nicht in einem Harem leben«, sagt sie in die Stille hinein.

»Das habe ich nie von dir verlangt.«

»Und deine Gespielinnen, die du in dein Bett geholt hast?«

»Ich will sie nicht. Ich will dich.«

Sie nickt. Mein Brief mit meinem reumütigen Geständnis, dass ich hin und wieder mit meinen Sklavinnen schlafe, hat sie verletzt.

»Ich tue alles, was du willst. Ich lasse dir jede Freiheit. Du kannst reisen, wohin du willst. Nach Florenz und Rom, nach Alexandria und Byzanz. Oder nach Timbuktu. Komm mit mir nach Granada. Lass uns glücklich sein. Ich sterbe vor Sehnsucht nach dir. Ich könnte es nicht ertragen, noch einmal getrennt von dir zu sein.«

Sie birgt ihr Gesicht in beiden Händen, die Ellbogen auf den Knien abgestützt, und schüttelt verzweifelt den Kopf.

»Deine Reisetruhen sind doch schon seit Tagen gepackt. Du wolltest nach Timbuktu. Gestern wolltest du nach Málaga segeln, um mich zu besuchen, und dann weiter nach Tanger. Du würdest drei Jahre lang fort sein aus Rom.«

Schweigen.

Plötzlich habe ich das Gefühl, dass dieses Schweigen unüberwindlich ist, als wäre ein Meer oder eine Wüste zwischen uns. Ich ringe mit meiner Hoffnungslosigkeit. Es fällt mir schwer, weiterzusprechen. »Schenk mir diese drei Jahre. Komm mit mir nach Gharnata. Du fehlst mir so sehr. Ich möchte mit dir zusammen sein, jeden Tag und jede Nacht. Und wenn du eines Tages nach Rom zurückkehren willst, dann …« Ich atme tief durch. Dann kann ich meine Tränen nicht mehr zurückhalten. Ich habe furchtbare Angst vor ihrem Nein, denn dieses Mal wäre es das unwiderrufliche Ende unserer Liebe. Sie zu verlieren könnte ich nicht ertragen.

Ich spüre ihre Wärme, dieses vertraute Gefühl, immer wenn sie in meiner Nähe ist. Ich will sie berühren, doch sie entzieht sich mir und springt auf. Wie gehetzt läuft sie durch den Raum. Ich suche ihren Blick, aber sie sieht mich nicht an. Abrupt bleibt sie stehen und starrt auf das rote Teufelsbuch, mit dem Angelo erschlagen wurde. Die Blutschrift mit ihrem Satanspakt liegt aufgeschlagen auf dem Tisch. Tränen rinnen über ihr Gesicht. Trotzig wischt sie sie weg.

»Dann kommst du also nicht mit nach Gharnata …«

Sie wendet sich ab und geht zur Tür. Sie scheint am Ende ihrer Kräfte zu sein.

»Bitte geh nicht!«, flehe ich sie an. »Bleib bei mir.«

Sie dreht sich zu mir um und sieht mich an, blass, zittrig, erschöpft. »Ich kann nicht mehr, Yared. Ich muss in Ruhe nachdenken, was ich tun kann und will. Bitte gib mir Zeit.«

Erstarrt beobachte ich, wie sie die Tür öffnet.

»Wohin gehst du?«

Alessandra

Kapitel 65

In Alessandras Arbeitszimmer im Lateranpalast
Freitag, 24. Februar 1447
Gegen halb zwei Uhr morgens

»Bitte komm mir nicht nach, Yared. Ich muss jetzt allein sein«, habe ich geantwortet. Noch während ich die Tür hinter mir schloss, hörte ich Elijas Schluchzen.

Ich höre leise Schritte auf der Treppe. Hastig trockne ich meine Tränen. Es ist Orlando mit einer Karaffe Wasser und einem halben Laib Brot. Im flackernden Schein des Kaminfeuers erkenne ich Pater Severin, der hinter dem jungen Römer das Arbeitszimmer betritt.

»Laudetur Jesus Christus«, begrüßt er mich.

»In aeternum. Amen«, schniefe ich.

»Kann ich etwas für Euch tun? Ich hab gesehen, dass Orlando im Kloster war, um Wasser und Brot für Euch zu holen. Weil Ihr den ganzen Tag noch nichts gegessen habt, sagte er mir. Wollt Ihr über Nacht im Lateranpalast bleiben? Ich könnte Euch warme Decken bringen lassen. Das Bett des Papstes ist …«

»Nicht nötig. Danke, Pater Severin.«

»Ist recht. Fra Giordano ist in der Basilika aufgebahrt. Wollt Ihr morgen zur Totenfeier kommen?«

»Sehr gern.«

»Alles in Ordnung?«, fragt Pater Severin fürsorglich.

Ich nicke. Dann schüttele ich den Kopf.

»Ich verstehe«, murmelt er. »Wenn Ihr so weit seid, dass Ihr reden wollt, wisst Ihr, wo Ihr mich findet. Die Tür meiner Zelle steht Euch immer offen. Kommt, wenn Euch danach ist. Egal, wie spät es ist.«

»Danke, Pater Severin.«

»Buona notte.« Nach einem Blick zu Orlando, der mit einem Kienspan aus dem Kamin die Kerzen auf dem Arbeitstisch entzündet, wendet sich Pater Severin ab und verlässt das Arbeitszimmer.

Als Orlando sich unauffällig verdrücken will, halte ich ihn auf. »Komm und setz dich neben mich.«

Gehorsam zieht er einen Stuhl heran, lässt sich umständlich nieder und wartet mit gesenktem Blick, was ich von ihm will.

Ich deute auf die Bücherstapel auf dem Tisch. »Weißt du, was das ist?«

Orlando beugt sich vor und liest die Buchtitel. »Papst Silvesters Bücher?«

»Wie steht es um deine Lateinkenntnisse?«

»Für die Messe reicht's.«

»Verstehst du alles, was der Priester am Altar tut?«

Er zögert. »Nein.«

»Dachte ich mir.«

»Ist das schlimm?«

»Für wen, Orlando? Für den Priester, der den Text der Messe auswendig gelernt hat, weil sein Latein nicht besser ist als deins und er selbst nicht versteht, was er tut? Oder für dich?«

Er zuckt mit den Achseln.

»Sieh dir die Bücher an, Orlando. Was fällt dir auf?«

Er zieht den ersten Stapel zu sich heran, betrachtet die Titel auf den ledernen Einbänden, blättert behutsam durch die mit schwarzer und roter Tinte beschriebenen Papyrusseiten, betrachtet exakt gezeichnete geometrische Figuren und überfliegt die lateinischen

Texte mit italienischen, französischen, spanischen und arabischen Randbemerkungen.

Währenddessen lehne ich mich auf meinem Scherenstuhl zurück, trinke ein Glas Wasser und knabbere ein Stück trockenes Brot. Dass ich ihn aufmerksam beobachte, macht ihn ziemlich nervös. Unruhig rutscht er auf seinem Stuhl herum und sieht sich die Folianten noch genauer an. Er weiß ja nicht, was ich von ihm will.

»Nun?«, frage ich schließlich. »Was stimmt hier nicht?«

Wie verdutzt er schaut! Dann starrt er die Bücherstapel an. »Theologie, Rhetorik, Grammatik …« Er deutet auf die jeweiligen Haufen. »… Logik, Mathematik, Arithmetik, Geometrie, Astronomie, Mechanik, Musik … Konstruktionsskizzen für Uhren, hydraulische Orgeln und mechanische Rechenmaschinen …«

Ich spiele mit dem Ring des Salomo an meinem Finger. »Und?«

Sein Blick huscht hinüber zum *Schlüssel des Salomo*, der seit der Satansmesse aufgeschlagen am anderen Ende des langen Arbeitstisches liegt. Letzte Nacht habe ich das Grimoire auf den Tisch geworfen, als Fra Domenico im Pontifikalornat in der Tür erschien, als wäre er Satan höchstselbst. Dann blickt Orlando noch einmal auf die Bücherstapel, und auf einmal weiß er, was ich meine. »Die Bücher über die Magie fehlen. Wenn Papst Silvester mit dem Teufel im Bunde war, muss er doch magische Schriften besessen haben.«

»Genau.«

»Wo sind die? In der Geheimkammer?«

»Kluger Junge!« Ich lächele anerkennend. »Wenn du es irgendwann leid sein solltest, den Kopf für mich hinzuhalten, kannst du ihn für mich benutzen. Ich suche einen Assistenten, der mich auf meine Expeditionen begleitet. Willst du die Welt kennenlernen, Orlando?«

»Das würde ich sehr gern. Und Ihr würdet mich mitnehmen?«

»Warum nicht?«

»Alle Gelehrten, die sich in den letzten Monaten bei Euch beworben haben, habt Ihr wieder weggeschickt. Ich bin nicht gebildet.«

»Sprachen kann man lernen, Orlando. Loyalität nicht. Was nützt mir ein Assistent, der fließend Babylonisch spricht und die ägyptischen Hieroglyphen lesen kann, wenn ich ihm nicht mein Leben anvertrauen kann?«

»Nichts.«

»Genau.«

»Werdet Ihr bald wieder aufbrechen?«

Wieder nicke ich. »Schon bald.«

»Nach Timbuktu? Euer muslimischer Freund Tayeb wartet schon seit Wochen in Tanger auf Euch …«

Ich antworte nicht, sondern besinne mich auf meine Aufgabe, die Ehre von Gerbert d'Aurillac als der größte Gelehrte unseres Jahrtausends wiederherzustellen. Seit Papst Eugenius' Tod ist die Kirchenunion das Pergament nicht wert, auf dem sie vor acht Jahren in Florenz besiegelt wurde. Kaiser Ioannis, der selbst im Sterben liegt, kann sie in Byzanz nicht durchsetzen. Wenn es mir gelingt, Phantinos von Athen davon abzuhalten, ein neues Schisma zwischen Rom und Byzanz auszurufen, könnte das Prospero die beiden fehlenden Stimmen für die Zweidrittelmehrheit im Konklave einbringen. Als Papst könnte Prospero mit Ioannis' Nachfolger, meinem ›geliebten Schwager‹ Konstantin, über die Kirchenunion verhandeln …

Ich schiebe meinen Stuhl zurück und stehe auf. Sofort springt Orlando auf. »Wir werden Werkzeuge benötigen.«

»Ich hole einen Vorschlaghammer, ein Brecheisen und eine Schaufel aus der Basilika«, sagt er. »Seit der Graböffnung letzte Nacht liegen die Arbeitsgeräte im linken Seitenschiff.«

»Ich warte in der Geheimkammer auf dich.«

Wenig später kehrt Orlando zurück, legt die Werkzeuge auf den Boden der langen, schmalen Kammer und tritt neben mich. »Und jetzt? Wo könnten die magischen Schriften verborgen sein?«

Ich deute auf die Truhen, die entlang der Wände aufgestapelt sind. »Sag du's mir.«

Orlando sieht sich in der Kammer um. »Hinter einem Quaderstein? Oder unter einer Bodenplatte?«

»Da habe ich eben schon nachgesehen.«

»Und?«

»Nichts.«

Er verlässt die Kammer, stellt sich unter die Holzgerüste, die durch straff gespannte Seile miteinander verbunden sind und das Gewölbe des Ganges abstützen. Durch den Mauerdurchbruch blickt er zu mir herein. »Dieser Raum war ursprünglich kein Kellergewölbe.«

Ich hebe die Augenbrauen. »Sondern?«

»Ein Gang, der zugemauert wurde, nachdem Papst Silvesters Nachlass hier verwahrt wurde.«

»Sieh mal einer an. Und wohin führte dieser Gang?«

Ich beobachte ihn aufmerksam, während er mit gerunzelter Stirn die Wand am Ende der Kammer anstarrt, deren Quadersteine kleiner sind als die, aus denen die Seitenwände und das Gewölbe gemauert wurden. Ich merke, wie er zögert. Schließlich sagt er: »Darf ich einen Blick in Euer Notizbuch werfen? Robin hat eine Karte der Kellergewölbe angefertigt.«

Wortlos ziehe ich das Büchlein hervor, schlage die entsprechende Seite auf und zeige sie ihm. Orlando deutet auf die Skizze. »Was ist hier?«

»Nichts, gar nichts.«

»Richtig.« Er grinst frech. Die gemeinsame Schatzsuche scheint ihm Spaß zu machen. »Der Gang führte in ein Gewölbe, das jetzt zugemauert ist.«

»Warum sollte irgendjemand einen Raum zumauern?«, frage ich, um ihn auf die Probe zu stellen.

»Um etwas darin zu verbergen, das nicht gefunden werden soll. Selbst wenn die vordere Geheimkammer mit den Schätzen von Papst Silvester entdeckt wird.«

»Kluger Junge«, necke ich ihn. »Und was, glaubst du, ist in dieser Kammer?«

»Die magischen Schriften.« Er sieht mich von der Seite an. »Wann seid Ihr darauf gekommen?«

»Letzte Nacht nach der Öffnung des Scheingrabes in der Basilika. Ich habe mir Silvesters Bücher angesehen, so wie du, und angenommen, dass die magischen Schriften nach seinem Tod versteckt wurden. In einem zugemauerten Kellergewölbe hinter der Scheinkammer.«

Er deutet auf die kleineren Quadersteine am Ende des Raumes. »Hinter dieser Wand.«

»Genau.«

Orlando hebt den schweren Vorschlaghammer hoch, mit dem Robin letzte Nacht das Scheingrab aufgebrochen hat, und wiegt ihn lässig in der Hand. »Darf ich?«

»Nur zu.«

Gerade als Orlando mit einer weit ausholenden Bewegung den Hammer gegen die Wand krachen lassen will, um sie einzureißen, höre ich hinter uns ein leises Knirschen. Ich packe den Jungen an der Schulter, reiße ihn zurück und fange mit dem rechten Arm den Schwung des Werkzeugs ab, das nun durch die Luft saust.

»Was …?«

Ich lege den Zeigefinger an die Lippen und deute ihm an, zu schweigen.

Lautlos folgt er mir zum Mauerdurchbruch, von wo aus wir in den Gang spähen, der von den Kerzen hinter uns matt erleuchtet wird. Ein schmaler Lichtstrahl fällt auf die gegenüberliegende

Wand. Zwischen den Pfählen des Holzgerüstes, das die Decke stützt, kann ich jedoch nichts erkennen. Der Gang dahinter ist dunkel. Und sehr still.

»Fra Domenico?«, flüstert Orlando.

Ich nicke angespannt.

»Woher kam das Geräusch?«

Ich deute den Gang hinunter, der sich vermutlich bis zu den Puzzolanhöhlen erstreckt. Robins Karte vom Labyrinth in meinem Notizbuch reicht allerdings nicht so weit.

»Soll ich nachsehen?«

»Tu das.«

Orlando entzündet eine der mitgebrachten Fackeln, zieht sein Schwert und macht sich auf die Suche nach dem Dominikaner.

Mit schweißfeuchter Hand umklammere ich den Griff meines Dolches und lausche den leise verhallenden Schritten, die bald kaum noch zu hören sind und schließlich ganz verstummen.

Plötzlich höre ich einen dumpfen Schlag.

Was war das? Mit hochgezogenen Schultern warte ich ab und blinzele in den finsteren Gang, kann jedoch weder etwas sehen noch etwas hören. Wohin ist er verschwunden?

Minutenlang widerstehe ich dem Drang, ihm nachzugehen und nach ihm zu suchen. Was ist bloß geschehen?

Dann kann ich Schritte hören, die sich nähern. Mit einem Seufzer der Erleichterung atme ich auf.

»Orlando?« Meine Stimme klingt laut und schrill.

Keine Antwort.

»Orlando, bist du das?« Mein Mund wird trocken. Mein Herz hämmert schmerzhaft gegen meine Rippen.

Ein schwarzer Schatten nähert sich aus dem Gang, im Licht der Kerzen hinter mir ist er nur schemenhaft zu erkennen. Je näher er kommt, desto deutlicher sehe ich den weiten schwarzen Mantel, den er über einem blutbespritzten Dominikanerhabit trägt. Und dann erkenne ich die schwarze Binde über seiner rechten Augenhöhle. Die Klinge des Schwertes, das er in der Hand hält, schimmert matt. Sie trieft vor Blut.

Ist es Orlandos Blut?

Yared

Kapitel 66

In Elijas Schlafzimmer im Palazzo Colonna
Freitag, 24. Februar 1447
Halb drei Uhr morgens

»Yared?«

»Hm!«, brumme ich verschlafen und presse den Kopf ins Kissen. Irgendetwas Spitzes und Hartes drückt sich gegen mein Knie. Unwillig schiebe ich es weg. Ich will schlafen.

»Yared!« Benyamin berührt mich leicht an der Schulter und wispert eindringlich: »Na, komm schon, wach auf!«

»Verschwinde! Lass mich in Ruhe!« Ich will mir die Bettdecke über den Kopf ziehen, aber Benyamin hält sie fest.

»Mach ich. Sobald du mir zugehört hast.«

Vorsichtig drehe ich mich zu ihm um, weil ich Elija, der neben mir schläft, nicht wecken will. Müde blinzele ich ins Kerzenlicht. Benyamin trägt eine Djellabiya, seine Haare sind zerzaust, als wäre er gerade eben selbst aus dem Bett gezerrt worden. »Was ist denn?«

»Seine Gnaden, der Conte Orsini, wünscht Seine Exzellenz, den Wesir, zu sprechen.«

»Cesare?« Ich schließe die Augen. »Schick ihn weg«, nuschele ich todmüde. »Ich empfange ihn morgen früh. Sobald ich wieder bei Verstand bin.«

»Vergiss es. Er lässt sich nicht abweisen. Er will jetzt sofort mit dir reden.«

Ich fluche genervt. »Wie spät ist es?«

»Halb drei.«

»Der Mann hat einen Lebenswandel!«

»Er ist sturzbetrunken. Und bewaffnet«, warnt mich Benyamin und zieht die Bettdecke zur Seite, damit ich aufstehen kann, ohne Elija wachzumachen, der sich im Schlaf an mich geschmiegt hat. Das aufgeschlagene Märchenbuch mit der Geschichte vom Zauberpferd liegt noch zwischen uns. Ich habe sie meinem Sohn vorgelesen, um ihn nach Alessandras Verschwinden zu beruhigen, und bin, berauscht vom Granatapfelwein, eingeschlafen, bevor die Geschichte zu Ende war. Vermutlich hat Elija sie wieder allein gelesen. Irgendwann muss er mir mal erzählen, wie sie ausgeht …

Elija schlägt die Augen auf. »Ist Mami zurückgekommen?«, fragt er schlaftrunken. Vermutlich hat er stundenlang auf sie gewartet, bis er selbst eingeschlummert ist.

Ich beuge mich über ihn, streiche ihm durch die zerwühlten Locken und küsse ihn zärtlich. »Nein, es ist Onkel Cesare. Schlaf weiter, Elija. Bin gleich wieder da.«

»Ist gut.« Er kuschelt sich ins Kissen, schiebt mit dem Knie das Buch zur Seite, dann fallen ihm die Augen wieder zu.

Benyamin hilft mir aus der zerknitterten Djellabiya und reicht mir eine neue, die er aus einer meiner Reisetruhen gezogen hat. Als er mir den Turban wickeln will, winke ich ab und fahre mir mit beiden Händen durch die Haare. »Lass nur.«

Gerade als ich mit Benyamin mein Schlafzimmer betrete, taumelt Cesare, der wie ein Verrückter um sich schlägt, uns entgegen. Vier meiner Leibwächter versuchen, ihn aufzuhalten, doch vergeblich. Cesare stolpert über ein niedriges Tischchen mit einer Schale mit kandiertem Ingwer und purzelt auf einen Diwan. Djafar will ihn an der Schulter packen und hochziehen, aber ich winke ab und scheuche meine Leibwächter hinaus.

»Wo ist sie?«, brüllt Cesare und müht sich vergeblich, sich in den weichen Kissen des Ruhelagers aufzurichten. »Ist sie hier?«

Ich trete vor den Diwan, reiche ihm die Hand und ziehe ihn auf die Beine. Haltlos taumelt er gegen mich, und ich muss ihn festhalten, damit er mich nicht umreißt.

»Sie ist hier, nicht wahr?«, blafft er mich an.

»Wer ist hier?«

»Sandra.«

»Nein, ist sie nicht.«

»Hast du sie gefickt?«

»Cesare, Ihr seid ja betrunken.«

»Oh ja, und wie! Und rate mal, wer schuld daran ist!« Er legt seinen Arm um meine Schultern und sieht sich in meinem Schlafzimmer um. »Sandra, mein Schatz!«, ruft er. »Ich muss mit dir reden, mein Liebling. Jetzt sofort. Wo steckst du? *Sandra!*«

»Sie ist in ihrem Schlafzimmer.«

»Ist sie nicht. Da war ich gerade«, lallt er. »Eine deiner Gespielinnen liegt in ihrem Bett. Ganz niedlich, wirklich.«

»Saphira?«

»Einen exquisiten Geschmack hast du, das muss ich dir lassen. Sag mal, wie groß ist eigentlich dein Harem?«

»Cesare, ich ...«

»Hab derzeit nur zwei Geliebte, eine in meinem Palazzo in Siena, eine in Florenz, und eine ... ähm ... nein, warte, mit der in Venedig habe ich Schluss gemacht, als ich mit dem Dogen verhandelt ...«, verhaspelt er sich. Von seinen Geheimverhandlungen mit Francesco Foscari, dem Dogen von Venedig, als Condottiere der Serenissima wollte er mir ganz sicher nicht erzählen. »Und dann gibt's da noch mein ungeliebtes Eheweib. Alessia da Montefeltro, die Cousine des Conte Federico da Montefeltro von Urbino. Alessia die Schreckliche. Alessia die Unerträgliche. Aber nicht mehr lange, das sag ich dir. Hab nämlich einen päpstlichen Dispens.«

»Cesare ...«

»Werd mich von ihr scheiden lassen. Und Sandra heiraten. Und

Kinder machen, niedliche kleine Schreihälse. He, du magst doch Kinder, oder? Ich liebe die kleinen Rotznasen. Sandra ist schon zweiunddreißig, also nicht mehr ganz taufrisch, und ich bin … na ja, ist ja auch egal … Jedenfalls werden wir noch eine Horde Kinder in die Welt setzen.« Er hält kurz inne, als würde er sich besinnen, was er mir eigentlich erzählen wollte. Dann fällt es ihm wieder ein. »Wie auch immer, Sandra war jedenfalls nicht in ihrem Bett.«

Ich runzle die Stirn. Ich hatte angenommen, sie wäre …

»Wart Ihr in Santi Apostoli?«, frage ich ihn. »Vielleicht hält sie Totenwache an Angelos Katafalk?«

Cesare schüttelt den Kopf. »Sie ist hier!«, beharrt er, reißt sich von mir los und torkelt auf mein Bett zu. Er reißt die Decken und Kissen herunter. Während er unbeholfen auf die Knie fällt und unter das Bett lugt – als ob sie sich da vor ihm versteckt! –, taucht Elija in der offenen Tür zu seinem Zimmer auf und reibt sich die Augen.

»Ist Mami …?«

»Elija!«, unterbreche ich ihn, bevor er sich verplappert. »Geh wieder ins Bett!«

»Aber …«

»Sofort!«

»Ist gut«, schmollt er und trollt sich.

Als ich Cesare auf die Beine helfen will, geht er ungestüm auf mich los. Er hebt einen Arm, um mich zu schlagen. »Du wirst sie mir nicht wegnehmen!«

Mit beiden Händen packe ich den Arm und drehe ihn mit einem Ruck auf seinen Rücken. Er schreit auf vor Schmerz und Wut. »Lass mich los, du gottverfluchter … Verdammt, hör auf damit, du brichst mir ja den Arm!«

Benyamin will die Wachen rufen, aber ich schüttele den Kopf und schiebe Cesare, der wie wild nach mir schlägt und tritt, vor mir her aus dem Raum, die Treppe hinunter bis ins römische Bad im Kellergewölbe des Palazzo Colonna, wo ich ihn ins eiskalte Wasser des Badebeckens stoße.

Prustend taucht er wieder auf, schüttelt sich das Wasser aus den schulterlangen Haaren und schlägt mit der Faust auf die Wasseroberfläche, dass es nur so spritzt.

Ungerührt sehe ich auf ihn hinab. »Wieder nüchtern?«

Wütend brüllt er: »Wer seid Ihr, dass Ihr es wagt, mich …«

»Ich bin ihr Ehemann.«

Alessandra

Kapitel 67

Vor der geheimen Kammer im Gewölbe des Lateranpalastes
Freitag, 24. Februar 1447
Kurz vor drei Uhr morgens

»Möge Gott dich bis in alle Ewigkeit verfluchen!«, knirscht Fra Domenico und tritt mit erhobenem Schwert langsam in den Lichtschein, der aus der Kammer in den Gang fällt. »Möge er deine verdorbene Seele richten für das, was du getan hast!«

Geschwind ziehe ich meinen Dolch, entzünde eine Fackel an einer der Kerzen und trete kampfbereit zwischen die Holzgerüste im Gang. Ich werfe die Fackel auf den Boden und hebe die scharfe Klinge in meiner Linken, sodass die Spitze genau auf ihn zeigt. Er scheint nicht zu wissen, was ich vorhabe. »Lass dein Schwert fallen, Domenico!«, fordere ich ihn auf. »Und sprich dein letztes Gebet.«

»Du weißt also endlich, wer ich bin.«

»Die rechte Hand des Satans.«

»Wie bist du darauf gekommen? Hat Fra Santino sich verplappert, als er dir ein bisschen zu tief in die Augen geschaut hat? Wie hast du ihn verführt?«

»Geh zum Teufel. Und nimm Vitelleschis verrottenden Kadaver gleich mit.«

»Du mieses Stück Dreck!«, flucht er, doch trotz des überlegenen Schwertes wagt er sich nicht näher an mich heran.

Als ich einen Schritt vorwärts mache, weicht er hastig zurück.

»Was hat Vitelleschi dir versprochen, du intriganter Verräter? Hat er dich gefickt, wie er es mit meinem Sekretär Caedmon of Canterbury getan hat, dem er befahl, mich zu töten?«

»Du verdammtes Miststück!«, brüllt er, kommt aber immer noch nicht näher.

Mit dem Dolch in der linken Hand nestele ich ein gefaltetes Pergament aus der Tasche. »Weißt du, was das ist?«

»Nein. Aber du wirst es mir bestimmt gleich sagen.«

»Aber sicher.« Ich lächele maliziös. »Es ist die Generalvollmacht, die Papst Eugenius mir erteilt hat. Und weißt du, was ich damit tun werde?«

»Was?«

Ich sage es ihm – und er erschrickt zu Tode. »Das kannst du nicht tun!«, brüllt er panisch.

»Und ob ich das kann!«, versichere ich ihm kaltblütig, ziehe ein weiteres Schriftstück aus der Tasche, entfalte es und zeige ihm das Siegel. »Ich war vorhin bei Kardinal Scarampo. Er kann es tun – und er *hat* es getan.«

»Nein!«, heult er.

»Kraft meines Amtes und meiner Macht, die mir von Papst Eugenius verliehen worden sind«, schleudere ich ihm entgegen, »und kraft dieses Dokuments, das ich vorhin vom Camerlengo erbeten habe, spreche ich das ›Anáthema esto‹ über dich, Domenico Bonaventura!«

»O mein Gott!«, flüstert er fassungslos. »Jesus Christus steh mir bei!«

»Im Namen des allmächtigen Gottes, Vater, Sohn und Heiliger Geist, im Namen des Petrus, des Fürsten der Apostel, und im Namen aller Heiligen, verbiete ich dir die Kommunion des Leibes und des Blutes unseres Herrn Jesus Christus und scheide dich von der Gemeinschaft aller Christen und der Heiligen Mutter Kirche im Himmel und auf Erden. Ich erkläre dich hiermit für exkommuniziert. Und ich verdamme dich ins ewige Feuer mit Satan und seinen Engeln …«

Mit einem verzweifelten Aufschrei wirft sich Fra Domenico zur Seite und packt ein Seil, das von einem der Holzgerüste herabhängt, die den Gang abstützen. Wie erstarrt vor Entsetzen sehe ich ihm zu, wie er zurückspringt, um sich in Sicherheit zu bringen, und dann …

Yared

Kapitel 68

Vor der Sakristei von Santa Maria sopra Minerva
Freitag, 24. Februar 1447
Viertel nach drei Uhr morgens

Zutiefst beunruhigt von Alessandras spurlosem Verschwinden wandert Cesare mit verschränkten Armen vor dem offenen Portal der Sakristei auf und ab. Seit seinem unfreiwilligen Bad im eiskalten Wasser ist er einigermaßen nüchtern. Noch immer ist er entsetzt über mein Geständnis, dass Alessandra und ich verheiratet sind. Dass Elija sie Mami nennt. Und dass ich sie nach Gharnata mitnehmen will. Er ist zu aufgewühlt, zu erschrocken, zu besorgt, um sich seine Wut und seine Enttäuschung jetzt schon einzugestehen. Aber das wird er noch. Ganz sicher. Er liebt sie, wie ich sie liebe, kein bisschen weniger.

Ich habe ihn aus dem Wasser gezogen und ihm eine Robe von mir gegeben. Während er sich abtrocknete und ankleidete, hat er mir verraten, wieso er eigentlich mit Alessandra – und nach ihr mit Prospero – reden wollte: Kardinal Scarampo hat ihn gestern Abend zum Konklavemarschall ernannt. Cesare hat die verantwortungsvolle Aufgabe, die achtzehn Kardinäle in der Sakristei von Santa Maria sopra Minerva einzuschließen, bis der neue Pontifex gewählt ist.

Das Portal zum Kloster wird geöffnet.

Santino betritt die Basilika und begrüßt uns: »Euer Exzellenz. Euer Gnaden. Ihr wollt mich sprechen?«

»Ja«, nicke ich.

»Mitten in der Nacht?«, beschwert er sich missmutig. »Es ist Viertel nach drei!«

»Alessandra ist verschwunden.«

Er starrt mich an, als habe er nicht verstanden. Dann blinzelt er verwirrt. »Verschwunden?«

»Sie hat um Mitternacht den Palazzo Colonna verlassen«, wirft Cesare barsch ein. ›Nach einem Dissens mit ihrem Ehemann, der sie gegen ihren Willen nach Granada verschleppen will‹, hätte er wohl am liebsten angefügt. Cesare ist ein Kämpfer. Er wird sie nicht aufgeben. Niemals.

»Allein?«, fragt Santino. Seine Bestürzung ist ihm anzumerken. »Sie ist mitten in der Nacht allein in Rom unterwegs?«

»Nein, sie hat den Befehlshaber ihrer Leibwache mitgenommen«, unterbreche ich ihn nicht weniger ungeduldig als Cesare. »Den Nachfolger von Robin Falconer, der gestern Abend gestorben ist. Einen jungen Römer namens Orlando di Lorenzo.«

»Um Himmels willen«, flüstert Santino blass, zerrt mit zitternden Fingern sein blutbespritztes Tüchlein aus dem Ärmel seines Habits und presst es sich auf die Lippen. »Gott der Allmächtige steh ihr bei! Fra Domenico wird sie töten!«

Cesare packt den Dominikaner grob bei den Schultern und drückt ihn gegen das Portal der Sakristei. »Wo ist sie? Nun redet schon! War sie hier?«

Alessandra

Kapitel 69

Vor der geheimen Kammer im Gewölbe des Lateranpalastes
Freitag, 24. Februar 1447
Viertel nach drei Uhr morgens

… und dann strafft sich das Seil, an dem Fra Domenico mit aller Kraft zieht, um die Holzgerüste niederzureißen, die das einsturzgefährdete Gewölbe des Gangs abstützen. Die Zeit verdichtet sich zu einem einzigen Augenblick des Entsetzens. Während die ersten Holzbalken auf zehn Schritt Länge die nachfolgenden wie Dominosteine mitreißen und auf den Boden poltern, springe ich in einer reflexartigen Reaktion durch den Mauerdurchbruch in die Geheimkammer.

Gerade noch rechtzeitig!

Denn als ich mich vor Entsetzen keuchend gegen die Quadersteinwand presse, bricht mit einem Donnergetöse das offenbar zuvor präparierte Gewölbe keine zwei Schritte neben mir nach und nach ein.

Die Druckwelle, die Sand und Staub in die Kammer wirbelt, presst mich gegen die Wand und löscht die Kerzen.

Ein herabfallender Stein trifft mich schmerzhaft an der linken Schulter – Gott sei Dank nicht am Kopf!

In der undurchdringlichen Finsternis sinke ich hustend und im dichten Staub beinahe erstickend zu Boden.

Yared

Kapitel 70

In Kardinal Scarampos Palazzo in San Lorenzo in Damaso
Freitag, 24. Februar 1447
Halb vier Uhr morgens

Der Sekretär, ein Dominikaner, führt uns ins Arbeitszimmer des Kardinals. »Euer Eminenz! Seine Exzellenz, Yared al-Gharnati, der Wesir von Granada, und Seine Gnaden, Cesare Orsini, der Conte von …«

»Buon giorno!«, begrüßt uns Ludovico Scarampo. Er erhebt sich hinter seinem Schreibtisch und kommt uns entgegen. »Yared. Cesare.« Er reicht dem Condottiere die Hand. Der küsst den Ring. »Was ist geschehen?«

»Alessandra ist verschwunden.« Ich wiederhole dem Camerlengo, dass wir eben mit Fra Santino in der nur wenige Schritte entfernten Kirche Santa Maria sopra Minerva gesprochen haben.

»Ja, sie war hier.« Ludovico nickt ernst.

»Wann?«

»Kurz nach Mitternacht.«

»Was wollte sie?«

»Mich vor Fra Domenico Bonaventura warnen. Er will sie töten – und danach mich. Weil ich Vitelleschi zum Tode verurteilt habe.«

»Und?«, dränge ich ungeduldig.

»Ich lasse Fra Domenico seit drei Stunden suchen. Er soll sich in den Puzzolanhöhlen unterhalb des Klosters verborgen halten. Das behauptet jedenfalls Fra Santino.«

»Und? Habt Ihr ihn gefunden?«, setzt Cesare nach.

»Bisher nicht. Die Höhle, in der er wie in einer Klosterzelle lebt, ist verlassen.«

Cesare flucht unbeherrscht.

»Hat Fra Santino ihn gewarnt?«, frage ich.

»Nachdem er Fra Domenico verraten und an Alessandra ausgeliefert hat?« Ludovico schüttelt den Kopf. »Das glaube ich nicht. Warum sollte er das tun?«

»Wo ist Alessandra jetzt?«

»Sie ist wieder gegangen.«

»Wann?«

»Eine halbe Stunde nach Mitternacht. Sobald ich die Exkommunikation über Fra Domenico ausgesprochen und ein entsprechendes Dokument gesiegelt hatte. Sie hat solange gewartet, weil sie es mitneh…«

»Wohin wollte sie?«, falle ich ihm ins Wort.

»Hat sie nicht gesagt. Sie wollte allein sein und nachdenken.«

»Wie konntet Ihr sie gehen lassen!«, herrscht Cesare den Camerlengo an. »Ihr hättet sie aufhalten müssen!«

Ludovico lacht freudlos. »Hab ich ja! Cesare, mein Junge, Ihr kennt doch Alessandra! Wann habt Ihr Euch das letzte Mal eine blutige Nase geholt? Als Ihr Alessandra die Expedition nach Timbuktu ausreden wolltet?«

»Sie ist also wieder gegangen«, fasse ich zusammen und bemühe mich um Besonnenheit. »Hat sie noch etwas gesagt?«

»Ja, hat sie«, nickt Ludovico ernst. »Sie sagte, sie wolle retten, was noch zu retten ist.«

Ich hebe die Augenbrauen. »Und was meinte sie damit?«

»Die Union mit den Orthodoxen. Der Metropolit von Athen ist gestern Abend in Rom eingetroffen, wenige Stunden nach dem

Tod des Papstes. Ich habe Phantinos zu ihr geschickt, damit sie mit ihm redet und ihm erklärt, warum Satan im Vatikan umgeht und warum Blut vom Himmel regnet.«

Ich sehe erst Ludovico, dann Cesare an. Entsetzt flüstere ich: »Ich glaube, ich weiß, wo sie ist – und Fra Domenico auch. Kommt, Cesare! Wir haben keine Zeit zu verlieren!«

Alessandra

Kapitel 71

In der geheimen Kammer im Gewölbe des Lateranpalastes
Freitag, 24. Februar 1447
Gegen halb vier Uhr morgens

In der Finsternis sinke ich hustend zu Boden. Ich ziehe mir das Brusttuch meines Trauerkleides, das ich für Angelos Totenfeier angelegt habe, vor Mund und Nase und krieche an der Wand entlang zum anderen Ende der Kammer. Die Wand ist vor fünfhundert Jahren aufgerichtet worden. Falls das Gewölbe vom Einsturz des Ganges mitgerissen wird und ebenfalls zusammenbricht, ist dies die einzige Stelle, die stehen bleiben könnte …

Ich hocke mich auf den von Geröll, Sand und Staub übersäten Boden und lausche angestrengt, ob ein Knirschen von der Decke zu hören ist, das ankündigen könnte, dass sie einbricht.

Plötzlich zerreißt ein Poltern die Stille. Vielleicht ist ein schwerer Steinquader in die Geheimkammer gefallen. Dann ist alles wieder still. Wie in einer Gruft. Das kalte Entsetzen lässt mich schaudern.

Ich bin lebendig begraben.

Nicht eingemauert wie im Tempelberg in Jerusalem, sondern eingeschlossen hinter einer zehn Schritt dicken Schicht Geröll – vielleicht mehr, wenn der Südflügel des Lateranpalastes über mir ebenfalls zusammengebrochen ist.

Mein Gott, sie werden mich nicht ausgraben können, ohne dass der Palast einstürzt! Sie glauben womöglich nicht einmal, dass ich mich in die Geheimkammer flüchten konnte und dass ich noch am Leben bin. Denn wie muss es aussehen für Yared und Prospero? Dass ich begraben bin unter einer Schicht zerborstener Steinquader.

Dieser Mordanschlag muss von Anfang an geplant gewesen sein. Die Konstruktion des Holzgerüstes war präpariert, und das Seil war der Auslöser dieses ausgeklügelten Mechanismus. Ist das Plan B, den Fra Domenico genutzt hat, um mich zu töten? Wie sah Plan A aus? Wozu der tote Dominikaner, den Fra Giordano vor drei Nächten gefunden hat? Was hatten sie vor?

Sie werden glauben, ich sei tot.

Bin ich es nicht schon? Will ich es nur noch nicht wahrhaben?

Ich habe kein Wasser, keine Nahrung, keine Wärme, keine frische Luft. Wie lange kann ich überleben? Einen Tag, zwei, drei? Mit dem Daumen drehe ich den Ring des Salomo an meinem Finger, um die aufsteigende Panik niederzuringen und ein wenig ruhiger zu werden. Ich bin völlig überreizt.

Taumelnd springe ich auf und taste, unter meinem Schleier immer noch hustend, durch die Kammer zur Truhe, wo ich vor zwei Nächten das *Testament des Salomo* gelesen habe. Ich muss die Kerzen finden. Mit dem Knie stoße ich schmerzhaft gegen die Bücherkiste und taste über den Deckel. Da sind die Wachslichter. So, und nun das Feuerzeug. Ich schlage einen Funken in den Zunder und entfache eine Kerze.

Die Kammer bietet ein erschreckendes Bild der Verwüstung. Dichte Staubschwaden hängen in der Luft wie Winternebel über dem Tiber. Eine Schutthalde aus Geröll und Sand ergießt sich drei Schritte weit in den Raum und begräbt zwei Büchertruhen unter sich. Und wahrscheinlich auch die Fackel, denn ich kann sie nirgendwo entdecken. Zwischen den zerborstenen Steinquadern des Kellergewölbes schimmern blaue, rote und goldene Mosaiksteinchen. Stammen sie aus dem Seitenschiff der Basilika, wo sich Gerberts Scheingrab befindet, oder aus dem Palast? Du lieber Himmel, welches gewaltige Gewicht lastet auf dem brüchigen Gewölbe dieser Kammer! Mit hochgezogenen Schultern wage ich einen Blick zur Decke. Der vor drei Tagen freigelegte Mauerdurchbruch ist von den Schuttmassen fortgerissen, das zum Gang hin offene Tonnengewölbe ragt scheinbar haltlos in die Geröllhalde. Es wirkt instabil.

Verflucht!

Hat Pater Severin das Donnergetöse gehört? Wird er mich suchen? Wird er, wenn er sich im verlassenen Arbeitszimmer umsieht, die richtigen Schlüsse ziehen? Wird er Prospero verständigen, und wird der dann nach mir suchen lassen und mich aus dieser Gruft herausholen? Leon Battista Alberti – Schriftsteller, Mathematiker, Architekt, Kryptologe und Studienfreund von Kardinal Parentucelli – hat schon als Archäologe gearbeitet. Für Prospero sollte Battista die antiken römischen Schiffe des Kaisers Caligula vom Grund des Lago di Nemi bergen. Seit Jahren hatten Fischer mit ihren Netzen immer wieder antike Artefakte aus dem Nemi-See gezogen, bis Prospero, ein begeisterter Archäologe und Schatzsucher, letztes Jahr beschlossen hat, die berühmten Schiffe heben zu lassen. Battista ließ ein Floß aus Fässern bauen, eine eindrucksvolle schwimmende Plattform, mit deren Hilfe die versunkenen Schiffe gerettet werden sollten – leider vergeblich. Aber Battista ist nach Rom zurückgekehrt. Er ist Architekt. Er kann mich ausgraben, ohne dass sich die Lateranbasilika in ein Trümmerfeld wie das Forum Romanum verwandelt. Er wird mich hier herausholen. Ich werde überleben! Ich muss nur abwarten und Ruhe bewah…

Ein Knistern, das immer lauter wird, das zu einem Knirschen und schließlich zu einem Poltern wird, lässt mich zusammenzucken. Ein Stein purzelt die Schutthalde herunter und kullert bis vor meine Füße.

Ich muss so schnell wie möglich fort von hier! Aber wie? Soll ich mich durch die Massen von Steinen und Erde wühlen, selbst auf die Gefahr hin, dass ich verschüttet werde? Oder soll ich die hastig aufgerichtete Mauer am Ende der Zelle einreißen, wo sich womöglich eine weitere Kammer verbirgt, und mir auf diese Weise frische Atemluft für einen oder zwei Tage verschaffen? Vielleicht kann ich auf der anderen Seite durch einen weiteren Durchbruch ins Labyrinth der Kellergewölbe gelangen und von dort aus in die Puzzolanhöhlen …

Ich muss nicht lange überlegen, für welchen Weg ich mich entscheide. Nicht erst hinsetzen und verzweifeln! Sondern um mein Leben kämpfen, solange ich noch die Kraft dazu habe – ich faste seit zwei Tagen sehr streng, habe kaum gegessen und getrunken und bin zum Umfallen müde. Aber ich gebe nicht auf. Niemals.

Entschlossen greife ich nach dem schweren Vorschlaghammer, der neben der Büchertruhe liegt und mit dem Robin letzte Nacht Gerberts Scheingrab aus Ziegelsteinen zertrümmert hat, und wiege ihn in der Hand. Ob er gegen diese Steinquader etwas ausrichten kann? Ich lasse den Hammer sinken und streiche mit dem Finger über die Quader. Feiner Staub bleibt an meiner Fingerkuppe hängen. Dem Himmel sei Dank! Die Steinquader bestehen aus porösem Puzzolan. Bestimmt kann ich sie zertrümmern.

Mit beiden Händen packe ich den Griff, hole weit aus und lasse den Hammer mit Schwung gegen die Wand krachen. Steinsplitter platzen weg und fliegen in alle Richtungen. Ich ziehe den Schleier vor mein Gesicht, dann hole ich tief Luft und schlage ein zweites Mal mit aller Kraft zu.

Yared

Kapitel 72

Vor dem Portal von San Giovanni in Laterano
Freitag, 24. Februar 1447
Kurz nach vier Uhr morgens

Vor der Lateranbasilika springen Cesare und ich aus dem Sattel und stürmen durch den schmelzenden Schneematsch zum eingebrochenen Mauerwerk. In der Nacht ist ein Gebäudeteil des Lateranpalastes neben der Basilika in sich zusammengefallen. Der nördliche Teil mit dem Thronsaal, dem Speisesaal, der Heiligen Treppe und der Papstkapelle ist unversehrt, doch der südliche Teil in der Nähe des Seitenschiffs der Basilika ist nur noch ein riesiger Haufen aus zerplatzten Steinen und zersplitterten Holzbalken. Die Wände der Säle im ersten Stock sind weggerissen. Ich kann das Mobiliar und die zerstörten Deckenfresken erkennen. Die Treppe ins Labyrinth der Kellergewölbe ist unter Geröll und Holz verschüttet, die Marmorstiege zum Thronsaal der Päpste ragt wie der Minbar der Moschee von Gharnata aus der Trümmerhalde. Im düsteren Licht der Fackeln der Benediktiner, die zwischen den Ruinen herumklettern, schimmert der helle Marmor rötlich.

»Um Gottes willen!«, stöhnt Cesare. »Was ist denn hier geschehen? Wo ist Sandra?«

»Komm mit!«, rufe ich.

Er folgt mir zum Portal der Lateranbasilika. Der Condottiere reißt es so kraftvoll auf, als gelte es, noch heute Nacht Jerusalem zu erobern. Ungeduldig versetzt er mir einen Stoß und schiebt mich vor sich her in die Basilika, die trotz der brennenden Kerzen um Fra Giordanos Katafalk in Dunkelheit versinkt. Durch das Seitenschiff stürmen wir zum Portal des Lateranpalastes und erreichen nach wenigen Schritten die Einsturzstelle.

Etliche Benediktinermönche in staubgrauen Habites mühen sich im Fackelschein, den Einstieg in die Kellergewölbe mit Schaufeln und Spitzhacken freizuräumen.

»Wo ist der Prior?«, brüllt Cesare.

Etliche Fratres halten inne und blicken uns verdutzt an, während ein älterer Mönch über die Trümmer zu uns herüberklettert und sich uns als Pater Severin vorstellt.

»Ist die Contessa Colonna hier?«, fragt Cesare ungeduldig.

»Das weiß ich nicht, Euer Gnaden. Sie war vorhin in ihrem Arbeitsraum.« Er deutet über die Schulter die Marmortreppe hinauf in den ersten Stock des Palastes. »Die Contessa hat die Bücher des Teufelspapstes studiert, als ich zuletzt mit ihr sprach.«

»Wann war das?«, drängt Cesare.

»Nach den Vigilien. Gegen halb zwei.«

»Und dann?«

»Um Viertel nach drei, ich habe schon geschlafen, habe ich ein furchtbares Donnergrollen gehört. Ich raus aus dem Bett. Da habe ich gesehen, dass der Palast eingestürzt ist. Ich bin sofort ins Arbeitszimmer gelaufen, aber die Contessa war verschwunden. Ich dachte mir, sie wäre in den Palazzo Colonna zurückgekehrt. Dann habe ich meine Fratres geweckt und …«

»Sie ist nicht zurückgekommen«, fällt Cesare ihm ins Wort. »Ihr wart der Letzte, der sie lebend gesehen hat.«

»O Gott!« Pater Severin bekreuzigt sich.

»Entführt, ermordet oder verschüttet«, werfe ich ein.

Cesare sieht mich an und nickt traurig. »Du hast recht, Yared. Wir müssen sie suchen.« Er wendet sich wieder an den Prior. »Habt Ihr Kardinal Capranica verständigt?«

»Ja, Euer Gnaden, vor einer halben Stunde. Weil der Kardinal doch der Erzpriester der Lateranbasi…«

»Und Kardinal Colonna?«

»Noch nicht.«

Cesare will gerade einen entsprechenden Befehl geben, als Domenico Capranica mit gerafftem Kardinalspurpur über die Trümmer zu uns herüberklettert. Bevor er auf dem losen Geröll ausgleitet, kann Cesare ihn am Arm festhalten. Der Kardinal nickt uns zu. »Yared. Cesare.«

»Domenico.« Cesare verzichtet auf Förmlichkeiten.

Pater Severin kniet im staubigen Geröll nieder und küsst den Ring Seiner Eminenz.

In kurzen Worten erklärt Cesare dem Kardinal, was in den letzten Stunden geschehen ist.

»Weiß Prospero Bescheid?«

»Nein.«

»Er soll herkommen. Mit seinen Bravi.«

Cesare nickt.

»Wie viele Männer unter Waffen habt Ihr in Rom, Cesare?«

»Hundert.«

»Im Palazzo Orsini?«

»Ja.«

»Sie sollen Prosperos Männern helfen, Alessandra zu retten.«

»Ich bin mit Yared hier. Wir sind allein. Ich kann nicht …«

»Schon gut.« Mit einer herrischen Geste winkt Kardinal Capranica seinen Sekretär heran. »Bote in den Palazzo Orsini: Die Gefolgsleute des Conte Orsini sollen herkommen. Sofort. Ein anderer Bote in den Palazzo Colonna: Kardinal Prospero soll mit seinen Bravi kommen. Und den Humanisten Leon Battista Alberti mitbringen. Und zwar umgehend. Es geht um Leben und Tod. Und ab«, scheucht er seinen Sekretär, der sich umwendet und zwischen den Ruinen verschwindet. »Cesare! Ihr und Yared sucht sie?«

Cesare nickt. Er deutet auf die Treppe in die Kellergewölbe. »Wir versuchen, dort hinunterzusteigen. Vielleicht finden wir eine Spur von ihr.«

»Gut. Ich übernehme das Kommando und berichte Prospero, sobald er hier auftaucht.«

Cesare folgt mir zum Einstieg ins Gewölbe. Im Fackelschein betrachten wir die verschüttete Treppe und den schmalen Spalt am Ende der Stufen.

»Du hast so etwas schon einmal gemacht, nicht wahr?«, fragt Cesare. »Mit Sandra. Im Tempelberg von Jerusalem.«

»Und in Gizeh«, sage ich, während ich meine Djellabiya aus indischem Brokat ausziehe. Darunter trage ich ein schlichtes Gewand aus Seide. »Ich habe die große Pyramide erforscht.«

»Allein?«

»Natürlich.«

Er schüttelt den Kopf. »Und ich dachte, nur Sandra wäre so bescheuert.«

»Jeder eine Fackel. Ich geh voran.«

Cesare winkt zwei Fratres, die uns ihre Fackeln überlassen. »Also los.«

Nacheinander rutschen wir auf allen vieren über die zerborstenen Steine und Holzbalken die zu einer Rampe gewordene Treppe hinunter zum Einstieg in die Kellergewölbe. Der Spalt ist eng. Steinsplitter und Holzspäne liegen auf dem Boden, das Gewölbe des Ganges, das dem Einsturz standgehalten hat, bildet die niedrige Decke. Ich knie mich hin, zwänge mich, die Fackel in der ausgestreckten Hand, hindurch und schiebe mich mühsam vorwärts.

»He, warte doch mal!«, ruft Cesare hinter mir. »Und wenn das Gewölbe einstürzt?«

»Dann kannst du sie heiraten«, antworte ich trocken.

Er schnaubt. »Kann ich nicht. Ich bleibe dicht hinter dir.«

»Na, dann komm.« Ich stemme mich hoch und schiebe mich über das zerplatzte Geröll. Die Haut an Ellbogen und Knien reißt auf. Mein Gewand bleibt irgendwo hängen und zerreißt mit einem lang gezogenen Zischen.

Ein durchdringendes Knirschen lässt mich innehalten. Ich bewege mich nicht und lausche.

»Was ist?«, fragt Cesare hinter mir.

»Hast du das Knirschen nicht gehört?«

»Was?«

»Das Knirschen.«

»Ich dachte, das wärst du …«, flüstert er erschrocken. Ich höre, wie er sich bewegt – vermutlich blickt er nach oben zur Decke. »Gott steh uns bei!«

Fünf Schritte weiter habe ich das Ende der Verschüttung erreicht und schiebe mich in den Korridor, der zur Geheimkammer führt. Eine dichte Staubwolke, die mich zum Husten reizt und die einen bohrenden Kopfschmerz auslöst, behindert die Sicht, sodass ich mich nur an der Wand entlang vorwärtstasten kann.

Da vorn biegt der Gang ab. Wenige Schritte weiter liegt …

Entsetzt starre ich die Trümmer an.

… *lag* die Geheimkammer.

Cesare steht neben mir. »Wenn sie dort …« Er spricht nicht weiter. »Barmherziger Gott!«

Eine Grabesstille lastet auf uns.

Plötzlich höre ich etwas. Als wenn etwas Metallisches auf Stein trifft. Mit großer Wucht. Alessandra …?

Das Wummern wird durch die Wände des Gewölbes übertragen, die unter den Schlägen wie eine Glocke schwingen.

»Hörst du das?«, frage ich Cesare.

»Was denn?«

Offenbar hört er schlecht – eine Folge des lauten Geschützfeuers in der Schlacht. Cesare ist Condottiere, einer der erfolgreichsten Italiens. Francesco Sforza, Federico da Montefeltro, Cesare Orsini – irgendwann werden die mächtigen Kriegsfürsten mit ihren gewaltigen Heeren Italien unter sich aufteilen. Im Gegensatz zu seinen beiden Rivalen wird Cesare zum Herzog ernannt, sobald Prospero Papst ist …

»Das leise Hämmern.«

Er neigt den Kopf, dann schüttelt er langsam den Kopf.

Die Schläge, die ich voller Hoffnung für ein Lebenszeichen von Alessandra gehalten habe, sind verstummt.

Um uns herum ist es wieder still wie in einer Gruft.

Alessandra

Kapitel 73

In der geheimen Kammer im Gewölbe des Lateranpalastes
Freitag, 24. Februar 1447
Kurz nach vier Uhr morgens

Unter einem gewaltigen Schlag lösen sich ein paar Steine und poltern in die nachtschwarze Finsternis hinter der Mauer. Endlich ist das Loch groß genug.
Aufatmend lasse ich den schweren Hammer fallen und kehre, während ich meine Schultern lockere, zur Büchertruhe am anderen Ende der Kammer zurück, um die Kerze zu holen.

Dann zupfe ich meinen Schleier vor Mund und Nase, knie mich ins scharfkantige Geröll vor dem Durchbruch, schiebe meinen Arm mit dem Licht bis zur Schulter in das Loch und spähe hinein. Die Kerze verlischt nicht, sie flackert nicht einmal. In der Kammer ist genügend Atemluft für mehrere Tage – fünfhundert Jahre alte Luft.

Ich ziehe den Schleier vom Gesicht und schnuppere, kann jedoch nichts riechen. Aber giftiger Schimmel riecht ja auch nicht. Soll ich es trotzdem wagen?

Die Kerze brennt ruhig und stetig weiter.

Erneut werfe ich einen Blick in die Kammer hinter der Mauer. Nur schemenhaft kann ich erkennen, dass sie größer ist als der zugemauerte Gang, in dem ich mich befinde. Die Decke ist gewölbt. Und damit unverwüstlich. Die Wände … O mein Gott! Die Wand, die ich vor mir erkennen kann, gehört zum gewaltigen

Fundament, das Kaiser Konstantin errichten ließ, um die Lateranbasilika zu stützen. Die kann ich niemals durchbrechen!

Beelzebul und Asmodai und Ornias und alle Dämonen, die für Salomo den Tempel von Jerusalem errichtet haben, könnten mir nicht helfen, wenn ich sie mit Salomos magischem Ring beschwören würde. Verflucht!

Ich lehne meine Stirn gegen die Steinquader, schließe die Augen und atme tief durch. Vor lauter Verzweiflung, vor lauter Wut schlage ich mit der Faust gegen die Wand. Schon will ich die Hand mit der Kerze zurückziehen, als ich aus dem Augenwinkel etwas auf dem Boden schimmern sehe.

Ich blinzele in die Kammer. Was ist das? Eine hölzerne Kiste. Für Bücher? Für Gerberts magische Schriften? Hatte ich recht, dass die Folianten nach seinem Tod nicht vernichtet, sondern mit ihm begraben worden sind?

Meine Hand mit der Kerze zittert vor Aufregung, während ich sie aus dem Mauerdurchbruch ziehe und neben mir auf den mit Steinsplittern übersäten Boden stelle. Sie darf nicht umfallen und verlöschen, denn mein Vorrat an Zunder ist nicht unerschöpflich.

Weiter! Mit dem schweren Hammer breche ich weitere Steinquader aus der Wand, werfe sie hinter mich auf den Boden und zerre Puzzolanbrocken aus dem Mauerwerk.

Na endlich! Das Loch ist groß genug, dass ich mich hindurchschieben kann. Doch ein Knirschen lässt mich innehalten und zurückspringen. Ich stolpere über einen Stein und stürze nach hinten ins scharfkantige Geröll. Schon poltert eine Steinlawine mit Donnergetöse zu Boden, als der obere Teil der Mauer in sich zusammenfällt. Sie verfehlt mich nur um Haaresbreite. Eine dichte Staubwolke wirbelt auf. Die Flamme der Kerze flackert und droht zu verlöschen. Entsetzt halte ich die Luft an. Dann ist es vorbei.

Aufatmend blicke ich nach oben. Das Gewölbe über mir hat standgehalten.

Ich rappele mich hoch, hebe die Kerze auf, raffe meinen zerrissenen Rock und steige über die Mauerreste in die nächste Kammer. Je länger ich die großen Steinquader anstarre, desto hoffnungsloser erscheint mir meine Lage. Ich kann mich nicht befreien. Und Orlando ist tot. Außer Fra Domenico weiß niemand, wo ich bin. Yared wird mich suchen, er wird Himmel und Hölle in Bewegung setzen, um mich zu retten.

Mit diesem tröstlichen Gedanken wende ich mich der Truhe zu, die neben der Mauer auf dem Boden steht. Ich knie mich davor und betaste das morsche, rissige Holz, die eisernen Scharniere und das massive Schloss. Vorsichtig streiche ich über die Kreuze an den Seiten und auf dem Deckel.

Ich versuche, den Deckel anzuheben. Er gibt nach! Die Truhe ist nicht verschlossen. Behutsam öffne ich sie und werfe einen Blick hinein. Darin liegt, in kostbaren Brokatstoff gewickelt und mit einem goldenen, edelsteingeschmückten Kreuz beschwert, ein Gegenstand – ein großer Foliant?

Geschwind nehme ich das Kreuz aus der Truhe und lege es neben mich. Dann hebe ich das schwere Artefakt heraus und wickele es aus seiner Hülle. Ein alter Pergamentcodex mit hölzernen Buchdeckeln und dunklem Ledereinband kommt zum Vorschein. Mit zitternden Fingern schlage ich die Titelseite auf. Sie ist aus ockerfarbenem Vellum, aus feinstem Pergament, das aus der Haut von jungen Kälbern gewonnen und nur für die kostbarsten Manuskripte verwendet wird.

Der Buchtitel war einmal purpurrot. Die Tinte ist mit einer scharfen Klinge oder einem Bimsstein vom Vellum gekratzt worden. Sie ist nur noch schemenhaft zu erkennen. Ein frommer Spruch aus den Psalmen, der mit schwarzer Tinte auf die freigeschabte Seite gepinselt wurde, verdeckt den halb verwischten Titel. Auf der Innenseite des Buchdeckels kann ich den Namenszug Gerbert d'Aurillac erkennen. Das Buch gehörte ihm. Mein Blick irrt zurück zum überschriebenen Buchtitel. Mühsam entziffere ich die schattenhafte Schrift, die absichtlich zerstört wurde.

Dann verstehe ich plötzlich, warum der kostbare Foliant versteckt gehalten wurde. Der Titel des Buches, das Gerbert, der Handschrift nach zu urteilen, selbst verfasst hat, lautet:

Secretum Secretorum – Das Geheimnis der Geheimnisse.

Verrückt! Das ist das Buch, nach dem ich gesucht habe! Gerberts Handbuch der Mysterien!

Zitternd vor Aufregung blättere ich die erste Seite um …

Yared

Kapitel 74

Im Gewölbe des Lateranpalastes
Freitag, 24. Februar 1447
Kurz nach vier Uhr morgens

Cesare und ich lauschen in die Grabesstille, aber das leise Hämmern ist verstummt. Woher kam es? Von Alessandra? Wo ist sie? Hat Fra Domenico sie entführt? Hält er sie in einem der Kellergewölbe gefangen? Warum hat das Hämmern so plötzlich aufgehört? Meine Gedanken wirbeln durcheinander wie trockenes Herbstlaub. Lebt sie noch? Oder hat Fra Domenico sie schon getötet?

Die Stille ist unerträglich.

»Ich bringe ihn um«, wispert Cesare mit bebender Stimme.

»Stell dich hinten an.«

Cesare sieht mich von der Seite an. »Du bist so gefasst … so besonnen.« Der Respekt, mit dem er mir begegnet, und der beinahe freundschaftliche Ton können mich jedoch nicht täuschen: Er hasst mich, weil ich ihm Alessandra weggenommen habe. Wir sind erbitterte Gegner, und ich weiß, dass er jede Gelegenheit nutzen wird, um mir den Dolch in den Rücken zu stoßen.

»Ich bin nicht besonnen. Das scheint nur so.« Ich atme tief durch. »Komm jetzt, wir haben keine Zeit zu verlieren.«

Gemeinsam hetzen wir durch die Gänge, die dem Einsturz standgehalten haben, und leuchten mit unseren Fackeln in jedes

Kellergewölbe. Keine Spur von ihr. Immer wieder bleiben wir stehen und rufen sie.

»Alessandra?«

Keine Antwort.

»Sandra, mein Schatz, bist du hier? Ich bin's, Cesare. Sandra?«

Kein erstickter Schrei, kein entferntes Kampfgeräusch, kein leises Wummern wie vorhin, nur Stille.

Ich habe das Gefühl, den Verstand zu verlieren.

Wir hasten weiter. Die Stollen sind nicht mehr aus Quadersteinen gemauert, sondern aus dem Puzzolan gehauen. Wir sind nicht mehr in den Gewölben unterhalb des Lateranpalastes, sondern im Labyrinth der Puzzolanhöhlen. Der Stollen mündet in eine Kammer, von der drei Tunnel in verschiedene Richtungen abzweigen. Wohin jetzt?

Cesare bleibt unvermittelt stehen. Er packt mich am Arm und deutet nach vorn.

Eine Blutlache im Geröll. Das Blut ist noch nicht getrocknet.

Bleich starrt Cesare mich an. Dann wendet er sich ab und geht einige Schritte in den Gang hinein. »Fra Domenico, du verfluchter Bastard!«, brüllt er, dass es von den Wänden widerhallt. »Ich bring dich um! Vitelleschis langsames Sterben war eine Erlösung gegen das, was ich mit dir tun werde!«

»Alessandra!«, rufe ich verzweifelt. »Bist du verletzt?«

Das leise Echo meiner Worte verhallt in der Stille. Und doch: In der Tiefe meines Herzens spüre ich, dass sie noch lebt. Sie ist nicht tot. Das hätte ich gefühlt. Ja, ganz bestimmt hätte ich das gefühlt.

Wir gehen weiter in Richtung Colosseum.

Plötzlich erkenne ich Schleifspuren im Geröll. Von Stiefelabsätzen, wie letzte Nacht, als Fra Domenico sie hinter sich her durch die Höhlen gezerrt hat? Ich knie mich hin und untersuche die Fußabdrücke, während Cesare mir leuchtet. Im lockeren Sand zwischen den Steinsplittern kann ich die flachen Abdrücke von Sandalen erkennen.

Wir folgen den Schleifspuren zu einer Felsnische, die jener in der Nähe der Cloaca Maxima ähnelt, in der ich letzte Nacht den ermordeten Gefolgsmann der Orsini gefunden habe. Ist Alessandra hier entlanggeschleift worden?

Cesare und ich zucken zusammen, als wir plötzlich ein leises Rascheln hören, ein Scharren. Cesare fährt herum. »Hinter uns!«, ruft er und reißt sein Schwert hoch.

Alessandra

Kapitel 75

In der geheimen Kammer im Gewölbe des Lateranpalastes
Freitag, 24. Februar 1447
Gegen halb fünf Uhr morgens

Zitternd vor Aufregung über meine Entdeckung des *Secretum Secretorum* blättere ich die erste Seite um.

Auch hier ist Gerberts Geheimschrift – er schrieb in Tironischen Noten, einer antiken römischen Kurzschrift – vom Vellum geschabt und mit einem Text aus den Psalmen überschrieben worden. War Gerberts weise Schrift, die wegen der Verschlüsselung kaum jemand lesen konnte, für das Gekritzel Satans gehalten worden, das auf diese Weise von einem einfältigen Mönch für alle Zeit vernichtet und unschädlich gemacht werden sollte? Ich blättere weiter und versuche, die schattenhaften Lettern zwischen den Psalmen zu entziffern.

Warum wurde Gerberts Handbuch der Mysterien vernichtet? Wenn es gefährliches Wissen enthält, wieso wurde es nach seinem Tod nicht verbrannt, sondern aufwändig mit einem frommen Text überschrieben? Wozu wurde es wie eine kostbare Grabbeigabe in einer zugemauerten Geheimkammer verborgen? Hat einer der Kardinäle nach Gerberts Tod das *Secretum Secretorum* zu bewahren versucht, indem er es vorgeblich zerstörte? Wer auf Pergament schreibt, muss doch wissen, dass eine Handschrift niemals vollständig entfernt werden kann. Die Schatten bleiben immer sichtbar auf dem Vellum. Immer. In meiner Bibliothek in Florenz besitze ich ein uraltes Pergament, das fünf Mal überschrieben worden ist – *fünf Mal.* Jede dieser Schriften lässt sich rekonstruieren. Das ist zugegeben sehr mühevoll, aber mithilfe einer geheimen Rezeptur aus Gallapfel klappt es. Immer.

Warum sollte Gerberts Buch vernichtet werden? Hat er von der verbotenen Frucht am Baum der Erkenntnis gegessen? Die kirchliche Unterscheidung zwischen dem göttlichen und dem teuflischen Ursprung des Wissens kann noch heute einen allzu gelehrten Menschen auf den Scheiterhaufen bringen. Drei Arten der Lust geben dem Satan Macht über den Menschen: die sexuelle Lust, das Streben nach Ruhm und Macht und die Suche nach Wissen und Erkenntnis. Wenn die Legende von der schönen Tochter wahr ist, war Gerbert womöglich allen drei Arten erlegen. Stammt daher das Gerede von seinem Pakt mit Satan? Welches Geheimwissen, das von seinen unwissenden Zeitgenossen für okkult, mystisch, esoterisch, mit einem Wort: gefährlich, gehalten wurde, steht in Gerberts *Secretum Secretorum*?

Der Foliant hat die Form eines Codex, also eines gebundenen Buches mit hölzernen Buchdeckeln, das aus mehreren Lagen gefalteten Vellum-Blättern zusammengeheftet wurde. Die aufgeschnittenen Blätter sind durchnummeriert.

Vorsichtig streiche ich über die vernichtete Schrift, die anscheinend ohne Korrekturen oder Durchstreichungen sehr sorgfältig niedergeschrieben wurde. Der Schriftduktus ist auf den ersten Blick flüssig, als habe Gerbert das gesamte Buch, das Vermächtnis eines Universalgelehrten an die Nachwelt, in einem Atemzug aus seinen Notizen niedergeschrieben, ohne nachzudenken, ohne zu zweifeln.

Ich blättere weiter.

Das Buch hat einhundertzwölf Seiten. Einige sind wegen ihrer Größe mehrfach eingefaltet. Sie können ausgeklappt werden, damit die ebenfalls weggeschabten Illustrationen betrachtet werden können. Die Abbildungen sind in Tinte ausgeführt und nachträglich koloriert. Offenbar wurden sie vor der Niederschrift des Textes gemalt, da dieser sich der Form der Skizzen anpasst und sie umschließt. Sie zeigen anatomische Skizzen von Menschen, Tieren und Pflanzen, die offenbar seziert wurden, einen menschlichen Schädel, ein zerlegtes Skelett, ein Herz, ein Gehirn, ein Auge, einen winzigen menschlichen Fötus, zusammengekauert wie im Mutterleib, Konstruktionsentwürfe und Aufrisszeichnungen von mechanischen Geräten wie zahnradbetriebene Uhren und hydraulische Orgeln, etwa jene in der Kathedrale von Reims, Skizzen von Rechenmaschinen, komplizierte geometrische Figuren wie ein Polyeder, komplexe astronomische Diagramme mit Sonne, Mond und Sternen und deren Himmelssphären, eine Weltkarte mit Längen- und Breitengraden, eine Weltkugel mit Nord- und Südpol, arktischem und antarktischem Polarkreis und den Wendekreisen des Krebses und des Steinbocks.

Ein unglaublich kostbarer Schatz des Wissens, ein umfassendes Handbuch des christlichen, jüdischen und arabischen Wissens jener Zeit, verfasst vom größten Universalgelehrten unseres Jahrtausends!

Ich werde das Buch rekonstruieren. Aber zuerst werde ich es lesen. Ich blättere zurück zur ersten Seite und sehe mit Besorgnis, dass die Kerze langsam niederbrennt. Ist es besser, wenn ich die Kerze lösche? Wer weiß, wofür ich sie noch brauche? Aber nein, ich habe drei Kerzen mit in die Geheimkammer gebracht. Wenn ich nicht gerettet werde, brennen sie länger, als ich lebe. Ich habe kein Wasser. Und kein Feuer gegen die eisige Kälte. Und nicht mehr viel Atemluft. Irgendwann werde ich sterben. Aber ist es von Belang, ob ich meinen letzten Atemzug im Hellen oder im Dunkeln tue? Also lasse ich die Kerze brennen. Ich werde mit meinem Dolch Markierungen in das Wachs schneiden, um wenigstens grob die Zeit abzulesen. Dann hocke ich mich auf die Büchertruhe, ziehe das *Secretum Secretorum* auf meinen Schoß und vertiefe mich in Gerberts Gedanken.

Ich bin so konzentriert und so fasziniert von dem, was ich lese, dass ich erschrocken zusammenzucke, als plötzlich ein lautes Poltern die Stille durchdringt.

Yared

Kapitel 76

Im Labyrinth der Puzzolanhöhlen
Freitag, 24. Februar 1447
Gegen halb fünf Uhr morgens

Cesare reißt sein Schwert hoch und wirbelt herum: Es ist nicht Fra Domenico – eine Ratte flitzt fiepend zurück in die Felsnische.

»Barmherziger Gott!«, flüstert Cesare erschüttert und läuft hinterher. Ich folge ihm, die Hände in ohnmächtiger Wut zu Fäusten geballt.

Gemeinsam spähen wir in die enge Felsnische. Dort liegt Orlando. Seine Augen starren blicklos zur Decke. In seiner Brust klaffen tiefe Wunden. Er ist tot.

»Die Blutlache … Das war sein Blut. Fra Domenico hat Orlando ermordet und hierhergeschleift.«

Ich sehe, wie Cesare krampfhaft schluckt. Vermutlich stellt er sich vor, was Fra Domenico mit Alessandra anstellen wird, wenn er sie …

Er nickt unmerklich. »Dieser Teufel lebt also noch. Und Sandra?«

»Wir haben keine Spuren eines Kampfes gefunden.«

»Und, bei Gott, sie kann sich wehren! Ihr Großvater, der alte Haudegen, hat es sie gelehrt.«

Ich schüttele den Kopf. »Fra Domenico hat sie nicht entführt. Sie war nie hier.«

Cesare starrt mich an. Auf seinem Gesicht haben sich Schweißperlen gebildet. Er wischt sie mit dem Handrücken weg. »Und was heißt das?«

»Dass sie womöglich verschüttet ist«, sage ich niedergeschlagen. »Wir müssen zurück.«

»Aber Fra Domenico muss hier irgendwo sein!«

»Komm schon, wir haben keine Zeit zu verlieren!«

Schweigend hasten wir zurück durch die verzweigten Puzzolanhöhlen in Richtung des Lateranpalastes. Unsere Schritte knirschen im Geröll. Unser Atem geht keuchend. Und plötzlich ist da noch ein anderes Geräusch.

Ein Zischen.

Der Bolzen einer Armbrust dringt von vorn in meine rechte Schulter und reißt mich herum. Ich taumele, stolpere über einen Stein, stürze zu Boden und schlage hart mit dem Kopf auf. Grelle Funken stieben vor meinen Augen. Stöhnend vor Schmerz taste ich nach dem Geschoss, kann es jedoch nicht aus meiner Schulter ziehen.

Cesare beugt sich über mich und hält meine Hand fest. »Yared, kannst du mich hören? Um Gottes willen, lass den Bolzen stecken, du wirst verbluten!«

Wieder höre ich ein Zischen, gefolgt von einem dumpfen Aufprall. Jemand schreit auf.

Dann wird es schwarz um mich.

Alessandra

Kapitel 77

In der geheimen Kammer im Gewölbe des Lateranpalastes
Freitag, 24. Februar 1447
Gegen halb fünf Uhr morgens

Was war das? Ein Poltern? Ich lege das *Secretum Secretorum* neben mich auf die Truhe, spähe durch den Mauerdurchbruch in die verschüttete Kammer und lausche mit klopfendem Herzen.

Leon Battista Alberti, mein Freund, bist du gekommen, um mich hier herauszuholen? Ich kann nichts hören, gar nichts. Beeil dich, Battista, sei so gut. Mir bleibt nicht mehr viel Zeit.

Erschrocken springe ich zurück, als plötzlich ein weiterer Steinbrocken die steile Schutthalde herab in die Geheimkammer kullert und vor meinen Füßen liegen bleibt. Daher das Poltern! Der Abhang, der sich in die Kammer ergießt, ist instabil, die geborstenen Steinquader, der Sand und der Staub rutschen immer noch nach.

»Verflucht!« Die euphorische Hoffnung weicht tiefster Niedergeschlagenheit. Suchen sie mich überhaupt?, frage ich mich ernüchtert. Oder halten sie mich für tot?

Ich muss mich bemerkbar machen! Ich packe den Vorschlaghammer und schlage mit aller Kraft gegen die Wand der Geheimkammer. Immer wieder.

Keine Antwort. Kein Klopfen. Keine Stimmen.

Ich bin ganz allein.

Yared

Kapitel 78

Im Labyrinth der Puzzolanhöhlen
Freitag, 24. Februar 1447
Kurz nach halb fünf Uhr morgens

Noch ganz benommen, richte ich mich auf und blicke mich um. Cesare hat mich anscheinend hinter einen Felsvorsprung gezogen, während ich ohnmächtig war.

»Geht's wieder?«, fragt er besorgt, während er über die Felsnase hinweg Fra Domenico beobachtet. Als ich nicke, reicht er mir seine Hand. »Dann los! Komm, ich helf dir.«

Mit kraftvollem Schwung reißt er mich auf die Beine und hält mich fest. Dann nähern wir uns tief geduckt Fra Domenico, der vor uns steht und seine Armbrust spannt.

Er erkennt wohl, dass er damit nicht rechtzeitig fertig wird, also wirft er sich herum und flieht den Gang hinunter in Richtung Lateran. Schnell ist er verschwunden.

»Wo ist er hin?«, fragt Cesare verwirrt.

Bevor ich antworten kann, zischt ein Bolzen genau zwischen uns hindurch.

Cesare blickt angestrengt nach vorn. »Wie viel Munition mag er haben?«

»Keine Ahnung.«

»Und woher hat er die Armbrust?«

»Aus Orlandos Satteltaschen, nehme ich an.«

»Oder aus Sandras. Sie schleppt immer ein Waffenarsenal mit

sich herum, als würde sie in den Krieg ziehen, um Italien zu erobern. Ganz ihr alter Herr – ihren Großvater meine ich, den Condottiere. Sandra kann mit einer Armbrust umgehen. Ziemlich gut sogar.«

»Du bist mit Marcantonio Colonna verwandt, nicht wahr?«

»Sandra und ich sind Cousins. Gegen den Willen seiner Familie hat Marcantonio Colonna eine Orsini geheiratet. Er war ein Teufelskerl, als Feldherr wie als Mensch. Als Junge hab ich in seinem Heer gedient, als er Papst Martins Bannerträger …«

»Deckung!«

Wieder zischt ein Bolzen über unsere Köpfe hinweg.

»Fünf.« Cesare hat mitgezählt – offenbar habe ich ein paar verpasst. »Mehr als zehn passen nicht in den Gürtelköcher.«

»Einen noch.«

»Was?« Er hebt die Augenbrauen.

»Du hast schon richtig verstanden.«

Er zuckt mit den Schultern und grinst. »Na, von mir aus. Wirst du's schaffen?«

»Je länger wir warten, desto schwächer werde ich. Irgendwann werde ich wieder ohnmächtig. Der Bolzen muss aus der Schulter. So schnell wie möglich.«

Er nickt stumm, hebt seine Fackel hoch und schleudert sie den Gang hinunter.

Fra Domenicos Antwort kommt sofort: Der Bolzen verfehlt Cesare nur um Haaresbreite.

»Jetzt!« Cesare packt meinen unverletzten Arm und reißt mich hinter sich her durch den Gang. Wir sind so schnell, dass Fra Domenico keine Zeit zum Laden und Spannen hat. Er wirft die Armbrust weg, wirbelt herum und flieht.

Der Stollen, durch den wir laufen, ist so eng, dass ich mit der Schulter immer wieder an den grob behauenen Puzzolanwänden entlangstreife. Der Schmerz raubt mir beinahe den Verstand.

Vor uns weitet sich der Tunnel zu einer kleinen Höhle. Während Cesare weiter vordringt, bleibe ich im Schatten des Stollens stehen und spähe hinein.

In einer alkovenartigen Nische befindet sich ein behelfsmäßiges Lager aus Stroh und Decken, daneben erkenne ich einen niedrigen Tisch, aus Holzabfall gezimmert. Darauf steht einfaches Geschirr aus Holz und Ton, dazu Holzlöffel, Altarkerzen, Rasiermesser, ein Stück Seife und etwas, das in ein schmuddeliges Tuch eingeschlagen ist, vielleicht ein vertrocknetes Stück Brot. An einer Wand lehnt ein kleines Bücherregal, noch nicht befestigt, darauf liegen vier pedantisch ausgerichtete Bücher. Der Raum ist Fra Domenicos Refugium. Scarampos Treibjagd hat ihn gezwungen, seine Höhle unterhalb von Santa Maria sopra Minerva aufzugeben und hier Zuflucht zu suchen.

Und da steht er. Mitten im Raum. Mit dem blutigen Schwert in der Hand. Als gelte es, die letzte Bastion des Glaubens zu verteidigen.

Mit einem Schrei, der dumpf von den Wänden widerhallt, stürzt sich Cesare auf den Frater, das Schwert hoch erhoben.

Fra Domenico weicht zurück.

Angstschweiß läuft ihm über die Stirn bis in die verletzte Augenhöhle. Alessandra hat ihm letzte Nacht mit einem spitzen Stein das rechte Auge ausgestochen. Während seiner überstürzten Flucht hat er offenbar die Augenbinde verloren, denn die Wunde liegt offen. Er sieht schrecklich aus. Der Frater wischt sich über das Gesicht, ohne die gebrochene Nase zu berühren, und blinzelt sich den Schweiß aus dem Auge. Dann bleibt er stehen und hebt das Schwert, um Cesare, der ihm Schritt für Schritt gefolgt ist, entgegenzutreten.

Vorsichtig folge ich Cesare. Mit der linken Hand ziehe ich meinen Dolch. Der rechte Arm ist wie gelähmt und hängt herab wie ein morscher Ast. Mein Schwert kann ich mit einem Bolzen in meiner rechten Schulter nicht führen, völlig ausgeschlossen. Die Schmerzen sind schier unerträglich. Hoffentlich verliere ich nicht meinen Arm. Der Bolzen muss raus, so schnell wie möglich. Die Wunde ist zu nah am Herzen.

»Was hast du mit ihr gemacht?«, droht Cesare dem Frater, den er geschmeidig wie eine Raubkatze umrundet, um ihn in meine Richtung zu treiben. »Wo ist sie?«

»Du erbärmliche Ratte!«, brüllt der zurück. »Du hast Vitelleschi verraten. Du wusstest von der Verschwörung gegen ihn und hast ihn an Alessandra ausgeliefert, damit sie ihn aus Blutrache für ihren Vater tötet.«

»Vitelleschi hat Papst Eugenius verraten. Ich habe Vitelleschi verraten. Auf welcher Seite stand ich also?«

»Du bist noch am Leben, weil Alessandra stundenlang auf den Papst eingeredet hat, bis er endlich nachgegeben hat«, erinnert ihn Fra Domenico. »Eugenius wollte dich auf dem Campo dei Fiori hinrichten. So wie mich.«

»Wo ist sie?«, knirscht Cesare.

»Verscharrt und vergessen. Ich spucke auf ihr Grab.«

»Ist sie in der eingestürzten Geheimkammer?«

»Sie ist tot«, triumphiert Fra Domenico … und widerspricht Cesare nicht. Alessandra ist also verschüttet. »Diese verfluchte Höllenbrut ist endgültig vernichtet. Nicht einmal ihr Kadaver ist noch übrig.«

Seine Worte versetzen mir einen Stich ins Herz, der schmerzhafter ist als der Bolzen in meiner Schulter. Die Vorstellung, sie für immer verloren zu haben, treibt mir die Tränen in die Augen.

»Barmherziger Gott!«, murmelt Cesare entsetzt. Einen Herzschlag lang lässt er sein Schwert sinken, dann reißt er es mit einem zornigen Aufschrei hoch und stürmt mit weit ausgreifenden Schritten auf den Dominikaner los.

Fra Domenico springt zurück und pariert den kraftvollen Hieb mit seiner Klinge, doch Cesare schmettert ihm die Faust ins Gesicht. Der Frater brüllt auf vor Schmerz und taumelt rückwärts. Cesare schlägt noch einmal zu, dieses Mal mit noch mehr Wucht. Der Hieb schleudert Fra Domenicos Kopf in den Nacken. Doch der ehemalige Sekretär von Papst Eugenius fängt sich im letzten Augenblick und geht erneut auf Cesare los, der jedoch unter dem Schwerthieb hindurchtaucht, sich in einer tausend Mal in der Schlacht geübten Bewegung umwendet, den Frater von hinten angreift und weiter in meine Richtung treibt.

Fra Domenico lässt seine Klinge in einem weiten Bogen auf Cesare niedersausen. Der springt nicht schnell genug zurück. Das Schwert reißt eine Wunde in seinen linken Arm, nicht tödlich, aber sehr schmerzhaft und äußerst hinderlich im Kampf. Mit einem Triumphschrei wirft sich Fra Domenico auf Cesare, der unter der Wucht des Angriffs stolpernd zu Boden geht. Sofort ist der Frater über ihm und tritt ihm ins Gesicht.

Benommen lässt Cesare den Kopf auf den Felsboden sinken und ringt ächzend nach Atem. Als Fra Domenico sich über ihn beugt, um ihm den Todesstoß zu versetzen, zieht Cesare seine Beine an und tritt ihm gegen die Knie, um ihn zum Stürzen zu bringen. Doch vergeblich. Der Dominikaner springt zur Seite und hebt erneut das Schwert über seinen Kopf.

In diesem Augenblick werfe ich mich von hinten auf ihn und reiße ihn herum. Mit aller Kraft stoße ich ihm meinen Dolch in die Brust, und die Klinge bohrt sich tief in sein Herz.

Fra Domenico sieht erst mich, dann den Dolch in seiner Brust erstaunt an. Er will noch etwas sagen. Will die Klinge herausziehen. Will sich gegen mich wehren und mich töten. Dann, zwei, drei schwächer werdende Herzschläge später, wird ihm erst bewusst, dass sein Herz getroffen ist, dass sein Kampf vorbei ist, dass er stirbt. Er sagt noch etwas wie »Verfluchter Jude!«, dann bricht er leblos zusammen und fällt auf Cesares Beine.

Der tritt den Leichnam beiseite und springt auf, um mich zu stützen. Mit zusammengebissenen Zähnen lehne ich mich gegen ihn – Funken stieben vor meinen Augen, und der Schmerz in meiner Schulter ist unerträglich. »Du siehst … Bitte entschuldige, Yared … aber du siehst beschissen aus. Komm, ich bring dich hier raus, bevor du ohnmächtig wirst.«

»Warte.«

»Was ist?«

»Er hat letzte Nacht ihr Amulett gestohlen. Sieh nach, ob er es unter dem Skapulier trägt.«

Cesare lässt mich los, dreht Fra Domenico mit dem Stiefel auf den Rücken und durchsucht den Habit. »Es ist nicht da.«

Ich sehe mich in der Kammer um, kann es aber nirgendwo entdecken. »Er muss es da Capestrano gegeben haben.«

Cesare runzelt die Stirn. »Warum?«

»Vielleicht will er Anklage gegen sie erheben.«

»In einem Inquisitionsprozess?«

Ich nicke stumm.

»Um Gottes willen«, sagt Cesare leise und wendet sich ab, um in seiner ohnmächtigen Wut einige Schritte durch die Kammer zu gehen. Schließlich kehrt er zu mir zurück. »Komm jetzt. Was du brauchst, ist ein Arzt, der sich um deine Wunde kümmert, und ein Bett. Ich bring dich zu Scarampo, er ist ein Medicus. Leg deinen linken Arm um mich. Ja, so ist es gut. Kannst du laufen?«

»Mir ist ein bisschen schwindelig, aber es geht schon.«

Cesare stützt mich, während wir durch den engen Stollen in den Gang stolpern, der zurück in die Kellergewölbe des Lateranpalastes führt.

»Warum tust du das?«, frage ich.

»Was?«

»Mir das Leben retten.«

Er antwortet nicht sofort. »Ihr Ehemann, sagtest du?«

Es ist die Art, wie er es sagt, die mich zum Lachen reizt. Ich weiß, es ist ziemlich albern und irgendwie absurd, aber ich kann nicht anders. Das Lachen tut mir gut, die Spannung löst sich.

Cesare bleibt stehen und guckt mich verdutzt an. »Was ist?«

»Hast du mal daran gedacht, wie leicht du mich jetzt töten könntest?«, frage ich, immer noch kichernd.

»Na sicher«, gibt er unverhohlen zu. »In den Höhlen unterhalb des Forum Romanum kannst du für eine Handvoll Dukaten einen Assassino finden, der die Drecksarbeit erledigt. Kein Problem.«

Er ist ja völlig skrupellos!

Das Lachen ist mir vergangen. »Und warum tust du's nicht?«

»Weil sie dich liebt – mehr als mich. Denn dich hat sie geheiratet. Und mich betrachtet sie seit acht Jahren nur als ihren besten Freund.« Er zögert einen Herzschlag lang. »Und weil sie mir diese Bluttat nie verzeihen würde. Ebenso wenig wie Prospero, der mir die Absolution verweigern würde. Weiß der Teufel, welche Verschwörung ihr beide ausgeheckt habt, um ›Il Magnifico‹ auf den Papstthron zu bringen …«

Es fällt mir immer schwerer, ihm zuzuhören. Die Schmerzen rauben mir den Verstand. »Ich mag dich, Cesare. Sehr sogar«, stammele ich.

Er ist überrascht. »Glaub ja nicht, dass wir jemals Freunde werden.«

»Nein, vermutlich nicht.«

»Sandra wird immer zwischen uns stehen.«

Benommen wie ich bin, überlege ich eine Weile, was ich dazu sagen soll und entscheide mich am Ende für ein schlichtes »Ja«.

»Ich liebe sie, so wie du. Ich kann sie nicht aufgeben. Ich will es nicht.«

»Wirst du ihre Entscheidung akzeptieren?«, nuschele ich.

Er wendet den Blick ab und schweigt eine Weile. Zuerst denke ich, er hat mich gar nicht verstanden. Aber schließlich nickt er unmerklich. »Eure Ehe ist nicht rechtsgültig, egal, ob sie vor einem christlichen Priester oder einem jüdischen Rabbi geschlossen wurde. Aber ich werde sie respektieren, solange Sandra mit dir glücklich ist …«

»Offen und ehrlich.«

»So wie du.«

»Ein schönes Schlusswort. Echt toll.«

»Findest du?«

»Aber sicher, ich bin wirklich beeindruckt«, nicke ich und halte mich an ihm fest. »Postscriptum: Ich glaube auch nicht, dass wir uns bei allem Respekt und aller Hochachtung füreinander jemals vertrauen können.«

»Allora, andiamo!« Er packt meinen Arm, der über seiner Schulter liegt, und stützt mich. Meinem Blick weicht er aus. »Du bist im Delirium, Yared. Du bist verwirrt. Und du faselst einen ziemlichen Unsinn. So, und nun trödele nicht herum und komm endlich!«

Alessandra

Kapitel 79

In der geheimen Kammer im Gewölbe des Lateranpalastes
Freitag, 24. Februar 1447
Gegen acht Uhr abends

Mein Silberstift ist vom Schreiben in mein Notizbuch stumpf geworden. Als ich ihn mit meinem Dolch anspitzen will, blicke ich auf. Wie viel Zeit wohl schon vergangen ist? Wie lange bin ich schon in dieser Gruft und transkribiere Gerberts Geheimschrift in mein Notizbuch?

Noch immer herrscht Grabesstille um mich herum.

Ob sie überhaupt noch nach mir suchen?

Ich lege das *Secretum Secretorum* und mein Büchlein zur Seite und stehe auf, um meine verspannten Muskeln zu strecken und einige Schritte zu gehen, damit ich mich wieder aufwärme. Verdammt, wie kalt es ist in dieser Gruft! Ich friere erbärmlich, und alle Knochen tun mir weh, als hätte ich Fieber. Ich hatte zu schwer gearbeitet, als ich die Mauer einriss, hatte geschwitzt, hatte gefroren und muss nun die Folgen ertragen. Womöglich habe ich die Zeit, die mir noch bleibt, bei Weitem überschätzt. Ich bin todmüde von zu wenig Schlaf, erschöpft von den dramatischen Ereignissen der letzten Tage, hoffnungslos, niedergedrückt. Ich werde sterben, lange bevor die Luft aufgebraucht ist.

Ob sie mich neben meinem Vater begraben werden?

Falls sie meinen Leichnam jemals finden …

Wisst Ihr, der heilige Luca hatte eine Tochter, wird der Pilgerführer mit einem mokanten Lächeln erzählen. Nachdem sie den legendären Ring des Salomo gefunden hatte, verschwand sie eines Nachts spurlos. Niemand weiß, wohin. Es heißt, und an dieser Stelle wird er seine Stimme zu einem verschwörerischen Flüstern senken, der Fürst der Schatten habe sie zu sich geholt …

Abrupt bleibe ich stehen.

Ich muss weiterlesen … Ich muss aufhören, mir Hoffnungen zu machen … über meinen Tod nachzusinnen … Gerbert gibt mir Halt und Trost, gibt mir eine Beschäftigung, die mich ganz ausfüllt. Die mich fordert – mein Denken, mein Wissen, meinen Glauben, meine Fantasie. Die mich am Leben hält. Gerbert, dieser faszinierende Mensch, gibt meinen letzten Stunden einen Sinn – wenn auch einen fragwürdigen, denn niemand wird jemals lesen, welch unglaubliche Erkenntnisse ich in mein Notizbuch schreibe. Sei's drum. Solange ich denke, solange ich atme, solange ich lebe, werde ich weitermachen. Schon allein, um nicht einzuschlafen. Denn der Schlaf ist das langsame Hinübergleiten in den Tod.

Ich darf nicht schlafen, trotz meiner Erschöpfung. Ich *muss* wach bleiben!

Tief durchatmend kehre ich zur Truhe zurück und ziehe Gerberts Codex auf meine Knie. Ich löse meine silberne Zunderdose vom Gürtel und stelle sie auf den oberen Rand des Buches, der über meine Knie hinausragt. Falls ich einschlafe und der Codex verrutscht, wird die Dose zu Boden fallen. Das wird mich wecken.

Immer tiefer tauche ich in Gerberts Gedankenwelt ein, in das Buch, das die Summe seiner Lehre sein soll, eine Enzyklopädie aller muslimisch-jüdisch-christlichen Wissenschaften, eine Universalwissenschaft, die, davon bin ich überzeugt, als Grundlage jedes Studiums und als Ausgangspunkt aller künftigen Forschung dienen sollte.

Die Zahl, so Gerbert, ist das Prinzip aller Dinge. Wer die Welt erforschen will, muss die Mathematik beherrschen, la première des sciences, die Geometrie – ›Conocer la geometría es conocer cómo Dios creó el mundo‹, hat Gerbert geschrieben –, die Astronomie, die Zeitmessung.

Fasziniert übertrage ich die von mir rekonstruierten Ausführungen Gerberts Buchstabe für Buchstabe, Wort für Wort in mein Notizbuch. Leon Battista Alberti, der Mathematiker, Kryptologe und Gelehrte, der – bitte verzeih mir, Battista! –, obwohl unserer Zeit weit voraus, doch nur das zweitgrößte Universalgenie dieses Jahrtausends ist, hätte seine helle Freude an Gerberts ›mathemagischen‹ Ausführungen. Giovanni da Capestrano dagegen ganz sicher nicht. Er glaubt, dass eine Besinnung auf die heidnische Antike und eine Wertschätzung der Juden und Muslime ins Verderben führt, dass Gotteswort nicht durch Menschenwort ersetzt werden darf – auch nicht durch einen Papst, den Stellvertreter Gottes auf Erden, der, wie Gerbert, sich erdreistet hat, mit seinen sarazenischen Teufelswerkzeugen dem Schöpfer von Himmel und Erde ins göttliche Handwerk zu pfuschen.

Wie besessen arbeite ich an der Transkription. Wie viele Stunden ich schon hier sitze, weiß ich nicht. Zehn, zwanzig … Ich weiß es nicht.

Rechtzeitig bevor der Rest der zweiten Kerze im flüssigen Wachs zu versinken droht, gelingt es mir, die dritte anzuzünden.

Es ist meine letzte.

Yared

Kapitel 80

In Yareds Schlafzimmer im Palazzo Colonna
Samstag, 25. Februar 1447
Kurz nach Mitternacht

Wach werde ich, weil ich mich im Schlaf seufzen höre. Noch ganz benommen von dem Rauschmittel, das Scarampo mir meinen Anweisungen gemäß gegeben hat, nachdem er den Bolzen aus meiner Schulter gezogen und meine Wunde versorgt hat, schlage ich die Augen auf.

Neben meinem Bett brennt eine Kerze. Elija liegt neben mir in die Kissen gekuschelt, zwischen uns steckt ein Buch.

»Bist du wach?« Das ist Benyamins Stimme. Ich richte mich auf. Er hat sich auf dem Diwan aufgesetzt. Offenbar hat er über meinen Schlaf gewacht.

»Wie spät ist es? Wie lange habe ich geschlafen?«

Mein Schwager rafft seine zerknitterte Djellabiya, kommt zu mir herüber und setzt sich auf den Bettrand. »Es ist Schabbat. Kurz nach Mitternacht«, flüstert er, um Elija nicht zu wecken. »Ludovico Scarampo und Prospero Colonna reden seit Stunden miteinander. ¡Por Dios! Ihre Verhandlungen dauern länger als das ganze Konklave. Als zukünftiger Konklavemarschall bewacht Cesare Orsini das Portal von Papst Martins Thronsaal, als fände dort heute Nacht die Papstwahl statt. Ich schätze, mit jeder Stunde, die vergeht, ohne dass die beiden sich einigen können, denkt Cesare sich sein Gewissen wund, wem er eigentlich Loyalität schuldig ist: dem amtierenden Camerlengo oder dem nächsten Papst. Phantinos, der Gesandte und Spion Seiner Majestät des Basileus, geht ihm gehörig auf die Nerven und lauscht ganz ungeniert an der Tür, um herauszufinden, wer von beiden Pontifex wird. Und wie sie über Kirchenunion und Kirchenreform denken. Im Palazzo flüstert man sich das Gerücht zu, dass sie angeblich die Inquisition abschaffen wollen.« Er verzieht die Lippen. Vor Jahren ist Benyamin mit seiner Schwester Rebekka vor der Inquisition aus Sevilla geflohen. »Wie fühlst du dich, mein Lieber?«

»Wie in Watte gepackt.«

»Das ist der Haschischrausch«, meint Benyamin. »Scarampo hat dich auf eine ziemlich lange Reise geschickt.«

Ich muss lächeln.

»Hast du Schmerzen? Kannst du den Arm bewegen?«

Ich hebe den Arm und streiche Elija durch die Locken. Er bewegt sich, wacht jedoch nicht auf.

»Elija hat dir stundenlang Geschichten vorgelesen. Damit du was Schönes träumst. Von mächtigen Königen, tapferen Prinzen und schönen Prinzessinnen, die aus größter Gefahr gerettet werden müssen.«

»Ist ja niedlich.«

»Ja, das finde ich auch. Er ist nicht von deiner Seite gewichen. Der Kleine ist ein Prachtkerl. Und ziemlich besonnen für seine acht Jahre.«

»Ich weiß.«

»Ich hab dir Unrecht getan, als ich dir vorgehalten habe, dass du den Bengel völlig verziehst.«

»Vergiss es.«

»Nein, ehrlich, Yared. Du bist ein wundervoller Vater. Elija liebt dich über alles. Er bewundert dich, weil du ein Vater für ihn bist und kein unnahbarer Patriarch. Und weil du ihm voller Vertrauen und Liebe jeden Unsinn verzeih…«

»Benyamin!«, falle ich ihm ins Wort.

»Ja?«

»Hör auf zu quasseln. Was ist los?«

Ein bedrückendes Schweigen breitet sich im Raum aus. Neben mir kann ich Elija im Schlaf atmen hören.

»Diego ist vorhin gestorben«, sagt Benyamin schließlich leise.

»Wie?«

»Er hat bis zum letzten Augenblick gekämpft. Er ist an seinem Blut erstickt. Es war schrecklich.«

»Warst du bei ihm?«

»Ich habe für ihn gebetet.«

Ich nicke traurig. »Dann sind nur noch Alessandra und ich am Leben. Und Santino.«

Benyamin blickt zur Seite. »Er war gestern Abend hier, um sich zu erkundigen, ob sie …« Er verstummt.

»Und?«

Benyamin schüttelt traurig den Kopf.

»Immer noch kein Lebenszeichen von ihr?«

»Leon Battista Alberti ist in die Kellergewölbe hinabgestiegen und klopft gegen die Wände. Ohne Erfolg.«

»Aber sie suchen noch nach ihr?«, frage ich leise.

»Ja sicher, sie wühlen sich noch immer durch die Trümmer. Aber bisher haben sie nichts gefunden, was darauf schließen lässt, dass sie wirklich dort war. Und dass sie noch lebt.«

Plötzlich schmerzen meine Augen. Mit der Hand fahre ich darüber.

»Yared, du solltest … dich damit abfinden, dass sie tot ist.«

Ich schüttele verweifelt den Kopf.

»Seit dem Einsturz sind mehr als zwanzig Stunden vergangen. Alberti tut, was er kann. Aber er ist nicht sehr zuversichtlich, dass er sie noch findet.«

»Ich gebe die Hoffnung nicht auf. Ich weiß, sie lebt noch.«

»Woher willst du das wissen?«, fragt er verzweifelt.

»Ich weiß es. Ich *fühle* es.«

»Yared … o Gott, ich weiß, du hast schon einmal eine Frau verloren … Rebekka … und den kleinen Yona … aber du …«

»Ich liebe sie, Benyamin!« Plötzlich brechen all die aufgestauten Gefühle aus mir heraus. Tränen steigen mir in die Augen. »Ich werde Alessandra immer lieben. Ich kann sie nicht aufgeben. Und ich kann sie nicht verlassen.«

Benyamin legt mir die Hand auf die Schulter. »Yared, da ist noch etwas, das du wissen solltest …«

»Was?«

»Ein Bote von Sultan Muhammad ist gestern Abend angekommen.«

»Noch einer?« Der Bote, der vor drei Tagen in Rom eintraf, hat berichtet, dass Sultan Yusuf drei Wochen zuvor versucht hat, seinen Onkel Muhammad zu ermorden. Und dass mein Freund das Attentat schwer verletzt überlebt hat. »Und?«

Benyamin zögert. Offenbar weiß er nicht, wie er mir die furchtbare Nachricht schonend beibringen soll.

»Nun red schon!«, dränge ich. Meine Hände beginnen zu zittern. Ich verberge sie unter der Bettdecke.

»Drei Tage nach dem Attentat ist Muhammad seinen schweren Verletzungen erlegen«, sagt Benyamin traurig. »Yared, es tut mir leid. Ich weiß, wie nahe ihr euch gestanden habt. Wie Brüder. Muhammad … ist gestorben.«

»Was?«, flüstere ich bestürzt. Mein Herz krampft sich zusammen.

»Der Sultan ist tot, Yared. Du bist der Wesir. Der mächtigste Mann des Reiches – abgesehen von diesem Idioten Yusuf auf dem Thron, aber seine Tage als König sind gezählt. Du musst sofort nach Gharnata zurückkehren, Yared. Du musst die Macht ergreifen und für Ruhe und Ordnung sorgen, bevor die Stadt von einem neuen Bruderkrieg erschüttert wird und das Blut wieder über das Pflaster der Straßen rinnt. Saphira packt schon deine Reisetruhen.«

»Aber ich …«

»Nein, Yared, lass mich bitte ausreden! Yared … Yared, ich beschwöre dich, sei vernünftig! Alessandra ist tot …«

Alessandra

Kapitel 81

In der geheimen Kammer im Gewölbe des Lateranpalastes
Samstag, 25. Februar 1447
Gegen zwei Uhr morgens

Halb wachend, halb schlafend beobachte ich, wie der Kerzenstummel aus meiner Zunderdose niederbrennt und verglüht. Das blaugoldene Flämmchen, kaum größer als ein Funke, der schon seit einer Weile kein Licht mehr spendet zum Lesen und Schreiben, hat das Ende des Dochtes erreicht. Ein letztes Flackern, dann verlischt das Flämmchen. Ein feiner weißer Rauchfaden kringelt zur Decke. Die Kammer versinkt in beklemmender Dunkelheit und lähmender Hoffnungslosigkeit. Dies ist der Augenblick, vor dem ich mich seit Stunden gefürchtet habe: zur Ohnmacht verurteilt, zur Resignation, zum Tode.

Das Einzige, was mir in den Sinn kommt, während ich in die Finsternis starre und mit dem Ring des Salomo an meinem Finger spiele, ist ein Sprüchlein aus Senecas *De brevitate vitae*. Es war das Lieblingsbuch meines Vaters. ›Vivere tota vita discendum est et, quod magis fortasse miraberis, tota vita discendum est mori. Zu leben muss man das ganze Leben lang lernen und, worüber du dich vielleicht noch mehr wundern wirst, man muss das ganze Leben lang lernen zu sterben.‹

Also dann. Es ist so weit.

Langsam lege ich den Silberstift, den ich immer noch in der Hand halte, zwischen die Seiten meines Notizbuches und klappe es mit einer erschreckend endgültigen Geste zu. In den letzten Stunden, in denen ich bei der Transkription von Gerberts *Secretum Secretorum* mehrmals wie im Delirium eingeschlummert bin, konnte ich meine eigene Handschrift nicht mehr lesen. Vieles von dem, was ich von Gerberts Gedanken retten wollte, ist für immer verloren.

Wie spät mag es sein? Ich habe keine Ahnung, wie lange ich geschlafen habe. Ist es Tag oder Nacht? Nicht, dass es wichtig wäre. Denn um mich herum ist es von nun an ewige Nacht. Ohne Hoffnung auf ein göttliches ›Fiat lux!‹, auf eine Morgendämmerung, auf Licht, auf Leben.

Ich schiebe die Truhe gegen das Fundament der Basilika. Dann lasse ich mich darauf nieder und lehne mich gegen die Steinquader. So ist es ein bisschen bequemer, und der Rücken schmerzt nicht mehr ganz so unerträglich.

Ich werde einschlafen. Wozu mich quälen? Wozu den Tod noch weiter hinauszögern?

Ich schließe die Augen.

Mein letzter Gedanke, bevor ich einschlafe, soll Yared gelten. Ich will an ihn denken, während ich langsam hinübergleite. An all die wundervollen Augenblicke, die unserem Leben einen Sinn gegeben haben, will ich mich erinnern. Nicht an die Siege, die Niederlagen, die Entscheidungen, die uns in Atem halten und so furchtbar wichtig erscheinen, sondern an die kleinen, die leisen, die schönen, die im Rausch des Augenblicks so leicht übersehen werden. Yared und ich – wir hatten so wenig Zeit füreinander. Was wollten wir nicht alles tun! Die ganze Welt verändern. Und was haben wir getan? Nicht einmal uns selbst haben wir verändert. Wir haben uns getrennt, weil wir dachten, unsere Mission sei bedeutender und aufregender als unsere Liebe und ein gemeinsames Leben. Was ist das Schöne, für das es sich zu leben lohnt? Was ist der Sinn, die sprudelnde Quelle unseres Lebens? Vom Glücklichsein, von einem erfüllten Leben, das der Geliebte mit seiner Herzenswärme lebenswert macht, haben wir immer nur geträumt. Die innere Leere haben wir angefüllt mit …

Was ist das? Irgendwo klopft jemand. Ich richte mich auf und lausche. Oder bilde ich es mir nur ein? Taumelnd stehe ich auf und taste mich zum Mauerdurchbruch. Mir ist so schwindelig, dass ich beinahe stürze. Die giftigen Schimmelsporen an Gerberts Mumie, das Fieber, die Kälte, die Schmerzen, der Durst, die Erschöpfung und die Hoffnungslosigkeit … Ich bin am Ende meiner Lebenskraft.

Es dauert eine Weile, bis ich den schweren Hammer finde und damit kraftlos gegen die Wand schlage. Eins … zwei … drei. Ich horche, aber alles bleibt still. Noch mal! Eins … zwei … Beim dritten Schlag fällt mir fast der Hammer aus der Hand.

Und? Nichts.

Mit einem grenzenlosen Gefühl der Resignation schleppe ich mich zurück in die zweite Kammer und schlage wieder mit dem Hammer zu. Eins … zwei … drei …

Wieder keine Antwort.

Da ist niemand. Ich bin ganz allein.

Mit zitternden Knien taste ich mich zurück zur Truhe und sinke darauf nieder. Ich ziehe Gerberts Codex auf meinen Schoß und schiebe meine Hände zwischen die Seiten. Dann lehne ich mich zurück, schließe erschöpft die Augen. Tränen rinnen mir über das Gesicht. Ich denke an Yared, an ein Leben an seiner Seite, voller Freude, Zufriedenheit und Glück.

Mit dem Gedanken, am Ende meines Lebens angekommen zu sein, gleite ich in aller Seelenruhe in den erlösenden Schlaf.

Tod, komm und hol mich, ich erwarte dich …

Yared

Kapitel 82

In der Basilika von San Giovanni in Laterano
Samstag, 25. Februar 1447
Viertel nach zwei Uhr morgens

Benyamin stützt mich, während wir die Altarstufen zur Apsis emporsteigen und am Altar vorbei zum Chorgestühl gehen. Er hilft mir, damit ich mich hinsetzen kann.

»Geht's?«, fragt er besorgt – der Ritt vom Palazzo Colonna zur Lateranbasilika hat mich ziemlich angestrengt.

»Benyamin, tu mir den Gefallen und geh mir nicht allzu sehr auf die Nerven«, knirsche ich. Nach unserem hitzigen Streit vorhin bin ich immer noch ziemlich geladen. »Und jetzt mach, dass du wegkommst!«

Mein Freund trabt los, um Leon Battista Alberti von den Ausgrabungen zu holen, und ich bleibe allein in der Apsis mit dem Papstthron aus weißem Marmor. Auf einem prächtig geschmückten Katafalk liegt Papst Silvesters Mumie im Pontifikalornat aufgebahrt, mit Pallium, Mitra und Fischerring.

Wer hat den Befehl dazu gegeben? Alessandra? Offenbar hatte sie geplant, Gerbert d'Aurillac in einer feierlichen Zeremonie noch einmal zu bestatten, sobald sie sein Ansehen wiederhergestellt hätte.

Eine furchtbare Verzweiflung schnürt mir die Brust zusammen, wenn ich an sie denke. Ich fühle mich so ohnmächtig und den Ereignissen ausgeliefert! Die Entscheidung zwischen Herz und Verstand, zwischen Alessandra und Gharnata zerreißt mich innerlich. Ich weiß nicht mehr, was ich tun soll. Jede Entscheidung, die ich treffen werde, wird falsch sein. Benyamin hat ohne Punkt und Komma auf mich eingeredet, dass ich nach Gharnata zurückkehren müsse – noch heute Nacht. Mein Gewissen, meine Verantwortung als Wesir, meine Vision von der Rettung Gharnatas vor der Reconquista, meine Sehnsucht nach der verlorenen Heimat nach sechzehn Jahren des Exils – was hat er mir nicht alles um die Ohren gehauen! Wir haben uns ziemlich gefetzt. So schlimm war es noch nie. Nicht einmal vor zwei Jahren in Jerusalem in der Nacht vor unserer überstürzten Flucht.

Anders als Benyamin glaube ich nicht, dass mein Freund Muhammad tot ist. Der Brief, den er mir eigenhändig geschrieben hatte, klang nicht, als ob er im Sterben liege. Nein, im Gegenteil, er sprach voller Hoffnung davon, endlich in die Alhambra zurückzukehren, um wieder als Sultan zu herrschen. Mit dem Angriff auf seinen Neffen Yusuf wollte er aber noch warten, bis ich aus Rom zurückgekehrt wäre – frühestens sechs Wochen, nachdem er den Brief geschrieben hat. Nein, er sprach nicht davon, dass er fürchte zu sterben, bevor ich zurückkomme. Muhammad ist nicht tot. Yusuf hat mir diese entsetzlich klingende Nachricht geschickt, damit ich so schnell wie möglich Rom verlasse. Er weiß ja, was ich …

Schritte hallen durch die verlassene Basilika. Ich sehe, dass Benyamin zusammen mit Leon Battista Alberti zu mir herüberkommt. Der Gelehrte sieht zum Umfallen müde aus, sein schmales Gesicht ist staubig, sein Haar zerzaust, sein Gewand zerfetzt.

»Euer Exzellenz! Geht es Euch besser? Ihr seid sehr blass.«

»Es geht schon«, sage ich und winke ab. »Wie sieht's aus?«

Er atmet tief durch. »Ich weiß es nicht. Ich weiß es wirklich nicht. Wir graben so schnell wir können, von zwei Seiten, aber wir kommen nur sehr langsam voran. Die Trümmer haben sich nach dem Einsturz noch nicht gesetzt und rutschen immer wieder nach. Ich fürchte, dass ein weiterer Abschnitt des Ganges, in dem meine Männer unter Lebensgefahr arbeiten, zusammenbrechen könnte. Und auch die Geheimkammer. Falls Alessandra wirklich dorthin flüchten konnte, bevor der Gang einstürzte.«

»Ihr glaubt nicht, dass sie noch lebt.«

Alberti schüttelt mutlos den Kopf. Sein rechtes Augenlid beginnt zu zucken. Er streicht mit dem Finger darüber. »Es gibt kein Lebenszeichen von ihr. Seit Stunden klopfen wir immer wieder gegen die Wände, die wie eine Glocke schwingen. Das Hämmern muss in allen Kellergewölben zu hören sein, aber sie antwortet nicht. Entweder ist sie vor Erschöpfung eingeschlafen, und sie erfriert in der eisigen Kälte, oder sie ist schon tot.«

Ich nicke.

»Tut mir aufrichtig leid.«

»Ist schon gut«, quäle ich hervor.

Er sieht mir in die Augen. »Ich tue, was ich kann, das verspreche ich Euch. Wir werden sie fin…«

Ein ohrenbetäubendes Donnern dröhnt plötzlich durch die Lateranbasilika, gefolgt von entsetzten Schreien. Aus dem Seitenschiff, wo sich das Portal zum Papstpalast befindet, dringt eine dichte Staubwolke in die Kirche.

Nicht das auch noch!

Ein Benediktiner, dessen Habit mit Staub bedeckt ist, schleppt einen Verletzten in die Basilika, lässt ihn hinter einer Säule zu Boden gleiten und kehrt sofort zurück zur Einsturzstelle. Ich glaube, es ist Pater Severin.

»Um Himmels willen!«, stöhnt Alberti entsetzt auf. »Ein weiterer Teil des Palastes muss eingestürzt sein. Direkt oberhalb der Geheimkammer. Großer Gott, hoffentlich hält das Gewölbe stand! Ich muss zurück!«

»Wartet, ich komme mit.«

⅋ Alessandra ⅋

Kapitel 83

In der geheimen Kammer im Gewölbe des Lateranpalastes
Samstag, 25. Februar 1447
Gegen halb sechs Uhr morgens

Wieder raschelt der Sand und rutscht mit leisem Knistern weg. Ein Stein poltert zu Boden und kracht gegen die Büchertruhe. Und noch einer.
Dann ist es wieder still …

… bis ich leise Stimmen hören kann, ganz weit entfernt. Ich versuche zu denken, zwinge mich, ruhig zu atmen, denn das Gefühl von … ja von was? … von drängender Eile? … erstickt mich beinahe. Ich lausche. Eine Minute, zwei, drei.

Dann höre ich von irgendwoher einen aufgeregten Schrei: »Wir sind durchgebrochen! Das Gewölbe ist nach dem Einsturz nicht in sich zusammengefallen!«

Das Licht von Fackeln flackert umher, blendet mich und erhellt die Geheimkammer jenseits des Mauerdurchbruchs, aber ich liege immer noch wie festgefroren im Dunkeln. Die Hand zu heben bedeutet eine ungeheure Willensanstrengung. Mich auf dem Boden vorwärtszuschieben, dem Licht entgegen, der Erlösung, ist eine unbeschreibliche Tortur.

Wieder die Stimme des Mannes. Er ruft jemanden … er ruft … Yared … aber das ist … nur ein Wunschtraum …

»Lebt sie noch?«

»Ja.« Yareds Hand legt sich zärtlich auf meine heiße Stirn. Wie kühl sie sich anfühlt. »Sie glüht vor Fieber. Sie ist bewusstlos.«

»Ihre Augenlider flattern.« Ist das Cesare?

»Das Licht der Fackeln blendet sie. Alessandra, kannst du mich hören?« Yareds Stimme versagt.

Ein schluchzendes Keuchen, das ist alles, was ich herausbringen kann. Mein Herz klopft wie wild. Er ist gekommen. Er ist da. Ich schlage die Augen auf.

»Gib mir das Wasser, Cesare. Sie muss etwas trinken. Knie dich hinter sie und richte sie auf. Ja, so ist es gut. Halt sie fest. Ja, genau so.« Yared flößt mir kühles Wasser ein, bis ich mich verschlucke und zu husten beginne. Er beugt sich über mich, umarmt mich und wiegt mich wie ein kleines Kind. »Schscht, sei ganz ruhig, mi corazón. Alles wird gut. Cesare und ich bringen dich hier heraus. Das verspreche ich dir.« Zärtlich wischt er mir die Tränen aus dem Gesicht und küsst mich.

Knirschende Schritte. »Wir müssen so schnell wie möglich verschwinden, Yared. Señor Alberti sagt, das Gewölbe der vorderen Kammer könne jeden Moment einstürzen.« Das ist Benyamin.

»Cesare, hilf mir, sie zu tragen!«

Mit letzter Kraft hebe ich die Hand.

»Warte!« Yared ergreift meine Hand. »Was ist?«

»... Codex ...«, presse ich hervor.

Der Griff um meine Finger verstärkt sich unwillkürlich, als Yared sich in der Kammer umsieht.

»Vor ihren Füßen liegt ein Foliant«, sagt Cesare. »Und da ist auch ihr Notizbuch.«

»Nun kommt endlich!«, drängt Benyamin panisch.

»Yared ... du musst ...«, keuche ich und muss erneut husten.

»Sei unbesorgt, Alessandra. Wir nehmen den Codex und dein

Notizbuch mit. So, und jetzt mach die Augen zu und …« Yared sagt noch etwas, aber ich kann es nicht mehr verstehen.

Eine Woge der Erleichterung reißt mich mit sich in die Ohnmacht.

Später, viel später spüre ich ein weiches Bett, Kissen, Decken, Wärme. Hände, die mich waschen, mit einem warmen Duftöl massieren und sanft abtrocknen. Arme, die mich zärtlich halten. Eine heiße Suppe, die mir von Yared geduldig eingeflößt wird und die mich warm durchströmt. Eine Stimme, die beruhigend auf mich einredet. Es ist Cesare. Er sitzt an meinem Bett, hält meine Hand und erzählt mir von meiner Rettung. Es rührt mich zu Tränen, wie besorgt er um mich ist.

Später liest Elija mir eine Geschichte vor, damit ich etwas Schönes träume, wie er betont. Ich muss schon wieder weinen. Danach legt sich Yared neben mich und umarmt mich.

Dann wird es wieder dunkel.

Als ich das nächste Mal erwache, ist es schon Abend. Yared liegt neben mir und schläft fest. Auf seinem Gesicht liegt ein Lächeln. Ich hauche ihm einen Kuss auf die leicht geöffneten Lippen, aber er wacht nicht auf. Da ziehe ich die Decke über uns beide, schmiege mich an seinen nackten Körper und schlafe in seinen Armen bald wieder ein.

Yared

Kapitel 84

Im Bankettsaal des Palazzo Colonna
Donnerstag, 2. März 1447
Kurz vor zehn Uhr abends

Wir sitzen im Bankettsaal von Alessandras Palazzo beim späten Abendessen, als einer der Diener den Saal betritt und die Ankunft eines unerwarteten Gastes meldet: »Euer Gnaden, Euer Eminenz, Euer Exzellenz«, spricht er Alessandra als Hausherrin, Prospero und mich an. Cesare Orsini, der an diesem Abend mit Prospero über das in zwei Tagen stattfindende Konklave sprechen will, schließt er stillschweigend in die förmliche Anrede mit ein. Alessandras Cousin Vespasiano Colonna, bis vor wenigen Tagen Kommandant der Engelsburg, hat keinen Titel. »Sua Illustrissima é Reverendissima Eminenza, Kardinal Parentucelli.«

Alessandra, die neben mir sitzt, stellt ihren Weinbecher auf den Tisch und springt auf. »Mein lieber Tommaso!«, begrüßt sie den eintretenden Kirchenfürsten, der an der Tür stehen bleibt und mit einem feinen Lächeln in den leer geräumten Saal blickt. Parentucelli trägt ein mit einem Tuch bedecktes Körbchen unter dem Arm. Wie es scheint, ist er ohne Gefolge gekommen – er legt keinen Wert auf das Zeremoniell.

»Euer Exzellenz«, nickt mir der Kardinal zu, nachdem er Prospero, Cesare und Vespasiano begrüßt hat. »Wie geht es Eurer Schulter?«

»Unverändert.«

Parentucelli blickt mir aufmerksam in die Augen. Alessandra hat mir erzählt, dass er in Bologna nicht nur Theologie, sondern auch Medizin studiert hat. Und dass er so erfahren ist, dass er den verstorbenen Kardinal Albergati, dessen Sekretär er jahrzehntelang gewesen war, während dessen Krankheit behandelt hatte. »Ihr seid sehr blass, Euer Exzellenz. Und Euer Blick ist ganz matt. Ihr habt immer noch Fieber, nicht wahr? Hat sich die Wunde entzündet?«

Ich nicke. »Der Arm ist wie gelähmt und schmerzt. Mit der rechten Hand kann ich keine Schreibfeder mehr halten.«

»Die besten Ärzte sind oft die schlechtesten Patienten. Ihr solltet Euch ins Bett legen und Euch ein bisschen Ruhe gönnen«, rät er mir ernst. »Ich werde Euch morgen eine Salbe schicken, die Ihr auf die Wunde auftragt. Sie wird die Entzündung lindern und die Schmerzen stillen.« Dann sieht er meinen Sohn an, der sich neben mich drängt und mit großen Augen zu ihm aufschaut. »Und da ist ja auch der kleine Elija. Guck mal, was ich dir mitgebracht habe.«

Elija lugt fragend zu mir hoch. Als ich nicke, hockt er sich neben Parentucelli, der ebenfalls niederkniet, das Körbchen auf den Boden stellt und das Tuch zur Seite zieht.

Ein winziger pelziger Kopf erscheint, daneben eine tapsige Pfote. Die Augen sind nach der Geburt noch geschlossen, aber der Kleine wirkt verängstigt.

»Ein knuddeliges Wölfchen!«, ruft Elija verzückt aus. »Guck mal, Papa! Ist das nicht niedlich?«

»Ein Welpe, schätzungsweise eine Woche alt. Und viel zu früh geboren. Seine Mutter ist in der Nähe des Lateranpalastes erschlagen worden, vermutlich von einem Pilger. Ich hab den niedlichen Fratz neben ihrem blutüberströmten Kadaver gefunden und mitgenommen, damit er nicht stirbt. Er ist noch blind und taub und völlig hilflos. Der Rest des Wurfs hat den Schneesturm letzte Woche vermutlich nicht überlebt«, erklärt der Kardinal. »Ich hab ihn Romulus genannt. Gefällt dir der Name, Elija?«

Mein Sohn nickt heftig.

»Traust du dich, Romulus zu streicheln?«, ermuntert ihn der Kardinal und schiebt das Körbchen vor Elija.

Behutsam hebt mein Sohn die Handvoll Wölfchen heraus, schließt das putzige Fellknäuel in die Arme und steckt seine Nase in den dichten Pelz. Das Wölfchen wirft mit noch geschlossenen Augen den Kopf zurück und lässt sich von Elija zärtlich am Bauch kraulen. »Er ist doch noch so klein! Was frisst er denn?«

»Ich würd's mal mit Ziegenmilch probieren. Du füllst die warme Milch in eine Schüssel, tauchst den kleinen Finger hinein und lässt Romulus ihn ablecken.« Parentucelli schiebt Elijas Finger sachte in die winzige Schnauze des Wölfchens, das sofort an der Fingerspitze zu nuckeln beginnt. »So, siehst du?«

»Mhm.« Mit glänzenden Augen sieht Elija zu mir auf. »Darf ich ihn behalten, Papa? Oh bitte!«

Wie könnte ich dem flehenden Blick meines Sohnes widerstehen? Benyamin wird wieder genervt die Augen verdrehen, wenn er nachher aus der Synagoge zurückkehrt, und mir eine Strafpredigt halten …

»Wenn du dich um ihn kümmerst«, nicke ich. »Ich werd's nicht tun. Ich hab keine Zeit dafür. Und Benyamin ganz sicher auch nicht.«

»Ist gut.« Elija wendet sich zum Kardinal um, der immer noch neben ihm kniet, und erstaunt uns alle: »Eure Eminenz, mein erlauchter Vater, Seine Exzellenz, der Wesir des Sultans von Al-Andalus, hat mir gnädig die Erlaubnis erteilt, Euer Geschenk anzunehmen. Ich danke Eurer Eminenz von Herzen.«

Nun hör sich einer den Bengel an! Und das in makellosem römischem Latein!, denke ich und bin ein bisschen stolz auf Elija. Schade, dass Benyamin das nicht hören konnte. Nie wieder müsste ich mir von ihm vorwerfen lassen, die kleine Rotznase aus den Gassen von Jerusalem sei völlig verzogen.

Parentucelli lacht vergnügt und verwuschelt Elijas Locken. »Gott segne dich, mein Junge. Gott segne dich.«

Alessandra, in deren Augen der Stolz auf unseren Sohn schimmert, reicht dem Kardinal den Arm, um ihm aufzuhelfen.

Etwas unbeholfen kommt er hoch. »Na, sag schon, welche geheime Konspiration der Colonna wird hier ausgeheckt?« Parentucelli zwinkert verschwörerisch und wendet sich an Prospero. »Euer Heiligkeit, verteilt Ihr schon die Ämter?« Seine Geste schließt Alessandra, Cesare und Vespasiano ein, wie stillschweigend auch Prosperos ältere Brüder Odoardo, den Conte von Alba und Celano, Antonio, den Fürsten von Salerno und Marchese von Cotrone, und seine Schwester Anna, die mit Gianantonio Orsini verheiratet ist, dem Fürsten von Tarent und Bari und Gran Connestabile von König Alfonso von Aragón. »Oder besprecht Ihr bereits die Krönungszeremonien und den Sacro Possesso, die feierlichen Prozession in den Lateran?«

Prospero brummt: »Ein römisches Sprichwort sagt: ›Wer als Papst ins Konklave geht, kommt als Kardinal wieder heraus‹.«

»Sono pazzi questi Romani – die spinnen, die Römer.« Parentucelli grinst vergnügt. »Nach Alessandras eindrucksvoller Rede zur Kirchenunion heute Nachmittag vor der Kongregation der Kardinäle habt Ihr gewiss die eine oder andere Stimme gewonnen, die Euch zur Zweidrittelmehrheit noch fehlt. Keiner unserer geschätzten Kollegen hat sich bisher bereit erklärt, den Metropoliten und Erzbischof von Athen zu empfangen – diese undankbare Aufgabe überlassen sie alle nur allzu gern der Contessa Colonna, der ›geliebten Schwägerin‹ des byzantinischen Kaisers. Wenn es jemand wagt, Phantinos von Athen die Leviten zu lesen, dann sie. Nein, Prospero, im Ernst: Alessandras entschlossenes Auftreten in der Kardinalskongregation hat die Kardinäle überzeugt, dass sie als Lehensfürstin der Kirche und Stellvertreterin des Papstes eine gute Figur machen würde.«

Prospero hebt die Augenbrauen.

»Nun seht mich doch nicht so an! Kardinal d'Estouteville ist immerhin der Cousin des Königs von Frankreich. Der gute Guillaume vertritt die Meinung, dass eine Ernennung von Alessandra eine angemessene Würdigung ihrer Verdienste um die Kirche wäre. Antão Martinez de Chaves und Alonso Borgia haben sich auch in dieser Weise geäußert. Damit unterstützen Frankreich, Portugal und Neapel-Aragón ihre Ernennung. Und im Übrigen bin ich derselben Meinung. Auch wenn unser geschätzter Generalinquisitor mich dafür verfluchen wird.«

Alessandras Lippen zucken unmerklich, sie sagt aber nichts. Ihre blauen Augen blitzen. Erst gestern Abend ist sie deswegen wieder mit Prospero aneinandergeraten – ich habe die beiden streiten lassen und Elija, der sich schon die Kullertränen verdrückt hat, ins Bett gebracht. Wie ich hofft er immer noch, dass sie mit uns nach Gharnata kommt. Ich habe keine Ahnung, ob sie sich schon entschieden hat. Ihre Reisetruhen für die Expedition nach Timbuktu hat sie jedenfalls noch nicht wieder ausgepackt. Die stehen immer noch verschlossen in ihrem … in unserem Schlafzimmer.

»Steckt da Capestrano eigentlich hinter dem Attentat auf dich?«, fragt er Alessandra. »Seit deiner Rettung hetzt er in seinen täglichen Fastenpredigten die Römer gegen dich auf. Seine Hasstiraden sind schlimmer denn je. Die Zeiten der ›Päpstin der Häretiker‹ sind endgültig vorbei. Jetzt bist du schon der ›Antichrist‹. Aber in deinem Bericht vor der Kardinalskongregation hast du seinen Namen nicht erwähnt. Ich habe den Camerlengo gefragt, doch Ludovico Scarampo schweigt beharrlich.«

»Ein Verdacht ist kein Beweis, Tommaso. Und ohne Geständnis kann ich da Capestrano nicht verurteilen.«

Tommaso Parentucelli runzelt besorgt die Stirn. »Na, hoffentlich denkt er genauso, wenn er dich eines Tages vor das Inquisitionstribunal zerrt.«

»Seine Hetzpredigten muss er mit seinem Gewissen vereinbaren. So wie ich mein Schweigen mit meinem vereinbaren muss.«

Der Kardinal will etwas sagen, besinnt sich jedoch anders.

»Tommaso, setz dich doch und iss mit uns«, lädt Alessandra ihn ein und wendet sich an die Dienerschaft neben der Tür. »Ein Gedeck für Seine Eminenz!«

Cesare schiebt seinen Stuhl zurück und bietet seinen Platz links neben Prospero, der am Kopfende der Tafel thront, Kardinal Parentucelli an. Auch Vespasiano rückt einen Stuhl weiter ans Ende der Tafel.

»Grazie, Cesare«, bedankt sich Parentucelli. »Ich nehme an, Ihr seid als Konklavemarschall hier.«

»Ja, Euer Eminenz. Kardinal Colonna und ich sprachen eben über das Konklave.«

»Schon alles vorbereitet?«

»Ja, Euer Eminenz. Die Sakristei von Santa Maria sopra Minerva ist bereit für den Einzug der Kardinäle. Morgen Nachmittag werde ich der Kardinalskongregation berichten. Die Farben, in denen die Schlafzellen der Eminenzen geschmückt werden, sind heute ausgelost worden.«

»Ah. Und welche Farbe werde ich bekommen?«

»Weiß, Euer Eminenz. Die Farbe der Päpste.«

Parentucelli presst die Lippen aufeinander. »Und Kardinal Colonna?«

»Purpur.«

Diesmal nickt er verkniffen.

»Was ist?«, fragt Alessandra, die wieder neben mir Platz genommen hat. »Was hast du, Tommaso?«

»Ach, nichts.« Er winkt ab und lehnt sich mit hochgezogenen Schultern auf seinem Stuhl zurück, als ein Diener einen Holzteller, einen Zinnbecher und ein Speisemesser vor ihn hinstellt. Er wirkt plötzlich angespannt. »Es ist nur …«

»Was?«

»Ich hatte letzte Nacht einen Traum. Mein Gott, heute Morgen habe ich noch darüber gelacht, als ich ihn meinem Sekretär erzählt habe.« Er schüttelt den Kopf.

Alessandra hebt die Augenbrauen. »Nun erzähl schon!«

Die Hände des Kardinals verkrampfen sich um die Armlehnen seines Stuhls. »Ich habe geträumt …« Er atmet aus. »Ich habe geträumt, dass ich Papst werde. Ich, der ich erst seit zwei Monaten Kardinal bin und der keiner reichen und mächtigen Adelsfamilie entstammt. Ich, der ich überhaupt keine richtige Familie habe, abgesehen von meinem Stiefvater, der mich nicht liebt, und meinen drei Stiefbrüdern, die mich als Kind schikaniert haben. Ich, ein Gelehrter, ein namenloser Emporkömmling, ohne Macht, ohne Vermögen, ohne Familie und ohne Einfluss.«

Betretenes Schweigen.

Prospero und Cesare sehen sich über den Tisch hinweg an. Sie wirken bestürzt.

»Und?«, fragt Alessandra mit einem raschen Seitenblick auf ihren Cousin.

»Ich bin schweißgebadet aufgewacht«, gesteht Parentucelli leise. »Was für ein Albtraum! Ich und Papst!«

»Aber wieso eigentlich nicht?«, fragt Alessandra. »Deine Totenrede bei der Beisetzung von Eugenius am Sonntag in San Pietro hat großen Eindruck auf die Kardinäle gemacht.«

»Die meisten haben überhaupt nicht zugehört, was ich gesagt habe, sondern ganz ungeniert miteinander getuschelt, um ihre Machtbündnisse fürs Konklave zu schließen und ihre Vorgehensweisen für den ersten Wahlgang zu besprechen. Prospero hat mit seiner großartigen Prozession über die Via Papalis nach San Pietro, die an den triumphalen Sacro Possesso eines neu gewählten

Papstes erinnerte, wesentlich mehr Eindruck gemacht als ich mit meiner Rede. Hast du nicht gehört, wie die Römer ›Viva il Papa!‹ brüllten, als Prospero mit seinem Gefolge die Piazza San Pietro erreichte?«

»Ich hab's gehört.«

»Na also! Die Römer wollen einen Römer, und ich bin keiner. Sie wollen einen würdigen Nachfolger für ihren geliebten Papst Martin, und der war bis zum letzten Blutstropfen ein Römer. Sie wollen einen Colonna, der sich mit den Orsini versöhnt ...« Parentucelli blickt von Prospero zu Cesare. »... damit in Rom nach all den Jahrzehnten der blutigen Machtkämpfe endlich Frieden herrscht. Würden die Römer wie vor Jahrhunderten per Akklamation den Papst wählen, wäre Prospero jetzt schon Pontifex.« Er sieht Alessandra an. »Du weißt doch genau, dass es so ist. Wenn Prospero Papst wird, werden die Römer der Tradition gemäß den Palazzo Colonna plündern, Prosperos Residenz genauso wie deine. Du hast deinen ganzen Besitz, das Tafelsilber von Papst Martin, dein Gold und deine kostbaren Bücher doch längst in Sicherheit gebracht, nicht wahr?«

Und nicht nur das! Sonntag Nacht hat Alessandra das Grab ihres Vaters in Santi Apostoli öffnen und seine sterblichen Überreste und die Truhe mit seiner jüdischen Vergangenheit bergen lassen. Sie fürchtet, der Leichnam könnte geschändet werden wie der von Kardinal Vitelleschi. Noch mehr fürchtet sie, die Truhe mit Tallit, Tefillin, Mesusa und den silbernen Schabbatleuchtern könnte der Inquisition in die Hände fallen. Aber warum sie auch Niketas aus seinem Grab holen ließ, weiß ich ehrlich gesagt nicht. Cesare, der sich als ihr bester Freund um die Exhumierung ihres Vaters und ihres ersten Gemahls gekümmert hat, scheint ebenfalls nicht zu wissen, was sie vorhat. Zumindest hat er sich mir gegenüber so geäußert.

Alessandra nickt. »Seit Montag verlassen jede Nacht Maultierzüge den Palazzo Colonna. Vespasianos Bravi geben den Karawanen bewaffneten Geleitschutz.«

»Wohin lässt du alles bringen? In die Burg deines Großvaters Marcantonio Colonna in den Bergen östlich von Rom?« Als sie nickt, sagt er: »Dachte ich's mir doch! Kein Wunder, dass alle glauben, du würdest nach all den Jahren endlich sein Erbe antreten und Fürstin von des Papstes Gnaden werden.«

Sie hebt die Augenbrauen. »Wer glaubt das?«

»Da Capestrano. Er hetzt gegen dich, um das zu verhindern.«

»Ich weiß«, seufzt sie.

»Ich weiß, dass du's weißt. Und ich weiß, dass du dazu schweigst. Alessandra, du solltest …«

»Was, Tommaso?«, unterbricht sie ihn hitzig. »Was soll ich deiner Meinung nach gegen eine verleumderische Hetze durch den Generalinquisitor unternehmen, der meinen Namen, mein Ansehen und meine Ehre in den Staub tritt und mich urbi et orbi als ›Antichrist‹ bezeichnet? Soll ich um des Friedens willen Krieg gegen ihn führen? Um genau das zu werden, was zu sein er mich beschuldigt? Eine Gegnerin der Kirche. Eine Feindin des Glaubens. Eben der Antichrist.«

Parentucelli beißt sich auf die Unterlippe und nickt. Er hat verstanden, dass Alessandra ash-Shah mat gesetzt ist. Weder ihre stärkste Angriffsfigur, die ›Dame‹ Prospero, noch ihr ›Turm‹ Vespasiano oder ihr ›Läufer‹ Cesare können ihr noch helfen. Und auch ich bringe sie in Gefahr. Auf dem Schachbrett der Macht kann sie keinen Zug mehr machen, bis ein neuer Pontifex gewählt ist. Und gebe Gott, dass es nicht der falsche Papst ist, wie Francesco Condulmer, der den ganzen Colonna-Clan bis aufs Blut hasst, oder der strenge Dominikanermönch und Widersacher des Islam Juan de Torquemada, dem ihr Interesse an islamischen Handschriften und ihre geplante Expedition nach Timbuktu zutiefst verhasst sind. Und der keine Frau in einer Machtposition im

Vatikan dulden würde, schon gar keine gelehrte, selbstbewusste und einflussreiche wie Alessandra, die Kardinäle, Päpste und Kaiser zu ihrem Freundeskreis zählt – und, wie ich hoffe, in wenigen Wochen auch den Sultan von Gharnata. Oh ja, Muhammad wird hingerissen sein von ihr.

»Was wir brauchen, ist ein Papst des Friedens, wie mein Cousin Martin einer war«, verdeutlicht Alessandra entschlossen. »Ein gelehrter, weltoffener, starker und zudem mutiger Papst, der der Gewaltherrschaft der Inquisitoren Einhalt gebietet.«

Tommaso nickt versonnen. »Der Frieden und die Freiheit sollten ihm am Herzen liegen. Der Glaube *und* das Wissen.«

»Ganz recht.«

»Da wir gerade davon reden – du hast versprochen, mir das *Secretum Secretorum* zu zeigen«, fügt er hinzu.

Sie lächelt matt. »Jetzt gleich?«

»Du glaubst doch nicht im Ernst, dass ich den weiten Weg von meinem Palazzo hierher gemacht habe, um mit Prospero über das Konklave zu reden. Oder mit euch zu Abend zu essen. Ich habe schon gegessen. Ich will Gerberts Opus magnum sehen. Ich will wissen, was darin steht. Auf der Stelle.«

Lachend schiebt sie ihren Stuhl zurück und steht auf. »Du bist so ungeduldig wie Elija, wenn er nicht gleich seinen Willen bekommt.« Sie blickt zu unserem Sohn. »Na, dann komm.«

Alessandra

Kapitel 85

In Alessandras Arbeitszimmer im Palazzo Colonna
Donnerstag, 2. März 1447
Kurz nach halb elf Uhr abends

Tommaso folgt mir in mein Arbeitszimmer. Auf meinem Schreibtisch neben Salomos Grimoires und Gerberts Werken, die ich vom Lateran hierher bringen ließ, liegt aufgeschlagen das *Secretum Secretorum.*

Während ich mehrere Kerzen entzünde, beugt er sich andächtig über den Pergamentcodex, wagt es jedoch nicht, die Seiten aus feinstem Vellum zu berühren. Wortlos reiche ich ihm Damasthandschuhe, die er, ohne den Blick vom Folianten zu heben, überstreift. Prospero stellt sich neben ihn und blickt ihm über die Schulter, Cesare schlendert mit dem Weinbecher in der Hand zum Fenster hinüber. Ein wenig gelangweilt, wie mir scheint, blickt er zur von Fackeln beleuchteten Trajanssäule auf dem Kaiserforum hinüber. Cesare ist Condottiere, er macht sich nichts aus alten Büchern, wenn sie nicht von Caesar verfasst wurden oder über Alexanders Feldzüge berichten.

»Du bist eine Magierin!«, flüstert Tommaso ergriffen und streicht behutsam über das leise knackende Vellum. Gerberts Handschrift ist vermutlich mit Milch und Kleie abgewaschen worden. Das war vor fünfhundert Jahren das übliche Verfahren. Wenn die Tinte mit pulverisiertem Bimsstein weggeschabt worden wäre, hätte ich die Schrift wahrscheinlich nicht mehr lesbar machen können. Dieses Verfahren hat Fra Santino vor wenigen Tagen angewendet, um die Blutschrift meines Teufelspaktes im *Testament des Salomo* zu tilgen. »Beide Handschriften des Codex sind lesbar, die Psalmen in schwarzer Tinte in der oberen und Gerberts Opus magnum in rötlicher Schattierung in der unteren Schicht, der ›scriptio inferior‹!« Tommaso staunt. »Wie hast du das nur geschafft?«

»Eine Tinktur aus Gallapfel und anderen geheimen Zutaten.«

»Gemahlener Totenschädel, das Blut einer schwarzen Katze, die Holzsplitter von einem Crucifixus …?«

Ich lache vergnügt. »Du hast die blutige Hostie vergessen«, scherze ich.

Verschmitzt lächelnd schlägt er das Kreuzzeichen über mir. »Ego te absolvo.« Dann beugt er sich wieder über den Codex. »Ganz ehrlich, ich bin beeindruckt. Du hast ein Wunder vollbracht. Das Buch sieht aus, als wäre es erst gestern geschrieben worden. Du hast die Bindung erneuert, nicht wahr?«

»In der Geheimkammer habe ich das Buch mehrmals fallen gelassen, als ich immer wieder eingeschlafen bin. Es drohte zu zerfallen.«

Behutsam blättert er durch die Seiten und betrachtet die Skizzen auf den ausklappbaren Folios. »Und du hast die Zeichnungen ausgemalt, damit sie farbig sind.«

»Fra Angelico hat mich dabei beraten. Wir kennen uns seit vielen Jahren aus Florenz. Sieh dir mal dieses Blau an! Und dieses Rot! Er hat die strahlenden Temperafarben in seiner Werkstatt in Santa Maria sopra Minerva extra für mich reiben lassen. Und die feinen Pinsel hat er selbst gebunden. Meine Buchmalerwerkstatt befindet sich ja in Florenz.«

»Nach Eugenius' Tod können Fra Angelico und seine Gehilfen ohnehin nicht im Vatikan arbeiten. Die päpstlichen Gemächer sind versiegelt. War er hier, um sich das Buch anzusehen?«

»Ja, und er war so begeistert wie du.«

»Du lässt einen Dominikanermönch aus Santa Maria sopra Minerva in dein Haus?«, fragt Tommaso erstaunt.

»Mein Vater war dort Inquisitor. Mein Bruder sollte auf Wunsch des Papstes dort Prior werden. Mein Sohn war Mönch dort. Fra Angelico, der von Florenz hierhergekommen ist, ist ein alter Freund. Ebenso Fra Mariano da Palestrina, der Sekretär von Papst Eugenius. Er war Prior des Konvents, als Giovanni Vitelleschi mich dort in den Kerker sperren ließ.«

»Und vorher war er Sekretär deines Vaters, als Luca als Stellvertreter von Papst Martin Rom regierte.«

»Genau.«

»Ich dachte nur …« Er verstummt.

»Ist schon gut, Tommaso.« Ich deute auf den Codex. »Das Bindemittel für die Farben ist rohes Ei, die Grundierung besteht aus gemahlenem Gips. Ich hab's auch mit Öl versucht, weil dadurch das Trocknen hinausgezögert wird und ich Fehler leichter korrigieren kann, aber das Öl wird gelb und dunkelt nach. Außerdem wellt sich das Pergament, und der Codex wird ruiniert.«

»Du hast die richtige Mischung gefunden. Die Malerei hat einen sanften Schimmer, ähnlich dem einer polierten Eierschale. Echt toll, wirklich. Du hast Gerberts Werk für weitere fünfhundert Jahre restauriert. Wenn man es doch nur lesen könnte. Aber Gerbert hat sein Opus magnum in Tironischen Noten verfasst. Diese antike lateinische Kurzschrift können nur wenige Gelehrte entziffern.«

»Ich hab's transkribiert. Und dabei in heutiges Latein übersetzt.« Ich zeige Tommaso mein Notizbuch. »Gestern bin ich damit fertig geworden, siehst du?«

»Großartig!« Er überfliegt einige Zeilen in dem Büchlein, dann gibt er es mir zurück. »Ich bin begeistert, ganz ehrlich.«

»Dann hör dir erst mal an, was ich damit vorhabe.«

»Spann mich nicht auf die Folter! Na los, erzähl schon!«

»Ich plane eine Herausgabe des Buches. Vor zwei Tagen habe ich eine Brieftaube an den Leiter meines Scriptoriums in Florenz geschickt. Acht meiner Scriptoren und Buchmaler sind unterwegs nach Rom. Sie werden das Buch mehrfach kopieren. Ich werde es nicht selbst abschreiben. Dafür bleibt mir keine Zeit mehr.«

»Keine Zeit?«, fragt er stirnrunzelnd nach. »Was hast du vor?«

»Ich werde abreisen. Und für einige Monate fort sein. Vielleicht für einige Jahre.«

»Timbuktu?«

Ich schüttele den Kopf und blicke zu Yared hinüber, der jetzt mit Cesare und Vespasiano neben dem Fenster steht. »Granada.«

Cesare sieht mich bestürzt an.

Yareds gefühlvolles Lächeln und die Tränen der Rührung in seinen Augen rühren mein Herz. Er hat nicht geahnt, wie ich mich entschieden habe, obwohl ich meine Reisetruhen in den letzten Tagen nicht ausgepackt habe. Er hat so sehr gehofft, dass ich mit ihm gehe, er hat mich jedoch nie bedrängt. In den letzten Tagen und Nächten haben wir wie selbstverständlich zusammengelebt. Yared hat als Wesir die Briefe beantwortet, die Muhammad ihm vorgestern in einer Dokumententruhe geschickt hat, und ich habe am Schreibtisch gegenüber den Codex restauriert. Und nachts hat er neben mir in meinem Bett geschlafen.

Cesare wendet sich abrupt zum Fenster um, zieht die Schultern hoch und kippt den Wein hinunter. Ich nehme an, er wird sich heute Nacht betrinken. Vespasiano legt ihm die Hand auf die Schulter und tuschelt leise mit ihm.

Ich sehe Tommaso an. »Sobald die Scriptoren das Buch kopiert haben, werden die Codices in meiner Werkstatt in Florenz hergestellt. Eine prunkvolle Ausgabe mit goldverziertem Ledereinband und Goldschnitt am Seitenrand für Kunden wie Cosimo de' Medici und Palla Strozzi und Basilios Bessarion und Nikolaus von Kues und …«

»… und mich …«

»… und dich …«, lächele ich. »… und eine schlichte Taschenbuchausgabe für Studenten.«

»Ohne die aufwändigen Abbildungen, zu zwei Fiorini das Buch. Damit arme, hungernde Studenten wie ich damals während meines Studiums in Bologna sich dieses einzigartige Werk leisten können.«

»Genau. Und wenn sich das neue Druckverfahren mit beweglichen Lettern dieses Johannes aus Mainz bewährt, von dem mir meine Agenten auf der Frankfurter Buchmesse berichtet haben, dann lasse ich das Buch vielleicht sogar drucken. In einer Auflage von tausend Exemplaren. Die in Oxford und Prag, in Paris und Salamanca, in Ferrara, Rom und Byzanz gelesen werden können.«

»Damit wirst du Geschichte schreiben!«, begeistert er sich. »Das ist …«

»Alessandra?«, ruft mich Vespasiano. »Erwartest du heute Nacht noch Besuch?«

Ich gehe zu ihm hinüber und blicke hinab zum mit Fackeln erleuchteten Portal meines Palazzos. Mit fliegendem Habit hastet Fra Santino über die Piazza. Plötzlich blickt er hoch, bleibt stehen und signalisiert mir, dass er mich dringend sprechen muss. Wie gehetzt blickt er sich um und späht in die nächtlichen Schatten, als würde er verfolgt.

Yared tritt neben mich und blickt hinunter. »Was will er denn?«

»Er rennt, als wären alle Dämonen der Hölle hinter ihm her«, murmelt Cesare.

»Er scheint panische Angst zu haben«, befindet Vespasiano.

Ich wende mich zu einem Diener um, der neben der Tür wartet. »Ich nehme an, das Portal steht seit der Ankunft Seiner Eminenz noch offen. Die Torwachen sollen den Inquisitor auf Waffen durchsuchen. Ich werde Fra Santino nebenan im Thronsaal empfangen.«

»Ja, Euer Gnaden.«

»Und sag Andrea … er ist seit gestern Befehlshaber meiner Leibwache … sag ihm, dass sich meine Bravi bereithalten sollen. Dasselbe gilt für die Bewaffneten Seiner Gnaden des Conte Orsini und die Männer Seiner Exzellenz des Wesirs von Granada. Sobald Fra Santino meinen Palazzo betreten hat, wird das Portal für heute Nacht geschlossen und verriegelt. Meine Diener sollen mir meinen Harnisch, mein Schwert und meine Armbrust bringen. Wir bereiten uns auf einen Sturmangriff vor.«

»Ja, Euer Gnaden.«

»Mach, dass du wegkommst!«

Er nickt beflissen und verlässt den Raum.

»Vespasiano, du übernimmst das Kommando über die Bravi.«

Mein Cousin nickt entschlossen, zieht einen kleinen silbernen Crucifixus unter seinem Hemd hervor und küsst ihn. Dann stopft er ihn nachlässig zurück. »Verlass dich auf mich.« Er will schon losstürmen, als ich ihn aufhalte.

»Warte! Hast du noch den Schlüssel zur Engelsburg?«

Vespasiano klopft auf seine Jackentasche. »Ja, hab ich. Und den zum Passetto auch.«

»Ist gut. Hau ab.«

Mit ausgreifenden Schritten stürmt Vespasiano, der wie Cesare in Marcantonio Colonnas Heer ausgebildet wurde, aus dem Arbeitszimmer, um seine Männer zusammenzutrommeln und für die Verteidigung des Palazzos zu sorgen. Was ihm erhebliche Schwierigkeiten bereiten dürfte, denn fünfzig seiner Männer geleiten meine Maultierkarawanen in die Burg meines Großvaters. Sie sind noch nicht nach Rom zurückgekehrt. Zudem ist der ausgedehnte Gebäudekomplex des Palazzo Colonna mit der Kirche Santi Apostoli nicht viel kleiner als das Castel Sant'Angelo, aber sehr viel schwieriger zu verteidigen. Die Fenster im Erdgeschoss sind zwar vergittert, die im ersten und zweiten Stock nicht.

Hastig raffe ich das *Secretum Secretorum*, das *Testament* und den *Schlüssel des Salomo* und die *Ars Magica* zusammen, lege die Bücher zu dem roten Teufelsbuch, mit dem Fra Domenico meinen Sohn erschlagen hat, in einen mit Stahl verstärkten Tesoro und verschließe das komplizierte Schloss. Den Schlüssel nehme ich an mich, ebenso mein Notizbuch, das in den letzten Tagen zu meinem kostbarsten Besitz geworden ist.

»Prospero, würdest du den Metropoliten Phantinos beruhigen, damit er sich nicht allzu sehr über die ›römischen Verhältnisse‹ aufregt? Tommaso, ich lass dich heute nicht mehr auf die Straße. Meine Diener werden eines der Gästezimmer der päpstlichen Wohnung für dich herrichten. Und ich stelle dir fünf meiner Bravi als Leibwache zur Verfügung.«

Tommaso sieht mich besorgt an. »Alessandra, um Gottes willen, was ist denn?«

»Es geht los«, sage ich mit tonloser Stimme. »Er macht seinen letzten, vernichtenden Spielzug. Und ich kann weder vor noch zurück, denn ich bin schon schachmatt gesetzt.«

»Wen meinst du?«, fragt er bestürzt.

»Da Capestrano.«

Yared

Kapitel 86

Im päpstlichen Thronsaal des Palazzo Colonna
Donnerstag, 2. März 1447
Viertel vor elf Uhr abends

Wenig später wird Fra Santino von mehreren mit Schwertern bewaffneten Bravi aus Alessandras Leibwache in Papst Martins Thronsaal eskortiert.

Alessandra empfängt ihn. Sie sitzt auf einem Brokatkissen unterhalb der beiden prunkvollen weißen Fächer auf den Stufen des päpstlichen Thrones. Bei zeremoniellen Empfängen von Papst Martin und dessen Nachfolger Eugenius ist das von Kindheit an ihr Platz gewesen. Nicht auszudenken, welche Machtstellung sie bekommen hätte, wenn ihr ›heiliger Vater‹ Pontifex geworden wäre!

Ob diese Gedanken auch Santino durch den Kopf gehen, während er sein blutbespritztes Tüchlein gegen die schmalen Lippen presst? Er ist blass, zittrig, verschwitzt und völlig außer Atem. Offenbar ist er von Santa Maria sopra Minerva hergerannt. Die beiden Kardinäle, die neben Alessandra stehen, begrüßt er durch ein knappes Nicken – »Eure Eminenzen!« –, dann wendet er sich sofort an Alessandra. »Ich bin gekommen, um Euch zu warnen. Ihr seid in Lebensgefahr. Fra Adriano Grifonetti ist nach Rom zurückgekehrt.«

»*Was?*«

»Erinnert Euch: Als im Gewölbe des Lateranpalastes die Leiche des zerfetzten Dominikaners gefunden wurde, wolltet Ihr mit dem Franziskanerinquisitor sprechen, der die Kammer untersucht hatte. Da Capestrano hatte seinen Freund Grifonetti nach Prag geschickt, um Euch die verkohlte Leiche von Fra Valerio da Montefalco als seinen toten Freund unterzuschieben. Die beiden hatten sich in der Nacht bevor wir die Leiche in Grifonettis Zelle in Santa Maria in Aracoeli fanden, heftig gestritten.«

Alessandra wartet ab.

»Nach dem apokalyptischen Blutregen, der ihn auf der Straße nach Perugia überraschte, ist Fra Adriano nach Rom zurückgekehrt. Er hasst Euch, weil Ihr Luca d'Ascolis Tochter seid. Er und Euer Vater waren schon vor dreißig Jahren während des Konzils in Konstanz erbitterte Gegner. Und er hasst Euch, weil Ihr schuld seid, dass sein Freund da Capestrano ihn nach Prag geschickt hat, um dort die Hussiten zu jagen. Fra Adriano hat die Römer gegen Euch aufgehetzt. Er nennt Euch den ›Antichrist‹. Er gibt Euch – und Yared – die Schuld an Papst Eugenius' Tod. Er nennt ihn einen ›perfiden Juden‹, einen ›verfluchten Sohn der Synagoge des Satans‹.« Santino wirft mir einen raschen Blick zu. »Ihr beide seid in Lebensgefahr. Fra Adriano ist auf dem Weg hierher. Mit mehreren Hundert bewaffneten Römern.«

»Weiß da Capestrano davon?«

»Ja.«

»Ich nehme nicht an, dass er Yared und mich in den Kerker der Inquisition verschleppen will«, vermutet Alessandra. Sie wirkt erstaunlich ruhig.

Santino schüttelt den Kopf. »Er will Euch beide töten.«

In Alessandras Schweigen dringt das immer lauter werdende Geschrei auf der Straße vor dem Palazzo Colonna. Bald kann ich einzelne Rufe unterscheiden: »Im Namen Jesu Christi! Richtet die Satansbrut!« – »Brennen soll sie!« – »Auf den Scheiterhaufen auf dem Campo dei Fiori mit ihr und ihrem Teufelsbuhlen!« – »Tötet den jüdischen Giftmischer!« – »Papstmörder!«

Mit versteinerter Miene hockt Alessandra auf den Stufen und blickt unverwandt Santino an, der noch etwas sagen will, aber von Prospero unterbrochen wird:

»Sandra, du und Yared, ihr müsst sofort fliehen!«, drängt er.

Aber Alessandra beachtet ihn gar nicht. »Wieso warnt Ihr mich?«, fragt sie Santino. Ihre Ruhe hat etwas Erschreckendes, ja Drohendes.

»Was?« Er sieht sie entsetzt an. »Ich verstehe nicht, was Ihr …«

»Judas verriet Jesus durch einen Kuss, durch ein geheucheltes Zeichen der Freundschaft. Seid Ihr für einen solchen Judaskuss hierhergekommen?«

»Alessandra, Ihr müsst mir glauben …«

Urplötzlich bricht der heiße Zorn aus ihr hervor. »Ich *muss* überhaupt nichts glauben!«, schreit sie ihn nieder. »Ascanio, Cecco, Antonino!«, ruft sie den Bravi zu, die Santino in den Thronsaal gebracht haben. »Nehmt ihn fest! Bindet ihm die Hände auf den Rücken und knebelt ihn. Aber nicht so, dass er erstickt. Ich brauche ihn lebend.«

»Um der Liebe Jesu Christi willen, Alessandra …«, keucht Santino erschrocken, als Ascanio ihm sein Tüchlein entreißt. Er knüllt es zusammen und stopft es ihm in den Mund.

»Santino, Ihr seid meine Geisel«, knirscht sie unerbittlich.

»Sandra, um Gottes willen! Du kannst doch einen Inquisitor nicht …«, begehrt Prospero auf, doch sie bringt ihn mit einer Geste wie ein Schwerthieb zum Schweigen:

»Hast du vergessen, was ich mit Kardinal Vitelleschi gemacht habe? Dann kannst du dir ja vorstellen, was ich mit diesem Mönchlein vorhabe.«

»O Gott, Alessandra.« Parentucelli ist entsetzt. »Sag, dass du Vitelleschi nicht ermordet hast. Sag, dass Scarampo ihn vergif…«

»Ich dulde keinen Verrat«, faucht sie wütend.

Parentucelli schüttelt verzweifelt den Kopf, bekreuzigt sich und senkt den Blick, als sie an ihm vorbei zu den Fenstern hinübergeht.

Ich folge ihr und bleibe neben ihr stehen, um auf die Straße vor dem Palazzo hinunterzuspähen. Hunderte Bewaffnete rotten sich dort zusammen. Ich bezweifele nicht, dass da Capestrano sie geschickt hat, um Alessandra und mich zu ermorden.

»Wie viele mögen es sein?«, fragt Alessandra leise. »Vierhundert? Fünfhundert?«

»Eher noch mehr.«

»Schwerter, Armbrüste, Wurfgeschosse, Fackeln und Leitern. Und dort sehe ich sogar ein Pulverfässchen. Die Streiter der Armee Gottes sind gut gerüstet.«

»Und sie sind in der Übermacht. Vespasiano und seine Bravi werden nichts ausrichten können. Der Palazzo Colonna ist nicht die Engelsburg.«

Sie sieht mich an und schüttelt den Kopf. »Nein.«

»Sie werden deinen Palazzo stürmen.«

Sie nickt stumm.

Während ich den randalierenden Mob auf der Straße beobachte, steigen furchtbare Erinnerungen in mir auf …

Bewaffnete dringen mit gezückten Schwertern in das Haus meines Vaters in Gharnata ein und stürmen in den Innenhof … Zwischen den blühenden Rosenbüschen erschlagen sie meinen Vater … Meine Mutter kniet neben ihm in der Blutlache und weicht nicht von seiner Seite, während er mit einem Schma Israel in ihren Armen stirbt … Meine Brüder wehren sich verzweifelt gegen die Übermacht, und meine Schwestern schreien in ihrer Todesangst … Und dann sind alle tot … Und ich versuche, sie ins Leben zurückzuholen, bin bis auf die Haut nass von ihrem Blut, das langsam im Rosenbeet versickert …

Alessandra sieht mich besorgt von der Seite an, nimmt meine Hand und drückt sie tröstend. Sie ahnt, was in mir vorgeht.

»Wir sollten mit Elija verschwinden«, presse ich hervor.

Sie atmet tief durch, wendet sich zum Fenster … und wirft sich plötzlich mit Schwung gegen meine verletzte Schulter. »Deckung!«

Der Bolzen einer Armbrust zerschlägt die Scheibe, zischt an ihrem Kopf vorbei und bleibt im goldverzierten Wappen der Colonna an der Decke des Thronsaals stecken.

Von unten dröhnt Gejohle herauf. »Da ist ja die Judenhure! Da am Fenster!«

Pflastersteine zertrümmern die Scheiben des Saals. Sie poltern über den Parkettboden und bleiben vor dem Papstthron liegen.

Kardinal Parentucelli weicht zurück und bekreuzigt sich mit aufgerissenen Augen. »Allmächtiger Gott«, flüstert er. »Mögen deine Engel uns schützen, Flügelspitze an Flügelspitze, mit blanken Schwertern in den Händen. Im Namen Jesu Christi, unseres Herrn. Amen.«

»Amen«, wiederholt Prospero. Er lässt sich von einem Diener in seinen Harnisch helfen und zieht sein Schwert.

Alessandra und ich legen in aller Eile unsere herbeigebrachte Rüstung an und schnallen uns unseren Schwertgurt um. Sie hängt sich den Gurt quer über den Rücken, sodass der Griff des Schwertes über ihre rechte Schulter hinausragt. Sie kann die für sie zu lange Klinge schneller ziehen, wenn sie über die Schulter greift und das Schwert von oben auf ihren Gegner niedersausen lässt. Und sie hat einen ziemlichen Schlag drauf – das weiß ich seit Jerusalem!

Einer meiner Diener nimmt Elija das zitternde Wölfchen ab und hilft dem Kleinen in den Harnisch, den Alessandra ihm am Morgen nach unserer Ankunft geschenkt hat.

»Fürchtest du dich, Elija?«, frage ich ihn.

Tapfer schüttelt er den Kopf. »Aber ich habe Angst um Benyamin. Er ist noch nicht aus der Synagoge zurückgekehrt.«

»Ihm wird nichts geschehen«, beruhige ich Elija. Und mich.

Ich bin besorgt um meinen Schwager. Was, wenn sie ihn als Geisel nehmen? Was, wenn sie ihn ins Kloster von Santa Maria in Aracoeli verschleppen? Vor Jahren war er mit seiner Schwester Rebekka vor den Häschern der Inquisition von Sevilla nach Gharnata geflohen. Benyamin wird nicht in die Falle laufen, ganz sicher nicht. Ich atme tief durch und blicke Alessandra an. »Also – was jetzt?«

Prospero drängt sich entschlossen an uns vorbei zum Fenster. »Ich rede mit ihnen. Dieser Irrsinn muss ein Ende haben.«

Alessandra verdreht die Augen. »Herrgott, Prospero, bist du bescheuert? Geh weg vom Fenster. Das ist nicht die Benediktionsloggia von San Pietro. Verschwinde! Die werfen dir keine Lorbeerkränze zu …«

Sie packt ihn an der Schulter und zerrt ihn in den Saal zurück – im letzten Augenblick, denn ein Pflasterstein verfehlt ihn nur um Haaresbreite.

Von der Straße ertönt erneut Geschrei. »Das war Kardinal Colonna, unser neuer Papst, ihr Trottel! Wie könnt ihr ihn …« – »Die Satansbrut hat ihn in ihrer Gewalt, habt ihr das gesehen?« – »Dieses Miststück hat ihn verprügelt!« – »Das soll sie büßen!«

Ich wage einen Blick nach unten. Immer mehr Bewaffnete mit Fackeln und Spießen quellen johlend aus den Seitengassen und sammeln sich auf der Straße vor dem Palazzo. Viele tragen Gebetbücher und Kreuze bei sich. Wer keine Waffe besitzt, hat gusseiserne Bratpfannen und Küchenmesser, Mistgabeln, Äxte und Sensen mitgebracht. Mit frommen Gebeten und Bibelzitaten wird die Kampfmoral der Streiter Gottes gegen den Antichrist entflammt. Etliche Männer laden Seile, lange Stangen und Leitern von mehreren Karren. Andere rotten sich um einen Franziskanermönch in staubbedecktem Habit zusammen. Er steht auf der Ladefläche eines Ochsengespanns und hält eine schwere Bibel im Arm. Offenbar erwartet die entfesselte Menge seine Befehle.

»Fra Adriano Grifonetti!«, flüstert Alessandra neben mir. »Die rechte Hand des Satans.«

Von unten dröhnen die Befehle des Franziskanerinquisitors herauf.

Mittlerweile haben sich mehrere Hundert Bewaffnete vor dem Palazzo versammelt, die sich auf den Kampf gegen den Antichrist vorbereiten. »Sie haben sogar Sprengstoff. Sie können das Portal aufsprengen. Es wird eine Schlacht, Yared. Es wird eine richtige Entscheidungsschlacht.« Alessandra sieht mich durchdringend an.

»Armageddon.«

Sie nickt, greift über ihre Schulter und zieht ihr Schwert.

Alessandra

Kapitel 87

Im päpstlichen Thronsaal des Palazzo Colonna
Donnerstag, 2. März 1447
Kurz vor elf Uhr abends

»Du lieber Himmel!«, stöhnt Yared neben mir. »Ist das Vespasiano?«

Ich spähe aus dem Fenster. Mein Cousin, gerüstet mit Helm, Harnisch und Schwert, schiebt sich durch die Reihen der Belagerer auf Fra Adriano zu. »Hat er den Palazzo durch das Portal verlassen?«

»Keine Ahnung. Vielleicht ist er aus einem der Fenster geklettert.«

Cesare drängt sich neben mich ans Fenster und flucht, als er Vespasiano in der aufgewiegelten Menge erblickt. »Ist er völlig bescheuert? Sie werden ihn totschlagen!«

»Er will mit Fra Adriano reden«, sagt Yared in das Geschrei der aufgepeitschten Römer hinein, die Vespasiano mit Gebeten und Flüchen empfangen. Einige Männer und Frauen halten sich an den Händen, singen fromme Kirchenlieder und wollen meinen Cousin aufhalten, der sich jedoch nicht beirren lässt und sich weiter durch die Menschenmassen schiebt.

»Selig, die Frieden stiften, denn sie werden Söhne Gottes genannt werden!« Seine Stimme übertönt das Gejohle. »Es gibt keinen Grund, eine Waffe gegen mich zu richten. Legt die Schwerter nieder, meine Brüder und Schwestern in Christo. Lasst mich mit Fra Adriano reden.«

Die Menschen drängen sich immer enger um ihn.

»Legt die Waffen nieder! Alessandra, die Cousine von Papst Martin und von seinem Neffen Kardinal Colonna, ist nicht der Antichrist.«

Ein Mann mit einer Mistgabel über der Schulter baut sich vor ihm auf und schlägt ihm die Faust ins Gesicht. »Halt's Maul, du arroganter Colonna. Der Allmächtige ist auf unserer Seite. Wir werden ihren Palazzo stürmen. Gott will es so.«

»Gott will es so, Gott will es so, Gott will es so!«, wiederholt die Menge wie ein Gebet.

Vespasiano stürzt zu Boden und verliert sein Schwert. Dutzende Hände packen ihn, zerren an ihm und zerreißen den Stoff seiner Samtjacke. Dann kann ich ihn in der herandrängenden Menge nicht mehr sehen. Ein Schwert blitzt auf. Ist es Vespasianos Klinge? Ein Pflasterstein wird mit aller Gewalt zu Boden geschleudert. Der Gesang verstummt, und die Menge johlt ausgelassen über diesen ersten Sieg über die Mächte des Bösen.

O Gott, lebt Vespasiano noch?

Cesare bekreuzigt sich stumm. Yared murmelt das Kaddisch, das jüdische Totengebet.

Zornig wende ich mich um und entreiße einem Diener meine geladene Armbrust. Mit der Waffe im Anschlag trete ich ans Fenster.

»Da ist sie!«, tönt es von unten herauf. »Die Feindin Gottes!«

»Fra Adriano Grifonetti!«, schreie ich hinunter und ziele auf den Franziskanerinquisitor, der noch immer mit der Bibel in der Hand auf dem Ochsenkarren steht und eine weitere Hetzpredigt gegen mich hält.

Er blickt zu mir auf. »Da ist der Antichrist!«, kreischt er mit sich überschlagender Stimme. »Erfüllt den Willen Gottes! Vernichtet diese verfluchte Satansbrut mit dem flammenden Schwert Gottes! Der Tag des Gerichts ist gekommen!«

Der erregte Mob tobt, das vielstimmige Geschrei erfüllt die sternenklare Nacht.

»Es *ist* Armageddon«, murmelt Yared neben mir.

Mein Finger krümmt sich um den Abzug. Ein Bolzen zischt hinunter und schlägt genau zwischen seinen Sandalen in das Holz der Ladefläche. »Der nächste Schuss trifft Euch in die rechte Hand, Fra Adriano! Befehlt den Rückzug! Und helft meinem Cousin auf! Ich will ihn zurückhaben! Und gnade Euch Gott der Allmächtige, wenn er tot ist!«

»Nein!«, kreischt Fra Adriano. »Ich bin ein Inqui…«

Der Bolzen trifft ihn in die rechte Hand. Schreiend lässt er die Bibel fallen und krümmt sich vor Schmerz und presst seine Hände zwischen die Knie. »Verfluchtes Miststück!«

Ich lade die Armbrust und spanne sie. »Jetzt die linke Hand!«, warne ich ihn. »Macht Euch nicht zum Märtyrer, Fra Adriano! Zieht Euch zurück. Und gebt mir meinen Cousin zurück!«

»Va all'inferno, Figlia del Diavolo!«

Der Bolzen zerschmettert die Finger seiner erhobenen linken Hand. Er schreit vor Schmerz und fällt auf die Knie.

»Der nächste Schuss geht ins Herz!«, drohe ich und lade sofort nach. »Tretet zurück und gebt meinen Cousin frei!«

Prospero drängt sich neben mich und reißt die Armbrust zur Seite. »Sandra, um Gottes willen, du kannst doch nicht auf einen Inquisitor schießen …«

Jetzt reicht es! Voller Wut packe ich ihn am Kardinalspurpur, zerre ihn grob vom Fenster weg und stoße ihn zum Papstthron hinüber. »Setz dich und halt die Klappe, sei so gut! Sieh zu, dass von dir noch so viel übrig bleibt, dass es sich lohnt, dich zum Papst zu wählen.«

Cesare will mir in den Arm fallen, doch da stürmt einer von Vespasianos Männern in den Saal. »Euer Gnaden, Euer Eminenz«, keucht er atemlos. Hinter ihm dröhnt Kampflärm die Treppe herauf. »Sie sind durchgebrochen, durch den Geheimgang in der Sakristei von Santi Apostoli. Vespasiano wollte sie von der Kirche ablenken, aber vergeblich. Sie sind schon im Palazzo. Sie stecken die Räume in Brand. Und erschlagen jeden, der sich ihnen in den Weg stellt. Wir können sie nicht mehr aufhalten. Es sind zu viele. Sie kommen schon die Treppe herauf. Rettet Euer Leben, Euer Gnaden, ich bitte Euch! Ihr müsst fliehen! *Sofort!*«

Yared

Kapitel 88

Im päpstlichen Thronsaal des Palazzo Colonna
Donnerstag, 2. März 1447
Kurz nach elf Uhr abends

Röchelnd sinkt der Bravo auf die Knie und fällt vornüber. Ein Bolzen ragt aus dem Rückenteil seines Harnischs.

Beißende Rauchschwaden dringen in den Saal. Und es stinkt – nach brennendem Pergament und Papyrus. Alessandras kostbare Bibliothek unersetzlicher antiker Handschriften, das Mekka der römischen Gelehrten, brennt lichterloh! Von unten ertönt rasendes Gebrüll.

»Verdammt! Komm mit, Yared!« Cesare packt mich am Arm, zerrt mich hinter sich her zum Portal des Thronsaals. Gemeinsam schleppen wir den Toten in den Saal, schließen die schweren Torflügel und verriegeln sie.

Gerade noch rechtzeitig, bevor die Angreifer den Saal erstürmen!

»Im Namen Gottes und seines Sohnes Jesus Christus! Öffnet das Portal! Liefert uns die Judenhure aus!« Die Menge tritt und hämmert von außen gegen die Tür. Adonai sei Dank, sie gibt nicht nach.

»Pater noster qui es in coelis! Libera nos, Domine! Libera nos a malo! Amen.« Kardinal Parentucelli bekreuzigt sich. Er ist bleich wie der Tod und zittert am ganzen Körper.

Santino, der von den Bravi festgehalten und mit gezückten

Klingen bedroht wird und der Alessandra mit aufgerissenen Augen anstarrt, sieht nicht viel besser aus. In seiner Verzweiflung beginnt er zu husten. Vergeblich versucht er, den Knebel, der ihn am Atmen hindert, auszuspucken.

Ich gehe zu Alessandra hinüber, die gemeinsam mit Prospero den schweren Papstthron zur Seite wuchtet, um eine verborgene Geheimtür dahinter freizulegen. Prospero öffnet die Tür und späht in die Finsternis. Alles ist ruhig. Dann winkt er mich und Elija zu sich.

»Papst Martins Passetto. Die Treppe führt steil nach unten. Pass auf, dass du nicht ausgleitest. Sie ist feucht und rutschig. In einer Kammer dort unten findest du Fackeln, Öl und Zunder. Und jede Menge Waffen: Armbrüste, Schwerter, Dolche, alles, was ihr braucht. Der Gang führt weiter in Richtung Pantheon. Der Ausstieg liegt in den Ruinen der antiken Thermen gegenüber von Santa Maria sopra Minerva.« Er umarmt mich. »Du hast hohes Fieber, Yared. Und Schmerzen in deinem gelähmten Arm. Wirst du's schaffen?«

»Es wird schon gehen.«

»Pass auf Sandra auf. Bring sie mir heil zurück. Ich brauche sie noch. In Rom genauso wie in Granada.«

»Und du?«

»Ich bleibe mit Tommaso und Cesare hier und halte sie auf. Sie werden uns nichts tun.«

Er wendet sich ab, rafft seine Purpursoutane und nimmt in stolzer, unbeugsamer Haltung auf dem Thron seines Onkels Platz.

Alessandra, die irgendetwas aus einem Versteck in der Rückenlehne geholt hat, packt den hustenden und würgenden Santino am Skapulier seines Habits und stößt ihn wortlos zur Geheimtreppe. Ascanio schiebt den gefesselten Dominikaner vor sich her.

Alessandra wendet sich an ihren Cousin: »Prospero, um Himmels willen, komm mit uns!«

»Nein, ich bleibe hier. Ich kann dir das Leben retten.« Er hat Mühe, den johlenden Mob vor der Tür zu übertönen.

»Indem du dein eigenes riskierst?« Sie schüttelt den Kopf. »Du bist verrückt.«

»Gebt den Antichrist heraus!«, ertönt es von hinter der Tür.

»Verschwinde, Sandra! Rette dich!« Prospero zieht sie an sich und hält sie einen Herzschlag lang ganz fest. Dann gibt er ihr einen Kuss auf beide Wangen. »Gott schütze dich, Sandra.«

»Und dich, Prospero.« Dann kommt sie endlich, drängt sich neben mir in den schmalen Gang und zieht bis auf einen schmalen Spalt die Geheimtür hinter uns zu.

Das Portal des Thronsaals dröhnt und bebt unter den wuchtigen Schlägen der Angreifer.

»Öffnet die Tür!«, befiehlt Prospero.

Zwei Bravi schieben die schweren Torflügel auf.

Fra Adriano Grifonetti, dessen Habit zerfetzt und von Blut befleckt ist, betritt den Thronsaal. Hinter ihm drängt der tobende Mob immer näher heran an den Kardinal auf dem Papstthron.

Mit zitternden Händen schließt Alessandra die mit Stahl gepanzerte Tür und verriegelt das massive Schloss.

Es wird finster um uns.

Alessandra

Kapitel 89

Im geheimen Passetto des Palazzo Colonna
Donnerstag, 2. März 1447
Viertel nach elf Uhr abends

Yared, Elija und Ascanio, der Santino vor sich herschiebt, folgen mir die steile Treppe hinunter durch die undurchdringliche Finsternis der antiken Gewölbe. Unten angekommen, hocke ich mich auf die unterste Stufe, um mit dem Feuerzeug aus der Zunderdose an meinem Gürtel und der kleinen Kerze Licht zu machen.

Yared sieht sich um. In den Holzregalen entlang der gemauerten Wände des langen Raums vor uns funkeln Waffen. Schwerter, Armbrüste und Hellebarden. Am anderen Ende befindet sich eine schwere Bronzetür. Yared geht hinüber und zieht am Griff. Die Tür bewegt sich nicht. Er wendet sich zu mir um. »Hast du den Schlüssel?«

Ich gehe zu ihm und schiebe den Schlüssel, den ich eben aus einem Geheimversteck in der Rückenlehne des Papstthrons geholt habe, ins massive Schloss.

»Was liegt hinter der Tür?«

»Ein Passetto, ein Fluchtweg, der hinter dem Pantheon an einer Treppe nach oben endet. Die Pläne der Verlängerung des Tunnels bis zur Engelsburg lagen auf dem Tisch, als Papst Martin starb.«

»Lass uns …« Yared verstummt.

Die Geheimtür erbebt unter hämmernden Faustschlägen. Angespannt lausche ich mit angehaltenem Atem. Können sie den verborgenen Schließmechanismus öffnen? Und was ist mit Prospero, Tommaso und Cesare?

»Alessandra Colonna!« Eine gedämpfte Stimme dringt von oben zu uns. »Antichrist! Wir kommen und holen dich!«

»Wir müssen fliehen!«, drängt Yared und packt mich am Arm, um mich durch die Bronzetür zu zerren, die Ascanio inzwischen aufgeschoben hat.

»Ob Prospero noch lebt?«, flüstere ich heiser.

Yared blickt mich traurig an. Dann legt er seinen linken Arm um mich, zieht mich an sich und hält mich fest. »Alles wird gut.« Er küsst mich, und ich spüre das hohe Fieber, das ihn quält. Es geht ihm gar nicht gut.

Ein gewaltiges Donnern, gefolgt von einem Prasseln, dringt die Treppe hinunter. Von oben fällt Fackelschein auf die Stufen.

Yared packt meine Hand. »Sie haben die Tür gesprengt und den Schein einer Kerze gesehen. Wir müssen weg!«

»Alessandra! Brennen wirst du, Antichrist!«, dröhnt es von oben. Stiefel poltern die Treppe herunter.

»O mein Gott!«, flüstert Ascanio.

»Du kommst mit mir!« Ich winke ihm, denn er soll mir zur Treppe zurück folgen. »Yared, du kümmerst dich um Elija und Santino. Zieht euch tiefer in den Passetto zurück und wartet dort auf uns.«

»Alessandra, das ist …«

»Nun geht schon!«, schreie ich ihn an, reiße die Armbrust hoch und ziele auf den ersten Bewaffneten, der mit einer Fackel in der einen und einem Schwert in der anderen Hand die Treppe herabstürmt. Die blutdurstige Meute folgt ihm.

Verfluchte Inquisitoren! »Keinen Schritt weiter!«, brülle ich hinauf und ziele.

Der Bolzen zischt aus der Armbrust und erwischt den ersten

Angreifer am rechten Bein. Ein Schmerzensschrei, dann stürzt der Mann über die Stufen nach unten.

Ich gebe Ascanio die Armbrust. »Nachladen!«

Er drückt mir eine geladene aus dem Arsenal in die Hand. Ich lege an, ziele, schieße … und treffe. Ein weiterer Mann purzelt die Treppe herunter. Wortlos halte ich Ascanio die Armbrust hin und tausche sie gegen die geladene und gespannte aus.

»Bleibt, wo ihr seid!«, warne ich die schreienden Männer, die über die beiden Gestürzten hinwegsteigen wollen. »Ich erschieße jeden, der uns zu nahe kommt!«

»Das Teufelsweib hat eine Armbrust!«, dröhnt es von oben. »Und sie kann damit verdammt gut umgehen!«

Ascanio lacht hämisch. »Ich weiß, warum ich für Euch arbeite, Euer Gnaden. Es ist immer was los!«

»Seit wann bis du bei mir?«

»Seit acht Jahren, Euer Gnaden«, erklärt er stolz.

»Und für wen hast du davor gearbeitet?«

»Kardinal Vitelleschi.«

»Sieh mal einer an«, presse ich hervor und richte, weil ich auf der Treppe gerade keine Schritte hören kann, die geladene Armbrust kaltblütig auf ihn.

Er hebt beide Hände – ich muss ihm die Regeln nicht erst erklären. »Ich war einer seiner Bravi. Erinnert Ihr Euch an seine Festnahme auf der herabgelassenen Zugbrücke der Engelsburg? Ich war einer der Reiter, der versucht hat, dem Kardinal das Leben zu retten, als Ihr den Befehl gabt, die Zugbrücke hochzuziehen, damit Vitelleschis Pferd in den Hof der Engelsburg springen musste, wo ihr ihn aus Blutrache für Euren Vater mit der Armbrust töten konntet.«

»Ich habe ihn nicht erschossen.«

»Nein, ich weiß. Eure Unerschrockenheit, als Ihr ihm auf der herabgelassenen Zugbrücke ohne Waffen entgegengetreten wart, um ihn zu provozieren und so in die tödliche Falle zu locken, hat mir imponiert, ehrlich.«

»Na toll. Wann hast du ihn verlassen? Nach seiner Festnahme in der Engelsburg? Oder nach seinem Tod durch Gift im Kerker?« Mein Finger krümmt sich um den Abzug. Ein falsches Wort, und er ist tot.

»Nach seinem Tod, Euer Gnaden.«

»Alessandra!«, drängt Yared beunruhigt. Er ist mit Elija und Santino im Passetto und wartet. »Nun komm endlich!«

»Mami!« Elijas Stimme klingt, als wäre er den Tränen nah. »Bitte komm doch! Ich hab solche Angst!«

Ich sehe Ascanio an. »Ich kann Ratten, die das sinkende Schiff verlassen, nicht ausstehen. Wenn du verstehst, was ich meine.«

Er nickt. Er hat begriffen, dass ich ihn töten werde, falls er mich an die Inquisition ausliefert.

»Ich dulde keinen Verrat«, betone ich.

»Ich habe den Kardinal nicht verraten«, entgegnet er mit fester Stimme und sieht mir dabei in die Augen. »Habt Ihr ihn vergiftet?«

Ich reiße die Armbrust herum, ziele die Treppe hinauf und feuere einen weiteren Schuss ab. Ein weiterer Angreifer bricht tot zusammen. Ich halte Ascanio die Waffe hin. »Nachladen!«

Aus dem Thronsaal kann ich Fra Adrianos Stimme hören, der seine Gefolgsleute gegen mich, die ›satanische Bestie‹, aufhetzt.

Zustimmendes Gebrüll.

»Los jetzt!«, geifert der Franziskanerinquisitor. »Holt euch das Biest! Vernichtet sie!«

Plötzlich strömen fünfzehn, zwanzig, fünfundzwanzig Männer johlend die Stufen herunter.

Ascanio packt mich an der Schulter und reißt mich zurück, bevor ich einen weiteren Schuss abgeben kann. »Es gibt Zeiten, zu kämpfen, und es gibt Zeiten, zu fliehen. Sie sind in der Überzahl! Kommt jetzt!«

Yared

Kapitel 90

Im geheimen Passetto des Palazzo Colonna
Donnerstag, 2. März 1447
Gegen halb zwölf Uhr nachts

Hastig springe ich zurück, als Alessandra und Ascanio keuchend durch die Bronzetür hetzen und sich herumwerfen, um die schwere Tür hinter sich zuzuziehen. Das Schreien des tobenden Mobs hinter uns wird immer lauter und übertönt Santinos entsetzlichen Hustenanfall. Sein Knebel ist inzwischen mit Blut getränkt.

Flackernder Fackelschein dringt in den dunklen Passetto und beleuchtet Elijas blasses, verschwitztes Gesicht. Seine Augen sind angstvoll aufgerissen. Seine Hand, die den Dolch umklammert, mit dem er Santino in Schach hält, zittert.

Mit aller Kraft ziehen Alessandra und Ascanio an der Tür, aber sie schließt sich nicht schnell genug.

Ein Bolzen zischt durch die Öffnung und verfehlt mich nur knapp.

»Yared! Elija!«, schreit Alessandra. »Lauft! Rettet euer Leben!«

»Da ist das Miststück!«, kreischt ein Mann auf der anderen Seite der halb geschlossenen Tür. »Lasst sie nicht entkommen!«

Das Geschrei schwillt weiter an, als sich der Mob in den kleinen Raum am Ende der Treppe ergießt und die Schwerter, Hellebarden und Armbrüste entdeckt.

»Wo ist das Biest?«

»Hinter der Bronzetür, seht ihr?«

»Zieht die verdammte Tür auf!«

Alessandra und Ascanio reißen mit aller Gewalt an der schweren Tür, aber es gelingt ihnen nicht, sie zu schließen. Ein Fuß taucht im Spalt auf, dann eine Hand. Dann noch eine.

»Sie ziehen von der anderen Seite!«, ruft Ascanio wütend. »Wir schaffen es nicht.«

»Elija, lauf weg, so schnell du kannst!«, schreit Alessandra. »Yared, komm hierher!«

»Bleibt, wo Ihr seid!«, widerspricht ihr Ascanio. »Es ist sinnlos! Ihr müsst fliehen. Ich werde versuchen, sie hier aufzuhalten. Der Gang ist eng. Sie können nicht an mir vorbei. Bitte, Euer Gnaden, rettet Euer Leben!«

»Ascanio …«

»Schon gut. Ich weiß, wie Ihr es gemeint habt.« Er zieht einen silbernen Crucifixus unter dem Harnisch hervor und küsst ihn.

Verzweifelt stemmt sie sich mit dem angewinkelten Fuß gegen die gemauerte Türeinfassung. »Du kannst sie nicht aufhalten«, knirscht sie vor Anstrengung.

»Aber ich kann Euch etwas Zeit verschaffen. Das ist Eure einzige Chance. Und das wisst Ihr.« Er lässt die Tür los und zieht sein Schwert.

Alessandra gibt nach – na endlich! »Gott segne dich, Ascanio!«

»Und Euch, Euer Gnaden.«

Alessandra lässt die Tür los, wirft sich herum und hastet zu mir herüber. *»Lauft!«*

Wir hetzen durch den finsteren Tunnel, Elija mit der flackernden Kerze vor mir, Alessandra mit Santino hinter mir. Wir schlittern über vereiste Wasserpfützen, die vom geschmolzenen Schnee stammen und während des Kälteeinbruchs der letzten Tage wieder gefroren sind. Hinter uns hören wir Waffengeklirr. Schüsse. Schreie. Stöhnen.

Wie lange wird Ascanio uns den Rücken freihalten können?

Der Gang führt endlos geradeaus, hundert Schritte, zweihundert, dreihundert. Sind wir schon unterhalb von Santa Maria sopra Minerva?

Ich frage mich, was Alessandra vorhat.

Ein erschreckendes Johlen, das mir das Blut in den Adern gefrieren lässt, ein ausgelassenes Triumphgeschrei, lässt Alessandra innehalten. »Ascanio ist tot«, keucht sie mit tonloser Stimme. »Gott sei seiner Seele gnädig.«

Ich lausche in die Finsternis hinter uns. Ganz leise kann ich Fra Adriano hören, wie er seine Gotteskrieger aufhetzt.

»Sie kommen.«

Alessandra versetzt Santino einen derben Stoß und treibt ihn vor sich her. Zu viert eilen wir weiter.

Santino ist so geschwächt, dass er jeden Augenblick zusammenbrechen kann, genauso wie Robin und Diego und Fra Giordano. Warum tut er es nicht?, frage ich mich misstrauisch. Wieso lässt er sich nicht einfach fallen und zwingt Alessandra, ihn zurückzulassen? Warum rettet er nicht das bisschen Leben, das noch in ihm ist? Warum quält er sich mit uns durch diesen Gang?

Was hat er vor?

Alessandra

Kapitel 91

Im geheimen Passetto des Palazzo Colonna
Donnerstag, 2. März 1447
Kurz nach halb zwölf Uhr nachts

Ich folge Yared, Elija und Santino den Gang entlang, der jetzt nicht mehr aus gemauerten Steinquadern besteht, sondern aus dem Puzzolan herausgehauen wurde, auf dem Rom errichtet worden ist.

»Wohin willst du?«, fragt Yared, der allmählich Mühe hat, mit mir Schritt zu halten. Wie lange wird er noch durchhalten?

»In den Lateranpalast.«

»Wie willst …«

»Durch die Puzzolanhöhlen«, unterbreche ich ihn. »Neben Santa Maria sopra Minerva gibt es einen Einstieg in das Höhlensystem.«

»Die Dominikaner kennen die Höhlen! Fra Domenico hat sich dort sein Refugium eingerichtet. Und wenn …«

»Wie würde Robin sagen? No risk, no fun.«

Ich muss ihm das Sprüchlein nicht übersetzen.

Mit vor Schmerz angespanntem Gesicht lauscht Yared in die Finsternis. Der Lärm hinter uns ist verstummt. Die plötzliche Stille zerrt an unseren Nerven. Wie viele Männer folgen uns durch den Passetto? Wie viele erwarten uns mit gezücktem Schwert am Ausstieg? Weiß Fra Adriano von Papst Martins Geheimgang? Kennt Santino den Passetto, und weiß er, wo er endet?

Wieso wehrt er sich nicht gegen mich?

Verdammt!, fluche ich in mich hinein. Was geht hier vor?

Ich packe Santino grob an der Schulter. Dann ziehe ich den blutigen Knebel aus seinem Mund.

»Umdrehen!«, blaffe ich ihn an.

Verunsichert wendet er mir den Rücken zu. Seine Hände zittern. Er hat Todesangst. Mit einem Schnitt durchtrenne ich seine Fesseln. Verblüfft dreht er sich zu mir um.

»Werdet Ihr fliehen?«, frage ich ihn.

Er schüttelt den Kopf. »Fra Adriano würde mich als Verräter töten. Ich habe versucht, Euch vor dem Angriff zu warnen.« Er hustet. »Warum tut Ihr das?«

»Weil wir jetzt schneller sind«, sage ich mitleidslos und versetze ihm einen Stoß. »Allora, andiamo!«

Yared

Kapitel 92

Im Labyrinth der Puzzolanhöhlen
Freitag, 3. März 1447
Kurz nach Mitternacht

»Alessandra?«, rufe ich verwirrt und starre in die Finsternis des Labyrinths der Puzzolanhöhlen hinter mir.

Wo ist sie? Und wo ist Santino? Eben waren sie doch noch einige Schritte hinter uns!

Keine Antwort.

Irgendwo in der Dunkelheit poltert ein Stein über den Boden.

»Alessandra!«, rufe ich.

»Mami!« Elijas Stimme zittert. »Wo bist du?«

Entsetzen packt mich. Hat Santino sie angegriffen und überwältigt, sobald Elija und ich hinter einer Biegung des Stollens außer Sicht waren?

Wenn er ihr etwas angetan hat, bringe ich ihn um!

»Alessandra!«

Ein Schmerzensschrei hallt durch das Gewölbe der finsteren Höhle. Der Schein von Elijas Kerze reicht nicht weit.

»Das ist nicht Mami.«

»Nein. Gib mir die Kerze, Elija. Du bleibst hier und rührst dich nicht von der Stelle, hast du verstanden?«

»Und du?«, fragt er mit aufgerissenen Augen.

»Ich geh sie suchen.«

»Papa …«, beginnt er kläglich.

»Was ist?«

»Ich will nicht allein sein. Ich hab Angst im Dunkeln.«

»Na, also gut, dann komm mit. Aber ganz leise, hörst du?«

Elija nickt erleichtert. »Mhm.«

Mit der Kerze, die im Luftstrom des Höhlensystems hin und her flackert, schleichen wir über das knirschende Geröll zurück in den Stollen.

In der Ferne kann ich Schritte hören. Sie kommen schnell näher.

Adonai sei Dank! Es ist Alessandra. Sie hat sich Santinos rechten Arm über die Schulter gelegt und stützt ihn, während er neben ihr herhumpelt.

»Was ist geschehen?«

»Er ist gestürzt«, keucht sie, »und hat sich das rechte Bein gebrochen. Ich habe es notdürftig gerichtet.«

»Gottverdammt!«, fluche ich.

»Er kann nicht auftreten. Hilf mir, ihn zu tragen. Ich schaff's nicht allein.«

»Lass ihn zurück!«

Todesangst schimmert in Santinos Augen. Bevor er etwas sagen kann, schüttelt Alessandra energisch den Kopf.

»Ich brauche ihn als Geisel.«

»Aber doch nicht heute Nacht!«, protestiere ich.

»Nicht heute Nacht, da hast du recht. Aber morgen früh ganz sicher. Du glaubst doch nicht im Ernst, dass der Sturmangriff auf meinen Palazzo da Capestranos letzter Spielzug war? Er hat mich noch nicht in seiner Gewalt. Sein Spiel um die Macht ist noch nicht zu Ende, die Entscheidung ›er oder ich‹ ist noch nicht gefallen. Noch lange nicht!«

Ich gebe Elija die Kerze zurück und lege mir Santinos linken Arm um meine höllisch schmerzende Schulter. »Y'allah – los jetzt! Wir haben keine Zeit zu verlieren.«

Schritt für Schritt stolpern wir hinter Elija her.

Das Gejohle hinter uns wird immer lauter.

Ob Alessandra noch Munition für ihre Armbrust hat?

Santino strauchelt und schreit vor Schmerz auf, als sein gebrochenes Bein an einem Geröllbrocken hängen bleibt. Alessandra und ich haben Mühe, ihn festzuhalten. Santino beginnt röchelnd zu husten. Ein schmales Rinnsal Blut sickert ihm über die Lippen und tropft vom Kinn auf seinen Habit. An seinem verschwitzten Hals taste ich nach seinem Puls. Er geht flach und schnell. Santino steht unter Schock. Wir rasten, bis er sich wieder einigermaßen beruhigt hat.

Alessandra zittert vor Anspannung.

Die Stimmen unserer Verfolger hallen von allen Seiten durch das verzweigte Höhlensystem. Haben sie uns in einem der anderen Stollen schon überholt?

Santino stöhnt. »Es tut mir leid. Ich schaffe es nicht.«

Trotz meines Schwindels knie ich mich vor ihn hin und hebe den Saum seines Habits, damit ich mir das gebrochene Bein ansehen kann. Alessandra hat es so gut es eben ging gerichtet. Mehr kann ich als Hakim auch nicht tun. Santino braucht vor allem Ruhe. Und ich, ehrlich gesagt, auch.

Alessandra hilft mir auf. »Und wie geht's dir?«, fragt sie besorgt und streicht mir über das schweißnasse Gesicht. »Du siehst gar nicht gut aus. Hast du Schmerzen?«

»Nicht der Rede wert.«

»Wir bleiben hier«, entscheidet sie. »Und verstecken uns da drin.« Sie deutet auf eine schmale Felsnische in der Höhlenwand.

Die Schritte unserer Verfolger kommen immer näher.

»Santino!« Sie legt sich seinen rechten Arm über die Schulter.

Ich helfe ihr, den Frater zur Felsnische zu schleppen und behutsam hineinzuschieben.

»Hinsetzen!«, kommandiert Alessandra, die den Arm des Dominikaners loslässt und über ihn hinweg in die Nische klettert. »Gebt mir Eure Hand!« Sie packt Santinos Handgelenke und zieht ihn über das Geröll tiefer in die Nische hinein.

Er stöhnt vor Schmerz und beißt sich auf die Lippen, als sein Bein an einem Felsvorsprung hängen bleibt.

»Jetzt du!« Ich packe Elija bei den Schultern und schiebe ihn vor mir her in die Nische. Er kriecht über Santino hinweg und wirft sich schluchzend in Alessandras Arme.

»Schsch!« Tröstend streicht sie ihm über das wirre Haar und küsst ihn. Dann schließt sie ihn in die Arme und wiegt ihn wie ein kleines Kind. Als sie mich ansieht, funkeln Tränen in ihren Augen.

Ich kann mir vorstellen, was in ihr vorgeht. Sie kann nicht aus Rom fliehen, bevor sie nicht weiß, ob Prospero noch lebt. Und Cesare.

Als auch ich mich in die Nische geschoben habe, löscht sie die Kerze, und es wird finster um uns.

In der Dunkelheit taste ich an Santinos Ärmel vorbei nach ihrer Hand und drücke sie, um ihr Mut zu machen. Dann lehne ich den Kopf gegen die Felswand und schließe erschöpft die Augen.

Ob Benyamin schon zum Palazzo Colonna zurückgekehrt ist?

Die Schritte und Stimmen werden immer lauter.

Sie kommen.

Dann sind sie da.

Keine zehn Schritte von unserem Versteck steht ein Mann mit einer Fackel. Ist er allein?

Aufmerksam blickt er sich in der ausgedehnten Höhle um.

Nur kein Geräusch jetzt!

Hoffentlich bleibt Santino still!

Hinter mir knirscht es im Geröll.

Ich halte den Atem an.

Der Mann wendet sich langsam in unsere Richtung um und hebt die Fackel, um in die Nische zu leuchten.

Mein Herz rast. Ich will nach meinem Schwert greifen, doch mein Arm ist wie gelähmt.

Er kommt näher. Er hat das Knirschen gehört.

Plötzlich zischt etwas ganz nah an meinem Kopf vorbei. Der Luftzug streicht mir über die Wange.

Dann höre ich einen Schrei …

Alessandra

Kapitel 93

Im Labyrinth der Puzzolanhöhlen
Freitag, 3. März 1447
Eine Viertelstunde nach Mitternacht

Aufatmend lasse ich die Armbrust sinken, stecke sie zurück in meinen Gürtel und klettere über Santino hinweg zu Yared, der mich mit aufgerissenen Augen anstarrt. Ich schiebe mich an ihm vorbei aus der Nische, husche zu dem Mann hinüber und fühle seinen Puls. Er ist tot.

»Wir müssen weiter.«

Yared hilft mir, den Toten in die Nische zu ziehen und einen niedrigen Wall aus losem Geröll aufzuschichten, damit er nicht sofort entdeckt wird. Uns bleibt nicht genug Zeit, den Leichnam mit Steinen zu bedecken.

»Elija, gib mir die Kerze und nimm die Fackel. Geh voran.«

»Ist gut.« Elija löscht den Kerzenstummel und steckt ihn in die Zunderdose an meinem Gürtel. Dann nimmt er die Fackel.

»Los jetzt!«, kommandiere ich.

Yared und ich schleppen Santino, der irgendein Gebet murmelt, zum gegenüberliegenden Stollen. Er führt weiter nach Südosten. Das glaube ich zumindest.

Hinter uns ertönt aufgeregtes Geschrei. Haben sie unsere Spuren entdeckt? Oder den Feuerschein gesehen?

Vor Anspannung fällt mir das Atmen schwer – und vor Anstrengung. Hoffentlich wird Santino nicht ohnmächtig! Obwohl er wegen seiner tödlichen Krankheit nicht viel wiegt, kann ich ihn unmöglich allein tragen. Yareds rechter Arm ist gelähmt, und er hat hohes Fieber. Er wird nicht mehr lange durchhalten.

Wie lange wir uns Schritt für Schritt durch das Labyrinth der Höhlen schleppen, weiß ich nicht. Nach einer Weile wird es still hinter uns. Und dunkel.

Ob sie die Treibjagd aufgegeben haben?

»Hast du das vorhin ernst gemeint? Ich meine, dass du mich und Elija nach Granada begleiten willst?«, fragt Yared unvermittelt.

Santino keucht. Ich bin nicht sicher, ob das erstickte Röcheln ein Schmerzenslaut ist oder ein irres Lachen.

»Was ist?«, frage ich ihn.

Santino kichert wie im Delirium. Als sei er plötzlich völlig übergeschnappt. Dann verschluckt er sich und beginnt erneut zu husten. Blut rinnt ihm über das Gesicht.

Ich sehe Yared in die Augen. »Ja, ich komme mit dir nach Granada. Aber nicht heute Nacht.«

Santino senkt den Kopf und schließt die Lider. Er wirkt … verzweifelt, ja sogar panisch. Was hat er denn nun schon wieder? Hat die Krankheit sein Gehirn infiziert? Verliert er nun endgültig den Verstand?

»Geht's wieder?«, frage ich ihn.

Er öffnet die Augen, nickt ergeben und würgt ein »Ja!« hervor. Dann ein »Nein!«.

»Was denn nun?«, frage ich genervt. »Ja oder nein?«

»Ich kann nicht weiter«, presst er hervor. »Ich halte euch nur auf. Lasst mich hier zurück.«

»Kommt nicht in Frage.«

»Alessandra …«

»Nein!«

»Ich …«

»Nein! Und jetzt seid so gut und haltet die Klappe.«

Erneut beginnt er wie irre zu kichern.

»Santino, Ihr raubt mir den letzten Nerv!«

»Wie bei Kardinal Colonna«, lacht er, und ich zweifle ernsthaft an seiner Zurechnungsfähigkeit. »Du hast dem künftigen Papst gesagt, er soll sich gefälligst auf seinen Thron hocken und den Mund halten. Und wie er dich angesehen hat! Er war völlig verdattert! Das war ... echt toll!« Er kichert und ringt röchelnd nach Atem. »In zwei Tagen kann dein Cousin schon Pontifex sein. Wirst du ihn dann immer noch herumkommandieren?«

Er duzt mich. Ist er jetzt völlig von Sinnen?

Schritte und Stimmen. Und ein diffuser Fackelschein, der von den Wänden reflektiert und die Höhle in ein höllisches Licht taucht. »Aaaleeessaaandraaa ... Aaantichriiist!«

Yared blickt über seine Schulter. »Sie kommen. Wir sollten verschwinden.«

»Lass mich zurück, Alessandra!«, beschwört Santino mich in eindringlichem Flüsterton. »Ich werde sie in die falsche Richtung lotsen ... Ich kann dir und Yared und dem kleinen Elija das Leben retten ... Er ist doch noch so klein ...«

Ich schüttele den Kopf. »Vergiss es!«

»Vertrau mir!«

»Nein! Und jetzt komm endlich!«

Yared

Kapitel 94

Im Labyrinth der Puzzolanhöhlen
Freitag, 3. März 1447
Kurz vor halb ein Uhr nachts

Wenig später erreichen wir das Gittertor vor dem Aufstieg zum Franziskanerkloster Santa Maria in Aracoeli auf dem Kapitol.

Warum steht es weit offen? Und warum lauern uns keine Franziskanermönche in den Höhlen auf?

Elija entdeckt eine Perle zwischen den scharfkantigen Steinen und hebt sie staunend auf. »Guck mal, Papa. Wie schön sie schimmert.« Er zeigt sie mir. »Und da ist noch eine.« Schon kniet er im Geröll und fingert sie heraus. »Wachsen Perlen in Höhlen?«

»Nein, Krümelchen, in Austern im Meer.«

Ich werfe Santino, der den Kopf gesenkt hält, einen raschen Seitenblick zu. Was hat er denn jetzt schon wieder?

»Und wie kommen sie dann hierher?«, bohrt Elija weiter.

»Vielleicht hat jemand sie verloren.«

Mein Sohn betrachtet die winzigen Löcher, wo die Perlen irgendwo befestigt waren. Offenbar sind sie abgerissen worden. »Darf ich sie behalten?«

»Sicher.«

Elija stopft sie in eine der tiefen Taschen seiner Djellabiya. Dann scheint er sich zu besinnen. Er holt sie wieder hervor und hält sie Alessandra in der offenen Hand hin. »Willst du sie haben, Mami? Ich schenk sie dir.«

»Danke, Mäuschen.« Sie beugt sich vor, ohne Santino loszulassen, und küsst Elija zärtlich. »Sie sind wirklich sehr schön. Steckst du sie in die Zunderdose an meinem Gürtel? Gut so. Ist der Deckel auch fest zu?«

Weiter hetzen wir durch die verzweigten Stollen, die mir irgendwie bekannt vorkommen. Nicht weit von hier hat Fra Domenico Alessandra mit dem roten Teufelsbuch niedergeschlagen und ihr das silberne Amulett mit dem unaussprechlichen Gottesnamen geraubt, das ihr ein Rabbi in Jerusalem geschenkt hatte. Wo ist das magische Amulett? Wer hat es? In Fra Domenicos Refugium habe ich es nach seinem Tod nicht gefunden.

Mein Gott, wie lange ist das alles her? Der tote Dominikaner in Gerberts Geheimkammer, mit dem der ganze Horror begann. Die mysteriösen Erscheinungen Satans im Lateran. Alessandras Satanspakt, den Santino noch in jener Nacht vom Pergament gekratzt hat. Der entsetzliche Mord an Angelo im Geheimarchiv. Alessandras und Santinos Satansmesse. Gerberts Mumie im Pontifikalornat und der ›Fluch des Teufelspapstes‹. Papst Eugenius' Tod. Der Einsturz von Gerberts Geheimkammer, die Alessandra unter sich begrub. Das *Secretum Secretorum.* Und der legendäre Ring des Salomo, den Alessandra am Finger trägt. Wohin führt das alles? Und welche Rolle spielt Santino in diesem Mysterienspiel?

Kurz darauf erreichen wir die gemauerten Gewölbe des Lateranpalastes.

»Was hast du vor?«, frage ich Alessandra, die immer wieder unter Santinos Gewicht taumelt. Sie ist erschöpft.

»Ich werde in San Giovanni in Laterano um Asyl bitten. Pater Severin wird einen Boten zu Kardinal Capranica in Santa Croce in Gerusalemme schicken. Domenico wird mich vor meinen Feinden schützen. Er wird mit seinen Bravi zum Palazzo Colonna reiten. Ich muss wissen, ob Prospero, Tommaso und Cesare noch leben.«

»Und dann?«

»Dann bitte ich Kardinal Scarampo, herzukommen. Er soll dich ins Bett stecken und sich deine Schulter ansehen. Die Wunde ist wieder aufgerissen.« Sie deutet auf meine blutige Djellabiya.

Schweigend schleppen wir Santino zur Einsturzstelle, dann die mit Geröll übersäte Treppe hinauf und über die Schutthalde zur Lateranbasilika.

»Es ist lange nach Mitternacht! Wieso ist das Portal nicht verschlossen?«, fragt sie sich beunruhigt und stößt es mit einem gezielten Tritt auf.

Sobald wir das durch Kerzen erleuchtete Hauptschiff der Basilika betreten haben und zur Apsis hinter dem Altar hinüberblicken, weiß sie, warum.

»Das darf doch nicht wahr sein!«, stöhnt sie verzweifelt und sieht voll ohnmächtigem Zorn zu Gerberts prunkvoll geschmücktem Castrum Doloris hinüber. Sie hatte Gerbert d'Aurillac dort aufbahren lassen, bevor sie ihn nach dem Konklave mit dem Segen des neu gewählten Papstes mit allen Ehren wieder bestatten wollte. »Ich fasse es nicht! Das kann er doch nicht tun!«

Aber offensichtlich *hat* er es getan.

Denn der Katafalk unter dem prächtigen Aufbau des Castrum Doloris ist leer. Das rote Samttuch mit Papst Silvesters aufgesticktem Papstwappen ist halb heruntergerissen und liegt vor dem Papstthron aus weißem Marmor.

Gerberts Mumie mit der juwelenverzierten Mitra und dem perlenbestickten Pontifikalornat ist verschwunden.

Alessandra

Kapitel 95

In der Apsis von San Giovanni in Laterano
Freitag, 3. März 1447
Kurz vor ein Uhr nachts

Bebend vor Zorn lasse ich Santino in das Chorgestühl sinken und bleibe vor dem Katafalk stehen, wo Papst Silvester aufgebahrt war. Wie kann er es wagen! Auf dem Marmorboden vor mir schimmert eine große tropfenförmige Perle. Ich hebe sie auf. Sie stammt aus dem Saum von Gerberts Prunkgewand. Wie die beiden Perlen, die Elija vor den Stufen hinauf nach Santa Maria in Aracoeli gefunden hat.

Mit wenigen Schritten bin ich bei Santino. Ich packe ihn am Skapulier und schüttele ihn. Gott vergib mir, aber am liebsten hätte ich ihm eine verpasst. »Du wusstest davon, nicht wahr?«

Er nickt. »Er hat Gerbert vor drei Stunden holen lassen. Als sein Freund Grifonetti den Mob gegen dich aufgewiegelt hat. Ich wollte es dir sagen, aber du hast mich knebeln lassen, bevor …«

»Da Capestrano hat die Mumie durch die Puzzolanhöhlen nach Santa Maria in Aracoeli bringen lassen. Was hat er vor?«

Santino schlägt die Augen nieder, als sei er durch da Capestranos Verhalten zutiefst beschämt. »Er will …« Santino schluckt. »Er will morgen um zehn Uhr eine Leichensynode abhalten. In Santa Maria in Aracoeli.«

»Eine Leichensynode!«, ächze ich. »Wie bei Papst Stephan im Jahr 897?«

»Du weißt gut Be…«

»Mein Sohn hat das Geheimarchiv des Vatikans geleitet. Ich kenne mich dort aus«, unterbreche ich ihn barsch. »Stephan VI. hat die Leiche seines Vorgängers Formosus aus der Gruft gerissen, um ihn im Lateranpalast im Pontifikalgewand auf einem Stuhl festzubinden und ihn schuldig zu sprechen und zu verurteilen. Dieser Schauprozess, *diese Horrorsynode*, war der moralische Tiefpunkt in der Geschichte der Päpste.«

»Da Capestrano will Papst Silvester formell absetzen und ihm die höheren und niederen Weihen entziehen, wie damals bei Papst Formosus. Dann will er ihm die Pontifikalgewänder abnehmen, seinen nackten Leichnam durch die Straßen von Rom schleifen und die Mumie dann auf einem Scheiterhaufen auf dem Campo dei Fiori verbrennen. Die Asche will er in alle Winde verstreuen. Als abschreckendes Beispiel für alle Häretiker. Und zur Beruhigung der aufgebrachten Römer, die immer noch an den ›Fluch des Teufelspapstes‹ glauben. Der Tod von Fra Giordano Savelli hat sich in Rom herumgesprochen.«

»Sieh mal einer an – das Urteil steht also schon fest? Schuldig im Sinne der Anklage. Schuldig der Häresie, der Magie, der Anmaßung des Papstamtes durch einen Pakt mit dem Antichrist«, schleudere ich ihm entgegen. »Sogar in einem Inquisitionsprozess gibt es einen Advocatus, der den Beschuldigten verteidigt. Papst Formosus hatte einen jungen Diakon, der sich mit der Verteidigung allerdings sehr zurückhielt, weil er Papst Stephans Zorn fürchtete. Wer rechtfertigt Papst Silvester?«

»Ich hatte gehofft, dass du das tun würdest«, murmelt er. Er kann mir nicht in die Augen sehen.

»Ich.«

Ich muss eine Weile warten, aber schließlich hebt er den Blick. »Ja, du.«

»Zwei Stunden nach einem Sturmangriff der Inquisition auf

meinen Palazzo und neun Stunden vor der Synode ist *das* allen Ernstes dein Vorschlag?«

»Wer, wenn nicht du? Papst Eugenius hat dich gebeten, die Bedeutung von Gerbert d'Aurillac als dem größten Gelehrten unseres Jahrtausends wiederherzustellen. Nur so kann die Kirchenunion gerettet werden. Du hast seine Bücher studiert. Du kennst seine Lebensgeschichte als Benediktinermönch in Aurillac, als Gelehrter in Córdoba, als Abt von Bobbio, als Erzbischof von Reims und Ravenna, als Erzkanzler des französischen Königs, als Vertrauter des deutschen Kaisers und schließlich als Papst. Und du kennst die römischen Legenden, die sich um ihn als großen Magier ranken, der den Ring des Salomo besaß. Du hast sein Grab vor dem Portal der Lateranbasilika entdeckt. Du kennst Gerbert wie kein zweiter. Also: Wer, wenn nicht du?«

»Fra Adriano hat mich heute Nacht urbi et orbi als Antichrist verflucht. Hat da Capestrano mich schon exkommuniziert?«

Santino sieht mich verwirrt an. »N-nein. Ich glaube nicht.«

»Ich soll mich also allen Ernstes allein in die Höhle des Löwen begeben?«

»Nicht allein, Alessandra. Ich werde dir in Santa Maria in Aracoeli beistehen. In Santa Maria sopra Minerva könntest du dich heute Nacht auf den Prozess vorbereiten. In meiner Zelle oder im Kapitelsaal, ganz wie du willst. Ich verbürge mich für deine Sicherheit. Ich werde dir meinen Leitfaden für Inqui…«

»Nicht nötig«, lehne ich unwirsch ab. »Ich weiß, wie ein Inquisitionsprozess abläuft. Mein Vater war Inquisitor.«

Santino senkt den Blick und nuschelt: »Und was für einer.«

Yared sieht mich flehend an, mich auf keinen dramatisch inszenierten Prozess gegen eine Mumie auf dem Papstthron einzulassen. Schützend drückt er Elija an sich.

Wortlos wende ich mich ab, steige die Altarstufen hinunter zum

Portal im linken Seitenschiff, das zum Benediktinerkloster führt, lege meine Waffen nieder und läute die Glocke, mit der ich für Yared, Elija und mich um Kirchenasyl bitte.

꧁ Yared ꧂

Kapitel 96

Vor dem Palazzo Colonna
Freitag, 3. März 1447
Gegen zwei Uhr nachts

✡ »Der Tag des Zorns ist angebrochen«, murmelt Alessandra neben mir. Sie ist mehr wütend als verbittert, als sie ihren geplünderten und verwüsteten Palazzo erblickt. Das Portal ist zertrümmert, die Scheiben sind eingeschlagen, und aus einigen Fenstern im ersten Stock schlagen noch die Flammen. Die angrenzenden Gebäude neben der Kirche Santi Apostoli, in denen die Kardinäle Basilios Bessarion und Prospero Colonna residieren, wirken unversehrt.

Alessandra ballt die Fäuste um die Zügel ihres Pferdes. Kardinal Capranica, der neben ihr reitet, legt ihr besänftigend die Hand auf den Arm, doch sie schüttelt sie energisch ab. Sie will jetzt keinen Trost.

Nachdem Alessandra bei Pater Severin von Benediktbeuren um Asyl bat, schickte dieser einen Boten nach Santa Croce in Gerusalemme, um Domenico Capranica über die Ereignisse im Palazzo Colonna zu berichten. Eine halbe Stunde später eilte der Kardinal in den Lateran, um unter vier Augen mit ihr zu reden. Eine Viertelstunde lang dauerte der hitzige Streit zwischen ihnen: Kardinal Capranica appellierte an Alessandras Vernunft, das Asyl im Laterankloster in Anspruch zu nehmen, bis das Konklave beendet und ein neuer Pontifex gewählt sei. Doch Alessandra setzte sich in den

Kopf, in den Palazzo Colonna zurückzukehren, um zu retten, was noch zu retten sei. Kardinal Capranica gab schließlich auf und eskortierte uns mit seinem bewaffneten Gefolge über das Forum Romanum hierher.

Elija, der todmüde vor mir im Sattel herumzappelt, lehnt sich versehentlich gegen meine verletzte Schulter. Behutsam lege ich meinen linken Arm um ihn und ziehe ihn ein wenig zur Seite. Er sieht zu mir hoch, sagt aber nichts. Das Entsetzen verdunkelt seine aufgerissenen Augen.

Ich küsse ihn zärtlich auf die wirren Locken und sehe mich um. Auf der Straße vor Alessandras Palazzo ist über einem Scheiterhaufen ein großes Kreuz aufgerichtet worden, dessen Holz noch glüht. Die verkohlten Überreste eines Menschen stecken in den schwelenden Resten verbrannter Bücher.

Cesare, der die Aufräumarbeiten leitet, kommt zu uns herüber und nickt dem Kardinal zu. »Euer Eminenz.« Er hilft ihm beim Absteigen und wendet sich dann Alessandra zu. »Sandra, mein Schatz! Gott sei Dank, du lebst!«

»Und du auch!« Behände springt sie aus dem Sattel und umarmt ihn ungestüm. Er schließt seine Arme um sie, wirbelt sie ausgelassen herum und küsst sie. Sie wehrt sich nicht.

»Wie geht es Prospero?«, fragt Domenico Capranica.

»Er ist unverletzt. Er ist in seinem Arbeitszimmer und leitet die Suche nach Sandra und Yared. Kardinal Parentucelli ist bei ihm. Und Kardinal Scarampo ist eben mit seinen Bravi eingetroffen.«

»Ich muss zu ihnen«, entscheidet Capranica.

»Warte, Domenico, ich komme mit.« Alessandra will sich von Cesare lösen, um dem Kardinal in den Palast zu folgen, doch er hält sie zurück.

»Geh da nicht rein, Sandra. Tu dir das nicht an.«

»Ist es so schlimm?«

Cesare nickt. »Du kannst heute Nacht im Palazzo Orsini schlafen. Yared und Elija selbstverständlich auch.«

Sie schnauft. »Wie viele Tote und Verletzte?«

»Zweiundzwanzig Bravi der Colonna und Orsini sind tot, darunter auch Prosperos Männer, fünf von Yareds muslimischen Kriegern und sieben Leibwächter aus dem Gefolge des orthodoxen Metropoliten. Zwölf Männer sind mehr oder weniger schwer verletzt. Einer von ihnen wird die Nacht nicht überleben. Fra Adriano hat seine Toten und Verwundeten mitgenommen, als er mit Sack und Pack abgezogen ist.«

»Was für ein Massaker!«

»Das ist noch nicht alles, Sandra. Monsignor Fantìn ist verschwunden. Ich weiß, dass du ihn sehr gern hattest.«

Sie atmet tief durch. »Was ist mit dem Botschafter des byzantinischen Kaisers?«

»Prospero hat Phantinos das Leben gerettet. Der tobende Mob hielt den orthodoxen Metropoliten für einen Häretiker.«

Verbittert schüttelt sie den Kopf. Dann deutet sie auf die verkohlte Leiche auf dem Scheiterhaufen. »Ist das Vespasiano?«

Cesare schüttelt den Kopf. »Vespasiano liegt aufgebahrt in Santi Apostoli.«

Sie nickt.

»Dein Cousin war ein mutiger Mann. Ein Märtyrer für die Sache der Colonna. Ich werde ihn in Ehren halten.« Er zieht zwei Schlüssel aus der Tasche und gibt sie ihr.

»Was sind das für Schlüssel?«

»Einer ist für die Engelsburg, der andere für den Passetto. Es sind nicht die offiziellen Schlüssel, die verwahrt das Kardinalskollegium bis zur Wahl des neuen Papstes. Es sind die Amtsschlüssel des entlassenen Kommandanten. Vespasiano hat sie der Kardinalskongregation nie zurückgegeben.«

»Gib sie Prospero.«

»Er geht morgen ins Konklave. Er hat mich gebeten, sie dir zu geben.«

»Du bist Konklavemarschall. Ich will, dass du sie verwahrst.«

»Ich nehme an, du weißt, welche Macht du mir damit gibst?«

»Oh ja, das weiß ich. Aber ich denke, diese Entscheidung ist ganz im Sinne des nächsten Papstes. Prospero vertraut dir. So wie ich.«

»Wie du willst.« Er steckt die Schlüssel wieder ein.

Alessandra deutet auf die verkohlte Leiche am schwelenden Kreuz. »Sag schon, wer ist das?«

»Robin. Sie haben ihn aus seinem Grab geholt, postum exkommuniziert und als Anhänger von John Wycliffe verbrannt. Weil er die englische Bibel gelesen hat. Du ›Päpstin der Häretiker‹ hast ihn angeblich dazu ermuntert.«

»Armer Robin. Er starb als frommer Christ. Gott sei seiner Seele gnädig. Und möge Gott seinen Henkersknechten vergeben, die vorgeblich in seinem Namen handeln. Denn während der Fastenzeit ist ein Auto da Fé verboten«, stößt sie wütend hervor. »Das gilt auch für den heiligen Giovanni da Capestrano und seine scheinheiligen Inquisitoren. Gottes Wille?« Sie schnaubt verächtlich.

»Den Scheiterhaufen haben sie mit den kostbaren Büchern aus deiner Bibliothek angezündet. In deinem Palazzo gibt es keinen Fetzen beschriebenes Papier mehr. Alle Räume sind geplündert, auch Yareds Gemächer. Seine Kanzleitruhe ist verbrannt. Es war eine kluge Entscheidung, deinen gesamten Besitz mit Maultierkarawanen auf die Burg deines Großvaters zu schaffen. Du kannst dir nicht vorstellen, wie der Mob gewütet hat. Dein Arbeitszimmer ist verwüstet …«

»Was ist mit dem Tesoro?«, unterbricht sie ihn.

»Fra Adriano hat ihn aufbrechen lassen. Die Bücher, die du vorhin hineingelegt hast, sind verschwunden.«

»Das *Secretum Secretorum*?« Ihr stockt der Atem. »Ist es verbrannt?«

Er schüttelt den Kopf. »Fra Adriano hat die Bücher nach Santa Maria in Aracoeli gebracht. Die Grimoires von Salomo, Lucas Buch und Gerberts Werke. Ich habe den Verdacht, dass er deinen Palazzo stürmen ließ, um die Bücher zu bekommen.«

Sie nickt langsam. »Verstehe.«

Ich glaube, ich weiß, was ihr durch den Kopf geht. Sie befürchtet, dass die Inquisition die Bücher fälschen will, um sie zu vernichten. Das wird nicht nur in Kastilien, sondern auch in Italien von der Inquisitoren so gemacht, wenn sie ein spektakuläres Auto da Fé vorbereiten. Der Satanspakt in dem roten Teufelsbuch, mit dem Angelo erschlagen wurde, kann Alessandra auf den Scheiterhaufen bringen. Die Blutschrift, vorgeblich von Satan in Form eines Vertrages mit ihr verfasst, bezeugt, dass sie ihm ihre Seele überschrieben hat, um Prospero die Tiara zu verschaffen und sich selbst Reichtum, Liebe und Macht. Unterzeichnet von Satan, dem Fürsten der Finsternis, und Alessandra Colonna, seiner geliebten Tochter.

»Tut mir leid, Sandra«, murmelt Cesare. »Von deinem Palazzo ist nicht viel übrig. Du hast alles verloren.«

»Nein, Cesare. Nicht alles.« Sie zieht ihr ledernes Notizbuch aus der Tasche, schlägt es auf und zeigt es ihm. »Mein Büchlein habe ich noch. Es kann mir das Leben retten.«

Cesare hebt die Augenbrauen. »Das ist Papst Eugenius' eigenhändige Unterschrift.«

»So ist es. Das Büchlein enthält meine Beichte vor der Satansmesse und die Absolution des Papstes. Es bestätigt, dass der Dominikanermönch und Inquisitor Fra Santino de Angelis als mein Famulus an der Anrufung Satans teilgenommen hat.«

Mein Blick fällt auf Santino. Seine Lippen sind zusammengepresst, sein Blick, mit dem er Alessandras Notizbuch mit der Absolution anstarrt, ist rätselhaft und dunkel. Was hat er vor?

»… und ich schwöre bei Gott, ich werde mich rächen für alles, was die Inquisition mir angetan hat!«, sagt Alessandra.

Ich gleite aus dem Sattel, hebe Elija herunter und gehe mit ihm zu ihr hinüber.

»Yared!«, begrüßt mich Cesare. Seine Umarmung wirkt ein wenig steif. »Wie schön, dass es dir gut geht. Und Elija.« Er verwuschelt die Locken des Jungen. »Geht's dir auch gut?

Elija nickt. Dann senkt er den Blick und schüttelt den Kopf.

»Wo ist Benyamin?«, frage ich. »Er war gestern Abend in der Synagoge, wollte aber um Mitternacht zurück sein.«

»Saphira hat mich schon nach ihm gefragt. Er ist nicht zurückgekommen. Tut mir leid.«

»Kann er der Inquisition in die Hände gefallen sein? Vor Jahren ist er vor den Häschern der Franziskaner aus Sevilla geflohen.«

»Ich weiß es nicht, Yared. Ich weiß es wirklich nicht. Meine Bravi suchen ihn. Aber bisher haben sie ihn noch nicht gefunden. Weder tot noch lebendig.«

Alessandra

Kapitel 97

Auf der Treppe zu Santa Maria in Aracoeli
Freitag, 3. März 1447
Kurz nach zehn Uhr morgens

Mit einem beklommenen Gefühl steige ich mit meinem Gefolge die einhundertvierundzwanzig Stufen der Himmelstreppe empor und blicke hinauf zur schmucklosen Backsteinfassade von Santa Maria in Aracoeli.

Ja, ich gebe es zu, die Angst schnürt mir die Kehle zu. Trotz der schwer bewaffneten Bravi, die mein Leben und meine Freiheit schützen sollen. Trotz des gefalteten Pergaments mit Prosperos Unterschrift in meiner Tasche. Und trotz des purpurfarbenen Gewandes, das mein Cousin mir geliehen hat.

Ich bleibe stehen, um Atem zu holen, und warte auf Santino, den zwei meiner Bravi hinter mir die Treppe hochtragen. Sein gebrochenes Bein ist verbunden und geschient.

Auch er ist beunruhigt. Er blickt sich immer wieder um, kann aber offenbar nichts Verdächtiges entdecken, weder auf dem Kapitol rechts über uns noch in dem Gewirr der Gassen unter uns. Bravi sind nicht zu sehen. Aber sie sind da, ganz sicher. Ludovico hat es mir versprochen. Also sind sie irgendwo da unten.

Obwohl Santino weiß, dass ich mich bis zum Morgengrauen mit Domenico Capranica und Ludovico Scarampo beraten habe, weiß er nicht, was ich vorhabe. Er weiß nichts von Kardinal Capranicas juristischem Gutachten, und er weiß nichts von der Beglaubigung dieses Gutachtens durch Kardinal Scarampo. Als Camerlengo ist er der Vertreter der Kardinalskongregation. Glaubt er wirklich allen Ernstes, dass ich mich als Advocatus von Papst Silvester auf diesen irrsinnigen Prozess einlasse?

Santino hat bemerkt, dass ich ihn aufmerksam beobachte, und er schenkt mir ein gequältes Lächeln. Trotz des eisigen Windes, der um das Kapitol fegt, ist sein schmales, ausgezehrtes Gesicht schweißüberströmt. Bevor wir den Palazzo Orsini verließen, hat er, wie Yared schon vor Tagen vorausgesehen hatte, einen schweren epileptischen Anfall erlitten. Die Schwindsucht greift unaufhaltsam über auf sein Gehirn. Seit letzter Nacht ist Santino ganz offensichtlich verwirrt. Sein Sturz und sein gebrochenes Bein sind auf seinen labilen Zustand zurückzuführen. Die nervliche Anspannung und die körperliche Anstrengung unserer Flucht haben einen epileptischen Anfall verursacht, den ersten von vielen, die am Ende zu einem qualvollen Tod führen werden. Wie bei Niketas, der in meinen Armen starb, denke ich traurig, und ich empfinde gegen meinen Willen Mitleid mit Santino. Weiß Gott, ich kenne die Symptome genau. Und bin dazu verdammt, das alles noch einmal mitzuerleben und mitzuerleiden – das wird nicht leicht für mich, auch wenn Yared da ist, um mich zu trösten.

Warum quält er sich so? Warum begleitet er mich trotz seiner Schmerzen nach Santa Maria in Aracoeli, wenn er sich doch wie Yared in ein warmes, weiches Bett im Palazzo Orsini legen könnte? Santino ist meine Geisel. Aber warum, zum Henker, verhält er sich nicht so? Warum pocht er nicht auf seine Befugnisse als Inquisitor? Wieso droht er mir nicht mit der Exkommunikation? Weshalb wagt er, obwohl er sich seiner verwirrten Gefühle für mich noch immer nicht klar geworden ist, die offene Konfrontation mit da Caprestrano?

Was hat er vor?

Ich habe da so eine Ahnung …

Aber wenn er das wagt, werde ich mich wehren!

Ich raffe Alessias Kleid, wende mich wieder um und gehe nachdenklich weiter.

Cesare hat mir das schwarze Samtkleid mit der Perlenstickerei am Ausschnitt geliehen. Es gehört seiner ungeliebten Gemahlin Alessia da Montefeltro, der Cousine des Conte von Urbino. ›Alessia die Schreckliche, Alessia die Unerträgliche‹, so nennt er sie, wenn er sich von mir trösten lässt, seine ›zukünftige Ex-Ehefrau‹. Meine eigenen Kleider hat der Mob zerfetzt, verbrannt oder gestohlen. Ich bin gespannt, wann die ersten Fetzen auf der Engelsbrücke als Reliquien des Antichrist verhökert werden.

Unruhig kneten meine Finger den schwarzen Samt. Cesare ist unglücklich. Nun hat er endlich den päpstlichen Dispens, dass er seine Ehe mit Alessia für ungültig erklären lassen kann, um nach all den Jahren endlich mich zu heiraten. Und ausgerechnet jetzt stellt sich heraus, dass ich schon verheiratet bin und dass ich bald mit Yared und Elija auf unbestimmte Zeit nach Granada reisen werde. Das war's mit seinem Traum von Liebe, Geborgenheit und Glück. Und das war's mit einem ansehnlichen Lehen im Kirchenstaat und einem Herzogstitel, den ihm Kardinal Vitelleschi schon vor Jahren versprochen hatte. Nein, Cesare ist ganz und gar nicht glücklich. Während des Konklaves muss ich unbedingt mit ihm reden …

Die Bewaffneten, die vor mir hergehen, haben das Ende der Treppe erreicht, bilden auf der kleinen Plattform vor dem Franziskanerkonvent eine Ehrengasse, ziehen ihre Schwerter und salutieren, als ich an ihnen vorübergehe.

Andrea, Robins Nachfolger als Befehlshaber meiner Leibwache, öffnet mir das Portal. Aus der Kirche dringen Wortfetzen zu mir heraus. Der Prozess hat offenbar schon begonnen, aber es ist noch nicht zu spät für meinen großen Auftritt.

Andrea nickt mir zu. »Euer Eminenz.«

»Danke, Andrea.« Ich blicke über die Schulter, ob Santino uns belauscht. »Alles bereit?«, flüstere ich, noch außer Atem vom steilen Aufstieg.

»Die Männer stehen bereit«, wispert Andrea zurück und lässt das schwere Portal wieder zufallen.

»Aber ich habe nichts gesehen.«

»So lautete der Befehl Eurer Eminenz. Macht Euch keine Sorgen, alles läuft nach Plan. Die beiden Treppen zum Kapitol werden bewacht. Auch die Seitenportale der Kirche. Das Kapitol mit der Kirche und dem Konvent ist fest in unserer Hand. Fra Giovanni da Capestrano ist somit in Eurer Gewalt.« Andreas Mundwinkel zucken. Er ist zornig und verbittert, denn er hat, wie alle meine Gefolgsleute, letzte Nacht alles verloren. »Er kann nicht entkommen.«

»Ich will kein Blutvergießen«, ermahne ich ihn.

»Aber das wird sich nicht vermei…«

»Kein Massaker. Keine Blutrache. Keine Vergeltung. Keine Drohungen. Und keine Misshandlung der Mönche. Hast du mich verstanden? Ihr lasst Fra Giovanni in Ruhe.«

»Ja, Euer Eminenz.«

»Ich will aus ihm keinen Märtyrer in seinem heiligen Kreuzzug gegen den Antichrist machen.«

Er senkt den Blick und schüttelt den Kopf.

»Wo ist die Venezianergarde?«

»Vor dem Seitenportal.« Andrea deutet über meine Schulter zur Piazzetta auf dem Kapitol. »Sie werden Euch im rechten Seitenschiff vor der Kapelle des heiligen Francesco d'Assisi erwarten, sobald Ihr den Altarraum mit dem Papstthron erreicht habt. Fra Mariano da Palestrina hat Euer Purpurgewand und Eure Amtsinsignien bei sich. Die weltlichen wie die kirchlichen. Er wartet, damit niemand ihn erkennt, mit hochgeschlagener Kapuze in der Kapelle, bis Ihr ihn ruft.«

Ich lege ihm die Hand auf die Schulter. »Gut gemacht, Andrea.«

Er nickt mir zu, als ich an ihm vorbeigehe. »Euer Eminenz.«

Eskortiert von meinen Bravi, betrete ich mit Santino an meiner Seite die dreischiffige Basilika und gehe das Hauptschiff entlang zum Altar. Wie bei meinem letzten Besuch wird der Gewölbebogen vor der Apsis von Hunderten Kerzen in funkelnden Kristallleuchtern aus weißem Muranoglas erhellt. Das Allerheiligste leuchtet in strahlendem Licht.

Der prunkvolle Papstthron, der offenbar aus dem Vatikan hierhergeschafft wurde, steht auf den Stufen vor dem Hochaltar. Auf dem Sessel mit der hohen Rückenlehne aus weißem, golddurchwirktem Damast hockt, in sich zusammengesunken, Gerberts Mumie mit Pontifikalgewand und Mitra. Sie haben ihm die erstarrten Glieder gebrochen, damit sie ihn aufrecht hinsetzen konnten. Verfluchte Inquisitoren! Schrecken sie denn vor gar nichts zurück? Neben der Mumie liegt auf einem Tisch das *Secretum Secretorum.* Es ist aufgeschlagen. Daneben liegen einige gefaltete Pergamentseiten.

Wütend balle ich die Fäuste, während ich auf den Generalinquisitor zugehe, der sich inmitten seines franziskanischen Gefolges als ›Richter Gottes‹ inszeniert, indem er wie mein Vater über einen Papst richtet.

Fra Giovanni da Capestrano unterbricht seine Anklage und erwartet mich mit trotzig verschränkten Armen vor Papst Silvesters Thron. Fra Adriano Grifonetti, der mit dick verbundenen Händen neben ihm steht, hält mit ausgestrecktem Arm ein hölzernes Kreuz vor sich, um sich vor mir, der Inkarnation des Bösen, zu schützen.

Während ich mich den beiden nähere, werfe ich einen raschen Blick zur Kapelle des heiligen Francesco. Aber dort ist niemand zu sehen. Keine päpstlichen Gardisten und kein Dominikaner mit hochgeschlagener Kapuze.

Vor den beiden Inquisitoren bleibe ich stehen. »Lasst den Unsinn, Fra Adriano!« Ich deute auf das Kreuz in seinen zerschmetterten Händen, mit dem er sich vor mir schützen will. »Ihr macht Euren Konfratres Angst. Seht Ihr, wie furchtsam sie uns anstarren? Wenn ich wirklich der Antichrist bin, dann nützt Euch dieses Stück Holz auch nichts mehr.«

Er bekreuzigt sich ob dieses Frevels. »Jesus Christus ist auf meiner Seite!«, verkündet er zuversichtlich und reckt seine verbundenen Hände in die Höhe, als predige er auf den Stufen von San Pietro.

»Nach dem Massaker von letzter Nacht?« Ich ziehe ein gefaltetes Pergament aus der Tasche und halte es ihm hin.

Er beäugt es misstrauisch, als wäre es mit einem Fluch belegt. »Was ist das?«

»Eure Exkommunikation.«

Erst jetzt entdecke ich Fray Luis de León, den kastilischen Guardian von Santa Maria in Aracoeli. Er steht nicht weit von da Capestrano entfernt. Seine schwarzen Augen funkeln, ein feines Lächeln umspielt die herabgezogenen Mundwinkel. Mein Auftritt scheint ihn zu amüsieren. Er belauert mich wie ein Raubtier seine Beute, bereit, mich zu töten.

»Meine Exkommunikation?«, fragt Fra Adriano erschüttert.

Ich sehe ihn wieder an. »Kraft meines Amtes und meiner Macht, die mir von Papst Eugenius durch Generalvollmacht verliehen worden sind«, verkünde ich mit fester Stimme, »und kraft dieses Dokumentes, das Seine Eminenz Kardinal Colonna heute Morgen unterzeichnet hat, exkommuniziere ich dich, Adriano Grifonetti.«

Der Inquisitor blickt da Capestrano entsetzt an, aber der lässt mich nicht aus den Augen.

»Im Namen des allmächtigen Gottes, Vater, Sohn und Heiliger Geist, im Namen des Petrus, des Fürsten der Apostel, und im Namen aller Heiligen verbiete ich dir die Kommunion des Leibes und des Blutes unseres Herrn Jesus Christus und scheide dich von der Gemeinschaft aller Christen und der Heiligen Mutter Kirche im Himmel und auf Erden. Ich erkläre dich hiermit für exkommuniziert. Und ich verdamme dich ins ewige Feuer mit Satan und seinen Engeln. Adriano Grifonetti, du bist festgenommen. Der Camerlengo, Kardinal Scarampo, wird über dich richten. Gott sei dir gnädig.«

»Das könnt Ihr nicht tun!«, schreit Grifonetti. »Nicht wahr, Giovanni? Das kann sie nicht!«

»Doch, Adriano«, erwidert da Capestrano mit tonloser Stimme. »Das steht in ihrer Macht.«

»Welches Urteil erwartet mich?«, fragt Grifonetti erschüttert.

»Du kennst ›Il Terribile‹, der in Rom mit unerbittlicher Härte für Ruhe und Ordnung sorgt. Und du kennst die Strafe für einen Angriff gegen einen Papabile. Dein Scheiterhaufen auf dem Campo dei Fiori wird schon aufgerichtet.«

»Ich rede mit Seiner Eminenz«, sagt da Capestrano. »Er wird …«

»Nein, er wird *nicht*«, unterbreche ich ihn. »Aber er wird Euch gewiss empfangen, Fra Giovanni. Und Euch die Frage stellen, wo *Ihr* eigentlich letzte Nacht wart? Und wieso Ihr diesen Irrsinn, der so viele Menschen das Leben kostete, nicht verhindert habt? Der Camerlengo ist gar nicht gut auf Euch zu sprechen. Nach dem Konklave könnt Ihr Euch auf einiges gefasst machen.«

Ich drehe mich zu Andrea um, der mit seinen Bravi drei Schritte hinter mir wartet. »Lass Grifonetti nach San Lorenzo in Damaso bringen, sobald er sein Ordensgewand abgelegt hat. Kardinal Scarampo will ihn sehen, bevor er zur letzten Kardinalskongregation vor dem Konklave in den Vatikan aufbricht.«

Ich werfe einen Blick zu Santino. Er ist entsetzt, blass und zittrig. Damit hat er offenbar nicht gerechnet, obwohl er weiß, wie Prospero letzte Nacht getobt hat.

Wie anders reagiert Fray Luis de León. Sein Lächeln ist wie aus Stein gemeißelt. In Ägypten habe ich einmal die Statue eines Pharaos gesehen, die so gelächelt hat. Sie war aus hartem, kaltem schwarzem Diorit.

Ich warte, bis Grifonetti von meinen Gefolgsleuten abgeführt wird, dann wende ich mich wieder da Capestrano zu. »So, und nun zu dieser makabren und würdelosen Inszenierung einer Leichensynode. Die Anklage gegen Papst Silvester habe ich offenbar verpasst. Was werft Ihr Seiner Heiligkeit vor?«

»Dass er mit Satan einen Pakt geschlossen hat, um Pontifex zu werden. Dass er ein Maleficus, ein schwarzer Magier, war, dessen Geheimwissen aus dem muslimischen Córdoba stammt, ein gottloser Häretiker auf dem Thron Petri.«

»Habt Ihr Beweise für Eure absurden Anschuldigungen?«

Da Capestrano deutet auf den Tisch neben dem Thron. »Das *Secretum Secretorum* …«

»Ach, Unsinn! Das ist kein magisches Buch. Wenn Ihr es lesen könntet, wüsstet Ihr das.«

»Ich lese keine derartig gottlosen Werke!«, entrüstet er sich und inszeniert sich für sein Gefolge, das mit betretenem Gesicht auf den Bänken herumrutscht, als habe ein böser Dämon die Ordensgewänder der Fratres an den Sitzen festgenagelt und darunter glühende Kohlen geschürt.

»Woher, zum Teufel, nehmt Ihr dann die Unverfrorenheit, etwas zu verdammen, das Ihr überhaupt nicht kennt? Ihr zieht in einen Kreuzzug gegen Papst Silvester und verkündet, dass die wissenschaftlichen Erkenntnisse, die Gerbert d'Aurillac in seinem Werk niedergeschrieben hat, unvereinbar seien mit der Heiligen Schrift!«

Der Generalinquisitor will etwas sagen, doch ich bin noch nicht fertig: »Ihr habt recht, Fra Giovanni! Moses hatte keine zahnradbetriebene Taschenuhr bei sich, wie Gerbert sie konstruiert hat, als er die Kinder Israel aus Ägypten herausführte. Josua hatte keine Weltkugel aus Messing mit Längen- und Breitengraden, mit Nord- und Südpol, als er das Gelobte Land in Besitz nahm. Und Salomo besaß in seinem Tempel keine hydraulische Orgel wie jene in der Kathedrale von Reims, die Gerbert selbst gebaut hat. Aber nur weil diese Dinge im Alten Testament nicht erwähnt werden, sind sie doch keine Teufelswerkzeuge! Das *Secretum Secretorum* ist ein kostbarer Schatz des Wissens, ein umfassendes Handbuch des christlichen, jüdischen und muslimischen Wissens jener Zeit, verfasst vom größten Universalgelehrten unseres Jahrtausends! Gerbert d'Aurillac war Mönch, Abt, Erzbischof und Kardinal, Kanzler des französischen Königs und Vertrauter des deutschen Kaisers, Philosoph, Theologe und Wissenschaftler, Denker und Zweifler. Aber er war kein Magier.«

Da Capestrano nimmt die gefalteten Pergamentseiten vom Tisch. »William of Malmesbury vergleicht Papst Silvester mit König Salomo, der durch einen magischen Ring, den er von Gott erhalten hat, Macht über Dämonen besaß. Den Ring des Salomo.«

Ein Raunen geht durch die Reihen der Franziskaner. Ein Schreiber blättert raschelnd in einer Prozessakte der Inquisition und kritzelt mit kratzender Feder etwas nieder. Ist das Gerberts Akte? Oder meine?

Ich nehme da Capestrano die Pergamentseiten aus der Hand und betrachte sie. Die Schrift kenne ich. Also stimmen meine Vermutungen! Es ist dieselbe, die ich im *Liber Pontificalis* im Geheimarchiv des Vatikans gefunden habe, an jenem Tag, als Angelo ermordet wurde. Letzte Nacht lagen sie noch in meinem Tesoro, zwischen den Seiten von Salomos Grimoire …

»Und William of Malmesbury schreibt zudem von einem Satanspakt, den …«

»Ach, Quatsch!«, widerspreche ich barsch. »Frater William lebte ein Jahrhundert nach Papst Silvester. Seine Aussagen, die auf Legenden beruhen, sind in einem Inquisitionsprozess nicht von Belang. Woher habt Ihr die Seiten überhaupt? Von Williams *Chronik der englischen Könige* gibt es in Rom kein einziges Exemplar, ich habe danach suchen lassen. Woher stammt diese Abschrift? Habt Ihr einen Eurer Agenten zu Kardinal Beaufort nach Winchester oder zu Kardinal Kemp nach York geschickt?«

»Sie wurde in der Bibliothek von Canterbury Abbey angefertigt.«

»Für die Reise nach England braucht man mehr als vier Wochen und zurück noch einmal so lange. Ich müsst also schon vor Weihnachten geplant haben, mich zu vernichten. Wart Ihr sehr in Sorge, als ich im Januar plötzlich beschlossen habe, Rom für drei Jahre zu verlassen und nach Timbuktu zu reisen? Ihr wart bestimmt erleichtert, als Euer Bote rechtzeitig vor meiner Abreise zurückkehrte.«

Er atmet tief durch, wohl um sich zu beruhigen. »Ihr wusstet es.«

»Ja.«

»Woher?«

»Die Seiten lagen im *Liber Pontificalis*, damit ich sie dort finde. Mein Sohn hat mir gesagt, dass Euer Freund Adriano das Buch in der Hand hatte.«

Er nickt langsam. »Verstehe.«

»Wie weit reicht die Verschwörung gegen mich? Wer ist noch daran beteiligt, außer Euch, Fra Adriano, Fra Santino und Fra Domenico?«

Er knirscht mit den Zähnen und antwortet nicht.

»Und wer war der zerfetzte Dominikaner, den Fra Giordano Savelli in jener Sturmnacht in der Geheimkammer gefunden hat? Ein Ketzer, der in Santa Maria sopra Minerva unter der Folter starb und in aller Eile in einen Dominikanerhabit gesteckt und in den Lateran geschafft wurde? Wie lange habt Ihr eigentlich auf

Papst Eugenius eingeredet, bis er mich endlich in den Vatikan rufen ließ, um mich, vorgeblich gegen Euren Willen, mit den Nachforschungen zu den mysteriösen Satanserscheinungen im Lateran zu betrauen?«

Er schweigt noch immer.

»Legt Euch nicht noch einmal mit mir an!«, drohe ich ihm ganz unverhohlen. »Weder vor dem Konklave noch danach! Und jetzt beenden wir diese Posse, bevor sie in die Kirchengeschichte eingeht wie die Horrorsynode gegen Papst Formosus. Übergebt mir die sterblichen Überreste von Gerbert d'Aurillac, damit ich ihn mit allen ihm zustehenden Ehren wieder bestatten kann. Ich erkläre hiermit den Inquisitionsprozess gegen Seine Heiligkeit Papst Silvester II. für beendet.«

»Das könnt Ihr nicht!«, protestiert da Capestrano. »Als Generalinquisi…«

»Doch, das kann ich!«, donnere ich genauso laut.

In diesem Augenblick schreitet Fra Mariano da Palestrina ein. Die Kapuze seines Dominikanerhabits hat er zurückgeschlagen. Eugenius' Sekretär wird von acht Bravi der päpstlichen Venezianergarde eskortiert. Über dem Arm trägt er den Purpurmantel, den Prospero mir geliehen hat.

Fra Mariano kenne ich schon mein ganzes Leben lang. Er war der Sekretär meines Vaters, als Fra Luca d'Ascoli als Legat und Stellvertreter von Papst Martin in Rom für Ruhe und Ordnung sorgte, um die triumphale Rückkehr des in Konstanz gewählten Pontifex in seine Stadt vorzubereiten. Und er war Prior in Santa Maria sopra Minerva, als Kardinal Vitelleschi mich vor acht Jahren in den Kerker der Inquisition sperren ließ. Nach dem Sturz des Satanskardinals machte Papst Eugenius den Dominikaner zu seinem Sekretär und Vertrauten.

Sobald Fra Mariano mir mit einem verschwörerischen Lächeln den Purpurmantel umgehängt hat, zieht er zwei Pergamente aus der Tasche, entfaltet sie und zeigt sie da Capestrano. »Dies ist die Generalvollmacht, die Papst Eugenius Ihrer Eminenz Alessandra Colonna für ihre Nachforschungen im Lateran erteilt hat. Als sein Secretarius habe ich sie auf seine Anweisung hin selbst verfasst.«

»Ihrer Eminenz?«, schnaubt da Capestrano, der sich anscheinend von dem Aufgebot der päpstlichen Garde überrumpelt fühlt. »Was soll das heißen?«

»Und dies ist ein juristisches Gutachten von Kardinal Capranica, dem ranghöchsten Rechtsgelehrten des Vatikans«, spricht Fra Mariano unbeeindruckt weiter. »Seine Eminenz hat den Wortlaut geprüft und festgestellt, dass Seine Heiligkeit Alessandra Colonna damit die Rechte eines päpstlichen Sonderbevollmächtigten im Rang eines Legaten zuerkannt hat, der nur dem Papst, der ihn ernannt hat, und niemandem sonst Rechenschaft schuldet.«

»Hat er den Verstand verloren?«, braust da Capestrano auf. Er selbst war schon in Burgund, Flandern, Deutschland und Palästina als Legat unterwegs. Sein Arsenal an inquisitorischen Vollmachten, die er von Papst Martin und Papst Eugenius erhalten hat, ist seine schärfste Waffe gegen die Häresie. Überall schleppt er, der Verteidiger des Glaubens, die ihm verliehenen Bullen und Breven in seinem Privatarchiv mit sich herum. Sein Glaube an Papst Eugenius, den er als ›wahren Stellvertreter Gottes, gleichsam Gott auf Erden, mehr als ein Mensch, weniger als Gott, den einzigen Vikar Christi‹ verehrt hat, ist tief erschüttert, das sehe ich ihm an. Er ringt die Hände. »Er kann doch keine Frau ernenn…«

»Das Amt des päpstlichen Legaten erlischt nicht mit dem Tod des Pontifex«, fährt Fra Mariano ungerührt fort. So kenne und schätze ich ihn seit vielen Jahren: Nichts kann ihn aus der Ruhe bringen. »Seine Eminenz Kardinal Capranica ist sogar der Meinung, dass mit einer derart umfassenden Sondervollmacht, einer Delegation der plenitudo potestatis durch Seine Heiligkeit den Papst, Alessandra Colonnas Rang dem eines Kardinals entspricht.«

»*Was?*«, ächzt der Generalinquisitor.

»Dafür spricht zudem die Bitte des Camerlengo als Vertreter der Kardinalskongregation, dass Alessandra Colonna mit dem Metropoliten und Erzbischof von Athen als Botschafter des byzantinischen Kaisers über die Kirchenunion sprechen soll. Seine Eminenz der ...«

»Das darf doch nicht wahr sein! Und Phantinos redet mit ihr? Das ist ...«

»... der Camerlengo«, wiederholt Fra Mariano laut und nachdrücklich, »... hat das durch seine Unterschrift auf diesem Gutachten bestätigt, seht Ihr?« Er deutet auf Ludovico Scarampos Signatur unter Domenico Capranicas juristischem Gutachten. »Die Generalvollmacht ist rechtsgültig, und sie widerspricht nicht dem Ansinnen Seiner Heiligkeit. Als Sonderbevollmächtigte hat Alessandra Colonna das Recht und die Macht, diesen Irrsinn zu beenden.« Fra Mariano schüttelt empört den Kopf. »Eine Leichensynode! Fra Giovanni, ich bitte Euch! Papst Eugenius würde sich angesichts dieses makabren Totentanzes im Grab umdrehen! Und ich ... Ich schäme mich zutiefst, dass ich jemals Inquisitor gewesen bin!«

Ich befehle meinen Bravi, Papst Silvesters Mumie vom Thron zu heben, sie vorher wegen der giftigen Schimmelsporen zu verhüllen und dann in den Lateran zurückzubringen, wo er wie zuvor auf dem Castrum Doloris aufgebahrt werden soll, bis er nach dem Konklave in seiner Gruft begraben wird.

Santino starrt mich blass an, als ich da Capestrano einfach stehen lasse und zu ihm hinübergehe, um ihm meinen Arm zu reichen, damit er sich darauf stützen kann.

»Na, Santino, was ist? Kommst du?«

Yared

Kapitel 98

Auf dem Weg zum Palazzo Orsini
Samstag, 4. März 1447
Mitternacht

Dröhnend verhallt der letzte Schlag der Glocke von San Lorenzo in Damaso im Hufgetrappel durch die nächtliche Gasse. Es ist Mitternacht.

Djafar, der Befehlshaber meiner Leibwache, der mit einer Fackel vor mir reitet, weist auf die rot und weiß bestickte Fahne, die über der Gasse hängt wie Wäsche an der Leine: das Wappen der Orsini. »Hier beginnt das Viertel der Orsini. Jetzt ist es nicht mehr weit.«

Ich nicke nur. Ich bin ganz in Gedanken und achte kaum auf den Weg durch das enge Gassengewirr des Monte Giordano.

Während ich mit meinem Gefolge durch einen finsteren Torbogen reite, denke ich an das Abendessen mit Juan de Torquemada und Alonso Borgia. Nach der letzten Kardinalskongregation vor dem Konklave haben sie mir am späten Nachmittag einen Boten mit der Einladung zum Abendessen geschickt. Sie wollten unbedingt noch vor ihrem Einzug ins Konklave mit mir reden.

Als Konklavemarschall hat Cesare mich über die Beschlüsse der Kardinalskongregation in Kenntnis gesetzt. Im Konklave soll es zwei Wahlgänge pro Tag geben, einen um zehn Uhr morgens, einen um fünf Uhr nachmittags. Die Sakristei von Santa Maria sopra Minerva ist für die Papstwahl vorbereitet: An den Längsseiten hat Cesare Tische aufstellen lassen, wo die Eminenzen während der Abstimmung sitzen werden: Je höher der Rang des Kardinals, desto näher an der Wahlurne. Als Kardinalprotodiakon sitzt Prospero auf dem ersten Platz – eine, wie Alessandra aufgekratzt kommentierte, »gute Startposition im Hauen und Stechen um das Papstamt«. Nach dem ›Extra omnes!‹ des päpstlichen Zeremonienmeisters wird das Portal der Sakristei geschlossen und das Tor von Santa Maria sopra Minerva von innen verriegelt. Morgen früh werden die achtzehn wahlberechtigten Kardinäle dort ihre Zellen beziehen, nachdem Kardinal Parentucelli in San Pietro die Messe *Pro eligendo pontifice* zelebriert hat. Wie viele Römer, die in Scharen in die Kathedrale strömen werden, erwarten sich Juan de Torquemada und Alonso Borgia von Parentucellis Predigt einen Hinweis auf den möglichen neuen Pontifex: Prospero Colonna oder Domenico Capranica.

Trotz des hervorragenden Abendessens war es kein vergnüglicher Abend. Für keinen von uns. In der Nacht vor dem Konklave waren die beiden Kardinäle überreizt, obwohl keiner von ihnen ein ernst zu nehmender Papabile ist, und auch ich war angespannt. Während des Abendessens sprachen sie mit mir über die Reconquista, über meine Taufe, in die sie große Hoffnungen setzen, und meine Rückkehr nach Gharnata, um die Alhambra zurückzuerobern. Nach dem Essen schenkten sie mir immer wieder Wein nach – es gab köstlichen Montepulciano. Sie wollten mich betrunken machen, um mich ganz ungeniert ausfragen zu können, was am Nachmittag vorgefallen war. Die Machtverhältnisse in Rom interessieren sie doch mehr als die in Gharnata.

Von der Leichensynode in Santa Maria in Aracoeli und von Alessandras erbittertem Machtkampf mit Fra Giovanni da Capestrano wussten sie nichts, ebenso wenig von Alessandras Rang als päpstlicher Legat, vergleichbar einem Kardinal, was im Kardinalskollegium einen Aufschrei der Empörung hervorgerufen hätte.

Aber von Adriano Grifonettis Flammentod auf dem Campo dei Fiori hatten sie gehört. Der Camerlengo, der das Todesurteil unterschrieben hatte, hatte dazu ebenso verbissen geschwiegen wie Kardinal Colonna, der genau wie Kardinal Scarampo nicht mit dem entsetzlichen Gestank eines brennenden Scheiterhaufens zwischen den Falten seines Kardinalspurpurs ins Konklave einziehen wollte.

Zwei Stunden nach Alessandras Rückkehr aus dem Lateran in den Palazzo Orsini wehte dann das Gerücht durch die Gassen, da Capestrano habe nur mit knapper Not ein Attentat überlebt. Der Assassino, ein Gefolgsmann der Colonna, habe unter der Folter gestanden, Alessandra Colonna habe ihm fünfhundert Ducati versprochen, wenn er da Capestrano ermorde. Wie sehr muss den Generalinquisitor Alessandras resolutes Auftreten in Santa Maria in Aracoeli gedemütigt haben! Wenige Stunden später hielt da Capestrano, der durch das perfide Attentat »wie durch ein Wunder« nicht verletzt wurde, »weil Gott der Allmächtige schützend seine Hand über seinen unwürdigen Sohn gehalten hatte«, auf den Stufen von Santa Maria in Aracoeli wieder eine Hetzpredigt gegen Alessandra. Auch Fra Adriano Grifonetti, der in seinem Kampf gegen die Mächte des Bösen als Märtyrer unschuldig ins Feuer ging, sei ihr zum Opfer gefallen. Wer würde ihr nächstes Opfer sein?

Alessandra hat getobt, als einer ihrer Bravi ihr davon berichtete. So zornig, so hart und erbarmungslos habe ich sie noch nie erlebt, und sie hat mich, ehrlich gesagt, ein bisschen erschreckt. Vor acht Jahren, als Kardinal Vitelleschi ihren Vater und ihren Bruder ermorden ließ, muss es ähnlich gewesen sein. Ich glaube, da Capestrano hat entsetzliche Angst, dass sie ähnlich mit ihm verfahren könnte wie mit dem Kardinal. Das inszenierte Attentat spricht dafür. Sie ist nicht mehr nur die Tochter von Luca d'Ascoli, sondern sie ist sie selbst, unbeugsam, gestählt durch unbarmherzige Schicksalsschläge.

Wegen des vorgeblichen Attentats auf da Capestrano befürchtete Cesare ihre Anklage vor dem Inquisitionstribunal, aber Prospero schüttelte entschieden den Kopf: »Nein, Cesare. Dann müsste er sich nach dem Konklave mit mir herumstreiten. Das wagt er nicht.«

Sobald Alessandra sich wieder beruhigt hatte, griff sie zur einzigen Waffe, die ihr als Gelehrter noch geblieben ist: zu der zum Kampf gespitzten Feder und zu einem Tintenfass voller Schweineblut. Innerhalb einer halben Stunde verfasste sie einen geradezu satanischen Brief an da Capestrano. Einen Teufelsbrief, ein bei italienischen Gelehrten äußerst beliebtes literarisches Genre, das meist in Form einer öffentlichen Proklamation verfasst wird, in der sich Lucifer beim Klerus für erwiesene Dienste bedankt und für Raffgier, Verschwendungssucht, Sittenlosigkeit, Stolz, unmoralisches Handeln und maßlosen Ehrgeiz teuflische Belohnungen und höllische Würden in Aussicht stellt.

Die bluttriefenden Abschriften ihres Teufelsbriefes ließ Alessandra von ihren Gefolgsleuten in ganz Rom an die Kirchenportale nageln: ›Satan, Herrscher der Hölle und Fürst des gottlosen Rom, an seinen getreuen Diener Giovanni da Capestrano, unheiliger Generalinquisitor und hochwürdigster Botschafter des Bösen. Als Summus Pontifex sind Wir höchst zufrieden mit deinem Werk, wenn du in Unserem Namen Menschen und Bücher verbrennst, und Wir bestätigen Unseren Pakt mit dir, den Wir mit Blut besiegelt …‹

»Ya Sayyid?«

Ich schrecke aus meinen Gedanken hoch und sehe Djafar an, der sein Pferd neben mir gezügelt hat und mir die Hand auf den Arm legt, als habe er mich schon mehrmals vergeblich angesprochen.

»Yared? Bitte verzeih! Bist du im Sattel eingenickt?«

Ich bin tatsächlich ein wenig berauscht vom Wein. Und todmüde. »Was ist?«

Djafar deutet nach vorn in einen finsteren Durchgang, der zum Palazzo Orsini führt. »Ich glaube, der Weg ist nicht sicher genug.«

»Hast du etwas gesehen?« Ich blicke mich beunruhigt um.

»Es ist nur so ein Gefühl, Sayyid ... Ich weiß, du hast Fieber und willst ins Bett. Aber ich würde lieber einen anderen Weg nehmen.« Er deutet nach rechts in ein schmales Gässchen, in der sich an einer Hauswand geflochtene Weidenkörbe stapeln. Sind wir nicht gerade eben an einer Gasse vorbeigekommen, die genauso aussah? Ich muss tatsächlich eingenickt sein. »Wenn wir dort entlangreiten, erreichen wir die Piazza Navona, die nachts von Fackeln erleuchtet ist. Dahinter liegt die Via dei Coronari, die Straße der Rosenkranzmacher. Vor einigen Tagen habe ich die Tasbih-Gebetskette mit den indischen Perlen verloren, die du mir geschenkt hast, Sayyid. Vielleicht erinnerst du dich? Gestern habe ich mir einen Rosenkranz gekauft, damit ich das Dhikr-Gebet sprechen kann. Und als Andenken an Rom. Das Kreuz habe ich natürlich sofort abgemacht.«

Ich habe Mühe, ihm zu folgen, also nicke ich nur.

Djafar hat wohl gemerkt, dass ich nicht mehr zuhöre. »Wie auch immer, über die Via dei Coronari können wir den Palazzo Orsini von der anderen Seite erreichen ...«

Ein Schrei lässt uns herumfahren.

Muhammad kippt röchelnd aus dem Sattel. Der Bolzen einer Armbrust steckt in seinem Hals. Blut spritzt in hohem Bogen aus der Wunde.

Meine Männer ziehen ihre Schwerter.

»Ein Hinterhalt!«, ruft Nasir, der drei Schritte hinter mir reitet. »Versuch zu entkommen, Sayyid!«

»Rette dein Leben!«, drängt auch Ahmed. »Wir halten sie auf!«

Ein Bolzen zischt an meinem Kopf vorbei. Ich blicke mich um, kann aber jenseits des Lichtscheins unserer Fackeln nichts erkennen. Unwillkürlich zuckt meine Hand zum Schwertgriff, aber ich kann die Klinge nicht ziehen, denn mein rechter Arm ist noch immer wie gelähmt. Verflucht, ich kann mich nicht wehren!

»Schwärmt aus! Reitet sie nieder!«, brüllt Djafar an meiner Seite. »Abdallah, Mansur, Hamid, Faiz, schützt den Wesir! *Y'allah, y'allah, y'allah!*«

Die Männer reißen die scheuenden Pferde herum und dringen im Galopp in die schmalen Seitengassen vor, wo sich die Angreifer verbergen müssen.

Das Klirren aufeinanderprallender Klingen dröhnt aus den Gassen. Es vermischt sich mit dem Quietschen, wenn die Armbrüste gespannt werden, mit dem schrillen Wiehern der Pferde, mit Hufgetrappel, zornigen »Bism'Allah!«-Rufen und Schmerzensschreien.

Djafar drängt seinen Hengst gegen meinen und deutet auf meinen gelähmten Arm. »Du kannst nicht kämpfen, Sayyid! Du musst fliehen! Allah yehfadek – Gott schütze dich … Aarrchchhh …«

Ein Bolzen ist in Djafars Hals gedrungen und hat die Schlagader aufgerissen. Blut spritzt über seinen Harnisch und trifft mich im Gesicht. Langsam gleitet Djafar aus dem Sattel. Er ist tot.

Abdallah packt die Zügel meines Hengstes, lehnt sich zu mir herüber, zieht mein Schwert und drückt es mir in die Hand. »Komm jetzt, Sayyid! Ich bringe dich zum Palazzo Orsini! Wir können es schaffen, Insh'Allah!«

Auf einmal wird der Lärm leiser, und schließlich verhallt er in einem letzten entsetzlichen Keuchen. Dann ist es still.

»W'Allah«, flüstert Mansur erschüttert. Mit beiden Händen umklammert er das Heft seines Schwertes. »Alle sind tot.«

»Komm, Sayyid!« Abdallah zerrt an den Zügeln meines Pferdes, das den Kopf hochwirft und die Mähne schüttelt. »Wir müssen verschwinden!«

Schritte – aus den Seitengassen!

Plötzlich sind wir von Bravi umringt. Wie viele sind es? Vierzig? Fünfzig? Es gibt kein Entkommen.

»Wer von euch ist Yared al-Gharnati, der gottlose Jude?«

Ein junger Mann mit einem weiß-rot gestreiften Wappen auf dem Harnisch zeigt mit dem ausgestreckten Arm auf mich. »Der da! Der mit dem saphirblauen Gewand und dem weißen Turban.« Er spricht mit venezianischem Akzent.

Ein Mönch in dunklem Habit tritt in den Lichtschein der Fackeln. Ich kann nicht erkennen, welchem Orden er angehört. »Und? Fickt er sie?«

»Jede Nacht. Und nicht nur ein Mal.« Der junge Mann lacht anzüglich. »Die beiden scheinen sehr viel Spaß miteinander zu haben.«

»Und der Junge?«

»In manchen Nächten kriecht er zu ihnen ins Bett. Eine nette kleine Familie.« Er spuckt aus.

»Woher weißt du das alles?«

»Mein Padrone hat für die Berichte bezahlt.«

»Holt ihn vom Pferd!«, kommandiert der Frater.

Hände packen mich, entreißen mir das Schwert und zerren mich aus dem Sattel. Ich stöhne vor Schmerz, als ich auf das Pflaster falle. Ich will mich ihnen entwinden, aber ich schaffe es nicht. Ich bin zu geschwächt vom Fieber.

»Tötet die Feinde Gottes, die Mohammed, den Erstgeborenen Satans, anbeten! Und werft die Leichen in den Tiber!« Ist das der Mönch? Er spricht Italienisch mit kastilischem Akzent. Wie Juan de Torquemada.

Benommen richte ich mich auf, um ihn um Gnade für meine Gefolgsleute anzuflehen, doch ein Tritt mit einem Stiefel trifft mich an der linken Schläfe. Der Schmerz zerplatzt in meinem Kopf. Keuchend sinke ich zurück.

»Ya Sayyid Yared!«, brüllt Mansur. »Allah yehfadek – Allah segne dich!«

Der Venezianer steht über mir, beugt sich vor und packt mich bei den Schultern. Mit aller Kraft trete ich nach ihm, und als er taumelt, reiße ich ihm mit der linken Hand, mit der ich mich noch wehren kann, seinen Dolch aus dem Gürtel. Doch bevor ich ihm die Klinge ins Herz stoßen kann, packt er meine Hand mit eisernem Griff, schiebt sie unerbittlich zur Seite und entwindet mir die Waffe mit einem harten Schlag auf mein Handgelenk.

»Pass auf, Alvise! Der Jude ist gefährlich.«

»Haltet ihn fest, verdammt!« Der Venezianer springt keuchend zurück. »Um ein Haar hätte er mich umgebracht!«

Etliche Männer packen mich und zwingen mich trotz meiner verzweifelten Gegenwehr zurück auf den Boden. Eine Hand mit einem Glasfläschchen taucht vor meinen Augen auf. Es enthält eine weiße Flüssigkeit, die mich an Mandelmilch erinnert. Was ist das? Gift?

Irgendjemand reißt mir den Turban herunter, greift in mein Haar und zwingt meinen Kopf in den Nacken. »Trink!«

»Nein!« Ich schlage wild um mich. Dadurch bricht die entzündete Wunde wieder auf. Warm läuft das Blut über meine Schulter und durchnässt den Seidenstoff meiner Djellabiya.

Ein brutaler Tritt mit dem Stiefel gegen meine Brust lässt mich keuchend nach Atem ringen. Sofort wird mir die entkorkte Phiole an die Lippen gehalten.

»Na, siehst du? Es geht doch!«

Die bittere Flüssigkeit, die leicht nach Mandeln riecht, rinnt durch meine Kehle und verursacht ein Brennen. Ich verschlucke mich und beginne zu husten.

»Passt auf, dass er nicht alles wieder auskotzt!«

Benommen taumele ich der Ohnmacht entgegen. Ich erkenne eine ziselierte Rose auf der Rüstung des jungen Bravo, der sich neben dem kastilischen Mönch über mich beugt, um mich … Allmächtiger Gott, was tut er denn?

Die Rose … ist das Hoheitszeichen … der Orsini.

Hat Cesare das Attentat auf mich befohlen, um Alessandra zurückzugewinnen? Er liebt sie so wie ich …

Alessandra

Kapitel 99

In Alessandras und Yareds Schlafzimmer im Palazzo Orsini
Samstag, 4. März 1447
Gegen sechs Uhr morgens

Seufzend räkele ich mich in die weichen Kissen, als seine Lippen meine nackte Schulter liebkosen und sich Kuss für Kuss langsam zu meinen Lippen vorwagen. Ich schlage die Lider auf und blicke in Cesares Augen. Er ist schon aufgestanden, aber noch nachlässig angekleidet. Die enge Hose bringt seine langen, schlanken Beine gut zur Geltung, und das offene Hemd gewährt tiefe Einblicke bis hinunter zu seinem muskulösen Bauch. Während ich auf Yareds Rückkehr gewartet habe, hat er neben mir in meinem Bett geschlafen.

Er küsst mich zärtlich, und ich erwidere seinen Kuss. »Noch fünf Stunden bis zum Einzug ins Konklave. Ich muss nach Santa Maria sopra Minerva.«

»Habt ihr Yared gefunden?«

Cesare senkt den Blick. »Tut mir leid.«

Ich lasse mich in die Kissen zurücksinken und schließe die Augen. Eine Träne rinnt über meine Schläfe. Mit einer trotzigen Handbewegung wische ich sie weg.

»Seit dem Morgengrauen lasse ich das Tiberufer absuchen, vom Ponte Milvio bis San Paolo fuori le Mura. Die Fischer suchen mit Stangen und Schleppnetzen.«

»Keine Spur von seinen Männern? Kein Blut, nichts?«

Er schüttelt traurig den Kopf. »Sandra, mein Schatz …«

»Was?«

»Ich habe letzte Nacht Kardinal Borgia aus dem Bett getrommelt. Du hast vor seiner Schlafzimmertür gestanden und gehört, was er gesagt hat. Yared hätte um Mitternacht im Palazzo Orsini sein sollen. Das ist jetzt sechs Stunden her. Du solltest dich damit abfinden, dass er …«

»… tot ist?«

Cesare nickt und streicht mir eine Haarsträhne aus der Stirn.

Ich wende mich ab. »Yared ist nicht tot. Er lebt.«

»Und wo ist er, dein orientalischer Märchenprinz?«, fragt Cesare ungehalten.

»Sag du es mir!«, brechen plötzlich die quälenden Zweifel aus mir heraus. Ich kann nicht anders, ich muss Cesare herausfordern.

Yared hat mir erzählt, was nach Fra Domenicos Tod in den Puzzolanhöhlen vorgefallen ist. ›Ich liebe Sandra, so wie du‹, hatte Cesare gesagt. ›Ich kann sie nicht aufgeben. Ich will es nicht.‹ Wenn Cesare mich nicht heiratet, wird er niemals Herzog von des Papstes Gnaden und Bannerträger der Kirche. Das Reich, das mein Großvater beherrschte, das Stammland der Colonna um Palestrina und Gennazzano, wird nur dann an einen Orsini fallen, wenn er in den Colonna-Clan einheiratet.

Cesares Intimus Francesco Sforza musste gegen seinen Schwiegervater Krieg führen, um als Herzog über Mailand zu herrschen. Und der Cousin seiner ungeliebten Gemahlin, Federico da Montefeltro, hat seinen eigenen Bruder auf abscheuliche Weise ermorden lassen, um Conte von Urbino zu werden. Cesare hat nichts zu verlieren, aber alles zu gewinnen.

Und Prospero? Er hat es offenbar aufgegeben, Yared zum christlichen Glauben zu bekehren. Von seiner Taufe ist schon seit Tagen keine Rede mehr. Wozu einen Todgeweihten taufen? Wozu kurz vor dem Konklave das eigene Ansehen als Papabile aufs Spiel setzen, nur weil die eigensinnige und aufsässige Cousine unbedingt einen Juden heiraten musste? Das Problem lässt sich doch auch ohne Aufsehen auf die römische Art lösen.

»*Was* soll ich dir sagen?« Cesare richtet sich auf dem Ellbogen auf und sieht auf mich herunter. »Wie meinst du das?«

»Cesare, hast du dich mit Prospero verbündet, um Yared aus dem Weg zu räumen?«

Yared

Kapitel 100

In einem finsteren Kerker
Samstag, 4. März 1447
Kurz vor sieben Uhr morgens

Ein Meer von Flammen umgibt mich. Sie schlagen aus dem ölgetränkten Reisig zu meinen Füßen, kriechen an meinen Beinen hoch. Sie lecken an meinen schwelenden Armen, an meinen Schultern und steigen immer höher, bis zu meinem glühenden Gesicht. Mein Herz brät zischend im Feuer, meine Lunge brennt lichterloh, meine Augen kochen, und meine Haare entzünden sich mit einer bläulichen Stichflamme. Dieser Schmerz … Ich halte ihn nicht mehr aus. Ich will schreien, aber ich bringe nur ein atemloses Keuchen heraus. Ich ersticke in den Flammen. Wieso bin ich noch nicht tot?

Schweißgebadet erwache ich aus diesem entsetzlichen Albtraum. Hat der pochende Schmerz in meiner Schulter mich geweckt oder der quälende Durst? Oder ist es der entsetzliche Gestank, der mich umgibt, oder sogar die kühle Hand auf meiner Stirn? Ich weiß es nicht.

Wo bin ich? Ist noch jemand da?

Mühsam schlage ich die Augen auf und blicke in eine undurchdringliche Finsternis. Wie in Dantes Inferno, würde Alessandra sagen.

Ich versuche, mich zu bewegen, gebe jedoch sofort wieder auf, denn ein unerträglicher Schmerz zuckt durch meinen Kopf. Den rechten Arm kann ich nicht mehr heben. Er ist inzwischen gelähmt. Ob ich ihn jemals wieder bewegen kann? Tränen steigen mir in die Augen und rinnen mir über das Gesicht.

Hinter mir bewegt sich jemand. Offenbar lehne ich gegen ihn. Mein Kopf scheint an seiner Schulter zu ruhen.

Plötzlich ist die kühle Hand wieder da. Sie streicht mir behutsam durch das Haar, immer wieder.

»Schschsch …«, dringt es beruhigend aus der Dunkelheit. Wie ein kleines Kind werde ich hin- und hergeschaukelt. »Adonai sei Dank, du lebst! Ich wollte schon das Kaddisch beten. Als sie dich brachten, dachte ich, du stirbst.«

»Benyamin?« Meine Stimme ist nur noch ein Krächzen. »Ich habe mir solche Sorgen um dich gemacht. Bist du verletzt?«

»Nein«, sagt er schnell, aber ich weiß, dass er mich anlügt, um mich zu beruhigen. Wahrscheinlich haben sie ihn gedemütigt und misshandelt. »Wie fühlst du dich, Yared?«

»Beschissen«, quäle ich hervor. »Ich habe Kopfschmerzen. Und entsetzlichen Durst.«

»Du hast hohes Fieber. Und Schüttelfrost. Und eine Wunde am Kopf. Dein Haar ist blutverklebt, das fühle ich. Hoffentlich haben sie dir nicht den Schädel zertrümmert. Ist dir schwindelig?«

»Ja. Kann ich einen Schluck zu trinken haben?«

»Tut mir leid, Yared. Hier ist nichts. Kein Wasser, kein Essen, keine Decke gegen die eisige Kälte, keine Kerze, kein Eimer für die Notdurft. Nur ein schmales Brett, das wir uns beim Schlafen teilen müssen. Aber für Unterhaltung ist gesorgt: Im fauligen Stroh tummeln sich zehn bis fünfzehn Ratten.«

»Na toll, ich hatte schon befürchtet, wir würden an Langeweile sterben.«

Benyamin lacht trocken. »Wohl eher an Rattenbissen, wenn einer von uns von diesem schmalen Brett herunterfällt. Aber vielleicht machen die Zecken das Rennen, gefolgt von den pestverseuchten Flöhen.«

»Verdammter Mist.«

»Du sagst es.«

»Weißt du, ob das Konklave schon begonnen hat?«

»Ich weiß nicht mal, ob es Tag oder Nacht ist.«

»Wie lange habe ich geschlafen?«

»So lange, dass ich dachte, du bist schon tot.«

»Hast du eine Ahnung, wo wir sind?«

»Ich war bewusstlos, als sie mich hierherbrachten. Ich bin erst aufgewacht, als sie mich in diese Zelle warfen. Das Verlies hat kein Fenster, aber ich habe herausgefunden, dass es im Deckengewölbe ein eisernes Gitter gibt, das mit Holzbohlen abgedeckt ist. Über uns befindet sich vermutlich ein Hof. Hin und wieder kann man Schritte hören. Die Tür der Zelle liegt sehr hoch, die Schwelle ist in Augenhöhe. Man kann sie nur über eine morsche Treppe erreichen. Die Tür ist aus dicken Holzbohlen. Ohne Werkzeug ist das Schloss unmöglich aufzubrechen. Die Wächter, die ich gesehen habe, tragen Helm und Harnisch. Alle sind schwer bewaffnet. Schwerter, Armbrüste, Hellebarden.«

»Irgendein Wappen, eine Farbe?«

»Hör auf herumzuzappeln, Yared, sei so gut. Sonst purzeln wir beide ins Stroh. Lehn dich gegen mich und leg deinen Kopf gegen meine Schulter. Streck die Beine aus und lieg ganz still. Ja, so ist es gut, so kann ich dich halten.« Er legt seinen rechten Arm um meine Brust und sein linkes Bein über meines. So kann ich nicht abrutschen. »Einige Männer trugen die blau-weiße Uniform der päpstlichen Garde. Ein Offizier, der ganz in schwarzes Leder gekleidet war, hatte ein Wappen mit gekreuzten Schlüsseln an die Schulter geheftet.«

»Das Wappen von Papst Eugenius? Blaue und weiße Streifen?«

Ich spüre, wie Benyamin den Kopf schüttelt. Seine Hand liegt fest an meiner Seite, wo mich mit voller Wucht ein Tritt erwischt hat. »Nein, Yared. Es war das Hoheitszeichen des Camerlengo während der Sedisvakanz.«

»Dann sind wir entweder in den Gewölben des Vatikans oder im Kerker der Engelsburg.«

Benyamin schnauft. Der Kerker der Engelsburg ist berüchtigt. Kardinal Vitelleschi ist in einer der Zellen gestorben. Vielleicht sogar in dieser? »Yared, glaubst du, Ludovico Scarampo hat befohlen, dass wir festgenommen werden?«

»Keine Ahnung. Während der Sedisvakanz hat er als Vertreter der Kardinalskongregation die Schlüssel der Engelsburg.« Hat Alessandra nicht Cesare den Schlüssel von Vespasiano anvertraut? »Einer der Bravi, die mich gefangen genommen haben, trug das Wappen des Conte Orsini auf seinem Harnisch. Und da war ein Mönch.«

»Ein Franziskaner?«

»Die Farbe seines Habits konnte ich nicht erkennen.«

»Bevor ich mit Rebekka aus Sevilla geflohen bin, hieß es in der Judería: ›De noche, todos los gatos son pardos‹ – nachts sind alle Katzen grau. Und alle herumschleichenden Mönche tragen das schwarze Gewand der Inquisition.« Benyamin holt tief Luft. »Da Capestrano, dieser verdammte Judenhasser! Möge der Allmächtige ihn in die tiefste, schwärzeste Hölle verbannen. Er ist schuld am Tod meiner Schwester und meines kleinen Neffen.« Er schweigt und scheint zu überlegen. »Prospero fehlen nur noch zwei oder drei Stimmen. Er ist tatkräftig und jung, erst achtunddreißig. Er kann ein halbes Jahrhundert lang als Pontifex regieren.

Ohne einen Verrat an den Colonna … ohne einen Verrat an Alessandra … hat Ludovico Scarampo keine Chance, gewählt zu werden. Hat er sich mit da Capestrano verbündet, um Papst zu werden? Hat er den Angriff auf den Palazzo Colonna befohlen, um Alessandra als Antichrist zu diffamieren? Ich habe das Blutbad gesehen, als ich aus der Synagoge zurückkam und gefangen genommen wurde. Hat er die Maultierkarawanen abgefangen, die sie in die Burg ihres Großvaters geschickt hat, und die versiegelte Truhe aus Luca d'Ascolis Grabmal aufgebrochen, in der sie die jüdische Herkunft ihres Vaters verbirgt? Will er Alessandra, die unter den Kardinälen erbitterte Feinde hat, weil sie als Frau zu mächtig geworden ist, der Inquisition ausliefern?«

Alessandra

Kapitel 101

Vor dem Portal des Palazzo Colonna
Samstag, 4. März 1447
Kurz nach sieben Uhr morgens

Die Kette der Bravi kann dem Druck der wogenden Menge, die einen Blick auf Kardinal Colonna erhaschen will, wie er ins Konklave reitet, kaum noch standhalten. Wie von Sinnen skandieren die Römer »Viva Prospero!« und »Viva il Papa!«. Viele haben sich schon heiser gebrüllt. Unter den Arkaden des gegenüberliegenden Palazzos wurden Tische aufgebaut, auf denen Segnender-Jesus-Kitsch, Weihwasserfläschchen, Kerzen, gefälschte Ikonen, billige Rosenkränze und schief zusammengenagelte Kreuze, der ganze Plunder garantiert von Prospero gesegnet, zum Kauf angeboten werden. Der Duft nach Glühwein und schmalzgebackenen Krapfen weht mir entgegen.

Meine Bravi, die einen schützenden Kordon um mich gebildet haben, bahnen mir einen Weg durch das Gedränge und Geschiebe zum Portal des Palazzo Colonna. Prosperos Tross, eine Hundertschaft berittener Bewaffneter, die in den Farben der Colonna geschmückt sind, macht sich bereit.

Das Läuten der Glocken von Santi Apostoli dringt durch die eisige Winterluft und vermischt sich mit dem Gejohle der Menge, die mich als Antichrist beschimpft, den Rufen der Händler, dem unruhigen Schnauben der Pferde und Maultiere, die gerade mit den Truhen fürs Konklave beladen werden, dem Scharren der

Hufe auf dem Steinpflaster, dem Klirren der Waffen und den gebrüllten Befehlen. Prosperos Aufbruch in den Vatikan steht offensichtlich unmittelbar bevor.

»*Viva il Papa!*«

Ein Franziskaner stellt sich auf die Stufen zum Portal und reckt die geballte Faust gen Himmel. »Verbrennt die Ketzerin!«

Ein Dominikaner stellt sich neben ihn und schreit: »Vernichtet den Antichrist!«

»Dio mio!«, murmelt Andrea bestürzt, als er mich aus dem Sattel hebt und einem herbeieilenden Stallknecht die Zügel zuwirft. »In den Palast, nun geht schon! Sie werden Euch sonst noch totschlagen!«, drängt er. »Wir hätten das Seitenportal nehmen sollen.«

»So weit kommt's noch!«, schnaube ich wütend, haste durch den Torgang, durchquere den Hof und stürme die Treppe hinauf zu Prosperos Arbeitszimmer. Bevor sein Sekretär sich mir in den Weg stellen kann, reiße ich die Tür auf und rausche hinein.

Mein Cousin steht vor seinem Schreibtisch und packt seine private Kassette für das Konklave. Die Truhen mit seiner Kleidung, dem Tafelsilber und seinen Juwelen werden ja bereits auf die Maultiere geladen – kein Kardinal geht ohne seine Wertsachen ins Konklave. Seit Jahrhunderten wird das Papstamt an den Meistbietenden verhökert, und die Römer plündern nach seiner Wahl zum Pontifex ohnehin seinen Palast und schleppen alles weg, was man tragen kann. Einige äußerst umsichtige Papabili sollen sogar ihre Bankiers als Diener verkleidet ins Konklave mitgebracht haben.

Prospero blickt auf. »Hat man Yared gefunden?«

Ich lasse mich in den Sessel vor seinem Schreibtisch fallen, auf dem das Wappen der Colonna als Intarsie aus Ebenholz, Elfenbein und Gold prangt, und beobachte ihn dabei, wie er eine Glasphiole mit einer milchig weißen Flüssigkeit in die Truhe legt. »Nein«, antworte ich wortkarg.

Er hebt die Augenbrauen. »Tut mir leid.«

»Auf den Scheiterhaufen mit der Ketzerin!«, dröhnt es von unten herauf. *»Verbrennt sie auf dem Campo dei Fiori!«*

Ich springe auf, nehme das Fläschchen aus der Truhe, entkorke es und rieche daran. Ein leichter Duft nach Mandeln steigt mir in die Nase. »Was ist das?«

Er entreißt mir das Fläschchen, stopft den Korken wieder in die Öffnung und legt es zurück in die Truhe. »Ich bin spät dran, Sandra. Es hat sieben Uhr geläutet. Tommasos Messe in San Pietro beginnt in einer Stunde.«

Ich greife erneut nach der Phiole und betrachte sie. »Nimmst du Gift mit ins Konklave?«

»Sag mal, spinnst du?«

»Was ist es dann?«

»Ein Schlafmittel. Ludovico hat's mir gegeben. Ich habe seit wer weiß wie vielen Nächten nicht mehr geschlafen, und ich habe keine Lust, nachts die Sterne am Gewölbe von Santa Maria sopra Minerva zu zählen.«

Ich lege das Fläschchen zurück in die Truhe.

»Vernichtet den Antichrist!«

Prospero lauscht auf das Geschrei, dann schüttelt er resigniert den Kopf und sieht mich an. »Kann ich meinen Schreibtisch und meine Möbel bei dir unterstellen? Die Bilder, die Gobelins, die Leuchter aus Muranoglas und all die anderen wertvollen Sachen? Nur für den Fall, dass ich Papst werde und mein Palazzo geplündert wird …«

»Von mir aus.«

»Romano lo volemo – wir wollen einen Römer! Viva il Papa Colonna!«

»Ich würde gern in meinem eigenen Bett schlafen, wenn ich in den Vatikan umziehe.« Während er zwei Bücher in die Truhe legt, lässt er mich nicht aus den Augen. Wie gehetzt gehe ich in seinem

Arbeitszimmer auf und ab. »Sandra, hör auf, dich wie eine Löwin im Käfig zu verhalten. *Ich* werde in fünf Stunden eingesperrt.«

»Na, hoffentlich findet der Konklavemarschall nach dem ›Habemus Papam‹ den Schlüssel wieder«, bemerke ich trocken.

»Der Herr segne und behüte dich, Prospero Colonna! Der Herr gewähre dir ein langes und friedliches Pontifikat!«

Prospero runzelt die Stirn. »Sag mal, was ist los?«

»Ich habe Cesare gesagt, dass ich ihn nicht heiraten werde.«

So, jetzt ist es heraus.

Prosperos Mundwinkel zucken. Er wirkt enttäuscht – was hat er mit Yareds Verschwinden zu tun? »Ihr habt gestritten.«

»Und wie.«

»Wer hat gewonnen?«

»Keiner von uns. Wir haben beide verloren.«

»Verstehe.« Er nickt traurig. »Sandra, wenn ich zwischen euch vermitt…«

»Meine Entscheidung ist endgültig. Ich habe meine Sachen gepackt und werde jetzt gleich in den Palazzo Colonna zurückkehren.«

»Aber er ist verwüstet und zerstört.«

»So wie mein ganzes Leben, wenn ich Yared nicht zurückbekomme.«

Er starrt mich an. »Wie meinst du das?«

»Ich will ihn wiederhaben.«

Er schüttelt den Kopf. »Ich verstehe nicht …«

Ich ziehe ein Pergament aus der Tasche, entfalte es und halte es ihm hin.

Er reißt es mir aus der Hand, wirft unwillig einen Blick darauf und blickt überrascht auf. »Eine Vollmacht?«

»Über mein Konto bei der Banca Medici. Dort liegen die einhunderttausend Dukaten, die ich dir während der Totenfeier für Eugenius versprochen habe. Und noch ein bisschen mehr. Ich habe meinen Schmuck dort hinterlegt und meinen Palazzo und meine Bibliothek in Florenz als Sicherheit angeboten.

Der Gesamtwert meines Vermögens beläuft sich schätzungsweise auf vierhunderttausend Dukaten – ohne den verwüsteten Palazzo Colonna. Und ohne die Burg meines Großvaters vor den Toren von Rom. Die ist, wenn man in Rom unangefochten als Papst herrschen will, noch ein bisschen mehr wert.«

Seinem Stirnrunzeln nach zu urteilen, hat er die unausgesprochene Drohung sehr wohl verstanden. »Aber …«

»Ich bin noch nicht fertig«, unterbreche ich ihn resolut. »Ich verschaffe dir im zweiten Wahlgang Ludovicos Stimme, egal, was er verlangt. Und du gibst mir Yared zurück.«

Yared

Kapitel 102

In einem finsteren Kerker
Samstag, 4. März 1447
Gegen halb elf Uhr morgens

Ich schrecke aus dem Dämmerschlaf hoch und richte mich unwillkürlich auf. Dieser Schmerz! Meine Schulter pocht, als würde die Wunde mit einem glühenden Eisen ausgebrannt.

»Entschuldige, Yared, ich wollte dich nicht aufwecken. Ich habe gebetet. Es ist doch Schabbat«, murmelt Benyamin. »Lehn dich wieder an mich.«

Stöhnend lasse ich mich gegen seine Brust sinken. Wieder legt er seinen Arm um mich.

»Willst du beten?«, frage ich ihn nach einer Weile.

»Und du?«

»Ich habe ihm nichts zu sagen.«

»Wir könnten gemeinsam beten.«

»Nein.«

»Yared, nach all den Jahren solltest du dich mit Gott versöh…«

»Nein!«

Benyamin stöhnt ungehalten auf. »*¡Por Dios!* Eher stürzt der Himmel ein und die Engel gehen in die Hölle ins Exil, bevor du auch nur ein Mal nachgibst. Gott der Barmherzige vergebe dir deinen Starrsinn.« Er stößt die Luft aus. »Wenn schon nicht für dich selbst, willst du nicht wenigstens für deine Frau und deinen Sohn beten? Alessandra und Elija sind in Gefahr und ...«

»Wenn Gott barmherzig ist, verschont er sie. Wenn er sie mir wegnimmt wie Rebekka und Yona, dann habe ich keinen Grund, ihn anzubeten.«

»Das Judentum kann sich glücklich preisen, dass du nicht wie dein Vater als Rabbi praktizierst!«, schnaubt Benyamin, der selbst ein Rabbi ist. »Yared, ich bitt...«

Das laute Rasseln eines Schlüsselbundes lässt meinen Schwager verstummen. Die Tür wird aufgerissen und schlägt mit Wucht gegen die Wand, Fackelschein fällt herab in die Kerkerzelle und blendet mich. Ich hebe die Hand, um meine Augen zu beschatten, und blinzele in das flackernde Licht.

Vor dem hellen Hintergrund zeichnet sich schattenhaft die Gestalt eines Mannes im Mönchshabit ab. Hinter ihm stehen Bewaffnete mit Fackeln. Wie viele es sind, kann ich nicht sehen.

»Yared ben Netanya Ibn Shaprut?«, sagt der Frater mit schneidender Stimme. Ich erkenne den kastilischen Akzent wieder.

Ich richte mich auf. Die plötzliche Bewegung lässt mich vor Schwindel taumeln.

»Sag nichts!«, warnt mich Benyamin auf Arabisch und hält mich fest.

Der Mönch lacht leise, während er die morsche Treppe herabsteigt. Offenbar hat er verstanden, was mein Schwager gesagt hat. »Ich bin Fray Luis de León. Vom Orden des heiligen Francisco in Sevilla«, sagt er auf Kastilisch. Sein Gesicht bleibt im Schatten. »Mittlerweile Guardian von Santa Maria in Aracoeli.«

Benyamin flucht.

»Benyamin ben Yoel Halevi?«, fragt der Mönch. »Wie lange ist das jetzt her? Zwanzig Jahre?«

»Dreiundzwanzig.«

»Du lebst wieder als Jude.«

»Ich *bin* Jude.«

»Ein getaufter Jude. Ein Converso. Ein Christ, Fernando, ein abtrünniger Christ, der das heilige Sakrament der Taufe missachtet.«

»Zur Hölle mit dir!«

»Weißt du, welche Strafe darauf steht?«

»Ja.«

»Sag es.«

»Adonai, ¡mi Señor y mi Dios!«, betet Benyamin. »Beschütz mich vor diesem Feind der Wahrheit, der seinen Gott an ein Stück Holz nagelt und der von seinem Glauben so verblendet ist, dass er dafür töten will!«

»*¡Por el amor de Dios!* Bekenne dich zu Jesus Christus!«, schreit Fray Luis mit schriller Stimme. »Bereue, was du getan hast! Bitte mich um Gnade, und ich werde die Todesstrafe, die vor all den Jahren in deinem Inquisitionsprozess …«

»Eher friert die Hölle ein!«

»Du bist so unbelehrbar wie dein Vater, Fernando. Er hat ein hebräisches Gebet gesprochen, als ich die Fackel auf seinen Scheiterhaufen geworfen habe. Erinnerst du dich, wie er geschrien hat, als die Flammen über ihm zusammenschlugen? Wie alt warst du damals? Siebzehn? Achtzehn?«

»Gott strafe dich für diesen Frevel, Fray Luis de León!«

Er lacht auf. »Was ist mit deiner Schwester? Sie hieß Catalina, nicht wahr?«

»Ihr Name war Rebekka, daran ändert auch eine Handvoll Taufwasser nichts«, schleudert Benyamin ihm entgegen. »Sie ist mit ihrem kleinen Sohn ertrunken, als christliche Mönchsritter einen Aufruf deines Generalinquisitors, alle Juden wie Ratten im Meer zu ertränken, wörtlich nahmen. Zur Hölle mit da Capestrano! Und dich, seinen Henkersknecht, kann er gleich mitnehmen!«

»Catalina hatte einen Sohn?«

»Sie war mit Yared verheiratet.«

»Sieh mal einer an, dann ist er also dein Schwager. Wie viele christliche Ehefrauen hat der Wesir des Sultans von Granada denn in seinem Harem – außer Catalina und Alessandra?«

Ich antworte nicht.

»Alessandra und du, ihr seid nach jüdischem Gesetz verheiratet, nicht wahr?«

Ich antworte immer noch nicht.

»Ist sie Jüdin?«

Mein Herz krampft sich zusammen. Was weiß er? Und was vermutet er nur?

Fray Luis de León tritt neben mich. Jetzt kann ich ihm in die schwarzen Augen sehen. »Steh auf!«

»Lass ihn in Ruhe!«, knurrt Benyamin und legt beide Arme um mich. »Er ist schwer verwundet und hat hohes Fieber.«

Der Inquisitor beachtet ihn nicht. *»Y'allah!«* Er packt mich grob am Arm und zieht mich hoch. Ich taumele gegen ihn. Er hält mich fest, damit ich nicht stürze. Dann flüstert er mir die erste Frage des Inquisitionsverhörs ins Ohr: »Weißt du, warum du hier bist?«

Wenn er glaubt, dass ich mit Ja oder Nein antworte und mich in eine Anklage wegen des vorgeblichen Giftmordes an Papst Eugenius hineinrede, irrt er. Von Benyamin und Rebekka, die in Sevilla zum Tode verurteilt wurden, weiß ich, wie die tödliche Maschinerie der Inquisition arbeitet. Kommt sie mit lautem Kettengerassel und quietschendem Foltergerät erst einmal in Gang, ist sie nicht mehr aufzuhalten und walzt alles nieder, was sich ihrem Terror widersetzt. Es gibt kein Entrinnen.

»Du wirst es mir bestimmt gleich sagen.«

Unvermittelt ergreift er meine Hand, betrachtet den Rubinring im Licht der Fackeln und zieht ihn mir vom Finger. Dann liest er die hebräische Inschrift in der Innenseite. »Alessandra trägt denselben Ring, allerdings mit einem Saphir.« Er steckt ihn mir wieder an.

Mit einer herrischen Geste winkt Fray Luis die Bravi, die mit gezogenen Schwertern im Gang warten, herunter in die Zelle. Sie poltern die Treppe hinunter, packen mich bei den Schultern, zwingen meine Hände auf den Rücken und fesseln mich.

»Nur für's Protokoll«, presse ich zwischen den Zähnen hervor. »Wo sind wir hier?«

»Im Kerker des Castillo Santángel.« Auf Italienisch wendet er sich an die Bewaffneten hinter mir. »Schafft ihn in die Folterkammer. Und bringt mir die Truhe aus dem Grab.«

❧ Alessandra ❧

Kapitel 103

Auf der Via Papalis nahe Santa Maria sopra Minerva
Samstag, 4. März 1447
Kurz vor elf Uhr morgens

»Romano lo volemo, o almanco Italiano – Wir wollen einen Römer, oder wenigstens einen Italiener!«, fordern die Wartenden am Straßenrand ungestüm, während die Prozession der Kardinäle die Via Papalis verlässt und in die Straße nach Santa Maria sopra Minerva einbiegt.

Prospero reitet an der Spitze des Zuges. Die Kette der Bewaffneten am Rand der Via Papalis und die Bravi, die vor und neben ihm reiten, können die Römer kaum noch davon abhalten, sich auf Prospero zu stürzen, um ihn vom Pferd zu zerren und zu umarmen. Tücher, Rosenkränze und Kreuze recken sich ihm entgegen. Der Jubel steigert sich zu einem ohrenbetäubenden Tosen, als Prospero mit vollen Händen Goldmünzen in die Menge wirft – meine Goldmünzen! – und den Menschen seinen Segen erteilt.

»Viva il Papa Colonna!«

Als Ludovico Scarampo sein Pferd zur Seite lenkt, um mit seinem prächtig ausstaffierten Gefolge die Via Papalis zu verlassen und dem Zug nach links in die Gasse nach Santa Maria sopra Minerva zu folgen, wendet er sich kurz zu mir um und gibt mir das verabredete Zeichen.

Elija, der aufgeregt vor mir im Sattel herumzappelt, hat es auch bemerkt. Er lehnt sich gegen mich und sieht mit leuchtenden Augen zu mir hoch. Seine Angst um Yared und Benyamin hat er in dem ausgelassenen Trubel für einen Moment vergessen – deshalb habe ich ihn ja mitgenommen. »Er hat dir zugewunken, Mami.«

Ich lege meinen Arm um ihn. »Ja, Mäuschen.«

»Was will er?«

»Mit mir reden. Unter vier Augen. In der Sakristei von Santa Maria sopra Minerva.«

»Aber ihr habt doch während der Predigt in San Pietro die ganze Zeit miteinander getuschelt. Die Kardinäle haben immer wieder zu euch herübergeschaut.«

»Wir hatten etwas Wichtiges zu besprechen, Mäuschen. Ludovico hat sich Bedenkzeit erbeten, bis das Konklave beginnt. Dann will er mich wissen lassen, wie er sich entschieden hat.«

»Ob er Onkel Prospero zum Papst wählt?«

»Ja.«

»Romano lo volemo!«

»Viva il Papa Colonna!«

Elija lässt seinen Blick über die tobende Menge schweifen. Ich spüre seine Angst. Erst vorgestern hat der entfesselte Mob meinen Palazzo gestürmt, hat gemordet, verbrannt, zerstört und gestohlen, was nur irgendwie wegzuschleppen war. »Warum will Onkel Prospero nicht, dass wir da vorn in seinem Gefolge mitreiten?«

Kind, du kannst Fragen stellen!

Während wir in die Gasse nach Santa Maria sopra Minerva einbiegen, erkläre ich ihm, was mein Cousin mir heute Morgen vor seinem Aufbruch nach San Pietro gesagt hat: Er habe Yared weder entführen noch ermorden lassen. Er wisse nicht, wo er sei. Und Cesare auch nicht. Mein Verdacht, er sei schuld an Yareds spurlosem Verschwinden, sei ungerechtfertigt. Mein Verhalten ihm gegenüber sei ein ziemlicher Schlag ins Gesicht.

»Ist Onkel Prospero wütend auf dich?«, fragt Elija mit großen Augen. »So wie Onkel Cesare?«

»Nein, Mäuschen.«

»Er hat ziemlich herumgebrüllt, als du vorhin meine Sachen in die Truhe gestopft hast.«

»Cesare will König von Italien werden.«

»Romano lo volemo!«

»Aber Italien ist doch gar kein Königreich.«

Ganz schön aufgeweckt für einen Achtjährigen!

»Nein, Elija. Noch nicht.«

»Wird Onkel Cesare mit seinem Heer Italien erobern, so wie Onkel Muhammad Granada zurückgewinnen will?«

»Wenn Ludovico Scarampo in der Sakristei mit mir redet und mir hoch und heilig verspricht, dass er Prospero zum Papst wählen wird, könnte Cesare es versuchen.«

»Werdet ihr euch wieder vertragen?«

»Ich hoffe es.«

»Aber er liebt dich. Und letzte Nacht hat er in deinem Bett geschlafen.«

Das darf doch nicht wahr sein!

»Woher weißt du das?«, frage ich fassungslos.

»Ich wollte zu Papa und dir ins Bett kriechen und ein bisschen mit euch kuscheln. Aber er war nicht da, und Cesare lag neben dir und hatte seinen Arm um dich gelegt, wie Papa das sonst tut. Ihr wart beide nackt. Ich hab unter der Bettdecke nachgesehen.«

»Wir haben nicht miteinander geschlafen«, stelle ich klar und bemühe mich, meine Worte nicht wie eine Rechtfertigung klingen zu lassen.

Elija versteht es auch nicht so. Er lehnt sich gegen mich und guckt zu mir hoch. »Liebst du ihn?«

»Ja, ich liebe ihn. Hätte ich vor acht Jahren nicht Niketas kennengelernt, hätte ich Cesare geheiratet. Drei Jahre später ist Niketas gestorben, und ich habe lange um ihn getrauert. Wir haben uns sehr geliebt, weißt du. Cesare hat mich immer wieder gedrängt, ihn zu heiraten, aber ich wollte nicht. Und dann bin ich Yared begegnet, und wir sind gemeinsam von Jerusalem nach Rom geflohen.«

»Und dann hat Yared dir gesagt, dass er in Rom nicht leben kann und nach Granada zurückkehren will.«

»Ich war sehr traurig darüber. Und ich hab mich einsam gefühlt. Cesare hat mich getröstet. Er hat sich auch einsam gefühlt. Seine Ehe ist sehr unglücklich. Seine Frau macht ihm das Leben zur Hölle.«

Elija schweigt eine Weile. Es scheint ihn nicht zu beunruhigen, dass ich noch einen anderen Mann als Yared liebe – sein Papa lebt ja auch nicht gerade enthaltsam wie ein Mönch und lässt sich nachts von seinen Gespielinnen verwöhnen. Dann fragt Elija mit kindlichem Ernst: »Werdet ihr euch wieder vertragen?«

»Ich weiß es nicht, Mäuschen. Was ich Cesare vorgeworfen habe, hat ihn sehr verletzt.«

»Tut's dir leid?«

»Sogar sehr.«

»Dann sag's ihm«, rät er mir.

»Später.«

»Wann?«, lässt er nicht locker.

»Romano lo volemo!«

»Viva il Papa Prospero!«

»Colonna! Colonna! Colonna! Colonna!«

»Heute Abend werde ich mit ihm reden. Sobald ich dich ins Bett meines Großvaters gebracht und ordentlich durchgekitzelt habe, mein Mäuschen.«

»Ist gut.« Er nickt zufrieden und blickt nach vorn auf die kleine Piazza zwischen dem Rundbau des Pantheons und dem Portal von Santa Maria sopra Minerva, wo gerade die Cornute von den Wagen geladen und in die Schlafzellen in der Basilika gebracht werden, bevor in einer feierlichen Prozession die Kardinäle einziehen.

»Guck mal, Mami. Was sind denn das für Särge? Die sind ja bemalt!«

»Das sind keine Särge, sondern Truhen, in denen die Speisen für die Kardinäle ins Konklave gebracht werden. Wenn Prosperos Truhe nach dem Abendessen abgeholt wird, will er eine verschlüsselte Nachricht hineinlegen, wie der erste Wahlgang am späten Nachmittag verlaufen ist. Sobald ich den Zettel gelesen habe, bringe ich ihn zu Cesare. Dann reden wir.«

Elija deutet zur Treppe vor dem Portal. »Da ist er. Er kommt zu uns herüber.«

Cesare ergreift die Zügel meines Hengstes und hebt Elija schwungvoll vom Pferd. Dann reicht er mir die Hand, um mir aus dem Sattel zu helfen. »Euer Gnaden.«

»Colonna! Colonna! Colonna! Colonna!«

»Euer Gnaden. War die Suche nach meinem Gemahl erfolgreich?«

»Nein«, brummt er. Dann besinnt er sich doch noch auf einen versöhnlicheren Ton: »Ich lasse ganz Rom nach ihm und Benyamin absuchen, sogar die Kerker der Inquisition. Bisher haben wir keinen von beiden gefunden, weder tot noch lebendig.« Er macht eine Geste zum Kirchenportal, wo sich die Kardinäle mit ihrem Gefolge aufstellen. »Bitte entschuldige mich jetzt, Sandra. Ich bin der Konklavemarschall. Der Einzug der Kardinäle beginnt in wenigen Minuten. Die fangen nicht ohne mich an.«

»Wie sollten sie auch? Du hast den Schlüssel«, sage ich scherzend.

Mit einem jungenhaften Grinsen zieht Cesare zwei Schlüssel aus der Tasche. »Meinst du diesen oder diesen?« Er zeigt mir den Konklaveschlüssel für das Portal von Santa Maria sopra Minerva und den Schlüssel zur Engelsburg. »Oder meinst du diesen hier?« Er zieht den Schlüssel zur Porta San Pietro, dem Portal des Vatikans, hervor.

»Ich fasse es nicht! Wen hast du ermordet, um den Schlüssel zum Vatikan zu bekommen?«

»Niemanden«, versichert er mir schmunzelnd. »Ludovico Scarampo hat ihn mir vorhin gegeben. Nachdem du während der Predigt mit ihm getuschelt hast.«

»Sieh mal einer an.«

»Was hattet ihr beide denn so lange zu bereden? Kardinal Condulmer wirkte ziemlich beunruhigt. Und Kardinal de Torquemada zog ein Gesicht, als habe ihm jemand zugeflüstert, die heilige katholische und apostolische Kirche werde demnächst in ein weltliches Königreich mit dynastischer Erbfolge unter der Herrschaft der Colonna umgewandelt. Also, worum ging es?«

Seit dem Untergang der Hohenstaufen hat Italien keinen unumstrittenen Herrscher mehr als Kaiser gehabt. Herzöge, Dogen und Condottieri wie mein Großvater haben versucht, das Erbe zu übernehmen und Italien unter ihrer Herrschaft zu einigen, haben jedoch ein noch größeres Durcheinander angerichtet. Erbitterte Machtkämpfe der Adelsfamilien haben zu nichts anderem geführt als zu Straßenkämpfen, Mord, Entführung, Verbannung, Hinrichtung und Folter. Selbst im Kirchenstaat.

Ich gedenke nicht, Cesares Frage zu beantworten. »Mit diesen drei Schlüsseln bist du der mächtigste Mann in Rom. Was Prospero dir versprochen hat, falls er Papst wird, weiß ich. Muss ich dich demnächst mit Eure Majestät anreden?«

»Sandra …« Er blickt mir in die Augen, schüttelt resigniert den Kopf und senkt den Blick. Er hat mein Frotzeln offenbar missverstanden. Prospero hat hoch und heilig geschworen, dass Cesare nichts mit Yareds Verschwinden zu tun hat, und ich glaube ihm. Doch bevor ich mich bei Cesare entschuldigen kann, nickt er mir knapp zu. »Euer Gnaden.« Dann wendet er sich um, lässt mich und Elija stehen und geht zum Portal hinüber.

»Oje! Da kannst du dich aber heute Abend auf was gefasst machen, Mami!«, kommentiert Elija trocken und schiebt seine Hand in meine.

Unter dem blauen Sternengewölbe von Santa Maria sopra Minerva warten die Kardinäle, der Sekretär des Kardinalskollegiums, der päpstliche Zeremonienmeister mit seinen Offizialen und etliche Dominikaner, Franziskaner und Benediktiner, die den Eminenzen als Beichtväter zur Verfügung stehen werden, auf ein Zeichen des Konklavemarschalls, dass sie in die Sakristei einziehen können. Nach der Vereidigung der Kardinäle und dem ›Extra omnes!‹ des Zeremonienmeisters wird das Portal geschlossen.

Ich schiebe Elija zu Tommaso Parentucelli hinüber, der etwas verloren vor seiner weiß geschmückten Zelle im rechten Seitenschiff steht. Von seiner Familie ist niemand in Rom, er ist ganz allein.

»Ich freue mich, dass du gekommen bist«, begrüßt er mich. »Ich weiß, wie schwer es dir fällt, Santa Maria sopra Minerva zu betreten.« Er nickt in Richtung des Grabmals von Giovanni Vitelleschi. Die schwarze Mumie liegt inzwischen wieder in ihrer Gruft. »Deine ganz private Hölle auf Erden.«

Ich winke ab. »Es war eine beeindruckende Predigt.«

»Du hast mir doch gar nicht zugehört!«, beschwert er sich. »Sondern mit Ludovico verhandelt. Wie viel verlangt er für seine Stimme, sechs Stunden vor dem ersten Wahlgang?«

Ich spähe in seine Zelle, einen winzigen hölzernen Verschlag, wenig größer als die windschiefen Bretterbuden der Ärmsten auf dem Forum Romanum, und mustere das schmale Bett mit der schlichten Wolldecke, den Tisch mit dem Scherenstuhl und die Truhe, auf der einige Bücher aufgestapelt liegen. An der gegenüberliegenden Wand hängt ein schlichtes Holzkreuz. »Alles in weiß. Das gefällt mir. Es ist so …«

»Schluck deinen Kommentar runter, sei so gut.«

Ich lege ihm die Hand auf die Schulter, ziehe ihn an mich und umarme ihn fest. »Ich wünsch dir alles Glück der Welt, Tommaso! Mögen all deine Wünsche in Erfüllung gehen.«

»Grazie, mia cara.« Er küsst mich schmatzend auf beide Wangen. »Die Hälfte von dem Glück gebe ich dir zurück. Du brauchst es dringender als ich. Während des Konklaves wird da Capestrano dich weiter herausfordern. Das vermeintliche Attentat auf ihn durch einen deiner Bravi war erst der Anfang. Wer weiß, was er sich noch einfallen lässt, um dich zu stürzen.« Er sieht mich besorgt an. »Wenn zwei Menschen wie ihr aufeinander losgehen, wird der Kampf nicht enden, bevor nicht einer von beiden besiegt ist.«

»Ich kann nicht mehr zurück, Tommaso. Selbst wenn ich es wollte.«

»Er kann es auch nicht. Er wird weiter gegen dich kämpfen, bis zum bitteren Ende. Sein Freund Fra Adriano wäre umsonst gestorben, wenn er sich jetzt mit dir versöhnen würde. Wenn Prospero erst Papst ist, kann er diesem Irrsinn Einhalt gebieten. Aber während des Konklaves kann er es nicht.«

Ich nicke.

»Pass auf dich auf.«

»Das verspreche ich dir.«

»Alessandra?« Ludovico steht plötzlich neben uns. Sein Gesicht ist ernst, die Mundwinkel sind verkniffen – er hat sich entschieden. »Tommaso, darf ich sie kurz entführen? Ich bring sie Euch gleich zurück.«

»Aber sicher.«

»Tommaso, würdest du bitte einen Augenblick auf Elija aufpassen?«, bitte ich ihn.

Er nickt ergeben. »Mach ich.« Dann nimmt er Elija bei der Hand. »Wie geht's eigentlich dem kleinen Romulus? Oh, du hast ihn ja in deiner Tasche. Soll ich euch beiden mal zeigen, wo ich in den nächsten Tagen schlafen werde?« Er geht mit Elija in den Verschlag.

»Tommaso ist der großherzigste Mensch, den ich kenne, aufrichtig und bescheiden«, flüstert Ludovico mir zu, während er mich durch die Basilika zur Sakristei neben dem Altarraum führt. »Aber am liebsten wäre er wohl Dorfpriester, wo er mit den einfachen Menschen reden kann. Ich glaube, dann wäre er glücklich, auch ohne seine geliebten Bücher.«

Vor dem Hochaltar befindet sich das Grabmal der Caterina da Siena. Mit ihren Briefen hat die Dominikanerin die im Exil in Avignon residierenden Päpste beschworen, wieder nach Rom zurückzukehren. Eine Frau, die große Kirchenpolitik gemacht hat. Und die sich, wie ich, dem Vorwurf der Ketzerei stellen musste. Die Kardinäle rissen Witze über sie, ihre Konfratres verspotteten sie, aber der Papst nahm sie ernst. Er kehrte zurück nach Rom. Und dafür gebührt Caterina meine Hochachtung.

In der Sakristei angekommen, schließt Ludovico die beiden Türflügel hinter uns. Er sieht nach allen Seiten, ob wir belauscht werden, dann wendet er sich schließlich zu mir um und sieht mich an.

Er sagt nur ein Wort.

Yared

Kapitel 104

Im Kerker des Castel Sant'Angelo
Samstag, 4. März 1447
Kurz nach zehn Uhr abends

Irgendjemand stupst mich an der Schulter, und ein unerträglicher Schmerz reißt mich aus meiner Ohnmacht. Mit einem heiseren Schrei zucke ich zusammen. Wie lange liege ich hier schon? Ich zittere am ganzen Körper. Warum ist es nur so kalt hier?

Ich öffne die Augen. Um mich herum herrscht Finsternis.

Haben sie mich von der Folterkammer zurück in die Zelle geschleppt und auf den Boden geworfen?

Wieder spüre ich ein Stupsen an meiner Schulter. Erschrocken fahre ich zusammen.

Ist es eine Hand oder … nein, nicht das! Um Gottes willen!

»Benyamin?«, keuche ich.

Keine Antwort.

Ich nehme all meine Kräfte zusammen, richte mich zitternd auf und hebe mühsam den Kopf. Lichtfunken tanzen vor meinen Augen. Mein Kopf schmerzt, die Kopfhaut fühlt sich verbrannt an. Fiepend springen die Ratten von mir herunter und flitzen raschelnd in das stinkende Stroh auf dem Boden der Zelle.

»Ich bin Rattenfraß, gottverdammt!«, fluche ich in mich hinein und betaste die pochende Wunde an meiner Schulter. Sie ist nass.

Mein Gewand ist zerfetzt. Waren das die verfluchten pestverseuchten Ratten?

»Benyamin!«

Mein Herz rast, mein Atem stockt.

Wo ist er nur?

Auf allen vieren schiebe ich mich vorwärts, um das schmale Brett zu erreichen, auf dem ich mich vor den Ratten in Sicherheit bringen kann. Mit dem ausgestreckten Arm taste ich durch die Schwärze, stoße jedoch nur gegen die kalte Wand. Sie ist von Raureif bedeckt.

Einen Augenblick lang lehne ich meine fieberheiße Stirn dagegen. Dann setzt sich ein Gedanke in meinem Gehirn fest: Du musst trinken, um zu überleben, Yared. Denk an deine Flucht durch die Wüste, an Timbuktu, an Agadez, an Ghat, denk an die flirrende Hitze und die eisige Kälte, erinnere dich an die Strapazen und an den leeren Ziegenbalg am Sattel deines Dromedars. Aman iman – Wasser ist Leben. Du musst den Raureif ablecken, Yared. Rette dein Leben, das bisschen Leben, das noch in dir ist. Aman iman.

Meine Zunge leckt gierig über die unebenen Steinquader, auf denen sich die Eiskristalle festgesetzt haben. Aber wo ist das Brett, auf dem Benyamin und ich vorhin gelegen haben? Ich taste weiter. Meine Hand stößt gegen eine Mauerecke. Die Steine sind vereist. Ist dies die Seite der Engelsburg, die dem zugefrorenen Tiber zugewandt ist?

Ich muss auf die andere Seite. Stöhnend krieche ich los.

Endlich! Ich ertaste das schmale Brett, schiebe mich mühsam hinauf, lege mich auf den Rücken und schließe die Augen.

Wo ist Benyamin? Was tun sie ihm an? Trägt er dieselben Ketten wie ich, bevor ich vorhin unter dem Hieb ohnmächtig zusammengesackt bin und mich dabei an der Halsfessel um ein Haar selbst erhängt hätte? Fray Luis wird sich ihn vornehmen, bevor er ihn in einem Auto da Fé auf dem Campo dei Fiori als rückfälliger Converso und unbußfertiger Ketzer verbrennt.

Und was hat er mit mir vor?

Mein Haar, wie eine Mönchstonsur von den Flammen abgesengt, ist nass. Hat er mir Wasser über den Kopf geschüttet, als ich vorhin bewusstlos in den Ketten hing? Oder hat er mich getauft, als ich mich nicht dagegen wehren konnte, damit er mich zusammen mit Benyamin auf dem Scheiterhaufen verbrennen kann?

Hastig taste ich die Taschen meiner Djellabiya ab, ziehe ein Pergament hervor und entfalte es. In der Finsternis kann ich nur die raue Tinte auf dem glatten Bogen ertasten, die Schrift jedoch nicht erkennen.

Ist es ein Taufschein?

Perfide Inquisitoren! Schrecken sie denn vor nichts zurück?

In meiner Wut zerfetze ich das Pergament und werde damit unwiderruflich zum rückfälligen Ketzer, zum unrettbaren und gottlosen Juden, der das heilige Sakrament der Taufe missachtet … so wie Benyamin … und Alessandra …

Was haben sie mit ihr vor?

Fray Luis de León hatte mich vorhin in die Folterkammer schleppen lassen, ein düsteres Gewölbe aus großen Steinquadern, dessen Boden mit Stroh bedeckt war. Eiskristalle glitzerten an den Wänden. Rostige Ketten mit Handschellen hingen herunter. Ein langer Strick baumelte von einer Rolle unter der Decke. Er ist für das Strappado vorgesehen, eine der schmerzhaftesten Foltermethoden der Inquisition. Die Handgelenke des Opfers werden hinter dem Rücken mit dem Seil gefesselt, das über die Rolle abrupt hochgezogen und fallen gelassen wird, bis die Schultergelenke des Aufgehängten ausgerenkt sind.

Der Kastilier versetzte mir einen Stoß und schob mich die wenigen Schritte zu den Ketten an der gegenüberliegenden Wand. Als ich mich gegen seine Folterknechte wehrte, schlug er mir hart ins

Gesicht, sodass ich benommen in die Knie sank. Einer der Männer riss mich auf die Füße und drängte mich gegen die Wand, während mir ein anderer die rostige Halsschelle umlegte. Noch immer höre ich das entsetzliche Quietschen des Scharniers. Die Fessel war so eng, dass ich würgend nach Luft schnappte.

»Passt auf, dass er nicht ohnmächtig wird und zusammensackt, sonst hängt er sich selbst auf«, befahl Fray Luis und winkte einem seiner Männer. Der stellte eine verschlossene Truhe auf die Streckbank wenige Schritte entfernt. Das Rosenholz war dunkel vom Alter und stark vermodert. Sie stank nach Tod und Verwesung.

Mein Herz krampfte sich zusammen. Sie hatten sie gefunden!

»Kennst du diese Truhe?«

Vorsichtig, damit die Halsfessel mich nicht erwürgte, schüttelte ich den Kopf. Die Kette rasselte leise.

Fray Luis, der mich mit zu Schlitzen verengten Augen belauerte, wandte sich zu dem Notar um, der meine Aussagen mit kratzender Feder protokollierte. »Schreibt das auf! Der Gefangene hat genickt.«

»Das ist nicht wahr!«, keuchte ich. »Ich habe diese Truhe noch nie …«

Ein heftiger Schlag ins Gesicht schleuderte meinen Kopf hart gegen die vereiste Steinwand. Dabei biss ich mir auf die Zunge. »Du redest nur, wenn du von Seiner Exzellenz dem Inquisitor gefragt wirst! Sonst kriegst du gleich noch eins in die Fresse! Hast du das verstanden, Jude?«

»Lass ihn in Ruhe!« Fray Luis riss den Folterknecht von mir weg. »Wir versündigen uns doch nicht an einem Menschen mit derart hohen christlichen Idealen wie Yared, der einem meiner Ordensbrüder das Leben gerettet hat«, verhöhnte er mich. »Du erinnerst dich doch gewiss an Fra Girolamo da Salerno?«

»Ja«, quälte ich hervor. Kalter Schweiß rann mir über die Stirn und tropfte mir in die Augen. Ich musste blinzeln.

»Der Mameluckensultan hat den Wächter des Heiligen Grabes Jesu Christi im Hof der Zitadelle von Kairo ans Kreuz nageln lassen, um den christlichen Glauben zu verspotten. Und um dich zum Übertritt zum Islam zu zwingen.«

Ich sah ihm fest in die Augen.

»Aber du bist nicht konvertiert, du hast die Schahada nicht gesprochen.«

»Nein«, krächzte ich.

»Stattdessen hast du Fra Girolamo vom Kreuz genommen und gesund gepflegt – du, der Leibarzt und Vertraute des mächtigsten Herrschers des Islam. Du hast den Zorn des Sultans riskiert, dieses verfluchten Christenhassers. Du hast dein Leben aufs Spiel gesetzt für einen Franziskaner, der sterbend am Kreuz hing.«

Ich antwortete nicht.

»Fra Girolamo schließt dich immer noch in seine Gebete ein. Er spricht in höchsten Tönen von dir als Vizekönig von Jerusalem, weil du, Prinz Yared al-Gharnati, ersehnter Schwiegersohn des Sultans von Ägypten und mächtigster Mann des Mameluckenreiches, versucht hast, den Frieden zwischen Muslimen, Juden und Christen wiederherzustellen. Ihr habt euch an Ostern vor zwei Jahren in der Grabeskirche wiedergesehen, nicht wahr?«

»Du kennst ihn?«

»Er war letztes Jahr in Rom. Fra Girolamo ist mittlerweile Guardian der Grabeskirche. Er führte eine Delegation der Franziskaner als Wächter der Grabeskirche an, die mit Seiner Heiligkeit als Oberhaupt der vereinigten Kirche über die unerträglichen Umstände für Christen in Jerusalem sprechen wollte. Der Sultan wütet dort nämlich wie ein Verrückter und verfolgt die römischen, griechischen, syrischen, armenischen und äthiopischen Christen mit Feuer und Schwert. Du redest ihm ja nicht mehr ins Gewissen …«

Ich nickte vorsichtig. »Wie geht es Fra Girolamo?«

»Die Wunden an Händen und Füßen bereiten ihm immer noch Schmerzen.«

Fray Luis trat zur Seite, und wieder fiel mein Blick auf die vermoderte Truhe auf der Folterbank. »Du weißt, was in dieser nach Verwesung stinkenden Kiste ist, nicht wahr?«

Ich biss mir auf die Lippen, holte tief Luft und bereitete mich auf den nächsten Schlag vor.

»Na gut, dann wollen wir deinem Gedächtnis mal ein wenig nachhelfen.« Mit spitzen Fingern hob Fray Luis den Deckel an und zog einen gefalteten Tallit aus weißer Seide heraus. Schwungvoll breitete er ihn vor mir aus. Dann griff er wieder in die Kiste, zog ein Paar Gebetsriemen mit schwarz lackierten Schriftkapseln hervor und hielt sie mir vors Gesicht. »Wem gehört das alles?«

Ich antwortete nicht.

»Dir?«, fragte er nach.

»Ich bete nicht. Schon gar nicht mit Tallit und Tefillin.«

Schnaubend vor Wut warf er beides auf die Folterbank und holte die silbernen Schabbatleuchter aus der Truhe. Das jahrhundertealte Silber war schwarz angelaufen, doch im Licht der Fackeln konnte ich erkennen, dass es kostbare sephardische Kerzenständer aus Córdoba waren. Alessandras Familie scheint aus Al-Andalus zu stammen, aus Qurtuba, wie die Stadt auf Arabisch heißt, die bis zur Eroberung durch die Christen im Jahr 1236 muslimisch war.

»Hast du schon einmal den Namen Girolamo d'Ascoli gehört?« Als ich nicht sofort antwortete, trat Fray Luis ganz nah vor mich. Sein Atem strich über mein Gesicht. »Aber den Namen Fra Luca d'Ascoli kennst du, nicht wahr? ›San Luca‹ war ja immerhin dein Schwiegervater. Ich begreife es nicht, Papst Eugenius wollte doch tatsächlich einen gottverfluchten Juden heiligsprechen! Die Sachen gehörten ihm.« Fray Luis deutete auf die Rosenholztruhe. »Luca hatte sie von seinem Vater geerbt, dem berühmten Rabbi Akiva ben Samuel aus der Familie Kohen, der als getaufter Christ aus Rom nach Ascoli geflohen ist, um sich dort vor der Inquisition zu verkriechen. Seine Enkelin Alessandra ist eine Nachfahrin der Kohanim, der jüdischen Tempelpriester. Sie hat jüdisches Blut in ihren Adern.«

»Alessandra ist keine Jüdin«, presste ich hervor. »Nach jüdischem Gesetz ist nur der jüdisch, der eine jüdische Mutter hat. Adriana Colonna, die Tochter des Conte Marcantonio Colonna, war eine getaufte Christin. Ebenso wie ihr Vater, der Dominikanerinquisitor Fra Luca d'Ascoli.«

Fray Luis hob die Augenbrauen. »Sieh an. Alessandra ist also eine Christin ...«

»Ja.«

»... die die Gesetze des vierten Laterankonzils missachtet hat, indem sie einen Juden heiratete!«, rief er triumphierend aus. Er packte meine Hand, verdrehte mir brutal das Handgelenk und ließ den Rubinring vor meinen Augen funkeln. »Das ist ein Ehering.«

Ich biss die Lippen aufeinander.

Nach Alessandras entschlossenem Einschreiten gegen die Durchsetzung der kanonischen Judengesetze, für das sie als ›Schutzheilige der Juden‹ beschimpft wurde, hatte da Capestrano dem Papst die Leviten gelesen. Papst Eugenius war nicht so judenfreundlich wie Papst Martin, dessen Menschlichkeit nicht nur die italienischen Juden seit Jahrzehnten preisen. Alessandras Cousin hatte den jüdischen Gemeinden Privilegien zugestanden, die den unerbittlich strengen Judengesetzen widersprachen, sie sogar völlig ad absurdum führten. Auf Drängen von da Capestrano musste Papst Martin viele Erlasse, vor allem die gegen judenfeindliche Predigermönche, widerrufen. Aber nicht einmal er, der trotz da Capestranos erbitterter Vorwürfe weiterhin seinem jüdischen Leibarzt Maestro Salomon di Ventura aus Anagni sein Vertrauen schenkte, hätte eine Ehe zwischen einem Juden und einer Christin gestattet ...

»Und dein Schwager Fernando … Bitte verzeih, dieser renitente Sturkopf nennt sich ja inzwischen wieder Benyamin …«, fügte Fray Luis hämisch hinzu, »… hat dich angefleht, du mögest für deine Frau und deinen Sohn beten. Ich hab es durch die Tür gehört, als ich die Zelle betreten wollte. Ich bin großzügig und lasse das als Geständnis gelten.« Er wandte sich zu dem Notar um, der fleißig mitschrieb. »Notiert das und …«

Mit einem zornigen Aufschrei krallte ich meine Hände in die rostige Halsschelle, die mir die Kehle zuschnürte, hängte mich an die Ketten, zog beide Beine an und trat mit aller Kraft nach ihm. Fray Luis taumelte nach hinten und stieß gegen die Folterbank.

»Du verfluchter Jude!«, brüllte einer der Henkersknechte, riss eine brennende Fackel aus der Wandhalterung und schlug mir damit auf den Kopf.

Bevor ich ohnmächtig zusammenbrach und an der viel zu engen Halsschelle zu ersticken drohte, spürte ich noch, wie meine Haare Feuer fingen …

Fray Luis muss den Befehl gegeben haben, mich loszumachen, bevor ich mich selbst töten konnte, und Benyamin an meiner Stelle zu foltern …

Erschöpft lehne ich mich gegen die kalte Wand. Ich habe entsetzliche Angst. Was tun sie ihm an?

In diesem Augenblick dreht sich der Schlüssel im Schloss, und die Zellentür wird aufgeschoben. Das Licht blendet mich, sodass ich nur schemenhaft erkennen kann, dass zwei Bewaffnete einen leblosen Körper die Treppe hinunterschleifen und ins Stroh fallen lassen.

»Benyamin!«

Die Bravi poltern die Treppe wieder hinauf, die Tür fällt ins Schloss, der Schlüssel wird quietschend umgedreht, und der schmale Lichtstreifen unter der Tür verblasst. Dann ist es wieder finster.

Ich rutsche von meinem Holzbrett und krieche zu Benyamin hinüber. »Hörst du mich?«

Er antwortet nicht.

Ich fühle am blutigen Handgelenk nach seinem Puls, kann jedoch nichts spüren. Dann taste ich über seine zerrissene Djellabiya hinweg zu seinem Hals. Da ist es! Ein leises Pochen, schwach wie der Flügelschlag eines Schmetterlings. Benyamin lebt noch. Er ist nur ohnmächtig.

Behutsam untersuche ich ihn. Seine Arme sind nicht gebrochen. Aber die Schultergelenke sind ausgerenkt. Großer Gott, sie haben ihn mit dem Strappado gequält!

Ich sammle meine ganze Kraft und renke ihm beide Arme wieder ein. Er stöhnt auf vor Schmerz. Keuchend sinke ich zurück und ruhe mich einen Augenblick lang aus. Mein Herz klopft, als wäre ich eine lange Treppe hinaufgerannt, der Schmerz pocht in meiner Schulter, und kalter Schweiß läuft mir über die Stirn. Trotz der eisigen Kälte in der Kerkerzelle bin ich nassgeschwitzt.

Im Stroh raschelt es. Die Ratten!

Entschlossen packe ich Benyamin an den Armen, achte nicht auf seine Schmerzensschreie und ziehe ihn zu dem schmalen Brett. Es dauert eine Weile, bis ich ihn hinaufgewuchtet habe. Dann krieche ich hinterher, schiebe mich hinter ihn und lehne ihn gegen meine Brust, so wie er es vorhin mit mir getan hat.

Erschöpft schließe ich die Augen Das Fiepen wird immer lauter. Sie haben das Blut an Benyamins aufgerissenen Handgelenken gewittert. Wie lange wird es dauern, bis sie es schaffen, an der mit Raureif bedeckten Wand hochzuklettern, um über uns herzufallen?

Alessandra

Kapitel 105

In der Gasse zur Piazza della Minerva
Samstag, 4. März 1447
Halb elf Uhr abends

»Aidan, Cecco, ihr wartet hier auf mich.« Ich springe aus dem Sattel und gebe dem Schotten mit den geflochtenen Zöpfen die Zügel meines und Elijas Hengstes. Mein Sohn liegt über die Mähne gebeugt und ist eingeschlafen. Dann wende ich mich an den Befehlshaber meiner Bravi. »Andrea, du bringst die Männer nach Hause. Den kleinen Mann auch.« Ich deute auf Elija. »Der stundenlange Ritt war anstrengend. Sie können ein heißes Bad nehmen, einen Becher Wein trinken und sich dann schlafen legen. Sie sollen morgen früh ausgeruht sein.«

»Ihr wollt ohne Aidan und Francesco gehen? Euer Gnaden, ich bitte Euch, das ist viel zu gefährlich«, warnt Andrea mich eindringlich. »Seine Exzellenz der Wesir ist letzte Nacht verschwunden, die Maultierkarawane ist nahe der Burg Eures Großvaters überfallen worden, und die Rosenholzkassette ist gestohlen – weiß der Henker, was diese verfluchten Inquisitoren noch alles austüfteln …«

»Ich gehe allein«, beharre ich. »Was ich vorhabe, ist bei Strafe der Exkommunikation verboten. Also, Jungs«, sage ich zu Cecco und Aidan, »schaut gefälligst in die andere Richtung.«

»Aye, Mylady.« Aidan MacFhionnlaigh, illegitimer Sohn eines Lairds aus den schottischen Highlands, der vor einigen Jahren als Pilger nach Rom kam und geblieben ist, nickt.

»Andrea, ich komme in einer Stunde nach. Richte Saphira aus, sie soll Elija ins Bett bringen. Und ich freue mich auf ein heißes Bad. Ich bin ziemlich durchgefroren. Und hungrig. Amerigo, der Koch, soll Kardinal Prosperos Vorratskammern plündern, in meinen gibt es ja nicht mal mehr ein verschimmeltes Stück Käse.«

»Ich richte es aus«, nuschelt Andrea, dann wendet er sein erschöpftes Pferd und trabt mit meinen Bravi und Elija, der beinahe aus dem Sattel kippt, durch die schmale Gasse zurück zur Via Papalis.

»Ihr wartet hier auf mich«, befehle ich Aidan und deute auf das Trümmerfeld der antiken Thermen hinter dem Pantheon. »Sobald ich zurückkomme, reiten wir zum Palazzo Orsini.«

»Aye.«

Mit klopfendem Herzen mache ich mich auf den kurzen Weg zur Piazza della Minerva, wo die Bravi des Conte Orsini das Konklave streng bewachen. Cesare nimmt seine Aufgabe als Konklavemarschall sehr ernst.

Während ich mich in die Schatten der Ruinen des antiken Minervatempels ducke, gleitet mein Blick an der schlichten Fassade der Basilika empor. Die runden Fenster über den drei Portalen sind vom Kerzenschein erleuchtet. Sitzen die Kardinäle nach dem Abendessen noch in der Sakristei bei einem Becher Montepulciano beisammen und verhandeln um Ämter, Würden und Benefizien?

Von wegen Inspiration durch den Heiligen Geist und Umsetzung des Willens Gottes, der seinen Stellvertreter auf Erden erwählt! Ob Prospero sich vor dem Schlafengehen wehmütig seine kostbaren Juwelen ansieht, die herrlichen Saphire, Smaragde, Rubine und Topase, bevor er sich damit morgen einen Wahlzettel mit seinem Namen erkauft? Er hat ja sogar Kohleskizzen seiner einzigartigen römischen Antikensammlung mit ins Konklave genommen.

Der Heilige Geist weht wo er will, aber Reichtum, Besonnenheit und Macht ziehen ihn geradezu magisch an. Das Sprüchlein stammt von einem Kardinal Colonna, von welchem – von Giacomo, Piero, Stefano, Agapito, Ottone oder einem der drei Giovannis – ist mir entfallen. Vermutlich von Cousin Ottone, besser bekannt als Papst Martin, Oberhaupt eines äußerst erfolgreichen Familienunternehmens namens Colonna und – wie wurde er vor einigen Wochen von Tommaso Parentucelli genannt? – Begründer des Papstkaisertums.

Ich verschwinde in einer dunklen Gasse, die auf die andere Seite des Pantheons führt. Auf einer Piazzetta hinter der Sakristei stehen auf Karren die Cornute der Kardinäle, bereit zur Abholung durch das Küchenpersonal. Vier der achtzehn Kisten fehlen schon. Von Cesares Bravi ist weit und breit keiner zu sehen.

Vorgestern war Vollmond, daher kann ich Prosperos Truhe an dem aufgemalten Wappen leicht erkennen. Sie steht hinter denen von Domenico und Ludovico, sodass ich auf den Karren klettern muss, um an sie heranzukommen.

Die Ladefläche knarrt in der eisigen Winterluft, als ich über die beiden bemalten Kisten hinwegsteige, um Prosperos Truhe zu öffnen. Hastig hebe ich die Teller und Schüsseln mit den Resten seines kargen Fastenmahls und eine leere Flasche Frascati heraus und stelle sie neben mich. Mit der Klinge meines Dolches hebele ich behutsam den doppelten Boden heraus. Da ist er! In einer schmalen Höhlung an der Schmalseite des Brettes liegt ein winziger Zettel.

Prosperos Nachricht mit den Ergebnissen des ersten Wahlgangs!

Wie viele Stimmen hat er bekommen? Neun? Oder zehn?

Ein leises Kratzen lässt mich zusammenzucken. Ich fahre herum, ziehe meinen Dolch und starre in die Finsternis.

»Aidan?«, flüstere ich unruhig. »Cecco?«

Keine Antwort.

Ich blicke zur Sakristei des Pantheons. Kam das Geräusch von dort? Ich horche. Da ist es wieder!

Nichts wie weg!

Geschwind lege ich das Brett und das Geschirr zurück in die Truhe und springe vom Karren. Dann husche ich zur Rückseite der Kirche, drücke mich in eine Gewölbenische und zünde mit vor Aufregung zitternden Fingern den Kerzenstummel aus meiner Zunderdose an, in der sich auch das Fläschchen für Santino befindet.

Behutsam entfalte ich Prosperos Zettel. Er ist leer.

Ich atme auf. So war es abgesprochen.

Ungeduldig halte ich den Zettel über die Flamme der Kerze und erhitze den Schriftzug, den Prospero in seiner Zelle mit Zitronensaft geschrieben hat und der sich in der Hitze rötlich braun verfärbt. Wort für Wort wird die Geheimschrift lesbar.

Alles ist verloren. Bete für mich. P.

Entsetzt starre ich auf die hastig hingekritzelte Nachricht, die mit Spritzern von Zitronensaft übersät ist.

Alles ist verloren?, frage ich mich verwirrt. Aber wieso? Was ist mit den Stimmen von Juan de Torquemada, Juan Carvajal, Alonso Borgia, Antão Martinez de Chaves, Guillaume d'Estouteville, Basilios Bessarion, Tommaso Parentucelli und Domenico Capranica? Und was ist mit Ludovicos Stimme? Mit Prosperos Wahlzettel wären das zehn der zwölf benötigten Stimmen!

Hat Ludovico mich verraten? Hat er mich für einen Fetzen aus weißer Seide an die Inquisition verkauft?

Ich atme tief durch, um mich zu beruhigen, und starre auf den Zettel, der im Licht der flackernden Kerze leuchtet.

Dann sehe ich genauer hin – und stutze. Wo ist das Wasserzeichen mit dem Wappen der Colonna? Ich drehe das Papier um und betrachte es von der anderen Seite. Kein Wasserzeichen. Dieser Zettel stammt nicht von Prospero.

Ich knülle ihn zusammen.

Verdammt, wo ist der echte Zettel mit den Ergebnissen des ersten Wahlgangs? Wer hat ihn aus der Truhe genommen? Wer weiß, dass Prospero und ich uns trotz des Gebots strengster Geheimhaltung und trotz der Androhung des Kirchenbanns austauschen?

Hat Cesare ihn geholt, während ich zur Burg meines Großvaters geritten bin, um Elija dort in Sicherheit zu bringen? Als ich von dem Überfall auf meine Maultierkarawanen und dem Verlust der Truhe meines Vaters erfuhr, beschloss ich, Elija trotz aller Gefahren wieder mit zurückzunehmen. Der weite Weg war vergeblich. Hat Cesare den Zettel genommen, weil er fürchtete, dass einer seiner Bravi die Truhe durchsuchen würde?

Ich streiche den zerknüllten Zettel glatt und sehe mir die Nachricht noch einmal an.

›Alles ist verloren. Bete für mich.‹

Nein, hätte Cesare den echten Zettel aus der Truhe geholt, hätte er keine derartige Nachricht hinterlassen, die Prospero sein Seelenheil und seine kanonisch rechtmäßige Wahl zum Papst kosten könnte. Die Truhe wäre leer.

Dieser Zettel stammt aus Santa Maria sopra Minerva, denke ich bestürzt. Aber nicht aus dem Konklave, sondern aus dem Kloster.

Wer hat ihn verfasst? Santino?

Verflucht, wieso habe ich ihn bloß in sein Kloster zurückkehren lassen? Ich hätte diesen Verräter als Geisel in Ketten legen sollen!

Ich zittere vor Enttäuschung, vor Wut und vor Angst, und es fällt mir schwer, mich zu beruhigen. Santino, du verdammter Judas, ich verfluche dich! Und ich schwöre beim Ring des Salomo an meinem Finger, dass du vor mir sterben wirst, du mieser kleiner Verräter! Und ich werde dir dabei zusehen, wie ich Vitelleschi zugesehen habe …

Entschlossen blase ich die Kerze aus und stecke den Stummel zurück in die Zunderdose.

Ich muss zum Palazzo Orsini und mit Cesare reden. Sofort!

Zwischen den Karren hindurch haste ich zurück zu den Ruinen der antiken Thermen, wo Aidan und Cecco auf mich warten.

Doch die Gasse ist verlassen. Die beiden sind verschwunden. Ebenso mein Pferd.

Ich ziehe meinen Dolch und husche im Schatten der Häuser lautlos über den vereisten Weg. Dann erreiche ich den Trampelpfad, der nach rechts durch das Trümmerfeld zur Piazza Navona führt. Ich luge um die Ecke und erschrecke beinahe zu Tode. Vor mir im Mondlicht erkenne ich Cecco, der mit offenen Augen im Geröll liegt. Ich knie neben ihm nieder. Er ist tot. Mit zitternden Fingern schließe ich ihm die Lider und murmele ein Gebet.

Aidan finde ich wenige Schritte weiter hinter einer eingestürzten Mauer, nahe dem Einstieg in die Puzzolanhöhlen. Auch er ist ermordet worden.

Ein leises Knarren lässt mich aufhorchen.

Dann höre ich, wie in der Nähe ein schweres Bronzeportal ins Schloss fällt – das Tor von Santa Maria sopra Minerva?

Ich haste auf dem Trampelpfad zurück und spähe an Cesares Bravi auf der Piazza della Minerva und den Ruinen des antiken Minervatempels vorbei in die schmale Gasse zwischen dem Kloster und dem Pantheon.

Da! Ein Dominikaner mit hochgeschlagener Kapuze! Etwa hundert Schritte entfernt. Im hellen Mondlicht erkenne ich Santino. Wegen seines gebrochenen Beins humpelt er mühsam an Krücken. Eine schwere Tasche, die er sich umgehängt hat, schlägt immer wieder gegen sein rechtes Bein. So schnell es geht, bewegt er sich in Richtung Piazza della Rotonda.

Wieso verlässt er das Kloster, wo seit der Komplet längst Nachtruhe herrscht? Wohin will er? Und was ist in der schweren Tasche?

Einen Herzschlag lang zögere ich. Aidan und Cecco sind ermordet worden. Beide waren erfahrene Kämpfer, die nur von einer Übermacht von Gegnern überwältigt werden konnten. Ich sollte so schnell wie möglich in den Palazzo Colonna zurückkehren, das Portal verriegeln und nach Cesare schicken lassen, damit er zu mir kommt. Ich muss unbedingt mit ihm reden. Aber ich muss auch herausfinden, was Santino vorhat. Hat er Prosperos Nachricht gefälscht? Und meine Bravi töten lassen?

Argwöhnisch beobachte ich, wie er am Pantheon entlanghumpelt. Er blickt sich um. Hat er mich gesehen?

Ich warte ab, bis er sich nach links zur Säulenhalle des Pantheons wendet. Dann hetze ich hinter ihm her zur Piazza della Minerva.

Cesares Bravi kommen mir entgegen.

»Alvise!«

»Euer Gnaden?«, begrüßt mich der Befehlshaber mit seinem venezianischen Akzent. Er trägt einen funkelnden Harnisch mit dem rot-weißen Wappen der Orsini.

»Ich brauche zwei deiner Männer.«

Er schüttelt energisch den Kopf und zupft an seinen mit Stahl verstärkten Handschuhen herum. »Ich habe meine Befehle«, nuschelt er. »Unter keinen Umständen dürfen noch mehr Bravi vom Konklave abgezogen werden. Der Conte Orsini hat fünfzig Bewaffnete zum Vatikan und zum Palazzo Orsini beordert. Die Waffenkammern werden geplündert.«

»Und wozu?«

»Keine Ahnung«, druckst er herum, kann mir nicht in die Augen sehen und fummelt weiter an seinen Kampfhandschuhen herum. Er wirkt beunruhigt, als habe er Angst vor mir – aber wieso?

»Dein Padrone zieht die Hälfte der Bravi, die deinem Kommando unterstehen, vom Konklave ab, und du weißt nicht, warum?«, herrsche ich ihn an. »Das ist Schwachsinn! Eben sind zwei meiner Leibwächter keine hundert Schritte entfernt ermordet worden. Ich brauche zwei deiner Männer.«

Er schüttelt den Kopf. »Der Padrone reißt mir den Kopf ab.«

»Worauf du dich verlassen kannst!«, drohe ich ihm unverhohlen. »Und weißt du, wer danach dem Conte Orsini in den Arsch tritt?«

»Kardinal Colonna?«

»Mit Anlauf!« Wütend wende ich mich ab und folge Santino.

Als ich am Ende der Gasse die Piazza della Rotonda vor mir liegen sehe, bleibe ich stehen. Der salzige Gestank des Fischmarktes liegt noch immer in der kalten Luft. Mehrere Katzen zanken sich schreiend um die Fischreste. Eine Ratte flitzt quer über den Platz und verschwindet in einer Seitengasse, die zur Piazza Navona führt.

Der Geflügelmarkt, der bis vor einigen Jahren in der Säulenvorhalle des Pantheons abgehalten wurde, ist den Bretterbuden der Devotionalienhändler gewichen, die vor der Kirche Santa Maria ad Martyres im großen Stil kitschige Madonnen, Heilige und Märtyrer aus Gips und Holz an Pilger verramschen. Alle Stände sind verlassen, die hölzernen Deckel heruntergeklappt und mit Vorhängeschlössern gesichert.

Von Santino keine Spur.

Plötzlich fällt das antike Bronzeportal des Pantheons mit einem dumpfen Dröhnen ins Schloss. Jetzt weiß ich, wohin er verschwunden ist.

Was er in der Kirche will, kann ich mir denken, denn Santa Maria sopra Minerva ist wegen des Konklaves gesperrt. Aber wie er, auf zwei Krücken gestützt, ganz allein den gewaltigen Torflügel aufbekommen hat, der nachts eigentlich verschlossen sein sollte, weiß ich beim besten Willen nicht.

In diesem Augenblick durchbricht eine donnernde Explosion

die nächtliche Stille, erschüttert den Himmel über Rom und hallt von den Häusern an der Piazza della Rotonda wider. Es klingt wie … Kanonendonner! Dann sehe ich, wie weiße Lichtfunken in alle Himmelsrichtungen auseinanderschießen und das Pantheon in phosphoreszierendem Weiß erstrahlen lassen. Tiefschwarze Schatten tanzen über die Piazza, als der Funkenregen zur Erde niedersinkt.

Ein Feuerwerk?

Eine ganze Salve von Raketen zischt hinauf in den Himmel und zerbirst in einem knatternden Stakkato zu Funken aus purpurnem und weißem Licht.

Hat Cesare die Hälfte seiner Bravi vom Konklave abgezogen, um ein Feuerwerk zu veranstalten?

Wieder ein Donnerhall! Wer bisher noch nicht aus dem Schlaf geschreckt ist, wird spätestens jetzt aus dem Bett springen, um zu sehen, ob die Colonna und die Orsini sich wieder einmal eine Straßenschlacht liefern.

Eine Blüte aus weißem Licht zerbirst über dem Palazzo Orsini. Ist es päpstliches Weiß?

Hat Cesare den Verstand verloren? War doch *er* es, der Prosperos Zettel mit den Wahlergebnissen aus der Truhe genommen hat, bevor Santino mir die Fälschung unterschob? Haben die Kardinäle spät in der Nacht noch abgestimmt? Ist Prospero schon Papst? Wird das Habemus Papam aber erst morgen früh erfolgen, wenn der Kardinalprotodiakon im Morgengrauen den frenetisch jubelnden Römern verkündet: Annuntio vobis gaudium magnum: Habemus Papam! Eminentissimum ac Reverendissimum Dominum Prospero, Sanctae Romanae Ecclesiae Cardinalem Colonna, qui sibi nomen imposuit … Welchen Papstnamen hatte Prospero sich ausgesucht? Alexander, glaub ich.

Dio mio, ich muss unbedingt mit Cesare reden!

Aber zuerst zu Santino!

Nach einem raschen Blick über die Piazza zum Kloster Santa Maria sopra Minerva, wo hinter den Fensterläden der Mönchszellen Licht aufscheint, folge ich Santino in das Pantheon.

Yared

Kapitel 106

Im Kerker des Castel Sant'Angelo
Samstag, 4. März 1447
Viertel vor elf Uhr abends

Die Zeit zerdehnt sich zur Ewigkeit. Ich habe jegliches Zeitgefühl verloren. Wie lange sind wir schon hier? Der erste Wahlgang des Konklaves muss längst beendet sein. Ob Prospero zum Papst gewählt wird?

Benyamin ist immer noch ohnmächtig. Sein Atem geht jetzt ruhiger, er ist tief und regelmäßig wie bei einem Schlafenden. Ich bewege mich nicht, damit ich ihn nicht wecke. Solange er schläft, nimmt er die Schmerzen der Tortur durch das Strappado nicht wahr.

Plötzlich zucke ich zusammen, als der Schlüssel ins Schloss gestoßen und mit einem grässlichen Quietschen umgedreht wird. Benyamin schreckt mit einem erstickten Keuchen hoch und richtet sich so heftig auf, dass er beinahe vom Brett gerutscht wäre. Wird er für seine Hinrichtung abgeholt?

Greller Fackelschein flutet in die Zelle und blendet mich. Fiepend huschen die Ratten in die finsteren Ecken der Zelle und verkriechen sich unter dem faulig stinkenden Stroh.

In der offenen Tür steht ein Mann mit Helm und Harnisch, eine Fackel in der linken und ein Schwert in der rechten Hand.

Ich blinzele ihn an. Ist das ein Fiebertraum, aus dem ich gleich schweißnass erwachen werde? Oder steht er wirklich da vorn?

Alessandra

Kapitel 107

Vor dem Portal des Pantheons
Samstag, 4. März 1447
Viertel vor elf Uhr abends

Beklommen und voller düsterer Vorahnungen betrete ich den finsteren Portikus und schleiche zwischen den hohen korinthischen Säulen zum Portal. Ich muss mich mit meinem ganzen Gewicht gegen die mächtigen antiken Bronzetüren stemmen, um einen der Flügel einen Spaltbreit aufzuschieben.

Ich zwänge mich hindurch und betrete das Pantheon, das von Hunderten Kerzen in ein düsteres Leuchten getaucht ist. Beunruhigt bleibe ich stehen. Hinter mir fällt das schwere Tor mit einem dumpfen Dröhnen, das in dem gewaltigen Kuppelraum bedrohlich widerhallt, ins Schloss.

Der riesige Kuppelraum ist leer. Niemand ist hier.

Wo, zum Teufel, ist Santino?

Langsam schreite ich über den Marmorboden auf die brennenden Kerzen zu, die auf den Rändern der runden und quadratischen Platten aus rotem, gelbem und grauem Marmor zu einem leuchtenden Muster aus Kreisen und Quadraten angeordnet sind. Auf der roten Bodenplatte in der Mitte der Basilika vor der Altarnische und genau unter dem offenen Oculus der Kuppel verdichtet sich das Muster zu einem verwirrenden Gebilde aus Licht, einem unregelmäßigen Wirbel, der mich wie ein Mahlstrom rund um einen altarartigen Tisch mit einem aufgeschlagenen Folianten in die Tiefe zu reißen scheint. Auf dem Tisch steht eine Schale, aus der hohe Flammen schlagen. Funken drohen das Buch in Brand zu setzen.

Mein Herz rast, und mein Atem geht schneller, während ich zwischen den Kerzen hindurch zum rot und schwarz geschmückten Altartisch schreite. Was liegt dort neben dem Folianten?

Die Luft ist schwer vom Weihrauch, der in goldglühenden Schwaden unter der Kuppel wabert. Und es riecht noch nach etwas anderem. Es riecht nach … Blut.

Dann erst sehe ich den Stuhl mit der hohen Lehne, der mir gegenüber vor der Altarnische steht. Ein Thron? Über der Armlehne hängt wie hingeworfen eine mit Juwelen bestickte Robe. Ist es eines von Gerberts Pontifikalgewändern?

Ich stehe vor dem Altartisch unter der Kuppel und betrachte den Folianten.

Der lateinische Text meines Teufelspaktes ist mit einem Addendum aus frischem Blut ergänzt worden. Er bezieht sich auf Prosperos Wahl zum Pontifex Maximus, für die ich meine unsterbliche Seele an Satan verkauft habe. Mein Name steht mit Blut geschrieben unter dem Pakt, allerdings fehlt noch das Signum Satans.

Ich schlage das Buch zu und betrachte den schwarz verfärbten Blutfleck auf dem roten Ledereinband, der von Yareds Schwerthieb zerspalten wurde.

Das rote Teufelsbuch, mit dem Angelo erschlagen wurde.

Mein Herz rast. Sie haben es aus dem Tesoro in meinem Arbeitszimmer genommen, als der Palazzo Colonna gestürmt wurde.

Neben dem schweren Folianten liegt wie hingeworfen eine weiße Albe. Ich kenne sie. Sie gehörte Papst Martin. Ich habe sie während meiner Satansmesse im Lateran getragen. Aber da wies das weiße Leinen noch keine Blutspritzer auf.

Mit zitternden Händen hebe ich die Albe an. Darunter liegt …

Verfluchte Inquisitoren!

Unter der Albe liegt Monsignor Fantìn.

Seine Augen starren blicklos zur Kuppel empor.

Sie haben den Kater geschächtet und ihn nach jüdischem Ritus ausbluten lassen. Das Blut ist noch nicht geronnen.

Heiße Tränen steigen mir in die Augen, Tränen der Trauer, Tränen des Zorns, Tränen der Ohnmacht. Trotzig wische ich sie mit dem Handrücken ab.

»Erscheine vor mir, Satan!«, schreie ich in den Widerhall meiner Worte hinein. *»Rechtfertige dich für deinen schändlichen Verrat!«*

Ein irres Kichern hallt durch die Kirche, gefolgt von einem heiseren Röcheln, das in ein Husten übergeht.

Santino humpelt aus der Finsternis der Altarnische heraus, umrundet den Altar und kommt, auf seine Krücken gestützt, an Satans Thron vorbei auf mich zu.

»Sieh an!«, rufe ich voller Verachtung. »Ich rufe Satan, und wer kommt? Santino!«

Er lacht leise. »Du hast den Ring des Salomo nicht benutzt. Ich hätte geschworen, du würdest es tun.«

»Du verdammter Verräter!«

»Ich habe dich nicht verraten, Alessandra. Denn ich war nie auf deiner Seite.«

»Du verlogener Heuchler!«

»Ich habe nie gelogen, Alessandra. Was ich über deinen Vater gesagt habe, war aufrichtig. Fra Luca d'Ascoli war ein Heiliger. Du bist eine Häretikerin. Du bist mein Prüfstein, meine Katharsis, die Läuterung meiner unsterblichen Seele. Und die Krönung meines Lebenswerks als Inquisitor.«

»Ich werde also vor dem Tribunal angeklagt?«

»Die Voruntersuchung für deinen Inquisitionsprozess ist seit heute Nacht abgeschlossen.«

»Wann hat sie begonnen? In jener Nacht, als wir in den Gewölben des Lateranpalastes den toten Dominikaner untersucht haben? Du hast mich gefragt, ob ich an Satan glaube und an Gott. Und ob ich eine gläubige Katholikin bin. Du hast mich gefragt, ob ich magische Bücher besitze. Und welchen Beruf mein Großvater hatte. Das war der Beginn des Verhörs, nicht wahr?«

»Ja.«

»Du perfider Mistkerl hast mich manipuliert!«

»Ich habe dich beobachtet. Aber ich habe dich zu nichts gezwungen. Ich habe dir jede Freiheit gelassen, nach eigenem Ermessen zu handeln – so wie Papst Eugenius es beabsichtigt hatte, als er die Generalvollmacht siegelte, die dich zum päpstlichen Legaten machte. Alles, was geschehen ist, war deine Entscheidung, Alessandra. Erinnere dich! Ich habe vermutet, dass du vor nichts zurückschreckst. Dass du das Grab von Papst Silvester öffnen würdest, um zu sehen, woher das Blut auf dem Boden der Lateranbasilika stammt. Und ob die Leiche des Teufelspapstes ebenso zerfetzt ist wie die des Dominikaners. Und? Was hast du geantwortet?«

»Ja.«

»Richtig. Du hast meine Frage bejaht. Weißt du noch, was ich dich als Nächstes gefragt habe?« Auf seine Krücken gestützt, zerrt er umständlich eine Akte aus der Umhängetasche über seiner Schulter, schlägt sie auf und blättert darin. »Weißt du, was das ist?«

»Meine Prozessakte?«

Als ich Santino nach Angelos Tod unerwartet in seiner Zelle besuchte, verbarg er eine Inquisitionsakte vor mir. Es war meine. Er hat die ganze Zeit mitgeschrieben, was ich gesagt und getan habe!

»Deine Prozessakte, ganz recht.« Er blättert eine Seite um und fährt mit dem Finger die Zeilen entlang. »Ah ja, hier steht es.« Er blickt auf. »Ich habe dich gefragt, ob du das *Testament des Salomo* benutzen würdest, um herauszufinden, was mit dem Frater geschehen ist. Du hast gezögert, aber schließlich hast du genickt. Du wolltest Lucifer rufen.« Er zieht eine silberne Kette unter dem Skapulier hervor und zeigt sie mir. Es ist mein Amulett aus Jerusalem, das Fra Domenico mir in den Puzzolanhöhlen entrissen hat, nachdem er mich mit dem Teufelsbuch niedergeschlagen hatte. »Ich wollte wissen, ob du dieses magische Amulett benutzen würdest. Du hast geschwiegen. Da habe ich gefragt, ob du eine Satansmesse feiern wolltest, um zu verstehen, was Papst Silvester während seines letzten Pontifikalamtes in Santa Croce in Gerusalemme erlebt hat. Und? Wir *haben* eine Satansmesse gefeiert, Alessandra. Das war deine Entscheidung, nicht meine. Ich war dein Famulus, weil du es so wolltest.«

»Das war eine Verschwörung gegen mich!«

»Hör endlich auf, dir etwas vorzumachen!«, übertönt er mich mit lauter Stimme. Sofort muss er husten. Er nestelt sein blutbespritztes Tüchlein hervor und presst es gegen seine bleichen Lippen. »Du bist der Täter, nicht das Opfer! Und du warst brillant als Inquisitor!« Seine Stimme klingt dumpf hinter dem Taschentuch. »Dio mio, du hast uns so manches Mal das Fürchten gelehrt! Dein Vater wäre stolz auf dich!«

»Ach, hör auf zu quasseln!«

»Nein, ehrlich. Als Inquisitor machst du deinem Vater alle Ehre. Wort für Wort hast du dich an den Leitfaden für Inquisitoren gehalten. Du kennst ihn auswendig, stimmt's?«

»Du gottverfluchter …«

»Wer hat gesagt, dass du bis zum Äußersten gehen sollst?«, presst er heiser hervor. Blut tropft ihm von den Lippen. Mit dem Handrücken wischt er es weg.

»Es war eine Falle! Du hast meinen Satanspakt ins *Testament des Salomo* geschrieben und anschließend wieder vom Pergament gekratzt. Und du hast mir das Buch meines Vaters über die Ars Magica untergeschoben, das mir helfen sollte, Gerberts Grab im Portikus der Lateranbasilika zu finden. Und den legendären Ring des Salomo. Den du heimlich in den Sarkophag gelegt hast, als du dich über Gerberts Mumie gebeugt hast. Der Ring steckte niemals am Finger von Papst Silvester oder König Salomo! Er ist nicht echt!«

»Niemand hat gesagt, dass du bis zum Äußersten gehen sollst, Alessandra. Und niemand hat dich gezwungen, deinen Kampf gegen da Capestrano mit aller Macht, nein, mit aller Gewalt zu führen!«, redet er unbeeindruckt weiter. Er schnaubt verächtlich. »Der Glaube gegen die Wissenschaft. Die Gewaltherrschaft der Kirche gegen die Freiheit des gelehrten Geistes. Der allmächtige Generalinquisitor gegen die Gelehrte, die sich willentlich zur Märtyrerin macht, denn sie weiß doch genau, dass am Ende ihres Weges der Scheiterhaufen lodert. Eine beeindruckende Inszenierung, wirklich!«

»Findet diese Satansmesse deshalb hier im Pantheon statt? Weil die Kirche auch Santa Maria ad Martyres heißt?«, frage ich verbittert.

»Ja.«

»Ich bin keine Märtyrerin!«, schleudere ich ihm entgegen.

»Nein.« Santino lächelt boshaft. »Ich werde dich auch nicht dazu machen. Du wirst nicht wegen deines umfassenden Wissens verbrannt, Alessandra, sondern wegen deines Satanspaktes!« Er deutet auf die brennenden Kerzen, dann auf das Teufelsbuch, das blutige Priestergewand und den geopferten Kater. Wie seine Hände zittern! »Du bist …« Er schüttelt den Kopf. »Du bist …« Wieder kann er den Satz nicht vollenden.

Mein Gott, diese Anzeichen kenne ich nur zu gut. Wie Niketas wird er gleich …

Dann geschieht es! Santino schließt die Augen und fasst sich stöhnend an die Stirn, als leide er unter entsetzlichen Schmerzen. Seine Krücken fallen zu Boden, er taumelt haltlos ein, zwei Schritte in meine Richtung, dann stürzt er mit zuckenden Gliedern zu Boden.

Wie schon unzählige Male zuvor springe ich auf ihn zu und fange ihn auf, bevor er mit dem Kopf auf die Marmorfliesen schlägt, und lasse ihn zwischen den Kerzen behutsam zu Boden gleiten. Hastig greife ich nach der Inquisitionsakte und zerreiße sie. Dann falte ich einige Pergamentseiten zusammen und schiebe sie ihm zwischen die Zähne, damit er sich während des Anfalls nicht auf die Zunge beißt. Zuletzt knie ich mich hinter ihn, richte ihn auf, damit er nicht an seinem Blut erstickt, und halte ihn, während er sich unter Qualen auf dem Boden windet und wie ein Irrer um sich schlägt und tritt.

Besänftigend lege ich ihm die Hand auf die heiße, schweißüberströmte Stirn. Auch Niketas hat immer wie im Fieber geglüht, wenn er einen Status epilepticus erlitten hat.

»Gleich ist es vorbei, Santino. Sei ganz ruhig. Ich bin bei dir. Du bist nicht allein.«

Er will etwas sagen, doch ich kann ihn nicht verstehen.

Ob ich ihm etwas von dem Mittel aus der Phiole in der Zunderdose geben soll?

Doch bevor ich mich dazu entschließen kann, hören die Zuckungen auf, und die Krämpfe in seinen Armen und Beinen lösen sich.

Santino reißt sich die Inquisitionsakte zwischen den Zähnen heraus, schleudert sie zur Seite und beginnt, verzweifelt zu schluchzen. »Du bist … der schwarze Schandfleck … auf Lucas makellos weißem Dominikanerhabit … Du bist die einzige Sünde … die dieser vollkommene Heilige je begangen hat … und du wirst …«

Ich höre ihm nicht mehr zu.

Santino weiß nichts von der Truhe in Lucas Grab, die bei einem

Überfall auf meine Maultierkarawane erbeutet wurde. Wer, zum Teufel, hat die Truhe mit dem Tallit und den Tefillin? Da Capestrano! Ich habe Mühe, einen klaren Gedanken zu fassen. Wer verrät hier eigentlich wen? Ich meinen Vater? Santino mich? Und da Capestrano Santino, der nicht zu wissen scheint, dass sein großes Vorbild, der heilige Luca, jüdisches Blut in seinen Adern hatte? Ich habe das perfide Spiel durchschaut, in dem ich endgültig schachmatt gesetzt bin. Santino hat offenbar noch nicht begriffen, dass nicht *er* der schwarze König ist, sondern da Capestrano.

»… und du wirst brennen!«, droht er weiter. Im Licht der Kerzen wirkt sein irres Lächeln diabolisch. »Auf dem Campo dei Fiori! Und ich werde dir dabei zusehen, wie du stirbst.«

Mit einem Tränentüchlein wische ich ihm den Schweiß von der Stirn und tupfe das Blut von seinen Lippen. »Nein, Santino, ich werde *dir* zusehen! Ich werde mich rächen für alles, was mir die Inquisition in den letzten Jahren angetan hat! Das schwöre ich dir beim Namen Gottes! Ich werde diesen Kampf auf Leben und Tod gewinnen. Ich bin nicht angetreten, um zu verlieren …«

»Keine weiteren Fragen. Das Verhör ist beendet, die Beweisaufnahme abgeschlossen!«, brüllt er unvermittelt mit sich überschlagender Stimme. »Nehmt sie fest! Sie bedroht mich!«

Mir stockt der Atem, als ich hinter mir plötzlich ein dröhnendes Rumpeln vernehme. Das Portal! Erschrocken drehe ich mich um. Zehn, zwölf Bewaffnete in Helm und Harnisch drängen sich in den Kirchenraum und kommen mit funkelnden Schwertern auf mich zu. Ergeben lasse ich die Schultern sinken. Ein Entkommen scheint unmöglich.

»Stolz und Hochmut sind meine Lieblingssünden«, schnaubt Santino verächtlich und richtet sich mühsam auf. »Sie brachten Satan zu Fall. Und dich.«

Der Anführer der Schergen tritt vor und überreicht mir ein von der Inquisition gesiegeltes Schreiben, während einer seiner Männer Santino auf die Beine hilft.

Ich beachte nicht den Arm, den er mir galant darbietet, erhebe mich und nehme das Dokument entgegen.

»Vittorio di Cosimo da Gennazzano, Euer Gnaden«, stellt er sich mir vor. Das Handzeichen, mit dem er sich mir unauffällig zu erkennen gibt, bemerkt hoffentlich niemand außer mir.

»Capitano …« Ich nicke ihm zu und verziehe keine Miene.

Papst Martin wurde im trutzigen Castello Colonna di Gennazzano geboren. Meine Burg, die ich vor nicht einmal vier Stunden besucht habe, weil ich Elija dort in Sicherheit bringen wollte, liegt dreißig Meilen östlich von Rom. Verdammt, ich hätte den Kleinen trotz allem im Castello Colonna lassen sollen!

»Euer Gnaden, mit diesem Schreiben werdet Ihr aufgefordert, morgen früh vor dem Tribunal der Heiligen Inquisition zu erscheinen«, spult Vittorio da Gennazzano seinen Text ab und bemüht sich dabei um einen von Hass und Verachtung triefenden Tonfall. »Der Prozess wird im Kapitelsaal von Santa Maria sopra Minerva stattfinden, da die Basilika wegen des Konklaves gesperrt ist. Die Nacht werdet Ihr im Kerker verbringen.« Er befiehlt seinen Bravi, mich zu entwaffnen und zu fesseln.

Santino humpelt um mich herum und bleibt vor mir stehen, während die Bravi mit Absicht besonders ruppig an mir herumzerren. Auf seine Krücken gestützt, beugt er sich vor und zieht mir mein Notizbuch aus der Tasche. Das Büchlein enthält meine Beichte vor der Satansmesse, die Absolution durch Papst Eugenius und Pater Severins Unterschrift als mein Beichtvater und Zeuge. Der Prior von San Giovanni in Laterano hat bestätigt, dass Santino als mein Famulus an der Anrufung Satans teilgenommen hat.

Er gibt das Notizbuch einem der Bravi. »Verbrenn es!«

»Ja, Euer Exzellenz!« Der Scherge der Inquisition wirft es in die Feuerschale auf dem Altar, wo es in Flammen aufgeht.

Mit einem Gefühl unendlicher Hoffnungslosigkeit sehe ich zu, wie die Pergamentseiten sich im Feuer winden und sich einrollen und wie das Signum von Papst Eugenius zu einem Haufen schwarzer Asche verglüht.

»Bringt sie in den Kerker von Santa Maria sopra Minerva«, befiehlt Santino. »In die Zelle, in der sie schon zwei Mal auf ihr Todesurteil gewartet hat. Dies ist das dritte und letzte Mal.«

Ich zwinge mich zu Ruhe und Besonnenheit. »Eine Frage, wenn du gestattest.«

Santino nickt zögernd.

»Was stand auf Prosperos Zettel? Auf dem echten, meine ich, nicht auf dem gefälschten: ›Alles ist verloren. Bete für mich. P.‹«

Umständlich holt er einen Zettel unter dem Skapulier hervor, faltet ihn auseinander und zeigt ihn mir. »Wir mussten handeln, Alessandra.« Er deutet auf die brennenden Kerzen der inszenierten Satansmesse. »Die Zeit läuft uns davon.«

Er hält das [illegible]nitterte Pergament vor die Flammen. In Prosperos Handschrift, mit Zitronensaft geschrieben, steht dort:

Tommaso Parentucelli 3 Stimmen. Domenico Capranica 5 Stimmen. Prospero Colonna 10 Stimmen – Ludovico Scarampo hat für mich gestimmt und mir nach dem ersten Wahlgang gehuldigt, als sei alles schon entschieden. Bete für mich, Sandra. Und steh mir bei. Ich werde Papst. P.

Yared

Kapitel 108

Im Kerker des Castel Sant'Angelo
Samstag, 4. März 1447
Wenige Minuten vor elf Uhr abends

Der Bewaffnete mit dem Schwert in der Hand leuchtet hinunter in die Zelle. »Yared? Benyamin?« Es ist Cesare.

»Mein Gott, bin ich froh, dich zu sehen!«, seufze ich.

»Kann ich mir vorstellen«, meint er trocken, während er die Treppe herabkommt und Benyamin auf die Beine hilft.

Benyamin keucht vor Schmerz, als Cesare seine ausgerenkten Schultern belastet. »Kannst du laufen?«

»Geht schon«, nuschelt Benyamin. »Hilf Yared, dem geht es noch beschissener.«

Cesare lässt ihn vorsichtig los, kniet sich vor mir ins Stroh und leuchtet mir ins Gesicht. Dann legt er mir die Hand auf die schweißnasse, glühende Stirn. »Per l'amor del Cielo!« Besorgt reicht er mir seine Hand, damit ich mich auf ihn stützen kann. »Komm, Yared, ich bringe dich hier raus.«

Taumelnd komme ich hoch. »Wer steckt hinter dem Attentat auf mich? Alle meine Männer sind getötet worden.«

»Ich weiß es nicht.«

»Fra Giovanni? Oder sein Folterknecht Fray Luis?«

»Ich weiß es wirklich nicht.«

»Kardinal Scarampo?«

Cesare schüttelt den Kopf. »Nein, Yared, ganz sicher nicht.«

»Du?«

»Wie meinst du das?«, fragt er verstimmt.

»Da war ein Bravo mit venezianischem Akzent. Er trug einen Harnisch mit einer roten Rose.«

Cesare wirkt entsetzt. »Hast du sein Gesicht gesehen?«

»Nein. Aber ich habe seinen Namen gehört. Alvise.«

»Das darf doch nicht wahr sein! Dieser gottverfluchte Verräter!«, schnaubt er. »Yared, du musst mir glauben, der Befehl, dich zu entführen, kam nicht von mir. Sandra hat mir die Hölle heißgemacht, weil sie dachte, dass ich mich mit Prospero verbündet habe, um dich zu töten. Aber ich habe nichts damit zu tun.«

»Ich glaube dir, Cesare.«

Er schleppt mich die morsche Holztreppe hinauf. Benyamin wartet oben auf uns.

»Wie geht es Alessandra?«, frage ich.

»Keine Ahnung. Sofort nach Beginn des Konklaves bin ich zum Palazzo Colonna geritten, um mit ihr zu reden, aber sie war nicht mehr da, und …«

»Sie war nicht da?«, frage ich verwirrt.

»Einer ihrer Bravi sagte mir, sie habe Rom eine Stunde zuvor mit einem kleinen Gefolge verlassen. Noch während die Tore von Santa Maria sopra Minerva geschlossen wurden.«

Was ist geschehen? Wo ist sie? Und wo ist Elija?

Gemeinsam betreten wir den Gang vor der Zelle. »Wohin?«

Cesare deutet in den gewölbten und leicht gebogenen Korridor, der offenbar der runden Befestigung der Engelsburg folgt. Er ist von Fackeln hell erleuchtet. »In dieser Richtung liegen die beiden anderen Kerkerzellen, die Folterkammer und die Wachräume der Besatzung. Wir gehen hier entlang.« Er deutet mit dem Daumen in die andere Richtung.

»Wo sind die Wachen?«, frage ich und sehe mich um.

»Auf dem Dach. Sie sehen sich ein Feuerwerk an, das im Innenhof meines Palazzos gezündet wird. Der Konklavemarschall glaubt fest an den Sieg von Prospero Colonna. Und die Römer, die sich singend und tanzend vor seinem Palazzo versammeln, um sich mit dem exzellenten Montepulciano aus meinen Vorräten zu besaufen, tun das vermutlich auch. Fray Luis hat vor einer Viertelstunde die Engelsburg verlassen. Er hatte es ziemlich eilig, nach Santa Maria in Aracoeli zurückzukehren. Ich vermute, er befürchtet, dass das Konklave in Kürze beendet sein könnte. Und dass ein neu gewählter Colonna-Papst ihn unverzüglich seines Amtes entheben könnte.«

Ich muss grinsen. »Echt toll, dein Schlachtplan. Ich bin beeindruckt.«

Cesare starrt mich mit zusammengekniffenen Augen an. »Wir Römer kämpfen mit *allen* Mitteln um den Sieg, weißt du«, sagt er in einem Tonfall, den ich trotz meiner Benommenheit kaum missverstehen kann.

Ich glaube, ich weiß, wie er das meint. Er meint jedenfalls nicht meine Rettung aus dem Kerker. Er meint Alessandra. Er hat die Hoffnung, sie zurückzugewinnen, noch nicht aufgegeben, und er ist bereit, dafür Opfer zu bringen. Deshalb will er mich aus der Engelsburg befreien.

»Allora, andiamo.« Cesare dreht sich um, legt sich meinen Arm über die Schulter und schleppt mich den Gang entlang.

Wenig später haben wir die endlos lange, düstere Spiralrampe erreicht, die nach unten zum Portal des Mausoleums führt, in dessen Grabkammern sieben römische Kaiser begraben wurden. Schlitternd hasten wir die Rampe hinunter. Plötzlich hören wir Stimmen vor uns. Schritte hallen uns entgegen, der trübe Schein von Fackeln kommt auf uns zu.

»Santo Cielo!«, flucht Cesare. »Sie wollen aufs Dach, um sich das Feuerwerk anzusehen. Wir müssen zurück! *Lauft!*«

Wir wenden uns um und hasten die Spiralrampe wieder hinauf.

Vor einer unbeleuchteten Wandnische mit einer kleinen, niedrigen Tür bleibt Cesare stehen. Sie ist unverschlossen. Er späht in den finsteren Raum dahinter. Dann winkt er uns, ihm zu folgen.

Der Lärm wird lauter. Die Bravi lachen ausgelassen.

Im letzten Augenblick ziehen wir die leise quietschende Tür hinter uns zu, halten den Atem an und warten ab.

Die Bravi haben uns nicht gesehen. Schwatzend hasten sie vorbei. Ihr Stampfen wird bald leiser, verhallt in der Ferne, und der Fackelschein verschwindet.

»Avanti!«, kommandiert Cesare. »Wir müssen so schnell wie möglich veschwinden.«

Geschwind verlassen wir die finstere Kammer, hasten die Spiralrampe wieder hinunter ins Atrium und von dort eine Holztreppe hinauf in den gepflasterten Innenhof des Castellos.

Im Schatten der hohen Wehrmauern bleiben wir stehen und spähen in alle Richtungen. Das Tor ist geschlossen, das Fallgitter herabgelassen. In tiefen Wandnischen lagern Geschütze, Pulverfässer, Steinkugeln, Leitern, Seile.

Weit und breit sind keine Wachen zu sehen. Der Hof wirkt verlassen.

Wortlos zeigt Cesare nach oben.

Ich folge seinem ausgestreckten Arm und erkenne umrisshaft die Bravi der Besatzung, die sich über die Zinnen des Bollwerks lehnen und das Stakkato der knatternden Feuerwerksraketen bewundern, die den Himmel über Rom in ein purpurnes Licht tauchen. Schwefeldunst weht in einer dichten Wolke vom Palazzo Orsini auf der anderen Tiberseite zu uns herüber.

Cesare deutet nach rechts. »Der Passetto ist dort drüben. Er beginnt in der nordwestlichen Bastion. Das Portal steht offen«, flüstert er hastig. »Bleibt im Schatten der Wehrmauer, stolpert nicht über die Geschütze und die Steinkugeln dort drüben und beeilt euch! Das Feuerwerk dauert schon länger als eine Viertelstunde.

Jeden Augenblick kann einer der Bravi kommen, um sich einen Becher Wein zu holen. Oder meinen Männern kann die Munition ausgehen.«

Wieder schießt eine Feuerwerksrakete hoch hinauf in den Himmel und explodiert mit gewaltigem Getöse in einem Regen aus purpurnen und weißen Funken. Der Innenhof ist für wenige Augenblicke in ein helles Licht getaucht.

Sobald das tiefe Grollen, so laut wie Kanonendonner, verhallt ist, kann ich ganz in der Ferne das Gejohle der Römer vor Cesares Palazzo hören. Die »Colonna! Colonna!«- und »Orsini! Orsini!«-Rufer übertönen sich gegenseitig. Wann werden sie wieder aufeinander losgehen?

»Das war das Signal – die letzte Rakete!« Cesare versetzt Benyamin und mir einen Stoß. »Los jetzt, zum Passetto! *Lauft!*«

Alessandra

Kapitel 109

Im Kerker von Santa Maria sopra Minerva
Sonntag, 5. März 1447
Kurz vor sieben Uhr morgens

Mit lautem Schlüsselgerassel wird die Tür meiner Zelle aufgeschlossen. Die rostigen Scharniere protestieren mit einem lauten Quietschen. Vittorio da Gennazzano, der Capitano der Inquisition, steckt den Kopf zur Tür herein. »Seid Ihr wach?«, flüstert er.

Ich ziehe die grobe Wolldecke und das kratzige Büßergewand fester um mich und richte mich auf dem Bett auf. »Ich habe kein Auge zugetan.«

Stundenlang habe ich auf dem Bett gelegen, dem Geschrei der anderen Gefangenen gelauscht, dem verzweifelten Weinen, den ängstlichen Gebeten, den zornigen Flüchen aus den Nachbarzellen. Viele haben mich als gefallenen Engel verhöhnt und als Antichrist beschimpft – »Das ist die gerechte Strafe für deinen Frevel!« – »Gott ist dein Richter!« – »Verbrennt die Ketzerin!« – Andere haben mir Mut gemacht und Hoffnung und Zuversicht zugesprochen, und ich habe sie dankbar nach ihrem Namen gefragt.

Die erste Nacht im Kerker ist immer die schlimmste. Die Demütigung, die Verzweiflung, die Hoffnungslosigkeit, das Krachen der Zellentür, die hinter einem zuschlägt, das Schlüsselgerassel. Die Gedanken an den Prozess am nächsten Morgen, der mit dem Todesurteil enden kann. Die meisten Gefangenen brechen in der ersten Nacht zusammen. Viele weinen. Einige suchen Trost im Gebet oder brüllen Flüche, um das Gejohle aus den Nachbarzellen zu übertönen. Ja, die erste Nacht ist immer die schlimmste.

Ich habe die kahlen Wände angestarrt und die Bußgebete und die Flüche gelesen, die die Gefangenen vor mir in ihrer Verzweiflung in die Wände gekratzt haben. Seit ich das letzte Mal hier war, sind etliche dazugekommen. Diese Sprüche waren so viel … wirklicher, so viel berührender als die Geschichten aus der Bibel neben meinem Bett. Ich habe sie nicht ein einziges Mal aufgeschlagen, um Trost darin zu finden. Es gibt keinen Trost. Nur Traurigkeit und Hass. Als ich drei Jahre alt war, starb meine Mutter in der Nachbarzelle. Ich habe ihre entsetzlichen Schreie gehört, als sie sie zu Tode folterten …

»Es tut mir leid, dass Ihr keine Ruhe finden konntet«, murmelt Vittorio. »Heute Nacht waren die Gefangenen besonders laut. Es hat sich herumgesprochen, dass Ihr hier seid. Darf ich eintreten, Euer Gnaden?«

»Komm herein.«

Vittorio schließt die Tür, geht zum Kohlenbecken neben meinem Bett und stochert mit einem Schürhaken so lange in der Glut, bis die Funken fliegen. »Ist es warm genug, Euer Gnaden? Soll ich noch ein paar Kohlen nachlegen?«

»Lass nur, es ist gut so.«

»Braucht Ihr noch eine Wolldecke? Das Bett ist sehr hart.«

»Ist schon gut, Vittorio. Diese Zelle ist gemütlicher als so manche Herberge, in der ich während meiner Reisen in aller Welt übernachtet habe. Ich danke dir.«

Er winkt ab. »In den Kerkern der Heiligen Inquisition haben die Gefangenen Anspruch auf ein weiches Bett, frische Bettwäsche und gute Verpflegung. Die Zellen sollen warm sein. Ich tue also nur meine Pflicht.« Er lächelt schief. »Wenn Ihr versteht, was ich meine.«

Ich nicke.

»Ihr habt so viel für meine Familie getan, Euer Gnaden«, flüstert er so leise, dass die Wachen vor der Zellentür nicht verstehen können, was er sagt. »Es tut mir leid, dass ich nicht mehr für Euch tun kann.« Vittorios Cousin Armando ist mein Kastellan auf dem Castello Colonna in Gennazzano. Auch sein Vater Cosimo, sein Onkel Lorenzo und zwei seiner Brüder, Piero und Mario, stehen in meinen Diensten. Vittorio ist der ›verlorene Sohn‹, der nach Rom gekommen ist, um hier sein Glück zu suchen. »Aber ich bin der einzige Freund Eurer Familie hier im Kerker. Sie haben zehn Wachen vor Eurer Tür postiert. Zehn!«

Santa Maria sopra Minerva ist eine uneinnehmbare Festung, das weiß ich längst. Jeder Befreiungsversuch würde scheitern. Oder zu einem blutigen Massaker führen.

»Ist schon gut, Vittorio.«

Bedächtig schüttelt er den Kopf. »Ihr wirkt so gefasst.«

»Das scheint nur so. Ich bin alles andere als ruhig und gelassen.«

»Seid Ihr verzweifelt?«

»Nein, Vittorio, nur zornig.«

»Und Ihr habt keine Angst?«

»Nein.«

»Kein bisschen?«

»Nein, kein bisschen.«

»Also, ehrlich, ich wäre vor Angst mehr tot als lebendig. Ich hätte die Hosen gestrichen voll, wie alle anderen.« Seine Geste umfasst die benachbarten Zellen.

»Aber genau das wollen sie doch mit ihrem Terror erreichen, Vittorio. Dein Leben gehört auf Gnade oder Ungnade ihnen, und, bei Gott, sie wollen deine unsterbliche Seele. Wenn du keine Angst vor ihnen hast, haben sie keine Macht über dich. Aber wenn du dich ihrer Gewaltherrschaft unterwirfst, hast du schon verloren – erst deine Würde als Mensch. Dann deine Hoffnung. Und am Ende, wenn sie dich auf den Scheiterhaufen schicken, dein Leben.«

Eine Weile blickt er mich an, dann nickt er versonnen. Plötzlich kniet er vor mir nieder. »Ich habe Euch etwas mitgebracht.« Er zieht einen kleinen Handspiegel aus der Tasche und gibt ihn mir.

Als ich mich betrachte, erschrecke ich dann doch.

Meine Einkleidung verlief ähnlich wie beim letzten Mal, als Kardinal Vitelleschi mich in den Kerker werfen ließ. Auf dem Bett meiner Zelle lag ein Büßergewand aus weißer Wolle, das einem Dominikanerhabit glich, nur ohne schwarzes Skapulier. Schweigend legte ich meine Kleidung ab und zog den Habit und die Sandalen an. Dann gab Vittorio mir die Schere, damit ich mir selbst die langen Haare abschnitt, die seit der letzten Kerkerhaft vor acht Jahren bis zur Hüfte nachgewachsen waren.

Ich fahre mir mit der Hand durch das kurze Haar. »Ich könnte glatt als Dominikanermönch durchgehen. Fehlt nur noch die Tonsur.«

»Der schönste Mönch dieses Konvents«, scherzt er, wohl um mich ein wenig aufzuheitern. »Und so würdevoll wie die Päpstin Johanna.«

Ich gebe ihm den Spiegel zurück. »Vittorio, ich würde dem Conte Orsini gern eine Nachricht senden.«

Ich muss ihm schreiben, dass Santino mich verraten hat. Und dass Prospero in der nächsten Abstimmung, die in drei Stunden stattfinden wird, nur noch zwei Stimmen zu seiner Wahl zum Papst fehlen.

»Ich kann Euch Feder, Tinte und Pergament bringen. Der Konklavemarschall ist seit dem Morgengrauen auf der Piazza della Minerva.« Er senkt seine Stimme zu einem verschwörerischen Wispern. »Es gab einen blutigen Zwischenfall. Es heißt, Cesare Orsini habe einen seiner eigenen Männer als Verräter gerichtet – vor den

Augen aller anderen.« Vittorio fährt sich mit der Hand quer über die Kehle. »Den Capitano der Bravi, die das Konklave schützen. Der Conte hat ihm den Dolch in den Hals gerammt, dass das Blut nur so spritzte.«

Ich nicke langsam. Ich hatte Alvise prophezeit, dass sein Padrone ihm den Kopf abreißen wird. Offenbar hat Cesare kurzen Prozess gemacht. Wie ich duldet er keinen Verrat. Ob er Yared und Benyamin inzwischen gefunden hat?

»Ich werde ihm Eure Nachricht geben«, sagt Vittorio.

»Danke.«

»Ihr habt das Recht auf einen Beichtvater.«

»Auf diese Art der seelischen Folter kann ich gern verzichten. Wenn ich Gott etwas zu sagen habe, sage ich es ihm direkt.«

Er nickt. »Wie Ihr wollt.«

»Weißt du, ob Fra Mariano da Palestrina im Konvent ist?«

»Der päpstliche Sekretär? Während der Laudes habe ich ihn nicht gesehen. Vielleicht hat er in seinen Räumen im Vatikan übernachtet? Während der Sedisvakanz hat er viel zu tun. Der neue Papst zieht bald in Eugenius' Gemächer. Gebe Gott, dass unser verehrter Kardinal Prospero gewählt wird.«

»Bitte richte Fra Mariano aus, dass ich mit ihm sprechen muss. Ich brauche ihn. Sag ihm, er soll die Abschriften aus dem Geheimarchiv mitbringen. Er weiß schon, was ich meine.«

»Ja, Euer Gnaden. Bitte vergebt mir, aber ich muss jetzt gehen. Ich darf ja eigentlich nicht mal mit Euch reden.«

»Danke für dein herzliches Mitgefühl, Vittorio.«

Er steht auf und verbeugt sich. »Jetzt bringe ich Euch Feder, Tinte und Pergament, damit Ihr dem Conte Orsini schreiben könnt. Und dann das Frühstück: Brot, geräucherter Aal, Pecorino und Oliven. Danach gibt's Apfelküchlein mit Zimtsahne. Die sind lecker, sag ich Euch. Die Inquisitoren lassen es sich auch während der Fastenzeit gut gehen. Mal sehen, ob sich der Koch beschwatzen lässt, Euch zwei Apfelküchlein auf den Teller zu legen. Nach dem Frühstück hole ich Euch zum Prozess ab.«

»Wann geht's los?

»In drei Stunden.«

Ich atme auf.

Zeit genug für alles, was ich noch zu tun habe.

Yared

Kapitel 110

Im Kapitelsaal von Santa Maria sopra Minerva
Sonntag, 5. März 1447
Gegen zehn Uhr morgens

Vittorio da Gennazzano schiebt Cesare und mich an den Wachen vorbei und deutet über die vielen Menschen hinweg auf eine erhöhte Bankreihe neben dem Tisch des Richters und des Notars am Ende des kreuzgratgewölbten Saals. »Stellt Euch dort drüben hin, Fray Rodrigo Jiménez de Córdoba, in den Schatten des Gewölbebogens, seht Ihr? Und behaltet die Kapuze des Skapuliers auf. Eure Tonsur ist nicht ausrasiert, sondern abgesengt. Ihr könntet erkannt werden. Und dann gnade Euch Gott der Allmächtige. Und für Euch gilt das Gleiche, Fra Floriano. Die Fratres haben Euch gestern auf der Piazza della Minerva gesehen, als Ihr das Portal der Basilika für das Konklave verschlossen habt.« Unruhig blickt Vittorio sich im Saal um, ob wir beobachtet werden. »Ich werde hier am Portal bleiben und Euch beistehen, falls Ihr erkannt werdet.«

»Romano lo volemo!« Das Gejohle der Menge, die sich für den nächsten Wahlgang rings um Santa Maria sopra Minerva versammelt hat, dringt in den Kapitelsaal. Frierend trotzen die Gläubigen dem dichten Schneetreiben, damit sie als Erste einen Blick auf den schwarzen oder weißen Rauch erhaschen, der schon bald aus dem Kamin der Sakristei dringen könnte. *»Viva il Papa Prospero!«*

»Danke, Vittorio.« Cesare zupft an seinem Dominikanerhabit herum, den wir genauso wie meinen aus Angelos Zelle geholt haben. Die Ordensgewänder haben Alessandras Sohn gehört.

»Schon gut, Euer Gna… äh Fra Floriano. Begebt Euch jetzt auf Eure Plätze, der Prozess beginnt in wenigen Minuten.«

Noch immer drängen Mönche, Dominikaner wie Franziskaner, die sich den Prozess nicht entgehen lassen wollen, in den Saal, der von gedämpftem Murmeln erfüllt ist.

»Sie hätten Eintrittskarten verkaufen sollen«, murmelt Cesare, während er mir durch die Reihen der schwatzenden Fratres zu dem finsteren Gewölbebogen neben dem erhöhten Tisch des Richters im hinteren Teil des Kapitelsaals folgt. Die hohen Fenster, die auf die Sakristei hinausblicken, sind mit schwarzen Tüchern verhängt, um eine düstere, bedrohliche Stimmung zu schaffen. Die Inquisition nutzt jedes Mittel, um Alessandra einzuschüchtern.

Während Cesare seinen Blick durch den von gusseisernen Kerzenleuchtern erleuchteten Saal schweifen lässt und die Offizialen der Inquisition mustert, die neben dem Richterstuhl Platz nehmen, beobachte ich ihn von der Seite. Er wirkt angespannt. Seine Schultern unter dem Skapulier sind verkrampft, unablässig knetet er seine Hände. Am liebsten würde er das Portal von Santa Maria sopra Minerva aufreißen, ins Konklave stürmen und Prospero herauszerren, damit der diesen Irrsinn beendet.

»Viva Colonna!«

Zehn Stimmen! In wenigen Minuten beginnt der nächste Wahlgang. In einer Stunde schon kann weißer Rauch über der Sakristei aufsteigen, und Prospero ist der neue Papst.

Cesare zupft am Ärmel meines Habits. »Sieh mal da drüben, der Benediktiner mit dem langen Bart und der Brille. Ist das nicht Pater Severin von Benediktbeuren, der Prior des Lateranklosters?«

Ich nicke. »Alessandra hat ihn offenbar holen lassen.«

»Genauso wie Fra Mariano, mit dem sie sich, wie Vittorio sagt, in ihrer Zelle beraten hat. Was hat sie vor?«, fragt Cesare angespannt.

»Ich weiß es nicht«, wispere ich. »Glaubst du, sie kann den Prozess gewinnen?«

Cesare schüttelt den Kopf. »Gegen die Inquisition?« Er schnaubt verächtlich. »Wenn sie vor dem Tribunal angeklagt wird, kann sie nur freikommen, wenn sie reumütig ein Geständnis ablegt, mit der Hand auf dem Evangelium der Häresie abschwört und sich der auferlegten Buße unterwirft. Wenn sie ihre Schuld jedoch leugnet, wird sie als reuelose Ketzerin in einem Auto da Fé verbrannt.«

Ich nicke beunruhigt.

Das Inquisitionsverfahren ist ein erbitterter Zweikampf zwischen dem Richter und dem Angeklagten, ein Ringen auf Leben und Tod. Die Inquisitoren quälen sich nicht mit Bedenken, sie wollen den Angeklagten zu einem Geständnis und zum Widerruf zwingen. Aus diesem Grund bin ich als Geisel in die Engelsburg verschleppt worden. Das sollte Alessandra zur Umkehr bewegen.

»Alessandra wird nicht abschwören.« Ich schüttele langsam den Kopf. »Sie wird ihre Überzeugungen niemals verraten.«

»Nein, ganz sicher nicht. Nicht einmal unter der Folter. Und da Capestrano wird sie gewiss nicht daran hindern, dass sie sich in ihrem unbeugsamen Stolz selbst opfert.« Cesare wendet mir sein Gesicht zu, das von der schwarze Kapuze verhüllt ist. »Keine Vergebung, keine Gnade. Und keine Versöhnung mit da Capestrano – dafür ist es nun zu spät. Ich habe Angst, furchtbare Angst, dass sie sie zum Tode verurteilen. Sandra brennen zu sehen … Gott steh ihr bei!« Er bekreuzigt sich und küsst seine Finger. Sie zittern.

Ich sehe hinüber zu Pater Severin, der mit gesenktem Blick und gefalteten Händen mitten zwischen den aufgeregt tuschelnden Dominikanern sitzt. Betet er?

Er blickt auf, als Fra Mariano da Palestrina, der eben den Kapitelsaal betreten hat, vor ihm stehen bleibt. Die beiden reden miteinander. Papst Eugenius' Sekretär zieht zwei Pergamente unter dem Skapulier hervor und zeigt sie dem Prior. Der greift unter den Überwurf seines Habits und will etwas hervorholen, doch Fra Mariano winkt ab und sagt etwas zu ihm. Der Benediktiner nickt und sieht sich beunruhigt um, bis er Fra Giovanni da Capestrano entdeckt, der gerade mit Fray Luis de León den Gerichtssaal betritt.

Aufgewühlt frage ich mich, was Alessandra vorhat. Was für Dokumente verbirgt Fra Mariano unter seinem Habit? Und was wollte Pater Severin ihm geben?

Cesare berührt mich am Arm und macht mich auf die zwei Bravi aufmerksam, die eine schwere Truhe hinter den beiden Franziskanern her zum Tisch des Richters schleppen. Bebend vor Anspannung schiebt Cesare seine Hände unter das Skapulier. Wahrscheinlich tastet er nach dem Griff seines Schwertes. »Was ist in der Truhe?«, presst er zwischen den Zähnen hervor.

Ich antworte nicht. Dabei weiß ich doch genau, was Fray Luis dem Tribunal als Beweis vorlegen will. Voller Hass starre ich den Franziskaner an. Ich erinnere mich, was Rebekka mir erzählt hat, was vor dreiundzwanzig Jahren in Sevilla geschehen ist, als Fray Luis sie, ihren Bruder und ihren Vater zum Auto da Fé verurteilte. Mein Schwiegervater Rabbi Yoel Halevi wurde vor der Kathedrale von Sevilla als unbußfertiger Ketzer verbrannt. In derselben Nacht, die Asche ihres Vaters war kaum verglüht, gelang Rebekka und Benyamin, damals noch Catalina und Fernando, nur Stunden vor ihrer eigenen Hinrichtung die Flucht nach Granada.

Oh ja, ich weiß, was in dieser Truhe ist …

Fray Luis, du verfluchter Judenhasser!

Er nimmt Platz an der Seite von Fra Giovanni da Capestrano. Vor ihnen auf dem Tisch liegt ein abgegriffener Foliant. Der Leitfaden für Inquisitoren? Die *Practica* des berühmten Inquisitors Bernardo Gui? Wohl kaum, denn Fra Bernardo war Dominikaner.

»Warst du schon mal bei einem Inquisitionsprozess?«, frage ich Cesare.

Er schüttelt den Kopf.

Ich deute auf den mit Pergamenten, Prozessakten und Büchern übersäten Tisch des Richters. »Der junge Mann im schwarzen Talar mit dem Schreibzeug ist der Notar. Siehst du ihn? Neben dem Stuhl des Richters?«

»Er kritzelt gerade etwas aufs Pergament.« Cesare blinzelt. »Er zeichnet etwas. Das darf doch nicht wahr sein! Sind das Galgenmännchen? Ich fasse es nicht!«

»Als Notar wird er die Sitzung Wort für Wort protokollieren. Der Frater mit dem schweren Folianten vor sich auf dem Tisch ist ein studierter Jurist, der den Richter berät. Das Buch ist der *Canon Iuris Canonici*, das Gesetzbuch der Kirche.« Nach und nach erkläre ich Cesare die Aufgaben aller Anwesenden. Fra Giovanni da Capestrano erfüllt offenbar die Aufgabe eines Kommissars, der dem Prozess in jedem Stadium beiwohnt. Er verhört die Zeugen und die Beschuldigten und entscheidet über die Festnahme. Fray Luis de León ist sein Assessor. Er legt dem Tribunal die zu behandelnden Anklagepunkte und Beweise vor und berichtet nach dem Prozess dem Kardinalinquisitor.

»Woher weißt du das alles?«, staunt er.

»Meine letzte Frau ist ebenfalls vom Tribunal zum Tode verurteilt worden«, erinnere ich ihn.

Cesare sieht mir in die Augen. »Tut mir leid.«

»Ist schon gut.«

»Wieso hat da Capestrano nicht als Ordinarius den Vorsitz im Prozess?«, fragt Cesare. »Er vertritt die Anklage. Aber wer ist der Richter?«

»Fra Santino?«

»Gott bewahre!« Cesare stöhnt auf. Er stößt mich an und nickt zum Portal. »Wenn man vom Teufel spricht … Da kommt er.«

Auf zwei seiner Konfratres gestützt, begibt sich Santino zu seinem Sessel, wo er sich umständlich niederlässt. Der eine Frater zupft die Falten seines Habits glatt, während der andere eine zerfetzte Prozessakte auf den Tisch vor ihm legt.

»Santino richtet nicht über sie.«

Ich schüttele den Kopf.

»Er sieht zum Gotterbarmen aus, so blass und zittrig. Was glaubst du, ob er den Prozess überleben wird?«

»Ehrlich gesagt bin ich erstaunt, dass er noch lebt«, erwidere ich. »Er hat einen unglaublichen Lebenswillen.«

»Sein Lebenswerk ist noch nicht vollendet«, murmelt Cesare verbittert. »Luca d'Ascoli ist noch nicht heiliggesprochen. Und Sandra ist noch nicht verbrannt.«

Ein Bewaffneter, der neben dem Portal Wache hält, stößt mit seiner Hellebarde drei Mal auf den Boden. Die Fratres erheben sich. Ein Dominikaner betritt den Saal und strebt mit weit ausgreifenden Schritten dem Richterstuhl zu. Dort nimmt er, seinen weiten Habit raffend, mit patriarchalischem Gehabe Platz. Eine erwartungsvolle Stille breitet sich im Saal aus.

»Wer ist das?«

»Fra Viviano Santori«, flüstert Cesare. »Der Prior von Santa Maria sopra Minerva. Ich kenne ihn von Angelos Priesterweihe.«

»Wie steht er zu Alessandra?«

»Nach Angelos Ordination hat er sich ihr gegenüber äußerst respektvoll verhalten.« Cesare verzieht die Lippen. »Prospero stand neben ihr und zwang Fra Viviano mit imperialem Gestus auf die Knie, indem er ihm seinen Ring zum Kuss darbot. Kennst ihn ja. Fra Viviano kniete also vor Prospero *und* Sandra. Er weiß, dass Sandra gegen Angelos Eintritt in den Dominikanerorden war. Aber Prospero hatte sich mit Angelo gegen sie verschworen. Er brauchte Verbündete für die Rückeroberung des Vatikans. So nannte es Sandra damals verbittert. Sie war maßlos enttäuscht.

Denn selbst der Papst verriet sie, indem er Angelo in Santa Maria sopra Minerva selbst zum Priester weihte. Fra Viviano weiß um Angelos Seelenqualen. Er war sein Beichtvater.«

»Du lieber Himmel!«

Fra Viviano blickt entschlossen auf den Crucifixus an der Wand neben dem Portal des Kapitelsaals, dann bekreuzigt er sich. »In nomine Patris et Filii et Spiritus sancti. Amen.«

»Es geht los«, flüstert Cesare.

»Silentium!«, brüllt ein Gerichtsdiener, und das Getuschel im Saal versickert in erwartungsvollem Schweigen.

»Viva il Papa Colonna!«, rufen die Gläubigen vor dem Konklave. *»Nun wählt ihn doch endlich!«*

Fra Viviano neigt den Kopf und lauscht, dann gibt er dem Gerichtsdiener ein Zeichen.

Rumpelnd wird die Tür des Kapitelsaals zugeschoben. Vittorio da Gennazzano bleibt direkt davor stehen.

Pater Severin sieht unruhig in unsere Richtung. Sein Blick huscht über unsere schattenhaften Gestalten zu den schwarz verhängten Fenstern, dann kehrt er zu mir zurück. Er starrt mich an. Ob er mich erkannt hat? Ich sehe zu Boden und warte angespannt. Als ich wieder aufblicke und vorsichtig zu ihm hinübersehe, bemerke ich, dass er inzwischen woanders hinschaut. Adonai sei Dank!

»Fra Santino de Angelis?« Der Richter gibt dem Ankläger das Zeichen, mit seiner Rede zu beginnen.

Der Todgeweihte erhebt sich mühsam von seinem Stuhl und nickt Fra Viviano zu. »Euer Exzellenz.« Dann wendet er sich mit brüchiger Stimme an seine Konfratres: »Meine Brüder in Christo. Ihr wisst, welcher Prozess heute verhandelt wird.« Er räuspert sich. »Alessandra Colonna ist angeklagt, einen Pakt mit Satan geschlossen zu haben und ihn mit ihrem Blut besiegelt zu haben, um ihren Cousin, Kardinal Prospero Colonna, mit Satans Hilfe zum Papst zu machen, zum Stellvertreter Gottes auf Erden.«

Ein Raunen weht durch den Saal.

»Ihr alle kennt Alessandra Colonna. Ihr wisst, *wer* sie ist …«

»Fra Lucas Tochter!«, ruft einer der Fratres.

»… und *was* sie ist«, fährt Santino fort.

»Eine Feindin Gottes, die mit Satan paktiert hat!«

»Meine Brüder in Christo!« Santino hebt beschwörend die Hände. »Die Anklage gegen Alessandra Colonna ist schwerwiegend. Und deshalb müssen wir den Fall mit aller gebotenen Sorgfalt untersuchen. Hat sie sich von der Sünde des Stolzes und des Hochmuts verleiten lassen? Hat sie, getrieben von ihrem unstillbaren Ehrgeiz, ihre Seele an Satan verkauft, um die Herrschaft an sich zu reißen wie einst die ruchlose Marozia, die Gebieterin über die Päpste?«

Entsetzt blicke ich mich um, als die Fratres johlen:

»Herr, verfluche sie!«

»Bestrafe sie für ihren Frevel!«

»Bin ich froh, dass Angelo das nicht mehr erleben muss«, sagt Cesare erschüttert. »Er hat sie geliebt. Er hat sich all die Jahre bemüht, so zu werden wie sie. Er wollte, dass sie stolz auf ihn ist. Und nun …« Er schluckt. »Ich verstehe Sandras maßlose Enttäuschung.«

»Meine Brüder in Christo!«, fährt Santino fort. »Wappnet euch mit dem funkelnden Harnisch des Glaubens und gürtet euch mit dem flammenden Schwert, das die Feinde Gottes vernichten wird. Denn was ihr heute sehen werdet, ist allerschlimmste Häresie: ein Satanspakt, mit Blut besiegelt. Die Anbetung des Antichrist in einer okkulten Messe, die die heiligen Sakramente auf das Infamste verhöhnt hat. Die Benutzung von Grimoires wie dem *Schlüssel des Salomo*. Das Tragen eines magischen Rings, des legendären Rings des Salomo. Das Anlegen von priesterlicher Kleidung zu einer Satansmesse – der Albe von Papst Martin …«

Wütendes Geschrei übertönt Santino.

»Verbrennt die Ketzerin!«

»Auf den Scheiterhaufen mit ihr!«

Da Capestrano, der entspannt in seinem Scherenstuhl lehnt, spitzt die Lippen und nickt versonnen. Er wirkt mit Gott und der Welt versöhnt.

»Das darf doch nicht wahr sein!« Cesare ist fassungslos. »Sandra ist verurteilt, bevor sie den Gerichtssaal überhaupt betreten hat. Sie hat alle gegen sich. Und sie hat ja nicht einmal einen Advocatus, der ihr beisteht! Oder siehst du hier irgendwo einen Tisch der Verteidigung?«

Ich sehe mich im Saal um. »Wo ist Fra Mariano?«

»Verschwunden, seit das Tor geschlossen wurde«, schnaubt Cesare verbittert. »Er hat den Saal verlassen.«

»Herr, lass die Flammen der Hölle diejenige vernichten, die sich gegen dich versündigt hat, indem sie um der eigenen Macht und Herrlichkeit willen Satan huldigt!«, brüllt ein Franziskaner, der hinter da Capestrano steht.

»Meine Brüder …« Santino hebt wieder die Hände, um sich Gehör zu verschaffen. »Meine Brüder in Christo! Seid auf der Hut vor zu viel Mitgefühl, das ihr der gottlosen Verführerin entgegenbringen könntet. Selbst Seine Heiligkeit Papst Eugenius war ihr ergeben. Sie wird fromm tun, gottesfürchtig und rechtgläubig. Lasst euch nicht von ihr täuschen! Sie ist der Täter, nicht das unschuldige Opfer. Unser Grundsatz heißt Zweifel, unsere Haltung ist Argwohn. Unser Ziel ist es, dass sie sich selbst belastet. Doch bedenkt, meine Brüder: Sie ist die Tochter eines Inquisitors, des besten, den wir je gehabt haben.«

Er muss husten, und es dauert eine Weile, bis er sich beruhigt hat. Heiser spricht er weiter: »Sie kennt alle Finessen des Gerichtsverfahrens, alle Praktiken des Kreuzverhörs, sie ist gerissen, ja, sie ist so brillant wie ihr Vater, Gott hab ihn selig. Mit einem Wort: Sie ist unberechenbar und gefährlich. Sie wird versuchen, uns mit sophistischen Verfahrensfragen aufs Glatteis zu führen. Sie wird uns das Wort im Mund herumdrehen und uns der Lüge und der Täuschung bezichtigen. Sie wird uns Zitate aus den Evangelien und aus den Schriften der Kirchenväter entgegenhalten, die einige von uns, die keine studierten Theologen sind, vermutlich erst einmal nachschlagen müssen. Sie wird die Sprüche Jesu Christi in der Heiligen Schrift aus dem Zusammenhang reißen und nach eigenem Ermessen auslegen, um ihre Häresie damit zu rechtfertigen.

Machen wir uns nichts vor, meine Brüder, der Prozess gegen Alessandra Colonna wird ein harter, unerbittlicher Kampf der Engel des Lichts gegen die Fürstin der Finsternis werden. Aber wir werden den wahren Glauben mit allen uns zur Verfügung stehenden Waffen verteidigen. Und wir werden siegen! Denn Gott der Allmächtige ist auf unserer Seite! Deus vult!«

»Deus vult!«, skandieren die Fratres, Dominikaner und Franziskaner vereint im Kampf gegen die Mächte des Bösen. Es ist der Schlachtruf der Kreuzzüge. *»Deus vult! Deus vult! Gott will es! Gott will es!«* Ein ekstatisches Sendungsbewusstsein, ein vorgeblich von Gott inspirierter Wahn, der zur Erreichung seiner Ziele jede Form der Gewalt einzusetzen bereit ist, hat sie ergriffen. *»Gott will es! Gott will es! Gott will es!«*

Ich werfe einen Blick zu Pater Severin hinüber. Er stimmt nicht in die Sprechchöre ein. Neben ihm sitzt ein Dominikaner. Auch er schweigt. Verkrampft hockt er auf seiner Bank, die Schultern hochgezogen, die feingliedrigen Hände unter das Gesäß geschoben. Er wirkt traurig und entsetzt.

»Wer ist das?«, frage ich Cesare.

»Der berühmte Fra Angelico. Papst Eugenius hatte ihn aus Florenz nach Rom geholt, damit er den Vatikan ausmalt. Er war ein enger Freund von Luca und oft im Palazzo d'Ascoli in Florenz zu Gast. In Lucas … in Sandras Arbeitszimmer gibt es ein herrliches Fresko, das er gemalt hat. Er ist ein begnadeter Künstler.«

»Alessandra wird euch helfen, die Wahrheit zu finden!«, übertönt Santino nur mit Mühe das Gejohle. »Sie wird euch helfen, zwischen Glauben und Unglauben zu unterscheiden, und sie wird euch helfen, ihre unsterbliche Seele zu retten, die im Feuer des Auto da Fé geläutert wird.« Erschöpft lässt sich Santino auf seinen Stuhl sinken und nickt den Wachen am Portal zu. »Die Verhandlung ist eröffnet. Führt die Angeklagte herein!«

Die Bewaffneten schieben das Tor auf, und Vittorio da Gennazzano, der ihr etwas zuflüstert, führt Alessandra in den Saal. Die anwesenden Fratres beginnen, aufgeregt zu tuscheln.

Ich erschrecke, als sie in den Schein der Kerzen tritt. »Um Gottes willen, was haben sie ihr angetan?«

Cesare stöhnt auf. »Sie haben ihr die Haare abgeschnitten, die schönen langen Haare! Und sie trägt einen Dominikanerhabit mit schwarzem Mantel. Wie damals, als Vitelleschi sie …«

Er verstummt, als Alessandra auf einem Scherenstuhl mitten im Saal Platz nimmt. Sie trägt keine Fesseln und keine Ketten. Gott sei Dank! Sie ist augenscheinlich auch nicht gefoltert worden.

»Silentium!«, brüllt der Gerichtsdiener, und das aufgeregte Getuschel der Dominikaner und Franziskaner auf den Tribünen zerrinnt in erwartungsvollem Schweigen.

»Viva il Papa Prospero!«, grölt die wartende Menge auf der Piazza della Minerva. *»Viva Colonna!«*

Wie lange dauert der Wahlgang denn noch?

Erstaunlich gelassen sitzt Alessandra mit gefalteten Händen auf ihrem Scherenstuhl und betrachtet Santino mit ruhigem Blick. Kein Zorn, keine Angst, kein Anzeichen einer Verunsicherung liegen auf ihren Zügen.

Santino windet sich unter ihrem Blick und sieht schließlich da Capestrano an.

»Wer ist mein Advocatus?«, fragt sie so leise, dass die Fratres unwillkürlich den Atem anhalten, um sie verstehen zu können. Als

Fra Viviano nicht geruht, ihre Frage zu beantworten, erhebt sie sich. »Ihr verweigert mir einen Verteidiger?«

Nur das Kratzen der Feder des Notars durchbricht die Stille, die sich jetzt im Saal ausbreitet. Fra Viviano hebt gebieterisch die Hand – die Feder wird ins Tintenfass gesteckt.

Alessandra nickt. »Ich verstehe.« Dann wendet sie sich an den Notar und spricht mit ruhiger Stimme: »Der Inquisitor ist nicht nur ein Richter, ein Verteidiger des Glaubens vor der Bedrohung durch die Häresie, sondern auch ein Beichtvater, ein Seelsorger, der die unsterbliche Seele des Angeklagten retten soll. In Anbetracht dieser doppelten Aufgabe handelt er mit einer Amtsgewalt, die die eines weltlichen Richters bei Weitem übersteigt. Als Angeklagte ist es nicht meine Aufgabe, die Mitglieder dieses Gerichts, vornehmlich den Ordinarius, Seine Exzellenz Fra Viviano, auf die Einhaltung des korrekten Ablaufs eines Inquisitionsverfahrens aufmerksam zu machen. Aber sei's drum. Messer Giuliano, bitte nehmt ins Protokoll auf: Die Angeklagte verteidigt sich selbst. Ihr Rechtsbeistand ist Fra Mariano da Palestrina vom Ordo Fratrum Praedicatorum in Santa Maria sopra Minerva, ehemals Prior dieses Konvents. Und Inquisitor.« Sie wartet, bis der Notar nach einem langen Blick zu Fra Viviano, der schließlich nickt, zur Feder greift. Dann wendet sie sich um. »Fra Mariano?«

»Euer Gnaden?« Der päpstliche Sekretär tritt neben sie.

»Wo kommt der denn plötzlich her?«, fragt Cesare verblüfft. »Ich dachte …« Er verstummt und blickt gespannt nach vorn.

»Seid Ihr bereit, mir als mein Advocatus zur Seite zu stehen?«

»Ja, das bin ich«, erklärt er laut und deutlich.

»Fra Mariano war Lucas Sekretär, während der als päpstlicher Legat und Stellvertreter Papst Martins Rom regierte«, wispert Cesare mir hastig zu.

Ich nicke. »Er bekennt sich zu ihr.« Trotz des Grundsatzes des Inquisitors Fra Bernardo Gui, dass Advokaten, die mutmaßliche

Ketzer verteidigen und entschuldigen, selbst als der Begünstigung der Ketzerei schuldig sind. Deshalb gibt es so wenige Verteidiger in Inquisitionsprozessen und so wenige Freisprüche. Benyamin und Rebekka hatten keinen Verteidiger.

Alessandra kehrt zu ihrem Stuhl zurück, rafft den Habit und lässt sich in aufrechter Haltung nieder. »Fra Viviano? Der Verfahrensfehler, der die Rechtmäßigkeit des Prozesses gemäß den kanonischen Gesetzen bei einer Überprüfung durch Seine Heiligkeit den Papst in Frage gestellt hat, ist behoben«, erklärt sie mit fester und selbstsicherer Stimme. Sie legt ihre Arme auf die Lehnen des Stuhls. Ihre Hände zittern nicht. »Ihr könnt nun mit dem Prozess beginnen.«

Wüstes Geschrei erhebt sich. Die Fratres sind empört.

»Silentium!«

Fra Viviano, der Mühe hat, seine Wut zu bezähmen, hebt die Hand als Zeichen, dass Fra Santino mit der Anklage beginnen kann.

Mühevoll stemmt er sich aus seinem Sessel hoch, hält sich kurz an den Armlehnen fest und richtet sich schließlich auf. Mit rasselnder Stimme verliest er die lateinische Anklageschrift. Immer wieder muss er sich sein Tüchlein an die Lippen pressen.

»Sie klagen sie nur wegen des vorgeblichen Satanspaktes an? Und wegen Teufelsanbetung?«, flüstert Cesare ungläubig. »Das ist doch Unsinn!«

»Nein, ist es nicht.« Ich schüttele den Kopf. »Sie können Alessandra nicht wegen ihrer Gelehrsamkeit verurteilen, denn Luca war auch ein Gelehrter. Sie können sie auch nicht wegen ketzerischer Thesen angreifen, wie etwa wegen ihrer Aussage, dass Jesus keine Kirche gegründet habe, weil er zeit eines Lebens ein gläubiger Jude war, oder dass Petrus niemals in Rom gewesen sei und deshalb auch nicht der erste Papst. Sie werden sich nicht auf Wortgefechte mit ihr einlassen. Die können sie nur verlieren. Luca hat noch häretischere Thesen aufgestellt als sie: Dass Jesus ein Mensch war, kein Gott. Dass die Bibel nicht das geoffenbarte Wort Gottes ist, sondern von Menschen verfasst wurde. Um nur zwei zu nennen, die ihn auf den Scheiterhaufen hätten bringen können.

Wenn sie beabsichtigen, den ›Richter Gottes‹, der in Konstanz drei Päpste absetzte, aus machtpolitischen Gründen heiligzusprechen, dann dürfen sie ihre goldglänzende Ikone nicht beschmutzen. Der üble Gestank der Häresie würde dann an Luca kleben wie Pech und Schwefel. Wenn sie sich auf einen Kampf mit Alessandra einlassen, um sie zu vernichten, wird sie nicht zögern, ihren Vater mit sich ins Fegefeuer zu reißen. Und weißt du auch, warum?«

»Nein.«

»Weil es das Fegefeuer gar nicht gibt.«

»*Was?*«

»Die katholischen und orthodoxen Kirchengelehrten sind sich in dieser Frage nicht einig. Alessandra behauptet, das Fegefeuer sei eine Erfindung der Kirche, um ihre Gewaltherrschaft über die Gläubigen zu rechtfertigen, indem sie sich anmaßt, Sünden zu vergeben.«

»Großer Gott!«

»Und das ist nur eine von vielen theologischen Fragen, wo sich die Inquisitoren auf keinen Fall auf eine Diskussion einlassen dürfen. Denn wenn Alessandra mit ihnen fertig ist, können sie Himmel und Hölle nicht mehr unterscheiden.«

Cesare verzieht die Lippen zu einem gehässigen Grinsen.

»Außerdem haben sie für derart umfassende Disputationen gar keine Zeit. Ein solcher Prozess kann Monate dauern, wenn nicht sogar Jahre. Alessandra wird sich nicht unterwerfen, niemals. Aber sie muss unbedingt vor dem Ende des Konklaves verurteilt sein. Denn Prospero fehlen nur noch zwei Stimmen. Schon in einer Stunde kann er Papst sein. Und was, glaubst du, wird seine erste Amtshandlung sein?«

»Er wird sie alle exkommunizieren.«

»Verlass dich drauf. Die Zeit läuft ihnen davon.«

Cesare nickt. »Daher die inszenierte Satansmesse im Pantheon.«

»Genau.«

»Diese perfiden Mistkerle!«

Ich blicke hinüber zu Fra Giovanni da Capestrano, der mit aufgestützten Ellbogen und gefalteten Händen aufmerksam Santinos Vortrag lauscht. Neben ihm sitzt Fray Luis de León in lässiger Haltung auf seinem Scherenstuhl, einen Fuß hat er auf der mitgebrachten Truhe abgestützt. Ich bezweifle, dass Santino ahnt, was er vorhat.

»… ist es die Pflicht des Anklägers«, verkündet Santino gerade mit krächzender Stimme, »dem Gericht zweifelsfrei darzulegen, dass die in der Anklageschrift enthaltenen Beschuldigungen zum Satanskult wahr sind. In diesem Zusammenhang weise ich darauf hin, dass weder Seine Exzellenz der Richter, Fra Viviano Santori, noch ein anderes Mitglied dieses Gerichts oder ich selbst als Zeuge der Anklage aufgerufen werden dürfen.«

»Das wäre ja auch noch schöner!«, wispere ich Cesare zu. »Sie geben sich redlich Mühe, den Anschein zu erwecken, hier ginge alles mit rechten Dingen zu.«

»Na toll. Was Prospero aber nicht daran hindern wird, ihnen mit Anlauf in den Arsch zu treten.«

Während Santino nach seiner Rede die restlichen Formalitäten abspult, die bei Eröffnung eines Inquisitionsverfahrens üblich sind, berät sich Alessandra hinter vorgehaltener Hand mit Fra Mariano, der neben ihrem Sessel kniet. Er schlägt ihr etwas vor, was ihr augenscheinlich nicht gefällt, denn sie schüttelt energisch den Kopf und deutet auf die beiden Grimoires von Salomo, die auf dem Tisch der Anklage aufgestapelt liegen. Er nickt zögernd und erhebt sich wieder. Alessandra wendet den Blick nach vorn.

Warum ist sie so gefasst? Was hat sie vor?

»Euer Exzellenz, darf ich einen Vorschlag zur Verfahrensweise machen?«, spricht sie den Richter an, bevor Santino auf die einzelnen Anklagepunkte eingehen kann. Sie wartet Fra Vivianos Antwort gar nicht erst ab. »Der Leitfaden für Inquisitoren rät, das Verhör des Beschuldigten wohlwollend zu beginnen. Wenn ich mich recht erinnere, steht in der Anweisung, die mein Vater verfasst hat, dass der Inquisitor sich nachsichtig geben soll, damit er das Vertrauen des Angeklagten gewinnt. Und um ihn zu einem Geständnis zu bewegen, indem er ihm Barmherzigkeit und Vergebung verspricht.«

Niemand rührt sich, und im Saal herrscht abwartendes Schweigen. Worauf will sie hinaus?

»Fratres reverendissimi«, fährt sie leidenschaftlich fort, laut und deutlich, »wir alle wissen, wie die Sprache sich missbrauchen lässt, um die Wahrheit zu offenbaren oder um sie zu verschleiern. Wir alle kennen die Fragen, die Unterstellungen, die Irreführungen, die Versprechungen, die Schuldzuweisungen, die Drohungen, und wir alle kennen die Antworten, die zu einem Geständnis führen sollen. Wir alle wissen, zu welchen Gefühlsausbrüchen es während eines Verhörs kommen kann. Der Angeklagte kann weinen, auf die Knie fallen, die Hände ringen, um Gnade zu erflehen, oder ohnmächtig zusammenbrechen. Oder er kann geistige Verwirrung, ja sogar Besessenheit durch einen satanischen Dämon vortäuschen.«

Da Capestrano nickt bedächtig. Er hat ihre Drohung, wie sie sich während des Verhörs verhalten wird, offenbar verstanden.

»Und wir alle beherrschen die Winkelzüge, wie man die Verteidigung des Beschuldigten oder die Aussagekraft von Beweisen für fragwürdig erklären kann«, fährt Alessandra mit fester Stimme fort. »Bis hin zum begründeten Zweifel an der Rechtmäßigkeit des Gerichtsverfahrens wegen Verfahrensfehlern wie der absichtlichen Verweigerung eines Verteidigers oder der mutmaßlichen Befangenheit von Richter und Ankläger.

Fra Viviano, Fra Giovanni, Fra Santino, ich weiß, was Ihr mich fragen werdet. Und Ihr wisst, was ich antworten werde. Aber Ihr wisst nicht, wie lange Ihr warten müsst, bis ich mich entschieden habe, und ob ich überhaupt gewillt bin, Eure Fragen zu beantworten. Ihr kennt das alles ja aus der *Practica* von Fra Bernardo Gui. Ich weiß, dass ich seit zehn Jahren überwacht werde. Dass jedes meiner Worte notiert und ausgelegt wird. Dass Aussagen von engen Freunden wie Kardinal Capranica oder Kardinal Parentucelli gegen mich verwendet werden können. Und ich habe letzte Nacht gesehen, wie viele eng beschriebene Seiten meine Prozessakte hat.« Sie deutet auf die zerfetzte Akte auf Santinos Tisch. »Ich stelle daher den Antrag an das Gericht, auf ein stundenlanges, für beide Seiten entnervendes Verhör zu verzichten und die Beweise zu den Anklagepunkten Satanskult und Teufelspakt sofort vorzulegen.«

Atemlose Stille.

Santino beginnt plötzlich so heftig zu husten, dass er sich an den Armlehnen seines Scherenstuhls abstützen muss, bis der Anfall vorbei ist. Röchelnd ringt er nach Atem und hustet einen ganzen Schwall Blut in sein Tüchlein. Schweißtropfen rinnen über sein Gesicht. Er zittert, und ich fürchte, dass er jeden Augenblick einen epileptischen Anfall bekommen und zu Boden stürzen kann.

Alessandra geht zu ihm hinüber, schiebt die Bewaffneten, die sie aufhalten wollen, mit einer gebieterischen Geste zur Seite und packt Santino am Arm, um ihm zu helfen, dass er sich hinsetzen kann. Wortlos reicht sie ihm ein frisches Tüchlein und kehrt zu ihrem Scherenstuhl zurück.

Fra Viviano atmet vernehmlich aus.

Irgendwo im Saal knarrt eine Holzbank.

Pater Severin beobachtet sie mit aufgerissenen Augen. Fra Angelico neben ihm hat die Hand vor die Lippen geschlagen.

Alessandra legt ihre Arme wieder auf die Lehnen ihres Stuhls. »In Anbetracht des bedenklichen Gesundheitszustandes des Anklägers bitte ich das Gericht, meinem Antrag auf Verkürzung des Verfahrens um mehrere Stunden stattzugeben. Fra Santino ist vom Tod gezeichnet. Er hat hohes Fieber, hustet Blut und erleidet offensichtlich große Schmerzen. Jeden Augenblick kann er ohnmächtig zusammenbrechen. Seid barmherzig, Fra Viviano, und quält ihn nicht. Fra Santino muss ins Bett. Und zwar bald.«

Die Fratres auf den Tribünen halten den Atem an.

»*Wählt Kardinal Colonna!*«, dringt das Gejohle in den Saal.

Die Glocke von Santa Maria sopra Minerva schlägt halb elf. Der Wahlgang dauert nun schon eine halbe Stunde, aber bisher ist offenbar weder schwarzer noch weißer Rauch über der Sakristei aufgestiegen.

»*Colonna! Colonna! Colonna! Colonna!*«

Fra Viviano lehnt sich auf dem Richterstuhl zurück und spielt mit der Feder, bis er sie zwischen seinen Fingern beinahe zerknickt. Schließlich richtet er sich wieder auf und wendet sich an da Capestrano.

»Fra Giovanni?«

Er zögert. Fray Luis will ihm etwas zuflüstern, aber mit einer schroffen Geste gebietet er ihm, zu schweigen. Schließlich sagt er: »Ich bin einverstanden.«

»Fra Santino?«

Ins Tüchlein hustend, nickt er. Sein Atem rasselt, als würde er in seinem eigenen Blut ertrinken. Todesangst schimmert in seinen schwarzen Augen.

»Dem Antrag der Angeklagten wird stattgegeben«, entscheidet Fra Viviano mit besorgtem Blick auf Santino. »Messer Giuliano, notiert das: Das Gericht verzichtet auf das Verhör und legt stattdessen die Beweise vor.« Er winkt einem Gerichtsdiener, ihm die salomonischen Grimoires und das rote Teufelsbuch zu bringen. »In Anbetracht der Tatsache, dass Fra Santino derzeit nicht imstande ist, die Anklage zu vertreten, werde ich das tun. In der

Hoffnung, dass Ihr mir das nicht gleich wieder als Verfahrensfehler auslegt.«

Sie macht eine gewährende Geste. »Eurem Antrag wird stattgegeben, Fra Viviano. Es ist in meinem Sinne, dass dieses Verfahren schnellstmöglich mit einem rechtskräftigen Urteil beendet wird.«

Mit einem spöttischen Lächeln erweist er ihr seine Ehrerbietung und nickt ihr zu. »Ich danke Euch im Namen von Fra Santino.«

»Gern geschehen«, schmunzelt sie, und ihre Augen funkeln dabei.

»Nicht zu fassen!«, wispert Cesare. »Sie spielt mit ihnen. Und ändert mitten im Spiel die Regeln. Guck sie dir an! Diese Haltung, dieser Stolz, dieser unbeugsame Wille! So war auch ihr Vater Luca. Siehst du, wie ihre Mundwinkel beinahe unmerklich zucken? Sie triumphiert! Und sie lässt es die anderen auch wissen.«

»Fra Mariano?«, sagt sie zu ihrem Advocatus. »Notiert das fürs Protokoll.«

Der päpstliche Sekretär zieht ein Notizbuch unter dem Skapulier hervor und kritzelt mit dem Silberstift hinein.

»Welches Protokoll?«, fragt Fra Viviano mit glühendem Gesicht und blickt irritiert zu Fra Mariano, der immer noch schreibt.

»Fra Mariano wird den Wortlaut der Sitzung festhalten«, sagt Alessandra kühl. »Meines Wissens gibt es keine Regel, die es dem Advocatus des Beklagten verbietet, sich per Kurzschrift Notizen zu machen, denn eine beglaubigte Abschrift des Protokolls der Inquisition wird dem Beschuldigten vermutlich nicht ausgehändigt, oder?«

Ein empörtes Raunen wogt durch den Saal.

Neben mir hechelt Cesare, um nicht laut loszuprusten. »Noch ein Wort von ihr, und er beißt in die Tischkante!«

Sobald er sich beruhigt hat, wischt er sich die Tränen aus den Augen und blickt wieder nach vorn, wo Fra Mariano Alessandra seine Aufzeichnungen zeigt und eine Weile mit ihr tuschelt. Während sie ihm zuhört, lässt sie ihren Blick durch den Saal wandern, den Blick in meine Richtung meidet sie geflissentlich. Schließlich nickt sie Fra Mariano zu, der sich wieder erhebt und mit aufgeschlagenem Notizbuch und gezücktem Silberstift neben sie stellt.

»Wieso lässt sie sich nicht durch Fra Mariano verteidigen? Er ist ein erfahrener Inquisitor«, wispere ich Cesare zu. »Was hat sie vor?«

Cesare zuckt unschlüssig mit den Schultern. »Ich hab keine Ahnung. Aber ich bin sicher, sie weiß, was sie tut.«

Fra Viviano nimmt ein Grimoire in die Hand, schlägt das Titelblatt auf und liest laut vor: »›Testament des Salomo, des Sohnes Davids, des Königs von Jerusalem, des Herrschers über alle Dämonen zwischen Himmel und Erde, mit deren Hilfe er den Tempel von Jerusalem errichtete …‹ Et cetera, et cetera.« Er zeigt Alessandra den Folianten. »Kennt Ihr dieses Buch?«

»Ja.«

»Woher?«

»Der Tote im Dominikanerhabit, den der verstorbene Fra Giordano Savelli in der Geheimkammer in den Gewölben des Lateranpalastes fand, hielt es in seinen abgerissenen Händen.«

»Habt Ihr es gelesen?«

»Papst Eugenius hatte mich mit den Nachforschungen zu den Satanserscheinungen im Lateran beauftragt. Er hatte mich gebeten, das *Testament des Salomo* zu studieren, das dem Anschein nach jener Dominikaner benutzt hatte, bevor Satan ihn zerfetzte. Fra Giovanni da Capestrano war bei diesem Gespräch am einundzwanzigsten Februar im Schlafzimmer Seiner Heiligkeit zugegen. Ebenso der Camerlengo, Kardinal Ludovico Scarampo.«

Fra Viviano nickt und blickt zu da Capestrano. »Fra Giovanni?«

»Seine Heiligkeit hat Ihre Gnaden in der Tat gebeten, dieses Grimoire zu lesen«, bestätigt da Capestrano mit undurchdringlicher Miene. Fray Luis beugt sich zu ihm hinüber und flüstert ihm etwas zu. Da Capestrano nickt unmerklich, ohne den Blick von Alessandra zu wenden.

»Na gut.« Fra Viviano legt das Buch zurück auf den Tisch und nimmt ein anderes. »*Der Schlüssel des Salomo*. Woher stammt dieses Buch?«

»Aus der Bibliothek der Inquisition in Santa Maria sopra Minerva«, antwortet Alessandra gelassen. Das Getuschel zwischen Fra Giovanni und Fray Luis beunruhigt sie offenbar nicht.

»Sieh an!«

»Fra Santino hat es mir auf meine Bitte hin zur Verfügung gestellt.«

»Aus welchem Grund?«, fragt Fra Viviano.

»Das Grimoire enthält Rituale, Beschwörungen und magische Symbole wie das Siegel Salomos, das in die Brust des Toten im Dominikanerhabit geritzt wurde. Zudem beschreibt es einen Satanspakt. Das Buch sollte mir bei meinen Nachforschungen nach der Todesursache des Fraters helfen.«

»Aha.« Fra Viviano legt das Grimoire zurück auf den Tisch. »Ihr werdet beschuldigt, eine Satansmesse gefeiert zu haben. Mit diesem Buch.«

»Das ist wahr.«

Wie das Tosen eines aufziehenden Sturms weht ein Raunen durch den Saal. Mehrere Dominikaner springen von ihrer Bank auf und bekreuzigen sich. Andere halten ihr Brustkreuz am ausgestreckten Arm vor sich.

»Satansanbeterin!«

»Sie huldigt dem Fürsten der Finsternis!«

»Sie muss brennen!«

Fra Angelico beugt sich vor, stützt seine Ellbogen auf die Knie, birgt sein Gesicht in seinen Händen und schüttelt fassungslos den Kopf. Pater Severin legt ihm die Hand auf den Arm und sagt etwas zu ihm.

Alessandras offenes Bekenntnis bringt Fra Viviano offenbar aus dem Konzept. Er hatte wohl damit gerechnet, dass er sie auf der Folterbank festschnallen muss, damit sie gesteht. »Ist das … ein Geständnis?«, fragt er verblüfft nach und blickt da Capestrano an, der ebenso überrascht wirkt.

»Ja.« Sie nickt freimütig. »Ich habe mit dem *Schlüssel des Salomo* eine Satansmesse gefeiert. Das war am zweiundzwanzigsten Februar, kurz vor Mitternacht, in San Giovanni in Laterano. Fra Giordano Savelli war mein Beichtvater, Fra Santino de Angelis mein Famulus. Aber das hat er Euch gewiss gebeichtet. Während der Satansmesse habe ich die Albe von Papst Martin getragen, die dort auf dem Tisch liegt. Die Blutflecken stammen allerdings nicht von jener Messe, sondern von der unwürdigen Inszenierung von letzter Nacht, als ihr meinen Kater geschlachtet habt. Ich hoffe, Ihr habt Monsignor Fantìn inzwischen begraben.« Ihre Stimme klingt weder verächtlich noch verbittert. »Oder wird er mir noch als Beweisstück vorgelegt?«

»Ihr habt also eine Satansmesse gefeiert.«

»Mit dem Segen Seiner Heiligkeit des Papstes. Ich habe eine Vollmacht von Papst Eugenius bekommen. Darauf werde ich zu einem späteren Zeitpunkt zurückkommen und sie dem Gericht vorlegen. Ich bitte um Geduld.«

»Eine Satansmesse mit dem Segen Seiner Heiligkeit?«, fragt Fra Viviano ungläubig.

Alessandra lässt sich nicht aus der Ruhe bringen. »Wenn ich das erläutern darf …?«

Fra Viviano macht eine gewährende Geste. »Ich bitte darum.«

»Vor einer Satansmesse gemäß den Ritualen, die im *Schlüssel des Salomo* niedergeschrieben sind, muss eine Beichte abgelegt werden. Den Text dieser Beichte hatte ich Wort für Wort in mein Notizbuch übertragen. Ich erinnere mich nicht mehr an den genauen Wortlaut, aber er geht in etwa wie folgt: ›O Herr, mein

Gott, Herrscher über Himmel und Erde, mit demütig gesenktem Blick bekenne und bereue ich in deiner Gegenwart meine Sünden. Denn ich habe vor dir gesündigt durch Stolz und Gier und das unstillbare Verlangen nach Ruhm und Ehre …‹ Et cetera, et cetera. Fra Giordano hat mir in der Apsis von San Giovanni in Laterano die Absolution erteilt. Auf meine Bitte hin hatte er einige Stunden zuvor mit Seiner Heiligkeit gesprochen. Papst Eugenius bezeugte durch seine eigenhändige Unterschrift sein Einverständnis mit meiner … nun ja … unorthodoxen Vorgehensweise. Als mein Beichtvater und Zeuge hatte Fra Giordano seine Unterschrift unter die des Papstes gesetzt.«

»Fra Giordano ist tot. Er kann Eure Aussage nicht mehr bestätigen.«

»Und das Notizbuch hat Fra Santino letzte Nacht bei meiner Festnahme verbrannt. Er hat damit ein wichtiges Beweismittel, das im Prozess meiner Entlastung dienen sollte, mutwillig vernichtet. Fra Mariano, notiert das fürs Protokoll!«

»Ja, Euer Gnaden.« Der Dominikaner kritzelt mit dem Silberstift in das Notizbuch, das er aufgeschlagen in der linken Hand hält.

»Santino hat ihr Notizbuch verbrannt?« Cesare stöhnt auf. »Es hätte ihr das Leben retten können!« Er lässt die Schultern sinken. »Das ist das Ende.«

Fra Vivianos triumphierender Blick huscht zu Fra Giovanni und Fra Santino. Dann wendet er sich wieder Alessandra zu. »Es gibt also keinen Beweis, dass Eure Satansmesse mit Zustimmung von Papst Eugenius stattfand?«, fragt er gedehnt, und ich merke ihm an, dass er seinen Sieg auskostet.

Sie senkt den Blick, als denke sie nach, und lässt sich sehr viel Zeit mit ihrer Antwort. »Doch, den gibt es.«

»Und?«, fragt Fra Viviano gespannt.

»Als meinen Advocatus könnte ich Fra Mariano als Entlastungszeugen aufrufen. Er könnte bestätigen, dass Fra Giordano an jenem Tag mit Seiner Heiligkeit gesprochen hat. Aber er war bei diesem vertraulichen Gespräch nicht zugegen. Deshalb verzichte ich auf seine Aussage, die mich nicht entlasten könnte.«

Fra Viviano nickt zufrieden. »Also, dann …«, will er fortfahren, doch Alessandra unterbricht ihn:

»Es gibt einen anderen Zeugen, der mich entlasten kann.«

»Und wer ist das?«

»Pater Severin von Benediktbeuren, der Prior von San Giovanni in Laterano. Ich benenne ihn als Zeugen.«

»Mhm«, brummt Fra Viviano unwillig. Dann sieht er sich im Saal um. »Ist Pater Severin anwesend?«

Der Benediktiner erhebt sich von seinem Sitz und fährt mit den Fingern durch seinen wallenden Bart. »Ja, Euer Exzellenz, ich bin hier.«

»Pater Prior, seid Ihr bereit, als Zeuge der Verteidigung aufzutreten?«

Er rückt seine Brille zurecht. »Ja, das bin ich.«

»Das ist wirklich erstaunlich«, wundere ich mich.

»Was?«, fragt Cesare.

»In Inquisitionsprozessen wird das Recht des Angeklagten zur Selbstverteidigung mit Füßen getreten. Die Inquisitoren lassen karrenweise Belastungszeugen aufmarschieren, denen eingeprügelt wird, was sie wann zu sagen haben. Ein Verteidiger als Rechtsbeistand wird dem Beschuldigten meistens verweigert. Ich find's erstaunlich, dass Alessandra nicht nur einen Verteidiger hat, der sie berät, sondern auch Zeugen aufrufen kann, ohne dass Fra Viviano Einspruch erhebt.«

»Messer Giuliano Castiglione?«, übergibt der Richter das Wort an den Notar.

»Euer Name, Pater Prior?«, fragt dieser und zückt die Schreibfeder.

»Severinus Aloysius Antonius.«

Der Notar blickt auf. »Und weiter?«

»Nix weiter.«

»Verstehe. Ich bitte um Verzeihung, Pater Prior. Ich hatte keine Ahnung, dass Ihr ein …«

»Bastard?«, schlägt Pater Severin vor.

»… illegitimer Sohn seid«, korrigiert der Notar hastig. »Wo seid Ihr geboren? In diesem … Wie heißt der Ort?«

»Benediktbeuren? Nein, da habe ich studiert. Lateinisch, Griechisch, Hebräisch und Aramäisch. Das Kloster besitzt eine berühmte Bibliothek. Die Contessa Colonna und ich haben uns in Benediktbeuren kennengelernt. Dort war ich Prior. Geboren bin ich aber im Jahr unseres Herrn Jesus Christus 1385 in Paterzell, einem kleinen Dorf im Eibenwald unweit des Klosters Wessobrunn. Mein Vater war einer der Benediktinermönche, der Cellerar, Bruder Antonius. Er hat mich auch getauft, in Sankt Leonard im Forst …« Pater Severin wirft Alessandra, selbst Kind eines Mönches, einen ermunternden Blick zu.

»Verstehe«, unterbricht ihn der Notar. »Und jetzt seid Ihr Prior in San Giovanni in Laterano.«

»Ich bin Kardinal Capranica unterstellt, solange wir keinen Abt haben. Seine Eminenz hat sich beim Papst, Gott hab ihn selig, dafür eingesetzt, dass er mich zum Abt ernennt. Die Bulle war noch nicht gesiegelt, als Seine Heiligkeit starb.«

»Tut mir leid, Euer Gnaden.«

»Schon gut.«

»Euer Gnaden«, spricht nun auch Fra Viviano den Pater mit dem Titel eines Abtes an. »Wart Ihr bei jener Satansmesse im Lateran, die die Contessa Colonna gestanden hat, als Zeuge zugegen?«

»Nein.« Pater Severin zieht mehrere zusammengefaltete Pergamente unter dem Skapulier hervor. »Die Contessa hat mich gebeten, dem Gericht diese Dokumente vorzulegen.«

»Was ist das?«

Pater Severin entrollt das erste Pergament und zeigt es dem Gericht. »Das ist die von mir unterzeichnete Aussage von Fra Giordano Savelli, dass die verkohlte Leiche, die die Contessa Colonna und der ihr vom Papst zur Seite gestellte Inquisitor Fra Santino de Angelis in Santa Maria in Aracoeli in der Zelle von Fra Adriano Grifonetti gefunden haben, nicht Fra Adriano ist. Ich habe die Leiche, die in der Cappella Colonna in der Lateranbasilika aufgebahrt war, gesehen, nachdem Fra Giordano mir davon berichtet hat. Er war einer meiner Mönche. Fra Valerio da Montefalco, der auf Befehl von Kardinal Scarampo auf dem Campo dei Fiori als Ketzer verbrannt wurde. Fra Valerios Leichnam wurde im Franziskanerhabit ins Franziskanerkloster gebracht, um die Contessa Colonna bei ihren Nachforschungen zu den vorgeblichen Satanserscheinungen im Lateran in die Irre zu führen. Fra Valerio ist zu Recht exkommuniziert und verurteilt worden, weil er Juwelen aus den Reliquiaren des heiligen Petrus und des heiligen Paulus aus dem Hochaltar der allerheiligsten Lateranbasilika gestohlen hat. Aber seinen Leichnam während der Nacht von der Engelsbrücke zu stehlen und derart schändlich für diese Verschwörung gegen die Contessa zu missbrauchen! Das ist noch schlimmer als das, was er getan hat! Gott der Allmächtige verdamme denjenigen, der dafür die Verantwortung trägt!«

Pater Severin wirft Fray Luis de León, dem Guardian von Santa Maria in Aracoeli, einen durchdringenden Blick zu. Dann faltet er das Pergament zusammen und gibt es dem Richter.

»Fra Santino!«

Der Ankläger erhebt sich mühsam. »Euer Exzellenz?«

»Nehmt dieses Dokument zu den Beweisstücken.« Fra Viviano weist einen Gerichtsdiener an, das Pergament zu Santinos Tisch zu bringen.

»Wie Ihr wünscht«, krächzt Santino und sinkt wieder in seinen Sessel zurück. Sein Gesicht ist schweißüberströmt und totenbleich.

»Er sieht nicht gut aus«, flüstert Cesare.

»Er kann jeden Moment einen schweren Anfall bekommen. Die Aussage von Pater Severin hat ihn entsetzt. Damit hat er nicht gerechnet.«

»Sieh dir ihre Gesichter an. Alle sind erschrocken und verwirrt.«

»Pater Severin ist noch nicht fertig«, wispere ich und deute auf den Abt, der gerade ein zweites Pergament entfaltet.

»Das ist die ebenfalls von mir unterschriebene Aussage von Fra Giordano Savelli, dass er auf Wunsch der Contessa Colonna mit Seiner Heiligkeit gesprochen hat, um ihr die päpstliche Genehmigung für eine Satansmesse unter Aufsicht des Dominikanerinquisitors Fra Santino de Angelis zu holen. Fra Giordano Savelli kann das nicht mehr beeiden, weil er gestorben ist. Aber ich schwöre auf die Heilige Schrift, dass er mit Seiner Heiligkeit gesprochen hat. Und ich schwöre, dass die eigenhändige Unterschrift von Papst Eugenius in dem kleinen Notizbuch der Contessa unter ihrer Beichte zur Satansmesse gestanden hat. Das Notizbuch hat Fra Santino ja letzte Nacht arglistig verbrannt, um die Contessa wegen Satansanbetung anklagen zu können. Gott der Allmächtige verdamme alle, die sich an dieser perfiden Verschwörung beteiligt haben!«

Pater Severin faltet das Dokument zusammen und wirft es verächtlich auf Santinos Tisch.

Ein wüster Tumult hebt an. Die Fratres auf den Tribünen springen auf, recken die Fäuste und rufen laut durcheinander. Die einen verfluchen Alessandra, die anderen Pater Severin.

Fra Angelico birgt wieder sein Gesicht in seinen Händen. Er weint, seine Schultern zucken.

»Wenn sie Alessandra verurteilen, müssen sie Pater Severin auch verurteilen. Und Fra Mariano, den ehemaligen Prior«, flüstert Cesare. »Und dann gnade ihnen Gott der Allmächtige! Kardinal Capranica steht hinter den beiden. Er hat Fra Mariano gebeten, ihm als Sekretär zu dienen, falls er Papst wird.«

»Domenico hat gestern fünf Stimmen bekommen. Wenn Prospero nicht Papst wird, wird es Domenico.«

»Genau.«

»Die haben ein echtes Problem!«

»Du sagst es«, nickt Cesare.

»Silentium!«, brüllt der Gerichtsdiener.

»Weißt du, was mich stutzig macht?«, wispere ich in das Geschrei hinein. »Sie fechten Alessandras Gegenbeweise nicht an. Sie disputieren nicht. Sie streiten nicht. Sie widerlegen nicht. Sie nehmen die Pergamente nur kommentarlos zu den Akten.«

»Und was bedeutet das?«

»Wenn ich das wüsste.«

»Glaubst du, sie verbrennen die Dokumente, wie sie ihr Notizbuch verbrannt haben?«

»Wenn sie's tun, wird's ihnen nichts nützen. Es gibt einen Satz Abschriften, die ebenfalls von Pater Severin unterzeichnet sind. Alessandra hat sie an dem Morgen, als Eugenius starb, in Martins Grab in der Lateranbasilika verborgen.«

»Phhhhhh ...«, atmet Cesare erleichtert auf. »Sandra denkt an alles. Sie ist gerissen, wie ihr alter Herr. Wen wundert's, dass sie alle Schiss vor ihr haben.«

Bewaffnete stoßen ihre Hellebarden auf den Steinboden des Gerichtssaals, um den Tumult einzudämmen und die Ordnung wiederherzustellen.

»Silentium!«, brüllt Fra Viviano und schlägt mit der Faust auf den Tisch. »Oder ich lasse den Saal räumen!«

»Siehst du, was ich sehe, Yared?«, raunt mir Cesare ins Ohr und feixt. »Da kämpft ein Richter verzweifelt um einen letzten Rest von Autorität.«

»Der Prozess ist noch nicht zu Ende«, flüstere ich Cesare zu. »Es gibt noch das rote Teufelsbuch …«

… das Fra Santino in diesem Augenblick zur Hand nimmt und es Alessandra, die unbeeindruckt von dem Toben um sie herum auf ihrem Scherenstuhl sitzt, als Beweismittel vorlegt. Noch immer klebt das Blut ihres Sohnes daran.

Alessandras Mundwinkel zucken. Ihre Augen blitzen. Sie lächelt triumphierend!

In diesem Augenblick begreife ich, was sie vorhat. Sie lässt Santino mit voller Wucht ins offene Messer laufen!

»Was ist?«, wispert Cesare beunruhigt – er hat meine Anspannung bemerkt.

Ich hebe die Hand, um ihn zum Schweigen zu bringen.

»Kennt Ihr dieses Buch?«, fragt Santino.

»Ja.«

Santino schlägt die Seite mit der Blutschrift auf. »Ist das Euer Name unter diesem Satanspakt?«

»Einer der beiden Namen, die ich führe.«

Santino hebt die Augenbrauen.

»Mein Name ist Alessandra di Adriana di Marcantonio Colonna. Ich habe den Namen meiner Mutter nicht abgelegt, als ich den meines Vaters annahm, nachdem er sich zu mir bekannte: Alessandra di Luca d'Ascoli.«

Wieder brandet Geschrei auf. »Fra Luca war ein Heiliger! Wie kann sie es wagen …«

»Ruhe!«, brüllt Fra Viviano und haut auf den Tisch, dass das Tintenfass des Notars beinahe umkippt. »Es ist unbestritten, dass Fra Luca sich unter größten Seelenqualen zu seiner Tochter bekannt hat. Dafür hat er von Papst Martin die Absolution erhalten. Fra Luca war im Stand der göttlichen Gnade. Die einzige Sünde, die er je begangen hat, ist ihm vom Papst vergeben worden. Noch ein derartiger Zwischenruf, und ich lasse den Saal räumen!«

»Welcher meiner Namen steht denn nun unter diesem Satanspakt? Alessandra Colonna? Oder Alessandra d'Ascoli?«

»Das wisst Ihr sehr genau!« Santinos Stimme überschlägt sich. Es fällt ihm schwer, die empörten Pfiffe zu übertönen. »Ihr habt den Pakt mit Satan mit Eurem Blut unterzeichnet.«

»Das ist nicht wahr!«

»Alessandra Colonna!«, brüllt Santino. »Ihr seid schuldig, mit Satan ...«

»Das Teufelsbuch ist eine Fälschung der Inquisition!«

»... einen Pakt geschlossen zu haben ...«

»*Ihr* habt diese Blutschrift verfasst, nicht ich!«

»... um Euren Cousin, Kardinal Colonna, zum Papst zu machen, zum Stellvertreter Gottes auf Erden!«

»Mein Sohn wurde mit diesem Buch erschlagen!«

»Auf einen Satanspakt steht der Tod auf dem Scheiterhaufen!«, triumphiert er.

»Wenn Ihr mich richtet, Fra Santino, werdet Ihr das an Leib und Seele büßen! Ihr und Eure Mitverschwörer: Fra Viviano, Fra Giovanni und Fray Luis. Das schwöre ich beim Angedenken an meinen Vater!«

»Ihr droht dem Gericht der Heiligen Inquisition?«

»Ich drohe nicht. Ich handele.« Er will etwas sagen, aber sie redet einfach weiter: »Kraft meines Amtes als päpstliche Sonderbevollmächtigte, das mir von Seiner Heiligkeit Papst Eugenius verliehen worden ist, erkläre ich diesen Prozess gegen mich für beendet. Dieses Verfahren ist ungerecht und gesetzeswidrig!« Ihre Stimme wird immer lauter, damit sie sich gegen das aufgebrachte Geschrei der Fratres durchsetzen kann. »Als päpstlicher Legat mit Sondervollmacht unterstehe ich direkt dem Papst. Für mein Handeln habe ich mich nur vor ihm zu verantworten, und nur er kann über mich richten. Dieses Gericht ist für mich nicht zuständig!«

Einige Fratres springen auf, als wollten sie sich auf sie stürzen.

Die Sbirri, die Schergen der Inquisition, halten sie jedoch mit gesenkten Hellebarden in Schach.

Cesare tastet nach dem Schwert unter seinem Habit. Ich halte ihn zurück. Wenn wir entdeckt werden, sind wir verloren.

Fra Mariano reicht Alessandra zwei Dokumente, die sie dem Gericht zeigt. »Dies ist meine Generalvollmacht, verfasst von Fra Mariano, unterschrieben von Papst Eugenius. Hier ist das päpstliche Siegel.« Sie faltet das Pergament auseinander und hält es hoch. Dann gibt sie es Fra Mariano zurück, der es wieder zusammenfaltet. »Und dies ist ein juristisches Gutachten von Kardinal Capranica, der den Wortlaut der Vollmacht geprüft und meine Rechte als päpstliche Sonderbeauftragte bestätigt hat. Kardinal Scarampos Signum steht unter Kardinal Capranicas Unterschrift, seht Ihr? Seit vorgestern, seit jener makabren Leichensynode in Santa Maria in Aracoeli, waren Euch meine Befugnisse bekannt. Meine Festnahme, meine Kerkerhaft, meine Anklage vor der Inquisition sind ein Verstoß gegen das kanonische Gesetz!«

Fra Giovanni knirscht mit den Zähnen, Fray Luis schlägt mit der Faust auf den Tisch.

»Mach sie fertig, Sandra!«, wispert Cesare mit geballten Fäusten.

»Kraft meines Amtes eröffne ich hiermit den Inquisitionsprozess gegen Fra Santino de Angelis«, fährt Alessandra unerbittlich fort. »Als Richter benenne ich Fra Mariano da Palestrina, als Ankläger Pater Severin von Benediktbeuren. Die erste Sitzung wird sofort nach dem Konklave stattfinden, sobald ich dem neuen Papst berichtet habe, was sich heute hier ereignet hat.«

Einige Fratres werfen sich ungestüm gegen die Kette der Sbirri, die Alessandra mit ihren Hellebarden schützen, und recken zornig die Fäuste.

»Ich klage Fra Santino an, sein Amt als Inquisitor missbraucht zu haben«, donnert Alessandra ungerührt weiter. »Ich klage ihn an, den Befehl von Papst Eugenius, mich bei meinen Nachforschungen zu unterstützen, missachtet zu haben. Ich klage ihn an, sich gegen mich verschworen zu haben, um mich auf den Scheiterhaufen zu bringen. Ich klage ihn an, eine Mitschuld am Tod meines Sohnes Fra Angelo zu tragen, an mehreren Attentaten auf mein Leben und am Tod von sechsunddreißig Menschen, die bei der Erstürmung des Palazzo Colonna starben, darunter mein Cousin Vespasiano. Ich klage ihn an, Beweise, die zu meiner Verurteilung dienen sollten, gefälscht zu haben: die Blutschrift im *Testament des Salomo*, die er selbst wieder vom Pergament gekratzt hat. Das rote Teufelsbuch mit meinem Satanspakt. Die Satansmesse letzte Nacht im Pantheon. Und den Ring des Salomo.«

Das Geschrei ist ohrenbetäubend. Aber auch draußen auf der Piazza scheint das Gejohle lauter zu werden.

»Du sollst nicht töten! Du sollst nicht stehlen! Du sollst nicht lügen! Du sollst deinen Vater nicht verunehren! Du sollst nicht falsch gegen deinen Nächsten aussagen, auf dass der zum Tode verurteilt wird!«, fährt Alessandra fort. »Fra Santino hat gegen jedes dieser Gebote verstoßen. Und er hat sein Gelübde des Gehorsams gegenüber dem Papst als Stellvertreter Gottes auf Erden gebrochen. Dafür wird er brennen!«

Die Mönche versuchen, sie niederzubrüllen. Vergeblich.

Von draußen dringt immer wieder *»Colonna! Colonna! Colonna! Colonna!«* in den Saal.

Fra Mariano reicht ihr ein drittes Schreiben, das sie mit einer gebieterischen Geste auseinanderfaltet und Santino zeigt. »Kraft meines Amtes, das mir von Papst Eugenius verliehen worden ist, erkläre ich dich für exkommuniziert, Santino.«

»Das kannst du nicht«, flüstert Santino blass, zerrt mit zitternden Fingern sein blutbespritztes Tüchlein aus dem Ärmel und presst es sich hustend auf die Lippen.

»Und ob ich das kann!«, donnert Alessandra. Sie gibt ihm das Pergament. »Kardinal Colonna hat dieses Dokument vorgestern gesiegelt, gleich nachdem er Fra Adriano mit dem Bann belegt hat. Du bist seit zwei Tagen exkommuniziert, Santino.«

»*Va all'inferno!*«, röchelt Santino, der einen Schwall dunklen Blutes aushustet.

»*Wir wollen einen Römer!*«

»*Wählt Kardinal Colonna!*«

»*Der Herr segne und behüte dich, Prospero Colonna. Er gewähre dir ein friedliches und gerechtes Pontifikat!*«

»Fra Giovanni da Capestrano …« Alessandra wendet sich mit ruhiger Stimme an den Generalinquisitor. »Ihr solltet Euch darauf einstellen, dass der neue Papst Euch für Euer Verhalten zur Rechenschaft ziehen wird. Ich habe keine Beweise gegen Euch in der Hand, die für eine Anklage vor dem Inquisitionstribunal ausreichen. Aber ich weiß, dass Ihr in diese Verschwörung gegen mich verwickelt wart. Ich hoffe von ganzem Herzen, dass Euer Gewissen über Euch richten wird.«

»Wieso verschont sie ihn?«, flüstert Cesare verwirrt.

»Wahrscheinlich braucht sie ihn als Zeugen im Prozess gegen Fray Luis.«

»Sie wird ihn anklagen?«

»Verlass dich drauf. Sie wird ihm nicht vergeben, dass er Benyamin und mich entführt und gefoltert hat.«

Draußen brandet das Gejohle auf. »*Fumata! Fumata!*«

Offenbar steigen nach der Wahl der Kardinäle die ersten Rauchschwaden aus dem Kamin der Sakristei.

»*Sie haben gewählt!*«

»*Wir wollen Kardinal Colonna!*«

»*Vivat Papst Prospero!*«

Die Anspannung steigt. Plötzlich ist es still im Saal. Alle lauschen mit angehaltenem Atem auf das Geschrei der Menge vor dem Konklave.

»*Welche Farbe hat der Rauch?*«

»Weder weiß noch schwarz.«

Dann senkt sich eine unwirkliche Ruhe über die Stadt.

Zwei Fratres schieben einen Tisch unter die hohen Fenster, wuchten mit vereinten Kräften einen Scherenstuhl darauf und klettern hoch, um die schwarzen Vorhänge herunterzureißen und zum Dach der Sakristei hinüberzusehen.

»Und? Was ist?«, fragt Fra Viviano gespannt.

»Immer noch grau«, antwortet einer der beiden.

»Hellgrau oder dunkelgrau?«

»Schwer zu sagen, Pater Prior. Es schneit in dicken Flocken. Und der Himmel ist wegen der Schneewolken sehr dunkel. Ich kann den Rauch kaum erkennen.«

»Und nun?«, fragt da Capestrano mit bebender Stimme und wirft Alessandra, die wie alle anderen mit angehaltenem Atem lauscht, einen raschen Blick zu.

Keine Antwort. Die beiden Fratres starren wie gebannt zur Sakristei hinüber. Die Spannung steigt ins Unerträgliche …

Plötzlich beendet ein Schrei die lähmende Stille:

»Fumata nera – schwarzer Rauch!«, ruft einer. *»Sie haben sich nicht geeinigt!«*

»Wir haben noch immer keinen Papst! Prospero Colonna ist nicht gewählt worden!«

Sofort bricht ein Tumult im Saal aus. »Gottverflucht!«, zischt Cesare und tastet wieder nach dem Griff seines Schwertes.

Aus den Augenwinkeln nehme ich wahr, dass Fray Luis entschlossen aufspringt, den Deckel der mitgebrachten Truhe neben seinem Sessel aufreißt, ein in weißes Leinen gewickeltes Kästchen heraushebt und es schwungvoll vor Fra Viviano auf dem Tisch abstellt. »Fratres carissimi!«, brüllt er, um sich Gehör zu verschaffen. »Fratres carissimi!«

»Allmächtiger Gott!«, flüstere ich. »Er tut es wirklich!«

Mit einem Ruck reißt Fray Luis die Hülle herunter, öffnet den

Deckel, zieht Tallit und Tefillin heraus und wirft beides auf den Tisch des Richters. Mit dem silbernen Schabbatleuchter in der erhobenen Hand tritt er einen Schritt vor und brüllt:

»Diese Dinge sind mit Luca d'Ascoli begraben worden! Alessandra Colonna hat sie in sein Grabmal in Santi Apostoli gelegt! Fra Luca d'Ascoli, den ihr zum Heiligen machen wollt, war ein Jude! Ein gottverdammter Jude!«

Cesare wusste offenbar nichts von Alessandras jüdischer Herkunft. Bebend vor Entsetzen, starrt er auf Fray Luis, der den schwarz angelaufenen Schabbatleuchter schwenkt wie Moses die Steintafeln mit den Zehn Geboten. Im Saal bricht ein Höllenspektakel los.

❧ Alessandra ☙

Kapitel 111

In Angelos Zelle in Santa Maria sopra Minerva
Sonntag, 5. März 1447
Kurz vor fünf Uhr nachmittags

Mit dem silbernen Amulett in der Hand trete ich ans Fenster von Angelos Zelle und blicke zum Himmel empor, der kurz vor Sonnenuntergang in sanftem aprikosenfarbenem Licht erglüht. Die flaumigen Wolken, die heute Morgen ein Tuch aus Schnee über Rom ausgebreitet haben, nehmen eine zarte fliederfarbene Tönung an.

Von der friedlichen Stimmung durchdrungen, sehe ich in den Kreuzgang des Klosters hinunter. Die großen Wedel der hohen Palmen rings um den Marmorbrunnen sind verschneit. Der Schnee glüht pfirsichfarben wie der Himmel.

Auf der anderen Seite des Innenhofs ragt die Backsteinmauer des linken Seitenschiffs von Santa Maria sopra Minerva in den Himmel. Über dem Dach der Sakristei ist als schwarzer Schattenriss der Kamin des Konklaves zu erkennen. Die Basilika wird von dem geheimnisvollen Schimmern etlicher Kerzen erleuchtet.

Leise dringt gregorianischer Gesang zu mir herüber und übertönt das stetige Rascheln und Raunen der wartenden Menschenmenge auf der Piazza della Minerva:

»♫ *Veni, Creator Spiritus, mentes tuorum visita, imple superna gratia, quae tu creasti, pectora.* ♫«

Ich sehe es vor mir, wie sich die Kardinäle in feierlicher Prozession zum nächsten Wahlgang in die Sakristei begeben und mit dem ›Veni Creator Spiritus‹ den Beistand des Heiligen Geistes erflehen. So deutlich dringen die Worte in der eisigen Winterluft zu mir herüber, dass ich glaube, Prosperos Stimme herauszuhören.

So nah und doch so fern.

»♫ *Qui diceris Paraclitus, altissimi donum Dei, fons vivus, ignis, caritas et spiritalis unctio.* ♫«

Versonnen betrachte ich mein silbernes Amulett, das ich nun wieder um den Hals trage. Fray Luis hat es mir zurückgegeben, nachdem er Luca verdammte: »Fra Luca d'Ascoli war ein Jude, ein gottverdammter Jude! Vor seiner überstürzten Flucht vor der Inquisition war sein Vater Girolamo d'Ascoli in Rom als Rabbi Akiva ben Samuel Kohen bekannt. Und auch Alessandra ist eine Jüdin, die die christlichen Sakramente missachtet und nach jüdischem Ritus einen Juden geheiratet hat, Yared ben Netanya al-Gharnati! Die beiden haben sogar einen jüdischen Sohn!«

Während Fray Luis die Beweise für mein Judentum vorlegte – mein Amulett aus Jerusalem mit dem jüdischen Gottesnamen und die hebräischen und aramäischen Bücher aus meiner Bibliothek im Palazzo Colonna, die Fra Adriano nach dem Sturmangriff weggeschleppt hatte – brach ein wüster Tumult aus. Ich habe Cesare einen Blick zugeworfen. Das Entsetzen stand ihm ins Gesicht geschrieben. Dann barg er sein Gesicht in den Händen und weinte. Yared legte ihm tröstend den Arm um die Schultern.

In diesem Augenblick brach Santino zusammen und schlug wie ein Besessener um sich. Ich wollte mich hinter ihn knien, um ihn während der Krämpfe zu halten, damit er sich nicht selbst verletzte. Doch die Sbirri fürchteten wohl, ich wollte auf ihn losgehen, um ihn zu töten, und rissen mich mit Gewalt zurück. Bevor ich aus dem Gerichtssaal gezerrt wurde, sah ich noch, wie Fra Mariano und Pater Severin von den Schergen der Inquisition festgenommen wurden. Sie sind jetzt in dem Kerker, in dem ich letzte

Nacht auf den Prozess gewartet habe. Sie werden angeklagt, mich verteidigt und entschuldigt zu haben. Dadurch seien sie selbst schuldig geworden. Man wird sie zum Tode verurteilen und auf dem Scheiterhaufen verbrennen.

Und Yared und Cesare? Was ist aus ihnen geworden? Sind sie entdeckt worden? Wie mir droht Yared die Todesstrafe …

»♫ *Accende lumen sensibus, infunde amorem cordibus, infirma nostri corporis virtute firmans perpeti.* ♫« Der eisige Wind weht den gregorianischen Gesang aus dem Konklave zu mir herüber. ›Zünd uns ein Licht an im Verstand, gieß uns die Liebe in die Herzen, stärke unsere menschlichen Schwächen durch ewige Tugend.‹

Mit beiden Händen fahre ich mir über das Gesicht, dann küsse ich das Amulett mit dem unaussprechlichen Gottesnamen. ›Niemand muss sich fürchten, der Gott an seiner Seite weiß‹, lauten die hebräischen Schriftzeichen unter dem Siegel Salomos.

»Herr mein Gott, wenn die Wahl deines Stellvertreters auf Erden deine Aufmerksamkeit nicht zu sehr in Anspruch nimmt, dann beschütze diejenigen, die ich liebe. Und rette diejenigen, die mir ihr Seelenheil anvertraut und die ihr Leben in meine Hände gelegt haben.«

»Zu welchem Gott betet Ihr?«, höre ich hinter mir eine Stimme. »Zum jüdischen oder zum christlichen?«

Erschrocken drehe ich mich um.

Fra Giovanni da Capestrano steht in der offenen Tür, die Klinke noch in der Hand.

»♫ *Hostem repellas longius, pacemque dones protinus: ductore sic te praevio vitemus omne noxium.* ♫«

»Ist das Urteil gefällt?«

»Nein, noch nicht.«

»Wieso dauert das so lange? Ich bin seit sechs Stunden in dieser Zelle.«

»Offen gestanden, ich weiß es nicht. Es gibt so vieles zu bedenken.«

»Zum Beispiel?«

»Fra Viviano liest die hebräischen Bücher aus Eurer Bibliothek. Viele enthalten Randbemerkungen in Eurer Handschrift. Fray Luis blättert unterdessen in den arabischen Schriften, die Ihr mit Kommentaren versehen habt. Sie machen sich ihre Entscheidung nicht leicht.«

»Sollte mich das beruhigen?«, frage ich sarkastisch.

»Wollt Ihr beichten, Alessandra?«, fragt er sanft.

»Nein.« Ich schiebe das jüdische Amulett zurück unter meinen Habit.

»Und reden?«

Ich antworte nicht.

Er hat mein Zögern bemerkt. »Braucht Ihr etwas?«

»Außer dem Schlüssel zu meinem Kerker?«

Er verzieht die Lippen zu einem verkniffenen Lächeln. »Seid Ihr hungrig?«

»Ja. Ich habe heute Morgen zum letzten Mal etwas gegessen.«

»Brechen wir gemeinsam das Brot?« Er wartet meine Antwort nicht ab, geht zu Angelos Schreibtisch hinüber, lässt sich auf dem Hocker nieder und holt ein Stück trockenes Brot aus dem kleinen Brotsack an seinem Gürtel. Er zerbricht den harten Brotkanten in zwei gleich große Teile. Einen hält er so lange in der ausgestreckten Hand, bis ich mich schließlich zu ihm an den Tisch setze.

Er legt das Brot vor mich auf den Tisch und hebt beide Hände. »Baruch atta Adonai elohenu melech ha-olam …«, murmelt er den Beginn des jüdischen Tischsegens und blickt mich erwartungsvoll an, ob ich ihn zu Ende spreche – er kennt ihn nämlich nicht. Denn er spricht kein Wort Hebräisch.

Ich falte meine Hände, um zu beten. »Bevor wir dieses Brot essen, Herr unser Gott«, bete ich auf Lateinisch, »gedenken wir derer, die hungrig sind und nichts zu essen haben. Die sich im Kerker nach Gerechtigkeit sehnen, nach Liebe, nach Hoffnung. Beschütze sie, wie du uns, Fra Giovanni und mich, beschützt. Amen.« Ich bekreuzige mich und küsse meine Finger.

»Amen«, antwortet da Capestrano.

»♫ Deo Patri sit gloria et Filio, qui a mortuis surrexit, ac Paraclito in saeculorum saecula. Amen. ♫«

Wir essen schweigend.

»Habt Ihr Angst vor dem Tod?«, fragt da Giovanni da Capestrano plötzlich.

Ich schüttele langsam den Kopf.

»Ich bewundere Euch für Eure Gelassenheit. Ihr wirkt so ruhig, als könnte nichts Euch erschüttern. Als ich vor Jahren im Kerker saß, hatte ich Todesangst.«

»Bevor Ihr die Gelübde abgelegt habt?«

»Ja.«

Er hat mir früher einmal erzählt, dass er als Richter von Perugia von einem verbannten Adeligen gefangen genommen und in den Kerker geworfen wurde. Tagelang schmachtete er in der Turmzelle eines Castellos bei Wasser und Brot, die Füße in schweren, rostigen Eisenketten. Mutig wagte er den Ausbruch. Mit den Zähnen riss er das Bettzeug in lange Streifen und verknotete sie zu einem Seil, an dem er sich in die Tiefe hinabließ. Das Seil war viel zu kurz. Und es riss, als er gerade einmal die Hälfte geschafft hatte. Er stürzte in die Tiefe und brach sich das Bein. Er versuchte zu fliehen, wurde jedoch schon bald von den Wachen aufgegriffen. Statt der Pflege eines Medicus, der sich um sein gebrochenes Bein kümmerte, erwartete ihn eine verschärfte Gefangenschaft.

Im dunkelsten Verlies des Turms wurde er an die Wand geschmiedet und stand bis zu den Knien in eiskaltem Wasser. Drei Tage ertrug er die grauenhaften Schmerzen, bevor er ohnmächtig wurde. Dann hatte er eine Vision von einer Gestalt im Franziskanerhabit. Im Traum breitete er seine Arme aus, um die Lichtgestalt zu umfangen, doch sie verschwand wieder. Er war überzeugt, dass San Francesco d'Assisi ihm im Kerker erschienen sei. Trotzdem verzweifelte er. Er war traurig, verbittert und zornig. Er, der hochangesehene Sohn und Erbe des Barons von Capestrano, der stolze, eitle, ehrgeizige und lebenslustige Messer Giovanni mit seinen eleganten Samtroben, seinen zweifarbigen Seidenstrümpfen, seinen modischen Schnabelschuhen aus orientalischem Saffianleder und seinem sorgfältig gelockten Haar, das ihm bis über die Schultern herabfiel und mit feinen Goldfäden durchflochten war, wollte nicht Priester werden. Erst nach Tagen schwerster Seelenkämpfe änderte er schließlich seinen Lebensweg. Wenig später wurde er als Novize in die Familie des heiligen Francesco aufgenommen. Doch bevor er sich ins Kloster zurückzog, besuchte er seine Feinde, reichte ihnen die Hand zur Versöhnung und bat sie um Vergebung.

So wie er jetzt mir über den Tisch hinweg die Hand reicht.

Schweigend sieht er mich an. Er bittet mich nicht um Verständnis für sein Handeln, um Verzeihung, um Versöhnung. Er reicht mir einfach nur seine Hand.

Und ich ergreife sie.

Er nickt. »Ganz ehrlich, Alessandra, ich bewundere Euch für Eure Seelenruhe. Fra Santino ist ganz und gar nicht gefasst.«

»Wie geht es ihm?«

»Er stirbt unter größten Qualen.«

»Tut mir leid.«

»Ihr könnt ihn gut leiden, nicht wahr?«, fragt er leise.

»Soweit man seinen Feind lieben kann.«

Er lächelt matt. »Selig die menschliche Größe besitzen, ihre erbittertsten Feinde zu lieben. Selig die Barmherzigen, die einen Sterbenden trösten und ihm seine Schuld vergeben.«

Ich antworte nicht.

»Fra Santino hat nach Euch gefragt. Er will Euch noch einmal sehen.«

»Will er mich um Vergebung bitten?«

»Nein, das wagt er nicht.« Er schweigt einen Augenblick lang, dann spricht er weiter: »Fray Luis hat ihm Luca fortgerissen, dessen heiligmäßiges Leben er aus devoter Verehrung nachgelebt hatte, weil der es nicht mehr vollenden konnte, nachdem er sich zu Euch bekannt hatte. ›San Luca‹ ist nicht mehr sein Stellvertreter Gottes auf Erden. Fra Santino sucht Trost, den nur Ihr ihm schenken könnt. Ihr beide seid euch in den letzten Tagen sehr nahegekommen … näher als es gut für euch war. Ich glaube, im Stillen bewundert er Euch. Ihr seid ihm näher, als Luca es jemals war.« Er senkt den Blick und starrt auf seine gefalteten Hände. »Fra Santino hat seine Sünden gebeichtet und die Sterbesakramente erhalten, aber er findet keine Ruhe. Ich weiß, ich habe kein Recht, Euch zu bitten, aber … Würdet Ihr zu ihm gehen und seine Seelenqualen lindern?«

Wenn du wüsstest, was du da von mir verlangst! Nicht nur meinen Feind im Arm zu halten, während er unter Qualen stirbt, sondern auch den entsetzlichen Tod meines geliebten Niketas noch einmal mitzuerleiden … Wie soll ich das ertragen?

Ich zögere, doch dann nicke ich. »Bringt mich zu ihm.«

Er erhebt sich, reicht mir seine knochige, kalte Hand und führt mich aus Angelos Zelle. Wir gehen eine Treppe hinunter und durch den Kreuzgang an der Sakristei vorbei, wo die Kardinäle sich zur Wahl versammelt haben, und weiter zu Santinos Zelle. Da Capestrano öffnet mir die Tür und lässt mich eintreten.

Santino liegt auf dem Bett meines Vaters. Er leidet entsetzliche Qualen. Sein Anblick schnürt mir die Kehle zu. Ein Medicus sieht Hände ringend zu, wie er wie ein Besessener um sich schlägt und tritt. Drei Fratres beten flüsternd für sein Seelenheil.

»Verschwindet!«, kommandiere ich. »Lasst ihm doch seinen Frieden! Er braucht Ruhe!«

Auf einen Wink von Fra Giovanni verlassen die Mönche und der Medicus die Zelle und ziehen leise die Tür hinter sich zu.

»Helft mir!«, bitte ich Fra Giovanni.

»Was soll ich tun?«

»Packt ihn bei den Schultern und hebt ihn an. Ganz behutsam. Nein, nicht so! Ihr tut ihm weh! Ja, so ist es gut. Haltet ihn.« Ich raffe meinen Habit und schiebe mich mit einem angewinkelten Bein unter Santino auf das Bett, sodass er sich halb aufgerichtet gegen mich lehnen und sich beim Hin- und Herwerfen auf dem harten Lager nicht verletzen kann. Wie besessen schlägt er um sich. Ein Schlag trifft meinen Mund. Meine Unterlippe platzt auf und beginnt zu bluten. Mit einem Arm presse ich Santino gegen mich und lege ihm eine Hand auf die Stirn. »Er glüht im Fieber. Öffnet das Fenster, brecht einige Eiszapfen ab, zerstoßt das Eis und füllt es in Euren Brotbeutel. Ich muss seine Stirn kühlen. Und beeilt Euch, um Gottes willen! Er kann jeden Augenblick überhitzen und sterben.«

Geschwind reicht er mir die Eispackung, die ich auf Santinos schweißüberströmte Stirn drücke, während er sich unter schlimmsten Qualen auf mir windet. Seine Hände krallen sich in mein wollenes Büßergewand und zerren mit unglaublicher Kraft daran.

Es dauert eine Weile, bis er schwer atmend zur Ruhe kommt. Ich nehme seine Hand und fühle seinen rasenden Puls.

Santino ist am Ende seiner Kräfte. Mit geschlossenen Augen lehnt er sich gegen mich und ringt nach Atem. »Alessandra?«

»Ich bin hier.«

Als ich ihm durch das wirre, verschwitzte Haar streiche, beginnt er zu weinen. »Du bist gekommen«, schluchzt er heiser.

»Sei ganz ruhig.« Ich wiege ihn wie ein kleines Kind, das getröstet werden muss. »Alles wird gut.«

Tränen rinnen ihm über das Gesicht. Mit den Fingerspitzen wische ich sie ab.

»Ich bin an allem schuld«, weint er. »Du hast mir mein Leben zurückgegeben, und ich habe dir deines genommen.«

»Santino …«

»Nein, lass mich ausreden, Alessandra. Erinnerst du dich an unser Gespräch an Robins Totenbett?«

»Ja, ich erinnere mich. Es war das einzige Mal, dass du ehrlich zu mir warst.«

»Ich habe dir meine Seelenqualen gestanden. Und du hast mir von deinem Vater erzählt. Nicht von dem Heiligen, den du ›unmenschlich vollkommen‹ nanntest, sondern von dem Menschen Luca, von all seinen menschlichen Schwächen, die deinen so ähnlich sind: Stolz, Willensstärke, Unnachgiebigkeit. Aber du hast auch von seinen Stärken gesprochen: Bescheidenheit, Aufrichtigkeit und Wahrhaftigkeit. Sein Handeln war stets moralisch vollkommen. Wie deines. Du bist wie dein Vater, Alessandra, du hast dasselbe Temperament, dieselbe Leidenschaft, denselben Mut …«

»Nein, Santino, ich bin nicht wie mein Vater, ganz und gar nicht.«

»… dieselbe Barmherzigkeit. Du bist …« Er hustet, und sein Körper verkrampft sich. Der nächste Anfall steht bevor. »… mein Prüfstein. An dir hab ich mich gemessen. Und an dir bin ich zerbrochen, weil ich es nicht wert war …«

»Quäl dich nicht, Santino.«

»Ich war so stolz darauf, dass ich dich unterworfen und besiegt hatte. Und nun triumphierst du über mich. Nicht durch Gewalt und Rachsucht. Sondern durch Barmherzigkeit und Liebe.« Er weint wieder. Seine Schultern zucken. »Ich bin es nicht wert, ich bin es nicht wert. Confiteor quia peccavi nimis cogitatione, verbo et opere: mea culpa, mea culpa, mea maxima culpa. Ich bekenne, dass ich gesündigt habe in Gedanke, Wort und Tat: durch meine Schuld, durch meine Schuld, durch meine allergrößte Schuld.« Dabei klopft er sich mit der Faust drei Mal gegen die Brust.

Ich weiß nicht, was ich sagen soll, und sehe Fra Giovanni an, der mit gefalteten Händen neben dem Bett steht und erschüttert auf uns herabblickt. »Könntet Ihr seine Exkommunikation aufheben?«, fragt er leise.

Ich schüttele den Kopf. »Nachdem Fray Luis vorhin meine Vollmacht verbrannt und Fra Viviano mir meine Rechte als päpstlicher Legat aberkannt hat, um mich zum Tode verurteilen zu können? Nein, jetzt nicht mehr, Fra Giovanni. Selbst wenn ich es wollte. Das kann nur der Papst.«

Er birgt sein Gesicht in beiden Händen. »Gott erbarme sich seiner«, murmelt er zwischen den Fingern hindurch.

Santino versteift sich, presst seinen Kopf gegen meine Brust und stöhnt.

»Es geht wieder los!«

»Was soll ich tun?«, fragt Fra Giovanni hilflos.

»Ihr könnt nichts tun.«

Ich presse den Beutel mit den zerstoßenen Eiszapfen gegen Santinos Stirn. »Es wird gleich vorbei sein, Santino. Lehn dich gegen mich, ich halte dich.«

»... sandra«, quält er hervor, während sich sein Körper unter unerträglichen Schmerzen auf dem Bett windet.

»Ich bin bei dir, Santino. Ich lass dich nicht allein.«

Nach einer Weile hört das Zucken auf, und sein Körper entspannt sich. Dann folgt ein neuer Anfall, schlimmer als die beiden zuvor. Jeden Moment kann sein Herz aufhören zu schlagen oder die Atmung aussetzen.

Erschöpft sackt er in meinen Armen zusammen. »Hab ... solche ... Schmerzen.«

Ich streiche ihm über das Haar. »Ich kenne diese Höllenqualen.«

»War es so … als Niketas starb?«

Tränen rinnen mir über das Gesicht. »Ja.«

»Du warst … bis zum letzten Atemzug … bis zum letzten Herzschlag … bei ihm.«

»Ja«, schluchze ich.

»Verlass mich nicht … Das würde ich nicht ertragen.«

Mein Herz krampft sich zusammen. »Nein, ich halte dich ganz fest. Spürst du mich?«

Er nickt und greift nach meiner Hand, dann folgen ein vierter und ein fünfter Anfall in kurzen Abständen.

Danach wird er wieder ruhiger und erschlafft ein wenig.

Fra Giovanni tritt ans Bett. »Wie lange muss er sich noch derart quälen?«

»Bei Niketas hat es Stunden gedauert.«

»Allmächtiger Gott!«, ruft er bestürzt. »Könnt Ihr denn gar nichts tun?«

»Doch. Ich brauche die kleine Zunderdose, die ich immer am Gürtel trage. Ich habe sie heute Morgen in der Kerkerzelle abgelegt, als ich den Habit angezogen habe. In der silbernen Dose befindet sich eine kleine Glasflasche.«

Fra Giovanni wendet sich zur Tür und befiehlt den Sbirri, die Phiole so schnell wie möglich herzubringen.

Santino erleidet einen neuen Anfall, als ein Bewaffneter die Tür aufreißt und schwer atmend in die Zelle stürzt. Er übergibt Fra Giovanni das Fläschchen. Der zieht den Korken heraus und drückt es mir in die Hand. »Was ist das? Das Gift, mit dem Ihr Kardinal Vitelleschi ermordet habt?«

»Nein.«

»Ihr habt ihn ermordet, nicht wahr?«

»Darüber könnten wir endlos streiten. Kardinal Scarampo hat ihm Cantarella gegeben, ein langsam wirkendes Gift. Dann ist er durch den Passetto in den Vatikan zurückgekehrt, wo ein Bankett stattfand, an dem wir beide teilnahmen. Ich habe eine halbe Stunde lang an Giovanni Vitelleschis Totenbett gewartet, dass er endlich stirbt. Aber er starb nicht, sondern litt unter seltsamen Symptomen, die an ein tödliches Wechselfieber erinnerten, ähnlich der Malaria. Die Wirkung von Cantarella wurde durch ein anderes, gegenwirkendes Gift aufgehoben, das ihm vermutlich Stunden zuvor mit seiner letzten Mahlzeit verabreicht worden war.«

»Durch Kardinal Colonna?«, haucht er erschüttert und schlägt sich die Hand vor den Mund.

Ich antworte nicht. »Mit einer tödlichen Dosis habe ich ihn von seinen entsetzlichen Todesqualen erlöst. Es hätte noch Tage dauern können.«

»*Diese* Version kenne ich. Fra Domenico Bonaventura hat mir berichtet, Ihr hättet Kardinal Vitelleschi ermordet, nachdem Ihr Euch in Eurer erbarmungslosen Rachsucht eine halbe Stunde an seinen Qualen ergötzt hattet. Weder Kardinal Colonna noch Kardinal Scarampo befanden sich zu diesem Zeitpunkt in der Engelsburg.« Er deutet auf die Phiole mit der milchigen Flüssigkeit in meiner Hand. »Und was ist das?«

»Haschisch aus Yareds Arzneitruhe. Es wird Santino einen sanften Tod bescheren. Er wird ganz ruhig einschlafen.«

»Ihr wollt ihm beim Sterben helfen? Das kann ich nicht …«

»Es ist nicht Eure Entscheidung«, unterbreche ich ihn resolut. »Sondern Santinos.«

»Ihr versündigt Euch!«

»Ihr könnt mich nur ein Mal zum Tode verurteilen!«, entgegne ich schroff und bringe ihn zum Schweigen. »Santino?«

Er nickt schwach. Er ist mit seinen Kräften am Ende.

»Du entscheidest. Ich tu, was du willst.«

»Seit wann … hast du … das Fläschchen schon bei dir?«

»Yared hat das Mittel an dem Nachmittag hergestellt, bevor der

Palazzo Colonna gestürmt wurde. Seit drei Tagen trage ich diese Phiole mit mir herum.«

»Während unserer Flucht durch die Puzzolanhöhlen … als ich mir das Bein brach … hättest du mich jederzeit töten können.«

»Ja.«

»Und während des Anfalls … vor der Leichensynode in Santa Maria in Aracoeli.«

»Ja.«

»Und letzte Nacht … während der Satansmesse im Pantheon.«

»Ja, Santino, auch da hätte ich dich töten können.«

Sein irres Lachen geht in ein verzweifeltes Schluchzen über. Er wirft einen Blick auf den Crucifixus an der Wand, dann schließt er die Augen. »Schenk mir Frieden, Alessandra.«

»Bist du sicher?«

Ich spüre sein Nicken an meiner Schulter. »Du quälst dich doch genauso wie ich … Ich weiß, was du … um meinetwillen … auf dich nimmst.«

Ich streiche ihm über die glühende Stirn. Dann sehe ich Fra Giovanni an. »Wenn Ihr nicht dabei sein wollt, dann geht jetzt und lasst mich mit ihm allein.«

Er schüttelt den Kopf. »Ich bleibe«, entscheidet er leise.

»Dann tretet zur Seite, Ihr nehmt ihm den Blick auf Jesus Christus.« Ich deute auf den Crucifixus an der Wand – er hing schon dort, als mein Vater diese Zelle bewohnte. Dann frage ich Santino: »Bist du bereit?«

»Ja.«

Ich setze ihm die entkorkte Phiole an die bebenden Lippen und flöße ihm das Mittel ein.

»Es schmeckt nach süßer Mandelmilch. Ganz himmlisch«, nuschelt er.

»So mag Yared es am liebsten.«

»Hat er davon gekostet?«

»Ja, er wollte nicht, dass es bitter schmeckt.«

Santino kann die Tränen nicht mehr zurückhalten und beginnt vor Scham zu weinen. Sein ganzer Körper erbebt unter den verzweifelten Schluchzern.

Nach einer Weile wird er ruhiger und entspannt in meinen Armen. Ein überirdisches Lächeln tritt auf seine Lippen. »Ich kann ein strahlend helles Licht sehen«, flüstert er entzückt. »Es ist so warm und tröstend … es ist … Gott.«

Dann sinkt sein Kopf gegen meine Schulter.

Santino ist tot.

Lange halte ich ihn im Arm und weine still vor mich hin. Irgendwann tritt Fra Giovanni neben das Bett und hilft mir auf die Beine.

Gemeinsam legen wir Fra Santino auf das Bett, schließen ihm die Augen und falten seine Hände wie zum Gebet. Als wir gemeinsam für ihn beten, höre ich, wie sich draußen im Gang Schritte nähern. Dann klopft es leise an der Tür. Sie öffnet sich, und Vittorio da Gennazzano steckt den Kopf herein.

»Oh, hier seid Ihr!« Als er Santinos Leichnam erblickt, bekreuzigt er sich hastig. »Fra Viviano schickt mich. Ich soll Euch holen. Das Gericht hat ein Urteil gefällt.«

Fra Giovanni nickt ernst und streicht seinen Habit glatt. »Alessandra, seid Ihr bereit? Oder wollt Ihr Euch in der Zelle Eures Sohnes noch besinnen?«

Ich lasse meinen Blick durch den Raum schweifen, den Santino in eine Kapelle zur Anbetung meines Vaters umgestaltet hatte. Nie mehr werde ich hierher zurückkehren. Schließlich sehe ich Fra Giovanni an. »Ich bin bereit.«

Als wir den Gerichtssaal betreten, geht ein Raunen durch die Reihen der Fratres auf den Tribünen. Fra Giovanni führt mich zu meinem Scherenstuhl in der Mitte des Saales.

»Wählt Prospero Colonna!«, schreit die Menge draußen auf der Piazza. *»Colonna! Colonna! Colonna! Colonna!«*

Fra Viviano erhebt sich von seinem Richterstuhl und nickt Fra Giovanni zu, der zu seinem Tisch hinübergeht und neben Fray Luis Platz nimmt. »Wo ist Fra Santino?«

»Er ist tot«, sagt Fra Giovanni mit tonloser Stimme.

Fra Viviano bekreuzigt sich. »Gott erbarme sich seiner.«

»Das hat Alessandra schon getan«, nuschelt Fra Giovanni. »Er ist friedlich eingeschlafen. Mit einem seligen Lächeln.«

Fra Viviano, der nicht verstanden hat, was Fra Giovanni mit seiner Bemerkung sagen wollte, blickt verwirrt zwischen uns hin und her. Schließlich nimmt er ein Pergament vom Tisch und faltet es auseinander. Ich suche nach einer Gefühlsregung in seinem Gesicht, aber seine Züge verraten nichts. »Das Gericht hat ein Urteil gefällt. Die Angeklagte möge sich erheben.«

Mit weichen Knien stehe ich auf, während der Notar eine Abschrift der Dokumente an Fra Giovanni weiterreicht. Der liest mit konzentriert gerunzelter Stirn, ein Mal, zwei Mal. Endlich blickt er auf und nickt verhalten. Mit unbewegter Miene gibt er die Blätter dem Notar zurück. Der nimmt sie an sich, doch sie rutschen ihm aus der Hand und flattern zu Boden. Mit glühendem Gesicht stolpert er um den Tisch herum, um sie aufzuheben. Dann hastet er zurück an seinen Platz.

Als der Notar wieder sitzt, hebt Fra Viviano an: »Alessandra Colonna alias Alessandra d'Ascoli. Tretet vor den Richterstuhl!«

Die Zuschauer erheben sich von ihren Bänken, nicht aus Respekt vor mir, sondern weil sie sich kein Wort, keine Geste, keinen Gefühlsausbruch entgehen lassen wollen. Erwartungsvoll starren mich alle an.

»Colonna! Colonna! Colonna! Colonna!«

»Alessandra, wollt Ihr Euch dem Urteil der Kirche unterwerfen, der Stimme Gottes auf Erden?«, fragt Fra Viviano.

Ich antworte nicht.

Stattdessen stelle ich mir vor, wie Prospero in diesem Augenblick keine zwanzig Schritte entfernt eine andere Frage beantwortet:

›Acceptasne electionem de te canonice factam in Summum Pontificem?‹

›Accepto – in aller Demut nehme ich die Wahl an.‹ Und seine blauen Augen werden triumphierend funkeln.

»Alessandra!«, reißt mich Fra Giovanni aus meinen Gedanken. »Qui tacet, consentire videtur. Wer schweigt, stimmt dem Urteil zu.« Er wirkt traurig. Sein Gewissen quält ihn.

»Nein, Fra Giovanni. Wer im Angesicht von Ungerechtigkeit und Unmenschlichkeit nur Entsetzen und Wut empfindet, dem hat es einfach nur die Sprache verschlagen. Was erwartet Ihr? Einen dramatischen Auftritt wie bei Jan Hus, der nach Verlesung des Urteils auf die Knie fiel und Jesus Christus anflehte, sich aller seiner Feinde zu erbarmen, die ihn verraten hatten? Ein Sprüchlein für Eure Sammlung berühmter letzter Worte? Nein, Fra Giovanni, das gerechte Urteil über diesen ungerechten Prozess überlasse ich anderen.«

»Viva il Papa Colonna!«

»Alessandra, wollt Ihr Euch dem Urteil der Kirche unterwerfen, der Stimme Gottes auf Erden?«, wiederholt Fra Viviano ungeduldig.

»Ich unterwerfe mich nicht!«

»Colonna! Colonna! Colonna! Colonna!«

»Dann kann ich Eure unsterbliche Seele nicht mehr retten. Gott ist mein Zeuge, ich habe es versucht.« Er nimmt die Pergamente zur Hand und verliest das Urteil: »Alessandra Colonna oder Alessandra d'Ascoli, Euer gesamtes Vermögen ist konfisziert. Ihr habt keine legitimen Erben, daher fällt Euer Besitz an die Kirche, zu gleichen Teilen an Seine Heiligkeit den Papst und an die Heilige Inquisition. Nach Auskunft der Banca Medici wird Euer Vermögen auf vierhunderttausend Dukaten geschätzt. Den Palazzo d'Ascoli in Florenz mit der Bibliothek Eures Buchhandelsunternehmens, den Flügel des Palazzo Colonna, den Ihr bewohnt, und das Castello Colonna in Gennazzano nicht eingerechnet.«

»Mein Vermögen finanziert also die Gewaltherrschaft der Inquisition?«, frage ich. »Die ungerechten Prozesse und die Auto da Fés?«

»Schweigt!«

»›Alessandra Colonna, die Päpstin der Häretiker, in ewigem Andenken‹ – graviert Ihr meinen Namen in die von meinem Geld angeschafften Folterinstrumente?«

»Seid still!«

»Oder geht mein Vermögen schon für's Brennholz der Scheiterhaufen drauf?«

»Alessandra, ich warne Euch, Ihr missachtet das Gericht!«

»Dieses Gericht ist nicht für mich zuständig.«

»Doch, das ist es. Euer zu Unrecht angemaßtes Amt als päpstlicher Sonderbevollmächtigter im Rang eines Kardinallegaten wurde Euch als mit dem kanonischen Gesetz nicht zu vereinbaren aberkannt. Der Titel Defensor Fidei, Verteidigerin des Glaubens, wird Euch ebenso entzogen wie Euer Wappen mit dem Löwen, der das Evangelium beschützt. Der Titel einer Contessa des Patrimonium Petri wird Euch im Namen des Papstes aberkannt. Euer Lehen und das Castello Colonna in Gennazzano fallen zurück an die Kirche.«

»Im Namen welches Papstes?«, frage ich. Meine Kehle ist wie zugeschnürt.

»Wählt Prospero Colonna!«

»Colonna! Colonna! Colonna! Colonna!«

»In nomine Sanctae Romanae Ecclesiae ergeht folgendes Urteil«, fährt Fra Viviano ungerührt fort. »Alessandra, du wirst mit dem Bann belegt und zum Tode auf dem Scheiterhaufen verurteilt. Das Urteil ist unwiderruflich. Es wird morgen früh bei Sonnenaufgang vollstreckt. Möge Gott deiner Seele gnädig sein. In nomine Patris et Filii et Spiritus Sancti. Amen. Führt sie zurück in Fra Angelos Zelle, wo sie die Nacht …«

Ein Schrei auf der Piazza lässt ihn aufhorchen.

»Da ist Rauch, seht ihr? Sie haben gewählt!«

Yared

Kapitel 112

In der Vorhalle des Pantheons
Sonntag, 5. März 1447
Kurz vor elf Uhr nachts

Am Ärmel meines Dominikanerhabits zieht Cesare mich in den Schatten zwischen den Verkaufsständen in der Vorhalle des Pantheons. Wir huschen unter den gewaltigen korinthischen Säulen hindurch zur Ostseite, die dem Kloster Santa Maria sopra Minerva gegenüberliegt. Schätzungsweise hundert Schergen der Inquisition in Helm und Harnisch bewachen die engen Gassen rings um den Konvent.

Cesare stößt einen Fluch aus. Seit heute Nachmittag erneut schwarzer Rauch über dem Konklave aufgestiegen ist, hat sich an der Lage nichts geändert. »Santa Maria sopra Minerva ist eine Festung. Die Inquisitoren, die das Volk terrorisieren, müssen vor dem Zorn der Römer geschützt werden«, knirscht er. »Sie fürchten die Colonna-Anhänger, die versuchen könnten, Sandra zu befreien. Sie haben die bewaffneten Sbirri sämtlicher Dominikanerklöster in Rom zusammengezogen, um einen Sturmangriff abzuwenden.«

»Nur unter großen Verlusten kommen wir hinein. Vittorio hat uns zwar gesagt, dass Alessandra nach dem Todesurteil in Angelos Zelle gebracht wurde und dass Fra Mariano in seiner Zelle im Kerker auf der anderen Seite des Klosters angekettet ist. Aber wir wissen nicht, wohin Pater Severin verschleppt wurde. Wir müssten das ganze Kloster nach ihm absuchen. Aber das geht nicht. Es würde zu viele Tote und Verletzte geben.«

»Du hast recht, Yared. Wir können Sandra und die beiden Fratres nicht befreien.«

»Und wir können Prospero keine Nachricht ins Konklave schicken. Die Cornute werden erst morgen Mittag zurück in die Basilika gebracht. Dann ist es zu spät. Das Auto da Fé soll morgen früh bei Sonnenaufgang stattfinden.«

»Wir können nur beten, dass das Konklave mit dem nächsten Wahlgang beendet ist und dass Prospero endlich gewählt wird. Komm jetzt, wir müssen zu den Cornute.«

Ich folge Cesare durch die Säulenvorhalle auf die Piazza della Rotonda. Dort biegen wir links ab in eine schmale Gasse, die nach Süden zu einer kleinen Piazzetta auf der Rückseite des Pantheons führt. Vor der Backsteinfassade der Sakristei stehen die Karren mit den Speisekästen der achtzehn Eminenzen bereit, damit sie durch die Dienerschaft der Kardinäle abgeholt werden.

Cesare lehnt sich gegen das antike Gemäuer des Pantheons und späht vorsichtig um die Ecke. Ich blicke ihm über die Schulter. Auf der hell erleuchteten Piazza della Minerva warten trotz der eisigen Kälte noch immer etliche Schaulustige auf das Habemus Papam. Das trunkene Gegröle dringt bis zu uns.

»Wir könnten entdeckt werden«, wispert Cesare. »Ich gehe. Du wartest hier.«

Und weg ist er.

Im Schatten des Pantheons schleicht er über das verschneite Straßenpflaster zu den Karren und sucht nach Prosperos Truhe. Im Licht des Mondes sehe ich, wie er sich auf einen Karren schwingt, dessen Ladefläche unter seinem Gewicht viel zu laut knarrt, und über zwei Cornute hinwegsteigt, um Prosperos zu erreichen.

Zwei Betrunkene torkeln Arm in Arm die Gasse herunter auf

uns zu. Der eine bleibt schwankend stehen, hält sich mit dem ausgestreckten Arm an der Hauswand fest und setzt die Flasche an die Lippen. Der andere kichert und pinkelt mitten in die Gasse.

Hastig öffnet Cesare den Deckel, hebt Teller und Schüsseln mit Speiseresten heraus und hebelt mit seinem Dolch ungeduldig im Inneren der Truhe herum. Immer wieder wirft er den Betrunkenen, die auf uns zukommen, beunruhigte Blicke zu. Schließlich holt er ein Brett, vermutlich den doppelten Boden, aus der Kiste und … flucht!

Er wendet sich in meine Richtung und hebt beide Arme.

Keine Nachricht von Prospero.

Ist sie gestohlen worden?

Geschwind räumt Cesare die Speisereste heraus und wühlt in der Kiste herum, während die Betrunkenen immer näher kommen.

Noch dreißig Schritte.

Nun mach schon!

Er beugt sich tiefer über die Truhe und zieht etwas hervor, um es im Mondschein zu betrachten. Dann wirft er es zurück und lehnt sich bis zu den Schultern hinein.

Noch zwanzig Schritte. Gleich sind die beiden Männer da!

Jeden Moment können sie ihn auf dem Karren entdecken. Der Mond scheint hell in die verschneite Gasse.

Cesare, sieh zu, dass du fertig wirst!

Was tust du da überhaupt?

Er holt etwas aus der Truhe und schnuppert daran. Dann hält er es ins Mondlicht und sieht es sich genauer an. Schließlich signalisiert er mir: Ich hab's gefunden.

Na toll! Und jetzt komm endlich!

Noch zehn Schritte.

Schnell kippt Cesare die Speisereste zurück in die Kiste, lässt den Deckel fallen und springt vom Karren.

Genau vor die Füße der beiden Betrunkenen.

Du lieber Himmel, was tut er denn?

Er drückt ihnen etwas in die Hand. Die beiden johlen ausgelassen, beißen hinein und bieten Cesare einen Schluck aus der Flasche an. »Komm, Freund, trink mit uns. Auf Prospero Colonna.«

»Auf Papst Alexander.« Cesare nimmt einen kräftigen Schluck. »Der Wein ist echt gut.«

Der eine Betrunkene gluckst. »Un' ob der gut is'. Stammt ja auch aus'm Weinkeller vom Palazzo Colonna.«

Cesare hakt sich bei den Betrunkenen ein und schiebt sie zurück zur Piazza della Minerva. Dann kann ich sie nicht mehr sehen.

Ich warte.

Zuerst ungeduldig.

Dann beunruhigt.

Cesare bleibt verschwunden.

Ich will ihm schon folgen, als er plötzlich wieder auftaucht und durch die Gasse auf mich zukommt.

»Wo warst du so lange?«

»Der Konklavemarschall hat nach seinen Bravi gesehen. Und einen Becher Glühwein mit ihnen getrunken. Jetzt ist mir nicht mehr so kalt.«

»Freut mich für dich, ehrlich. Derweil bin ich hier beinahe festgefroren«, beschwere ich mich ungnädig. »Und?«

»Prospero schmuggelt getrüffelte Wildschweinsalamis ins Konklave. Und Ludovico codierte Nachrichten heraus.« Er zwinkert verschwörerisch und frotzelt: »Wenn das der Konklavemarschall wüsste!«

Er hat wohl mehr als einen Becher Glühwein getrunken …

»War das Scarampos Truhe?«, frage ich.

»Ja.«

»Und die Nachricht?«

»Die muss ich noch entschlüsseln. Komm, lass uns erst mal verschwinden.«

Er führt mich in eine unbeleuchtete Seitengasse Richtung Piazza Navona, wo wir uns in den dunklen Torbogen eines heruntergekommenen Palazzos verkriechen. Cesare nestelt eine Kerze aus der Zunderdose an seinem Gürtel und schlägt einen Funken in den Zunder. Dann entzündet er den Docht.

»Halt die Kerze, sei so gut!« Er drückt sie mir in die Hand und streicht ein Stück Pergament glatt, in dem, den Flecken nach zu urteilen, eine Salami eingewickelt war. Mithilfe der Kerzenflamme macht er nach und nach die Geheimschrift aus Zitronensaft sichtbar. Er flucht.

»Was ist?«

Wortlos zeigt er mir Ludovicos Nachricht.

IN NOMINE DOMINI

VXU YVK XUI URU TTG FKN TYZ OSS KTJ USK TOI UIG
VXG TOI GZU SSG YUV GXK TZA IKR ROT OQU RGA YBU
TQA KYG TZU TOT UVO KXU FFO GIN ZYZ OSS KTM OUB
GTT OHK XGX JOC ORR TUI NNK AZK GHK TJF ASQ URR
KMO ASY VXK INK TJO KRG MKO YZG TMK YVG TTZ COX
CKX JKT YZO SSK TBK XRO KXK TVX UYV KXU YGM ZHK
ZKL AKX ATY

R.

»Kannst du das entschlüsseln?«

Er nickt. »Ludovico benutzt zur Chiffrierung seiner Nachrichten den Caesar-Code.«

»Den Julius Caesar erfunden hat?«

»Kennst du die Verschlüsselungstechnik?«

»Jeder Buchstabe des lateinischen Alphabets wird um eine bestimmte Anzahl von Positionen verschoben. Der Schlüssel legt die Anzahl fest.«

Seine Augen blitzen. »Genau.«

»Welcher Schlüssel?«

Cesare deutet auf das ›In nomine Domini‹ in der ersten Zeile.

»›Im Namen des Herrn.‹ Domini hat sechs Buchstaben. Das ist der Schlüssel.«

»Bist du sicher?«

»Er ist der Camerlengo des Papstes, ich der Condottiere – das ist nicht die erste codierte Nachricht, die ich von ihm erhalte. Ein anderer Schlüssel lautet ›In nomine Iesu Christi‹ – elf – oder ›In nomine Sanctae Romanae Ecclesiae‹ – dreiundzwanzig.«

»Also sechs.«

»Nimm das Pergament, Yared. Lies mir Buchstabe für Buchstabe vor …« Er zieht einen Silberstift aus der Tasche und drückt ihn mir in die Hand. »… und notiere die entschlüsselten Buchstaben, die ich dir nenne. Gib mir die Kerze. Also?«

Ich hebe den nach Trüffelsalami riechenden Zettel ins Licht der Kerze. »Der erste Buchstabe ist ein V.«

Er überlegt kurz. »Schreib auf: P.«

»Weiter: X.«

»Das ist ein R.«

»U.«

»Ist ein O.«

»Y?«

»S.«

»P-R-O-S – Prospero«, errate ich den Rest des Wortes.

»Weiter!«, drängt Cesare ungeduldig.

Es dauert eine Viertelstunde, bis wir die ganze Nachricht entschüsselt haben:

PRO	SPE	ROC	OLO	NNA	ZEH	NST	IMM	END	OME	NIC	OCA
PRA	NIC	ATO	MMA	SOP	ARE	NTU	CEL	LIN	IKO	LAU	SVO
NKU	ESA	NTO	NIN	OPI	ERO	ZZI	ACH	TST	IMM	ENG	IOV

ANN IBE RAR DIW ILL NOC HHE UTE ABE NDZ UMK OLL
EGI UMS PRE CHE NDI ELA GEI STA NGE SPA NNT WIR
WER DEN STI MME NVE RLI ERE NPR OSP ERO SAG TBE
TEF UER UNS L.

Im Schein der Kerze entziffere ich mühsam die hingekritzelten Buchstabenkolonnen: »Prospero Colonna zehn Stimmen. Domenico Capranica, Tommaso Parentucelli, Nikolaus von Kues, Antonino Pierozzi acht Stimmen. Giovanni Berardi will noch heute Abend zum Kollegium sprechen. Die Lage ist angespannt. Wir werden Stimmen verlieren. Prospero sagt: Bete für uns. Ludovico.«

»Gottverflucht!«

»Nikolaus von Kues? Antonino Pierozzi?«, frage ich nach.

»Antonino Pierozzi ist seit einigen Monaten Erzbischof von Florenz. Fra Antonino war früher Prior im Dominikanerkloster San Marco. Er ist ein Freund von Sandra.«

»Und Nikolaus von Kues – ist das der deutsche Humanist?«

»Sandra und er schreiben sich regelmäßig.«

»Ist er denn Bischof?«

Cesare schüttelt den Kopf. »Nikolaus hat zahlreiche geistliche Ämter in Trier, Koblenz, Magdeburg, Köln und Rom. Die Kardinäle können wählen, wen sie wollen.« Er haut sich auf das Knie. »Aber sie können sich nicht einigen. Und Giovanni Berardi hat heute Abend zum Kollegium gesprochen.«

»Was bedeutet das?«

»Giovanni Berardi di Tagliacozzo ist der Dekan des Kardinalskollegiums. Und er ist Prosperos erbitterter Feind. Zudem ist er Bischof von León in Kastilien. Vielleicht sagt dir der Name etwas?«

»Fray Luis de León.«

Ich nicke.

»Das Gespräch hat sicher schon stattgefunden. Und was wird Giovanni Berardi den Kardinälen geraten haben?«

»Na, was glaubst du denn? Dass sie Prospero *nicht* wählen sollen.«

Alessandra

Kapitel 113

In Angelos Zelle in Santa Maria sopra Minerva
Montag, 6. März 1447
Gegen acht Uhr morgens

Die Tür der Zelle öffnet sich, und Vittorio steckt den Kopf herein. »Euer Gnaden, Euer Beichtvater ist gekommen.«

Ich wende den Blick von der blassblauen Morgendämmerung über Santa Maria sopra Minerva und sehe ihn verwirrt an. In Florenz war Fra Antonino von San Marco mein Beichtvater gewesen. Seit ich nach Niketas' Tod nach Rom umgezogen bin, habe ich keinen neuen. »Mein Beichtvater?«

Hoffentlich ist es nicht Fra Giovanni, der mit diesem Besuch in der Todeszelle sein wundgedachtes Gewissen beruhigen will.

»Ja, Euer Gnaden.« Vittorio lächelt verschwörerisch und zwinkert mir zu. »Fray Rodrigo Jiménez de Córdoba.«

»Er ist hier?«, frage ich atemlos.

»Er wartet vor der Tür, um Euch in dieser schweren Stunde beizustehen.«

Ich nicke langsam. »Lass ihn herein.«

Vittorio tritt zur Seite und lässt Yared eintreten.

Er wirkt erschöpft, als habe er seit Tagen nicht mehr geschlafen. Die Fältchen rings um seine warmen braunen Augen mit den langen Wimpern haben sich in den letzten Tagen tiefer eingegraben. Trotzdem bemüht er sich, nicht hoffnungslos und verzweifelt zu erscheinen. Er trägt einen Dominikanerhabit mit einem schlichten hölzernen Brustkreuz. Seine seidigen dunklen Locken und sein Bart, in dem die ersten Silberfäden schimmern, sind gestutzt, sein Scheitel ist tonsuriert wie bei einem Mönch.

»Eine Viertelstunde«, ermahnt uns Vittorio, bevor er leise die Tür hinter sich zuzieht.

Yared schließt mich in seine Arme und hält mich fest. Ich lehne meinen Kopf gegen seine Schulter und genieße seine Wärme, seine Nähe, seine Liebe. Tief atme ich seinen Duft ein.

Wir küssen uns voller Leidenschaft, voller Gier nach Leben.

Von draußen dringt Gejohle zu uns herauf. Immer wieder ertönt der Ruf »Verbrennt die Ketzerin!«.

Yared drückt mir einen Zettel in die Hand. »Cesare und ich haben letzte Nacht diese Nachricht von Ludovico Scarampo gefunden.«

Ich entfalte ihn. ›Prospero Colonna zehn Stimmen. Domenico Capranica, Tommaso Parentucelli, Nikolaus von Kues, Antonino Pierozzi acht Stimmen. Giovanni Berardi will noch heute Abend zum Kollegium sprechen. Die Lage ist angespannt. Wir werden Stimmen verlieren. Prospero sagt: Bete für uns. Ludovico.‹

»Du weißt, was das bedeutet.«

»Ja«, presse ich mit heiserer Stimme hervor. »Prospero wird nicht der neue Papst.«

»Giovanni Berardi wird alles tun, um das zu verhindern. Cesare und ich, wir können nur warten. Der nächste Wahlgang beginnt in zwei Stunden.«

Ich nicke schwach. »Wenn er beendet ist, wird meine Asche in alle Winde verwehen. Der weiße Rauch des Konklaves wird sich mit schwarzem Rauch vermischen, der vom Campo dei Fiori herüberweht.«

Yared schluckt trocken.

»Wie geht's Elija?«

»Er ist sehr traurig. Er kann es nicht verstehen. Benyamin ist bei ihm und lässt ihn keinen Augenblick allein.« Yared zieht ein Stück Papier unter dem Skapulier hervor. »Elija hat ein Bild für dich gemalt. Mit den Farben von Fra Angelico, die er in deinem verwüsteten Arbeitszimmer gefunden hat.« Er zeigt es mir.

Tränen steigen mir in die Augen. Meine Kehle ist wie zugeschnürt. Auf dem Bild sind Yared, Elija und ich in enger Umarmung zu sehen. Im Hintergrund thront auf einem smaragdfarbenen Berg eine Burg, die Elija in rötlichen Goldfarben gemalt hat. »Ist das die Alhambra?«

»Im Licht der untergehenden Sonne glüht sie so rot. Daher der Name – al-Hamra, die Rote.«

Ich muss weinen. Eine glückliche Familie. Das waren wir nie.

»Wie gern würde ich mit dir nach Granada gehen, Yared.«

Er drückt mich noch fester an sich, und einen Augenblick lang fühle ich mich geborgen und geliebt. Ich kann sein Herz schlagen hören.

»Weißt du, wie oft ich in den letzten Nächten neben dir im Bett gelegen und dich angesehen habe, während du schliefst?« Ich streiche ihm zärtlich über das Gesicht. »Ich habe dich berührt, so wie jetzt, aber du bist nicht aufgewacht. Ich habe gedacht, wie glücklich ich bin, dass du bei mir bist. Und wie unglücklich ich war, als du nicht bei mir warst. Ich habe mich gefragt, womit ich dich und deine Liebe verdient habe. Und ich weiß immer noch keine Antwort. Ich liebe dich, Yared, ich liebe dich.«

»Dass ich dein Mann bin, dass ausgerechnet du mich erwählt hast, darauf kann ich sehr stolz sein.« Er küsst mich und lehnt seine Stirn gegen meine. Er glüht immer noch im Fieber. »Sie haben dich dazu verurteilt, das Kreuz zu tragen. Als Buße. Sie wollen dich in die Knie zwingen.« Seine Stimme versagt. »Das Kreuz wiegt schätzungsweise hundertzwanzig Pfund, ich hab's mir gerade angesehen.«

»Das Kreuz Christi wog schwerer«, nuschele ich in seinen Habit. Die Buße des Kreuztragens ist neben der Pilgerfahrt ins Heilige Land und der Verbannung aus Rom die spektakulärste Buße.

Yared macht einen tiefen Atemzug. »Wirst du das schaffen?«

Ich bin wie gelähmt. Selbst das Nicken fällt mir plötzlich schwer. »Ja.«

»Ohne zu stürzen?«

»Ja.«

Jemand klopft von draußen gegen die Tür. »Noch fünf Minuten!«, ruft Vittorio.

Mit zitternden Händen nestelt Yared ein kleines Glasfläschchen hervor. »Sie werden dich lebendig verbrennen. Du wirst qualvoll ersticken, bevor die Flammen dich verzehren. Ich werde dem Henker dieses Fläschchen geben, damit er dir das Mittel einflößt, bevor der Scheiterhaufen entzündet wird.«

»Was ist das?«

»Haschisch, Bilsenkraut und ein halbes Dutzend anderer Ingredienzen. Du wirst nichts spüren. Du wirst ...« Er schluchzt auf. »... ganz ruhig sterben.« Weinend steckt er das Fläschchen wieder zurück.

Mit langsamen, bedächtigen Bewegungen nehme ich ihn in den Arm und lasse ihn weinen. Ich streiche ihm zärtlich über das lockige Haar und küsse ihn. »Yared, ich will nicht, dass du mir beim Sterben zuschaust. Ich könnte es nicht ertragen, dass du mich brennen siehst. Versprich mir, dass du nicht da sein wirst. Versprich mir, dass du nicht schon wieder dein Leben für mich riskierst. Verlass Rom, solange noch Zeit ist. Wenn sie dich erwischen, folgst du mir nach. Ich werde viel ruhiger sterben, wenn ich weiß, dass du auf dem Weg nach Granada bist. Damit wenigstens einer von uns ...« Auch ich kann die Tränen nicht mehr zurückhalten und weine.

»Alessandra«, schluchzt er leise.

»Versprich es.«

Wieder klopft jemand gegen die Tür. »Es ist so weit.«

Er senkt den Blick. Eine Träne rinnt über seine Wange und tropft in den Bart. »Ich verspreche es. Ich liebe dich.«

»Ich liebe dich auch.« Ich ziehe meinen Saphirring vom Finger und stecke ihn Yared an.

Wir umarmen und küssen uns.

Zum letzten Mal.

Die Tür wird aufgerissen. Vier, fünf, sechs bewaffnete Sbirri stiefeln in den Raum und reißen uns auseinander.

»Was für eine innige Beichte!«, höhnt einer der Männer, packt Yared an der verletzten Schulter und zerrt ihn zum Fenster.

Die anderen ziehen ihre Schwerter und weisen mir den Weg zur Tür. »Alessandra, du unterstehst nicht mehr der Gerichtsbarkeit der Kirche. Du stehst auch nicht mehr unter ihrem Schutz«, sagt der Capitano mit schnarrender Stimme. »Das Urteil lautet: Tod auf dem Scheiterhaufen. Es wird sofort vollstreckt.«

Yared erwidert meinen Blick mit Tränen in den Augen – traurig, verzweifelt, hoffnungslos.

Ich hole tief Luft. »Vaya con Dios, Fray Rodrigo! Habt Dank für Euer Mitgefühl und für Eure Liebe. Eure tröstenden Worte haben mich aufgerichtet. Dank Euch habe ich die Kraft, meinen Weg bis zum Ende zu gehen.«

Dann werde ich rücksichtslos aus dem Raum gestoßen.

Yared bleibt hinter mir zurück.

Yared

Kapitel 114

In Angelos Zelle in Santa Maria sopra Minerva
Montag, 6. März 1447
Viertel nach acht Uhr morgens

Während die Sbirri Alessandra die Treppe hinunterführen, lausche ich dem stimmungsvollen Gesang des ›Veni Creator Spiritus‹, der aus dem Konklave herüberweht. Mit dem Ärmel meines Habits wische ich mir die Tränen aus dem Gesicht und betrachte den funkelnden Saphirring an meinem Finger. Ich ziehe ihn herunter und lese den eingravierten Spruch Salomos: ›Leg mich wie ein Siegel an dein Herz! Denn stark wie der Tod ist die Liebe, wie die Feuergluten der Hölle ihre Leidenschaft. Nichts vermag ihr Lodern auszulöschen.‹

Mein Herz gefriert zu Eis. Verzweifelt küsse ich den Ring.

Die Schritte, die vor der offenen Tür von Angelos Zelle halten, höre ich erst im letzten Moment. Ich wirbele herum.

Fray Luis de León betritt den Raum. Er ist allein.

»Fray Rodrigo Jiménez de Córdoba!« Er lacht hämisch. »Dachte ich mir's doch, als die Sbirri davon berichteten. Der kastilische Beichtvater der Contessa Colonna. Das kann doch nur Yared sein.«

Mit einem maliziösen Lächeln zieht er seinen Dolch und kommt drohend näher.

»Sprich das Schma Israel, Jude. Die Stunde deines Todes ist gekommen.«

Alessandra

Kapitel 115

Vor dem Portal des Klosters Santa Maria sopra Minerva
Montag, 6. März 1447
Viertel nach acht Uhr morgens

Während ich durch das Portal des Klosters gehe und auf die Gasse vor dem Pantheon hinaustrete, fühle ich mich, als würde ich durch Eiswasser waten. Meine Beine sind wie gelähmt, meine Schultern schmerzhaft angespannt. Das Gehen fällt mir schwer, und ich muss Acht geben, dass ich auf dem unebenen Pflaster nicht stolpere.

Dicht gedrängt erwartet mich die Menge. Die Sbirri können sie nur mit Gewalt von mir fernhalten.

»Verbrennt den Antichrist!«

Eine junge Frau reißt sich los, wirft sich auf mich, schlägt mit ihren Fäusten auf mich ein und spuckt mir ins Gesicht. »Va all' inferno, Figlia del Diavolo!«

Die Sbirri zerren sie fort, drängen sie zurück und bahnen mir mit ihren Hellebarden einen schmalen Pfad durch die schreiende Menschenmasse.

Von der Piazza della Minerva wehen die *»Colonna! Colonna! Colonna! Colonna!«*-Rufe zu mir herüber.

Plötzlich fliegen Pflastersteine. Ich ducke mich, doch ein faustgroßer Stein trifft mich an der rechten Schläfe. Ich taumele. Vittorio fängt mich auf, bevor ich stürze. Ein Stein kracht gegen seinen Harnisch, als er sich vor mich stellt, um mir Deckung zu geben.

Die Sbirri führen mich zu einem Karren in der Mitte der Gasse. Darauf liegt das Kreuz, das ich als Buße tragen soll.

Fra Giovanni erwartet mich. Er hat die Hände gefaltet. »Seid Ihr bereit? Auf dem Campo dei Fiori hat sich die gesamte jüdische Gemeinde von Rom versammelt, um Euch zu ehren. Es hat sich herumgesprochen, dass Ihr die Enkelin von Rabbi Akiva seid. Und die Gemahlin von Yared al-Gharnati, dessen Traum es war, die Juden aus dem Exil zu befreien und ins Gelobte Land zurückzuführen, um dort ein Königreich Israel zu errichten. Das wusste ich nicht. Fray Luis hat es mir gesagt, nachdem er Yareds Freund Benyamin gefoltert hat.«

»Deshalb haben Yared und ich in Jerusalem die Bundeslade gesucht, die seit König Salomos Regentschaft verschollen war.«

»Und? Habt Ihr sie gefunden?«

Ich nicke. »Der Gottesschrein liegt im Tempelberg begraben. Mit den Tafeln der Zehn Gebote, die Moses von Gott empfing. Die Tafeln bestehen übrigens nicht aus Stein, sondern aus Akazienholz, das in der Wüste Sinai wächst. Und nicht der Finger Gottes hat die hebräischen Buchstaben eingraviert, sondern ein Mensch mit einem Akaziendorn. Falls Ihr die Heilige Schrift, das offenbarte Wort des lebendigen Gottes, bei Gelegenheit mal überarbeiten und berichtigen wollt …«

»Trotzig und unbeugsam bis zum letzten Atemzug«, stößt er wütend hervor, während er mir den gelben Judenkreis, einen bestickten und ausgefransten Stofffetzen, an das Büßergewand heftet und mir dabei mit der Nadel in den Arm sticht.

»Jüdischer Starrsinn, gepaart mit römischem Stolz. Was hattet Ihr erwartet?« Ich lache auf. »Der eine Zweig meiner Familie stellte die jüdischen Hohenpriester. Der andere die römischen Päpste. Die berüchtigte Marozia, die Herrin der Päpste, ist meine Vorfahrin, die Begründerin des Geschlechts der Colonna. Glaubt Ihr im Ernst, ich *krieche* zu Kreuze?«

Lange sieht er mich an. »Nein, das habe ich nie geglaubt.«

Er tritt zur Seite, und die Shirri stoßen mich zum Kreuz.

Als ich mich umsehe, kann ich keine anderen Verurteilten in Büßergewändern entdecken. Offenbar soll ich allein verbrannt werden, in einem spektakulären Auto da Fé, einem Glaubensakt, der den Ungläubigen Schrecken einflößt und den Gläubigen Trost und Zuversicht – die allmächtige und allgegenwärtige Kirche stellt durch meine Vernichtung die gottgewollte Ordnung wieder her. Und wie sie das tut! Für die Inquisitoren ist die Verbrennung eines Ketzers eine so fromme Tat, dass sie allen, die Holz für den Scheiterhaufen heranschleppen, einen vollkommenen Sündenablass gewähren. Und dieser ganze Irrsinn wird mit meinem Vermögen bezahlt. Der Antichrist finanziert den Weg der Gläubigen ins Königreich der Himmel – das führt das Ganze ad absurdum!

»Nimm das Kreuz!«

Vier Sbirri heben das schwere Kreuz aus dem Gestell des Karrens und wuchten es mir auf die rechte Schulter, den Querbalken nach vorn, den Längsbalken nach hinten. Er wird über das unebene Steinpflaster poltern und mir mit seinen ungehobelten Holzsplittern die Schulter aufreißen.

»Richte dich auf!«

Mühsam stemme ich mich hoch und hebe das schwere Kreuz an. Als ich zu taumeln beginne, hält Vittorio mich fest.

»Ich bewundere Euch für Euren Mut«, flüstert er mir zu. »Gott stch Euch bei!«

»Grazie, Vittorio. Für alles, was du für mich getan hast.«

Er lächelt verzagt, dann tritt er zur Seite.

»Allora, andiamo!«, kommandiert der Capitano der Sbirri.

Die Bewaffneten bahnen mir einen Weg durch die Menge. Die *»Colonna!«*-Rufe sind verstummt. Tiefes Schweigen hat sich wie eine Decke aus frisch gefallenem Schnee über dem Platz ausgebreitet. Nur der fromme Gesang der Dominikaner, die mir zum

Richtplatz folgen, ist zu hören. Ich blicke den Menschen in die Augen, während ich an ihnen vorüberstolpere, und ich erkenne Hass und Verachtung darin. Aber auch Betroffenheit und Entsetzen. Einige bekreuzigen sich, andere beten für mich, wieder andere weinen.

Wo ist Yared? Und Cesare?

Dann ein Schrei!

»Seht mal da oben! Am Fenster des Generalates neben der Basilika! Ist das einer der Kardinäle?«

Ich bleibe stehen und versuche den Kopf zu wenden, aber die Sbirri treiben mich unbarmherzig weiter durch die aufgeregte Menge.

»Er schaut zu uns herunter.«

»Er trägt ein weißes Gewand, kein purpurnes.«

»Während der Wahl tragen sie ihre Chorgewänder aus weißer Spitze.«

»Wer ist es?«

»Juan de Torquemada.«

»Alonso Borgia.«

»Nein, das ist Giovanni Berardi, der Kardinaldekan.«

»Haben sie denn schon gewählt?«

»Aber da war kein Rauch, weder weißer noch schwarzer.«

»Also noch kein Habemus Papam?«

»Nein, noch nicht. Es ist kurz nach halb neun. Die Wahl beginnt doch erst in eineinhalb Stunden. Und wenn sie sich wieder nicht einigen können …«

»Ich vermute, die plötzliche Stille auf der Piazza hat sie irritiert. Seht mal, er ist schon wieder verschwunden.«

Hin und her gestoßen von den herandrängenden Menschenmassen, schleppe ich das Kreuz die zweihundert Schritte über die Piazza bis zur Via Papalis. Dort wende ich mich nach Westen und erreiche schließlich San Lorenzo in Damaso mit Ludovicos Kardinalspalast. Er ist prächtig geschmückt mit Fahnen, auf denen Scarampos Wappen prangt. Alle Fenster sind hell erleuchtet.

Die Bravi des Camerlengo, die das Portal bewachen, um im Falle einer Wahl Ludovicos zum Papst eine Plünderung seiner Residenz zu verhindern, sehen mich bedeppert an. Als der Capitano, Zulian heißt der Venezianer, mir mutig zu Hilfe eilen will, wird er von den Sbirri brutal zurückgestoßen – auf Widerstand gegen die Inquisition und Behinderung eines Auto da Fé steht die Todesstrafe, aber mit dem Capitano des amtierenden Camerlengo wollen sich die Schergen der Inquisition offenbar nicht anlegen. Sie fürchten Il Terribile.

Es beginnt, in dicken Flocken zu schneien. Der lange Weg durch die umliegenden Gassen bleibt mir erspart. Die Inquisitoren haben anscheinend keine Zeit mehr zu verlieren. Wer weiß, was das Erscheinen des Kardinals am Fenster zu bedeuten hatte!

Der Campo dei Fiori, das Blumenfeld, ist eine verschneite Wiese, auf der vor der Rückkehr von Papst Eugenius nach Rom das Vieh weidete. Seit einigen Jahren wird hier jeden Morgen ein quirliger Markt abgehalten, zumal die Via del Pellegrino, die Pilgerstraße zum Vatikan, als Trampelpfad quer über die Wiese führt, die sich bis zum Tiberufer erstreckt. Daher auch die vielen Herbergen, die den Campo säumen: die Tavernen zum Engel, zur Glocke, zur Krone und zur Sonne, die meisten wie im Borgo fest in deutscher Hand.

In der Mitte der Wiese, vor den Ruinen des Pompeius-Theaters, steht inmitten der dicht gedrängten Menschen mein Scheiterhaufen.

Ein Raunen wogt durch die Menge, als in der Ferne mit einem klagenden Dröhnen eine Glocke zu läuten beginnt – wie eine Totenglocke.

Yared

Kapitel 116

Auf der Piazza della Minerva
Montag, 6. März 1447
Kurz nach halb neun Uhr morgens

Cesare hat mich erkannt. Er kommt mir entgegen. »Du lieber Himmel! Wo hast du bloß so lange gesteckt? Ich habe mir Sorgen um dich gemacht.«

»Fray Luis und ich hatten eine kleine Auseinandersetzung.«

»Verstehe.« Er blinzelt mich an. »Du hast Blut im Gesicht.«

Ich fahre mir mit dem Handrücken über die Wange.

»So verschmierst du's nur.« Er zieht ein Tüchlein aus seiner Jacke aus schwarzem Atlas und wischt mir damit das Blut von der Stirn. »Ich nehme an, er ist auf dem Weg in die Hölle?«

»Er sitzt zur Rechten Satans. Ein angemessener Platz für diesen Judenhasser, nach allem, was er Benyamin, Rebekka und Alessandra angetan hat.«

Cesare steckt das blutverschmierte Tüchlein wieder ein.

Im dichter werdenden Schneetreiben ziehe ich mir die schwarze Kapuze über den Kopf und blicke mich auf der Piazza della Minerva um. »Und wie sieht's hier aus?«

»Als Sandra eben ihr Kreuz über die Piazza schleppte, tauchte plötzlich einer der Kardinäle dort oben am Fenster des Generalates auf, das für das Habemus Papam vorgesehen ist. Ich konnte ihn durch die Scheibe nicht erkennen, aber ich vermute, es war Giovanni Berardi.«

»Haben sie schon gewählt?«

Cesare schüttelt den Kopf. »Die Wahl findet um zehn statt. Das Zeremoniell dauert eine halbe Stunde. Und bis die ausgezählten Stimmzettel verbrannt werden, vergeht eine weitere Viertelstunde. Der neue Papst muss seine Wahl annehmen und seinen Papstnamen wählen. Falls er wie Prospero kein Bischof ist, wird er noch im Konklave die höchsten Weihen empfangen. Dann wird er den Papstornat anlegen und sich auf einem Thron von den vor ihm knienden Kardinälen Gehorsam schwören lassen. Danach spricht er gemeinsam mit ihnen ein Dankgebet. Dann erst verkündet der Kardinalprotodiakon von dem Fenster dort oben den Namen des neuen Papstes. Vor halb zwölf gibt's also kein Habemus Papam. Und keinen Papst, der dort oben den Segen Urbi et Orbi spendet. Und der Sandra das Leben retten könnte.«

»Bis dahin ist es zu spät.«

Cesare nickt bekümmert. Trotz seines Zusammenbruchs gestern in der Gerichtsverhandlung, als Fray Luis verkündete, Sandra sei Jüdin, liebt er sie noch immer.

»Aber wieso kann Berardi die versiegelte Basilika verlassen und am Fenster erscheinen?«

»Das ist es, was mir keine Ruhe lässt«, gesteht Cesare. »Er *darf* das Konklave nicht verlassen, bevor nicht der neue Papst die Wahl angenommen hat. Und erst dann kann ich als Konklavemarschall das Konklave beenden. Vorher darf ich Santa Maria sopra Minerva nicht betreten.«

»Als ich vorhin in Angelos Zelle war, habe ich gehört, wie die Kardinäle das ›Veni Creator Spiritus‹ sangen.«

Cesare runzelt die Stirn. »Im Ernst?«

»Daher meine Frage: Haben sie schon gewählt?«

»Weiß der Himmel, was Berardi ihnen gestern Abend gesagt hat. Die Situation ist angespannt. Es gibt fünf Papabili, und Prospero fehlen immer noch zwei Stimmen. Vielleicht hat Berardi eine Wahl per Akklamation vorgeschlagen, also durch anerkennenden Zuruf. Dann gibt's keine Stimmzettel, die verbrannt werden. Und keinen weißen …«

Cesare verstummt, denn in diesem Augenblick beginnen die Glocken von Santa Maria sopra Minerva dröhnend zu läuten.

Hoffnungsvoll sehen wir uns an.

»Komm mit!« Cesare schiebt sich durch die Menge, um einen besseren Blick auf den Kamin der Sakristei zu erhaschen. Ich folge ihm.

»Kannst du etwas erkennen?«

»Nein.« Er blinzelt nach oben. »Doch, warte mal … da ist Rauch! Zwischen den herumwirbelnden Schneeflocken ist er kaum zu erkennen.«

Unterdessen läuten alle Glocken, und die Menge verharrt in atemlosem Schweigen auf der Piazza della Minerva.

Grauer Rauch wirbelt über das Dach der Basilika und wird im Schneegestöber fortgerissen. Wird er heller oder dunkler?

Die Spannung steigt ins Unermessliche.

Und entlädt sich plötzlich in einem Schrei:

»Fumata bianca! Weißer Rauch!«

»Abbiamo un nuovo papa! Wir haben einen neuen Papst!«

»Chi è, chi è? Wer ist es, wer ist es?«

Cesare und ich werden angerempelt, als die Menge um uns herum jubelt und tanzt. Viele klatschen in die über ihre Köpfe erhobenen Hände, andere pfeifen ausgelassen auf zwei Fingern, doch alle werden von den frenetischen *»Colonna! Colonna!«*-Rufen übertönt.

»He, warte mal, wo willst du hin?« Cesare packt mich am Ärmel, um mich aufzuhalten.

»Ich muss zu ihr, ich muss es ihr sagen.«

Alessandra

Kapitel 117

Auf dem Campo dei Fiori
Montag, 6. März 1447
Kurz vor neun Uhr morgens

Die Sbirri nehmen mir das Kreuz ab und legen es in den Schnee. Ich taumele, weil ich das schwere Gewicht nicht mehr spüre, und falle auf die Knie. Irgendjemand packt mich am Arm und zieht mich wieder hoch. Es ist ein junger Mann mit warmen dunklen Augen und langen Locken, die ihm bis über die Schultern fallen. Wie ich trägt er einen gelben Judenkreis auf seinem Gewand.

Ich blicke mich um. Überall erkenne ich Juden. Männer, Frauen, Greise und sogar Kinder, die jünger sind als Elija. Die gesamte jüdische Gemeinde scheint sich auf dem Campo dei Fiori versammelt zu haben. Das jüdische Viertel am Tiberufer ist nur ein paar Schritte entfernt.

»Ich danke euch, dass ihr gekommen seid. Ich fühle mich geehrt.«

»Dein Vater hat als Inquisitor niemals auch nur einen Juden verbrannt, aber wie viele von uns hat er vor Taufe und Tod gerettet«, sagt ein weißhaariger Alter mit wässrigen Augen zu mir. Es ist Rabbi Lazzaro. »Gott segne ihn. Und Gott segne dich, Alessandra, die du uns vor diesem Judenhasser da Capestrano beschützt und dich beim Papst für uns eingesetzt hast. Wir werden das Kaddisch für dich beten. Wir werden um dich trauern, als wärst du eine von uns. Und wir werden dich … bitte verzeih … deine Asche begraben, damit sie nicht in alle Winde zerstreut wird.«

Ich kann die Tränen nicht mehr zurückhalten. »Danke, Rabbi Lazzaro.«

Er nickt gerührt und berührt mich sanft am Arm, um mir Trost zu spenden.

Die Sbirri packen mich an den Schultern und schieben mich durch die Menge zum übermannshohen Scheiterhaufen. Eine steile Holztreppe führt zu ihm hinauf.

»Verbrennt den Antichrist!«

Kaum bin ich die Stufen zu der kleinen Plattform aus schneenassen Holzplanken hinaufgestolpert, werde ich auch schon mit Händen und Füßen an den Pfahl gebunden. Das raue Juteseil wird ruckartig stramm gezogen und schneidet in meine Hand- und Fußgelenke. Der Strick ist nass, damit er nicht zu schnell verbrennt. Ein strammes Seil um meine Brust und um meine Kehle soll verhindern, dass ich mich zu früh ins Feuer fallen lasse, wenn ich die Todesqualen nicht mehr ertrage. Dann wird mein Gewand mit Pech bestrichen.

Zu meinen Füßen kann ich weder höhere Würdenträger der Kirche noch eine Abordnung des Senats entdecken. Meine Hinrichtung ist offenbar weder im Vatikan noch auf dem Kapitol bekannt gegeben worden.

Auf einen Wink von da Capestrano, der mir gegenüber seine Kanzel bestiegen hat, werfen die Christen Holz und Reisig auf den Scheiterhaufen, damit sie am Heil der Erlösung teilhaben. Der Holzhändler dort drüben an Ludovicos Palazzo verhökert die Seile, die Reisig- und die Strohbündel mit dem Segen der Heiligen Inquisition – und erhält dafür einen vollständigen Sündenablass.

Die Bündel werden sorgfältig um meine Füße herumgelegt und bis zu meiner Mitte aufgestapelt, nachdem mein Gewand von den Schultern bis zu den Knien mit klebrigem Pech bestrichen wurde.

Ein Dominikaner koordiniert die Aktion äußerst gewissenhaft. Jedes Strohbündel und jeder Holzscheit wird akribisch genau ausgerichtet. Denn nur die perfekte Mischung von Stroh, Reisig und Holz, alles besprenkelt mit Öl und Pech, bringt ein Feuer hervor, das die gewünschte spektakuläre Wirkung zeigt: eine lebende Fackel, die lichterloh brennt. Drei, vier, fünf Stunden lang – für die Dauer einer flammenden Predigt.

Neben meinem Scheiterhaufen wird ein zweiter, kleinerer errichtet. Wenn das Auto da Fé vorbei ist, wird man meinen verkohlten Leichnam zerhacken, meine Knochen zerbrechen und mein verbranntes Fleisch auf diesen neuen Holzstoß werfen, damit von mir nichts als heiße Asche übrig bleibt.

Zu meinen Füßen stehen einige Dominikaner und Franziskaner, halten dem Geschiebe der Massen stand und beten für mein Seelenheil.

Während sich Fra Giovanni vor dem Scheiterhaufen in Positur stellt, frage ich mich, ob Kardinal Berardi von dieser grausigen Inszenierung weiß. War er es vorhin am Fenster des Generalates? Was hat er gestern Abend den Kardinälen gesagt?

Fra Giovanni nimmt eine Hellebarde entgegen. An der Spitze ist eine brennende Fackel befestigt. Ich weiß, was er tun wird, und halte den Atem an. Schon senkt er die Hellebarde und stößt mir die brennende Fackel in die Seite. Ich stöhne auf vor Schmerz.

»Du wirst noch ganz andere Qualen erleiden! Warte nur ab!«, droht er. »Prospero Colonna wird dich nicht retten. Dein Schicksal liegt allein in deiner Hand. Schwöre ab, Alessandra, bekenne dich zu Jesus Christus, unserem Herrn!«

»Nein!«

Er zieht die Fackel zurück und presst mir einen Crucifixus auf die Lippen. »Küsse das Kreuz! Unterwirf dich der Kirche.«

Ich wende das Gesicht ab, und das scharfkantige Kreuz reißt mir eine Wunde in die Lippe. »Nein! Nimm das Kreuz weg!«

Der Henkersknecht, der darauf wartet, dass da Capestrano ihm befiehlt, mich zu erdrosseln, stellt sich vor mich. Er trägt eine schwarze Ledermaske über dem Gesicht. In seinen Händen hält er die Garotte und einen Knebel.

»Lass ab von deinem Trotz und tue Buße! Nur so kannst du der Gnade und der Barmherzigkeit Gottes teilhaftig werden!«, ruft da Capestrano.

»Gnade und Barmherzigkeit?« Ich lache auf. Der leichte Wind treibt mir dicke Schneeflocken ins Gesicht, sodass ich blinzeln muss. »Was habt ihr aus der frohen Botschaft von Liebe, Versöhnung und Frieden gemacht? Nichts als Schmerz und Tod! Ich unterwerfe mich nicht!«

Plötzlich entdecke ich Yared im dichten Schneetreiben, keine zehn Schritte entfernt, und mein Herz setzt einen Schlag aus. Er hat die schwarze Kapuze seines Dominikanerhabits hochgeschlagen und sieht mit aufgerissenen Augen zu mir empor. Wieso ist er gekommen?

»Alessandra, durch deine Gottlosigkeit und deine Ungläubigkeit bist du eine Gefahr für die Reinheit des Glaubens der Heiligen Kirche.« Dann gibt Fra Giovanni ein Zeichen, dass die Glocken geläutet werden. »Entzündet den Scheiterhaufen!«

»Gott schütze Euch, Euer Gnaden! Prospero wird erfahren, was sie Euch angetan haben! Und dann sei der Herr ihnen gnädig! Diese verfluchten Inquisitoren!«

Ich blicke mich um, kann jedoch nicht erkennen, woher der Ruf kam. Andrea verbirgt sich mit meinen Bravi irgendwo in der Menge. »Verschwindet! Bringt euch in Sicherheit!«

»Wir haben Euch Treue geschworen! Bis in den Tod!« Der Ruf kam aus einer anderen Richtung.

»Ich entbinde Euch von Eurem Schwur!«

»Nein!«, tönt es hinter mir. »Nein!« – »Nein!« – »Nein!«, schallen die Rufe auf dem weiten schneebedeckten Feld.

Während die Glocken zu läuten beginnen, treten zwei Sbirri mit Fackeln vor und entfachen die mit Pech bestrichenen Reisigbündel zu meinen Füßen. Andere schieben sich durch die Menge, um meine Bravi festzunehmen.

Mit einer kniehohen Stichflamme lodert das Feuer auf. Fra Giovanni schleudert ein Buch in die Flammen. Es ist Gerberts *Secretum Secretorum.* Die Seiten fangen an zu brennen. Ein zweites Buch wird ein Opfer der Flammen. Es ist das Buch meines Vaters. Der Wind blättert die Seiten um, und einen Augenblick lang erkenne ich die Handschrift meines Vaters. Ich kenne jedes Wort: ›Es steht dem Menschen frei, sich in seinem Denken und Handeln zu Gott zu erheben, um ihm ähnlich zu werden, oder zur teuflischen Bestie zu entarten. Das Böse steckt im Menschen selbst. In jedem von uns …‹

Die Menge johlt frenetisch in einen aufbrausenden Trommelwirbel hinein, der die Dramatik dieser würdelosen Inszenierung noch steigern soll.

Yared bricht weinend zusammen. Der alte Rabbi kniet sich neben ihn in den Schnee und legt ihm die Hand auf die Schulter, um ihn zu trösten. Einen Augenblick lang verharrt Yared mit der Stirn an dessen Schulter, dann …

Yared

Kapitel 118

Auf dem Campo dei Fiori
Montag, 6. März 1447
Viertel nach neun Uhr morgens

… dann springe ich auf, dränge mich durch die wogende Menge und laufe zurück zum Konklave. Gerade als ich bei San Lorenzo in Damaso um die Ecke biegen will, kommt mir Benyamin entgegen.

»Wieso bist du nicht im Palazzo Colonna?«

Er atmet schwer. »Elija ist weg.«

»Was?«

»Ich habe auf ihn aufgepasst, wirklich!«, beteuert er. »Als die Glocken zu läuten begannen, bin ich zum Fenster gegangen, um herauszufinden, ob es die von Santa Maria sopra Minerva oder San Lorenzo in Damaso sind. Und plötzlich war er nicht mehr da. Ich glaube, er will zu Alessandra. Cesare hat ihn nicht gesehen, bei ihm war ich eben gerade. Ich will Elija auf dem Campo dei Fiori suchen.«

»Alessandras Scheiterhaufen brennt bereits. Ich konnte nichts mehr tun.«

»Allmächtiger Gott! Fray Luis?«

»Nein.« In kurzen Worten berichte ich Benyamin von unserem Kampf in Angelos Zelle. »Du suchst Elija auf dem Campo.«

»Mach ich.«

»Und wenn du ihn gefunden hast, dann bleib bei Alessandra.«

»Ich werde für sie beten.«

»Ich muss mit Cesare ins Konklave, um mit dem neuen Papst zu sprechen. Nur er kann sie jetzt noch retten. Mach, dass du wegkommst. Ich komme, so schnell ich kann.«

Wenig später habe ich die Piazza della Minerva erreicht. Ich entdecke Cesare auf den Stufen vor dem Kirchenportal. Er blickt zu dem Fenster empor, wo vorhin Kardinal Berardi zu sehen war.

»Du siehst blass aus«, sagt er, als ich mich endlich durch die Menge zu ihm durchgedrängelt habe.

»Ihr Scheiterhaufen brennt.«

»Gottverflucht!« Mit der Faust schlägt er in ohnmächtiger Wut gegen das Portal des Konklaves. »Benyamin war eben hier. Elija ist verschwunden.«

»Ich weiß. Ich habe Benyamin getroffen.«

Erneut schlägt er mit der Faust gegen das Portal. »Ich verstehe das nicht. Es ist von innen verriegelt. Das Konklave ist offenbar noch nicht zu Ende. Ich habe es eben schon am Durchgang zum Kloster versucht, aber auch das Tor ist noch verschlossen. Die Sbirri lassen niemanden in die Nähe.«

»Die Inquisitoren wollen Zeit gewinnen. Die Glocken von San Lorenzo läuten. Sie wissen, dass Alessandras Scheiterhaufen brennt.«

»Gott verfluche sie alle!«, knirscht Cesare und hämmert wieder gegen das Portal.

»Hat sich schon einer der Kardinäle gezeigt?«

»Nein, kein Fetzen Purpur, kein Fetzen Weiß. Ich hab keine Ahnung, was die da drin noch treiben.«

Minutenlang geschieht überhaupt nichts.

Die ersten Schaulustigen verlassen murrend die Piazza, die *»Colonna!«*-Rufe werden immer leiser.

Dann endlich! Am Fenster bewegt sich etwas!

»Chi è, chi è? Wer ist es, wer ist es?«

»Prospero Colonna!«

Frenetischer Jubel bricht los. Fahnen mit dem Wappen der Colonna werden geschwenkt.

»Colonna! Colonna! Colonna! Colonna!«

»Viva il Papa!«

Cesare und ich winken, aber Prospero sieht uns nicht. Er nickt der Menge zu und zieht sich wieder zurück.

Wir blicken uns ratlos an.

»Prospero Colonna ist Papst!«, brüllt ein junger Mann neben uns. »Kommt schon, wir plündern seinen Palazzo!« Eine ganze Meute bewaffneter Bravi kämpft sich durch die wartende Menge, die lautstark die Rückkehr von Prospero verlangt, und macht sich auf den Weg zum Palazzo Colonna, um ihn zu stürmen. Trotz meiner Anspannung bin ich erleichtert, dass Elija nicht mehr dort ist.

Cesare flucht. »Hast du gesehen, welche Soutane Prospero getragen hat?«

Ich nicke langsam.

»Ein römisches Sprichwort lautet: ›Wer als Papst ins Konklave geht, kommt als Kardinal wieder heraus‹.«

»Prospero ist nicht der neue Papst.«

Angst flackert in Cesares Blick. »Aber wer, um Gottes willen, ist es dann?«

Alessandra

Kapitel 119

Auf dem Campo dei Fiori
Montag, 6. März 1447
Zwanzig Minuten nach neun Uhr morgens

Holz und Reisig sind nass und brennen, wo sie nicht mit Pech bestrichen sind, nur schlecht. Das ist ganz im Sinne der Inquisitoren, denen ein stundenlang tosendes Inferno vorschwebt. Da das Feuer wieder zu verlöschen droht, werfen die Sbirri auf Befehl von da Capestrano meine hebräischen Bücher auf den Scheiterhaufen, um es anzufachen.

»Sie verbrennen unsere heiligen Bücher!«

»Der Tag des Zorns ist angebrochen!«

Als ein junger Mann mit Schläfenlocken, offenbar ein Talmid von Rabbi Lazzaro, mutig vorspringt, um die Bücher aus den Flammen zu retten, entbrennt eine wüste Prügelei zwischen Christen und Juden um die Rettung meines zwölfbändigen Talmud. Die Sbirri ziehen ihre Schwerter und werfen sich ins Gewühl.

Der Rauch des Feuers weht mir ins Gesicht und nimmt mir den Atem.

Die Sbirri haben den angehenden Rabbi gepackt, stoßen ihn hin und her, schlagen ihn, verhöhnen ihn und spucken ihm ins Gesicht. Dann schleudern sie ihn gegen den Scheiterhaufen. Etliche brennende Bücher schlittern über das feuchte Holz und treffen ihn ins Gesicht. Er reißt die Arme hoch und schreit vor

Schmerz und Zorn. Doch dann hält er inne und wendet sich zu seinen Glaubensbrüdern um, die ihn atemlos beobachten. Sein Gesicht kann ich nicht sehen, weil er mir nun den Rücken zuwendet. »Kiddusch ha-Schem!«, brüllt er. »Kiddusch ha-Schem!«

»Nein, Israel, tu das nicht! Sie werden sich an uns rächen! Bitte, Israel ...«

Entsetzt sehe ich zu, wie Israel sämtliche brennenden Bücher von meinem Scheiterhaufen herunterreißt und sich auf dem Boden in die Flammen wirft, um durch seinen Märtyrertod den Namen Gottes zu heiligen – für ihn der letzte Ausweg der Bewahrung seiner Würde und seiner Identität als gläubiger Jude.

Stöhnend vor Schmerz wälzt er sich in den prasselnden Flammen, bis sein Gewand Feuer fängt und in flammenden Fetzen von ihm abfällt. Er verbrennt qualvoll. Schluchzend und hustend muss ich mitansehen, wie er zu meinen Füßen stirbt. Die Hitze des Feuers glüht auf meinem Gesicht. Heiße Tränen rinnen mir über die Wangen.

Die Juden werden mit Fäusten und Steinen niedergeprügelt, bis da Capestrano den Sbirri befiehlt, die Kämpfenden zu trennen und die Würde des Auto da Fé wiederherzustellen.

In dicken Flocken, flauschig wie Daunenfedern, rieselt der Schnee vom Himmel und deckt gnädig ein zartes weißes Leichentuch über Israels Leichnam.

Irgendjemand beginnt das Kaddisch zu beten, ein vielstimmiger Chor fällt in den volltönenden aramäischen Gesang ein: *» ♫ Erhoben und geheiligt sei sein großer Name in der Welt, die er erneuern wird. Er belebt die Toten und führt sie empor zu ewigem Leben. Er erbaut die Stadt Jeruschalajim und errichtet seinen Tempel auf ihren Höhen ... ♫ «*

Indessen schmurgelt mein Scheiterhaufen nur noch vor sich hin. Der Wind treibt mir den dichten Rauch ins Gesicht, der mich zum Husten reizt und keuchend nach Atem ringen lässt.

»Holt das Pech! Entzündet das Feuer wieder!«, kreischt da Capestrano aufgebracht. Sein Habit ist zerrissen, sein schütteres Haar zerzaust. Hat er mit den Juden gekämpft? »Verbrennt sie! Vernichtet den Antichrist! Gott will es!«

»♫ *… und regieren wird der Heilige, gelobt sei er, in seinem Reiche und in seiner Herrlichkeit, in eurem Leben und in euren Tagen und im Leben des ganzen Hauses Israel …* ♫«

Trockenes Holz wird herbeigeschafft und auf den Scheiterhaufen geworfen. Ein Holzscheit trifft mich in die Seite und raubt mir den Atem. Wie viele andere rutscht er ab und klatscht in den nassen Schnee, um sofort wieder hinaufgeschleudert zu werden.

»Tut das nicht!«, fleht Rabbi Lazzaro. »Ihr versündigt Euch gegen Gott!«

»Nein, wir erfüllen seinen Willen!«, widerspricht Fra Giovanni und ermuntert diejenigen, die Pech über das feuchte Reisig gießen. »Betet zu unserem Herrn Jesus Christus, Sohn des lebendigen Gottes, für die Erlösung ihrer Seele!«

»Das ist doch Irrsinn!«, protestiert Rabbi Lazzaro.

»Noch ein Wort, und du brennst mit ihr, du Jünger des Satans!«, droht da Capestrano in rasendem Zorn.

Mit einer dramatischen Geste stößt er eine Fackel in den Scheiterhaufen. Knackend und knisternd schießen Flammen in die Höhe. Der Wind treibt sie von mir weg.

»Ohhh!«, ertönt es von allen Seiten.

Eine Windbö wirbelt Schneeflocken, Rauch und Asche auf. Funken tanzen durch die Luft. Entsetzt blicke ich an mir herunter.

Ich werde brennen!

Yared

Kapitel 120

Auf der Piazza della Minerva
Montag, 6. März 1447
Zwanzig Minuten vor zehn Uhr

»Prospero Colonna ist Papst!«

Immer mehr Menschen verlassen die Piazza, um sich der dritten Attraktion dieses Tages zuzuwenden, der Erstürmung und Plünderung des Palazzo Colonna.

»*Colonna! Colonna! Colonna! Colonna!*«

Dann wird plötzlich ein anderer Ruf laut:

»*Orsini! Orsini! Orsini! Orsini!*«

Ein junger Mann mit einer kostbaren Brokatjacke in den Farben der Orsini schwingt sich in die vergitterte Fensteröffnung des Generalates und zieht sein Schwert. »Zu den Waffen! Die Colonna werden sich berauscht von ihrem Sieg gegen uns wenden! Folgt mir zum Palazzo Orsini!«

Cesare befiehlt seinen Bewaffneten, ihn festzunehmen.

»Einer deiner Bravi?«, frage ich.

Er schüttelt den Kopf und spitzt die Lippen. »Einer meiner Cousins, ebenfalls ein Conte mit eigenem Heer. Virginio Orsini ist ein Hitzkopf.«

»Wird es heute noch zu einer Straßenschlacht Colonna gegen Orsini kommen?«

Er atmet tief durch und antwortet nicht.

»Cesare?«, frage ich nach.

»Nicht, wenn ich's verhindern kann«, knirscht er schließlich. »Ich rede nachher mit Virginio.« Er deutet nach oben. »Sieh mal, da ist Prospero.«

Wieder bricht frenetischer Jubel aus, als er ans Fenster tritt und beide Arme hebt, als wolle er den Segen erteilen.

»Annuntio vobis …«, beginnt er, aber es dauert eine Weile, bis sich die begeisterten Massen beruhigt haben und die Jubelrufe und die Pfiffe endlich verstummen.

»Annuntio vobis gaudium magnum: Habemus Papam!«, verkündet er mit weit tragender Stimme.

Wieder bricht Jubel los, und er kann nicht weitersprechen. Er hebt beide Arme, um die Menge zum Schweigen zu bringen, aber gegen die leidenschaftlichen *»Colonna! Colonna! Colonna! Colonna!«*-Rufe kommt er nicht an.

»Viva il Papa!«

»Viva Prospero!«

Wie ihn diese Rufe schmerzen müssen! Wie enttäuscht er sein muss!

Giovanni Berardi taucht neben ihm auf und flüstert ihm etwas zu. Erstaunt wendet Prospero sich um. Dann verschwindet er.

»Was ist denn jetzt schon wieder?« Cesare stöhnt auf. »Prospero, Domenico, lasst endlich das Tor öffnen! Es geht um Leben und Tod!«

Domenico Capranica erscheint am Fenster und blickt zu Cesare und mir herunter.

»Öffnet das Tor!«, fordert Cesare. »Sofort!«

Domenico gibt Cesare ein Zeichen, dass er verstanden hat, und verschwindet. Prospero schiebt sich an ihm vorbei und hebt erneut die Hände:

»Habemus Papam!«, ruft er mit lauter Stimme, die nichts von seinen Gefühlen verrät. »Eminentissimum ac Reverendissimum Dominum, Sanctae Romanae Ecclesiae Cardinalem …« Er macht eine dramatische Pause, dann verrät er den Wartenden endlich den Namen des neuen Papstes. »… qui sibi nomen imposuit Nicolaus V.«

Ich lege Cesare die Hand auf die Schulter. »Komm jetzt, wir müssen zu ihm.«

Er folgt mir zum Tor. Wenig später wird es von innen geöffnet. Ungestüm drängen wir Capranicas Sekretär zur Seite und stürmen an den Zellen der Kardinäle vorbei durch das Hauptschiff der Basilika.

Dann haben wir den Raum im ersten Stock erreicht. Die Kardinäle haben sich hinter dem neuen Pontifex am Fenster versammelt. Papst Nikolaus spendet gerade den Segen Urbi et Orbi: »… Et benedictio Dei omnipotentis«, singt er und schlägt das Kreuz über dem römischen Volk. »Patris et Filii et Spiritus Sancti descendat super vos et maneat semper.«

»Amen«, ertönt es vielstimmig von unten.

Prospero hat uns bemerkt. »Cesare! Yared! Was ist denn …?«

Cesare drängt ihn zur Seite und fällt vor Papst Nikolaus auf die Knie, um die Hand zu küssen, die noch kein Fischerring ziert. »Santissimo Padre! Alessandra ist in Lebensgefahr. Die Inquisition hat sie gestern Abend zum Tode verurteilt. Ihr Scheiterhaufen auf dem Campo dei Fiori brennt seit einer halben Stunde.«

»O mein Gott!«, stöhnt der Papst entsetzt.

»Nur Ihr könnt sie jetzt noch retten, Euer Heiligkeit!«

Alessandra

Kapitel 121

Auf dem Campo dei Fiori
Montag, 6. März 1447
Kurz vor zehn Uhr morgens

Das ist das Ende!, denke ich hoffnungslos, als der Wind erneut dreht und mir den heißen Rauch ins Gesicht weht. Mein Scheiterhaufen lodert nur auf einer Seite, die Holzstämme der anderen sind wegen des feuchten Holzes vor einigen Minuten erneut erloschen. Und obwohl da Capestrano befohlen hat, sie wieder zu entzünden, brennen sie immer noch nicht. Das flammende Inferno tost nur dort, wo das Pech hingetropft ist. Der gesamte Unterbau und das Gerüst, auf dem ich stehe, haben noch nicht Feuer gefangen. Ebenso wenig mein wollenes Büßergewand, das ganz klamm und schwer von den Schneeflocken ist und mir auf der Haut klebt. Meine Füße, die im mit Raureif überzogenen Reisig stecken, sind wie erfroren.

Der dichte Qualm brennt in meinen Lungen und droht mich zu ersticken. Ich hätte Yareds Fläschchen mit dem Haschisch annehmen sollen, sein Geschenk eines sanften Todes, ohne Schmerzen, ohne Verzweiflung, ohne Zorn.

Tränen rinnen mir über das Gesicht – vom Rauch, vom Schnee, der immer dichter fällt, von der Hitze des Feuers oder von der Kälte des eisigen Windes, ich weiß es nicht. Mein Herz ist schwer, und meine Kehle ist wie zugeschnürt.

Wie gern hätte ich Yared noch einmal gesehen, bevor ich sterbe.

Aber er ist nicht da. Statt seiner steht Elija vor meinem Scheiterhaufen und blickt mit vor Entsetzen geweiteten Augen zu mir auf. Elija hat sich an Benyamin geschmiegt, der neben ihm im Schnee kniet und schützend den Arm um ihn gelegt hat. Er weint in das flauschige Fell des kleinen Wölfchens.

Ich würde ihm gern noch ein paar Worte mit auf den Weg geben, wie ›sei lieb zu deinem Vater, denn er wird sehr traurig sein‹ oder ›sei brav, denn er hat dich sehr lieb‹, aber ich hätte brüllen müssen, um das Tosen des langsam, aber unaufhaltsam näher kriechenden Infernos zu übertönen. Und ich will nicht, dass sie glauben, ich könne die Todesqualen, die Schmerzen und die Hoffnungslosigkeit nicht ertragen. Nein, ich werde schweigen. Ich werde Elija nur ansehen. Er wird es verstehen. Irgendwann.

Ich muss weinen.

Das ist also das Ende.

Ich hebe meinen Blick und lasse ihn über den Campo schweifen. Ich sehe in die Gesichter, die zu mir aufschauen. Vor ihnen die Kette der Sbirri, die Schulter an Schulter verhindern sollen, dass noch irgendjemand das heilige Auto da Fé stört, wie vorhin der Jude, als er sich opferte, um Gott zu ehren. Eine junge Frau kniet vor mir im Schnee und betet mit gesenktem Blick und einer Kerze in der Hand für mein Seelenheil. Ist sie Jüdin? Oder Christin? Ich kenne sie nicht. Der greise Rabbi Lazzaro, der als junger Mann ein Talmid, ein Schüler meines Großvaters gewesen war, steht mit gefalteten Händen und entsetzt aufgerissenem Mund drei Schritte neben ihr. Zwei junge Männer stützen ihn, einer von ihnen lehnt seine Stirn gegen die Schulter des Greises und weint bitterlich. Neben ihnen stimmt ein Benediktinermönch den hundertdreißigsten Psalm als Totengebet an: »De profundis clamavi ad te, Domine. Höre mein Flehen! Würdest du, Herr, unsere Sünden beachten, wer könnte bestehen? Doch bei dir ist Vergebung …«

Fra Giovanni lehnt sich über seine Kanzel, von der aus er nach meinem Tod eine flammende Predigt halten wird, lauscht auf das Tosen des Feuers und das Dröhnen der Glocken und blickt mich unverwandt an. Wartet er darauf, dass ich schreie, dass ich tobe, dass ich ihn vefluche?

Die Flammen schlagen immer höher. Die Hitze des Feuers hat den Raureif schmelzen lassen und das Holz getrocknet. Funken sprühen. Das Tosen wird immer lauter, die Luft um mich herum flirrt glühend heiß. Ich ringe nach Atem. Meine Lunge brennt. Meine Augen tränen.

Jetzt dauert es nicht mehr lange.

Da Capestrano faltet seine Hände, die Ellbogen auf der Kanzel aufgestützt, und sieht mich an. Sein Blick ist rastlos, als er mein Büßergewand betrachtet, mein kurzgeschnittenes Haar, meine gefesselten Hände, und er kann mir nicht in die Augen sehen. Er wirkt plötzlich bekümmert, als empfinde er Reue. Quält ihn sein Gewissen?

Das lodernde Inferno frisst sich unaufhaltsam durch das Holz und kommt immer näher. Die Hitze ist unerträglich. Meine Haut, ausgetrocknet vom Feuer, glüht schmerzhaft. Schon bald wird mein Haar Feuer fangen.

Nein, jetzt dauert es nicht mehr lange.

Das Denken fällt mir immer schwerer … Ich bin benommen … wie im Delirium … Meine schmerzenden Augen fallen mir zu, und es wird finster um mich.

Ja, so ist es besser, so ist es leichter zu ertragen. Plötzlich fühle ich eine tiefe Ruhe in mir.

Tod, komm und hol mich, ich erwarte dich …

War das ein Schrei? Mühsam öffne ich die Augen. Täusche ich mich? Haben sich die Menschen umgedreht und blicken in Richtung San Lorenzo in Damaso?

»Il nuovo papa!«

»Chi è, chi è?«

Ein Aufruhr wogt durch die Menge, die sich teilt wie das Meer vor Moses.

Dann steht er vor mir und sieht zu mir auf. Er trägt den weißen Papstornat. Da Capestrano kniet demütig vor ihm im nassen Schneematsch und küsst seine Hand. Der Papst nennt ihn ›geliebter Sohn‹, aber seine Worte sind unerbittlich, hart und kalt. Da Capestrano erhebt sich mit gesenktem Kopf und tritt ehrerbietig zur Seite, während die Sbirri die brennenden Holzscheite von meinem Scheiterhaufen herunterreißen. Das verglühende Reisig sprüht Funken, die der Wind gegen mein Büßergewand wirbelt.

Dann spüre ich Hände, die sich an meinen Fesseln zu schaffen machen. Ich versuche den Kopf zu drehen, aber er steht hinter mir, und ich kann ihn nicht sehen.

Dann legt er seine Arme um mich und hält mich fest.

»Cesare!«, seufze ich erleichtert an seiner Schulter.

»Sandra, mein Schatz! Was haben sie dir nur angetan!« Er streicht mir über das tränennasse Gesicht. Schwungvoll hebt er mich hoch und trägt mich vom Scheiterhaufen weg – hin zu jemandem, der mir seine Arme entgegenstreckt. Auch er will mich halten, aber er ist zu schwach, und so sinken wir zu Boden.

»Yared!«, flüstere ich und breche in Tränen aus. Der Schnee kühlt meine verbrannte Haut. »Du bist gekommen.«

Er wiegt mich zärtlich und küsst mich. »Ich bin hier«, tröstet er mich. »Elija auch.«

Unser Sohn wirft sich in meine Arme. »Mamiiiii«, heult er, und der Rotz läuft ihm aus der Nase. »Ich hatte solche Angst um dich!«

Ich drücke ihn ganz fest, obwohl mir die Berührung unerträgliche Schmerzen bereitet. »Ich hab dich lieb, Mäuschen.«

»Ich hab dich auch lieb, Mami. Kommst du jetzt endlich mit uns nach Hause? Hier gefällt es mir nicht mehr.«

»Ja, Elija, ich komme mit nach Granada.«

Jetzt laufen auch Yared die Tränen der Rührung über das Gesicht. Er beugt sich über Elija, der seine Arme um mich geschlungen hat und mich gar nicht mehr loslassen will, und küsst mich zärtlich. »Ich liebe dich.«

»Und ich liebe dich.«

Ein weißer Papstornat mit schlammbespritztem Saum taucht neben mir auf. Er kniet sich neben mich in den Schnee und schließt mich unendlich behutsam in seine Arme. »Alessandra.«

Hinter ihm stehen Prospero und Domenico, beide in ihren Kardinalssoutanen, und blicken mich erleichtert an – wie Cesare, der auf den Scheiterhaufen geklettert war, um mich zu retten. Die Menschen um sie herum klatschen immer noch.

»Tommaso … Euer Heiligkeit … du bist Papst.«

»Ich kann's selbst kaum glauben. Ich wollte es nicht, und du weißt das. Aber sie waren der Meinung, ich schaff das schon.« Tommaso nickt Prospero und Domenico zu, die hinter ihm stehen, und lächelt voller Güte. »Ich hoffe, du stehst mir bei dieser schweren Aufgabe bei. Als Fürstin des Kirchenstaates und als Vikarin des Papstes. Und als vertraute Freundin, die mich nie mehr …« Er hebt drohend den Finger, aber seine Augen funkeln warm und herzlich. »… *nie mehr* aus ihrer Bibliothek wirft, hörst du?«

»Versprochen.«

»Gut«, murmelt er zufrieden.

»Ich werde nämlich nicht da sein, um dich eigenhändig hinauszuwerfen. Meine Bibliothek ist vernichtet, meine Bücher sind verbrannt. Ich werde Rom verlassen. Ich gehe nach Granada.«

»Ich hatte gehofft, ich könnte dich überreden, in Rom zu bleiben.«

»Nein.«

Er sieht Yared an, dann blickt er mir in die Augen. »Du liebst ihn.«

»Und er liebt mich. Ich kann mir nichts Schöneres und Erfüllenderes vorstellen, als diese Liebe zu erwidern und ein Leben an seiner Seite zu führen. Wir gehören zusammen, Tommaso, vor Gott und vor der Welt.«

Er nickt bekümmert. »Prospero hat mir erzählt, dass ihr verheiratet seid. Als dein Papst kann ich dieser Ehe nicht meinen Segen geben. Aber als dein Freund wünsche ich dir von ganzem Herzen, dass du mit ihm glücklich wirst.«

»Danke.«

Yared schließt mich in seine Arme, als Tommaso sich erhebt, um die Menge, die vor ihm auf die Knie sinkt, zu segnen. »Ich bin so froh«, flüstert er gerührt und zieht etwas unter dem Dominikanerhabit hervor.

Mein Saphirring.

Yared steckt ihn mir wieder an den Finger und zitiert dabei den eingravierten Spruch Salomos: »›Leg mich wie ein Siegel an dein Herz! Denn stark wie der Tod ist die Liebe, wie die Feuergluten der Hölle ihre Leidenschaft. Nichts vermag ihr Lodern auszulöschen.‹«

»›Mächtige Wasser können sie nicht löschen, und Ströme schwemmen sie nicht fort. Doch wenn einer alles für sie geben wollte, würde man ihn nur verachten‹«, vollende ich das Zitat aus Salomos Lied der Liebe. Ich streiche Yared durch das Haar. »Aber genau das werde ich tun, mein Liebster. Ich gebe alles auf, für dich und deine Liebe.«

Wir umarmen und küssen uns, lachend und weinend und wie berauscht von unserem Glück, einander gefunden zu haben.

Wir werden einander nie wieder verlieren. Nie wieder.

Dramatis Personae

Alessandra Colonna
(Alessandra d'Ascoli) Gelehrte und Vertraute von Papst Eugenius IV., Tochter von Fra Luca d'Ascoli und Adriana Colonna.

Alonso Borgia*
(Alonso de Borja, 1378–1458) Kardinal, später Papst Calixtus III.

Fra Adriano Grifonetti
Franziskanermönch in Santa Maria in Aracoeli und Inquisitor.

Fra Angelo
Dominikanermönch in Santa Maria sopra Minerva und Archivar des Papstes, Alessandras Ziehsohn.

Benyamin
Yareds Sekretär, Schwager und Freund.

Diego Alvarez
Befehlshaber von Yareds Leibwache.

Fra Domenico Bonaventura
Dominikanermönch in Santa Maria sopra Minerva, vormals päpstlicher Sekretär.

Domenico Capranica*
(1400–1458) Kardinal und Gelehrter.

Elija
Yareds Ziehsohn, vormals Gassenjunge in Jerusalem.

Eugenius IV.*
Gabriel Condulmer (1383–1447), Pontifex 1431–1447.

Fra Giordano Savelli
Benediktinermönch in San Giovanni in Laterano.

Fra Giovanni da Capestrano*
(1386–1456) Franziskanermönch, Prediger und Inquisitor.

Giovanni Vitelleschi*
(1390–1440) Kardinal und Condottiere der Kirche, wurde 1440 gestürzt.

Juan de Torquemada*
(1388–1468) Kardinal und Dominikanermönch.

Ludovico Scarampo*
(1402–1465) Kardinal, Camerlengo und Regent von Rom.

Fray Luis de León
Franziskanermönch, Inquisitor und Guardian von Santa Maria in Aracoeli.

Fra Mariano da Palestrina
Dominikanermönch in Santa Maria sopra Minerva und päpstlicher Sekretär.

Leon Battista Alberti*
(1404–1472) Gelehrter, päpstlicher Abbreviator, Mathematiker, Architekt, Archäologe und Kryptologe.

Muhammad IX.*
(Abu Abdallah al-Aysar al-Ghalib Muhammad IX. as-Saghir ben Nasr, 1396–1453) Sultan der Nasridendynastie von Granada 1419–1427, 1430–1431, 1432–1445, 1448–1453.

Prospero Colonna*
(1409–1463) Kardinal, Neffe von Papst Martin V. und Cousin von Alessandra Colonna.

Robin Falconer
Befehlshaber von Alessandras Leibwache.

Fra Santino de Angelis
Dominikanermönch in Santa Maria sopra Minerva und Inquisitor.

Pater Severin von Benediktbeuren
Benediktinermönch und Prior in San Giovanni in Laterano.

Silvester II.*
(Gerbert d'Aurillac, 945–1003), Pontifex 999–1003.

Tommaso Parentucelli*
(1397–1455) Kardinal und Gelehrter, später Papst Nikolaus V.

Fra Valerio da Montefalco
Benediktinermönch in San Giovanni in Laterano.

Vespasiano Colonna
Cousin von Alessandra Colonna, Kommandant der Engelsburg.

Vittorio da Gennazzano
Capitano der Sbirri der Inquisition in Santa Maria sopra Minerva.

Fra Viviano Santori
Dominikanermönch, Prior von Santa Maria sopra Minerva und Inquisitor.

Yared al-Gharnati
Wesir des Sultans von Granada (arab. Gharnata).

*Die mit einem * gekennzeichneten Personen sind historisch.*

Ein geraubter Papyrus. Ein mordender Tempelritter. Eine fieberhafte Suche.

Barbara Goldstein
DER GOTTESSCHREIN
Historischer Roman
624 Seiten
ISBN 978-3-404-16363-2

Im Auftrag des Papstes sucht die florentinische Buchhändlerin Alessandra d'Ascoli in Jerusalem einen Papyrus, der aus dem Vatikan geraubt wurde. Sie weiß nicht, dass der Dieb sie verfolgt und ihr nach dem Leben trachtet. Den päpstlichen Archivar, der das wertvolle Dokument in den Gewölben des Vatikans beschützen sollte, hat der Tempelritter bereits getötet. Im Labyrinth unter dem Tempelberg greift er nun auch sie an. Ein Kampf auf Leben und Tod entbrennt.

Ein rasanter historischer Roman um das Vermächtnis des letzten Templers

Bastei Lübbe Taschenbuch